TINA BECKETT

Seconde chance pour un docteur

INTÉGRALE

MANHATTAN HOSPITAL

Traduction française de
EVELINE CHARLÈS

SAGAS

HARLEQUIN

Collection : SAGAS

Titre original :
HOT DOC FROM HER PAST

Ce roman a déjà été publié en 2015

HARPERCOLLINS FRANCE
83-85, boulevard Vincent-Auriol, 75646 PARIS CEDEX 13
Service Lectrices — Tél. : 01 45 82 47 47 - www.harlequin.fr
ISBN 978-2-2804-3344-0 — ISSN 2426-993X

Composé et édité par HarperCollins France. Achevé d'imprimer en décembre 2020.
par CPI Black Print - Barcelone - Espagne
Dépôt légal : janvier 2021.

MIXTE
Papier issu de sources responsables
FSC® C108412
FSC www.fsc.org

Pour limiter l'empreinte environnementale de ses livres, HarperCollins France s'engage à n'utiliser que du papier fabriqué à partir de bois provenant de forêts gérées durablement et de manière responsable.

1

Douze ans plus tôt

Seule dans sa chambre, Therésia Camara était assise par terre, entourée de vêtements… Les vêtements d'une autre.

Elle jeta un coup d'œil à la petite robe bain de soleil qui lui avait coûté dix heures de travail. Sur le coup, cet achat « extravagant » lui avait donné l'impression d'être adulte et indépendante.

Comparée à ces marques prestigieuses, cette folie lui semblait maintenant dérisoire.

Et comment aurait-elle pu refuser un tel cadeau ?

Bien au contraire, elle devait remercier sa meilleure amie qui avait pensé à elle en faisant le tri dans sa garde-robe.

Alors… Pourquoi ce sentiment d'être indigente ?

Très bien ! Elle en ferait bon usage, y compris de cette robe prune protégée par une housse, suspendue dans sa penderie. Après tout, personne ne se rappellerait qu'Abby l'avait portée l'année précédente au bal de la promo !

Depuis qu'ils avaient quitté le Brésil pour s'installer aux Etats-Unis, les parents de Tessa travaillaient dur pour créer leur entreprise de peinture et de rénovation. Ils venaient de décrocher un gros contrat avec un cabinet de Manhattan qui leur proposait de restaurer un ensemble de bureaux. Ils allaient en avoir pour des années, du moins si le propriétaire était satisfait du premier lot. Cela impliquait des achats de matériel et de fournitures et ils ne disposaient certainement pas de la somme nécessaire pour payer à leur fille une robe qu'elle ne porterait qu'une fois.

Ils ne pouvaient pas non plus lui offrir des vêtements pour sa dernière année de lycée…

Se redressant, Tessa saisit un jean noir presque neuf. Par bonheur, son amie et elle avaient la même taille. En réalité, ces vêtements constituaient un véritable don du ciel. Ce cadeau allait soulager ses parents. C'était d'ailleurs pour les aider qu'elle avait trouvé un job dans un supermarché. Ils auraient suffisamment de dépenses lorsqu'elle ferait ses études de médecine.

Tessa croisa les doigts dans l'espoir que son rêve devienne réalité.

Elle pressa le jean contre son cœur… Un jour, ce serait son tour d'aider les autres. Elle allait travailler plus dur que jamais pour s'assurer que ses notes soient toujours aussi bonnes qu'elles l'étaient maintenant.

Plus tard, elle prendrait soin de ses parents car c'était pour elle qu'ils avaient quitté leur pays. Et elle aurait aussi tout ce dont elle aurait besoin, même si elle ne portait jamais des vêtements de grandes marques.

Elle ne recherchait pas la fortune, mais quels que soient les sacrifices qu'il lui faudrait consentir, elle parviendrait à son but.

Sans l'aide de personne !

2

Domingo, segunda-feira, terça-feira, quarta-feira…

Réciter les jours de la semaine en portugais avait toujours aidé Tessa à se concentrer, mais elle avait beau articuler chaque syllabe, la boule d'angoisse qui s'était formée dans sa gorge refusait de se dissiper.

Comme tétanisée, elle fixait la grande affiche placardée sur un chevalet, dans le hall du West Manhattan Saints, pour accueillir le nouveau chirurgien orthopédiste.

Clayton Matthews arborait le même sourire en coin qu'autrefois… Celui qui la faisait se liquéfier à l'intérieur. Pire encore, on aurait dit qu'il le lui adressait à elle en particulier !

Tout comme à ceux qui s'arrêtaient pour le contempler, d'ailleurs… *Le contempler !* En utilisant ce verbe, elle semblait le considérer comme un dieu.

C'était ce qu'il avait été pour elle. Du moins jusqu'à ce qu'elle comprenne qui avait payé la bourse qu'on lui avait accordée pour faire ses études de médecine.

Ce n'était pas Clayton, mais ses parents. En dehors du fait qu'ils étaient devenus amis avec les siens quand son père et sa mère avaient restauré une grande partie des immeubles appartenant au père de Clay, elle ignorait pourquoi ils l'avaient fait.

C'était grâce à cette collaboration qu'elle avait rencontré Clay. Mais cette affiche lui rappelait surtout l'horrible dispute qui les avait opposés, lors de la remise des diplômes.

Seigneur ! Elle ne supportait pas l'idée de l'affronter !

Surtout maintenant, quand le deuxième anniversaire du décès de sa mère l'attristait profondément.

Mais après tout, il y avait peu de risques pour qu'elle croise son chemin !

Tessa terminait son internat en oncologie cutanée — un autre rappel du combat courageux mené par sa mère — alors que Clay était chirurgien orthopédiste. Ils travailleraient donc à des étages différents. Elle doutait qu'ils aient l'occasion de se rencontrer dans un hôpital aussi immense.

Inspirant profondément, Tessa se força à se détendre.

— Waouh, Tessa ! On dirait que tu viens de voir un fantôme.

Holly Buchanan s'arrêta près d'elle pour étudier l'affiche.

— Oh ! ce fantôme-là n'est pas trop moche ! commenta-t-elle en riant. C'est le nouveau membre de notre heureuse famille ?

Tessa fit la grimace. Heureuse ? Etant donné les horaires exténuants des internes de dernière année, personne n'avait vraiment le temps d'apprécier l'atmosphère qui régnait dans cet hôpital universitaire. La plupart des gens étaient épuisés, y compris Holly, Caren et Sam, ses trois colocataires. Ils se voyaient davantage à l'hôpital qu'à la maison.

— Je le suppose, répliqua-t-elle en faisant de son mieux pour que sa voix ne trahisse pas son amertume.

Apparemment, elle avait dû laisser paraître quelque chose, car Holly lui jeta un coup d'œil intrigué.

— Tu le connais ?

— Pas le moins du monde !

Ce n'était pas totalement faux puisque Clay n'était certainement plus l'homme qu'elle avait aimé. Elle ne l'avait pas revu depuis quatre ans, et, d'ailleurs, elle avait appris qu'il était marié.

A cet instant, un parfum épicé chatouilla ses narines et elle sentit ses cheveux se hérisser sur sa nuque.

— Je pense que tu déformes un peu la réalité, tu ne crois pas, Tess ?

Cette voix grave et harmonieuse convenait parfaitement à l'homme qui souriait sur l'affiche.

— En ce qui me concerne, je suis absolument certain de te connaître, continua-t-il.

Se forçant à se retourner, elle le vit qui tendait la main à Holly.

— Clayton Matthews, chirurgien orthopédiste, ravi de faire votre connaissance.

Holly jeta un coup d'œil à Tessa avant d'accepter la main tendue.

— Je dois aller travailler, dit-elle après s'être présentée à son tour.

Ignorant le regard suppliant de Tessa, elle s'éloigna rapidement, la laissant seule avec Clayton.

— Je suis content de te revoir, Tessa. Comment vas-tu ?

Vraiment ? Il n'avait pas autre chose à lui dire après tout ce qui s'était passé entre eux ?

— Très bien. Et toi ?

— Je suis surpris…, répliqua-t-il avec un sourire qui découvrit ses dents blanches. J'ignorais que tu faisais ton internat ici.

Il aurait pu s'en douter, étant donné que le West Manhattan était l'un des hôpitaux universitaires les plus importants de la ville !

Tessa se tourna vers l'affiche et considéra un instant l'homme aux cheveux noirs et aux yeux bleus qui semblait la fixer.

— Plutôt ressemblant…, remarqua-t-elle.

L'espace d'un instant, elle évoqua un passé qu'elle croyait avoir enterré à jamais.

Clayton avait été son premier amant.

Au début de leur liaison, il lui avait offert de petits cadeaux, mais le jour de la remise des diplômes, il lui avait tendu un écrin en murmurant des félicitations. Une demi-heure plus tard, elle apprenait par un haut-parleur que la bourse Wilma Grandon portait le nom de la grand-mère maternelle de Clay et qu'elle était la seule à en avoir bénéficié.

Des centaines d'yeux s'étaient tournés vers elle.

A cet instant précis, elle était redevenue la petite Brésilienne immigrée qui ne possédait rien. Profondément humiliée, elle avait écrit une lettre de remerciements aux parents de Clay, puis elle lui avait renvoyé son cadeau, lui annonçant du même coup que tout était fini entre eux parce qu'elle devait se concentrer sur son internat.

Lorsqu'il avait frappé à sa porte, exigeant des explications, elle avait répété la même excuse, sans lui dire combien elle était blessée qu'il lui ait caché une information d'une telle importance.

C'était la dernière fois qu'elle l'avait vu.

Mais aujourd'hui, elle pouvait se montrer cordiale. Il comprendrait le message et leurs futures relations seraient basées sur une indifférence polie.

— Je suis contente de te voir, Clay, dit-elle en lui tendant la main. J'espère que tu te plairas, ici.

Il hésita un instant puis ses doigts se refermèrent autour de sa main et sa paume tiède pressa la sienne.

Une douce chaleur s'immisça dans les veines de Tessa qui comprit son erreur. Cette étreinte avait quelque chose d'intime et était porteuse de promesses, ce que son corps avait bien compris.

Elle frissonna lorsqu'il s'approcha d'elle.

— C'est déjà le cas, répondit-il.

Pouvait-elle se précipiter hors de cet hôpital et abandonner tout ce pour quoi elle avait travaillé si dur ?

Non ! Elle ne fuirait pas !

— J'ai appris que tu étais marié, reprit-elle pour combattre le sortilège. Comment va ta femme ?

Elle espérait qu'il saisirait l'allusion, mais il lui caressa le poignet avec son pouce, suscitant en elle une sensation familière.

— Elle ne l'est plus… Nous avons divorcé.

Divorcé ? Seigneur ! Comment allait-elle survivre si elle devait le croiser tous les jours ?

— Je suis désolée de l'apprendre… Bon, je vais être en retard…

Il recula, comme refroidi par son attitude.

— Je ne te retiens pas, alors, mais je suis certain que nous sommes appelés à nous revoir.

Etait-ce une menace ou une promesse ?

Tessa n'en savait rien, mais elle saisit l'occasion pour s'éloigner aussi vite que ses jambes tremblantes le lui permettaient.

Divorcé… Mon Dieu ! Comme tout aurait été plus facile s'il avait été heureux en ménage et père de toute une ribambelle d'enfants !

Elle allait devoir l'éviter jusqu'à la fin de son stage. Et au lieu de faire le prochain en chirurgie micrographique de Mohs, elle pourrait toujours demander à poursuivre son internat dans un autre hôpital…

Mais elle aimait le West Manhattan !

Elle aimait vivre avec Sam, Caren et Holly !

Allait-elle permettre à Clay de bouleverser toute sa vie ?

« *Capoeira* traditionnelle du Brésil. »

Le terme familier, sur la liste des activités destinées à soutenir le festival annuel intitulé « Rester en bonne santé tout en s'amusant », attira l'attention de Clay.

En bas de l'affiche, de nombreux volontaires avaient déjà inscrit leur nom. Pour la plupart, ils se proposaient pour des tâches faciles, comme vendre des billets ou maquiller les enfants.

Il hocha la tête… Il s'y intéresserait quand il se serait calmé. Cette rencontre avec Tessa l'avait littéralement abasourdi. Il aurait sûrement mieux valu qu'il ne la voie pas en train de fixer cette affiche ridicule !

Lorsqu'il s'était approché tandis qu'elle bavardait avec une amie, Tessa était justement en train de prétendre qu'elle ne le connaissait pas…

Elle lui avait fait face, et il avait cru lire de la souffrance dans ses grands yeux verts. La dernière fois qu'ils s'étaient vus, pourtant, elle l'avait foudroyé du regard tout en lui répétant que tout était fini entre eux. Bien sûr, leurs relations étaient tendues depuis quelques mois, mais il n'aurait jamais pensé qu'elle était aussi malheureuse avec lui.

Il serra les dents. Pendant toutes ces années, il s'était repassé le film de cette scène un bon milliard de fois sans jamais comprendre la raison de leur rupture.

Se focalisant sur l'affiche, il remarqua le nom du studio de *capoeira*. Tessa y dansait-elle toujours ? Lorsqu'ils étaient ensemble, elle l'avait invité à venir la regarder pour en savoir un peu plus sur son héritage brésilien.

Il avait accepté sans la moindre hésitation et il ne l'avait pas regretté. Sa façon d'évoluer dans le cercle que les Brésiliens appelaient la *roda* était plus que sexy. Ses mouvements fluides soulignaient la grâce de son corps mince et s'apparentaient davantage à une danse qu'à un art martial.

Clay ferma un instant les yeux.

Pour le moment, mieux valait pour lui se mettre au travail et oublier sa rencontre avec une certaine tête rousse.

Sauf que s'il en croyait certaines parties de son anatomie, qui brûlaient encore, cela n'allait pas être facile…

Plus vite il calmerait ses ardeurs, mieux ce serait.

Pour elle comme pour lui.

3

Où était son ex-femme ?

Assis dans la cafétéria de l'hôpital, Clay écoutait sa fille, Molly, lui raconter tout ce qu'elle avait fait la veille avec ses grands-parents.

Ces derniers avaient été déçus qu'il ne parvienne pas à sauver son mariage. Il s'y était efforcé, pourtant, mais aucune de ses tentatives n'avait réussi.

Il avait donc choisi d'exercer la médecine plus près de chez lui et assumait la garde de Molly depuis son divorce.

Et maintenant, il était assis là, à attendre.

Apparemment, il s'y prenait mal avec les femmes…

En tout cas, son père et sa mère étaient très heureux de s'impliquer dans la vie de leur petite-fille.

Clay jeta un coup d'œil à sa montre. Lizza avait déjà près d'une demi-heure de retard et il était censé être au travail dans quelques minutes. Il avait espéré se familiariser avec le service avant de commencer les visites matinales, mais ce ne serait visiblement pas possible.

Du coin de l'œil, il repéra une silhouette familière, au comptoir… Tessa ! Il laissa échapper un grognement frustré.

— Qu'est-ce que tu as, papa ?

Sa fille le fixait de ses beaux yeux bleus.

— Rien. Je pensais juste à mon travail.

— Ah ! Je suis obligée d'aller chez maman ?

Elle avait posé la même question les deux dernières fois et

Clay ne savait que répondre. Pour son travail, Lizza voyageait pendant plusieurs semaines d'affilée. Elle se rendait dans des maisons de couture européennes afin de trouver de nouvelles idées pour ses propres créations. L'année précédente, Molly n'avait passé que quelques week-ends avec sa mère. Par ailleurs, Lizza était maniaque, quand il s'agissait de sa maison et de ses meubles, et Molly, qui n'avait même pas trois ans, avait besoin de vivre sa vie d'enfant.

Mais Clay avait appris à se taire aussi longtemps que son ex-épouse ne sapait pas la confiance en elle de leur fille.

— Maman serait triste, si tu n'y allais pas.

La petite poussa un soupir qui lui fendit le cœur.

— Je sais.

Si quatre ans auparavant, après sa rupture avec Tessa, quelqu'un lui avait dit qu'il aurait une liaison qui se solderait par une grossesse, il lui aurait ri au nez. Pourtant, c'était bien ce qui s'était passé.

Mais tout comme ses parents, il était fou de Molly. Son existence rendait tout ce gâchis supportable.

Clay regarda la caisse juste au moment où Tessa se retournait en quête d'une place. C'était l'heure du petit déjeuner et la salle était pleine de monde.

L'espace d'une seconde, le regard de Tessa se posa sur lui avant qu'elle ferme un instant les paupières comme si elle soupirait. Quand elle les rouvrit, elle lui adressa un bref signe de tête et continua de chercher un siège.

Seulement, il n'y en avait qu'un seul… En face de lui.

Lorsqu'il le lui montra du doigt, il aurait juré qu'elle faisait la grimace avant de se diriger vers eux.

Certaines choses ne changeaient pas, en tout cas.

Elle posa son plateau près de celui de Molly.

— Je m'appelle Molly, lui dit la petite fille. Et toi ?

Tessa battit des paupières.

— Je suis le Dr Camara. Tu vas bien ?

— J'attends ma maman.

Il ne restait à Clay qu'à faire les présentations.

— Tessa, je te présente ma fille.

— Elle est ton amie ? demanda Molly.

— Une vieille amie, oui.

Il jeta un coup d'œil à Tessa, la défiant de le contredire.

— C'est vrai, dit-elle en s'asseyant en face de lui. Ton papa et moi, nous nous sommes rencontrés il y a longtemps, quand nous faisions nos études de médecine.

— Oh ! Tu connais aussi ma maman ?

— Non. Elle est médecin ?

— Non. Elle fait des jolies robes et des beaux vêtements.

Les doigts de Tessa se crispèrent un instant sur le plateau. Finalement, elle prit son verre de jus de fruits.

— Tu as de la chance ! Tu dois avoir plein de beaux habits.

Mais le ton de Tessa n'était pas spécialement enthousiaste. Clay discerna même dans sa voix une certaine tristesse.

— On dirait que tu es pressée, dit-il seulement.

— Je dois assister à une intervention chirurgicale de Mohs.

— Tu comptes te spécialiser dans la chirurgie plastique ?

Cette technique bien connue, du nom de son inventeur, était utilisée pour traiter des lésions de la peau le plus souvent cancéreuses.

— Non, mais j'espère faire un stage en chirurgie micrographique de Mohs.

Il avait cru qu'elle souhaitait s'orienter vers les malformations cranio-faciales.

— Tu as effectué un grand virage, non ?

— Les choses changent.

— En effet…, dit-il d'une voix légèrement sardonique.

L'espace de quelques secondes, ils se fixèrent sans un mot.

Ce fut Molly qui rompit le silence :

— Maman arrive !

Percevant un claquement de talons hauts, Clay se retourna. Lizza venait dans leur direction. Son visage parfaitement maquillé offrait un contraste saisissant avec les taches de rousseur de Tessa et sa tenue toute simple.

Tessa n'était pas la seule à avoir effectué un virage spectaculaire. La différence entre ses deux ex aurait donné à un psychologue de quoi remplir un volume ou deux.

Lizza s'arrêta devant leur table et haussa légèrement les sourcils à la vue de Tessa qui aurait visiblement préféré se retrouver à cent lieues sous terre.

— Salut, Clayton.

Elle n'avait jamais utilisé son diminutif. Au début, cela lui plaisait parce que c'était un autre détail qui la différenciait de Tessa. Aujourd'hui, cela l'agaçait, tout comme ces baisers fictifs qu'elle prodiguait à tout le monde. Sa bouche faisait le bruit du baiser, près de la joue, mais sans la toucher… Ainsi qu'elle le faisait justement pour Molly.

Clay grinça des dents.

Pas étonnant si Molly avait tant de mal à établir un lien avec sa mère ! Ses grands-parents ne cessaient de l'embrasser et de la serrer dans leurs bras.

Lorsqu'il se leva, Lizza fixait Tessa avec insistance. Pas question, évidemment, de lui dire exactement ce qu'elle représentait pour lui !

— Lizza, je te présente Tessa… Nous nous sommes connus à la fac de médecine.

Tessa murmura qu'elle était ravie de faire sa connaissance, mais Lizza ne se donna pas la peine de répondre.

— Tu es prête, ma chérie ? demanda-t-elle en prenant la main de Molly. Maman a des coups de fil importants à passer.

Serrant les poings, Clay tâcha de se maîtriser.

— Tu es sûre d'avoir le temps de t'occuper d'elle ? Je peux toujours la ramener chez mes parents.

— C'est mon week-end, répliqua Lizza comme s'il s'agissait d'un rendez-vous supplémentaire sur son agenda chargé.

Une boule se forma dans la gorge de Clay. Molly n'avait même pas de valise puisque Lizza avait des vêtements et des jouets pour elle, dans sa maison. Elle avait insisté pour que la petite fille ait tout en double.

Clay s'accroupit devant Molly.

— A lundi matin, mon petit écureuil.

L'un des talons de Lizza claqua sur le sol comme chaque fois que quelque chose l'ennuyait. Dommage pour elle !

Molly noua les bras autour de son cou.

— Je t'aime, papa. Sois sage.

— Est-ce que je ne le suis pas toujours ? répliqua-t-il en tirant légèrement sur une natte.

Une seconde plus tard, Lizza et leur fille se dirigeaient vers la sortie. Quelques têtes masculines se tournèrent sur son ex-épouse. Avec ses longs cheveux blonds et ses traits délicats, elle était belle, mais Clay avait appris à ses dépens que cette fragilité n'était qu'apparente.

Et il se moquait bien que d'autres hommes la regardent ! Il avait cessé de s'en soucier lorsqu'il avait découvert grâce à un SMS qu'elle l'avait trompé en Italie, pendant l'un de ses déplacements.

La seule chose dont il lui était reconnaissant, c'était qu'elle lui avait cédé la garde de Molly sans un battement de cils.

En se rasseyant, il remarqua que Tessa fixait son bol de céréales comme s'il la fascinait.

— Elle a dû être gênée de me rencontrer, dit-elle en plongeant sa cuillère dans la mixture.

— Je t'accorde que ce n'était pas exactement la même chose que de présenter deux collègues à l'occasion d'un séminaire médical.

— Tu aurais pu faire semblant de ne pas me connaître.

— Pourquoi aurais-je fait ça ? Tu crois que j'ai honte de toi ?

Jetant un coup d'œil à sa montre, il constata qu'il avait un quart d'heure de retard et se leva.

— Je te rappelle que c'est toi qui t'es toujours comportée comme si tu étais gênée, pas moi, ajouta-t-il.

— Je ne comprends pas.

— Cela ne m'étonne pas. Je dois partir, mais avant d'oublier, je voulais te dire que j'ai vu le nom du studio de *capoeira*, sur la liste des associations et des bénévoles impliqués dans le festival.

Tessa hocha la tête.

— Les danseurs organisent un spectacle pour susciter les dons.

— Tu y participes ? demanda-t-il sans trop savoir pourquoi.

Elle ne répondit pas tout de suite.

— Oui, dit-elle enfin.

— Tu as toujours excellé dans cet art. Je passerai au studio, un de ces jours.

Clay s'efforça de chasser de son esprit le souvenir des mouvements fluides de Tessa quand elle s'entraînait à la *capoeira*, mais il était trop tard — l'image était trop claire… Et trop excitante !

Il mit donc rapidement un terme à la conversation.

— Bonne journée, lança-t-il avec un petit geste de la main.

Quant à lui, entre sa première et sa seconde ex, sa journée était fichue !

Le pied produisit un bruit sec en touchant la joue de Tessa qui s'effondra sur le sol.

Aussitôt, Marcos s'agenouilla près d'elle.

— Ça ne devait pas arriver ! Où as-tu la tête, *moça* ?

Sa tête se trouvait au même endroit depuis deux jours. Elle imaginait Clay faisant irruption dans le studio sans prévenir, peut-être même avec sa fille. Ou pire encore, avec sa superbe ex-femme aux airs de mannequin. Celle qui créait des vêtements comme ceux qu'on lui avait offerts toutes ces années auparavant. Ce serait affreux ! Assise dans la cafétéria, elle avait eu l'impression d'être une souris des champs près d'une chatte exotique. Clay n'avait certainement pas manqué de les comparer… Ou bien il s'était demandé ce qui avait bien pu lui plaire en elle.

Elle chassa ces pensées, mécontente d'elle-même. Elle était censée s'entraîner pour le festival de l'hôpital. Ses camarades et elle devaient montrer le côté romantique de la *capoeira*. Au son du *pandeiro* et du *berimbau*, les danseurs se succédaient au centre du cercle, appelé *roda*. Plus qu'un art martial, c'était une démonstration d'habileté dont la forme restait fidèle à la tradition.

Une seule erreur, et vous pouviez jeter par terre votre partenaire. C'était ce qui s'était passé au début de sa relation avec Clay, quand elle l'avait invité au studio.

Il avait été rapidement passionné et elle avait organisé pour lui la cérémonie du *batizado*, une rencontre au cours de laquelle un *capoeiriste* chevronné met par terre un débutant, admis de cette façon dans le monde de la *capoeira*. Il avait reçu sa première corde blanche, le premier grade dans le sport, qu'elle avait nouée elle-même autour de sa taille.

Parfois, elle rêvait encore du moment où elle l'avait fait tomber… Ou lorsqu'il était étendu sur le dos et qu'elle s'était penchée sur lui pour lui signifier sa défaite. La réponse de Clay l'avait fait frissonner… Il lui avait promis de se venger à sa façon la nuit même.

Et il avait tenu sa promesse. Douce, douce vengeance qu'elle l'avait supplié de faire durer.

— Tessa ?

Elle battit des paupières.

— Désolée. J'ai cessé de me concentrer pendant une seconde ou deux.

— Une seconde ou deux ? s'exclama le propriétaire du studio.

Quelques jurons formulés en portugais suivirent la question.

— Ça a duré le temps d'un échange complet.

Marcos effleura sa joue meurtrie du bout des doigts.

— Je ne veux pas que tu te blesses avant le festival, continua-t-il. Cela discréditerait tous les bénéfices de notre entraînement, *intende* ?

— Oui, je comprends. Essayons encore.

Marcos l'aida à se relever puis il fit signe à un danseur de la rejoindre à l'intérieur du cercle.

— Allez-y.

Le son du *berimbau* retentit, donnant le rythme. Une fois de plus, Tessa se concentra sur les feintes et les parades de son partenaire. Deux minutes plus tard, elle quittait le cercle et quelqu'un d'autre prenait sa place. Quand ce fut de nouveau son tour, elle glissa en avant et se retrouva en appui sur le mauvais pied pour la troisième ou quatrième fois. Vexée, elle s'affala sur le tapis, se demandant si Marcos allait lui retirer sa *cordão* violette et verte et la rétrograder.

De nouveau, il s'agenouilla près d'elle.

— Je pense que ça suffit pour aujourd'hui, Tessita.

Elle fit la grimace. Marcos ne l'appelait « petite Tessa » que lorsqu'il était vraiment fâché contre elle. Et il avait raison de l'être. Elle s'entraînait avec lui depuis des années et il savait exactement ce dont elle était capable.

— Je ne sais pas ce que j'ai, dit-elle.

— Moi non plus, mais quand tu reviendras, la semaine prochaine, tâche que notre *capoeira* paraisse un peu moins… brutale.

Tout le monde éclata de rire, y compris Tessa qui se releva en soupirant.

— J'ai compris. Je vais y travailler.

— Tant mieux. Le festival va arriver très vite.

Elle prit sa serviette, posée sur son sac, et essuya son visage et son cou humides de sueur.

— Quatre semaines, je sais. Si je peux, je viendrai m'entraîner quelques heures, cette semaine.

— Tu feras bien, Tessita.

Ouille !

Il lui en voulait encore, mais il n'était pas le seul, car elle s'en voulait aussi. Depuis qu'elle avait rencontré Clay à la cafétéria, elle était sur les nerfs. A la façon dont il l'avait regardée, elle avait eu l'impression d'être une sorte de criminelle, même si elle n'avait rien fait de mal.

Bien… Il était temps de chasser Clay, son ex-épouse et surtout sa mignonne petite fille de ses pensées.

Une fois pour toutes.

Restait à savoir comment elle allait s'y prendre.

4

Il était en train de l'observer.

Bien qu'elle ait saisi un déplacement à la périphérie de sa vision, Tessa avait néanmoins continué de retirer le tissu malade qu'elle écartait des cellules saines. La chirurgie de Mohs avait été retardée de trois jours parce que le patient avait attrapé un rhume.

Comment Clay avait-il su qu'elle serait au bloc ? Brian Perry, l'oncologue spécialisé dans les cancers de la peau qui la supervisait, l'avait-il prévenu ? Mais pourquoi l'aurait-il fait ? En tant que chirurgien orthopédiste, Clay travaillait dans un tout autre domaine.

Avant de commencer, elle avait délimité les marges cliniques avec un marqueur, et lorsqu'elle avait retiré la fine couche de tissu, elle l'avait étalée sur une lame de verre afin de vérifier que le prélèvement correspondait bien aux marques. De cette façon, ils pourraient savoir où il fallait continuer de couper si les marges n'étaient pas totalement saines.

Brian examina la zone puis il fit un signe à l'assistant de laboratoire.

— Dès que vous serez prêts, dites-le-nous.

Le spécimen excisé allait être coloré et découpé en sections, de manière à déterminer si certaines zones comportaient encore des cellules cancéreuses. Si c'était le cas, il faudrait enlever davantage de tissu.

— Comment allez-vous, Mandy ?

Le patient de Tessa était allongé sur le ventre, la tête tournée d'un côté, mais il était éveillé car, pour ce genre d'intervention, une anesthésie locale suffisait. Bien sûr, si la tumeur était plus profonde que prévu, il lui faudrait rester un peu plus longtemps immobile.

— Je vais bien. Comment ça se passe ?

— Nous le saurons dans quelques minutes.

Le biper accroché à la ceinture de Tessa se mit à vibrer. Le laboratoire était prêt à examiner l'échantillon. Les résultats fournis par le microscope indiquèrent qu'il y avait encore une zone atteinte, et Brian reporta ces résultats sur la carte de Mohs qu'ils avaient tracée auparavant.

Après avoir retiré encore deux couches de tissu dans cette région, ils obtinrent finalement les résultats qu'ils espéraient : des marges saines. Ce n'était pas un mélanome, mais une tumeur squameuse située en bas du dos du patient. Bien que moins dangereuse que le cancer qui avait tué la mère de Tessa, elle pouvait néanmoins se propager si on n'intervenait pas à temps. Par bonheur, ce patient était suivi très régulièrement.

Tout en nettoyant la zone, Tessa lui expliqua ce qu'ils avaient fait et les suites à attendre. Fort heureusement, la greffe de peau était inutile.

Elle espérait que Clay s'était lassé et qu'il avait regagné son propre service. Elle ne s'expliquait toutefois pas sa présence. Voulait-il lui parler de quelque chose ? Elle espérait que non, surtout s'il s'agissait de leur passé !

— Bravo, Tessa… Je pense que tu as tout retiré et je te félicite.

Ce compliment aurait dû la transporter, mais la présence de Clay la rendait nerveuse.

Comme s'il avait lu dans ses pensées, Brian leva les yeux vers la vitre.

— On dirait que tu as un public.

— Je me demande bien pourquoi !

— Je n'en sais rien non plus. Si tu te sens de terminer seule, je vais voir si je peux lui être utile. Il doit peut-être opérer après nous dans ce bloc, tout simplement.

Brian se tut un instant avant de poursuivre :

— Si c'est ce que tu veux, je crois que tu pourras faire ton prochain stage en chirurgie de Mohs.

Une exaltation teintée de contrariété submergea Tessa. Elle aurait dû savourer son triomphe car elle avait bientôt terminé son internat, mais un spectre sombre venu de son passé menaçait de tout gâcher.

Elle devait l'oublier ! Elle venait de réussir l'intervention sans aucune assistance. C'était tout ce qui importait pour l'instant.

Malheureusement, ce raisonnement ne suffit pas à la réconforter, et quand Brian se dirigea vers la porte, elle soupira, peu pressée elle-même de papoter avec son ex.

En tout cas, Clay avait pu constater qu'elle était compétente ! Exactement comme elle se l'était promis.

L'infirmière lui apporta le matériel de suture puis elle lui tendit l'aiguille pré-enfilée. Tessa recousit d'abord les couches les plus profondes puis elle remonta peu à peu à la surface. De temps en temps, elle s'arrêtait pour vérifier que le patient allait bien. Un quart d'heure plus tard, elle avait terminé. Brian n'était pas revenu et elle se retint de jeter un coup d'œil au poste d'observation. Elle finit de panser son patient, puis elle lui donna quelques instructions pour la suite.

— Dans une semaine, le Dr Perry vous retirera les fils, conclut-elle.

Après lui avoir serré brièvement l'épaule, elle lui fit ses adieux. Otant ses gants et sa tenue, elle les déposa dans une poubelle avant de s'autoriser à lever les yeux vers la vitre.

Clay n'était plus là.

Elle en éprouva un soulagement mêlé de déception. Après tout, il n'était peut-être pas venu pour elle. D'ailleurs, cela n'avait aucune importance !

Elle poussa la porte du bloc tout en ôtant la barrette qui retenait ses cheveux pour se recoiffer avec les doigts… Sauf que Clay se tenait en face d'elle ! Elle essaya de prendre un air indifférent.

— Où est Brian ?

C'était la seule question qui lui était venue à l'esprit !

— Il a dit qu'il avait un autre patient à voir et que je n'avais qu'à t'attendre ici.

— Tu as une raison spéciale de vouloir me parler ?

— J'ai discuté avec ma mère, hier soir, dit-il d'une voix grave.

Tessa se crispa. Ses parents avaient gardé de bonnes relations avec ceux de Clay et, malgré son malaise, elle leur était toujours reconnaissante de lui avoir payé ses études. Après sa rupture avec Clay, elle était restée en contact avec eux.

Du moins jusqu'à la mort de sa mère…

Pendant un certain temps, elle avait été incapable de soutenir une conversation cohérente avec quiconque en dehors du travail.

— Ah bon ?

— J'ignorais que ta mère était décédée, Tessa.

Elle battit des paupières pour chasser les larmes qui lui montaient aux yeux.

— C'est le cas… Maintenant, j'ai deux patients à voir, alors si tu veux bien m'excuser…

Avant qu'elle puisse s'éloigner, Clay lui saisit le poignet et ses doigts chauds se refermèrent sur sa peau glacée.

— Je suis désolé, Tess, je n'en avais aucune idée. C'est pour cette raison que tu as changé de spécialité ?

— Tu veux savoir si c'est pour ça que j'ai choisi la chirurgie dermatologique ? Sans doute… J'imagine que ta mère t'a expliqué ce qui a tué la mienne ?

— Oui.

Lui lâchant le poignet, il posa la paume sur sa joue et lui caressa la paupière gauche du pouce. Ses yeux exprimaient une compassion bien éloignée de l'attitude blasée qu'il avait adoptée devant l'affiche, dans le hall. Elle l'avait trouvé arrogant avec ses allusions à peine voilées à leur passé commun.

Sentant une larme jaillir sous le doigt de Clay, elle voulut s'écarter.

— J'ai décidé que la meilleure façon de célébrer sa mémoire, c'était d'aider les personnes comme elle. C'est pour cette raison que tu as suivi l'intervention ? ajouta-t-elle en redressant le menton. A cause de cette conversation avec ta mère ?

— Tu m'as remarqué ? s'enquit-il d'un ton satisfait.

Elle ne put s'empêcher de sourire. Après toutes ces années, il parvenait encore à la déstabiliser. Avait-il vraiment cru qu'elle ne s'était pas aperçue de sa présence ?

— Difficile de faire autrement puisque tu étais juste en face de moi.

Bon… Pas tout à fait, en réalité, mais elle avait l'habitude de lever les yeux vers la vitre derrière laquelle se trouvaient souvent des médecins ou des internes.

— Il m'a semblé que c'était le meilleur moyen de te trouver, dit-il. J'ai l'impression que tu erres dans ces couloirs à la façon d'un fantôme.

Un fantôme ? C'était une manière de voir les choses. « Un fantôme en mission » aurait été un terme plus exact. La veille, elle avait aperçu Clay deux fois à son étage et elle s'était précipitée dans la chambre d'un patient pour l'éviter.

Bravo, Tessa ! Une attitude très adulte…

— De façon générale, les internes sont plutôt surchargés de travail. Tu dois le savoir puisque tu es passé par là.

A cet instant, les portes du bloc s'ouvrirent et son patient en sortit dans un fauteuil roulant, poussé par un infirmier. C'était l'occasion ou jamais de s'esquiver.

— Je dois partir, dit-elle en les suivant dans le couloir.

— Je vais faire quelques pas avec toi, répliqua Clay. Tu ne voudrais tout de même pas disparaître une nouvelle fois ?

De quoi parlait-il ?

— Tu as autre chose à me dire ?

A condition qu'il ne s'agisse pas du domaine privé, bien sûr ! Des mots qu'elle ne prononça pas de peur que quelqu'un les entende. Personne ne devait savoir que Clay et elle avaient été davantage que des collègues autrefois !

Elle ralentit pour laisser le fauteuil roulant prendre un peu d'avance. Clay fit de même.

— En effet, j'ai autre chose à te dire.

Clay ne savait pas exactement pourquoi il était entré dans le poste d'observation.

Etait-ce de la nostalgie ?

Une curiosité morbide ?

Ou peut-être avait-il éprouvé le besoin de dire à Tessa combien il avait été désolé d'apprendre que sa mère était morte…

Malgré la façon brutale dont Tessa avait mis un terme à leur relation, il lui avait toujours voulu du bien, ainsi qu'à sa famille.

Pourquoi sa propre mère ne lui en avait-elle pas parlé plus tôt ? Sans doute parce qu'il l'avait fait taire chaque fois qu'elle avait prononcé le prénom de Tessa. Ses parents n'avaient jamais su à quel point il avait été furieux lorsqu'elle lui avait renvoyé son cadeau au moment de la remise des diplômes.

Pas étonnant puisqu'il ne le leur avait jamais dit !

En revanche, ils avaient vite compris qu'il valait mieux éviter le sujet. Et s'ils avaient découvert que Tessa faisait son internat au West Manhattan Saints, c'était uniquement parce que Molly avait fait allusion à la jolie dame rencontrée à la cafétéria.

Immédiatement, ses parents avaient été très attentifs, présumant qu'il sortait avec cette jeune femme.

Ils étaient loin du compte ! Clay en avait fini avec le mariage… Et avec les femmes en général.

Puis le prénom de Tessa était arrivé sur le tapis. Sa mère lui avait alors appris le décès de Gloria.

Quand le besoin de présenter ses condoléances à Tessa était devenu trop pressant, il avait fait en sorte de la retrouver.

Maintenant, il le regrettait presque... Tessa le fixait, attendant qu'il lui dise ce qui l'amenait.

— Tu te rappelles que je t'ai parlé de ton studio de *capoeira* ? commença-t-il. J'ai réfléchi et je pense que Molly serait ravie d'assister à une séance d'entraînement. Si les danseurs répètent un spectacle, c'est l'occasion rêvée.

Elle leva vers lui un regard étonné.

— Tu sais où est le studio... Alors pourquoi t'adresser à moi ?

— Est-ce que tu connais les dates et les horaires de répétition ? Si Marcos est toujours là, il ne se souvient sans doute pas de moi.

— Bien sûr que si !

— Comment le sais-tu ?

Tessa se détourna avant de répondre.

— Il a peut-être mentionné ton nom une fois ou deux.

Elle avait sûrement eu du mal à expliquer leur rupture et pourquoi il ne viendrait plus au studio. Il aurait pu continuer, d'ailleurs, car il aimait ce sport. Mais il était tellement furieux contre Tessa qu'il voulait chasser de son esprit tout ce qui la concernait de près ou de loin.

— Je suis certain que tu l'as mis au courant de tous mes méfaits.

Cette fois, Tessa s'arrêta en plein milieu du couloir pour le regarder bizarrement.

— Je n'ai jamais rien dit de mal sur toi, Clay.

Elle sembla hésiter avant d'ajouter :

— Si tu veux, je peux l'appeler à ta place.

— Pourquoi ?

— Je parle sa langue, répliqua-t-elle en haussant les épaules. Je lui expliquerai ta requête plus facilement.

Clay doutait que ce soit la vraie raison de cette proposition. Elle voulait sûrement s'assurer qu'il ne révélerait rien de gênant à Marcos. En tout cas, ce n'était certainement pas une question de langue car Marcos maîtrisait parfaitement l'anglais qu'il parlait avec l'accent brésilien.

Celui de Tessa était plus léger et il n'était vraiment perceptible que lorsqu'elle était en colère ou émue. Lorsqu'ils faisaient l'amour et qu'elle le suppliait de conclure, elle murmurait des mots en portugais.

Des mots qui suffisaient à le faire exploser !

L'accent était aussi là lorsqu'elle avait rompu avec lui. Ses yeux brillaient de colère et de chagrin, mais il ignorait encore maintenant ce qu'il avait fait de si horrible. Il lui avait juste offert un bracelet…

Mais ce n'était pas le moment d'évoquer le passé. Il avait sûrement eu tort de lui parler du studio. A en croire l'expression contrariée de Tessa, c'était même une très mauvaise idée.

Mais Molly était dans sa période « karaté. » Elle distribuait des coups de pied et de poing à tout le monde, y compris à lui, aussi voulait-il lui montrer à quoi ressemblait un art martial. Qu'elle comprenne qu'il ne s'agissait pas seulement de briser des planches ou de frapper les gens, mais de savoir se maîtriser.

Peut-être Molly pourrait-elle prendre des cours de *capoeira*, du moins si elle avait l'âge requis. Et pourquoi ne reprendrait-il pas lui-même l'entraînement ? Il pouvait se rendre au studio quand Tessa n'y était pas.

Très bien, il avait offert ses condoléances à Tessa. Maintenant, il était temps de s'en aller !

Il prit son portefeuille dans sa poche intérieure et en sortit une carte qu'il lui tendit.

— Passe-moi un coup de fil quand tu auras une réponse.

Elle hésita un instant et il se demanda si elle allait refuser de la prendre. Enfin, elle la saisit du bout des doigts en prenant soin de ne pas le toucher… Du moins en eut-il l'impression et, machinalement, il lui prit la main. Il la sentit se crisper.

— Passe le bonjour de ma part à ton père, d'accord ?

— D'accord, merci.

S'arrachant à son étreinte, elle s'éloigna à grands pas pour rejoindre son patient qui était loin maintenant.

Clay la suivit du regard, se demandant pourquoi il l'avait touchée. Parce qu'elle n'était pas la seule à avoir réagi… Comme mus par une volonté propre, ses doigts avaient brûlé d'envie de lui caresser la paume ainsi qu'ils le faisaient autrefois.

Quoi qu'il en soit, la réaction de Tessa le laissait perplexe. Il n'aurait su dire si son contact la dégoûtait, ou s'il l'affectait d'une autre façon.

En tout cas, il espérait qu'elle avait été aussi troublée que lui… Il n'en restait pas moins que, pour sa santé mentale, il valait mieux qu'il ne recommence pas.

Rentrée chez elle, Tessa s'affala sur une chaise de la salle à manger, la tête posée sur ses bras croisés. Caren Rigg était déjà dans la cuisine où, devant l'îlot central, elle confectionnait ce qui ressemblait à des pâtes carrées. Pour l'instant, Tessa n'avait pas faim du tout, mais elle devait bien admettre que les arômes qui flottaient étaient divins.

Ses relations avec Clay se révélaient plus compliquées qu'elle ne l'avait imaginé. Il avait suffi qu'il la touche pour qu'elle frémisse des pieds à la tête.

Pire encore, la nostalgie des jours lointains l'avait submergée…

Elle ne voulait pas se languir de Clay !

Cela signifierait qu'elle n'avait jamais vraiment tiré un trait sur leur relation.

C'était elle qui avait rompu avec lui, bon sang !

Oui, mais c'était parce qu'elle estimait qu'ils ne se faisaient mutuellement aucun bien. Ce qui n'avait pas rendu la rupture moins douloureuse. En réalité, la perspective de ne plus jamais le revoir lui avait littéralement brisé le cœur.

Quelques minutes passèrent sans qu'elle bouge.

Sentant la table vibrer sous son front, elle se redressa et vit Caren qui venait de poser quelque chose sur la table.

— Tu as l'air fatiguée…

— Parce que je le suis, marmonna Tessa.

— Alors, mange un peu. J'ai fait des raviolis au poulet. Le genre de cuisine familiale toute simple… D'ailleurs, j'ai autre chose à te dire à ce propos.

Autre chose à lui dire…

Oh non ! C'était la deuxième fois de la journée que quelqu'un utilisait cette expression ! Comme son amie s'asseyait en face d'elle, Tessa aperçut deux bols fumants posés sur la table.

— Qu'est-ce qu'on fête ? demanda-t-elle.

— Rien de particulier, mais il se peut que je ne fasse pas la cuisine pendant un certain temps, alors j'ai pensé qu'il valait mieux profiter de l'occasion.

Caren n'était pas originaire de New York et Tessa trouvait ses intonations traînantes apaisantes. En l'occurrence, cet accent du Sud dissipait quelque peu la confusion que sa rencontre avec Clay avait suscitée dans son esprit.

Elle accepta la cuillère que Caren lui tendait et la plongea dans son bol.

— Pourquoi ne ferais-tu plus la cuisine ?

— C'est justement de ça dont je veux vous parler, à Holly, Sam et toi. Mais comme tu es arrivée la première, je me suis dit que je pourrais aussi bien commencer par toi. C'est bon ?

— Délicieux !

Tessa souffla sur un ravioli avant de le mettre dans sa bouche. Aussitôt, ses papilles gustatives frémirent de plaisir et elle laissa échapper un gémissement. Avant de rencontrer Caren, elle n'avait jamais goûté la cuisine du Sud, mais elle était devenue très rapidement accro.

— C'est vraiment très bon, commenta-t-elle avec un sourire. Alors ? Dis-moi tout !

Abandonnant sa cuillère dans son bol, Caren posa les coudes sur la table.

— J'envisage de participer à une mission médicale.

Tessa la fixa avec étonnement. Jamais Caren n'avait parlé de quitter l'hôpital ou leur colocation.

— Quoi ? Où ça ?

— Au Cameroun. Je viens de recevoir le feu vert et je dois faire mes valises.

— Waouh ! C'est rapide, dis donc ! Tu vas laisser tomber ton stage ? Et ta chambre ?

La maison de grès rouge typique de New York où ils habitaient appartenait à la famille de Holly. Avec ses boiseries sombres et ses tapisseries de prix, elle rappelait à Tessa celle des parents de Clay. Mais ce décor à la fois luxueux et de bon goût ne l'agaçait pas dans la mesure où elle payait son loyer.

Les locataires, qui avaient chacun leur chambre, partageaient la cuisine, la salle de séjour et la salle à manger. Depuis le début de leur internat, les quatre occupants, jeunes et célibataires, étaient devenus amis, et leur amitié était renforcée par le fait qu'ils poursuivaient tous le même but : devenir médecin.

Tessa avait cru que l'arrangement durerait encore un certain temps et le départ de Caren la chagrinait.

— Justement…, répondit celle-ci. J'ai une cousine qui pense postuler pour faire un stage au West Manhattan Saints. Elle pourrait sous-louer ma chambre et, de cette façon, je n'aurais pas à déménager mes meubles. Pour vous, rien de changé… A part un nouveau visage.

Une clé tourna dans la serrure de la porte d'entrée. Sam Napier ne tarda pas à apparaître, chargé de deux sacs.

— Salut ! Je vous dérange ?

Avec ses cheveux un peu longs, son corps mince et son accent écossais, Sam aurait pu être qualifié de super canon, mais il était aussi une énigme. Très silencieux, il ne livrait rien de personnel sur lui-même. C'était peut-être un trait de caractère masculin, mais Tessa devinait qu'il y avait autre chose, et il était certainement le plus calme des colocataires.

— Pas du tout, dit-elle avec un haussement d'épaules. Caren était juste…

Elle jeta un coup d'œil à son amie, ne sachant si celle-ci souhaitait que cette mission médicale reste secrète.

— J'étais en train de dire à Tessa que je vais sans doute m'absenter quelque temps. Ma cousine Kimberlyn, qui fait elle aussi sa médecine, pourrait s'installer à ma place et partager les dépenses avec vous. J'ai voulu avoir votre avis avant de lui donner ma réponse.

Sam s'approcha de la table.

— Je n'y vois aucun inconvénient, mais c'est sans doute à Holly de décider puisque ses parents et elle sont nos propriétaires.

— Je vais lui en parler ce soir.

— Est-ce que ta cousine est encore à la fac ? demanda Sam.

— Elle fait son internat, comme nous. Elle va justement postuler pour un stage.

— La solution semble parfaite, en ce cas, commenta Sam.

— Je le pense aussi, dit Caren en souriant. J'avais peur que vous ne m'en vouliez de vous lâcher.

Tessa lui rendit son sourire.

— Bien sûr que non ! De toute façon, tu vas nous envoyer des tas de cartes postales du Cameroun.

— Tu peux en être sûre !

Caren avala deux raviolis avant de se lever.

— Je suis de garde, cette nuit, alors je ferais mieux de prendre ma douche et de me dépêcher. Il faut aussi que je commence à faire mes bagages.

— Vas-y, dit Tessa. Je débarrasserai.

— Désolée, Tess, il y a de la farine partout, dans la cuisine, dit Caren en fronçant le nez. Tu es certaine que ça ne t'ennuie pas ?

— Tout à fait.

Pendant ce temps, elle ne penserait pas à Clay…

— Je vous laisse, les filles, intervint Sam. J'ai une intervention chirurgicale qui m'attend de bonne heure, demain matin.

Leur adressant un signe de la main, il grimpa l'escalier qui menait à sa chambre.

— Encore merci ! lança Caren. Je suis certaine que vous allez adorer Kimber.

— Si elle te ressemble, c'est sûr ! s'exclama Tessa en se levant pour ramasser les bols.

5

Une infirmière appela Clay depuis le comptoir central, le téléphone encore collé à l'oreille.

— Docteur Matthews ? On vous demande aux urgences.

En six heures, Clay avait effectué deux opérations et il avait eu une consultation téléphonique avec un médecin qui travaillait dans un autre hôpital. Il avait été tellement occupé qu'il avait à peine eu le temps de penser à Tessa.

— Qu'est-ce qu'on a ?

— Si j'ai bien compris, un vieux monsieur s'est cassé une jambe en ratant une marche de son porche. Ou alors c'est la hanche.

— Dites-leur que j'arrive.

Clay appuya sur le bouton de l'ascenseur. Avec les personnes âgées, les causes et les effets étaient rarement aussi simples qu'ils le semblaient au premier abord. Etait-ce la fracture qui avait causé la chute, ou la chute qui avait causé la fracture ? C'était une question que l'on devait se poser. Clay avait vu suffisamment de fractures spontanées pour savoir que des os fragiles pouvaient lâcher prise sous le poids des années ou d'autres facteurs.

Lorsqu'il parvint au premier étage, toutes ses pensées allaient à son patient et il ébauchait divers scénarios possibles.

L'un des urgentistes l'arrêta dans le couloir.

— Vous êtes le nouvel orthopédiste ?

— Oui. Clay Matthews.

— Anthony Stark. Ravi de vous rencontrer. Votre patient est dans le box 4. Après que nous l'avons examiné, j'ai aussi appelé un interne.

C'était bizarre puisque celui qui faisait son stage dans le service de Clay était parti dîner. Peut-être était-il revenu plus tôt.

— D'accord, merci. Le patient est déjà passé à la radio ?

— Oui. On vient juste de le ramener. Il semblerait que ce soit une fracture déplacée.

Cela signifiait que les deux parties de l'os s'étaient écartées l'une de l'autre — une situation plus compliquée. La compassion serra la gorge de Clay. Le mois dernier, le cœur de l'un de ses patients n'avait pas été assez résistant pour qu'on l'opère d'une fracture du bassin. Il espérait que cette fois ce ne serait pas le cas.

Il entendit quelqu'un crier dans le box 4.

— Je vous souhaite bonne chance, lui dit l'urgentiste. N'hésitez pas à m'appeler si vous avez besoin d'aide.

Fronçant les sourcils, Clay se dirigea vers le rideau derrière lequel deux personnes semblaient se disputer… Un homme et une femme, apparemment.

Notant que le dossier médical n'était pas dans l'étui extérieur, il poussa le rideau et s'immobilisa. La femme qui lui tournait le dos n'était pas une infirmière… C'était Tessa. Et elle s'efforçait d'abaisser le drap qui recouvrait le patient, mais ce dernier s'y accrochait de toutes ses forces.

— Personne ne verra mes bijoux de famille, sauf mon médecin !

L'accent brésilien de Tessa était plus marqué que jamais.

— Je suis médecin, monsieur Phillips ! Et je suis là pour examiner votre jambe.

Pourquoi était-elle là ?

L'interne dont avait parlé le Dr Stark aurait dû faire son stage en orthopédie !

Si le patient n'avait pas été dans un état relativement grave, Clay aurait été tenté de ne pas intervenir et d'observer comment la situation allait évoluer parce que la Tessa qu'il connaissait n'abandonnait jamais la partie…

— Je peux vous aider ?

Deux têtes se tournèrent vers lui. Bizarrement, Tessa parut plutôt soulagée de le voir.

— Cette petite dame essaie de jeter un coup d'œil à mon équipement, dit M. Phillips.

Clay n'aurait su dire ce qu'il y avait de plus choquant : que le vieux monsieur appelle Tessa « petite dame », ou qu'il la traite quasiment de voyeuse.

— J'essaie d'examiner son grain de beauté, protesta-t-elle.

— Je croyais voir l'un de mes patients. Ce monsieur s'est bien cassé le fémur gauche ?

— Oui, mais le Dr Stark m'a appelée parce qu'il y a une lésion suspecte sur son autre jambe.

Hochant la tête, Clay gagna l'autre côté du lit.

— Vous seriez d'accord si je demandais au Dr Camara de s'écarter pendant que je jette un coup d'œil ? demanda-t-il à M. Phillips.

— Mais…, commença Tessa.

Il la fit taire d'un regard. A la grande surprise de Clay, elle ne prit pas un air furieux et recula de quelques pas jusqu'à ce qu'elle soit le dos au rideau.

Notant que le vieil homme paraissait soulagé, Clay remarqua une meurtrissure sur sa joue droite.

— Je peux ? dit-il en saisissant le bord du drap.

M. Phillips cessant de s'y agripper, Clay l'abaissa sans totalement découvrir son patient. La fracture faisait un angle de cinq degrés juste au-dessus du genou. En haut de sa cuisse droite, Clay vit une marque sombre de la taille d'une pièce de vingt-cinq cents dont les contours étaient irréguliers. La surface marbrée évoquait du goudron bouillant.

Tessa était la spécialiste lorsqu'il s'agissait d'affections de la peau, mais Clay en savait suffisamment sur le sujet pour savoir qu'il s'agissait d'un mélanome, la forme la plus agressive du cancer de la peau. Il était probable qu'il s'était propagé.

Seules des analyses diraient si des métastases osseuses avaient provoqué la fracture.

De toute façon, il fallait traiter la fracture en priorité, mais cette tache sur son autre jambe était très inquiétante.

Se tournant vers Tessa, Clay hocha légèrement la tête.

— Il y a bien une lésion, dit-il avant d'en faire la description rapide sans prononcer le mot « cancer ».

— Il faut que je la voie pour en être sûre.

M. Phillips s'accrocha aussitôt à son drap, mais Clay posa une main apaisante sur son épaule.

— Tu peux nous laisser seuls un instant, Tessa ? demanda-t-il.

Même avec ses cheveux roux retenus par une barrette et ses cernes sous les yeux, Tessa était belle. Sans doute davantage encore que lorsqu'elle était à l'université. Il y avait en elle une détermination farouche qui n'existait pas lorsqu'ils étaient ensemble. Ou alors, il avait été trop fasciné par son teint de porcelaine et sa personnalité ardente pour le remarquer.

Mais aujourd'hui, il la voyait, aussi insista-t-il :

— Fais-moi confiance, s'il te plaît.

Sans un mot, elle écarta le rideau et sortit.

Clay se concentra de nouveau sur son patient.

— Le Dr Camara est un excellent médecin.

— Peut-être bien, mais mon épouse a été la seule femme à me voir nu.

Il était clair que le vieil homme souffrait le martyre, mais il ne supportait pas l'idée que Tessa voie ses « bijoux de famille », ainsi qu'il l'avait dit. Clay aurait pu faire appel à un dermatologue masculin, au risque de déclencher la fureur de Tessa, mais cela aurait été injuste. Tessa était médecin et la renvoyer sous prétexte qu'elle était une femme était impensable.

Il fallait donc trouver une autre solution.

— Et si nous procédions différemment ? suggéra-t-il. Vous garderiez votre tenue d'hôpital, bien sûr, et je disposerais le drap de cette façon…

Tout en parlant, il arrangeait les plis autour de la taille et du bassin de son patient de façon à le couvrir entièrement, ne laissant visible que la lésion. Plus tard, pendant l'intervention destinée à réduire sa fracture, il serait endormi et l'équipe profiterait de l'anesthésie pour s'assurer qu'il n'y avait pas d'autres zones suspectes.

Encore fallait-il, évidemment, qu'il soit assez solide pour supporter l'opération…

La tête du lit ayant été surélevée, M. Phillips vit ce que Clay faisait et se détendit.

— Ça ira, mais assurez-vous qu'elle ne déplace rien, grommela-t-il.

— Vous avez ma parole.

— C'est d'accord, alors.

— Tessa ? Tu peux revenir ?

Le vieil homme tourna vivement la tête.

— J'ai une fille qui s'appelle Tessa.

— Vous voyez ? dit Clay. C'est peut-être un signe.

Tessa s'approcha du lit.

— J'ai bien entendu ? Vous avez une Tessa à la maison ?

— Pas à la maison, non. Elle aura quarante-neuf ans la semaine prochaine. Elle habite dans le Montana, avec son mari et trois chevaux.

— Y a-t-il d'autres membres de votre famille à prévenir ?

Tout en parlant, Tessa examinait la lésion. Clay devina qu'elle en calculait mentalement la taille.

— Mon épouse est décédée depuis dix ans, et mes deux enfants, Tessa et Jeremy, habitent loin, dit M. Phillips.

La gorge de Clay se serra. M. Phillips devrait peut-être envisager de se rapprocher d'eux, mais cette décision incombait à la famille.

— Vous avez donné leurs numéros de téléphone à l'accueil ?

— Oui.

Tessa contourna le lit jusqu'à ce qu'elle soit en face de Clay, mais elle ne leva pas les yeux vers lui, totalement concentrée sur son patient.

— Merci de m'avoir permis de vous examiner, monsieur

Phillips. Il faudra que nous enlevions cette lésion quand le Dr Matthews s'occupera de votre fracture. Vous êtes d'accord ?

— Il le faut bien… Aussi longtemps que vous gardez vos yeux fixés sur les endroits permis, jeune dame.

— Je vous le promets, dit Tessa avec un sourire.

Le vieil homme se laissa aller contre son oreiller, le visage crispé par la souffrance.

— On peut y aller, alors.

Une heure plus tard — après que l'électrocardiogramme et l'analyse sanguine eurent confirmé que M. Phillips était solide comme un bœuf, même s'il avait les os d'un homme de quatre-vingts ans —, Tessa partageait un bloc avec Clay pour la première fois de sa vie.

Et la dernière, elle l'espérait…

En face d'elle, il réduisait la fracture pendant qu'elle retirait la tumeur de la peau, sur l'autre jambe.

— Ce n'est pas aussi profond que je le craignais, dit-elle.

Lorsqu'elle travaillait, elle ne pouvait pas s'empêcher de parler et personne ne s'en était jamais plaint. Clay n'avait pas l'air de s'en soucier non plus.

Pour sa part, il creusait les trous dans lesquels il allait fixer les broches qui maintiendraient les deux parties de l'os fracturé ensemble.

Une fois que Tessa aurait des marges saines, M. Phillips passerait un PET scan, pour vérifier si le cancer s'était étendu. La lésion était suffisamment large pour le lui faire craindre, mais elle avait déjà eu de bonnes surprises dans ce genre de cas.

Elle leva les yeux vers Clay.

— A quoi ressemble la jambe cassée ?

Après un instant de silence, Clay croisa son regard.

— Ça devrait aller, s'il est prudent.

Fidèle à sa parole, Clay avait fait en sorte que la pudeur de son patient soit respectée bien qu'il soit endormi. Savoir que Clay se souciait de la dignité de M. Phillips faisait chaud au cœur de Tessa.

C'était un type bien, même s'il n'était pas pour elle.

Tessa avait beaucoup réfléchi, ces quatre dernières années. Son caractère et peut-être bien son orgueil lui avaient fait oublier toute mesure, et elle avait rompu avec Clay de la pire façon qui soit.

Il faudrait qu'elle trouve le moyen de s'excuser, un de ces jours. Elle ne savait pas très bien quand ou comment, mais le fait qu'ils partagent le même bloc était peut-être un signe du destin.

Elle rassembla tout son courage.

— On pourrait manger un morceau ensemble quand on aura fini ?

Il lui jeta un coup d'œil étonné.

— Que me vaut cet honneur ?

— Si tu n'en as pas envie…

— Tessa, Tessa… Je n'ai pas dit ça ! Il se trouve que Molly dort chez mes parents, ce soir, alors je suis tout à fait d'accord pour qu'on dîne ensemble.

L'allusion à sa fille rappela à Tessa qu'il avait eu un enfant avec une autre femme… Un top model, à en croire son allure. Que s'était-il passé entre eux, d'ailleurs ?

Cette Lizza n'était certainement pas du genre à lui renvoyer ses cadeaux…

Non, pour être aussi stupide, il n'y avait que l'orgueilleuse Tessa qui voulait tout réussir par elle-même. Au cours des années, elle en était venue à apprécier ce que les parents de Clay avaient fait pour elle. Alors pourquoi ne pas réagir ainsi concernant leur fils ?

Parce qu'elle voulait être son égale. Tout comme ses parents qui avaient monté leur propre affaire aux Etats-Unis, elle avait toujours pensé qu'elle réussirait seule.

Puis Clay était arrivé, avec son charme nonchalant et sa galanterie, prêt à prendre soin d'elle alors qu'elle s'en chargeait très bien elle-même.

Elle était la première à admettre que ce n'était pas très rationnel, mais c'était ainsi.

Elle finit de retirer la tumeur et déposa le dernier prélèvement dans le récipient qui serait envoyé au laboratoire.

— Tu en es où ?

— Je finirai sans doute un quart d'heure après toi. Tu peux aller te changer, si tu veux.

— Cela t'ennuie, si je regarde ? Après tout, tu m'as vue opérer, il y a quelques jours.

Il lui adressa le sourire lent et sexy qu'elle avait tant aimé.

— Cela ne me gêne pas du tout, docteur Camara. Regarde-moi autant qu'il te plaira.

Tessa se sentit rougir parce qu'elle se rappelait la fois où il avait employé exactement les mêmes mots. Seulement ce jour-là il n'opérait pas. Il avait soulevé ses hanches, prêt à…

Seigneur !

Elle secoua la tête comme pour chasser les images qui tourbillonnaient dans sa tête. En vain. Elle se revoyait, le regardant pendant qu'il plongeait en elle !

Lentement, profondément.

Elle posa le dernier point de suture puis une infirmière coupa le fil et déposa l'aiguille sur un plateau.

L'esprit en ébullition, Tessa s'écarta de la table. Quelle folle elle avait été de penser qu'elle pourrait adresser un signe de la main à Clay chaque fois qu'elle le croiserait !

Elle aurait voulu se précipiter hors du bloc, mais personne n'aurait compris puisqu'elle venait de demander à Clay si elle pouvait assister à la fin de l'intervention. Et on l'avait aussi entendue l'inviter à dîner.

C'était trop tard pour revenir en arrière, maintenant.

De toute façon, Clay n'avait certainement pas mis dans ses paroles le même sens qu'elle. Il l'avait juste autorisée à le regarder faire.

« Regarde-moi autant qu'il te plaira. »

Bon sang !

Il fallait qu'elle pense à autre chose !

Elle se concentra sur les mains de Clay dont les longs doigts s'activaient sur la jambe de M. Phillips.

Des doigts qui avaient parcouru son corps dans le feu de la passion, suscitant en elle des réactions dont elle ne se serait pas crue capable.

Mais, à cet instant précis, elle devait oublier leur intimité passée pour se concentrer sur le travail du chirurgien…

Elle le voyait sous un jour nouveau et ce qu'elle constatait l'impressionnait. Clay était compétent, sûr de lui, infaillible… Exactement ce qu'elle espérait être un jour.

Si seulement elle parvenait à se focaliser sur ce genre de préoccupations, elle parviendrait au bout de ce dîner. Une fois le repas terminé, elle reprendrait sa routine habituelle et oublierait cette intervention… Et toutes ces révélations.

6

— Si j'ai bien compris, tu veux faire un stage en chirurgie de Mohs ?

Deux heures après avoir opéré M. Phillips et que Tessa eut demandé un scan pour s'assurer que la tumeur n'avait pas métastasé ailleurs, ils étaient installés dans un petit restaurant situé non loin de l'hôpital.

A la fin de l'intervention, elle s'était comportée bizarrement, et Clay s'était demandé si elle allait annuler leur dîner en tête à tête.

— Oui. Je comptais postuler en automne, en espérant commencer très rapidement.

Le serveur les interrompit pour leur apporter du vin et prendre leur commande. Lorsqu'il repartit, Clay se pencha par-dessus la table.

— Je connais le Dr Wesley, le chef du service de cancérologie. Nous sommes amis et je pourrais glisser un mot en ta faveur.

Il y eut un bref silence puis le visage de Tessa devint tout rose… Il devina qu'elle était en colère.

— Tu penses que je ne peux pas obtenir de stage toute seule ?

— Je me suis juste dit que puisque je connaissais Josiah, je pourrais…

— … Me donner un coup de pouce ?

— Tu vois un inconvénient à ce qu'un médecin en aide un autre ?

C'était une pratique courante, quel que soit l'hôpital.

— Je n'ai besoin d'aucune faveur, Clay. Je n'ai pas besoin de cadeaux ou de bourse… Plus maintenant.

Ces mots prononcés avec une conviction tranquille le surprirent. Autrefois, ils s'étaient parfois disputés parce qu'il aimait lui faire des cadeaux. Le problème était-il plus grave qu'il ne l'avait cru ?

— Tu parles de mes parents ? Tu as rompu avec moi parce qu'ils t'ont un peu aidée financièrement ?

— Un peu aidée ! *Meu Deus* ! C'était plus que n'en ont coûté toutes mes études !

Elle avait élevé la voix, ce qui attira l'attention de quelques clients. Fermant les yeux, Tessa inspira profondément.

— Essaie de voir les choses de mon point de vue, reprit-elle. Je croyais avoir gagné cette bourse. J'ai travaillé dur, à la fac, et j'ai posé ma candidature pour à peu près tout ce qui existait en matière d'aide financière. Tout ça pour découvrir que cette bourse n'avait rien à voir avec mes mérites ou mes efforts.

— Pourquoi ne m'en as-tu rien dit quand nous étions ensemble ? demanda Clay, la gorge serrée.

— Parce que j'ignorais d'où venait l'argent jusqu'au jour de la remise des diplômes, répliqua-t-elle en jouant distraitement avec sa fourchette.

— Tu ne savais pas que…

Soudain, toutes les pièces du puzzle se mirent en place. Clay comprenait maintenant pourquoi elle avait mis fin à leur relation sans vouloir en discuter.

Il ne s'agissait que d'argent.

— Non, et tu ne m'en as jamais dit un mot non plus. Je me suis sentie très humiliée. Les parents fortunés de mon petit ami payaient mes études dans l'une des universités les plus réputées…

Les choses formulées de cette façon, il comprenait pourquoi elle avait été hors d'elle. Mais ses parents avaient certainement estimé qu'elle valait la peine qu'on investisse sur son avenir. Ils n'étaient pas du genre à jeter leur argent par les fenêtres, et Tessa avait des notes exceptionnelles, meilleures même que les siennes.

Tendant la main, il lui effleura le visage.

— Si mon père et ma mère ne l'avaient pas fait, tu aurais eu cette bourse de toute façon, Tess. C'est si grave que ce soit venu d'eux ?

Elle le regarda dans les yeux pendant quelques secondes.

— Je ne sais pas quoi penser. Mes parents n'étaient pas au courant non plus. Pourquoi ne pas nous avoir prévenus dès le début ?

— Les miens ont sans doute cru que les tiens refuseraient. Ils sont très fiers, tout comme un jeune médecin que je connais…, conclut-il en reposant sa main sur la table.

— Je le suis un peu, dit Tessa avec un petit sourire.

— Oh ! Tessa, si c'est ta définition de « un peu »… Tu vas être un sacré bon médecin. Tu l'es déjà, en fait, et ta mère serait fière de tout ce que tu as accompli. Maman dit que ton père ne cesse de parler de toi.

Les yeux verts de Tessa se mouillèrent de larmes.

— Merci. Elle nous manque tellement, à papa et à moi !

L'attention de Clay se fixa soudain sur ces lèvres roses qu'il avait autrefois entrouvertes sous les siennes. Il aurait voulu chasser d'un baiser tout le chagrin qu'il percevait dans sa voix.

Comme si Tessa avait suivi le cours de ses pensées, l'atmosphère se chargea soudain d'électricité.

S'il n'y avait pas eu la table et les plats entre eux, il se serait penché pour l'embrasser… Ne serait-ce que pour vérifier si l'expérience était aussi excitante qu'il se le rappelait.

Mais il y avait bel et bien un obstacle entre eux.

Agacé, il enfonça sa fourchette dans une boulette de viande. Ce n'était pas parce qu'il connaissait maintenant la raison exacte de leur rupture qu'ils pouvaient repartir de zéro.

C'était impossible.

Trop d'eau avait coulé sous les ponts. Il avait une fille, une ex-épouse. Il savait mieux que personne quand il valait mieux s'abstenir.

Il était temps d'orienter la conversation vers des sujets plus anodins.

— Comment vont Marcos et tous les danseurs ?

— Il est toujours aussi rouspéteur, dit Tessa en souriant. Quant aux danseurs, ils sont très excités à l'idée du spectacle qu'ils vont présenter. Ce qui me rappelle que j'ai complètement oublié d'appeler Marcos pour lui demander quel jour il préfère que tu viennes.

— Il y a quelques semaines, Molly a vu un film destiné à apprendre aux enfants comment exécuter quelques mouvements de karaté. La *capoeira* n'est pas le karaté, mais je crois que ça lui plairait bien.

— Je suis certaine que Marcos ne verra aucun inconvénient à ce qu'elle vienne. Je le lui demanderai demain matin. Je… Je suis désolée, pour ton divorce.

Ce retour à une conversation plus personnelle prit Clay au dépourvu.

— Apparemment, je ne suis pas fait pour les longues relations.

Tessa se mit à rire.

— On est deux, alors. Mais il est sorti quelque chose de bien de ce mariage puisque tu as une ravissante petite fille.

— Elle est toute ma vie.

Il espérait seulement que Lizza et lui avaient réussi à la protéger de toute la laideur de leur rupture. Ces derniers mois avaient été pénibles. Par bonheur, Molly était trop jeune pour comprendre leurs dissensions… Du moins, jusqu'à maintenant. Il avait beau faire des efforts, il avait l'estomac noué chaque fois que Lizza recevait leur fille pour le week-end.

Jamais il ne remettrait Molly dans une telle situation, et la meilleure façon de tenir cet engagement était de ne plus jamais s'engager dans une relation durable. Cela impliquait de ne pas embrasser les jolies rousses. Sauf si cela ne durait qu'une folle nuit d'été.

Cela étant fixé, il pouvait se détendre…

Pendant le quart d'heure suivant, ils ne firent que commenter les plats qui étaient délicieux. Peu à peu, la tension qui avait alourdi l'atmosphère, d'abord au bloc puis au restaurant, s'atténuait, remplacée par la camaraderie qu'ils avaient partagée autrefois.

Soudain, la main de Tessa se posa sur la sienne.

— Merci de comprendre ce qui m'a poussée à rompre il y a quatre ans.

S'agissait-il de compréhension ?

Rien n'était moins sûr, pourtant il reconnaissait que des erreurs avaient été commises des deux côtés. Ils ne repartaient pas exactement de zéro, et la chaleur de la peau de Tessa contre la sienne lui rappelait cette unique et folle nuit d'été qu'il évoquait un instant plus tôt.

En fait, il adorerait cela…

Ce n'était sûrement pas très intelligent, mais il retourna sa main pour prendre les doigts de Tessa au creux de sa paume, puis il les porta à ses lèvres.

Quand la bouche de Clay se pressa sur sa peau, Tessa frémit. Des souvenirs tournoyèrent dans son esprit et leurs regards se croisèrent tandis qu'il reposait lentement sa main sur la table.

Mais il ne la lâcha pas.

— Tu veux un dessert, Tessa ?

Elle secoua la tête, incapable de rompre le contact visuel. Sans prendre la peine de réclamer l'addition, Clay la libéra le temps de déposer deux billets près de leurs assiettes vides puis il se leva et tendit la main vers elle.

Elle lui agrippa les doigts et se laissa hisser sur ses pieds… Exactement comme autrefois, quand ils étaient pressés de passer à l'étape suivante.

Sauf qu'aujourd'hui, elle ignorait ce qui allait venir.

Clay la guida vers la sortie, hochant la tête en direction de la propriétaire du restaurant qui leur souhaitait une bonne nuit. Dehors, l'air embaumé de New York les enveloppa. Tessa se retrouva le dos au mur de brique du restaurant.

Clay était tout près d'elle, à l'intérieur de sa bulle personnelle. Lorsqu'il caressa le dos de sa main avec son pouce, elle sursauta.

— Tu as peur ?

— Non, mentit-elle. Je devrais ?

Un lent sourire étira la bouche de Clay.

— Absolument.

— Et pourquoi ?

D'accord ! Non seulement elle avait peur, mais elle mourait d'envie qu'il la serre d'encore plus près.

Tout, en elle, frissonnait de désir.

Clay dut le deviner.

— A quelle heure dois-tu rentrer, Tessa ?

— Rien ne presse, pourquoi ?

Un peu d'hypocrisie ne nuisait pas…

— C'est une belle nuit. On pourrait se promener dans le parc, pour commencer.

Pour commencer ?

L'estomac de Tessa se noua. Lorsqu'ils sortaient ensemble, ils se rendaient souvent à Central Park pour marcher, étudier… Ou trouver un coin tranquille.

Ils étaient des gamins, à cette époque.

Parce qu'on ne faisait plus l'amour, à trente ans ?

Tessa s'exhorta au calme… Clay n'avait sans doute nullement l'intention de faire l'amour avec elle.

— Tu vas souvent au parc, ces temps-ci ?

— Parfois. C'est l'endroit idéal pour s'éclaircir les idées.

Y était-il allé après leur rupture ? Cette idée lui fit mal… Pourtant, après cette scène affreuse, il ne l'avait jamais rappelée, pas plus qu'il n'avait semblé affecté par leur séparation.

Evidemment, ils auraient pu se quitter bons amis, mais cela ne s'était pas passé ainsi, et elle ne pouvait effacer ce qu'elle lui avait dit. Malgré tout, elle estimait toujours qu'elle avait eu raison de rompre.

Elle n'avait pas voulu que Clay lui fasse des cadeaux, qu'il prenne des décisions à sa place ou qu'il la protège. Elle souhaitait seulement son amour et son respect. Il ne l'avait jamais compris et sans doute ne le comprenait-il toujours pas, à en croire sa proposition de la pistonner auprès du Dr Wesley.

Elle devait penser à autre chose !

Pour l'instant, elle avait envie de faire cette promenade avec lui, ne serait-ce que pour gommer ce qu'il pouvait rester d'animosité entre eux. En fait, elle n'en sentait aucune chez lui actuellement.

Elle lui pressa donc légèrement la main.

— En tout cas, c'est une très bonne idée.

Vingt minutes plus tard, ils contemplaient le lac tandis que des joggeurs couraient en silence derrière eux.

— Quand j'étais adolescente, maman m'interdisait de rester dans le parc la nuit, dit Tessa. Les choses ont changé, depuis.

— Mes parents me disaient la même chose. Encore maintenant, je ne pense pas que ma mère accepterait de se promener ici après le coucher du soleil, sauf si elle était escortée par des policiers… Et encore !

— Le parc est pourtant bien plus sûr, aujourd'hui, murmura Tessa. Et on voit qu'il est entretenu soigneusement. C'est très beau, ici.

C'était vrai… Les lampadaires se reflétaient dans l'eau du lac… Et les cheveux de Tessa.

S'il lui avait suggéré cette promenade, c'était pour se donner une chance de réfléchir à ce qu'il allait faire. L'embrasser serait une pure folie.

Une petite voix ne cessait de souffler dans sa tête cette litanie : « La folie d'une seule nuit d'été. » Elle exigeait une réponse.

« Embrasse-la. »

L'envie qu'il avait éprouvée au restaurant revenait, plus puissante que jamais.

Comme si elle avait suivi le cours de ses pensées, Tessa

se tourna vers lui, les yeux écarquillés. Bon sang ! Elle avait toujours su lire en lui.

Dans ce cas, pourquoi se priver ?

Il fit un pas vers elle. Comme elle ne reculait pas, il leva la main et dessina du bout des doigts sa pommette droite. Sa peau était tiède et douce, comme autrefois. Celle de Lizza, qui utilisait pourtant toutes sortes de crèmes, ne l'était pas autant.

— Hé ! dit-elle.

Pourquoi cette syllabe, hormis le fait qu'elle avait toujours été une sorte de signal, entre eux ? La plupart du temps, ils s'étaient embrassés juste après.

— Hé toi-même, répondit-il.

Ils n'échangèrent pas un mot de plus. Posant la main sur sa nuque, il l'attira vers lui. Il brûlait d'envie de l'embrasser passionnément et de prendre tout ce qu'elle était prête à lui offrir, mais il ne le fit pas, se contentant de frôler les lèvres de Tessa des siennes. Lorsqu'elle posa les mains sur ses épaules, il glissa les doigts dans ses cheveux et recommença.

Comme pour protester, elle lui mordilla la lèvre inférieure.

D'accord ! Elle ne pourrait pas dire qu'il n'avait pas tenté de résister !

Cette fois, quand leurs bouches se rencontrèrent, il donna libre cours à la passion et au désir qui l'habitaient depuis la semaine précédente. Ce fut comme un torrent qui se déversait en lui, l'incitant à la serrer contre lui pendant qu'il glissait la langue entre ses lèvres.

Un joggeur siffla en les dépassant.

Sans lâcher Tessa, Clay l'entraîna derrière une petite butte pour leur permettre d'avoir un peu d'intimité. Si un policier les voyait, il leur enjoindrait sans doute de prendre une chambre !

Mais tant pis, il était prêt à prendre ce risque.

Il la poussa contre un arbre et, de nouveau, sa bouche prit possession de celle de Tessa. Elle émit une sorte de roucoulement puis noua les bras autour de son cou. Ses seins se pressèrent contre le torse de Clay qui brûlait d'envie de les sentir sous ses paumes pour vérifier s'ils étaient aussi parfaits que dans son souvenir. Mais il ne pensait pas que Tessa souhaitait terminer la nuit sous les verrous.

Pourtant, il y avait eu un temps où ils ne s'en seraient souciés ni l'un ni l'autre. Tessa n'hésitait pas à l'entraîner sous les feuillages du parc pour réaliser ses fantasmes les plus fous.

Ce souvenir suffisait à le consumer de désir.

Cela faisait si longtemps…

Quand la bouche de Tessa s'écarta de la sienne, il marmonna un juron qui la fit rire.

— Le problème, depuis que le parc est plus sûr, c'est qu'il y a davantage de gens qui s'y promènent, dit-elle.

— Je ne me rappelle pas que c'était un problème, autrefois.

Elle lui déposa un baiser sur le menton puis ses doigts lui caressèrent le torse, s'arrêtant un instant sur les mamelons. Il cessa de respirer.

Elle avait toujours été un vrai démon, sans la moindre pudeur. C'était peut-être à cause du sang brésilien qui coulait dans ses veines.

— Tess, je ne crois pas que tu veuilles faire ça.

— Ah bon ?

Posant les mains sur ses reins, elle glissa les doigts sous sa ceinture et l'attira contre elle de façon à vérifier l'effet qu'elle lui faisait.

Son sexe dressé palpitait contre le ventre de Tessa et il n'avait qu'une envie : lui arracher ses vêtements et la prendre sur-le-champ.

Ce n'était pas une bonne idée. Pas seulement parce qu'ils risquaient d'être surpris, mais parce qu'il ne voulait pas se contenter de quelques secondes de plaisir. Il voulait la voir entièrement nue, explorer le moindre centimètre de son corps et lécher ses courbes si douces.

Quand il se recula, Tessa laissa échapper un gémissement de frustration qui faillit le faire craquer.

— Non, dit-il d'une voix rauque. Pas ici.

Elle battit des paupières.

— Quoi ?

La prenant par les épaules, il l'écarta de façon à voir son visage puis lui sourit.

— Je ne veux pas d'un petit moment rapide dans le parc, et surtout pas quand je sais que tu devras te lever à l'aube.

Se penchant vers elle, il respira son parfum.

— Je veux qu'on le fasse chez moi, Tessa, et je compte bien te garder toute la nuit, lui murmura-t-il à l'oreille.

7

Vlan ! Vlan ! Vlan !

Les petits doigts s'abattirent par trois fois sur l'épaule de Clay, lui ébranlant la tête en même temps.

C'était au moins la centième fois que Clay subissait ce déluge de coups. Sa mère, qui préparait des pâtes dans la cuisine, ne put s'empêcher de rire quand Molly poussa un cri à vous glacer le sang.

Clay lui jeta un regard réprobateur.

— Ne l'encourage pas.

Il avait testé en vain un système de récompenses puis il avait tenté de raisonner la petite fille, mais rien ne semblait la décourager.

Tournant sur elle-même, Molly dessina dans l'air, avec les bras, une série de mouvements gracieux.

— Je ne l'encourage pas, dit sa mère en réprimant un sourire. Comme je te le disais hier, plus vite tu l'emmèneras au studio, mieux ce sera.

Cela faisait deux jours que Tessa et lui s'étaient embrassés dans le parc et Clay ne cessait de se demander comment il avait pu lui promettre une nuit torride chez lui. Il n'amenait jamais de femme dans son appartement, jamais !

Vlan ! Vlan ! Vlan !

Tandis que Molly se concentrait sur l'un des tabourets de bar, Jack posa son museau sur ses pattes et fit de son mieux pour s'enfoncer dans la moquette beige.

Clay tapota sa chaise, invitant le chien de ses parents à s'approcher. Jack lança un coup d'œil à Molly puis il laissa échapper un long soupir et s'affala par terre près de lui.

— Tu ne trompes personne, mon vieux, dit Clay en gratouillant le crâne du dalmatien. Elle t'enroule autour de son petit doigt comme elle le fait avec chacun de nous.

Le chien ferma les paupières, prêt à s'endormir.

Clay lui envia cette capacité à céder si facilement au sommeil. Depuis qu'il avait promis à Tessa de la garder toute une nuit, des images érotiques dansaient derrière ses paupières quand il fermait les yeux.

Vlan ! Vlan ! Vlan !

Cette fois, ce fut Clay qui réprima un sourire. Chaque fois qu'il se demandait ce qui n'allait pas dans sa vie, ce petit bout de chou entrait dans son champ de vision et tout allait bien de nouveau.

Il se leva et souleva l'enfant dans ses bras.

— Nous allons laver ces petits doigts avant le dîner.

Molly gloussa et noua les bras autour du cou de son père.

— Quand est-ce qu'on va voir la capo… capo… ?

— La *capoeira*, articula-t-il lentement. Nous irons très bientôt.

Du moins, l'espérait-il.

Sur ces mots, il emporta la petite fille dans la salle de bains. Aussitôt après le dîner, elle persisterait à donner des coups de pied et de poing dans tous les sens. Et cela continuerait pendant le trajet du retour jusqu'à ce qu'elle s'endorme dans son lit.

« Nous sommes tous des amis, ici. »

Vraiment ?

Tessa avait espéré que Clay viendrait au studio en son absence, mais Marcos avait émis cette remarque d'un ton railleur.

D'ailleurs, avait-il ajouté, il avait un projet à leur soumettre… A elle et à Clay.

Cette phrase avait suffi à lui faire craindre le pire.

En arrivant devant le studio, elle constata que la voiture de Clay était déjà garée dans le parking. Génial ! Elle aurait préféré que Marcos ne manigance rien avec Clay en son absence. Elle n'avait jamais dit au propriétaire du studio la raison de sa rupture avec Clay et il n'avait pas posé de question. Mais quand Clay avait cessé de s'entraîner, il avait certainement compris qu'ils n'étaient plus ensemble. Du moins, elle l'espérait.

En poussant la porte, elle aperçut aussitôt l'homme qui occupait ses pensées. Il était parmi les *capoeiristes* avec sa fille.

Après qu'ils s'étaient embrassés au parc, elle s'était plus ou moins attendue à ce qu'il vienne dans son service pour planifier cette nuit dont il lui avait parlé.

Bien entendu, elle avait des doutes et elle espérait qu'il y avait réfléchi de son côté. Il fallait mettre cette proposition sur le compte d'une soirée agréable et d'un beau parc plongé dans une semi-obscurité qui avaient éveillé de vieux souvenirs et d'anciennes émotions.

Des émotions qui n'avaient pas leur place dans la vie trépidante qu'elle menait actuellement. Elle souhaitait avant tout terminer son internat et postuler pour ce stage en chirurgie de Mohs. Elle n'avait certainement pas besoin de renouer une idylle morte et enterrée.

Mais l'était-elle vraiment ?

Elle était jeune et il y avait bien longtemps qu'elle n'avait pas fait l'amour. Si Clay pouvait lui assurer qu'il ne s'agissait que de sexe, elle accepterait peut-être de…

Les yeux bleus de Clay rencontrèrent les siens et il eut son petit sourire si sexy. D'accord, pendant que toutes ces pensées se bousculaient dans sa tête, elle l'avait sans doute fixé avec insistance.

Prenant conscience que Marcos venait de dire quelque chose, elle sursauta.

Le sourire de Clay s'accentua… Prise de nouveau la main dans le sac ! Bon sang !

Le quittant à grand-peine du regard, elle se tourna vers Marcos.

— Pardon ?

— Je me réjouissais que Clay soit de nouveau parmi nous. Pas toi, Tessita ?

Tessita… Aïe ! Il était déjà en rogne contre elle !

— Oui, bien sûr.

— Tu veux bien lui montrer les figures que nous travaillons en ce moment ?

Quoi ? Oh non ! Elle n'avait pas prévu de s'entraîner devant Clay !

— Ce n'est pas pressé, répliqua-t-elle. Il est juste venu pour montrer à sa fille ce qu'est la *capoeira*.

— Et qui mieux que toi peut le lui montrer, *não é* ? dit Marcos en lui tendant la main. Après tout, il t'a déjà vue en action et il s'est même entraîné avec toi.

Clay lui lança un regard qui signifiait clairement : « On a même fait plus que cela. »

Marcos tapa dans ses mains.

— Formez le cercle, vous tous, on va commencer.

Les *practicantes* obéirent. Clay se tenait en retrait, sa fille dans les bras pour qu'elle puisse voir ce qui allait se passer. Tessa, qui était sortie tard de l'hôpital et ne s'attendait pas à exécuter une exhibition, n'était pas en tenue. Elle était vêtue d'un pantalon de jogging et d'un T-shirt très large.

En elle, une petite voix se demandait où Marcos voulait en venir, mais elle ne protesta pas et noua son T-shirt au niveau de sa taille avant de rejoindre les autres.

Les instruments de percussion commencèrent à résonner tandis que les participants frappaient dans leurs mains et chantaient. Marcos fit signe à deux d'entre eux de gagner le centre du cercle. Les hommes entamèrent les feintes et les mouvements typiques de la *capoeira*. L'un des deux tomba en effectuant un salto arrière, mais il sauta aussitôt sur ses pieds.

— *Ai caramba, gente. Força !* cria Marcos en lui faisant signe de sortir.

Il pointa le doigt sur un autre *capoeiriste* qui prit sa place. L'autre, qui avait continué d'évoluer, s'avança vers lui pour engager le « combat. » Ils entamèrent une danse parfaitement synchronisée.

Tessa frappait dans ses mains comme les autres. Elle jeta un coup d'œil à Clay, qui murmurait quelque chose à l'oreille de sa fille, et ne put s'empêcher de sourire. Lorsqu'elle était enfant, elle avait regardé son père effectuer les mêmes mouvements. Plus tard, elle avait reçu sa première corde, équivalente de la ceinture au judo. La sienne était blanche, mais elle avait rapidement gravi les échelons, même si les études de médecine avaient ensuite ralenti sa progression. La *cordão* verte et violette qu'elle portait maintenant signifiait qu'elle pouvait être instructrice apprentie si elle le désirait.

Mais elle ne pouvait venir au studio qu'une fois par semaine. Pourtant, dans la mesure où elle devait participer au spectacle, Marcos la traitait plus durement que ses autres élèves. Une seule erreur et celui-ci serait gâché. Comme la plupart des Brésiliens, il y verrait la preuve qu'il n'était pas un bon enseignant… Et cela ne lui plairait pas du tout !

Marcos fit signe à un autre danseur d'entrer en lice puis ce fut le tour de Tessa.

Serrant les dents, elle pénétra dans le cercle en tournoyant sur elle-même puis en faisant la roue jusqu'au centre. Elle adopta ensuite la position défensive de la *capoeira*, appelée *cadeira*, pendant que l'autre danseur lançait son pied au-dessus de sa tête.

Effectuant une torsion de son corps, elle posa les mains sur le sol et ses deux jambes frôlèrent le crâne de son adversaire. Tout en gardant le rythme qui ne cessait de résonner dans sa tête, elle effectua des mouvements circulaires, gagnant de plus en plus de vitesse.

Son rival s'efforçait de l'imiter. Ce furent une succession de sauts et de tournoiements qui transportèrent Tessa dans un autre monde. Elle comparait cet état à une sorte de transe, sauf qu'elle était consciente de tout ce qui se passait, y compris de la moindre agitation survenue quelque part à l'extérieur du cercle.

Son adversaire recula sans cesser de glisser et de tournoyer sur le sol, mais elle sentit qu'il allait y avoir un changement. Il quitta l'intérieur du cercle et un autre danseur y pénétra… Celui-là était un novice.

Tessa ralentit et, sur une dernière torsion, elle se retrouva sur les mains, tête en bas et pieds en l'air.

Elle faillit perdre l'équilibre.

C'était Clay.

Que faisait-il là ? Et où était sa fille ?

Ces deux pensées lui traversèrent l'esprit avant que Clay fasse un bond. L'une de ses jambes passa au-dessus d'elle pendant qu'elle se remettait debout. Elle le contra par un saut au cours duquel ses pieds passèrent à quelques centimètres de la poitrine de Clay. Il recula en tournoyant et s'accroupit, tendant une jambe par-dessus laquelle elle sauta.

Le cœur de Tessa battait la chamade et elle avait du mal à se concentrer pendant qu'ils continuaient les parades, les feintes et les esquives. En tout cas, il était clair que Clay avait retenu ce qu'on lui avait appris. Il était toujours novice, mais il était sûr de lui et ne cédait pas de terrain, sauf si elle l'y obligeait.

Mais elle allait devoir le faire et mettre un terme à cet affrontement si elle ne voulait pas se couvrir de ridicule. Elle se rapprocha de Clay sans cesser de tourner sur elle-même, reculant chaque fois qu'un pied ou une main sifflait à son oreille. Elle cherchait une ouverture et la trouva en quelques secondes. S'arrangeant pour que cela semble fortuit, elle effectua un mouvement du *batizado* grâce auquel elle l'avait mis à terre des années auparavant.

Lorsque ses jambes ne le portèrent plus, Clay tomba en arrière. Son dos heurta le tapis avec un bruit sourd qui se répercuta dans le studio. Les instruments de percussion cessèrent de jouer et, dans le silence absolu qui s'ensuivit, on entendit sa respiration essoufflée.

A cet instant, comme elle se tenait au-dessus de lui, ce fut à peine si elle comprit qu'il venait de saisir ses jambes entre les siennes pour les tirer d'un coup sec.

Elle tomba sur la poitrine de Clay et ouvrit la bouche pour hurler, mais elle éclata de rire.

Quelqu'un applaudit lentement.

— C'est ça ! s'exclama Marcos.

Loin d'être fâché, il semblait ravi.

— Vous allez faire la même chose pour le festival. Il y a toujours le même feu entre vous.

Quoi ? Horrifiée, Tessa se mit péniblement debout.

Non !

C'était donc là le projet dont Marcos lui avait parlé ? Il n'était pas question qu'elle se donne en spectacle avec Clay ! Elle ne l'aurait même pas fait à l'instant si elle avait su qu'il serait son adversaire.

Clay se leva à son tour.

— Tu étais au courant ? lui murmura-t-il à l'oreille, visiblement furieux.

— Bien sûr que non !

Plusieurs danseurs pénétrèrent à l'intérieur du cercle pour frapper sur l'épaule de Clay. Ils parlaient et riaient tous en même temps, inconscients de la tension qui régnait entre eux.

— Quoi de mieux que de clore l'exhibition avec deux médecins du West Manhattan Saints ! dit Marcos, un large sourire aux lèvres. Nous allons faire faire des affiches avec vos portraits, et…

— Je suis désolé, mais c'est impossible ! rétorqua Clay.

— C'est pourtant une excellente idée !

Tessa secoua la tête pour signifier qu'elle était d'accord avec Clay.

— Ça ne marchera pas. Nous n'avons plus le temps de répéter puisque le festival a lieu dans trois semaines.

— Je vous entraînerai moi-même, et tant mieux si les figures n'ont pas l'air parfaites. Cela montrera aux gens que tout le monde peut se lancer dans la *capoeira*.

— Navré, mais c'est non, répéta Clay.

Il sortit du cercle et rejoignit l'un des danseurs qui tenait Molly dans ses bras.

La petite fille frappa le torse de son père du tranchant de sa main.

— Drôle !

Non, ce n'était pas drôle. Le refus catégorique de Clay blessait Tessa davantage qu'elle ne voulait l'admettre, mais il avait raison. Elle était déjà tendue à l'extrême parce qu'elle venait de s'entraîner avec lui, alors qu'est-ce que ce serait si elle devait le faire devant toute une foule ?

Elle serait anéantie.

Non, Clay avait fait le bon choix, et si elle le connaissait bien, rien ni personne ne pourrait le faire changer d'avis.

Pas même Marcos.

Peter Lloyd était assis derrière son bureau et il rédigeait un rapport quand Clay entra dans la pièce. Il n'avait aucune idée de la raison pour laquelle le directeur de l'hôpital souhaitait le voir. Il ne l'avait rencontré que deux fois. La première lorsqu'il avait demandé sa mutation pour se rapprocher de ses parents, et la seconde quand il était venu remplir des papiers.

Cette convocation n'avait aucun sens, à moins que son dossier soit incomplet.

— Asseyez-vous, docteur Matthews. Je suis à vous dans un instant, dit-il en continuant à écrire.

Rien de tel pour intimider son interlocuteur, mais Clay n'était pas intimidé, sachant qu'il n'avait rien fait de mal.

M. Lloyd leva enfin les yeux vers lui.

— Vous avez entendu parler du festival intitulé « Rester en bonne santé tout en s'amusant » ? Il s'agit de récolter des fonds pour aider la recherche contre le cancer.

Clay se crispa immédiatement.

— Si c'est au sujet de l'appel au volontariat, je ne me suis pas encore inscrit, mais je vais le faire.

— Tant mieux ! Je suis ravi de l'entendre parce que l'occasion vient justement de se présenter.

— Vraiment ?

— Elle vous concerne, vous et le Dr Camara, et ce sera très bénéfique pour l'hôpital.

Tessa était-elle passée voir le directeur pour lui parler de l'exhibition de *capoeira* ? Elle avait pourtant paru aussi opposée au projet qu'il l'était lui-même… A moins qu'elle n'ait fait semblant.

— De quoi s'agit-il, exactement ? demanda-t-il.

— J'ai appris que le Dr Camara et vous aviez l'habitude de vous entraîner dans le studio de l'un de nos sponsors.

— Vous faites allusion à la *Capoeira* traditionnelle du Brésil ? C'est le nom du studio.

— En effet. Vous savez donc déjà ce que je vais vous demander.

— Pas vraiment…, mentit Clay.

— Le propriétaire est passé me voir et il m'a convaincu que votre performance à tous les deux serait un énorme atout pour le festival et aiderait à la fois le studio et l'hôpital.

Tendant la main derrière lui, le directeur sortit d'un tiroir un poster. La gorge serrée, Clay reconnut une vieille photo de Tessa et lui, prise le jour de son « baptême », lorsqu'on lui avait remis sa première corde.

La jambe tendue de Tessa était placée derrière son genou, juste avant qu'il tombe, et l'image avait été incroyablement agrandie.

Bon sang ! Tessa et lui paraissaient heureux.

Vraiment heureux.

— Je ne pense pas que le Dr Camara soit d'accord. En fait, je suis même certain du contraire.

Le directeur fronça les sourcils.

— Vous êtes nouveau, ici, n'est-ce pas, docteur Matthews ?

— Je ne suis là que depuis une semaine, oui.

Clay comprit alors qu'on ne lui demandait pas son avis, mais qu'on lui donnait un ordre.

— Le studio fait partie de nos sponsors depuis plusieurs années. J'ajoute que ces spectacles attirent énormément de monde.

Le directeur adressa à Clay un sourire qui se voulait franc et cordial.

— Une année, mon épouse a même pris quelques cours, après en avoir vu un. Qu'est-ce que vous en dites ?

Il y eut un silence durant lequel M. Lloyd ne cessa de fixer Clay.

Avait-il vraiment le choix ?

— J'accepte, à condition que le Dr Camara le veuille aussi. Vous lui en avez déjà parlé ?

— Je vous en laisse le soin. Elle devait déjà prendre part à cette exhibition, alors ce ne sera pas une grande surprise pour elle.

Oh que si !

Et pas une bonne !

Clay aurait de la chance s'il sortait vivant de la confrontation.

— Je vais voir ce que je peux faire.

« Bravo, Clay ! »

Il soupira. Ils pourraient sûrement travailler ensemble cinq ou six heures sans s'entre-tuer. Et tant mieux si cela profitait à l'hôpital. Il n'y avait rien de dramatique là-dedans. Ils étaient tous les deux adultes et ils sortiraient plus forts de cette épreuve.

— A propos, nous avons besoin de votre autorisation et de celle du Dr Camara pour utiliser ce poster, reprit Peter Lloyd. Nous allons en mettre quelques-uns dans le hall d'entrée ainsi qu'à d'autres endroits. Ce sera l'événement marquant du festival.

L'événement marquant ?

La situation empirait de seconde en seconde…

Il n'avait certainement pas envie que ce poster attire l'attention de tous. Non parce qu'il était embarrassant ou humiliant, mais parce que cette image lui rappelait trop ce que Tessa et lui avaient été l'un pour l'autre.

Lorsqu'elle l'apprendrait, elle allait exploser !

Quant à ses propres parents… Ils allaient espérer une

réconciliation entre Tessa et lui. En tout cas, sa mère le souhaiterait, il n'en doutait pas. Il allait devoir étouffer cet espoir dans l'œuf parce que cela n'arriverait pas.

Après avoir quitté le bureau du directeur, Clay prit l'ascenseur et appuya sur le bouton du troisième étage. Appuyé à la paroi, il attendit l'ouverture des portes et il eut la surprise de se retrouver face à face avec Tessa.

A ses sourcils froncés et ses yeux étincelants, il devina qu'elle en voulait à quelqu'un.

Eh bien, elle n'était pas la seule.

Comme il s'apprêtait à sortir de la cabine, elle posa la paume sur son torse et le força à reculer, puis elle entra dans l'ascenseur et appuya sur tous les boutons, un à un.

Quand la cabine se mit à monter, elle se tourna vers lui.

— Marcos vient de m'appeler. Il paraît que tu viens d'accepter de participer à l'exhibition de *capoeira*, finalement ?

Il la regarda en silence. Il sortait à peine du bureau du directeur. Elle ne pouvait pas l'avoir appris aussi vite !

— Tu étais déjà au courant ?

Les portes s'ouvrirent à l'étage suivant puis se refermèrent et la cabine poursuivit son ascension.

— Au courant de quoi ? Que tu es allé voir Lloyd pour lui demander de t'inclure dans le spectacle ?

— Non. J'aurais plutôt pensé que tu l'avais fait.

— Moi ? Sûrement pas. Je pensais d'ailleurs que tu avais refusé.

— Je n'ai pas changé d'avis.

— Alors, qui… ?

— Marcos ! s'exclamèrent-ils en chœur.

Un peu plus détendu, Clay s'adossa à la paroi. Lloyd avait parlé de la visite de Marcos, mais il l'avait cru à moitié.

L'ascenseur s'arrêta de nouveau et les portes s'ouvrirent puis se refermèrent. Clay aurait pu sortir et emprunter l'escalier, mais il ne bougea pas.

— Qu'est-ce qu'on fait ? demanda-t-il.

— Rien. Entre Marcos et Lloyd, nous n'avons aucune chance d'échapper à notre sort.

Clay se mit à rire.

— A savoir ?

— Nous allons devoir nous donner en spectacle.

Pour une raison quelconque, Clay imagina brusquement Tessa affalée en travers de sa poitrine. Mais cette fois, il l'empêchait de se relever puis il glissait une main dans ses cheveux et inclinait la tête de façon que leurs bouches se rencontrent.

Il déglutit péniblement, essayant de chasser cette image de son esprit.

— Dans ce cas, on devrait faire en sorte que ça vaille le coup d'œil, tu ne crois pas ?

Levant les yeux vers lui, elle battit des paupières et il devina qu'elle avait lu en lui.

— Ça va être plutôt gênant, Clay.

— Tu crois ? Ils ont déjà un poster de nous… Tu te souviens de cette photo qui a été prise lors de mon *batizado* ?

— Celle où je… Ensuite, nous sommes allés chez toi et…

— Celle-là, oui.

Ils montèrent encore de deux étages.

Les portes s'ouvrirent et une infirmière entra dans la cabine. Clay adressa un signe de tête à la jeune femme qui se tourna vers le panneau, se demandant sans doute pourquoi on avait appuyé sur tous les boutons.

Les joues de Tessa virèrent au rose.

L'espace d'un instant, Clay regretta de ne pas avoir profité de ce qu'ils étaient seuls pour l'embrasser. Sauf qu'il venait de remarquer une petite caméra fixée dans un coin. Il valait mieux qu'il se soit abstenu, finalement, ou le poster qu'on allait accrocher dans des endroits stratégiques de l'hôpital aurait été encore plus suggestif.

Ils se turent jusqu'à ce que l'infirmière sorte de l'ascenseur, les laissant de nouveau seuls. Malgré le danger, Clay ne résista pas à la tentation de provoquer un peu Tessa.

— Nous allons devoir nous entraîner, murmura-t-il.

— C'est certain, répliqua-t-elle en rougissant de plus belle.

Il aurait adoré la plaquer contre cette paroi et presser ses lèvres contre les siennes, mais il croisa les bras sur sa poitrine.

— Quel jour te convient le mieux, pour répéter ?

L'ascenseur s'arrêta de nouveau, mais cette fois, Tessa appuya sur le bouton qui servait à maintenir les portières ouvertes.

— C'est mon étage… Je peux être au studio mardi, à 17 heures.

Dans trois jours…

— Je t'y retrouverai et on s'entraînera.

Elle sortit en hâte de la cabine sans ajouter un mot. Les portes se refermèrent et Clay la perdit de vue.

Dans quel pétrin venait-il encore de se mettre ?

C'était une véritable folie !

Sauf que ce frémissement de plaisir anticipé lui disait tout autre chose… Que la nuit de folie qu'il lui avait promise leur serait accordée après le spectacle.

Ensuite, Tessa et lui emprunteraient des chemins différents… Une fois pour toutes.

8

Debout devant le comptoir central, Tessa lisait l'un des nouveaux protocoles concernant le mélanome. Apparemment, les recherches prouvaient que la profondeur de la tumeur n'était pas toujours le meilleur indice pour savoir s'il y aurait ou non des métastases. Cela dépendait davantage de la nature même du mélanome… Ce qui signifiait que des tumeurs peu profondes pouvaient être mortelles.

En passant près d'elle, Brian lui adressa un signe de la main.

— Tu vas voir ton patient, ce matin ? demanda-t-il.

— M. Phillips ? Vous avez les résultats de son scan ?

— J'allais justement les consulter. On peut passer par mon bureau avant de lui rendre visite.

— Très bien.

Tessa suivit le médecin. Un instant plus tard, il s'asseyait derrière sa table et elle prit place en face de lui. Tapotant sur le clavier de son ordinateur, il trouva très vite le dossier qu'il recherchait puis tourna ensuite l'écran de manière qu'ils puissent le voir tous les deux.

Après avoir fait défiler quelques clichés, il s'arrêta et Tessa se pencha en avant.

— Oh ! non ! s'écria-t-elle.

Le foie et les poumons de M. Phillips présentaient plusieurs taches.

— Nous allons devoir parler au patient, ensuite nous réunirons l'équipe pour décider d'un traitement, dit Brian.

La gorge de Tessa se serra. Désormais, on pouvait penser que la fracture de la jambe avait été causée par le cancer, bien que l'âge de M. Phillips soit aussi une raison possible. Ils ne le sauraient qu'en faisant une scintigraphie osseuse. De toute façon, à quatre-vingts ans, le vieux monsieur ne supporterait pas forcément un traitement.

Si seulement le cancer avait été diagnostiqué plus tôt…

Elle pensa au combat mené par sa propre mère. La tumeur avait envahi les couches les plus profondes du derme et lorsqu'on l'avait identifiée il était trop tard.

Brian leva les yeux vers elle.

— Qu'en penses-tu ? M. Phillips est officiellement ton patient.

C'était là que le poids de la responsabilité se faisait sentir. Pour l'heure, même si le moment viendrait bientôt pour elle de faire des choix, elle travaillait encore sous les ordres d'un médecin qui prenait les décisions. Elle aurait dû se réjouir que Brian lui fasse confiance, pourtant elle était envahie par le doute.

Mais autant démissionner tout de suite si elle n'était pas capable d'affronter cette situation.

— Sa fille doit prendre l'avion pour le voir, dit-elle en se redressant. Si j'ai bien compris, ce sera à elle de décider.

— Très bien, répondit Brian. Est-ce que le patient a rempli un formulaire pour ne pas être réanimé ?

— Je n'en sais rien. J'espérais que nous n'en aurions pas besoin.

— Il faut que tu t'en occupes. Parles-en avec sa fille.

Brian ne voulait pas être brutal, seulement objectif pour le bien du patient. Elle devait lui être reconnaissante de la guider à travers ces démarches nécessaires car elle avait la tête qui tournait.

— Je vais le faire.

— Je ne t'accompagne pas. Moins il y aura de gens dans la pièce quand tu lui annonceras la nouvelle, mieux ce sera. Tu vas tenir le coup ?

Cela n'allait pas être facile… Elle hésita. Il lui suffisait de demander et Brian se chargerait de tout à sa place. Elle n'aurait même pas à voir M. Phillips…

— Je tiendrai le coup, affirma-t-elle en se levant.

— Appelle-moi si tu as besoin de moi, dit Brian en jetant un coup d'œil à l'écran. Je suis désolé, Tessa. Je ne m'y attendais pas plus que toi, mais, parfois, les choses ne se déroulent pas comme c'était prévu.

Elle avait pourtant retiré toute la tumeur et les marges étaient saines, mais les cellules cancéreuses avaient déjà migré dans d'autres parties du corps de M. Phillips. Elle se demanda si Clay était au courant.

Sans doute pas : il était orthopédiste et il n'y avait aucune raison pour qu'on lui ait communiqué les résultats du scan qu'il pouvait d'ailleurs consulter lui-même s'il le souhaitait.

— Merci, Brian. Je vous tiendrai au courant.

Puis elle quitta le bureau, mais parvenue à mi-chemin, dans le couloir, elle dut s'appuyer au mur et respirer profondément.

Une minute plus tard, elle prenait l'ascenseur. Quand les portes s'ouvrirent, elle sortit de la cabine et consulta le tableau sur lequel étaient inscrits les noms des patients et le numéro de leur chambre.

Lorsqu'elle arriva devant la porte, elle entendit des rires. Elle frappa et se força à entrer d'un pas vif pour ne pas ressembler à une employée des pompes funèbres.

Quelqu'un était assis près du lit et deux paires d'yeux se tournèrent vers elle, mais ce n'était pas la fille de son patient qui se trouvait là… C'était Clay.

Il continua d'arborer un large sourire, mais un changement subtil s'opéra en lui quand leurs yeux se rencontrèrent. Au prix d'un énorme effort, Tessa força ses lèvres à s'étirer, puis elle balaya la pièce du regard dans l'espoir que la fille de son patient serait présente. Mais il n'y avait que M. Phillips et Clay.

— De quoi parliez-vous ? demanda-t-elle sur un ton faussement léger.

Des petites rides de joie se formèrent au coin des yeux de M. Phillips.

— Nous comparions nos observations, dit-il.

— Des observations entre hommes, précisa Clay sans cesser de la fixer.

Il savait… Elle le devinait au tressaillement d'un muscle de sa mâchoire et à sa façon de la regarder.

Ce fut d'ailleurs Clay qui lui fournit l'ouverture dont elle avait besoin :

— Je disais à M. Phillips que sa fracture est en bonne voie de guérison. Tu as de nouveaux résultats ?

— Oui. Souhaitez-vous que votre fille soit là quand je vous en parlerai, monsieur Phillips ?

Les petites rides d'expression s'effacèrent.

— C'est moche, hein ?

Se refusant à tergiverser, Tessa décida d'être franche et honnête.

— Votre scan a montré certaines taches suspectes.

— Où cela ?

— Au foie et aux poumons.

Le vieil homme laissa échapper un soupir.

— Cancer ?

— Il faut que nous fassions davantage de…

— Tessa ! intervint Clay.

Les yeux de M. Phillips allèrent de l'un à l'autre.

— Vous savez, j'ai vécu plus longtemps que la plupart de mes amis. J'ai perdu mes frères et mes sœurs, ainsi que ma femme, alors allez droit au but.

— Vous avez raison… Nous sommes quasiment sûrs que la tumeur que vous aviez à la jambe a causé ces métastases. Nous allons réunir l'équipe et voir à quoi nous avons affaire exactement.

M. Phillips la fixa pendant une minute ou deux.

— Si jamais cela s'avère difficile à soigner, je compte refuser le traitement, dit-il doucement. Je ne veux pas prolonger davantage le chagrin de mes proches. Ma fille fait déjà un long voyage pour me voir… Du moins, j'aurai le temps de faire mes adieux à mes enfants.

— Vous voulez que je parle à votre fille ?

— Elle voudra sans doute discuter avec vous, mais je préfère lui annoncer la nouvelle moi-même.

Tendant le bras, M. Phillips pressa la main de Tessa.

— Tout va bien, mon petit. Je suis prêt depuis un certain temps, maintenant.

Pendant quelques secondes, elle serra entre les siens les doigts du vieil homme.

— Dès que j'en saurai davantage, je vous le dirai.

Les yeux chassieux se mouillèrent de larmes.

— Ma femme me manque… Je suis content de la retrouver bientôt.

Clay posa une main sur l'épaule de Tessa.

— Je peux vous parler un instant dehors, docteur Camara ?

Tessa hocha la tête, mais avant de partir elle se tourna une dernière fois vers son patient.

— Vous avez besoin de quelque chose ? Quel est votre niveau de douleur ?

— Il est plus bas que le vôtre, pour l'instant. Ne soyez pas triste pour moi, mon petit, tout va très bien se passer.

Incapable de prononcer un mot de plus, elle hocha une seconde fois la tête puis suivit Clay dans le couloir.

— Comment te sens-tu ? lui demanda-t-il aussitôt.

Pourquoi fallait-il que tous les médecins mâles la prennent pour une petite chose fragile ?

— Très bien, pourquoi ?

Il émit un claquement de langue impatient.

— Tu ne serais pas humaine si tu n'étais jamais touchée… En particulier quand il s'agit de certains patients.

— Brian n'a pas bronché.

Clay fronça les sourcils.

— Tu l'as vu ?

— Oui, puisque c'est mon chef.

— Il t'a parlé des urnes ?

— Les urnes ? Je ne comprends pas !

— Tu n'es pas au courant ?

La prenant par le coude, Clay l'éloigna de la chambre de M. Phillips.

— Il semble qu'un certain nombre d'urnes aient été réparties dans les services.

— Bien sûr ! répliqua Tessa, légèrement agacée. Il y en a toujours avant le festival. Le personnel participe financièrement, quelle que soit l'action caritative menée.

Elle trouvait bizarre que Clay l'ait retenue dans le couloir pour lui en parler.

— Oui, mais je ne pense pas que ce soit la même chose que les autres années.

Balayant du regard l'espace central, Tessa constata qu'il y avait non pas une, mais deux urnes.

En s'approchant, elle fit la grimace en voyant ce qui était écrit sur la première… Le nom de quelqu'un… *Son* nom ! Celui de Clay ornait la seconde !

— Que se passe-t-il ?

— Apparemment, les nouvelles vont vite, à West Manhattan Saints, expliqua Clay dans son dos. Les gens font des paris sur celui de nous deux qui sera vainqueur pendant notre exhibition.

— Mais elle n'a même pas été annoncée !

— Bien sûr que si ! J'ai le sentiment que Peter Lloyd ne prend aucun risque. Si nous offrons un spectacle aussi attractif qu'il l'espère, il pourra se vanter d'avoir tout organisé.

Fouillant dans sa poche, Tessa en sortit quelques billets qu'elle glissa dans l'urne qui portait son nom, puis elle se tourna vers Clay.

— Vous allez voir, m'sieur, j'm'en vais vous battre à plate couture !

Esquive, esquive, esquive… Feinte.

Quand allait-elle rater un mouvement pour qu'il puisse gagner un peu de terrain ?

De temps à autre, Tessa l'avait forcé à reculer jusqu'à la limite du cercle d'une simple torsion de son corps. Elle ne tentait pas de le frapper puisque ce n'était pas le but de l'affrontement.

Ils étaient censés faire une démonstration, mais il était le seul à se replier sans cesse depuis le début. Cela dit, ce n'était que la première séance d'entraînement ! Il ne pouvait espérer être au mieux de sa forme du premier coup.

Sauf qu'il n'avait jamais été au niveau de Tessa, et maintenant, ces fichus paris la poussaient à faire de cette exhibition un moment dont tout le monde se souviendrait.

Pourtant, il tenait absolument à ne pas sortir aussi vite du cercle ! Les autres participants s'écarteraient automatiquement pour le laisser passer et un autre prendrait sa place.

En d'autres termes, il aurait perdu.

D'accord… Ses muscles protestèrent lorsqu'il effectua un rapide demi-tour sur lui-même. Depuis quelques années, il était devenu un vrai fainéant ! Son esprit se rappelait les mouvements, mais son corps détestait les contorsions qu'il lui imposait.

Tessa s'écarta… Avait-il réussi sa manœuvre ?

Il le crut jusqu'à ce que le pied de Tessa trouve l'arrière de son genou…

Bon sang !

Il tomba sur le dos et foudroya Tessa du regard. Elle le fixait, les yeux pétillant de malice… Elle l'avait fait exprès !

Clay découvrit qu'il était incapable de lui en vouloir. Pas quand elle semblait rayonner de bonheur.

Il ne l'avait pas vue ainsi en… Depuis quatre ans.

Marcos entra dans le cercle. Contrairement à elle, il n'avait pas l'air content.

— Tessita, ce n'est pas du tout ce que nous voulons. Bien entendu, l'un d'entre vous sera battu, mais tu dois lui donner plus de deux minutes. Sinon, les spectateurs ne verront pas la vraie beauté de notre *capoeira*.

En effet… Deux minutes ne suffisaient pas pour offrir un

spectacle qui vaille la peine d'être regardé. Pourtant, le corps de Clay aurait pu jurer que l'affrontement avait duré une heure.

Il se releva péniblement… Seigneur ! Il aurait mal partout, le lendemain. Il attendit ensuite que Marcos ait quitté le cercle et que les instruments à percussion entament leur rythme obsédant. Tous les autres participants s'étaient déjà entraînés. Tessa et lui étaient les derniers sur le programme… Et ils allaient bousiller le numéro !

— Tu es prête ? demanda-t-il.

Les épaules de Tessa luisaient de sueur.

— Tout à fait, dit-elle en tirant sur l'ourlet de son débardeur.

Cette fois, Clay exécuta une série de mouvements qui obligèrent Tessa à s'écarter et à effectuer des manœuvres pour éviter qu'il ne l'approche de trop près. Pendant trois minutes, ils continuèrent ainsi et le match parut plus égal.

Soudain, Tessa réalisa un salto arrière et se retrouva hors de sa portée.

Ainsi que Marcos le lui avait suggéré, elle lui laissait donc l'avantage. De temps en temps, elle lançait le pied en avant, se courbait ou tournoyait sur elle-même… Loin de lui.

— Bon sang, Tessa, tu ne fais même pas semblant !

Elle lui adressa un petit sourire.

— J'obéis aux ordres.

Clay redoubla d'efforts, entrant dans l'espace de Tessa ou en sortant. Sa jambe manqua de peu la tête de son adversaire, mais Tessa était capable de calculer au centimètre près combien d'espace elle pouvait lui accorder sans craindre d'être touchée. Car, ainsi que l'avait rappelé Marcos, le but n'était pas de frapper l'autre, mais de montrer les techniques et le style unique de cet art.

Clay n'avait jamais rien vu de tel de toute sa vie. Tout comme les athlètes pratiquant d'autres sports, les *capoeiristes* étaient dans une forme physique parfaite. Le timing était essentiel parce que, d'une certaine façon, il était plus difficile de s'affronter en sachant qu'on ne devait pas frapper son adversaire, mais passer au-dessus ou en dessous de lui.

Cela demandait beaucoup d'habileté et une certaine capacité à lire dans les pensées de l'autre.

Et Tessa lisait en lui à livre ouvert…

Quelque chose frappa le bas de son dos, le propulsant en avant. Bon sang ! Il ne s'y attendait pas et il se retrouvait de nouveau sur la défensive car il était clair que Tessa avait décidé que suffisamment de temps s'était écoulé depuis le début de l'affrontement.

Son genou gauche le lâcha si vite qu'il crut avoir fait un faux mouvement. En réalité, c'était Tessa qui avait fait le bon et il se retrouva par terre pour la seconde fois de la journée.

De nouveau, elle était debout devant lui, son débardeur moulant sa poitrine à chaque respiration.

— Désolée, Clay, tu n'étais pas concentré.

Marcos frappa dans ses mains.

— C'est suffisant pour aujourd'hui, dit-il avec son accent brésilien un peu plus prononcé qu'au début de la soirée. C'est beaucoup mieux, Tessa.

Vraiment ? Et lui ?

Comme s'il devinait l'attente de Clay, Marcos baissa les yeux vers lui.

— Tu feras mieux la prochaine fois.

Clay ne put s'empêcher d'émettre un gloussement sceptique. C'était le même bon vieux Marcos qui ne dorlotait jamais ses élèves, mais les incitait à progresser.

De toute façon, il devait en effet s'améliorer. Le directeur du studio n'en attendait pas moins de lui.

Tessa lui tendit la main pour l'aider à se relever. Il pensa un instant ignorer son geste, mais quelque chose en lui le poussa à accepter. Une fois debout, il tira brusquement sur le bras de Tessa qui se retrouva contre lui.

— Désolé, Tessa. C'est ce qui m'arrive quand j'oublie de me concentrer.

Elle rougit immédiatement car lorsqu'il avait utilisé ces mêmes mots ce n'était pas pendant une séance de *capoeira*.

Un jour, elle l'avait excité au point qu'il avait joui avant elle… Quelques minutes plus tard, il la menait à l'orgasme et elle avait fermé les yeux.

Clay avait prononcé ces mêmes paroles pour expliquer ce qui était arrivé… Et elle avait été contente de pouvoir produire sur lui un tel effet.

Lui lâchant la main, il lui adressa un sourire entendu.

— Est-ce qu'on peut dire que nous sommes à égalité ?

Elle n'eut pas le temps de répondre car Marcos annonçait au groupe qu'il avait prévu de fêter cette première séance de répétition dans un bar tout proche.

Clay aurait pu feindre la fatigue ou prétendre que Molly l'attendait, mais elle était avec ses parents. D'ailleurs, il avait envie d'accompagner les autres, dont la camaraderie lui avait manqué. Ils entamaient les séances en amis et la terminaient en amis, quoi qu'il se soit passé au centre du cercle.

Il lança un coup d'œil à Tessa qui paraissait indécise.

— Allez, Tess, tu me dois un verre ou deux après la façon dont tu m'as malmené.

— Ah bon ? Je t'ai malmené ? Je t'ai pourtant battu facilement.

Il ne releva pas la pique et les danseurs se dirigèrent vers les vestiaires pour se changer. Tessa étant la seule femme, elle gagna le bureau de Marcos.

Pour la première fois, Clay songea qu'elle était très proche du directeur du studio. Du coup, il regarda Marcos avec de nouveaux yeux. Se voyaient-ils en dehors de l'entraînement ? Marcos n'était pas marié et il semblait avoir un faible pour Tessa, qu'il avait appelée « Tessita » à plusieurs reprises, ce jour-là.

Evidemment, il approchait de la cinquantaine, mais à trente ans, Tessa n'était plus une jeune fille… Seulement une ravissante jeune femme, dans toute la plénitude de sa beauté !

Clay éprouva quelque chose qui ressemblait à de la jalousie…

Sauf que c'était impossible. Tessa et lui avaient rompu depuis longtemps, il s'était marié avec une autre et il était le père d'une petite fille. Ce qui se passait entre Tessa et son entraîneur ne le regardait donc pas.

« Elle t'a embrassé », lui rappela une petite voix intérieure.

Cela signifiait-il qu'une seconde chance leur était offerte ?

Quelques minutes plus tard, il marchait près de Tessa sur le trottoir. Le groupe avait décidé de se rendre à pied au Pied Piper plutôt que de prendre les voitures. Par ailleurs, s'ils buvaient un peu d'alcool, mieux valait sans doute que personne ne reprenne le volant et que tout le monde rentre en taxi.

Clay avait bien l'intention de rester sobre, quoi que les autres décident de faire. Le lendemain, il travaillait, et l'alcool ne faisait pas bon ménage avec le métier de médecin.

— Molly assistera à l'exhibition ? demanda brusquement Tessa.

— Sans doute. Elle a beaucoup apprécié ce qu'elle a vu au studio. Mes parents s'occuperont d'elle pendant le festival puisque je serai un peu occupé. Elle dort d'ailleurs chez eux, ce soir.

Tessa se crispa légèrement.

— Tant mieux ! Je trouve formidable que tes parents veillent sur elle quand sa mère n'est pas là.

Ce qui était fréquent puisque Lizza était focalisée sur sa carrière. Le plus drôle, c'était que Tessa l'était aussi. Elle travaillait dur et s'investissait à fond dans son métier, mais il trouvait cela très bien.

Pourquoi ?

Parce que si Molly avait été la fille de Tessa, il était certain qu'elle aurait trouvé du temps à lui accorder, tout comme lui. Bien sûr, ses parents la prenaient en charge quand il travaillait, mais il passait tous ses instants libres avec elle.

Il jeta un coup d'œil à Tessa qui semblait de nouveau détendue. Peut-être avait-il seulement imaginé qu'elle se crispait et se fermait comme une huître.

Le groupe des *capoeiristes* attendait les retardataires devant le bar.

— Vous êtes tous d'accord pour payer votre commande et partir quand vous en aurez envie ? Si vous voulez partager un taxi, mettez-vous d'accord maintenant, déclara Marcos.

L'un des musiciens fit la grimace.

— Ma femme vient me chercher, alors ne comptez pas sur moi. Je ne prendrai mon taxi qu'avec elle.

Tout le monde se mit à rire.

— Tu veux bien partager un taxi avec moi, Tessa ? demanda Clay.

— Bien sûr, sauf si tu comptes rester jusqu'à la fermeture.

— Je n'en avais pas l'intention. On partira quand tu voudras.

— Si jamais tu changes d'avis et préfères t'en aller avec quelqu'un d'autre, envoie-moi un SMS.

— Je ne m'en irai qu'avec toi.

La voyant rougir, il prit conscience qu'elle avait pu se méprendre sur le sens de ses propos. Les autres entraient déjà dans le bar et le brouhaha qui régnait à l'intérieur leur parvenait par la porte ouverte.

— On y va ? suggéra Clay.

Il la laissa passer devant lui, regrettant déjà sa proposition de partager un taxi avec elle. Parce que cela lui donnait l'envie de partager d'autres choses… Très privées.

Il pensa à la nuit de folie qu'il lui avait promise.

Il pourrait sans doute gérer la situation s'ils s'en tenaient à une seule. Au-delà, ce serait de la démence.

9

Elle n'aurait sans doute pas dû danser avec lui.

Et surtout pas ce genre de danse… Joue contre joue, leurs doigts enlacés et sa main libre posée sur la nuque de Clay.

Elle était sur la piste de danse, dans les bras de Marcos, quand Clay les avait interrompus, prétendant qu'ils devaient discuter d'une stratégie pour le spectacle de *capoeira*.

Sauf qu'il ne lui avait pas parlé de stratégie. Il l'avait seulement attirée contre lui pour le slow qui commençait. Sa paume chaude la brûlait à travers le mince haut tricoté qu'elle portait.

Pendant leurs études de médecine, ils venaient parfois dans ce bar lorsqu'ils avaient quelques heures de libres, ce qui était rare. Mais si cela arrivait, ils finissaient inéluctablement dans un lit. Une fois, ils étaient si pressés qu'ils avaient fait l'amour dans la petite voiture de sport de Clay.

Entre eux, le sexe avait toujours été chaud.

Ce soir, leur affrontement au centre du cercle avait certainement réveillé des souvenirs… Après tout, en quoi serait-ce grave s'ils se donnaient mutuellement du plaisir ? D'ailleurs, Clay devait se concentrer sur sa petite fille et personne d'autre.

Mais elle avait des besoins et elle supposait que lui aussi, même s'il avait sans doute plus d'occasions qu'elle de les satisfaire. Elle pouvait peut-être assouplir ses propres règles puisque Clay n'était pas exactement un étranger.

Ses doigts se crispèrent sur la nuque de Clay qui lui serra plus fort la taille… A moins qu'elle se l'imagine !

Seigneur ! Il sentait merveilleusement bon ! C'était bien l'odeur de Clay, celle qu'elle respirait en s'endormant et en se réveillant lorsqu'ils étaient ensemble, et, tout comme autrefois, ce parfum l'enivrait.

Quand son nez frôla l'épaule de Clay, elle prit conscience qu'ils s'étaient considérablement rapprochés. Posant la joue sur la poitrine de son cavalier, elle ferma les yeux sans réfléchir.

Elle sentit la main de Clay glisser vers ses reins. La serrant plus fort contre lui, il posa le menton sur son crâne. Peu à peu, elle retrouvait des sensations qui lui avaient été familières… Particulièrement cette petite vibration qu'elle percevait sous son oreille et qui faisait son chemin en elle jusqu'au bout de ses orteils.

Qu'est-ce que c'était, une seule nuit dans une vie ?

Clay pensait-il à la même chose qu'elle ? Se demandait-il comme elle s'ils pouvaient se permettre une brève aventure qu'ils rangeraient ensuite soigneusement dans un tiroir.

Et ensuite… Loin des yeux, loin du cœur.

Pouvait-elle le lui suggérer ?

Et où iraient-ils ? Chez elle, Holly et Sam risquaient de les entendre et, à cette idée, Tessa fronça le nez. Non, s'ils faisaient l'amour, elle voulait que rien n'entrave son plaisir.

Ils pouvaient aller chez Clay puisqu'il avait précisé que Molly était chez ses parents…

Elle bougea la tête, délogeant du même coup le menton de Clay qui baissa les yeux vers elle, les sourcils froncés.

— Tu penses que Marcos serait contrarié si on partait de bonne heure ? demanda-t-elle.

— Marcos ? répéta-t-il en scrutant son visage une seconde ou deux. Tout va bien ?

— Pas vraiment. Je me sens un peu…

Perdant courage, elle se tut.

— Un peu quoi ? Tu n'as bu qu'un verre de vin et, même pour une petite demoiselle comme toi, ce n'est pas grand-chose.

— Ce n'est pas ça… Je me demandais seulement si tu voudrais… partir, aller autre part.

Le visage de Clay se pétrifia et, l'espace de quelques secondes, elle retint son souffle.

— Tu ne vas pas le croire, mais je pensais exactement à la même chose, dit-il enfin.

Elle s'affaissa contre lui.

— Mon Dieu ! C'est stupide, n'est-ce pas ? On ne devrait pas et on le sait tous les deux.

— Oui… Du moins, ma tête le sait.

Il la serra contre lui pour qu'elle perçoive la force de son désir.

— Mais d'autres parties de mon anatomie ne sont pas d'accord, continua-t-il. J'ajouterai qu'elles protestent avec force.

— Pareil de mon côté.

Glissant les doigts dans les cheveux de Tessa, il s'empara de sa bouche. Elle espéra vaguement que leurs amis ne les verraient pas, mais si Clay s'en moquait, pourquoi s'en soucier ?

Aussi lui rendit-elle son baiser avec ardeur, se haussant sur la pointe des pieds pour être à sa hauteur. Mais ce n'était pas suffisant. Ils avaient besoin d'une surface qui les mette au même niveau.

Comme un lit.

Quelque chose vibra de nouveau, mais cette fois il s'agissait du téléphone que Clay portait à la taille.

Elle s'écarta de lui.

— Clay…

— Je sais. Donne-moi une seconde.

La maintenant serrée contre lui d'une main, il sortit le téléphone de son étui de l'autre.

— Matthews, à l'appareil.

Les sourcils froncés, il écouta un instant son interlocuteur.

— Où êtes-vous ?

Tessa crut d'abord que ses parents lui annonçaient que quelque chose était arrivé à Molly, sauf qu'il balayait la salle des yeux. Lorsqu'elle suivit son regard, elle vit une main qui s'agitait au-dessus des têtes.

— Je vous vois, ajouta Clay. On arrive. Appelle le 911 dès que tu auras raccroché.

Il remit le téléphone dans son étui et se pencha vers Tessa pour se faire entendre malgré la musique.

— Marcos a fait un malaise. Allons-y.

La gorge serrée, Tessa prit la main de Clay et se laissa entraîner parmi la foule. Dès qu'ils arrivèrent près de Marcos, elle tomba à genoux.

Il faisait une crise d'épilepsie… Son corps était en proie à des convulsions, et il n'était plus conscient de ce qui se passait autour de lui.

Pourquoi ?

Tout en analysant la situation, Tessa tourna la tête de Marcos sur le côté au cas où il vomirait. De son côté, Clay interrogeait les membres du groupe pour savoir s'ils connaissaient le passé médical de leur chef.

Celui qui souhaitait partager son taxi avec son épouse finit par répondre :

— Il est épileptique.

Tessa baissa les yeux vers l'homme qu'elle avait connu presque toute sa vie. Elle jeta un coup d'œil à son poignet, constatant qu'il ne portait pas de bracelet d'alerte comme il l'aurait dû. Mais Marcos était un homme fier et, comme tous les Brésiliens, il détestait montrer des signes de faiblesse. Elle se rappelait un ami de son père qui s'était sectionné l'index au niveau de la deuxième phalange. Il avait insisté pour que le chirurgien le greffe, même s'il ne pourrait plus jamais le plier, sous prétexte qu'il voulait être « entier. »

Elle jeta un coup d'œil à sa montre pour estimer la durée de la crise. Deux minutes s'étaient écoulées depuis que Clay avait reçu le coup de fil. Si la perte de connaissance se prolongeait au-delà de cinq minutes, ce serait très inquiétant. Pour l'instant, ils ne pouvaient rien faire, sinon attendre l'arrivée de l'ambulance.

— Quels médicaments prend-il ? demanda Clay à l'homme qui les avait renseignés.

Ce dernier haussa les épaules.

— Je n'en sais rien. J'ai juste vu quelque chose à propos

d'un rendez-vous médical sur l'agenda qui est sur son bureau. Je lui ai demandé ce qu'il avait et il m'a répondu que cela ne datait que de deux ans.

Marcos s'immobilisa brusquement puis se détendit.

— Trois minutes, murmura Tessa.

Malgré l'urgence médicale, la musique n'avait pas cessé et la piste de danse était bondée. Apparemment, les gens ne s'étaient pas aperçus de ce qui se passait de ce côté de la salle. Tessa perçut quand même le bruit d'une sirène qui s'intensifiait.

Un homme en costume se fraya un chemin jusqu'à eux et se présenta comme le propriétaire du bar.

— Que s'est-il passé ? demanda-t-il.

— Nous sommes médecins, expliqua Clay. Notre ami vient de faire une crise d'épilepsie et l'ambulance ne va pas tarder à arriver. Si vous pouviez nous ouvrir un chemin jusqu'à la porte et laisser les infirmiers parvenir jusqu'à nous, nous vous en serions reconnaissants.

Le propriétaire fit un geste et trois hommes costauds les rejoignirent aussitôt. Dès qu'il leur eut expliqué la situation, ils dégagèrent immédiatement la voie. Une minute plus tard, deux infirmiers apparaissaient, poussant un brancard devant eux.

Marcos commençait à reprendre conscience et rabrouait les amis qui tentaient de l'aider. Se penchant vers lui, Tessa lui murmura à l'oreille qu'il devait être examiné à l'hôpital.

— Tu as pris tes médicaments ? lui demanda-t-elle.

Il battit des paupières, comme s'il s'apprêtait à nier qu'il suivait un traitement, puis il hocha la tête.

— Oui.

Les infirmiers contrôlèrent rapidement les signes vitaux de Marcos, observèrent ses pupilles et lui posèrent quelques questions standard. Ils voulaient savoir par exemple à quel endroit sa tête avait heurté le sol et ce qu'il avait bu. Marcos était encore trop confus pour répondre précisément, aussi lui mirent-ils un collier cervical par précaution.

Un instant plus tard, ils poussaient le brancard vers la sortie, suivis de Tessa. Clay resta avec les membres du groupe, probablement pour les rassurer et leur promettre qu'il les tiendrait au courant, puis il rejoignit Tessa près de l'ambulance. Les infirmiers, qui l'avaient reconnue, n'émirent aucune objection lorsqu'elle leur dit que Clay et elle les retrouveraient à l'hôpital.

Clay héla un taxi et ils firent une partie du trajet en silence. La gorge serrée, Tessa avait du mal à croire ce qui venait de se passer.

Marcos, un *grande mestre* de *capoeira*, était épileptique ? Elle ne parvenait pas à admettre que personne ne s'en soit aperçu, même si la plupart des épileptiques menaient une vie normale quand ils étaient bien soignés.

Clay passa un bras autour de ses épaules.

— Je suis désolé, ma chérie. Pour l'instant, il est confus, mais il a peut-être oublié de prendre ses médicaments aujourd'hui et s'il a bu…

— Je sais… N'importe quoi a pu déclencher la crise. Nous verrons ce qu'il dira quand il aura pleinement repris conscience.

— Je sais qu'il est important pour toi.

— Très…, dit-elle en fermant les yeux.

Des doigts tièdes lui prirent le menton.

— « Très » comment ?

— J'ai connu Marcos presque toute ma vie. Je fréquente le studio depuis mon enfance et Marcos en est devenu le propriétaire quand j'étais adolescente.

— Il n'y a rien de plus ?

— De plus… ?

Tessa se redressa, les yeux écarquillés.

— De quoi parles-tu, Clay ? Tu penses que je t'aurais demandé de quitter le bar avec moi s'il y avait quoi que ce soit entre Marcos et moi ?

Clay l'empêcha de s'écarter de lui tandis qu'elle le foudroyait du regard, furieuse.

— La façon dont il te parle…, commença-t-il.

— Nous sommes amis, il est lié avec mes parents tout comme les tiens le sont avec les miens.

— Exactement.

— Et il a vingt ans de plus que moi !

— Depuis quand est-ce que ça compte ?

Elle reconnaissait que ce n'était pas faux, mais… Marcos et elle ? Clay et elle s'étaient rencontrés par l'entremise de leurs parents respectifs, lors d'une soirée. Dès qu'ils s'étaient vus, tout avait été dit, et lorsqu'ils avaient dansé…

Il n'y avait jamais eu d'étincelle, entre Marcos et elle. Ni quand ils avaient fait connaissance, ni des années plus tard. Elle le considérait comme un mentor.

— Nous sommes amis, répéta-t-elle avec une certaine emphase.

Quand le taxi s'arrêta devant l'hôpital, elle fut la première à jaillir hors de la voiture et à se précipiter à l'intérieur pendant que Clay réglait la course. Il la rattrapa avant qu'elle franchisse les portes des urgences.

Elle ralentit le pas.

— Tu peux rentrer chez toi, dit-elle. C'est mon ami et je me dois de veiller sur lui.

— C'est aussi le mien. Ecoute, Tessa… C'était une question franche. Si nous devons aller chez moi, je veux savoir où j'en suis. Je n'ai nullement l'intention de marcher sur les plates-bandes d'un autre.

— Je n'arrive pas à croire que tu viens de dire ça. Tu me considères comme un territoire à conquérir ?

— Bien sûr que non ! répliqua-t-il en riant. Tu as toujours été une femme libre qui sait exactement ce qu'elle attend de la vie.

Tessa éprouva une petite blessure au cœur. Autrefois, ce qu'elle attendait avait inclus Clay.

— Pas plus que n'importe qui d'autre.

Ils n'en dirent pas davantage car l'un des urgentistes vint à leur rencontre dans le couloir.

— Nous venons voir Marcos Figuereiro, l'homme qui a fait une crise d'épilepsie, dit-elle.

— Le Dr Simon est avec lui dans le box 3, je crois.

Une fois devant le rideau, Tessa lança :

— Bonjour, je suis le Dr Camara et le Dr Matthews m'accompagne. Nous sommes là pour voir Marcos.

— Entrez, répondit une voix. Nous sommes justement en train d'évoquer les antécédents de M. Figuereiro.

Clay tira le rideau et laissa passer Tessa. Le Dr Randy Simon était un homme d'une certaine corpulence, aux manières cordiales. Tessa savait qu'il était compétent et particulièrement attentif avec les familles.

Le médecin mit son stéthoscope autour de son cou avant de se tourner vers eux.

— Il est épileptique ? demanda-t-il.

— Je vous ferai remarquer que je suis là, grommela Marcos.

— En effet, répliqua le médecin avec un sourire.

Puis il reprit avec son patient le fil de son historique médical, mais il était très difficile d'arracher des informations à Marcos.

Finalement, le Dr Simon décida de le garder pour la nuit et de pratiquer quelques analyses sanguines. Marcos marmonna quelques mots peu aimables, mais Tessa avait le sentiment que l'épisode l'avait effrayé tout autant qu'eux. Cela n'impliquait pas que l'événement se reproduirait chaque jour, mais mieux valait s'assurer qu'il n'y avait pas d'autres dysfonctionnements médicaux.

Croisant ses bras puissants sur sa poitrine, Marcos soupira.

— Vous pouvez rentrer chez vous, tous les deux. Je vais sans doute passer la pire nuit de ma vie, mais je préfère affronter tout seul cette épreuve. Je n'ai pas besoin qu'on veille sur moi pendant les huit prochaines heures.

— Tu es sûr ?

— Je vous appellerai si j'ai besoin de quelque chose.

Tessa parvint à sourire.

— J'espère que tu ne m'en voudras pas si je ne te crois pas.

Elle prit son sac, s'avisant pour la première fois que Clay avait dû le ramasser au passage sur leur table, au Pied Piper. Elle trouva une carte professionnelle au dos de laquelle elle griffonna son numéro de portable et la tendit au Dr Simon.

— Vous voulez bien me faire prévenir s'il y a un changement ?

Les yeux du médecin allèrent de Tessa à Clay comme s'il se demandait ce qu'ils faisaient ensemble.

Ces fichues urnes ! Elle se rappelait vaguement en avoir vu deux aux urgences.

Génial !

— Je vous appellerai, dit-il.

Pendant que Clay serrait la main de l'urgentiste, elle déposa un baiser sur la joue de Marcos.

— Il faut que tu te reposes, Marcos. Nous devrons répéter intensément les deux prochaines semaines, et on aura besoin que tu sois en pleine forme.

Il grommela qu'il leur faudrait bien plus que deux semaines, mais puisque c'était tout ce dont ils disposaient…

En sortant du box, Tessa ne savait pas trop quoi faire. Devait-elle rester dans la salle d'attente, ou rentrer chez elle ? Délestée de sa peur, elle était tout à fait réveillée et il y avait peu de chance pour qu'elle trouve le sommeil.

L'espace de quelques secondes, elle s'imagina enveloppée par les bras de Clay. Elle n'avait jamais connu l'insomnie, quand elle passait ses nuits avec lui. Au contraire, elle dormait comme un bébé.

— Cela ne sert à rien de rester ici, dit Clay comme s'il suivait le cours de ses pensées. Randy a promis d'appeler en cas de nécessité. D'ailleurs, il est près de 23 heures.

Lui signifiait-il qu'il était trop tard pour faire autre chose que dormir ? Clay avait sans doute recouvré tout son bon sens et préférait rentrer chez lui.

Seul.

— Très bien. On se voit demain, alors ?

Dès qu'ils sortirent des urgences, ils retrouvèrent la douceur de l'air nocturne.

— Cela dépend… Si tu acceptes, ou non, de prolonger la soirée.

Le cœur de Tessa fit un bond dans sa poitrine.

— Prolonger la soirée ? répéta-t-elle.

— Rien n'a changé, Tessa, dit Clay. Je te connais assez pour savoir que tu ne pourras pas dormir. Je veux toujours que tu viennes chez moi, ajouta-t-il en posant une main sur sa nuque. Et toi ?

Il demandait. Il n'exigeait rien, il ne présumait pas qu'elle allait accepter comme il l'aurait fait quand ils étaient ensemble.

— C'est oui… A condition que tu sois sûr de le vouloir.

— Chérie, je ne connais rien de meilleur que d'être immobilisé par toi… Et ailleurs que dans une pièce remplie d'hommes qui nous regardent.

Leurs yeux se croisèrent.

— C'est juste que tu n'aimes pas perdre en public…, dit-elle en souriant.

— Je n'aime pas perdre du tout, mais ce que j'ai en tête implique deux vainqueurs et pas de perdants. Et il n'y aura pas de témoins.

Il l'attira contre lui pour déposer un baiser léger sur ses lèvres.

— Chez moi, dans mon lit, lui murmura-t-il à l'oreille.

Se rappelant la promesse qu'il lui avait faite une semaine auparavant, elle frissonna.

— Ta voiture ?

Pour l'instant, elle n'en avait pas et préférait utiliser les transports en commun.

— Je préfère qu'on aille chez moi.

Elle comprit qu'il avait mal interprété sa question. Autrefois, il leur était arrivé de garer la voiture dans un coin isolé pour faire l'amour.

Une ambulance emprunta la voie circulaire qui menait aux urgences dans un hurlement de sirène. La prenant par la main, Clay l'entraîna vers le parking.

— Tu es prête ?

Hochant la tête, elle le suivit. Les longues enjambées de Clay la contraignaient à faire deux pas pour un seul des siens, mais elle ne s'en souciait guère. Tout ce qu'elle savait, c'était qu'elle allait retrouver des sensations qu'elle n'avait pas connues depuis quatre longues années.

Elle avait hâte d'y être !

Elle parvint à s'installer dans la voiture malgré ses jambes flageolantes. Mais dès qu'ils s'éloignèrent de l'hôpital, ils se retrouvèrent coincés dans un embouteillage.

— Bon sang ! marmonna Clay.

Elle n'aurait pas dit mieux !

Croisant les doigts sur ses genoux, elle essaya de ne pas se tortiller sur la banquette de cuir qu'elle sentait sous ses cuisses… Ou de penser à la chaleur qui siégeait entre ces mêmes cuisses.

Clay lâcha le levier de vitesse pour poser la paume sur sa jambe gauche, juste au-dessus du genou.

— Ce n'est pas exactement ce que j'avais en tête, mais…

Tessa cessa de respirer quand le pouce de Clay caressa le fin tissu de sa jupe longue.

La voiture qui les précédait avança de quelques centimètres. Clay la suivit, mais cette lenteur ne l'obligea pas à changer de vitesse et sa main resta là où elle était. En fait, ses doigts tirèrent légèrement sur la jupe qui remonta presque jusqu'au genou de Tessa. Du bout de l'index, il la fit progresser plus haut.

— Clay ? murmura Tessa d'une voix étranglée.

— Chut…

Cette fois, les doigts de Clay frôlèrent sa peau nue.

— Qui sait combien de temps ce trajet va durer ? dit-il. Je veux juste maintenir ton intérêt.

Son intérêt ! Quoi qu'il fasse, elle était déjà sous pression !

Les vitres de la voiture étaient teintées et personne ne pouvait voir ce qui se passait à l'intérieur. Pourtant, quand Clay froissa le tissu jusqu'à ce que l'ourlet de la jupe se retrouve au milieu de ses cuisses, tout le corps de Tessa se tendit d'anticipation.

Avec une lenteur aussi pénible que délicieuse, il caressa doucement sa peau, lui donnant la chair de poule. Sans jamais quitter la route des yeux, il semblait savoir les ravages qu'il produisait dans son corps… Et dans sa tête.

Soudain, Tessa n'était plus si pressée d'arriver à destination...

Clay continua de la taquiner par des frôlements légers. Persuadée qu'elle ne tiendrait pas très longtemps, elle ferma les yeux, incapable de se concentrer sur autre chose que l'enivrant supplice qu'il lui infligeait.

Elle lui faisait confiance... Il n'irait pas assez loin pour qu'ils soient jetés tous les deux sous les verrous, même si elle s'était tournée vers lui pour qu'il lui fasse ce qu'elle n'avait permis à nul autre de lui faire.

Oui, elle avait confiance en lui.

Elle le désirait.

Malgré leur passé.

Et quand ils arriveraient chez lui, elle saurait le lui montrer.

Les doigts de Clay se glissèrent entre ses cuisses et les forcèrent gentiment à s'écarter. Elle ne résista pas, mais eut suffisamment de bon sens pour rabattre sa jupe sur ses genoux, dissimulant du même coup la main de Clay.

— Ce n'est pas du jeu, Tessa, dit-il en s'aventurant plus haut.

Elle émit un bruit de gorge et rejeta la tête en arrière, contre le dossier.

— Je commence à penser que j'aurais dû choisir l'option voiture, murmura-t-il.

Le véhicule avança de quelques mètres. Chaque fois que cela arrivait, il semblait à Tessa que Clay était un peu plus hardi. Lorsqu'il retira sa main, elle poussa un petit cri de frustration et ouvrit les yeux.

— Il y a un camion, expliqua-t-il.

Pensant qu'il était temps de lui donner un avant-goût de ses propres talents, elle posa une main sur le levier de vitesse, puis elle descendit lentement le long du manche. Il ne baissa pas les yeux, mais elle savait qu'il avait conscience de ce qu'elle faisait... Du jeu auquel elle jouait.

— C'est dangereux, dit-il.

— Pas plus que ce que tu m'as infligé.

— Je conduis.

Soudain, la circulation devint plus fluide, et Clay passa les minutes suivantes à se faufiler parmi les véhicules. Au bout d'un moment, il s'engagea dans un parking privé.

Dès qu'il eut garé sa voiture et fait taire le moteur, il glissa les doigts dans les cheveux de Tessa et se pencha vers elle pour l'embrasser. Quand leurs lèvres se rencontrèrent, elle sut qu'il n'y aurait pas de retour en arrière.

Clay et elle allaient ranimer les flammes du passé. Elle espérait seulement qu'ensuite elle aurait la force et le courage de les éteindre de nouveau.

10

Lorsqu'il touchait Tessa, il semblait à Clay que quelque chose en lui revenait à la vie.

Mais, pour l'instant, c'était elle qui s'agrippait à son bras comme si toute son existence en dépendait…

Si quelqu'un lui avait dit quatre ans auparavant qu'il amènerait cette femme chez lui, il l'aurait traité de fou. Mais n'était-ce pas lui qui était fou de risquer pour la seconde fois d'être frappé en plein cœur ?

Sûrement pas !

En l'occurrence, le cœur n'avait rien à voir ici. Ce ne serait que l'unique nuit de folie dont il rêvait depuis si longtemps.

Ni sentiments ni engagement.

Juste une affaire de sexe, dont il ne resterait rien.

Il attira Tessa contre lui. Tant qu'il était suffisamment intelligent pour s'en tenir à ces bonnes résolutions, il pouvait même coucher avec elle autant qu'il le voulait sans en être affecté.

Après tout, il n'avait pas souffert de sa rupture avec Lizza !

D'ailleurs, il avait eu quelques liaisons, depuis son divorce. Chaque fois, il était sorti des draps de ses partenaires et il était parti sans un regard en arrière.

Il ne les avait jamais amenées chez lui. Cet appartement, où Lizza n'avait jamais habité, était devenu sacro-saint… Un endroit exclusivement réservé à sa fille et lui.

Alors, qu'y avait-il de différent, maintenant, puisqu'il

s'apprêtait à enfreindre l'une des règles tacites qu'il avait toujours respectées ?

L'ascenseur s'arrêta à son étage, l'arrachant à ses pensées.

Poussant Tessa hors de la cabine, Clay la plaqua contre la porte de son appartement et s'empara de sa bouche. Elle posa les mains sur ses fesses, les doigts bien écartés, et l'attira plus près d'elle. Il fut aussitôt en feu, depuis son sexe dressé jusqu'au sommet de son crâne.

Glissant un genou entre les jambes de Tessa, il fouilla dans sa poche pour y chercher sa clé. Il parvint ensuite à l'introduire dans la serrure et à la faire tourner. Quand le battant s'ouvrit, Tessa tomba sur le parquet de bois et l'entraîna dans sa chute. Il réussit à ne pas l'écraser, tandis qu'elle éclatait d'un rire enroué auquel il ne put résister. Il resta donc là où il était et referma la porte d'un coup de talon.

Au diable les formalités ! Il n'avait qu'une envie : remonter la jupe de Tessa et se perdre en elle.

Mais s'il allait trop vite, ce serait aussi trop vite fini.

Il s'efforça de se maîtriser, s'imaginant qu'il allait pouvoir se relever tranquillement et la conduire dans sa chambre. Mais les mains de Tessa se posèrent de nouveau sur ses fesses, seulement cette fois elles s'étaient glissées sous la ceinture de son pantalon et caressaient sa peau.

Elle trouva en même temps sa bouche et il comprit qu'il était piégé, parce que ses lèvres étaient trop douces et prometteuses.

Il fit une dernière tentative :

— Ma chambre est au bout du couloir.

Les doigts de Tessa se faufilèrent plus bas, allumant un feu d'artifice dans son cerveau. Lorsqu'elle retira ses mains, il faillit protester, mais elle le repoussa et il fut bientôt sur le dos.

Lorsqu'elle l'enjamba pour le chevaucher, il émit un petit rire.

— Bon sang, Tessa, si tu voulais être aux commandes, tu n'avais qu'à demander…

Elle se pencha au point qu'il sentit son haleine sur sa bouche.

— J'aime bien prendre l'adversaire par surprise, dit-elle.

Se baissant davantage, elle lui mordilla la lèvre inférieure avant de la suçoter. Extasié, il ferma les yeux.

— Je suis ton adversaire ? demanda-t-il d'une voix rauque.

Elle se redressa pour faire passer son haut par-dessus sa tête, dévoilant un minuscule soutien-gorge qui dissimulait à peine les pointes de ses seins.

— Si tu résistes, bien sûr !

— Chérie, je n'ai nullement l'intention de résister.

Décidant de s'amuser à son tour, il tira sur le mince rempart de dentelle et le fit glisser le long du torse de Tessa pour dénuder totalement sa poitrine.

— Je pensais simplement que tu préférerais la douceur d'un lit.

— Je ne veux rien de… doux, répliqua-t-elle.

Ajoutant le geste à la parole, elle écarta davantage les jambes de façon que leurs deux sexes soient en contact à travers les vêtements.

Aucune douceur, en l'occurrence… Juste un besoin urgent de passer à l'étape suivante.

Remontant sa jupe sur ses cuisses, elle entreprit de lui déboutonner son pantalon.

— Doucement ! dit-il entre ses dents serrées. Je veux savourer. Profiter…

— C'est ça ! Après m'avoir bien excitée dans la voiture ? Mais, crois-moi, j'ai bien l'intention d'en profiter aussi. Pleinement… Profondément.

Le bouton céda, puis le zip de la fermeture Eclair descendit.

— Quelque chose me dit que tu réussiras à m'accompagner tout au long du chemin, ajouta-t-elle.

Au rythme où elle allait, la promenade risquait d'être courte, mais si c'était ce qu'elle voulait, pourquoi lui aurait-il refusé ce plaisir ?

Quelques secondes plus tard, elle tenait son sexe dans ses mains. Elle le pressait, elle le caressait…

— Préservatif, marmonna-t-il.

— Pilule, répliqua-t-elle.

— Dans ce cas…

La prenant par les fesses, il la souleva légèrement de façon qu'elle adopte elle-même la position adéquate. Glissant ensuite les mains sous sa jupe, il trouva sa petite culotte. Lorsqu'il écarta le tissu soyeux, ses doigts rencontrèrent une chair humide et chaude.

— Voyons si tu pourras être satisfaite… Pleinement et profondément, dit-il, reprenant les mots qu'elle avait prononcés.

Dès qu'il eut placé son sexe à l'entrée de son vagin, elle se laissa retomber de façon à être de nouveau assise sur lui.

— Bon sang ! murmura-t-elle.

— Trop profond ? s'inquiéta-t-il.

— Non, trop bon.

Elle resta un instant immobile, les lèvres entrouvertes et les yeux fermés. Sa poitrine nue se soulevait au rythme de sa respiration.

Ne venait-elle pas de suggérer qu'elle allait lui faire payer ce qu'il lui avait fait subir dans la voiture ? On allait voir qui était aux commandes, maintenant !

Il posa une main sur l'un de ses seins et glissa l'autre sous sa jupe, trouvant immédiatement sa cible.

Elle ouvrit les yeux.

— Qu'est-ce… Qu'est-ce que tu fais ?

— Je prends mon adversaire par surprise.

Sur ces mots, il lui suréleva les hanches tout en caressant du pouce la partie la plus sensible de Tessa.

— Non ! gémit-elle. Je ne vais pas pouvoir…

— Laisse-toi aller, bébé.

Il continua son manège, bougeant son bassin de plus en plus vite jusqu'à ce qu'elle se joigne à lui, les mains posées sur ses épaules. Quelques secondes plus tard, les mouvements de Tessa se firent plus désordonnés, ses ongles s'enfoncèrent dans la peau de Clay.

— Oui !

Elle poussa un cri, ses muscles se resserrèrent autour du sexe de Clay, lui envoyant une vague de plaisir contre laquelle il ne tenta pas de lutter. Son propre orgasme s'accompagna de spasmes violents qui assombrirent sa vision pendant un instant.

Lorsqu'il recouvra sa conscience, Tessa était étendue sur lui. Ils gisaient tous les deux parmi des vêtements froissés, leurs membres étroitement enlacés.

Clay n'aurait pas voulu que cela se passe autrement.

Ou peut-être que si, mais il n'en avait pas fini avec elle.

Tout en gardant le contact entre leurs deux corps, il la fit basculer sur le sol de manière à se retrouver au-dessus d'elle.

— Disons que nous recommencerons dans un lit, et sans vêtements, dit-il.

Elle lui sourit et son expression de pure satisfaction lui envoya un avertissement qu'il décida d'ignorer.

— Ce ne sera pas aussi drôle, murmura-t-elle.

— On trouvera bien quelque chose. Et je te promets d'en faire quelque chose de très amusant.

— Alors, prends la direction des opérations, répliqua-t-elle en riant. Et si tu crois que je te permettrai de ne pas tenir ta promesse, tu te trompes lourdement.

Les colocataires s'étaient réunis pour fêter le départ de Caren, mais après ce qui s'était passé la nuit précédente entre Clay et elle, Tessa se sentait un peu absente. En fait, en ouvrant sa boîte de pilules, ce soir, elle s'était aperçue qu'il en restait trois de trop !

Depuis trois jours, elle avait oublié de les prendre…

C'était déjà arrivé ces six derniers mois, mais dans la mesure où il n'y avait pas d'homme dans sa vie, elle ne s'était pas inquiétée. Les gardes de nuit bouleversaient toujours son emploi du temps, et les deux dernières semaines avaient été plutôt démentes. Les autres fois, elle avait simplement rattrapé son retard.

Mais ce coup-ci, les implications n'étaient pas les mêmes.

Clay lui avait proposé de mettre un préservatif… Pourquoi ne l'avait-elle pas laissé faire ?

Parce qu'elle était trop absorbée par l'urgence de le sentir en elle. De plus, elle ne voulait pas qu'il se lève pour aller chercher le préservatif.

Par ailleurs, elle utilisait un moyen de contraception… Ou du moins le croyait-elle.

La panique la submergea, lui coupant le souffle. Que se passerait-il s'ils avaient conçu un enfant ?

Evidemment, elle pouvait toujours prendre la pilule du lendemain. Ce serait sans doute la meilleure solution… Mais n'avait-elle pas envisagé l'adoption quand son internat serait terminé ? Elle se vit alors en train de bercer le bébé de Clay…

Le destin l'avertissait peut-être que le moment était venu pour elle d'être mère.

Mais Clay ? N'avait-il pas son mot à dire ? Elle n'en savait rien. L'émotion l'empêchait de réfléchir. Elle avait besoin de s'accorder quelques heures de réflexion, ou même une journée entière, pour prendre une décision. Ce n'était pas comme si elle devait se décider dans le quart d'heure…

Vraiment ?

Seigneur ! Elle allait tout droit au désastre. Son internat touchait à sa fin et elle ne pouvait pas se permettre d'être enceinte. Et surtout pas de l'homme avec qui elle avait rompu quatre ans auparavant.

Caren lui toucha le bras.

— Tout va bien ?

— Oui, bien sûr. Je… Je pensais seulement au festival. Il ne nous reste que deux semaines pour nous préparer.

— Je comprends. En plus, ces paris doivent te rendre nerveuse.

Holly approuva d'un signe de tête.

— Cette histoire prend des proportions exagérées, dit-elle en baissant la voix pour que Sam, qui préparait leurs boissons, ne les entende pas.

Les yeux de Tessa allèrent de Holly à Caren. Elle ne voyait pas du tout à quoi elles faisaient allusion.

— Quelles proportions ?

Ses deux amies échangèrent un regard.

— Les deux urnes… La tienne et celle du Dr Matthews. Quelqu'un a un peu modifié leur signification.

— Modifié comment ?

— Tu ne les as pas vues ? demanda Caren.

Tessa secoua la tête. Aujourd'hui, elle avait été trop troublée pour leur accorder la moindre attention. Elle évitait même de les regarder.

Le matin même, la mère de Clay et Molly avaient sonné à la porte de l'appartement sur le coup de 8 heures alors que Tessa était en train de prendre sa douche, l'esprit encore délicieusement embrumé parce qu'elle s'était réveillée dans les bras de Clay. Seulement, le Clay qui avait passé la tête dans l'embrasure de la porte ne ressemblait pas à l'homme qui plongeait en elle deux heures auparavant.

— Ma mère est là, avec Molly.

Le cœur de Tessa s'était arrêté de battre pendant une seconde.

— *Meu Deus*. Que veux-tu que je fasse ?

Elle s'attendait à ce qu'il lui demande de se glisser sous le lit jusqu'à ce qu'il soit sorti de chez lui, mais il avait secoué la tête.

— Rien du tout. Je leur ai dit que nous avions eu une urgence à l'hôpital et que tu avais dormi ici parce que tu étais épuisée. Tu pensais que j'allais te demander de te cacher dans un placard ?

Euh… Oui, elle l'avait pensé.

Tessa se concentra sur la conversation qui se poursuivait entre Caren et Holly. De quoi s'agissait-il, déjà ? Ah oui, les urnes.

— Nous nous sommes aperçus que le directeur de l'hôpital en avait installé plusieurs dans les services. Elles débordent ?

Holly jeta un coup d'œil à Sam qui venait vers elle, jonglant avec quatre verres.

— Regarde-les quand tu iras à l'hôpital, d'accord ? A les voir, on dirait que le Dr Matthews et toi, vous sortez ensemble.

Tessa faillit s'étrangler, mais avant qu'elle puisse dire quoi que ce soit, Sam lui tendait un jus de myrtille. Pauvre Caren !

Ce n'était pas exactement le genre d'adieux qu'elle comptait lui faire. D'ailleurs, elle allait vraiment lui manquer.

— Quand Kimberlyn arrive-t-elle ?

— Elle est censée arriver le premier jour du festival. J'ai pensé que ce serait bien qu'elle fasse connaissance de certains membres du personnel dans des conditions festives. Vous ferez en sorte qu'elle se sente la bienvenue, d'accord ? Elle a subi pas mal de pression, ces temps-ci, et si elle n'obtient pas ce stage…

Tessa posa une main sur le bras de son amie.

— Ne t'en fais pas ! On va l'accueillir comme une reine.

Un sourire aux lèvres, Holly se laissa tomber sur le canapé confortable qui trônait en face de la cheminée et sirota une gorgée de vin.

— Je pourrai lui indiquer les boutiques les plus sympa, ou l'accompagner si elle a besoin de quelque chose. De ton côté, arrange-toi pour ne pas attraper une maladie tropicale qui nous obligera à partir à ton secours.

— Je ferai attention. Quand je reviendrai, l'année prochaine, je compte bien récupérer ma chambre.

Cette fois, Sam intervint, les yeux brillants.

— Je tâcherai d'empêcher Holly de refaire la déco en ton absence.

Leur colocataire mâle se taisait la plupart du temps, mais il lançait parfois une plaisanterie qui les surprenait toutes.

Tandis qu'elles riaient de sa boutade, Sam vida ce qu'il restait de vin dans son verre.

— Je ne peux pas rester, mais fais attention à toi, ma grande. Et garde le contact avec nous.

— Bien sûr, dit Caren en l'embrassant. Il faut que je m'en aille, moi aussi. Tu veux bien porter mes deux sacs en bas de l'escalier pendant que j'appelle un taxi ?

— Pas de souci, répliqua Sam en posant son verre. A ce soir, les filles, ajouta-t-il à l'intention de Tessa et de Holly.

Puis il prit les bagages de leur amie et gagna la porte.

— Tu vas me manquer, dit Tessa, les yeux humides.

— Je sais. Tout comme vous allez me manquer.

Visiblement émue, Holly serra brièvement Caren dans ses bras.

— Je m'occupe du taxi…

A son tour, Tessa étreignit longuement son amie. Elle se reprochait un peu d'être tellement attristée par son départ. En effet, elle aurait dû se réjouir pour elle, l'opportunité qui se présentait à Caren étant fabuleuse.

Mais elle était bizarrement émotive, aujourd'hui.

— Envoie-moi un mail dès que tu arrives et appelle-nous si tu as besoin de quelque chose.

— Pas de problème, ma chérie, et ne te marie pas avant mon retour.

— Rassure-toi, ça n'entre pas dans mes projets. Si ça se trouve, je ne me marierai jamais. J'ai trop de choses à me prouver à moi-même avant.

— Il ne faut jamais dire « fontaine, je ne boirai pas de ton eau », répondit Caren avec un sourire. En tout cas, je te conseille de jeter un œil à ces urnes quand tu retourneras à l'hôpital, demain. Sache que je nie toute responsabilité…

— Quelle responsabilité ? Qu'est-ce que tu as fait, Caren ?

— Le taxi arrive, annonça Holly.

— Sauvée par le gong…, dit Caren. Je descends, sinon Sam sera obligé de garder mes affaires. Je vous adore, les filles.

— Nous aussi, répliquèrent-elles en chœur.

— Il faut que je passe à l'hôpital pour consulter mon emploi du temps, ajouta Holly.

— Je vais ranger, ne t'inquiète pas, répliqua Tessa.

En réalité, elle était plutôt contente de rester seule. Etant sur les nerfs depuis qu'elle avait quitté Clay, le matin, elle pourrait peut-être se prélasser dans un bain, pour une fois. Cela faisait longtemps qu'elle n'avait pas eu un jour de congé et celui-ci était particulièrement bienvenu.

Elle pourrait réfléchir à ce qu'elle allait faire ou, au moins, trouver le courage de s'assurer qu'elle n'était pas enceinte.

Une fois ses amies parties, elle se laissa tomber sur une

chaise et resta assise pendant quelques minutes. Fermant les yeux, elle posa les mains sur son ventre.

— Je vous en prie, mon Dieu, évitez-moi d'avoir à faire ce choix. N'importe quoi, mais pas ça !

Lorsqu'elle se présenta à l'hôpital, le lendemain, Clay était dans le hall. Il semblait très contrarié.

La gorge serrée, Tessa se força à sourire.

— Salut ! Tu es en avance !

Elle-même avait décidé d'arriver une demi-heure avant son service. Si son plan était d'éviter Clay, c'était raté !

Ne sachant plus trop où elle en était, elle n'avait pas repris la pilule. En revanche, elle avait décidé de prendre un rendez-vous avec le chef du service de médecine prénatale.

En tant que médecin, elle aurait dû se forger sa propre opinion, mais son jugement aurait manqué d'objectivité. Pour l'instant, elle avait besoin de parler à quelqu'un qui lui donnerait un avis impartial.

Clay ne souriait toujours pas.

— Je dois t'avertir à propos de quelque chose.

L'avertir ? Il ne pouvait tout de même pas savoir dans quel pétrin elle se trouvait !

— Viens avec moi, ajouta-t-il.

Elle s'écarta de lui comme s'il avait l'intention de lui prendre la main, ce qui n'était évidemment pas le cas. Pas ici, sur leur lieu de travail !

Après lui avoir jeté un coup d'œil inquisiteur, il se dirigea vers les ascenseurs. Le cœur battant la chamade, elle le suivit sans un mot. Une minute plus tard, il appuyait sur le bouton de son étage à elle.

Y avait-il un problème avec un patient ? Ils n'en avaient qu'un en commun…

— M. Phillips va bien ?

— Pour autant que je sache, oui. Je ne l'ai pas examiné, ce matin.

Du menton, Clay désigna l'espace central. Elle tourna la tête pour apercevoir les deux urnes.

Mais oui ! Caren et Holly y avaient fait allusion et Caren avait nié toute responsabilité !

Lentement, Tessa gagna le comptoir, les yeux sur les deux urnes transparentes remplies à ras bord de billets verts.

Puis, elle comprit.

Les étiquettes avaient changé.

Seigneur !

Leurs noms avaient été remplacés par des portraits d'eux exécutés à la main. Mais ce n'était pas tout… Ils tendaient tous les deux les lèvres et les urnes avaient été tournées de façon que leurs bouches se touchent.

Tessa étouffa un cri de détresse et Clay vint se planter à côté d'elle.

— Il est clair que quelqu'un nous a vus en train de nous embrasser.

— Toutes les autres sont pareilles ? murmura-t-elle.

— Toutes ! Et je pense que Lloyd n'y est pour rien, cette fois. Le pire, c'est que nous ne sommes pas les seuls à les avoir vues.

— Bien sûr… Tout le personnel de l'hôpital doit être au courant.

— En effet… Tout comme Molly et ma mère, ajouta Clay en se tournant vers elle.

11

Il était temps de faire le bilan des dégâts…

Cet après-midi, l'entraînement au studio avait été désastreux. Clay ne parvenait pas à se concentrer et, apparemment, il lui semblait que Tessa non plus. Après son séjour à l'hôpital, Marcos était visiblement en pleine forme et il les avait cloués au pilori devant tout le groupe. Pour finir, il leur avait dit de revenir le lendemain pour une séance privée.

Pour comble, sa mère n'avait cessé de le harceler de questions. Lorsqu'il lui avait dit que Tessa avait passé la nuit sur le canapé, elle l'avait cru. Depuis qu'elle avait vu les urnes, elle était convaincue qu'il lui avait menti.

Elle lui avait rappelé combien sa rupture avec Tessa l'avait affecté, autrefois… Elle ne voulait pas le voir malheureux !

Il n'était plus un petit garçon, mais il était toujours le fils de sa maman et elle s'inquiétait pour lui… Sans doute avec de bonnes raisons.

L'autre nuit, il avait été surpris de l'intensité de ses émotions. Il avait beau se répéter qu'il ne s'agissait que de sexe, il savait très bien que c'était faux.

Tessa le rendait véritablement fou.

Le pire, c'était quand elle avait regardé d'un peu plus près dans l'une des deux urnes et vu le chèque que sa mère avait fait. Il aurait pu en vouloir à ses parents d'avoir voté pour elle et non pour lui, mais ils savaient parfaitement qu'elle était une excellente *capoeiriste*. Il aurait été absurde de ne pas parier sur elle.

Tessa avait pâli et, sans dire un mot, elle s'était écartée des urnes. Il devinait que sa réaction avait quelque chose à voir avec le fait que ses parents lui avaient fait attribuer une bourse pour ses études.

En l'occurrence, ils contribuaient simplement à une action caritative, mais Tessa ne l'avait peut-être pas entendu ainsi.

Elle était fière, trop peut-être. Sans doute parce qu'elle n'était pas née aux Etats-Unis, elle pensait avoir plus à prouver que les autres.

Quant à lui… Il devait se concentrer sur sa fille et ne pas s'investir exagérément dans sa relation avec Tessa.

Le problème, c'était qu'il voulait tout le contraire.

Il mourait d'envie de faire encore l'amour avec elle. Dans ce domaine, ils s'étaient toujours parfaitement entendus. Elle était une amante généreuse et elle lui faisait toucher les étoiles.

Il ne pouvait blâmer son corps de se rappeler ce qu'ils avaient vécu ensemble. D'autant que sa vie amoureuse avec Lizza avait été des plus tiède. Une fois qu'ils avaient été mariés, elle avait toléré ses avances, mais elle semblait parfaitement satisfaite de rester de son côté du lit. La seule chose qu'elle appréciait, c'était qu'il lui fasse un compliment sur sa tenue ou sur sa beauté.

Elle était belle, pas de doute à ce sujet.

Mais Tessa possédait une qualité que Lizza n'aurait jamais : une sensualité à fleur de peau qui reflétait exactement ce qu'elle était. Clay avait du mal à croire qu'aucun autre homme n'ait tenté de la séduire.

Tessa était peut-être trop focalisée sur sa réussite professionnelle pour vouloir être séduite.

Sauf que ce qu'il avait éprouvé avec elle au lit lui prouvait qu'elle aspirait à autre chose.

Clay entra dans la chambre de M. Phillips pour examiner sa jambe. Il y trouva Brian Perry en train de parcourir le dossier de leur patient. Tessa lui avait dit que l'équipe préconisait une chimiothérapie que M. Phillips avait refusée.

— Comment va notre patient ? demanda Clay, un peu déçu de ne pas voir Tessa.

— Je suis prêt à rentrer chez moi, répondit M. Phillips, dont le sourire ne parvenait pas à masquer une certaine impatience.

— Je suis sûr que cela ne tardera pas, mais vous savez que vous allez devoir vous rendre dans un centre de rééducation ?

— Je crois que je vais sauter cette étape, si vous le voulez bien, doc.

Les traits de M. Phillips étaient tirés et son expression résignée attrista Clay. Mais il devait respecter la décision de son patient.

— Votre fille est toujours ici ?

— Elle compte rester quelque temps. Ses enfants sont grands et elle prétend avoir toujours eu l'intention de prendre une année sabbatique. Je ne suis pas sûr que c'était le genre de congé dont elle rêvait..., conclut M. Phillips.

Peut-être pas, mais Clay se réjouissait que quelqu'un soit avec lui. Sa fille pourrait peut-être le convaincre de s'installer plus près de sa famille.

— Je suis certain qu'elle est simplement heureuse d'être avec vous.

Clay examina rapidement la jambe de son patient. Le Dr Perry se tenait légèrement en retrait, observant la procédure en silence.

Lorsqu'il quitta la pièce après avoir promis à M. Phillips qu'il reviendrait le lendemain pour discuter avec lui de son retour à la maison, Brian le suivit dans le couloir.

— Tessa et vous... Vous vous connaissiez déjà, n'est-ce pas ? lui demanda le médecin.

La question prit Clay au dépourvu.

— Nous avons fait nos études dans la même fac, oui.

— Est-ce qu'elle a manifesté de l'intérêt pour l'obstétrique ?

— L'obstétrique ? répéta Clay avec étonnement. Non, jamais. Pourquoi ?

— J'espérais qu'elle allait demander à faire son prochain stage en oncologie cutanée ou en chirurgie de Mohs, mais Faye Powers a mentionné un rendez-vous avec Tessa, aujourd'hui. Quand je lui ai demandé si elle en connaissait la raison, elle a supposé qu'il s'agissait de postuler pour un stage. Faye prend sa retraite dans une semaine, mais elle a accepté d'examiner les candidatures jusqu'à l'arrivée de son remplaçant.

— Vous pensez que Tessa va lui apporter son dossier ?

— Je ne vois pas d'autre raison pour qu'elle aille voir le chef du service de médecine prénatale, répliqua Brian en haussant les épaules. Et vous ?

— Non.

Pourtant, Clay ne parvenait pas à croire que Tessa souhaite changer de spécialité, surtout après la maladie de sa mère.

Une sonnette d'alarme résonna dans son esprit… Si elle n'avait pas affirmé qu'elle prenait la pilule, il se serait demandé si ce rendez-vous avait un rapport avec la nuit qu'ils avaient passée ensemble.

Se pouvait-il qu'elle ait été trop absorbée par le plaisir pour lui mentir ? Non ! Jamais elle n'aurait été aussi irresponsable !

Brian reprit la parole.

— Bon, j'espérais que vous pourriez m'éclairer. Notre département détesterait la perdre. Elle est l'une des meilleures internes que nous ayons jamais eues. On m'a même laissé entendre que la direction souhaiterait la garder à la fin de son internat.

Clay savait que Tessa était un excellent médecin, mais il ne voyait pas pourquoi Brian s'imaginait qu'il en saurait plus que lui… La faute, probablement, à ces fichues urnes !

— Si l'occasion se présente, je lui dirai de vous en parler, dit-il.

Ils se séparèrent et Clay se dirigea vers les ascenseurs. A l'instant où il entrait dans celui qui descendait, les portes de l'autre cabine s'ouvrirent et Tessa en sortit.

La voyant se diriger vers la chambre de M. Phillips, Clay

empêcha les portes de son propre ascenseur de se fermer et se lança à sa suite.

— Tess !

Elle s'immobilisa, mais ne se retourna pas tout de suite. Quand elle s'y décida finalement, son visage était tout rose... Que lui arrivait-il, exactement ?

— Je viens d'examiner M. Phillips, lui dit-il. Brian était là, lui aussi. Tu veux bien venir dans mon bureau ? J'aimerais te parler.

Il crut qu'elle allait refuser, mais elle hocha la tête et le suivit. Il prit garde de ne pas la toucher quand ils entrèrent dans l'ascenseur et montèrent au cinquième étage. Comme ils n'étaient pas seuls, ils n'échangèrent pas un mot. Parvenus à destination, ils empruntèrent le couloir et parvinrent rapidement dans le petit bureau de Clay dont il referma la porte derrière eux.

S'appuyant au bord de sa table, il lui fit signe de s'asseoir.

— Ainsi que je te l'ai dit, j'ai vu Brian Perry quand j'étais dans la chambre de M. Phillips.

— C'est pour ça que tu m'as fait venir ? demanda-t-elle avec étonnement.

— Brian s'inquiète à l'idée que tu pourrais changer de spécialité.

— Moi ? Qu'est-ce qui peut bien lui faire penser ça ?

— Le fait que tu as fait un tour en obstétrique.

Tessa ouvrit la bouche pendant quelques secondes, puis elle la referma et se mordilla la lèvre inférieure.

— Je... Je ne suis pas sûre de comprendre, dit-elle en se redressant sur son siège. Pourquoi s'imagine-t-il que je souhaite changer de voie ?

Clay nota qu'elle n'avait pas nié son passage en obstétrique.

— Peut-être parce que tu as pris un rendez-vous avec le Dr Powers qui collecte les demandes de stage avant de prendre sa retraite.

Il la vit pâlir.

— Comment est-il au courant ?

— Elle a cru que tu voulais poser ta candidature et elle lui en a parlé. Que se passe-t-il, Tessa ? demanda Clay en se penchant vers elle.

— Rien, dit-elle d'une voix tremblante.

De nouveau, un soupçon effleura Clay.

— Est-ce que ça a quelque chose à voir avec l'autre nuit ? demanda-t-il en agrippant des deux mains le bord de la table.

— Qu'est-ce que tu veux dire ?

Il la fixa un instant avant de répondre :

— Tu m'as dit que tu prenais la pilule… Ta visite à Faye Powers n'a aucun rapport avec les moments que nous avons passés ensemble ?

— Clay, je…

Elle s'interrompit et secoua la tête. Clay eut un pressentiment… Mais Tessa restait silencieuse ?

Non, elle ne pouvait pas être enceinte !

— Est-ce que tu avais pris ta pilule, la nuit que nous avons passée ensemble ?

— Je… J'avais été très occupée pendant toute la semaine et j'avais enchaîné les gardes de nuit. J'aurais dû les avoir dans mon sac, mais… Il n'y avait personne dans ma vie depuis longtemps, et… La réponse courte est « non », je l'ai oubliée plusieurs jours sans même m'en rendre compte. Ce n'était pas délibéré, Clay, je te le jure !

La sincérité de Tessa ne faisait aucun doute…

— C'est pour cette raison que tu as pris un rendez-vous avec Faye ?

— Oui.

Quelles étaient les options ?

Clay les examina rapidement.

Elle pouvait reprendre la pilule et espérer qu'elle n'attendait pas un enfant. Il y avait aussi la pilule du lendemain, l'avortement…

— Qu'est-ce que Faye t'a dit ?

— Que dans la mesure où cela durait depuis plusieurs jours, je ne pouvais pas rattraper ce retard.

Clay se détendit… Cela signifiait-il qu'elle n'avait pas repris la pilule ?

— Quel est le plan B ?

— Je suis encore dans les temps, pour la pilule du lendemain.

— Ne la prends pas, Tess !

Ce fut comme une illumination. Quittant son appui, il la hissa hors de son siège et la prit dans ses bras.

Il l'aimait ! Il n'avait jamais cessé de l'aimer.

Inconsciente de la tempête qui venait de se déchaîner sous son crâne, elle lui posa les mains sur la nuque.

— Je ne sais pas quoi faire. Je t'en prie, Clay, crois-moi, je n'ai rien programmé de ce genre.

— J'en suis sûr, répliqua-t-il en la serrant contre lui.

Baissant la tête, il l'embrassa et ce fut suffisant pour susciter un jaillissement d'étincelles entre eux. Bouche contre bouche, ils se caressèrent mutuellement avec une exaltation mêlée d'angoisse.

Sans la lâcher, Clay effectua un demi-tour de façon à la presser contre la table.

— Dis « oui », murmura-t-il.

Il ne savait pas lui-même ce qu'il lui demandait. Devait-elle accepter de faire l'amour avec lui dans son bureau ? De porter son bébé ? Peu lui importait : il voulait juste entendre le mot.

— Oui ! dit-elle dans un souffle.

La tenant contre lui d'une main, il balaya de l'autre les papiers et les stylos qui encombraient la table avant de la poser dessus. Elle se laissa aller en arrière, le seul rempart entre eux restant la légère tenue bleue. Il allait y remédier rapidement, mais, auparavant, il lui restait une précaution à prendre.

— Ne bouge pas !

Il tendit la main vers son portefeuille, déposé dans un tiroir, et en sortit un préservatif. Si elle n'était pas déjà enceinte, il n'allait pas faire en sorte que cela devienne vrai… Quoi que son cœur lui dise.

Il baissa son pantalon, conscient que le règlement de l'hôpital interdisait aux titulaires d'avoir des relations sexuelles avec les internes, mais entre Tessa et lui, il ne s'agissait pas seulement de sexe… Ils avaient un passé commun. Un passé qu'ils avaient réveillé quelques jours auparavant.

Il allait ouvrir le sachet quand Tessa se redressa et le lui prit des mains.

— Je sais que nous devons nous dépêcher, mais accorde-moi une seconde, dit-elle en le posant sur la table.

Sur ces mots, elle posa la paume sur son sexe dressé et ferma les yeux. Lentement, ses doigts parcoururent toute sa longueur avant de l'encercler.

Clay cessa de respirer. Oui… C'était bon !

Tessa glissa alors au bas de la table et s'agenouilla devant lui. Ses lèvres accomplirent un lent et langoureux trajet le long de sa verge qu'elle prit finalement dans sa bouche. Des lumières jaunes jaillirent sous les paupières closes de Clay tandis qu'un flot de sensations le submergeait, l'amenant au bord de l'orgasme.

Il glissa la main dans les cheveux de Tessa et la referma sur les mèches soyeuses avant de se libérer avec douceur. Inspirant profondément, il hissa Tessa sur ses pieds et l'installa de nouveau sur la table. Une fois sur le dos, elle glissa les bras sous sa nuque et le regarda prendre le préservatif pour le dérouler le long de son sexe. Pour attirer Tessa au bord du plateau de bois, il lui passa les mains sous les genoux. Au lieu d'attendre qu'il lui ôte son pantalon, elle roula sur le côté et se retrouva sur le ventre, puis elle fit descendre le vêtement le long de ses hanches, révélant du même coup son ravissant derrière.

— Tu es sûre ? murmura-t-il.

— J'ai l'air de ne pas l'être ?

Il se pencha pour lui mordiller le cou.

— Dis-moi que tu as envie de moi, alors.

— J'ai envie de toi.

Il la pénétra, étonné qu'elle soit déjà humide et prête à le recevoir. D'une forte poussée, il s'enfonça en elle, sentant sa chaleur à travers la paroi du préservatif.

— *Meu Deus !* murmura-t-elle.

Lui prenant les poignets, il les immobilisa au-dessus de sa tête d'une seule main, puis il se mit à aller et venir en elle. Seigneur ! Elle l'enflammait comme aucune autre femme…

Il glissa sa main libre sous la hanche droite de Tessa. Dès qu'il eut trouvé le petit bouton si sensible, il le caressa doucement. Il sentait qu'il ne tiendrait pas très longtemps, mais il continua sa manœuvre, espérant qu'il pourrait au moins se retenir suffisamment pour qu'elle y trouve son compte.

Juste à cet instant, elle pressa fortement ses fesses contre lui par deux fois, puis elle poussa un long gémissement. Le corps secoué par des spasmes irrépressibles qui ne cessèrent que lorsqu'il la sentit se détendre sous lui, il la rejoignit dans le plaisir.

Il se pencha pour lui embrasser la nuque, s'attardant pour la lécher un instant.

Tessa émit un rire étranglé.

— Clay, il faut que je me redresse.

Prenant conscience qu'il devait l'écraser, il s'arracha à elle et fit la grimace… Elle lui manquait déjà !

Il ôta le préservatif et respira le parfum de Tessa qui persistait sur sa peau bien qu'ils soient restés presque entièrement vêtus.

Tessa fut plus lente à bouger et il ne put s'empêcher d'admirer le spectacle magnifique qu'elle lui offrait. Il brûlait d'envie de poser les mains sur ses fesses et d'en éprouver la douce fermeté… Deux mots qui pouvaient paraître contradictoires, mais ne l'étaient pas en ce qui la concernait.

Quand elle se mit finalement debout et eut remonté son slip — en dentelle noire, remarqua-t-il — ainsi que son pantalon, elle se tourna vers lui, un sourire aux lèvres.

— Je n'ai rien vu de tel dans le règlement.

— Vraiment ? Je suis sûr d'avoir lu quelque chose de ce genre, pourtant. Peut-être dans la foire aux questions.

S'approchant de lui, elle prit son visage entre ses deux mains.

— Merci de ne pas avoir piqué une crise, tout à l'heure. Je suis sûre que tout va bien se passer.

Il n'était pas aussi calme qu'elle le croyait, mais il savait dissimuler ses sentiments.

— Qu'est-ce que le Dr Powers t'a dit à propos de notre entraînement pour le festival ?

— Nous ne savons même pas si je suis enceinte, mais elle a dit qu'il n'y avait aucun problème puisque je pratique ce sport depuis des années. Je dois juste surveiller ma température.

— C'est bon à savoir. Et si tu attends un bébé, nous trouverons une solution. Je t'aiderai, pour les dépenses.

Tessa cessa aussitôt de sourire.

— Non.

— Tessa…, dit-il avec un peu d'agacement. Je ne te demande pas la permission.

Elle lui jeta un regard glacial.

— Pardon ? Si je suis enceinte, et *si* je décide de garder le bébé, je me débrouillerai seule, sans l'aide de personne. Pas plus de toi que de tes parents.

C'était ridicule !

Comment ferait-elle pour s'occuper de l'enfant tout en assurant l'emploi du temps dément des internes ? D'ailleurs, c'était aussi *son* bébé !

— Pourquoi es-tu aussi têtue ? Tu n'as même pas terminé ton internat ! Dînons ensemble et discutons-en, ajouta-t-il sur un ton plus doux.

— Je n'ai rien à dire. Je n'ai pas l'intention de t'empêcher de voir le bébé, mais je refuse toute aide financière.

La moutarde monta au nez de Clay qui se rappela toutes leurs disputes passées. Rien n'avait changé. Elle était toujours aussi excessive.

Il soupira en levant les mains.

— Fais comme tu veux… On se reverra sans doute dans l'après-midi.

— Sans doute, répéta-t-elle.

Puis elle ouvrit la porte du bureau et sortit de la pièce avec dignité… Comme si elle ne venait pas de faire l'amour avec lui sur la table.

Clay ramassa lentement les objets qu'il avait fait tomber dans sa hâte de la posséder. Elle ne voulait pas de son aide, mais cela n'impliquait pas qu'il doive l'écouter.

Elle ne pourrait tout de même pas l'empêcher de préparer un brillant avenir pour leur enfant …

12

Tessa n'arrivait pas à se concentrer.

Quoi qu'elle fasse, elle n'était pas parvenue à avoir l'avantage sur Clay depuis le début de l'entraînement. La semaine précédente, Marcos s'était montré plutôt satisfait de leurs efforts… Mais pas aujourd'hui.

Tout cela parce qu'elle n'avait pas eu ses règles à la date prévue. C'était peut-être dû au fait qu'elle avait arrêté la pilule, et un jour de retard ne constituait pas une tragédie nationale.

Pourtant, elle ne cessait de se répéter qu'il pouvait y avoir une autre raison. Et si c'était le cas, qu'allait-elle faire ? Depuis qu'ils avaient fait l'amour dans son bureau, Clay et elle n'avaient plus abordé cette question.

Si elle était enceinte, il avait le droit de le savoir. Elle lui avait dit qu'elle ne l'empêcherait pas de voir le bébé et elle ne reviendrait pas sur sa parole.

Ensuite… Elle n'avait aucune idée de ce qui se passerait. En tout cas, elle ne voulait pas qu'il lui fasse des cadeaux ou prétende s'occuper d'elle.

Elle rata un saut et tomba sur le tapis pour la troisième fois.

— Qu'est-ce qui ne va pas, Tessita ? demanda Marcos.

— Rien ! répliqua-t-elle d'une voix trop aiguë.

— Tu vas bien ? s'enquit Clay en lui touchant le bras.

Sa voix exprimait une telle compassion qu'elle sentit les larmes lui monter aux yeux. Elle battit des paupières pour les refouler.

— Essayons encore, dit-elle.

— C'est peut-être suffisant, tu ne crois pas ?

— Il n'y a pas de problème, Clay !

Comme Marcos avait renvoyé les autres danseurs pour travailler avec eux seuls, il n'y avait ni instruments de percussion ni murmures d'encouragement.

Elle pourrait peut-être permettre à Clay de la soutenir affectivement, sinon financièrement. Il n'y avait rien de honteux à cela. Si elle était enceinte, Molly serait la demi-sœur de son enfant, et Megan et Frank, qu'il aurait été très égoïste d'exclure, voudraient certainement le voir de temps en temps.

Son propre père souhaiterait aussi les aider. Clay et elle avaient des emplois du temps chargés, mais cela pouvait changer. Il leur faudrait assouplir leurs horaires et s'appuyer l'un sur l'autre.

Il ne s'agissait pas de charité, mais d'une famille réunie autour d'un enfant.

Oui, elle allait parler à Clay après la séance.

Abre a mão — ouvre la main —, comme les Brésiliens se plaisaient à le dire. Cela impliquait d'accepter les compromis. Tant que Clay n'exagérerait pas, cela pouvait fonctionner.

— Tu es prête ? demanda-t-il.

— Allons-y !

Cette fois, quand elle se déroba, Clay cala sur les siens chacun de ses gestes et de ses pas. Ce fut leur meilleure séance depuis le tout début.

Un quart d'heure plus tard, Marcos la serra dans ses bras puis lui tendit une serviette.

— *Perfeito*. Je ne sais pas ce qui s'est passé à la fin, mais ne changez rien jusqu'à la semaine prochaine. Vous pouvez faire ça ? Bon, je vais fermer le studio, ajouta-t-il en lançant une autre serviette à Clay. On se revoit pour notre prochaine séance.

Dès que Marcos fut trop loin pour les entendre, Clay se tourna vers Tessa.

— Tu as du retard, c'est ça ?

— Oui, mais seulement d'un jour. Ce n'est peut-être qu'une histoire d'hormones…

— C'est possible.

Il n'avait pas l'air convaincu et, soudain, Tessa souhaita que tout soit clair entre eux.

— Je suis désolée d'avoir tout gâché, dit-elle en lui touchant le bras. Si je t'avais laissé utiliser un préservatif…

Il eut un petit sourire.

— Tu n'es pas la seule à blâmer. En venant chez moi, tu ne pouvais pas savoir que je t'enivrerais avec du vin et des baisers.

— Je ne me rappelle pas le vin, mais pour le reste, mes souvenirs sont très clairs.

S'emparant de sa main, il la pressa légèrement.

— Tout va bien se passer, Tess. Quoi qu'il arrive.

— Molly ne sera pas bouleversée, si je suis enceinte ?

— Je pense qu'elle sera folle de joie. Surtout si tu nous permets de participer à la vie du bébé.

Tessa attendit qu'ils soient dehors pour lâcher sa bombe.

— Tu as parlé de m'aider, dit-elle en se tournant vers lui. Si jamais j'attends un enfant, je pense que j'en aurai besoin. Mon père ne pourra pas tout assumer seul.

— Bien sûr ! Je t'ai déjà dit que…

— Je ne veux pas d'argent. J'aimerais juste que le bébé soit bien entouré et qu'il ou elle connaisse sa sœur.

Clay lui frôla la joue.

— Je te promets que tu ne le regretteras pas, chérie.

Se prêtant à la caresse, elle s'efforça de croire que tout irait bien. Parce qu'elle avait pris sa décision, même si elle ne l'avait pas encore formulée à voix haute : elle garderait l'enfant, s'il y en avait un. Elle devait juste réfléchir à la façon dont elle pourrait en même temps réaliser ses propres rêves.

Se laisser aider n'impliquait pas qu'on lui faisait la charité… Il y avait un monde entre recevoir des sacs de vêtements et être soutenue en tant que mère.

— Molly est avec moi, ce soir, sinon je te demanderais de venir chez moi, murmura Clay.

Elle réfléchit quelques secondes.

— Et si on faisait quelque chose ensemble, tous les trois ?

— Toi, moi et Molly ?

— Oui.

— Je pense que Molly serait ravie. Tu es certaine d'en avoir envie ?

— Oui. Une amie proche vient de partir en mission médicale et je me sens un peu perdue, ces temps-ci. Même si je suis persuadée que c'est elle qui a remplacé nos noms par ces portraits, sur les urnes…

— J'étais sûr que tu avais pas mal de fidèles supporters ! Je vais appeler ma mère pour lui dire que nous arrivons.

— Elle ne va pas trouver ça bizarre ?

— Elle t'adore, Tessa, et rien ne pourra rien y changer.

Une douce chaleur se diffusa en Tessa.

— J'ai été horrible quand nous avons rompu.

— Je ne lui ai jamais dit exactement ce qui s'était passé, répondit Clay avec un haussement d'épaules. Juste que nous pensions tous les deux que c'était mieux comme ça. Si les choses changent, elle sera aux anges.

— Tu es un type bien, Clayton Matthews.

— Pas tant que ça puisqu'en ce moment, je préférerais que Molly passe la nuit chez ses grands-parents.

Tessa glissa son bras sous celui de Clay pour traverser la rue puis ils poursuivirent leur chemin sur le trottoir d'en face.

— N'allons pas trop vite, Clay, et voyons ce qui se passe, murmura Tessa.

— Tout à fait d'accord, répliqua-t-il en déposant un baiser sur le sommet de son crâne.

Tessa ne voulait pas espérer que les choses redeviennent comme avant, mais ils pouvaient peut-être nouer une nouvelle relation… Etre amis, ou peut-être un peu plus.

Amis ?

Ils avaient déjà fait l'amour plusieurs fois chez lui, et de nouveau à l'hôpital. Il était clair qu'entre eux, le feu n'avait jamais cessé de couver sous les cendres du passé. Peut-être, même, ces étincelles avaient-elles créé un minuscule être humain.

Ce n'était pas encore certain, mais d'ici une quinzaine de jours ils auraient une réponse.

— A mon tour !

Molly regarda Tessa glisser sur le toboggan et applaudit, les yeux brillant de joie.

Clay n'aurait jamais cru que Tessa appréciait ce genre de lieu, mais c'était elle qui avait suggéré d'aller au parc d'attractions, prétendant que c'était l'un de ses endroits préférés quand elle était petite.

En tout cas, Molly avait l'air de bien s'amuser. C'était à peine si elle avait lâché la main de Tessa pour faire un tour de manège. Elles formaient un duo qui donnait à Clay un avant-goût de ce qu'il ressentirait en la voyant avec leur enfant. Il éprouvait du même coup une petite douleur dans la poitrine qu'il s'efforçait d'ignorer.

Tessa ne ressemblait en rien à Lizza. Elle se donnait corps et âme à ceux qu'elle aimait et n'accordait que très peu d'importance aux objets. C'était sans doute l'une des raisons qui l'avaient poussée à être médecin.

Tessa se mit à rire quand Molly la tira par la main jusqu'à une autre attraction : un immense trampoline divisé en plusieurs sections si bien que plusieurs personnes pouvaient sauter en même temps. La structure était entourée par un filet et des protections en caoutchouc.

— Attends ! cria-t-il. Tu ne vas pas monter là-dessus ?

— Le Dr Powers a dit que je pouvais vivre normalement.

— Parce que ça te paraît normal ?

— Tout à fait ! répliqua-t-elle avec un grand sourire.

Elle se plaça dans la file d'attente avec Molly tandis qu'il montait sur une plate-forme d'observation.

Comme il y avait du monde, elles durent attendre que deux personnes descendent pour pouvoir entrer. Elles gravirent ensuite quelques marches pour accéder à la toile de saut et gagnèrent l'espace laissé libre. Tenant la main de Molly dans la sienne, Tessa se mit à sauter. Durant quelques minutes, le duo s'amusa ainsi, accompagnant les bonds de cris de joie.

Laissant Molly, Tessa gagna un autre rectangle qui venait de se libérer et, à la grande surprise de Clay, elle effectua un salto arrière puis retomba sur ses pieds. Molly s'immobilisa pour la regarder, les yeux écarquillés, tandis qu'elle exécutait une série de mouvements dont Marcos aurait été fier. Elle tourna sur elle-même, virevolta, fit la roue et enchaîna des acrobaties typiques de la *capoeira* encore plus impressionnantes sur une surface souple. Au bout d'une minute, une petite foule se groupa sur le poste d'observation. Inconsciente de l'attention dont elle était l'objet, Tessa ne pensait visiblement qu'à Molly. Ses sauts la rapprochèrent peu à peu de l'enfant qui riait aux éclats, son petit corps frémissant de joie. Après un dernier roulé-boulé, Tessa s'arrêta devant la ligne de démarcation entre les deux espaces, face à la fillette.

Quelqu'un, parmi les spectateurs, émit un long sifflement. Tessa tourna vers eux un visage étonné puis, se ressaisissant, elle saisit la main de Molly et lui montra comment saluer avec elle.

Le cœur de Clay se gonfla de fierté.

Bon sang, comme il aimait cette femme !

Si seulement il pouvait lui montrer comme ils pourraient être bien ensemble… Comme ils *étaient* bien ensemble !

Tessa se dirigea vers les marches et, laissant Molly descendre la première, elle la suivit non sans avoir serré la main du propriétaire en souriant.

La foule s'était dissipée lorsque Clay rejoignit Tessa qui avait les joues rosies par l'excitation.

Elle était superbe !

Il ne put s'empêcher de se pencher pour déposer un baiser léger sur ses lèvres. Elle parut surprise, mais ne recula pas. Quant à Molly, elle pensait déjà à la suite des réjouissances.

— Je crois que je vais me reposer un instant, dit Tessa.

— Tu te sens bien ? s'inquiéta Clay.

Elle leva les yeux au ciel.

— Bien sûr ! Je suis juste un peu fatiguée.

— Moi aussi, dit Molly. J'aimerais bien manger des pop-corn !

Le reste de la soirée se déroula encore mieux que Clay ne le prévoyait, et lorsqu'il déposa Tessa devant chez elle, ce fut elle qui se pencha pour déposer un baiser sur sa joue.

— A demain, beau gosse.

Autrefois, c'était ainsi qu'elle lui disait au revoir… Très ému, Clay se força à sourire et lui pinça légèrement le nez.

— A demain.

— Eh bien… Au revoir, monsieur Phillips.

Le vieux monsieur était assis dans un fauteuil roulant. En compagnie de Tessa et de Clay, il attendait sa fille qui devait se garer devant la porte. M. Phillips avait maintenu sa décision de ne pas subir une chimiothérapie, disant qu'à son âge il voulait juste profiter des jours qui lui restaient. Tessa ne pouvait l'en blâmer, mais elle aurait voulu faire plus pour lui.

Parfois, c'était impossible, et il fallait juste l'accepter. Au moins, M. Phillips serait entouré par une famille aimante. Sa fille l'avait même convaincu de vendre sa maison pour s'installer avec elle dans l'Ouest.

Il lui pressa gentiment la main.

— Merci de m'avoir dit franchement ce qu'il en était, dit-il.

Elle avait du mal à croire que c'était sans doute la dernière fois qu'elle le voyait. Clay avança d'un pas et serra à son tour la main du vieil homme.

— Faites bien les exercices physiques qu'on vous a montrés si vous voulez garder le plus de mobilité possible, dit-il.

Tessa prit conscience que Clay avait acquis l'art de cloisonner : il gérait ce qu'il était capable de guérir et écartait tout ce qui était hors de sa portée.

Elle ferait bien de l'imiter…

La voiture s'arrêta et Clay aida son patient à passer du fauteuil au siège avant du véhicule. Ensuite, la portière claqua et M. Phillips leur adressa un signe de la main par la vitre baissée.

Tessa ferma un instant les yeux puis les rouvrit sous l'effet d'une caresse sur sa joue. Clay était là et lui offrait son soutien. Elle inspira profondément et lui sourit.

— Je sais que tu m'as demandé de ne pas te recommander auprès de Josiah Wesley, dit Clay. Est-ce que tu veux bien reconsidérer la question ? Plusieurs internes postulent et je voudrais m'assurer que tu es en bonne position.

Tessa s'exhorta au calme. Elle ne devait pas réagir de façon excessive.

— Je sais que tu te débrouilleras très bien toute seule, mais la plupart des candidats sont recommandés par de nombreux médecins, ajouta Clay. Alors pourquoi pas toi ?

Tessa battit des paupières. Formulée ainsi, la proposition paraissait très raisonnable. Elle connaissait d'ailleurs suffisamment la réputation du Dr Wesley pour savoir qu'il ne se baserait pas seulement sur la recommandation de Clay. Elle avait travaillé dur pour être au fait des toutes dernières techniques.

— Merci, dit-elle en hochant la tête. J'accepte volontiers.

Le visage de Clay exprima un soulagement presque comique et elle ne put s'empêcher de sourire.

— Je suis aussi teigneuse que ça ?

— Non, mais tu es fière, et je peux te dire que je suis très impressionné par tout ce que tu as accompli.

— Merci. J'ai fini dans quelques minutes, et toi ?

Il hésita un instant avant de répondre.

— La même chose. Maman garde Molly chez moi, aujourd'hui, sinon je t'aurais invitée à dîner.

— On peut aller chez moi.

— Tu n'as pas des colocataires ?

— Oui, dit-elle en riant. Certes, Caren est partie en mission, et il en reste donc deux, mais ce soir, le seul à être présent est Sam. Alors si on passe sur la pointe des pieds devant sa porte, on devrait pouvoir se faufiler dans ma chambre sans qu'il s'en aperçoive.

— Sauf que tu fais beaucoup de bruit, dans certaines circonstances…

— Je te trouve bien présomptueux.

— Je te connais, c'est tout.

— Tu viens de me lancer un défi auquel je ne peux résister. Je te parie que je serai aussi discrète qu'une petite souris.

— Je te conseille plutôt de brancher ta chaîne et de mettre le son à fond.

Tessa retomba sur le dos, essoufflée. Elle posa une main sur son ventre et fixa le plafond.

— D'accord, la souris organisait peut-être une réception, ce soir.

Etendu sur le ventre, Clay passa un bras en travers de son corps.

— Ce devait être une méga-fête, alors, parce que ses copines ont fait un boucan d'enfer.

— Tu crois que Sam nous a entendus ?

— C'est important ?

— Seulement si je veux pouvoir le regarder en face, demain.

— Il ne m'a pas vu entrer. Il a sans doute pensé que c'était un spectacle, à la télé.

— Du jazz ponctué par des cris et des gémissements. Le réalisateur pourrait lancer une mode.

L'attrapant par la taille, Clay la hissa sur lui.

— Ne critique pas tant que tu n'as pas essayé.

— Je viens juste de le faire.

— Et tu as aimé ?

Elle se déplaça de façon à être assise sur son sexe.

— Oui, au point que je songe à renouveler l'expérience.

— Tu vas me tuer !

Sauf qu'il n'avait pas l'air d'être moribond… Si elle en croyait ce qu'elle sentait, il était prêt à relever le défi.

Quarante minutes plus tard, enfin habillée, Tessa se rendit dans la cuisine. Maintenu par un magnet sur la paroi du réfrigérateur, il y avait un message écrit par Sam.

« Intéressant choix de musique. Je pars pour l'hôpital, alors ne te donne pas la peine de le faire sortir en douce de la maison. »

Elle retourna dans la chambre avec un verre de vin pour Clay et une bouteille d'eau pour elle. Un peu déçue de trouver Clay habillé, elle agita la feuille sous son nez.

— C'est ta faute ! Tu n'as pas le droit de m'émoustiller autant quand il y a du monde.

Il parcourut rapidement le message.

— Ton copain n'est plus là, mais si c'est le genre de choses que tu aimes…

— Stop ! J'aurai déjà du mal à ne pas tourner au rouge pivoine quand je le reverrai.

— J'aimerais bien voir ça.

Clay jeta un coup d'œil aux boissons et fronça les sourcils en constatant qu'elle ne buvait pas d'alcool.

— Cela fait une semaine, maintenant, et je suppose qu'il n'y a rien de nouveau ?

— Non.

— Tu veux toujours le garder ?

— Absolument.

Mais au-delà, elle n'avait aucune idée de ce qu'elle allait faire.

Otant le bouchon de la bouteille, il se servit un verre puis s'assit près d'elle. Lorsqu'il lui caressa le ventre, elle frissonna.

— Je commence à penser que c'est une réalité, dit-il.

— Moi aussi… Un milliard de pensées se pressent dans mon esprit… Comme des prénoms ou quel sera son sexe.

— Ce sera une fille, dit-il en déposant un baiser sur sa tempe. Elle aura les cheveux roux et elle sera aussi fière que sa maman.

— Ou un garçon, avec un grand cœur comme son papa.

— Je voulais te parler de quelque chose.

Tessa se raidit aussitôt. Qu'il ne lui demande pas de l'épouser ! Pas comme ça ! Pas pour cette raison !

— D'accord. De quoi s'agit-il ?

— Je sais que c'est un peu tôt et nous ne savons pas encore si tu attends un bébé, mais j'ai réfléchi. Tu ne veux pas de mon soutien financier, c'est ça ?

Elle serra les dents.

— Nous en avons déjà parlé.

— Et je respecte ta décision, mais cet enfant sera aussi le mien et je veux préparer son avenir. Est-ce que tu serais d'accord pour que je place de l'argent sur un compte qui ne servira qu'à payer l'université ?

— Tu veux dire… Comme tes parents l'ont fait pour moi ?

Elle n'avait pas voulu que ses paroles sonnent de façon aussi dure, mais elle ne pouvait pas revenir en arrière. Elle le connaissait suffisamment pour savoir qu'il allait multiplier les arguments, mais elle n'accepterait pas que, sous prétexte qu'elle refusait son argent, il le donne à leur enfant.

Clay but une gorgée de vin puis une autre avant de reposer son verre sur la commode.

Au moment où elle pensait qu'il allait partir sans un mot, il se tourna vers elle.

— Si tu t'imagines que je vais rester assis et ne pas participer à la vie de mon enfant, tu te trompes lourdement, Tessa. Tu ne peux pas penser que je vais subvenir aux études de Molly et ne rien faire pour ce bébé.

— Mais c'est différent, avec Molly…

Il lui jeta un regard furieux.

— Absolument pas. Même si sa mère en avait la garde, je voudrais participer à son entretien et assurer son avenir. C'est la même chose pour notre enfant, si nous en avons un. Je souhaite prendre soin de lui ou d'elle.

Tessa se rappelait comment il se comportait avec elle, quatre ans auparavant. Tous ces cadeaux qui avaient causé leur rupture ! Il voulait recommencer et, si elle acceptait, il en profiterait pour gagner du terrain dans d'autres domaines.

— Le choix ne t'appartient pas, répliqua-t-elle. Je pense être parfaitement capable de m'occuper de moi-même et de mon enfant.

Le visage de Clay parut soudain taillé dans la pierre.

— C'est peut-être vrai, mais tu ne m'empêcheras pas d'ouvrir un compte pour lui, comme pour Molly. Et tu ne pourras pas empêcher cet enfant de l'utiliser quand il sera majeur.

Tessa fixa Clay, horrifiée. Est-ce qu'il comptait agir contre ses vœux ? Rien n'avait changé… Rien !

— Ne franchis pas cette ligne, Clay, je t'en prie.

— Ce n'est pas moi qui la franchis, mais toi. Ne t'imagine pas que je vais céder parce que cela n'arrivera pas.

Prenant sur la table de nuit son portefeuille qu'il glissa dans sa poche arrière, Clay saisit ensuite ses clés de voiture et, sans un mot, il sortit de la pièce… Et probablement de sa vie.

13

Tessa se tenait parmi les autres *capoeiristes*… Mais elle n'avait pas de partenaire.

Clay n'était pas venu à l'entraînement, mais après leur dernier échange, elle ne pouvait vraiment pas lui en vouloir. Au bout d'un quart d'heure, Marcos était devenu hystérique.

— Qu'est-ce que tu lui as dit ?

Pourquoi s'imaginait-il tout de suite qu'elle était en tort ?

Peut-être parce qu'elle l'était…

Clay avait évidemment raison de vouloir participer à l'entretien de leur enfant ! Elle était ridicule de s'être imaginé qu'il se contenterait de la soutenir moralement.

Mais elle ne savait pas comment réparer le mal qu'elle avait fait, ou même si elle devait le tenter. Après tout, c'était peut-être la preuve que Clay et elle n'étaient pas faits l'un pour l'autre.

Sauf que le problème était toujours venu d'elle. Clay avait toujours été un homme attentif et généreux et elle n'avait cessé de le lui reprocher.

Par sa bêtise, elle avait gâché le travail du groupe des *capoeiristes* et le plaisir de tous ceux qui espéraient voir l'affrontement entre Clay et elle.

— Je ne sais pas où il est, mais on va devoir passer au plan B, déclara Marcos. Je vais être ton partenaire, ajouta-t-il avec un soupir. Il n'y a pas d'autre solution.

Si Clay ne se montrait pas, Marcos la tiendrait pour responsable. Il ne l'avait pas dit, mais nul besoin d'être devin pour le savoir. Tessa ne doutait pas qu'il appellerait Clay le soir même.

A cette idée, elle sentit son estomac se nouer.

Marcos et elle effectuèrent la chorégraphie prévue. Ils étaient bien meilleurs que Clay et elle ne l'avaient jamais été, mais il manquait le feu et la passion qui avaient ponctué ses séances d'entraînement avec Clay. Les musiciens eux-mêmes semblaient être affectés, s'il fallait en croire leur façon de jouer.

Si l'exhibition était ratée, ce serait sa faute.

A moins qu'elle ne trouve une solution.

Mais laquelle ?

L'idée lui vint au moment où Marcos effectuait le dernier mouvement… C'était sa seule chance de réparer les erreurs du passé et du présent.

Restait à espérer que son plan fonctionne.

Il avait fallu deux jours à Tessa pour trouver le courage d'envoyer l'invitation rédigée sur papier doré, mais elle n'avait pas eu de réponse. Pendant la semaine précédant le festival, les patients se succédèrent sans interruption et les journées de Tessa se suivirent et se ressemblèrent, ponctuées par des nuits sans sommeil.

Au début de leur relation, quatre ans auparavant, elle l'avait invité à venir voir une séance de *capoeira*. Elle espérait qu'il s'en souviendrait et y verrait une offre de réconciliation.

Elle aimait Clay ! C'était une évidence, maintenant, et elle voulait une seconde chance. Mais le festival commençait aujourd'hui et il n'avait pas répondu…

Elle enfila sa tenue blanche et serra autour de sa taille la *cordão* verte et violette.

Clay lui pardonnerait-il un jour de s'être montrée aussi intraitable et arrogante ? Et que ferait-elle s'il refusait ?

Elle n'en avait aucune idée. Ce matin, elle avait eu des nausées qui n'avaient pas duré longtemps, et ne doutait plus, désormais, d'être enceinte.

Marcos, revêtu de la tenue des *capoeiristes*, la rejoignit.

— *Pronta ?*

— Je n'en sais rien. Jusqu'à maintenant, je n'ai jamais été le clou du spectacle.

Son vieil ami posa une main sur son bras.

— Ce ne sera pas différent des autres fois, *querida*. Tu seras entourée d'amis, au centre de notre cercle.

Elle inspira profondément.

— Très bien. Tu veux qu'on s'entraîne un peu ?

— Nous n'en avons pas besoin.

Depuis quand le maître de *capoeira* refusait-il quelques exercices d'échauffement ? Pour autant qu'elle le sache, jamais ! Il s'était peut-être aperçu qu'elle était sur les nerfs et il ne voulait pas aggraver les choses. Ou peut-être craignait-il une autre crise d'épilepsie.

Il lui tapota le menton.

— Je te retrouve sur notre emplacement dans dix minutes.

— D'accord.

L'épilepsie n'était pas le seul sujet que Marcos n'abordait jamais. Comme il n'évoquait pas Clay, Tessa en déduisait qu'il n'avait pas dû lui téléphoner pour tenter d'arranger les choses.

Qu'allait-il advenir de toutes ces urnes remplies d'argent ? Tous les administrateurs de l'hôpital avaient approuvé le principe des paris… Et tout était gâché à cause d'elle !

Elle se regarda une dernière fois dans le miroir avant de sortir pour retrouver les autres membres du groupe à l'endroit prévu pour l'exhibition.

Pour essayer de calmer sa nervosité, elle secoua ses mains le long de son corps tout en se joignant aux participants qui formaient la *roda*. Elle jeta un coup d'œil aux spectateurs qui commençaient à se rassembler sur la butte du haut de laquelle ils pourraient mieux voir ce qui se passait à l'intérieur du cercle.

Elle aperçut Sam et Holly avec une jeune femme qui devait être Kimberlyn puisque Caren avait précisé qu'elle arriverait le jour du festival.

Marcos échangea un regard avec elle et hocha la tête.

Ils étaient prêts à commencer.

Les instruments de percussion entamèrent le rythme basique jusqu'à ce que le troisième musicien qui tenait le *berimbau gunga* produise les notes les plus graves. Il se mit à frapper la corde tendue avec une baguette, les variations de son étant obtenues grâce à une calebasse limitant la longueur de la corde.

Une minute passa durant laquelle les participants frappèrent des mains et chantèrent. Bientôt, Tessa sentirait l'état d'euphorie qui les inciterait à se lancer au centre.

Les deux premiers *capoeiristes* se placèrent au milieu du cercle. Ils avançaient à pas glissants et sinueux, leurs bras traçant des arcs amples qui semblaient porter leurs corps en avant. Ils disposaient de deux minutes pour montrer leur art, alors que Tessa et Clay en avaient quinze.

Pourtant, les deux protagonistes en lice effectuaient un travail remarquable. Pour finir, ils se tinrent immobiles pendant quelques battements des *pandeiros*, jambes pliées au niveau des genoux puis ils regagnèrent leur place.

Chaque duo de combattants avait été constitué en fonction de leur force, allant des débutants aux danseurs confirmés. La corde qui ceignait leur taille était toujours de la même couleur. Seuls Tessa et Clay faisaient exception à la règle.

Mais cela n'avait plus aucune importance puisque Clay était absent… Il n'y avait rien à faire, hormis se comporter comme si c'était prévu.

Mais ensuite ?

Eh bien, pour commencer, elle s'offrirait une bonne séance de larmes… Dès qu'elle serait seule.

Après, elle supplierait Clayton Matthews de lui pardonner. Lui envoyer une invitation n'avait peut-être pas été une bonne idée, sachant que les hommes ne saisissaient pas toujours l'implicite. Elle serait donc plus directe, la prochaine fois, et elle accepterait toutes les formes d'aide qu'il voudrait lui apporter.

Quand le dernier duo entra dans le cercle, Tessa s'efforça de se concentrer sur la performance qu'elle allait effectuer.

Mais quand elle chercha le regard de Marcos, elle ne le trouva nulle part. Les sourcils froncés, elle continua à chanter avec les autres. Normalement, les deux protagonistes d'un duo devaient d'abord entrer en contact visuel avant d'avancer.

Quelque chose n'allait pas…

Marcos faisait-il une crise d'épilepsie ?

Les sens en alerte, Tessa se demanda ce qu'elle allait faire. Elle n'avait pas vraiment envie d'entrer seule dans le cercle et d'effectuer des mouvements qui n'auraient pas de sens, hormis la performance.

Et si Marcos était malade, elle voulait être avec lui… Tout comme Clay avait souhaité prendre soin d'elle et du bébé.

Seigneur ! Quel formidable gâchis elle avait provoqué !

Les deux adversaires précédents regagnaient leur place, signe que Marcos et elle allaient s'avancer à leur tour. Elle devait tenir sa promesse ! Peut-être Marcos avait-il prévu un remplaçant ?

Respectant le rythme des instruments, elle entra dans le cercle et aperçut Marcos, légèrement en retrait… Cela devenait incompréhensible !

Quelqu'un surgit alors derrière la *roda* et les membres du groupe s'écartèrent pour le laisser passer. Le cœur de Tessa cessa de battre pendant une seconde et elle crut qu'elle allait défaillir.

C'était Clay, vêtu de la tenue blanche traditionnelle, sa corde jaune nouée à la taille. Il s'approchait d'elle en effectuant les pas de base de la *capoeira*, la *ginga*.

Les larmes aux yeux, Tessa dut battre des paupières pour éclaircir sa vision… Clay était bien là ! Il se balançait d'avant en arrière à la façon d'un cobra, mais ses yeux n'avaient pas l'éclat mortel de ceux d'un serpent. Son regard était vif, chaleureux et…

— J'ai bien reçu ton invitation, dit-il en passant près d'elle.

Cambrant le dos, elle posa les mains sur le sol, derrière elle, et effectua un back-flip qui la mena loin de lui, puis elle pivota sur les talons, poussée par le besoin d'être près de lui.

— Je suis désolée.

Il sauta très haut, lançant une jambe au-dessus de la tête de Tessa, qui s'accroupit.

— Tu regrettes de m'avoir invité ? demanda-t-il en retombant sur ses pieds.

— Non.

Ils multiplièrent les pas, avançant, reculant, esquivant ou tournant sur eux-mêmes. Mais chaque fois qu'ils étaient proches, l'un des deux lançait un nouveau message.

— Désolée pour quoi ?

— D'être têtue.

— Tu l'es.

— Je sais.

La fois suivante, la main de Clay frôla la sienne comme si le geste était prévu.

— Pourquoi suis-je ici ?

Elle ne répondit pas.

— Réponds, Tess !

Elle s'immobilisa au centre de la *roda*, oubliant le spectacle. Ses yeux fixaient intensément Clay qui cessa à son tour de bouger. Tandis qu'ils se regardaient, les musiciens cessèrent peu à peu de jouer, les applaudissements et les chants se turent.

— Dis-moi, Tessa…, insista Clay en la prenant par les épaules.

— Tu es là… Parce que je veux que tu y sois. Je t'aime.

Tous les membres du groupe gardèrent le silence.

— Bon sang ! Je pensais que je n'entendrais jamais ces mots, dit-il en lui prenant le visage entre ses mains. Je t'aime aussi, mais il faut qu'on soit capables de s'entraider… Tous les deux. Il faut que je puisse faire des choses sans que tu croies que c'est par charité et que tu me repousses.

L'espoir gonfla la poitrine de Tessa.

— Je sais. Je vais essayer, il le faut parce que je crois que je suis vraiment enceinte.

— C'est vrai ?

— Je pense que oui.

Fermant les yeux, il pressa son front contre le sien.

— Je veux qu'on se marie.

— On peut en discuter ?

Il émit un petit rire exaspéré.

— On peut trouver des compromis ?

Lentement, très lentement, elle passa son pied droit derrière le mollet de Clay. A la seconde suivante, il se retrouvait sur le tapis, Tessa sur lui.

— Oui, murmura-t-elle. On peut trouver des compromis.

Puis elle posa les lèvres sur les siennes, scellant ainsi une promesse aussi solide qu'un document légal.

D'une certaine façon, Clay était vieux jeu et elle accepterait de l'épouser, mais ils pourraient fixer ensemble une date… Plus ou moins proche. Elle voulait d'abord terminer son internat, mais ensuite…

Ensuite, elle aurait non seulement gagné un mari, mais aussi sa ravissante petite fille.

Peu à peu, Tessa perçut des exclamations bientôt suivies d'applaudissements et de cris. Ils ne venaient pas seulement des *capoeiristes*, mais de la foule qui assistait à cette scène étrange. Elle détacha sa bouche de celle de Clay et émit un petit rire gêné, mais il glissa une main sur sa nuque pour la ramener vers lui.

— Ne t'inquiète pas, Tessa, j'attendrai qu'on soit chez moi pour terminer ça, mais j'en ai bien l'intention.

Un frisson d'anticipation la parcourut de la tête aux pieds.

— Où est Molly ?

— Avec mes parents. Ils sont par là, quelque part, mais ils m'ont promis de la garder pour la nuit.

Clay se mit debout et l'aida à en faire autant avant de la soulever dans ses bras. La tournure des événements incita certains danseurs à pousser des hurlements de joie.

Si Tessa avait trouvé les portraits dessinés sur les urnes choquants, elle n'osait penser aux transformations qu'ils allaient subir… Mais peu importait, parce que quoi que ce soit, ce serait la vérité.

Les musiciens entamèrent soudain un morceau d'un rythme endiablé et les danseurs se mirent à effectuer des sauts spectaculaires et autres acrobaties. Du point d'observation où il se trouvait, Marcos leva le pouce en signe de victoire juste avant que Clay emporte Tessa loin de la foule.

Loin de la musique, vers un avenir radieux.

Cette fois, leur union durerait à jamais parce qu'elle serait construite sur des efforts, des compromis et un respect mutuel. Et bientôt, très bientôt, ils vivraient ensemble une nouvelle aventure.

Un ou une nouvelle petite *capoeiriste* rejoindrait le monde de la musique, des *rodas*… et de l'amour.

AMALIE BERLIN

Une rivale trop séduisante

INTÉGRALE

MANHATTAN HOSPITAL

Traduction française de
CHRYSTELLE POULAIN

SAGAS

HARLEQUIN

Titre original :
SURGEONS, RIVALS...LOVERS

Ce roman a déjà été publié en 2015

1

Le crissement des pneus sur l'asphalte glaça le sang du Dr Kimberlyn Davis.

Instinctivement, ses muscles se crispèrent dans l'attente du choc. Puis il y eut le fracas de métal, si familier à son oreille, et son cœur s'emballa.

Elle pivota sur ses talons, juste à temps pour voir un corps propulsé en l'air, tel un pantin désarticulé. C'était un motard, qui rebondit contre le pare-chocs d'un gros 4x4 noir.

Ce nouvel impact le jeta sous les roues du véhicule, après quoi il disparut à la vue de Kimberlyn.

Elle serra les mâchoires pour bloquer les gémissements sourds qui montaient de sa gorge. C'était comme si une traînée de feu était soudain venue incendier la cicatrice qui marquait la naissance de son décolleté…

Pourquoi ne prenait-elle pas ses jambes à son cou ?

Parce que c'était impossible. Elle avait prêté serment.

Ignorant le concert de Kaxon qui se déchaînait, Kimberlyn bascula en mode automatique. Elle fit un pas en avant, puis un autre, et un autre encore.

Trois secondes plus tard, elle courait entre les voitures arrêtées de manière complètement anarchique. C'était l'heure de pointe, au cœur de Manhattan. Aurait-elle pu imaginer pire scénario pour son premier jour de travail à New York ?

— Appelez les urgences ! cria-t-elle à la foule de badauds massés sur le trottoir.

L'avaient-ils entendue ? Rien n'était moins sûr. Elle avait l'impression d'avoir perdu sa voix…

Il n'y avait apparemment pas de blessé grave dans les véhicules. Une dame saignait légèrement de la joue. Un autre automobiliste présentait une estafilade à la tempe. Rien de méchant.

Ceux-là vont bien. Ils n'ont pas besoin de toi. Avance…

L'air hagard, le conducteur du 4x4 regardait fixement son pare-brise en miettes, les mains crispées sur le volant. Il était choqué, mais conscient. Quant au motocycliste, comment savoir s'il était mort ou vivant ? Il avait entièrement disparu sous le véhicule. Seul son casque était visible.

Cela faisait plus d'un an que Kimberlyn pratiquait la traumatologie, mais jamais elle ne s'habituerait à ces visions terribles. C'était même de pire en pire.

Pourtant, il faut que tu y arrives. Tu n'as pas le choix.

Six mois après l'accident qui avait failli lui coûter la vie — alors qu'elle était encore convalescente —, elle avait obligé sa mère à s'arrêter sur la bande d'arrêt d'urgence de l'autoroute où une collision venait d'avoir lieu. Elle avait voulu se rendre utile. Elle n'avait pas pu s'en empêcher. Depuis, elle consacrait sa vie à secourir les autres, quoi qu'il lui en coûte.

Cela ne ramènerait pas Janie, son amie ne reviendrait jamais. Mais elle lui devait bien ça. Elle se répétait cela à chaque intervention, quand le visage de son amie décédée la hantait.

Elle se reprit, s'efforçant de se concentrer sur la situation présente. L'homme avait reçu un énorme choc au thorax. La première chose à faire était de prendre son pouls.

S'il respirait encore, peut-être y avait-il une chance de le sauver ? Mais la collision avait été tellement violente… Elle n'y croyait guère.

Abandonnant son sac à dos par terre, elle s'agenouilla avec précaution pour ne pas se couper sur les éclats de verre et de métal. Puis elle se mit à parler à voix haute, comme ses professeurs le lui avaient appris.

« Il faut expliquer les choses au blessé même s'il est

inconscient. Dites-vous qu'il entend peut-être. Vos paroles sont importantes. N'hésitez pas à verbaliser ce que vous faites. »

— Je viens vers vous, monsieur, dit-elle, autant pour dompter son angoisse que pour rassurer le motard. Je vais me glisser sous la voiture. Restez tranquille. Je suis médecin.

Sa voix lui parut tendue, haut perchée. Quelle belle urgentiste elle faisait ! Il n'était pas difficile de deviner qu'elle était au bord de la panique.

Mais elle ne craquerait pas. Même si ce genre de situation la rendait folle, elle arrivait toujours à garder le contrôle.

Ce n'est pas ta faute, cette fois. Pas ta faute. Pas ta faute.

Son cœur tressauta, et elle ferma les paupières. L'arythmie apparaissait.

Ne pas s'affoler. L'adrénaline chamboulait son rythme cardiaque. Rien de sérieux. C'était comme cela depuis l'accident…

Elle rouvrit les yeux, attrapa son sac à dos et en sortit une mini-torche qu'elle glissa entre ses dents. Puis, à plat ventre, elle se faufila sous le 4x4 pour atteindre le blessé.

Il y avait un pouls ! Le cœur battait encore. Faiblement, mais il battait !

— Je suis en train de regarder ce qui se passe, monsieur. Ne vous inquiétez pas, on va vous sortir de là…

Du mieux qu'elle put, elle braqua sa lampe sur le corps du motard. Par chance, il n'était pas coincé sous le 4x4. Seul le casque avait l'air bloqué par l'avant du véhicule.

— Il est coincé ?

Une voix masculine venait de s'élever tout près d'elle. L'homme avait crié pour se faire entendre dans le brouhaha de Klaxon.

Kimberlyn rampa prudemment vers l'arrière, puis se redressa. Un homme de haute taille, vêtu d'un uniforme bleu portant le logo de l'hôpital West Manhattan Saints, se tenait devant elle. C'était l'hôpital où elle devait prendre son service ce matin-là ! L'homme était un futur collègue ! C'était…

Mais oui, c'était lui. D'après son badge, il s'agissait du

Dr DellaTorro. Le fameux « Enzo » dont sa cousine Caren lui avait parlé !

Comme elle arborait la même tenue que lui — elle était allée la chercher la veille au service du personnel —, il jeta un coup d'œil sur son badge. Pour la première fois, elle remarqua ses yeux, d'un bleu tempétueux sous de longs cils sombres.

Ni Caren ni Tessa — une de ses colocataires — ne lui avaient dit à quel point cet Enzo était séduisant ! Il était même beau à couper le souffle, avec ses cheveux de jais légèrement ébouriffés, son regard hypnotique et sa mâchoire volontaire !

Grand, sexy, plein de charme. Tout à fait le genre de collègue auquel Kimberlyn ne s'attendait pas.

Mais quelle mouche la piquait ? C'était bien le moment de penser à ce genre de choses, alors qu'un blessé grave attendait qu'on s'occupe de lui !

— Le casque est bloqué sous le pare-chocs, dit-elle. Sinon, je n'ai rien vu qui empêche de le dégager.

Enzo DellaTorro se pencha, évalua la situation et se redressa, l'air préoccupé.

— Je veux bien qu'on le sorte, mais il faut penser à sa colonne vertébrale, dit-il.

— J'y ai pensé, mais une colonne vertébrale intacte ne lui sera d'aucun secours quand son cœur aura cessé de battre. On ne peut pas l'examiner ni poser de diagnostic ! Mais vu le risque de traumatisme crânien, je suis d'accord avec vous. C'est le 4x4 qu'il faut bouger, pas ce type.

Pivotant, elle héla un groupe de curieux qui observaient la scène depuis le trottoir :

— S'il vous plaît ! Nous avons besoin d'aide pour pousser la voiture !

Personne ne réagit. Elle aurait aussi bien pu parler à un mur.

Loin de se décourager, son collègue donna un grand coup sur la vitre pour attirer l'attention du conducteur, qui tamponnait sa joue ensanglantée à l'aide d'un mouchoir en papier.

Pourvu qu'il n'ait rien… Janie non plus n'avait pas l'air

grièvement touchée… Allez, arrête, Kimberlyn ! Ce n'est pas le moment…

— Mettez au point mort ! dit Enzo DellaTorro à l'automobiliste d'un ton sans appel. On va s'occuper de vous, ne vous inquiétez pas.

Puis il interpella deux jeunes hommes grands et solides :

— Vous, venez par ici ! On va bouger le 4x4.

Kimberlyn songea, non sans dépit, qu'il avait plus d'autorité qu'elle : les deux gaillards s'avancèrent, retirèrent leur veste et se postèrent près du capot.

— Docteur Davis, passez les bras sous le pare-chocs et maintenez le casque, dit-il. On s'occupe du reste.

Elle s'exécuta. Il fallut moins d'une minute pour dégager le motard, dont elle reposa délicatement la tête sur le sol.

Avec douceur, elle leva la visière du casque. Seigneur ! C'était un très jeune homme, presque un adolescent !

Enzo DellaTorro ouvrit le lourd blouson de cuir du blessé.

— Respiration rapide et saccadée, dit-il.

Elle courut chercher sa trousse d'urgence dans son sac à dos et tendit un stéthoscope à son collègue.

— Tenez, docteur.

— Merci, Kimberlyn. J'aurais préféré faire votre connaissance en d'autres circonstances, mais on ne choisit pas…

Cette fois, il l'avait appelée par son prénom. Etait-ce une manière pour lui de montrer sa « supériorité » ? Si oui, elle devrait vite mettre les choses au point. Mais, dans l'immédiat, il y avait d'autres priorités.

Maintenant qu'elle était en mesure d'agir, elle se sentait mieux. Sa respiration s'apaisait. Les terribles images de son propre accident se faisaient plus floues.

Ces visions étaient toujours présentes, jour après jour, quoi qu'elle fasse ; mais elle avait appris à vivre avec. Elle était capable de travailler, par exemple, et heureusement, sinon, elle aurait dû changer de métier !

Elle prit une paire de ciseaux dans sa trousse et découpa le T-shirt du blessé. Sans surprise, elle découvrit une énorme contusion au niveau du sternum. La peau laiteuse du motard était striée de marques violettes, signe de lésions graves.

Plusieurs côtes étaient fracturées. On pouvait donc craindre que les poumons, ou même le cœur, juste en dessous, ne soient atteints.

— Respiration régulière, mais rapide et faible, dit Enzo DellaTorro en se redressant.

— Faible ? répéta-t-elle en agrippant le poignet du blessé. Mais oui… Vous avez raison, je ne sens presque rien !

Instinctivement, elle chercha le pouls carotidien. Les veines jugulaires étaient gonflées, saillantes. La carotide, elle, ne ressortait pas. Le sang refluait dans les veines sans passer dans les artères.

C'était hélas le deuxième symptôme auquel elle s'attendait.

Son collègue, lui, avait pris la petite torche pour la braquer sur les yeux du motard.

— Pupilles réactives, dit-il.

Il écouta de nouveau le cœur et se rembrunit.

— Toujours faible, et le rythme s'accélère.

Sur le point de poser son diagnostic, Kimberlyn hésita. Même si elle était sûre d'elle, il lui manquait un élément pour confirmer son intuition.

Elle fourragea dans son sac, puis en vida tout le contenu au sol avant de trouver ce qu'elle cherchait : un tensiomètre à piles.

— Vous vous baladez avec ça ? demanda Enzo DellaTorro, incrédule.

Ignorant sa remarque, elle serra la bande élastique autour du poignet du blessé, appuya sur le bouton… et poussa une exclamation étouffée.

— Ce n'est pas bon, fit-elle entre ses dents. Pouls cent vingt-neuf. Tension 9,5/7,5. Quelqu'un a-t-il appelé une ambulance ? demanda-t-elle à la cantonade.

Aucune réponse. Enzo DellaTorro prit son portable dans sa poche et pianota sur les touches.

— Il nous faut une grosse seringue ! dit-elle d'un ton pressant. Je n'en ai pas dans mes affaires.

Son collègue, l'oreille vissée au téléphone, ne répondit pas. Ne voyait-il pas que la situation était désespérée ?

— Enzo ! s'écria-t-elle. Ecoutez-moi !

Quand il posa les yeux sur elle, elle s'efforça d'articuler, malgré les mots qui se bousculaient dans sa tête.

— Je crois qu'il fait une tamponnade.

Il se raidit. Cette fois, il avait compris.

— Comment le savez-vous ? demanda-t-il.

— Le liquide doit arriver très vite dans sa poitrine. C'est soit du sang, soit du sérum, probablement les deux. Le cœur est compressé, cela me paraît évident. Regardez les veines du cou !

En cas d'épanchement entre les deux feuillets du péricarde — la membrane protectrice du cœur —, l'organe vital comprimé ne pouvait plus assurer ses fonctions. Restait à espérer que le liquide serait principalement du sérum. Cela signifierait qu'il y avait un simple traumatisme. La présence de sang, elle, laisserait présager une déchirure au niveau du cœur.

A cette idée, elle eut un frisson d'angoisse.

Ils se trouvaient devant une urgence vitale, absolue. Et pour l'instant, ils étaient seuls.

Enzo eut l'impression qu'une main glacée lui étreignait la gorge.

Certes, l'accident s'était produit près de l'hôpital, mais, si le blessé faisait bel et bien une tamponnade, ils en étaient encore trop loin !

Criant ses indications dans le téléphone, il ordonna l'envoi de deux équipes médicales. Puis il ausculta de nouveau le patient.

— D'après vous, le choc a provoqué un épanchement ? demanda-t-il.

Kimberlyn Davis opina. Son petit visage était blême, elle était de toute évidence terrifiée par le diagnostic qu'elle venait de poser.

En quatre ans d'internat au West Manhattan Saints, il

n'avait jamais vu le moindre cas de tamponnade. Mais elle semblait sûre de son fait.

Même s'il détestait cette idée, il était obligé de s'en remettre à elle, sa future rivale…

Sam Napier, son collègue et meilleur ami, cohabitait régulièrement avec de ravissantes jeunes femmes, internes ou infirmières pour la plupart. Un mois plus tôt, ce dernier lui avait annoncé l'arrivée imminente d'une certaine Kimberlyn.

« C'est la cousine de Caren, ma colocataire. Méfie-toi, elle vient chasser sur ton terrain ! Elle vise une spécialisation en chirurgie traumatique dans un hôpital prestigieux. »

Enzo avait enregistré l'information sans sourciller, prêt à affronter tous les types de concurrence. Si la rivale en question était aussi grande, blonde et glamour que Caren, elle serait au moins agréable à regarder, s'était-il dit.

Jamais il n'aurait cru voir débarquer cette petite brune aux yeux noisette, qui semblait prête à se cacher dans un trou de souris !

— Il a pris le choc en plein torse, dit-elle en reprenant la tension du motard. Oh ! là là, ça se gâte. Pouls cent soixante-deux. Tension 8/6,5.

Jamais Enzo n'avait été aussi heureux d'entendre un hurlement de sirène. Leurs collègues allaient très vite les rejoindre, munis d'un défibrillateur et d'une mallette de premiers secours.

— Madame, courez vers l'ambulance ! ordonna-t-il à une passante en tailleur chic qui observait la scène. Dites-leur que nous avons besoin d'une grosse seringue, très, très vite !

Moins d'une minute plus tard, un infirmier hors d'haleine se matérialisait devant eux, un petit sachet en plastique à la main. Ses collègues suivaient avec le matériel de réanimation.

Enzo sortit la seringue du sachet.

— Avez-vous déjà aspiré un péricarde ? demanda-t-il à Kimberlyn Davis. Moi, jamais.

Il aurait bien voulu essayer, mais si elle avait plus d'expérience que lui, il devait la laisser faire. D'ailleurs, elle avait posé le diagnostic et il brûlait de découvrir l'étendue de ses compétences. Etait-elle une simple interne en dernière année de passage à New York ? Ou risquait-elle vraiment de lui faire de l'ombre ?

— Je m'en charge, dit-elle sans répondre à sa question.

Glissant les mains dans la paire de gants tendue par l'infirmier, elle désigna la droite de la poitrine du patient.

— Désinfection, ordonna-t-elle. Insistez sur la zone entre la quatrième et la cinquième côte.

Même avec le stéthoscope dans les oreilles, Enzo perçut le tremblement de sa voix. Aurait-elle assez de courage pour mener cette manœuvre délicate à bien ?

— Branchez-le, dit-il aux secouristes. Je surveille ses constantes.

Elle avait pris appui sur un coude, juste au-dessus du motard.

— Je vais entrer par le côté droit pour ne pas toucher le cœur, dit-elle.

Pendant qu'on apposait les électrodes au patient, Enzo procéda à une nouvelle auscultation. Le cœur du jeune homme battait à une vitesse folle. A ce train-là, il n'atteindrait jamais les urgences en vie.

Après quelques instants, le chef des secouristes activa le monitoring. Le verdict tomba, implacable.

— Tachycardie et fibrillation ventriculaire ! s'écria Enzo.

Kimberlyn secoua la tête.

— Je m'en doutais. C'est une question de minutes.

Elle inspira profondément puis, sans hésiter, inséra l'aiguille dans la poitrine du motard.

Elle semblait avoir fait cela toute sa vie. Elle agissait en douceur, avec beaucoup de fluidité, mais assez vite pour ne perdre aucune précieuse seconde. Ses yeux noisette trahissaient une concentration intense, qu'il avait déjà remarquée chez les grands professionnels.

Elle semblait visualiser d'instinct le parcours de l'aiguille à travers les couches de peau, de muscles, de tissus. Les gens capables d'une telle maîtrise devenaient en général des praticiens talentueux…

Quand elle tira sur le piston, un sang rouge clair emplit la seringue. Enzo reprit son auscultation et, pour son plus grand plaisir, entendit le cœur un peu plus distinctement.

Mais Kimberlyn n'avait pas l'air soulagé. Au contraire, il y avait de la peur dans son regard assombri.

— Cela ne suffira pas, dit-elle dans un murmure.

Quelques instants plus tard, le monitoring confirma ses craintes. Même si les battements du cœur étaient devenus plus audibles, le patient restait en fibrillation.

— Apportez une autre seringue. Non, deux ! dit-elle à l'infirmier.

— Et si on le choquait ? demanda Enzo.

— Non, pas tout de suite. Il est assez secoué comme ça. Donnons à son cœur une chance de se stabiliser seul. Je suis sûre qu'il fibrille à cause de la pression dans sa cage thoracique. On va contrôler la tension avant et après l'aspiration.

Après nettoyage du site, elle pratiqua une nouvelle ponction. Cette fois, du sang mêlé à un liquide plus clair apparut dans la seringue.

— Il y a du sérum ! dit-elle. Avec un peu de chance, l'aorte sera peut-être éraflée, mais pas sectionnée. Ce qui nous laisserait du temps…

Enzo s'efforça de bloquer les émotions soulevées par l'angoisse de Kimberlyn.

Comment rester de marbre devant ce petit visage expressif ? Elle avait le teint mat, mais elle était blême sous son bronzage. Elle paraissait bien fragile pour une traumatologue !

A sa décharge, elle semblait aussi ultra-compétente. Il y avait là un mystère qu'il comptait bien éclaircir, le moment venu.

Il concentra son attention sur le motard et l'ausculta minutieusement. Le cœur était en train de ralentir. Cette fois, il l'entendait beaucoup mieux.

Un coup d'œil sur le monitoring confirma cette impression.

— Ça marche, dit-il. Ecoutez.

Il plaça le stéthoscope sur les oreilles de Kimberlyn pour qu'elle puisse écouter le cœur du patient. Elle hocha la tête.

— Oui, ça marche, dit-elle comme si elle n'y croyait qu'à moitié. Je ne vais pas faire la troisième ponction. Je risquerais de toucher le cœur puisque le péricarde est moins plein.

— Entièrement d'accord… Tension 14,3/8,1. On a gagné !

Sans réfléchir, il effleura la nuque de Kimberlyn. Sa peau douce et tiède sous sa queue-de-cheval lui provoqua un curieux fourmillement au bout des doigts.

— Le sang recommence à circuler, dit-elle tout bas.

Elle souriait, mais sa lèvre inférieure tremblait et il ne put résister à la tentation de la prendre dans ses bras. Poussant un profond soupir, elle agrippa sa blouse d'uniforme comme une bouée de sauvetage et s'abandonna contre lui.

Le contact de ses courbes féminines le frappa en plein cœur, comme l'odeur de ses cheveux. C'était un parfum fruité, subtil mélange de pomme et de cannelle. Une fragrance discrète, à son image…

Cette pause au milieu du chaos ne dura que quelques secondes. Kimberlyn se dégagea très vite, les pommettes en feu, et il reprit ses esprits. Quel idiot ! Le moment était mal choisi pour étreindre une collègue qui deviendrait bientôt sa concurrente !

— Perfusez le patient, ordonna-t-il aux secouristes. On fonce à l'hôpital.

Le matériel était prêt, et ils s'exécutèrent sur-le-champ. Alors, tandis que Kimberlyn récupérait ses affaires disséminées sur le trottoir, Enzo passa un nouveau coup de fil. Son interlocuteur décrocha dès la première sonnerie.

— Docteur Ootaka ? Un accident vient de se produire près de l'hôpital, dit-il. Tamponnade péricardique. On arrive d'ici à cinq minutes, huit maximum.

Après un bref échange, il raccrocha et suivit Kimberlyn en direction de l'ambulance.

— Le grand chef est de garde aujourd'hui ? demanda-t-elle.

— Oui. Il nous attend. Je vais… filer là-bas pour lui expliquer la situation. A tout de suite.

Lorsqu'elle fut assise à côté du blessé, il claqua les portes de l'ambulance. Puis, au pas de charge, il contourna le pâté d'immeubles. L'hôpital était à trois rues en voiture, mais à une seulement à pied. Enzo aurait la possibilité de s'entretenir seul quelques minutes avec Ootaka.

Le patron aurait sans doute été impressionné s'il avait vu Kimberlyn à l'œuvre. C'était donc une chance que tel n'ait pas été le cas. Désormais, Enzo avait l'opportunité de retourner la situation à son avantage.

Cela faisait quatre ans, depuis le début de son internat, qu'il se démenait pour être le meilleur interne d'Ootaka. Il avait largement fait ses preuves. Très bientôt, le grand patron choisirait son dernier assistant avant de partir à la retraite, et il avait bon espoir d'être sélectionné.

Il n'avait pas fait tant d'efforts pour se faire damer le pion par une inconnue tout droit débarquée du Tennessee. Même si elle était compétente et sympathique, il ne le permettrait pas.

Il obtiendrait ce poste, au besoin en évinçant Kimberlyn Davis. Dans cette guerre-là, tous les coups étaient permis.

2

Le Dr Takeo Ootaka attendait déjà sur le parking des ambulances quand Enzo arriva, hors d'haleine.

Piquer un sprint sur cent mètres ne lui posait d'habitude aucun problème. Mais là, il se sentait nerveux, fébrile.

Son malaise s'aggrava devant le regard interrogateur que le vieux chirurgien japonais lui lança.

A force, Enzo avait appris à décrypter le langage corporel d'Ootaka. Depuis un an qu'il était son interne principal, ils se voyaient presque tous les jours. Il était le chouchou. Celui qui avait droit aux opérations les plus intéressantes. Alors il connaissait le « big boss » par cœur…

— J'ai couru pour vous faire un petit briefing, dit-il, répondant à la question muette d'Ootaka.

Déjà, les sirènes approchaient. Il aurait voulu prendre une minute pour recouvrer son souffle et ses esprits, mais c'était impossible.

— Contusions multiples, trauma thoracique, fracture du sternum, dit-il. Tamponnade.

Du coin de l'œil, il vit l'ambulance tourner au coin du parking. Il termina ses explications puis marqua une pause. S'il voulait agir, c'était maintenant.

— Il va falloir opérer, conclut-il. Dans la mesure du possible, j'aimerais vous assister.

Kimberlyn Davis avait une longueur d'avance. Elle avait posé le diagnostic et effectué la ponction-aspiration. La meilleure défense étant l'attaque, Enzo manœuvrait ses pions. Il n'allait tout de même pas jouer les figurants !

Son patron attendit que le véhicule de secours soit garé devant l'entrée des urgences pour s'exprimer.

— Voyons ce qu'on a, fit-il, aussi imperturbable qu'à son habitude.

Déjà, les infirmiers s'affairaient à sortir le brancard. Ootaka observait la scène, les mains sur les hanches. Enzo sentit des gouttes de sueur perler à son front.

Que lui arrivait-il ? Jamais il ne s'était mis dans cet état.

D'habitude, il avait confiance en ses propres capacités. De plus, il avait intégré le mode de fonctionnement d'Ootaka. Avec le Japonais, il fallait être excellent ou passer son chemin !

Enzo fit discrètement rouler ses poignets pour chasser la tension qui lui crispait les bras. Surtout, ne pas se trahir. Ne rien montrer. Il ne pourrait pas éviter le Dr Davis, puisqu'ils allaient travailler ensemble. Il devait au contraire apprendre à la connaître pour mieux l'évincer.

De toute façon, il n'avait rien à craindre dans l'immédiat. Ootaka n'avait jamais invité un interne à l'épauler sans l'avoir mis à l'épreuve sur une opération « facile ». Enzo serait appelé à descendre au bloc. C'était dans la logique des choses.

Pourquoi, alors, culpabilisait-il d'avoir posé la question ? Il devenait ridicule…

— Un autre médecin était sur place, dit-il comme Kimberlyn descendait de l'ambulance. C'est le Dr Davis, qui commence à travailler chez nous aujourd'hui. Elle est restée avec le patient pendant le transfert.

— D'accord. Je me demandais pourquoi elle n'était pas arrivée, répondit Ootaka.

Le vieux chirurgien détestait, entre autres, les retardataires. Il ne conservait dans son cercle que les internes irréprochables sur tous les plans. Kimberlyn n'en savait rien, mais Enzo venait probablement de lui sauver la mise !

Déjà, elle s'avançait derrière le brancard. Autant se montrer grand seigneur. Il allait dire à Ootaka qu'elle avait pris l'intervention en main.

— Le Dr Davis…, commença-t-il.

— Qui a diagnostiqué la tamponnade ?

— C'est moi, docteur Ootaka, répondit Kimberlyn.

Alors qu'ils entraient aux urgences, Enzo la trouva, soudain, beaucoup plus sûre d'elle. Elle n'avait pas bégayé devant Ootaka, qu'elle avait d'ailleurs reconnu sans qu'il lui soit présenté.

Evidemment. Elle avait postulé pour venir travailler avec lui. Elle avait dû se documenter !

— Les aspirations ont stabilisé le patient, dit Enzo.

— Il s'appelle John Elliott. Il a vingt-deux ans, précisa Kimberlyn.

Elle marquait un nouveau point en donnant l'identité du blessé. Néanmoins, il en faudrait plus pour impressionner Ootaka car elle semblait avoir trois défauts majeurs : elle n'avait aucun charisme, elle était timide, et, pire encore, émotive.

Elle serait bien inspirée de venir observer l'intervention, si elle voulait apprendre comment se conduire en présence du grand chirurgien…

— M. Elliott s'enfonce de nouveau, dit-elle, les yeux rivés sur le sphygmomanomètre. L'écart se réduit entre la tension systolique et la diastolique. 10/7,5.

Enzo n'avait pas l'habitude qu'un collègue fasse les observations cliniques à sa place. Il aurait voulu intervenir, mais ne trouvait rien à ajouter. Mieux valait donc se taire. Ootaka avait horreur des gens qui parlaient dans le vide !

Le chirurgien désigna du menton la salle de trauma 1, et y pénétra sans un mot. Les brancardiers le suivirent et, pendant que l'équipe enfilait des gants, clipsèrent la civière sur la table d'examen.

— Davis. Aspiration, ordonna Ootaka.

Davis ? Quoi ?

Une infirmière badigeonna d'antiseptique la poitrine du blessé. Puis on tendit à Kimberlyn une seringue plus large que celle utilisée dans la rue. Ses mains ne tremblaient pas.

Finalement, ce fut avec un calme souverain qu'elle logea l'aiguille dans le péricarde du patient.

— C'est beaucoup plus épais qu'à la deuxième ponction, et même qu'à la première, dit-elle, les yeux rivés sur la seringue pleine de liquide rouge vif. Il saigne. Il y a une déchirure quelque part.

— Effectivement, répondit Ootaka d'un ton approbateur. Il faut ouvrir. Vous aviez raison, DellaTorro.

Avant qu'Enzo ait pu répondre, Ootaka se tourna vers Kimberlyn.

— Bienvenue au West Manhattan Saints, docteur Davis. J'ai fait préparer un bloc. Vous m'assisterez.

Enzo eut l'impression de recevoir une gifle. Il secoua la tête et cligna les paupières dans l'espoir de faire cesser le cauchemar.

Il ne rêvait pas. Ootaka avait demandé à *cette fille* de l'assister. A sa connaissance, c'était la première fois qu'il accordait sa confiance à une inconnue.

Normalement, les nouveaux effectuaient des tâches mineures jusqu'à ce qu'Ootaka ait pu évaluer leurs compétences. Et si obtenir son approbation relevait de l'exploit, il était, à l'inverse, très facile de tomber en disgrâce.

Dans ces cas-là, le Japonais ne disait rien. Il n'était pas du genre expansif. Il se bornait à bannir les personnes concernées de son équipe, allant jusqu'à oublier leur nom.

Certes, Enzo concevait que Kimberlyn ait pu lui plaire. Elle avait réussi trois ponctions-aspirations et posé un excellent diagnostic. Mais manier le scalpel était une autre paire de manches. Rien ne disait qu'elle serait à la hauteur !

Vexé et dépité, il la regarda suivre le brancard hors de la pièce, puis sortit à son tour. Une voix familière, à l'accent écossais caractéristique, s'éleva dans son dos.

— Kimberlyn a déjà tapé dans l'œil d'Ootaka ? Caren m'avait dit qu'elle était brillante.

Il pivota, maussade.

— Tais-toi, Sam ! fit-il, serrant les poings. J'ai des envies de meurtre ! Et d'ailleurs, qu'est-ce que tu fabriques ici ? Tu n'as pas de bébé à soigner ?

— Je venais juste voir si Kimberlyn était bien arrivée. Nous devions partir ensemble ce matin, mais on m'a appelé à 6 heures pour une urgence.

— Miss Scarlett O'Hara avait besoin d'une escorte ? répondit-il, sarcastique.

Comme l'héroïne d'*Autant en emporte le vent*, Kimberlyn était brune et venait du Sud.

Son ami s'esclaffa.

— Oh ! oh ! Elle t'a fait forte impression, ma parole.

— Mais non. C'était juste une petite référence littéraire.

Il était en train de mentir, chose qui lui arrivait rarement, à lui qui se targuait d'être franc et direct en toutes circonstances. Mais pour une raison inexplicable qui allait au-delà de la rivalité professionnelle, il se sentait déstabilisé par Kimberlyn.

— Elle est peut-être compétente, mais il en faudra plus pour impressionner Ootaka, dit-il. Je la trouve très effacée.

— Hm. A suivre… Tu veux prendre un verre au pub ce soir, en sortant d'ici ? Tu croiseras sûrement une jolie blonde qui te fera oublier Cricket…

— Excellente idée.

Une pinte de bière en bonne compagnie lui ferait le plus grand bien. D'autant qu'à Manhattan, les « jolies blondes » ne manquaient pas.

Il avait toujours aimé les filles aux cheveux clairs, au teint de porcelaine. Rien à voir avec Kimberlyn qui, elle, n'était pas du tout son style. Avec son air mélancolique, elle devait être du genre à s'habiller en noir et à écrire des poèmes !

— Au fait… comment l'as-tu appelée ? Cricket ?

— Oui, c'est son surnom. Mais pas de gaffe !

Enzo eut un rire moqueur.

— Rassure-toi, je ne dirai rien. Je ne voudrais pas que ta nouvelle colocataire te mène la vie dure. Je me demande bien comment tu fais pour habiter avec des filles, d'ailleurs…

— C'est super, crois-moi ! Kimberlyn a l'air adorable.

Adorable ?

Ravalant une remarque sarcastique, Enzo prit congé de son ami et se dirigea vers les blocs opératoires. Pourvu qu'Ootaka ait choisi une salle avec galerie d'observation.

D'après le tableau de service, Gareth Langley occupait déjà la 2. Lyons avait une opération programmée vingt minutes plus tard au bloc 4. Et, comme il s'y attendait, Ootaka avait réservé le numéro 6.

Surtout, se dépêcher. Il ne s'agissait pas de tomber sur Lyons. Un jour comme celui-là, son père — géniteur aurait été plus juste — était la dernière personne qu'il avait envie de voir.

Moins Enzo le croisait, mieux il se portait. La réciproque était d'ailleurs certainement valable. En quatre ans, ils avaient réussi l'exploit de ne pas opérer une seule fois ensemble, preuve que Lyons mettait lui aussi un point d'honneur à l'éviter.

Enzo courut presque jusqu'à la salle 6, située au bout du couloir, et referma la porte de la galerie qui surplombait la pièce avec un soupir de soulagement.

Il n'avait pas vu Lyons. Il allait à présent pouvoir observer Kimberlyn tout à loisir.

N'eût été la rivalité professionnelle, il l'aurait presque plainte. Elle venait d'être jetée sans préparation dans l'arène, mais assister Ootaka ne s'improvisait pas. Pour s'en sortir honorablement, mieux valait au préalable avoir vu le maestro à l'œuvre.

Elle allait descendre de son piédestal plus vite qu'elle n'y était montée. La règle du jeu était la même pour tous. Elle l'apprendrait à ses dépens !

Opérer John Elliott à cœur ouvert était la seule chance d'arrêter l'hémorragie.

Depuis un an que Kimberlyn avait repris son activité, elle avait participé à plusieurs interventions en chirurgie thoracique. A force, elle aurait dû s'y habituer. Pourtant, dès qu'elle voyait un sternum cassé, sa cicatrice devenait douloureuse.

C'est la poitrine de quelqu'un d'autre. Ce n'est plus toi qui souffres. Arrête. Ne gâche pas tout…

Avant son accident, elle envisageait une spécialisation en chirurgie cardiaque ou générale. Elle n'avait jamais pensé à la traumatologie. Puis son existence avait basculé. Elle avait failli mourir. Finalement, elle avait tout quitté — son Sud natal, sa famille, un hôpital universitaire où elle se sentait bien — pour se rapprocher du Dr Ootaka et si possible devenir son assistante.

Maintenant, c'était à elle de jouer. Il fallait qu'Ootaka lui fasse confiance. Travailler avec un tel cador représentait une occasion unique de sauver des gens bien, comme Janie. Janie qui était morte par sa faute…

— Aspiration, Davis.

La voix d'Ootaka la ramena à l'instant présent. La tâche qu'il lui demandait d'exécuter était essentielle, car s'il y avait trop de sang, il aurait du mal à voir ce qu'il faisait. Par ailleurs, elle devait l'alerter sur la nécessité de remettre du liquide dans la perfusion.

A son avis, c'était d'ailleurs le moment. Devait-elle exprimer son opinion clairement ? Chaque chirurgien avait ses petites manies. Beaucoup appréciaient qu'on leur témoigne une certaine déférence…

— Il… a perdu beaucoup de sang, dit-elle. A quel stade souhaitez-vous… qu'on réalimente ?

— Est-ce une suggestion, docteur Davis ? demanda Ootaka sans lever les yeux.

Un mouvement dans la galerie, juste au-dessus d'eux, attira l'attention de Kimberlyn. Enzo était là ! Les micros étaient-ils branchés ?

Allons, trêve de paranoïa. Qu'il entende ou non ne changeait rien. Ou plutôt si. Il apprendrait peut-être les bonnes manières, lui qui avait voulu l'évincer de manière pitoyable !

— C'en est une, docteur Ootaka, répondit-elle. J'aimerais qu'on lui injecte rapidement des globules rouges.

— Voilà qui est mieux. Dans ma salle d'opération, oubliez

les excès de politesse. Poser une question dont vous avez la réponse ne vous mettra pas en valeur. Gardez vos interrogations pour les vrais moments de doute.

Message reçu cinq sur cinq. Cet homme n'avait pas besoin qu'on lui fasse des courbettes pour asseoir son autorité. Sa réputation suffisait amplement.

— Je saurai m'en souvenir, docteur, dit-elle.

N'empêche. Elle avait besoin de précisions sur sa marge de manœuvre. M. Elliott n'était pas son patient mais celui d'Ootaka…

Cette fois, le chirurgien leva la tête pour croiser son regard.

— Oui ? fit-il.

— Dois-je… prendre des initiatives, ou…

— Non. Indiquez d'abord ce que vous souhaitez faire et pourquoi. N'oubliez jamais de vous justifier. Développez toujours vos arguments.

Il semblait un peu agacé, à présent. Elle opina donc en silence. A son grand soulagement, il revint au sujet qui les intéressait :

— Pourquoi préconisez-vous une injection de globules rouges ?

— Pour limiter les risques, répondit-elle sans hésiter. La solution saline jouera le rôle du plasma. Les globules rouges permettront de limiter le manque d'oxygène dans les tissus lésés.

N'importe quel étudiant de première année aurait su répondre, mais cela faisait partie du jeu. Tous les chirurgiens « cuisinaient » leurs assistants. C'était de bonne guerre !

Comme Ootaka ne la contredisait pas, elle pria l'infirmière de bloc d'apporter les globules rouges et une autre poche de solution saline. Puis elle jeta un nouveau coup d'œil sur la galerie. Enzo arborait un sourire moqueur qui lui déplut profondément.

Ignore-le. Concentre-toi…

Caren l'avait prévenue, son rival pouvait se montrer odieux. Il l'avait prouvé en sprintant vers l'hôpital au lieu de monter dans l'ambulance. Il l'avait laissée seule avec un patient dans un état critique, pressé qu'il était de faire l'intéressant devant Ootaka. Question sérieux, il se posait là !

Il était mignon, mais c'était un crétin de première catégorie. Un crétin manipulateur…

Ce soir, en rentrant chez elle, elle enverrait un e-mail à Caren. A l'occasion, elle questionnerait également Tessa. Peut-être obtiendrait-elle de précieux renseignements.

Elle s'était laissé surprendre, mais cela n'arriverait plus. Elle devait trouver une parade, de préférence en douceur car elle détestait les conflits. Si ce n'était pas possible, elle se battrait.

Contrairement à ce qu'elle pensait, Caren n'exagérait pas en traitant Enzo de carriériste. Sa cousine avait même eu raison de la mettre en garde. Une lutte sans merci se préparait.

Mais son rival ignorait une chose essentielle : Kimberlyn revenait de loin. Après avoir subi tant d'épreuves, elle n'était plus à ça près.

Cet imbécile le découvrirait bien assez tôt.

3

Six heures plus tard, en salle de réveil, Kimberlyn s'affala sur un tabouret.

John Elliott venait tout juste d'être remonté du bloc. Et même si elle avait mal partout, même si les vis logées dans son fémur lui faisaient mal, elle n'avait pas pu s'empêcher de l'accompagner.

Comment aurait-elle pu garder ses distances avec ce jeune motard qu'elle avait sauvé d'une mort certaine ? Elle était trop impliquée.

Durant l'année qui venait de s'écouler, elle avait évité au maximum de s'attacher à ses patients. Mais elle se rappelait leur nom. Elle était encore capable de dire dans quelles circonstances ils avaient été blessés et de quoi ils avaient souffert. Elle avait mémorisé les opérations, les suivis mis en place.

Et pour le jeune homme qui ne s'en était pas sorti, elle connaissait par cœur les causes du décès…

— Ça va, Davis ? Quel démarrage pour votre arrivée à New York ! Vous venez de Vanderbilt, je crois ?

Absorbée par ses réflexions, elle ne s'était pas rendu compte qu'*il* était entré. L'ennemi venait de la rejoindre. Enzo DellaTorro, aussi beau que dangereux…

Au fil de l'intervention, elle avait réussi à oublier sa présence. Le Dr Ootaka lui avait donné des tâches de plus en plus complexes et elle s'était entièrement concentrée sur son travail. Elle n'avait plus levé les yeux vers la galerie. Elle l'avait ignoré.

A présent, elle était trop fatiguée pour s'interroger à son sujet. Elle n'avait aucune envie de lui parler ou de savoir ce qu'il faisait là.

— Oui, répondit-elle d'un ton bref dans l'espoir de le décourager.

S'il voulait des informations, il pouvait se renseigner ailleurs. Il n'aurait qu'à questionner Sam puisqu'ils étaient, apparemment, très proches.

Contournant le lit, il se posta en face d'elle.

— Alors vous êtes une amie de Caren…

— Sa cousine.

— Ah, d'accord. Aurait-elle quitté New York pour vous laisser sa place dans le service, par hasard ?

— Bien sûr que non !

Elle n'avait pas crié, eu égard à l'endroit où ils se trouvaient, mais sa remarque la révoltait. Comment osait-il ? Il était hors de question de le laisser imaginer que sa cousine, dans toute sa générosité, ait poussé la solidarité familiale aussi loin…

— Caren a eu l'occasion de partir au Cameroun. Elle voulait travailler dans l'humanitaire depuis longtemps, dit-elle simplement.

Comme tous les quarts d'heure, une infirmière réanimatrice entra dans le box pour vérifier les constantes de John Elliott. Dans cet espace exigu, la jeune femme avait à peine la place de bouger et Kimberlyn se leva. Deux médecins auprès d'un homme censé se remettre d'une lourde opération, c'était trop. Surtout si les médecins en question se chamaillaient !

Indignée, elle repoussa son tabouret contre le mur et sortit dans le couloir. Comme Enzo la suivait, elle se planta devant lui, les poings sur les hanches. Eviter la confrontation avec cet homme était impossible. S'il fallait l'affronter, elle l'affronterait.

— J'ai trouvé votre question déplacée ! dit-elle d'entrée de jeu. Déplacée et impolie. Vous sous-entendez ni plus ni moins que j'ai abusé de la gentillesse de Caren.

— Mais pas du tout. J'essayais juste de mieux vous cerner.

Il n'avait l'air ni embarrassé ni honteux. Au contraire, il semblait très détendu. Il s'était appuyé négligemment contre le mur, les bras croisés, dans une position qui mettait en valeur sa taille et sa carrure d'athlète.

Mais à quoi songeait-elle ? Elle n'avait que faire de son physique. Certes, il était beau, mais cette enveloppe séduisante ne reflétait pas du tout sa personnalité.

— Et moi, j'aimerais croire que vous êtes un type bien. Mais bizarrement, je n'y arrive pas, répondit-elle, sarcastique. Vous avez fait cette remarque pour me déstabiliser. Vous cherchez à me mettre mal à l'aise.

C'était réussi, d'ailleurs. Alors quel besoin avait-elle de le détailler de la tête aux pieds ?

La gêne de Kimberlyn redoubla lorsqu'il surprit son regard. Il savait qu'elle n'était pas insensible à son charme et s'en amusait !

— Détrompez-vous, répondit-il d'un ton calme. Je me pose simplement des questions. Par exemple, qu'est-ce qui pousse une interne en dernière année à changer de cap si près du but ? Normalement, on évite. C'est difficile de tout recommencer, de se faire une place au soleil dans un nouvel hôpital. J'en déduis que vous avez agi sur un coup de tête.

— Pour la traumatologie, ou pour New York ?

— Les deux. Vous vous êtes décidée récemment, non ?

— Non. Mon choix était fait avant le début de ma quatrième année.

Elle avait pris sa décision sur son lit d'hôpital, après l'accident. Rien qu'en repensant à cette époque, elle avait la nausée.

— Je ne vous dois aucune explication sur ma carrière, dit-elle d'un ton sec. Sachez toutefois que vous ne réussirez pas à me faire partir.

— Je n'en ai nullement l'intention, Davis.

— Hm. Vous essayez juste de me « cerner ». Bien sûr…

De plus en plus énervée, elle pointa l'index vers lui.

— Parfait, docteur DellaTorro. Puisque vous y tenez, je vais vous parler de moi. La seule chose à retenir, c'est que je suis un bon médecin. En fait, je suis tellement brillante que je ne m'abaisserai pas à votre niveau. Je ne comploterai pas quand vous aurez le dos tourné. Je m'abstiendrai d'aller voir Ootaka pour essayer de prendre votre place. Ce n'est pas mon genre.

Elle marqua une légère pause, puis enchaîna :

— Et si vous m'aidiez à mieux *vous* cerner, maintenant ? Parce que, pour être franche, j'ai un peu de mal à me faire une opinion favorable. Vous avez été génial pendant l'opération de secours. Mais ensuite, vous avez voulu me doubler auprès d'Ootaka, puis vous avez passé six heures à ricaner dans la galerie d'observation. Et là… vous m'insultez presque !

Loin de se troubler, Enzo DellaTorro la gratifia d'un sourire moqueur.

— Ça y est ? Vous êtes soulagée, Davis ?

— Non !

Elle se sentait même un peu ridicule d'avoir perdu son sang-froid. Encore un peu et elle l'aurait injurié. Voilà qui ne lui ressemblait pas du tout !

— Vous avez vu beaucoup de tamponnades à Vanderbilt ? demanda-t-il avec un geste du menton vers la chambre.

S'exhortant au calme, elle inspira profondément. Contre-attaquer en douceur serait plus efficace que s'énerver.

— J'y ai été confrontée une fois, répondit-elle. Tous les signes cliniques sont restés gravés dans ma mémoire. Quand j'ai vu John Elliott heurter le 4x4 du torse, j'ai su qu'il allait faire une tamponnade. Ne culpabilisez pas d'être passé à côté. C'est un diagnostic peu évident.

Voilà qui lui ressemblait davantage. Se montrer gentille, amicale. Telle était sa vraie personnalité, à en croire ses proches.

L'expression du visage de Kimberlyn avait changé en quelques secondes, mais Enzo n'était pas dupe. Elle avait l'air trop mielleux pour qu'il s'y laisse prendre.

— Si je suis *impoli* et que je vous *insulte*, inutile de prendre des gants avec moi, dit-il. Traitez-moi plutôt d'abruti ou de crétin. Vous le pensez tellement fort. Et puis j'ai commis une faute professionnelle…

Elle eut un sourire malicieux, et deux adorables fossettes creusèrent ses joues. *Adorables ?* Il perdait l'esprit. Cette fille était sa concurrente !

— Ce n'est pas parce que vous êtes un abruti que je dois suivre votre exemple, répondit-elle doucement. Et non, vous n'avez pas commis d'erreur. Vous ne connaissiez pas la réponse. C'est différent.

Pourtant, pour lui, c'était la même chose. Il aurait sans doute perdu le patient si Kimberlyn n'avait pas été là. Cette pensée l'avait hanté toute la journée ; il n'avait pu se défaire d'une pénible sensation de malaise.

Dans son métier, il voulait se montrer irréprochable. Etre « bon » ne lui suffisait pas. Il visait l'excellence pour devenir meilleur que Lyons.

D'un point de vue humain, il était déjà sûr d'avoir fait mieux que son père. Il prenait soin de sa famille. Depuis l'âge de quatre ans, il essayait de veiller sur sa mère. Bien sûr, lorsqu'elle s'était remariée, les choses étaient devenues plus simples. Un poids s'était envolé de ses petites épaules. Néanmoins, il était toujours resté proche des siens. Il l'était davantage encore depuis le décès de son beau-père.

Ernst avait été un homme formidable. Tout le contraire de Lyons qui n'existait, lui, que pour la gloire et le prestige.

Un jour, Enzo le dépasserait. Il se l'était promis !

Voilà pourquoi il défendait bec et ongles sa position à l'hôpital. Il n'avait rien contre Davis personnellement, mais il ne supporterait pas qu'elle soit un obstacle à sa carrière.

— Vous êtes trop gentille, dit-il. A New York, vous allez vous faire manger toute crue.

Bizarrement, l'idée de la blesser lui faisait de la peine. C'était comme si… Oh ! non ! Cette fille lui plaisait ! Il était… attiré par elle !

Le matin même, dans la rue, il avait tout de suite remarqué

ses traits délicats. Puis, pendant qu'elle opérait, il avait été séduit par la fluidité de ses gestes. Et maintenant, ce n'était pas sa mine fatiguée ni ses yeux cernés qui retenaient son attention. Il ne voyait que sa silhouette gracile, dont les courbes se devinaient sous la tenue informe de chirurgien.

— Est-ce un avertissement ? demanda-t-elle d'un ton calme.

— Oui.

Il aurait préféré répondre « non », mais c'était impossible. N'importe quel chirurgien, débutant ou confirmé, aurait remué ciel et terre pour travailler avec Ootaka.

Cet homme n'était pas seulement le meilleur traumatologue de la ville. C'était aussi un diagnosticien hors pair qui avait complété son cursus dans d'autres spécialités. Une encyclopédie vivante. Un genre de « Tout savoir sur les problèmes du corps humain », les solutions en prime.

— Alors comme ça, vous êtes venu me dire à quel point vous êtes méchant ?

Elle avait employé un ton taquin. Son regard pétillait de malice, comme si elle refusait de le prendre au sérieux.

— Ou alors, vous voulez un cours sur la tamponnade ? fit-elle. Je m'étonne que vous n'en ayez jamais vu.

Avec la fatigue, son accent — peu perceptible jusqu'alors — ressortait nettement. Enzo se prit à l'imaginer chez elle, dans le Sud. Et se vit, lui, à ses côtés, dégustant une limonade sous le porche d'une belle villa de style colonial…

Allons, c'était n'importe quoi. Il ne devait pas oublier qu'elle était son ennemie !

— Les urgences ont traité deux cas cette année, mais je n'étais pas de garde. En revanche, vous semblez très calée sur le sujet. Comme s'il vous touchait personnellement…

En une fraction de seconde, l'atmosphère changea. Le sourire de Kimberlyn disparut et elle prit brièvement appui contre le mur. Puis elle se redressa, le menton pointé en avant.

— Il ne me touche pas plus qu'une autre pathologie. Quand je soigne quelqu'un, j'essaie de me documenter un maximum, voilà tout.

Quelle piètre menteuse elle faisait ! Il haussa les sourcils, incrédule.

— Votre cerveau a imprimé tous les signes cliniques de toutes les urgences possibles et imaginables ?

— Peut-être pas tous, mais j'y travaille.

Cette fois, elle disait vrai. Elle était probablement consciencieuse et très opiniâtre. Deux qualités qu'il appréciait à leur juste valeur… tant qu'elles ne surpassaient pas les siennes.

S'il voulait l'amadouer, mieux valait changer de tactique.

— Combien de temps allez-vous rester ici ce soir ? demanda-t-il.

— Je n'en sais rien… Je vais peut-être dormir ici. Y a-t-il une salle de repos à cet étage ?

— Bien sûr.

Il explora ses poches et en sortit une carte de visite.

— Je vous laisse mes coordonnées. Pourriez-vous m'appeler en cas de complications ?

A sa manière de hausser les sourcils, il devina sa surprise.

— Vous vous inquiétez ? demanda-t-elle.

— Cela m'arrive de temps à autre…

Il captura sa main. Elle était petite et délicate, comme son visage.

— Vous avez froid, dit-il.

Résistant à l'envie de la réchauffer, il déposa sa carte au creux de la paume ouverte, dont il replia les doigts.

— Si vous devez sortir d'ici, faites-vous accompagner ou prenez un taxi. Le quartier est plutôt sûr, mais mieux vaut faire attention le soir, petite souris des champs.

L'ébauche d'un sourire éclaira les traits fatigués de Kimberlyn.

— Merci, vraiment, pour ce matin, dit-elle. Dans notre société d'égoïstes, tout le monde — y compris certains collègues — n'aurait pas pris le risque de se blesser. Sans votre aide, M. Elliott serait mort coincé sous le 4x4. Alors peu importe qui a opéré ce patient aujourd'hui. Vous lui avez sauvé la vie, Enzo.

En ce samedi après-midi, pour sa première journée de repos, Kimberlyn se sentait à la fois tendue et soulagée.

Tendue parce que l'état de John Elliott ne s'améliorait guère et que, pour la première fois, elle allait passer vingt-quatre heures sans le voir. Soulagée car elle allait pouvoir décompresser après cette semaine épuisante.

Le soleil étant de la partie, Sam lui avait proposé une expédition au marché bio, suggestion qu'elle avait acceptée avec enthousiasme.

A vrai dire, elle était enchantée que son colocataire lui serve de guide. Jusqu'alors, elle n'avait guère eu le temps d'explorer leur quartier, un secteur de Brooklyn où s'alignaient de ravissantes maisons victoriennes en brique rouge.

Plus elle y pensait, plus elle se trouvait chanceuse d'habiter une de ces magnifiques demeures. A l'origine, la leur accueillait quatre occupants : Holly — dont la famille était propriétaire de la maison, fille de parents aisés —, Sam, Caren et Tessa. Mais Holly était partie en stage loin de New York. Tessa venait de s'installer chez son fiancé, le Dr Clay Matthews. Quant à Caren, elle avait choisi de vivre une expérience humanitaire au Cameroun.

Kimberlyn avait donc eu l'opportunité de sous-louer sa chambre et, pour l'heure, ne partageait la maison qu'avec Sam. C'était presque la vie de château !

Bien qu'étant le meilleur ami d'Enzo, le jeune Ecossais ne lui inspirait pas la même méfiance. Au contraire, ses petites manies de Britannique étaient très rafraîchissantes. Au fond, ils étaient deux étrangers dans la grande ville. Elle se sentait moins perdue avec lui.

— Voilà bien les légumes les plus propres que j'ai vus sur un marché depuis longtemps ! dit-elle lorsqu'ils arrivèrent devant les étals. Tout a dû pousser sous serre. Si ces maraîchers voyaient le jardin de ma mamie !

— Peut-être, mais ici, c'est le top du top, répondit Sam en riant.

Amusée, elle le regarda sélectionner les légumes et s'entretenir avec les commerçants. Son accent était si prononcé qu'on lui faisait parfois répéter les mots. Au moins, sa compagnie était distrayante et évitait à Kimberlyn de penser sans arrêt à John Elliott, toujours sous assistance respiratoire.

En l'absence d'amélioration, on consulterait la famille d'ici peu. Ses parents seraient confrontés à un choix terrifiant, impossible…

Allons, elle devait penser à autre chose. S'inquiéter à ce point ne ferait pas guérir M. Elliott. Un bon chirurgien était un chirurgien capable de débrayer. Si elle perdait son efficacité, elle risquait de devenir dangereuse pour ses patients.

Elle pourrait aussi dire adieu à sa brillante carrière. Enzo se réjouirait sûrement qu'elle soit mise sur la touche !

Au cours de la semaine, elle avait réussi à glaner un certain nombre d'informations à son sujet. Comme elle ne voulait pas questionner Sam — qui mettait un point d'honneur à rester neutre —, elle avait parlé à plusieurs collègues, ainsi qu'aux infirmières.

Ainsi avait-elle appris qu'Enzo avait, en neuf mois, évincé deux concurrents sérieux au poste d'assistant. Les internes en question avaient même demandé leur transfert vers d'autres services. Sa première impression avait donc été la bonne : elle devait se méfier de lui.

— Je déteste cette chaleur, maugréa Sam. Je paierais cher pour qu'une bonne averse nous tombe sur le coin du nez.

— Moi j'ai l'habitude, répondit-elle, amusée. Dans le Tennessee, l'air est souvent chaud et humide. Mais au moins, nous n'avons pas ces immenses gratte-ciel qui nous bouchent la vue. On voit tout de suite quand un orage s'annonce. Il suffit de regarder les arbres.

— Tu sais qu'il va pleuvoir en regardant les arbres ?

La voix masculine dans son dos la fit sursauter. Elle savait déjà qui était là, sans avoir besoin de se retourner. Et dire qu'elle venait juste de penser à lui !

La politesse et le bon sens l'empêchant de fuir, elle imita Sam et pivota vers Enzo. Il était plus séduisant que jamais en tenue de ville — jean délavé et T-shirt noir —, et elle se sentit rougir malgré elle.

Comme le voulait la tradition entre internes, ils avaient fini par se tutoyer. Néanmoins, c'était la première fois qu'il lui adressait la parole en dehors de l'hôpital. Vu le contexte, elle trouvait cette familiarité assez incongrue.

— Je… Oui, bredouilla-t-elle.

— C'est une vraie campagnarde ! dit Sam d'un ton léger. Toi, question verdure, tu ne connais que les arbres de Central Park et les cheveux verts de cette fille avec qui tu sortais l'an dernier !

Enzo éclata de rire.

— Elle était plutôt marrante, un peu fofolle, peut-être ?

Et sans doute *folle de lui*, pensa Kimberlyn.

— Alors, miss météo, parle-moi de tes arbres ! fit-il, l'arrachant à ses réflexions.

Elle n'avait aucune envie de répondre, mais Sam la dévisageait, l'air étonné. Elle ne voulait pas le mettre en porte-à-faux. Autant faire contre mauvaise fortune bon cœur.

— Juste avant un orage, les feuilles des arbres décidus — qui tombent en hiver — se retournent, dit-elle. En observant la cime, on voit donc apparaître des taches de couleur vert clair au milieu du vert foncé. Enfin, ce n'est pas une science exacte. Les feuilles se retournent toujours en cas de vent violent, mais il n'y a pas forcément d'orage à la suite. C'est surtout vrai l'été. A cette saison-là, observer la nature est plus fiable que regarder la météo.

— Hm. Ça m'a tout l'air de croyances de bonnes femmes, déclara Enzo.

— Les croyances de bonnes femmes sont bien plus pittoresques. Genre « si tu veux qu'il pleuve, tue une couleuvre et suspends-la à un arbre ». Je n'ai jamais vu personne le faire, cela dit…

— Hou, là là ! s'exclama Sam. Vous autres Sudistes m'avez l'air un peu sauvages. Il faut qu'on se méfie, Enzo.

Ce dernier secoua la tête comme pour dire « elle ne

m'impressionne pas », et Sam parut tout à coup se rappeler la rivalité qui les opposait. Il toussota, puis reprit :

— Qu'est-ce que tu fabriques ici, au fait ? D'habitude, tu dînes chez ta mère le samedi.

— J'y vais ! Je voulais juste acheter des fraises pour ma chérie. Elle les adore.

Ainsi, il avait une petite amie ? Tant mieux. Au moins Kimberlyn pourrait-elle plus facilement voir le rival en lui, plutôt que l'homme séduisant. Chasser sur les terres d'une autre ? Très peu pour elle !

De toute manière, une relation amoureuse ne l'intéressait pas. Elle se focalisait sur son travail et maintiendrait ce cap jusqu'à ce qu'elle obtienne un poste fixe, à New York ou ailleurs. Elle passait trop de temps avec les malades, ou le nez dans ses livres, pour imposer ce genre de relation à quelqu'un. Sa vie personnelle passait au second plan, et les choses n'étaient pas près de changer !

Pendant qu'elle réfléchissait, Sam et Enzo avaient poursuivi leur discussion.

— … et tu pourrais venir dîner, disait Enzo. Ma mère cuisine toujours pour un régiment.

— Si cela ne dérange pas… Tu sais que j'adore ses bons petits plats.

— Mais non, au contraire ! Elle sera enchantée.

Ils se tournèrent vers Kimberlyn, qui eut un sourire tendu, anticipant ce qui allait suivre.

— Tu as faim ? demanda aimablement Enzo. Tu es la bienvenue si tu veux te joindre à nous.

Elle avait l'estomac dans les talons, mais pour rien au monde elle ne l'aurait avoué. Dîner chez l'ennemi ? Avec sa famille et la fiancée mangeuse de fraises ? Impossible !

— C'est gentil, mais… ne vous occupez pas de moi. Je vais plutôt rentrer. Je retrouverai facilement mon chemin, Sam, dit-elle pour prévenir les objections de son colocataire.

— Pourquoi ne veux-tu pas venir ? demanda Enzo. Tu as peur que je t'empoisonne ?

— Bien sûr ! Si tu essaies de m'éliminer comme ça, tu vas finir derrière les barreaux.

Entrer dans son jeu, c'était reconnaître implicitement qu'ils étaient en guerre. Mais au fond, la situation serait peut-être moins stressante prise avec humour…

— Viens, Kimberlyn, dit Sam. Je vous aime bien tous les deux et je n'ai pas envie de compter les points. Déclarez une trêve pour le week-end ! Il n'y a rien de tel qu'un bon repas italien chez Mme DellaTorro pour se réconcilier avec la vie… ou avec son pire ennemi. Toi qui te plains de ton régime fast-food depuis que tu es arrivée, tu vas voir la différence !

— Je confirme, dit Enzo.

Elle le fixa, indécise. Puis elle hocha la tête.

— D'accord, avec plaisir, dit-elle simplement. C'est très gentil. Donnez-moi juste cinq minutes pour acheter des fleurs. Ma grand-mère m'étranglerait si j'arrivais quelque part les mains vides.

4

— Oh ! non ! Zut et zut ! Ça m'était complètement sorti de la tête ! dit Sam.

Enzo interrompit sa visite commentée du quartier — ils se trouvaient maintenant tout près de chez sa mère. Sam, le portable en main, fronçait les sourcils, l'air contrarié.

— Je viens de recevoir un texto de Mark, dit-il. Il m'a préparé le dossier d'un gosse qui va être hospitalisé lundi matin. Je dois aller le chercher.

— Ça… ne peut pas attendre demain ? demanda Kimberlyn.

Elle avait ponctué sa question d'un regard implorant qui signifiait « ne me laisse pas seule avec Enzo ». Mais son colocataire secoua la tête.

— Non, parce qu'il faut qu'on en discute, Mark et moi. Il est absent demain toute la journée. Je n'ai pas le choix.

Enzo haussa les épaules.

— Dommage, mon vieux. Je dirai à maman de te préparer une barquette. Kimberlyn te l'apportera en rentrant.

— Merci ! Je te revaudrai ça !

Sam prit congé et s'éloigna, laissant Kimberlyn désorientée. Jusque-là, elle avait surtout écouté Sam et Enzo. Mais, sans tierce personne, elle devrait faire la conversation à son ennemi, au risque de lui donner des armes contre elle.

De nature calme et introvertie, surtout depuis son accident, elle préférait observer les gens pour savoir à qui elle avait affaire. Ensuite, si elle se sentait bien, elle se livrait un peu plus.

Le départ de Sam lui compliquait la tâche. Elle n'allait pas pouvoir jouer la carpe toute la soirée, au risque de se montrer impolie.

— C'est la maison là-bas, dit Enzo en montrant du doigt une demeure cossue, donnant sur une courette fermée par une jolie grille blanche. Allons-y ! Tu vas faire la connaissance de ma chérie.

De mieux en mieux. Il paraissait tout guilleret à l'idée de lui présenter sa fiancée. On marchait sur la tête…

Il la guida dans la cour et lui fit contourner la maison jusqu'à un magnifique jardin, sur lequel donnaient deux grandes baies vitrées. Il ouvrit la première et pénétra dans une cuisine gigantesque où Kimberlyn compta, à vue d'œil, au moins dix personnes.

Elle s'arrêta sur le seuil. De quoi s'agissait-il ? D'une réunion de famille ? A l'occasion de certaines fêtes, sa mère organisait parfois des pique-niques, mais jamais Kimberlyn n'avait vu tant de gens rassemblés pour un « simple » dîner du samedi !

Souriant pour masquer sa peur, elle s'avança dans la pièce.

— Salut, maman ! Salut, tout le monde ! dit Enzo à la cantonade. Je vous présente Kimberlyn.

Une vague de « bonsoir » lui parvint, alors que plusieurs paires d'yeux — certains aussi bleus que ceux d'Enzo — se fixaient sur elle.

— Bonsoir, répondit-elle, tétanisée.

Elle repéra la dame la plus âgée de l'assistance, et, se dirigeant vers elle, lui tendit son bouquet de fleurs.

— Enzo… a insisté pour que je vienne, dit-elle. J'espère que cela ne vous dérange pas, madame.

La mère d'Enzo la gratifia d'un sourire chaleureux.

— Mais pas du tout, au contraire ! Les amis d'Enzo sont toujours les bienvenus. Ces fleurs sont magnifiques, merci beaucoup.

— Mets-toi à l'aise, suggéra Enzo. Le temps de laver mes fraises, et je te présente tout le monde.

— Je… Oui… d'accord.

Kimberlyn embrassa la pièce du regard.

A l'évidence, la demeure avait subi de nombreuses transformations au fil des décennies. Le rez-de-chaussée se présentait comme un espace ouvert, avec la cuisine donnant sur un grand coin repas qui lui-même débouchait sur le salon. Les murs et les portes avaient été supprimés, de grosses colonnes de bois verni soutenaient le plafond.

C'était non seulement beau, mais aussi très pratique pour se cacher. Kimberlyn s'installa donc sur une chaise en bout de table, tout près d'un de ces fameux piliers. C'était la position idéale : elle pouvait voir tout le monde sans que personne ne s'occupe d'elle.

Plus le temps passait et plus elle se demandait ce qu'elle fabriquait là. Sa timidité prenait le dessus, elle avait une furieuse envie de se cacher dans un trou de souris.

Elle aurait vraiment mieux fait de suivre son intuition et de rentrer chez elle !

Enzo avait pris son indépendance depuis plusieurs années. Pourtant, il se sentait chez lui chaque fois qu'il revenait chez sa mère. Il y avait toujours la même ambiance chaleureuse, la même odeur de bons petits plats qui mijotaient. C'était l'endroit idéal pour se ressourcer.

— Tu aurais dû inviter Sam, dit sa mère comme il lavait ses fraises à l'évier.

— Il a failli venir, mais il s'est rappelé au dernier moment qu'il devait retourner à l'hôpital. Enfin… si tu lui fais passer une barquette de spaghettis par Kimberlyn, il ne dira pas non.

Sa mère éclata de rire.

— Bien sûr ! Il y en a largement assez.

Pivotant, Enzo remarqua que Kimberlyn était seule au bout de la grande table. Tout le monde naviguait entre la cuisine et le salon, elle avait manifestement choisi cet endroit exprès pour être tranquille. Elle devait se sentir mal à l'aise au milieu de tant d'inconnus…

Il jeta un coup d'œil autour de lui, mais ne vit pas la personne qu'il cherchait au milieu de ses sœurs, beaux-frères et belles-sœurs.

— Coucou ! cria-t-il. Où est ma chérie ?

Une toute petite voix s'éleva au bout du salon.

— Jo-jo-jo…

— Joe ?

Il croisa le regard de Kimberlyn. Elle n'avait plus l'air méfiant, mais amusé, et se mit à rire franchement lorsqu'elle vit le bébé qui fonçait à quatre pattes dans sa direction.

Enzo s'avança, fraises et serviette en papier en main. Il les posa sur la table près de Kimberlyn, puis se pencha pour prendre le bout de chou dans ses bras.

— Maya ! Mon ange !

Serrant la fillette contre lui, il s'assit en la gardant sur ses genoux. Elle tendit aussitôt ses petites mains potelées vers les fraises, ce qui fit de nouveau rire Kimberlyn.

— Elle est trop belle ! C'est la tienne ? demanda-t-elle. Quand tu as dit « ma chérie », je m'attendais à voir ta fiancée…

— Maya n'est pas ma fiancée, mais c'est quand même ma chérie.

— C'est ma fille ! cria Sophia, la sœur cadette d'Enzo, depuis la cuisine. Enzo prétend qu'il a fait le plus gros du travail le jour de sa naissance.

— Elle est vraiment adorable ! répondit Kimberlyn.

— Sophia est ma sœur et Maya, ma nièce, précisa-t-il. C'est moi qui l'ai mise au monde. Elle tient une place très spéciale dans mon cœur.

Il prit une fraise et la tendit à Maya, qui l'attrapa maladroitement. Puis elle porta le fruit à sa bouche avec un sourire édenté qui le fit fondre.

Pour autant qu'il puisse en juger, Kimberlyn était également conquise. C'était la première fois qu'il lui voyait ce regard attendri, dénué de méfiance. Il la trouvait si belle que, pour un peu, il lui aurait aussi donné une fraise…

Allons, c'était une grande fille. Elle pouvait se servir toute seule.

Son but était de lui faire peur, pas de se rendre agréable auprès d'elle. Il n'aurait jamais dû l'inviter ! Qu'est-ce qui lui avait pris ?

Il trouvait bien difficile de garder ses distances, alors qu'elle observait Maya avec une telle douceur au fond des yeux…

— Je ne t'imaginais pas en tonton gâteau, dit-elle avec un sourire taquin.

— Ça, je m'en doute. Tu devais penser que je venais d'une famille d'ogres.

— Hm… Plutôt que tu avais grandi au milieu des loups… Remarque, c'est logique. Je suis ta concurrente, tu dois montrer les crocs.

— Peut-être que je suis moins féroce qu'il n'y paraît ?

— Peut-être. Ou alors c'est une ruse. Tu as très bien pu louer cet adorable bébé dans une agence de casting. Elle ne doit pas te connaître pour t'aimer autant !

Maya choisit cet instant précis pour lui tendre un morceau de fraise mâchouillé. Il fit mine de le croquer avec un « miam miam » bruyant qui déclencha l'hilarité de sa nièce.

Puis, au grand soulagement d'Enzo, sa mère vint les rejoindre. La conversation roula sur Maya, et il put enfin arrêter de se focaliser sur Kimberlyn.

En bonne maman poule, sa mère n'avait pas son pareil pour chouchouter tout le monde. Le départ de Lyons avait renforcé son côté protecteur puisqu'elle s'était retrouvée seule pour élever trois enfants. Et elle l'avait gardé lorsque, quelques années plus tard, elle s'était remariée et que la famille s'était agrandie.

— Mon fils est un tonton fabuleux, dit-elle, au grand embarras de celui-ci.

— Je n'en doute pas, répondit gentiment Kimberlyn. Je suis en train de le découvrir sous un nouveau jour.

— Lorenzo aurait-il mauvaise réputation au travail ?

— Oh non, madame, pas du tout ! C'est le meilleur interne

de l'hôpital. Tout le monde vous le dira. Il est juste… un peu intimidant, quelquefois. Mais moi, il ne m'impressionne pas. Et encore moins quand je le vois avec cette petite princesse sur les genoux !

Elle secoua la tête, puis reprit, malicieuse :

— Il est sur le point d'obtenir un super poste et moi je viens lui faire concurrence. C'est donc la guerre depuis lundi ! Mais nous avons déclaré une trêve pour ce soir, rassurez-vous. A moins qu'il ne décide finalement de me supprimer à coups de fourchette…

La mère d'Enzo regagna sa cuisine en riant, et Kimberlyn sourit. La soirée prenait décidément une bien curieuse tournure.

L'atmosphère était chaleureuse, amicale. Elle se sentait de plus en plus à l'aise. Elle profitait de la compagnie d'un homme beau, intelligent, plein de charme… qui tenait un bébé dans les bras.

Après ce soir, quoi qu'il advienne, elle ne pourrait plus considérer Enzo comme un monstre froid et sans cœur !

— Ta mère a raison, dit-elle. Tu sais t'y prendre avec les petits.

Il haussa les épaules, l'air un peu gêné par le compliment.

— Je n'ai pas grand mérite. Maya est adorable. Sa vie a démarré dans des conditions difficiles, pourtant elle a un caractère en or.

— Quel âge a-t-elle ?

— Elle aura un an le mois prochain. Comme tu le vois, elle n'est ni très grande ni très costaud, mais elle est née à vingt-six semaines et trois jours.

— Oh ! mon Dieu !

— C'était à la fin de ma troisième année d'internat. A cette époque, je travaillais parfois chez les pompiers pendant mon temps libre, pour avoir une expérience de terrain. J'étais de garde la nuit où maman a appelé. John, mon beau-frère, était en déplacement et Sophia dormait à la maison. Les gars et moi, on a sauté dans un camion. On a grillé tous les feux…

Je suis arrivé juste à temps pour mettre Maya au monde. Elle est née là-bas, sur ce canapé.

Avec les progrès de la science, un grand prématuré pouvait s'en sortir si la mère accouchait à l'hôpital. Mais à domicile…

— J'ai eu la peur de ma vie, dit-il comme s'il avait lu dans ses pensées.

L'émotion perceptible dans sa voix noua la gorge de Kimberlyn. C'était comme si, rétrospectivement, elle partageait son angoisse. Vivre une situation d'urgence était déjà stressant, mais il n'y avait pas pire cauchemar pour un médecin que d'être personnellement concerné.

— Tout s'est bien fini…, murmura-t-elle.

— Oui, grâce à l'équipe, tout le monde a été formidable. Après la délivrance, on a foncé vers l'hôpital le plus proche. Puis, au bout d'une semaine, j'ai obtenu le transfert de Sophia et de ma puce vers le West Manhattan Saints. Maya a été prise en charge par l'unité de réanimation néonatale.

Il avait dû faire la connaissance de Sam à ce moment-là. Voilà qui expliquait leurs liens si particuliers, presque fraternels. Leur amitié indéfectible.

Elle avait eu des soupçons depuis le début, mais à présent, elle en était sûre. Cette soirée n'était pas le fruit du hasard.

— Sam a soigné Maya, je suppose ? demanda-t-elle.

— Il a fait bien plus que ça, répondit Enzo d'un ton ému. Il l'a veillée nuit et jour chaque fois qu'il le pouvait. Même quand il n'était pas de garde.

— Je comprends pourquoi ta mère a demandé après lui, tout à l'heure.

— Oh ! que oui ! Il fait partie de la famille, maintenant.

Elle hocha la tête, l'air entendu.

— C'est bien ce que je pensais. On s'est fait avoir, Enzo.

— Comment ça ?

— Sam est ton meilleur ami, et mon colocataire. Il ne veut pas être mêlé à nos histoires. Il préférerait qu'on s'entende bien. Il a voulu… nous donner l'occasion de mieux nous connaître ce soir.

— Hm. Tu as peut-être raison. Et ça marche ?

Force était d'admettre que oui. Enzo lui apparaissait maintenant sous un nouveau jour. Même s'il se montrait impitoyable au travail, il venait de lui prouver qu'il avait un cœur gros comme ça…

Mais elle n'allait certainement pas le lui dire !

— Je suis ravie d'avoir fait la connaissance de Maya, biaisa-t-elle. Raconte-moi un peu… Elle a l'air en forme pour une grande prématurée.

— Absolument. Comme tu l'imagines, ses poumons étaient très immatures quand elle est née. Elle a reçu un traitement pour qu'ils puissent produire du surfactant, et nous l'avons mise sous respirateur les premières semaines. Hormis cela, nous avons eu beaucoup de chance. Son cœur est parfait et elle n'a jamais eu de problèmes digestifs.

Il embrassa les boucles brunes de sa nièce, qui agita ses menottes poisseuses pour lui montrer qu'elle avait fini sa fraise.

— Partie, la fraise ! fit-il d'un ton gai.

Avec douceur, il lui avança les mains pour que Kimberlyn puisse les nettoyer avec une serviette. Elle s'exécuta, attendrie, alors qu'il éloignait le bol de fraises.

— Tu en auras une autre pour le dessert, Maya, dit-il. On va bientôt manger.

— Quelle grande tablée ! dit Kimberlyn, en désignant du menton les couverts et les assiettes. Chez moi, il n'y a jamais autant de monde, sauf pour les repas de fête.

Il lui lança un regard curieux par-dessus la tête de Maya.

— Tu ne vois pas beaucoup ta famille ? Je croyais que tu étais proche de Caren ? Dans le Sud, vous avez la réputation d'aimer les fêtes, les grands rassemblements…

— C'était vrai autrefois, mais moins à notre époque. Comme partout, les gens sont débordés. Mes parents travaillent beaucoup. Ils n'ont pas trop le temps de sortir ou d'inviter du monde. De mon côté, j'ai été très prise par mes études. Alors je vais chez eux pour les vacances et je leur téléphone régulièrement. Voilà l'histoire…

Elle jeta un coup d'œil autour d'elle, puis risqua la question qui lui brûlait les lèvres depuis un moment :

— Excuse-moi si je suis indiscrète, mais… je n'ai pas vu ton père. Est-il… décédé ?

Enzo détestait parler de son père. Mais Kimberlyn ne pouvait pas le savoir. Et comme les rumeurs se propageaient vite à l'hôpital, elle allait bientôt entendre parler de Lyons. Mieux valait donc qu'il la mette au courant.

— Ernst, mon beau-père, est mort l'année dernière, dit-il. Il nous a quittés deux mois avant la naissance de Maya. Mon père biologique… est toujours vivant, mais je n'ai aucun contact avec lui.

Lyons était bien trop égoïste pour supporter la vie de famille. Dommage qu'il lui ait fallu un mariage et trois enfants pour s'en apercevoir !

La première année, il leur avait fait livrer des cadeaux à Noël et aux anniversaires. Par la suite, il avait mis un petit supplément dans les chèques de pension. Bien que leur mère ait toujours affirmé le contraire, Enzo s'était rendu compte qu'il ne prenait même plus de leurs nouvelles. C'était comme s'ils n'avaient jamais existé…

— Je suis désolée, dit doucement Kimberlyn. Je n'aurais pas dû poser la question.

— Mais non, ce n'est pas grave. Tu le rencontreras tôt ou tard, de toute manière. Il est chirurgien à l'hôpital.

Assez parlé de cet homme. Il passait une trop bonne soirée pour se la gâcher.

— Et toi ? demanda-t-il avant qu'elle ait pu l'interroger davantage. As-tu des frères et sœurs ?

— Non, je suis fille unique. Mais tu as raison, je suis très proche de Caren. Elle était la seule cousine de mon âge qui vivait assez près pour qu'on puisse se voir régulièrement.

— Vous avez le même âge ?

— Oui, à deux mois près.

— Pourtant, elle a un an d'avance sur toi. Tu as redoublé ?

Le visage de Kimberlyn se figea. Elle arborait de nouveau

l'expression fermée qu'il lui avait vue toute la semaine à l'hôpital. Elle lui cachait quelque chose. C'était évident.

— Non ! répondit-elle du bout des lèvres. J'ai pris une année sabbatique il y a deux ans.

— En plein milieu de ton internat ? demanda-t-il, incrédule. Tu devais avoir une sacrée bonne raison de le faire…

Elle se renversa en arrière sur sa chaise. Son cœur cognait dans sa poitrine, elle avait la bouche sèche. Comment s'expliquer sans trahir son secret ?

Si les gens connaissaient son histoire, ils la percevraient différemment. Or elle ne voulait à aucun prix qu'on la regarde comme une bête curieuse. Elle avait eu un grave accident. Elle avait surmonté ce traumatisme physique et mental. Aujourd'hui, elle était un médecin comme un autre.

Ou presque.

Sa condition physique laissait encore à désirer. Certaines opérations duraient de longues heures et, si on l'appelait pour une de ces interventions, elle n'était pas sûre de tenir la distance. Pouvait-elle l'avouer à Enzo ?

En le voyant si gentil, si aimant avec Maya, elle fut tentée de lui dire la vérité. Mais le risque était trop grand qu'il utilise ces informations contre elle…

— Tu as des taches de fraise sur ta chemise, dit-elle pour détourner la conversation.

— Je préfère ça aux taches de sang, répondit-il.

Son regard bleu, rehaussé de minuscules paillettes d'or, pétillait de malice. Elle déglutit avec difficulté. Il était trop beau, trop sexy. Comment lui résister ?

A son grand soulagement, un fracas de casseroles en provenance de la cuisine rompit le charme. Maya se mit à hurler — démontrant le parfait état de ses poumons. Kimberlyn profita de ce moment de confusion pour se lever.

— Où… sont les toilettes ? demanda-t-elle en bafouillant presque.

— Là-bas, derrière la porte de gauche, dans le couloir.

Elle s'y dirigea d'un bon pas, impatiente d'être seule.

Elle devait rapidement mettre au point une stratégie pour répondre à Enzo.

Car elle était sûre qu'il allait revenir à la charge.

C'était seulement une question de temps.

5

Le dîner avait été en tout point réussi.

Kimberlyn avait reçu un accueil chaleureux dans la famille d'Enzo. Elle avait oublié sa timidité et ses inquiétudes pour se joindre aux conversations. L'un dans l'autre, elle avait passé une excellente soirée.

Néanmoins, les choses avaient pris un autre tour au moment du départ. Enzo avait insisté pour la raccompagner en voiture et, même si elle habitait tout près, elle n'avait pas osé refuser.

Ils étaient maintenant devant chez elle. Elle se tortilla nerveusement sur son siège et posa la première question qui lui traversait l'esprit :

— C'est vrai que tu as évincé deux internes qui te faisaient concurrence ?

Devant l'air estomaqué d'Enzo, elle se mordit la lèvre.

— Il y a… des bruits qui courent, se justifia-t-elle. A l'hôpital, j'aurais tendance à croire ces rumeurs. Mais ce soir, je t'ai trouvé… très différent.

— Tu n'es pas « différente » avec ta famille, Kimberlyn ?

— Je… Si. Probablement.

Il avait un air moqueur qui l'irrita. Ainsi, elle le faisait rire ? Elle avait eu raison de se méfier de lui.

— Ne crois pas que j'ai changé d'avis sur toi simplement parce que tu étais mignon avec un bébé dans les bras. A partir de lundi je vais te mener la vie dure !

— Ne te gêne pas, dit-il d'une voix mielleuse. L'essentiel, c'est que tu me trouves mignon…

Il ne la prenait décidément pas au sérieux. Il fallait remédier à cela.

— Ecoute… Dans mon ancien hôpital, on m'appelait « le dico ». Sans vouloir être présomptueuse, j'avais la réputation de tout savoir sur tous les sujets. Souvent je me taisais pour laisser les autres répondre. Mais je ne le ferai pas quand Ootaka posera une question.

Il continua de sourire. Haussant les épaules, il lâcha un « je vois » qui ne signifiait pas grand-chose. La croyait-il ?

Elle soupira. Pour l'instant, ils étaient encore en paix. Lundi serait un autre jour…

Le petit visage de Kimberlyn était si expressif ! Enzo avait l'impression de pouvoir lire en elle comme dans un livre ouvert.

Par sa faute, cette fille ne savait plus où elle en était. Elle venait de débarquer à New York et se posait mille questions.

Il aurait dû profiter de cet avantage pour l'intimider, mais il n'en avait pas envie. Il était d'humeur badine. Il voulait… la taquiner un peu.

— Plutôt que de parler travail, revenons à nos moutons, dit-il d'un ton gai. Si j'ai bien compris, je te plais quand j'ai un bébé dans les bras ?

— Non ! Enfin… si. Disons que je ne sais plus quoi penser ! Qui es-tu, Enzo ? Le gentil garçon que j'ai vu tout à l'heure avec Maya, ou le requin prêt à dévorer tout le monde sur son passage ? Est-ce que tu as vraiment…

— Je ne les ai pas évincés.

En général, il encourageait les rumeurs qui le faisaient passer pour un méchant. C'était tout à son avantage, cela décourageait les autres de se frotter à lui. Alors pourquoi se sentait-il obligé d'être honnête avec Kimberlyn ?

La réponse était simple : il ne voulait pas qu'elle ait une mauvaise opinion de lui.

— Que s'est-il passé ? demanda-t-elle.

Elle se pencha en avant, et mit le panier de victuailles sur ses genoux. Prête à fuir si ses arguments ne lui convenaient pas…

— Quand les gens échouent, ils préfèrent rejeter la faute sur quelqu'un plutôt que d'assumer leurs responsabilités, répondit-il. Mais je n'ai pas été plus désagréable avec eux qu'avec les autres. Comme toi, je me targue de connaître les réponses à toutes les questions. Alors quand un collègue se trompe, je le dis. Certains internes l'acceptent bien. D'autres se vexent. Ces deux-là l'ont mal pris.

— C'est tout ?

— Je n'ai pas été très aimable les fois où ils se sont plantés, je l'avoue. En revanche, je n'ai jamais exposé leurs boulettes sur la place publique. Je me suis contenté de rectifier le tir dans l'intérêt des patients. Quel mal y a-t-il à cela ?

— Aucun, je suppose. A condition d'y mettre les formes…

— Peu importe si je ne prends pas toujours de gants, pourvu que le message soit compris !

Le silence tomba. Elle semblait réfléchir.

— Je sais que je devrais me méfier de toi, dit-elle enfin. Mais tu as des côtés sympathiques, alors…

Cette fois, il allait devoir peser ses mots. En une semaine, et plus encore pendant cette agréable soirée, il s'était forgé une opinion sur Kimberlyn. A quoi bon se montrer hypocrite ? Il préférait être droit avec elle.

— Pour une fois, je vais y « mettre les formes », dit-il. Je t'aime bien. Je te trouve compétente et je respecte ta conscience professionnelle…

— … mais ? Car il y a un « mais », je suppose ?

— Effectivement. Je suis désolé, mais… je ne te considère pas comme une rivale pour le poste.

Elle fronça les sourcils, l'air décontenancé.

— Tu t'es déjà fait une idée sur moi ? En une semaine ? Aurais-je commis une erreur sans m'en apercevoir ?

— Non, au contraire. Tu as démarré sur les chapeaux de

roue avec cet accident. Ootaka était très impressionné, et moi, très ennuyé de voir arriver quelqu'un d'aussi brillant.

— Mais alors… où est le problème ? demanda-t-elle d'une voix tremblante.

Il s'en voulut de lui faire de la peine. Néanmoins, il ne pouvait plus reculer.

— Kimberlyn… Tu es trop douce, trop gentille et trop polie. Tu respectes les autres au point de t'effacer devant eux. Ce ne sont pas les qualités d'un chef d'équipe. Ootaka engage toujours des assistants qui lui ressemblent. Des gens au caractère bien trempé, qui ont confiance en eux et s'affirment.

— Je… n'ai opéré qu'une seule fois avec lui, ce fameux premier jour. Ne crois-tu pas que j'aurai d'autres occasions de me mettre en valeur ? Je peux m'améliorer…

— J'ignore s'il compte te réinviter dans sa salle d'opération ou pas. Mais si c'est le cas, ne fais jamais deux fois la même erreur. Pour lui, c'est impardonnable. Et évite de te poser trop de questions. De toute façon, tu ne sauras pas si tu progresses puisqu'il ne dit jamais rien.

— D'accord.

Elle avait acquiescé machinalement, mais elle était perplexe. En quoi son attitude pouvait-elle être un handicap ? Chez elle, on inculquait la politesse aux enfants dès le berceau. Tout, dans sa nature, la poussait à respecter ses supérieurs hiérarchiques et à faire preuve de correction envers ses pairs.

Jamais elle n'avait prévu de devoir jouer des coudes pour se distinguer en salle d'opération. Elle voulait aider et soigner les gens, rien d'autre. Mais si Ootaka la trouvait trop « délicate », ce pourrait effectivement être un problème…

L'odeur de nourriture qui l'avait enchantée quelques heures plus tôt lui parut soudain beaucoup trop forte dans l'habitacle confiné de la voiture. Ecœurée, elle ouvrit sa portière.

— Merci… pour le dîner. Pour ta franchise. Et pour tes conseils…

Sa voix lui parut faible, presque tremblante. Comment

pouvait-elle se montrer aussi fragile ? C'était « ça » qu'on risquait de lui reprocher. Un manque de caractère !

— Merci de m'avoir raccompagnée, dit-elle plus fermement. Je dirai à Sam de rapporter le panier à ta mère.

Elle sortit de la voiture avant qu'il ait pu répondre. Mais au moment de gagner le perron, elle entendit une portière claquer.

— Qu'est-ce que tu fais ? demanda-t-elle sans se retourner.

— Je te raccompagne.

— Ce… n'est pas la peine.

Enzo lui prit le panier des mains. Il attendait visiblement qu'elle le précède et elle soupira. Il l'avait invitée à dîner. Sa bonne éducation l'empêchait de le laisser dehors.

Résignée, elle monta les marches et entra, consciente qu'il la suivait. Elle gagna directement la cuisine pour mettre les provisions de Sam au réfrigérateur.

Quand elle se retourna, Enzo l'observait. N'y tenant plus, elle croisa les bras sur la poitrine.

— Voilà, je suis chez moi, en sécurité ! Tu peux constater qu'il n'y a pas de voleur dans la maison, donc…

Elle le vit hésiter. Jamais, depuis leur première rencontre, il n'avait paru indécis ni mal à l'aise, pas même le jour où il avait raté le diagnostic de tamponnade. Se pouvait-il qu'il regrette sa franchise ?

— Toi, ça ne va pas fort…, dit-il dans un murmure.

— Et après ? Tu n'es pas responsable de mon bien-être, que je sache. Au moins maintenant, je sais ce que tu penses. D'ailleurs, cela ne changera rien à ma motivation. Je suis chez Ootaka. J'y resterai jusqu'au bout, quoi qu'il advienne !

— Tant mieux. Je souhaite que tu restes, Kimberlyn. J'aimerais juste… que tu arrives à t'endurcir.

En deux pas, il abolit la distance qui les séparait. Se plantant devant elle, il la prit par les épaules.

— Pour info, je n'ai pas l'habitude de sympathiser avec mes concurrents, dit-il.

— Je ne suis pas une concurrente. Tu l'as dit toi-même…

— Arrête, chuchota-t-il. J'essayais juste de te dire que je t'aime bien. Même quand tu…

Ses yeux tombèrent en arrêt sur son épaule droite. Il avait dû sentir l'épaisse cicatrice sous le tissu léger de son chemisier en coton.

— Qu'est-ce que c'est ? demanda-t-il.

— Rien… du tout. C'est juste…

Il dégagea le col du chemisier, révélant une des nombreuses zébrures qui marquaient sa peau.

— Qu'est-ce qui t'est arrivé ?

— Je fais partie d'un gang. Je me suis battue à coups de couteau, répondit-elle gaiement.

Elle s'écarta, rajusta son chemisier. Mais il n'eut pas l'air de goûter sa plaisanterie. Il la dévisageait d'un air presque intimidant.

Il n'abandonnerait pas. Elle aurait dû s'en douter !

— J'ai eu une rupture des tendons de la coiffe des rotateurs, répondit-elle, espérant que le mensonge passerait. On m'a opérée, j'ai fait beaucoup de rééducation et tout est rentré dans l'ordre. Le kiné a réussi à me rendre ma mobilité. Je suis parfaitement opérationnelle au bloc.

Elle avança la main droite puis effectua plusieurs rotations du poignet, du coude et de l'épaule, histoire d'appuyer ses dires. Enzo, lui, avait croisé les bras sur son torse. En une poignée de secondes, l'atmosphère était devenue aussi tendue qu'à l'hôpital.

— Ce n'est pas pour ça que je t'ai posé la question, dit-il.

A sa façon de la regarder, elle sut qu'il était sincère. Mieux valait peut-être lui dire la vérité ? D'une, elle détestait mentir. De deux, il avait dit qu'il « l'aimait bien ». Avec un peu de chance, il n'utiliserait pas son histoire contre elle…

— Tu veux la vraie version ? demanda-t-elle.

— J'aimerais mieux, oui.

— Eh bien… on peut dire que j'ai fait l'expérience de la traumatologie de l'autre côté de la barrière. J'ai été… blessée assez grièvement. J'ai dû subir plusieurs opérations pour me remettre sur pied.

— Hm. Ta cicatrice n'est pas rouge comme après une lésion récente, mais elle reste quand même bien rose. Ton… problème remonte à environ deux ans, je pense. Tu as dû prendre ton année sabbatique contrainte et forcée.

— Oui, c'est vrai.

— De quoi as-tu été opérée au juste ?

— Quelle importance ? Je vais très bien, c'est tout ce qui compte. Il me reste juste quelques séquelles minimes.

Elle désigna involontairement sa poitrine d'un geste, se rendit compte qu'elle s'était trahie. Paniquée, elle détourna le regard vers sa cuisse droite… où se trouvait une autre cicatrice.

Quelle idiote. Elle n'avait même pas besoin de parler. S'il savait décrypter son langage corporel, il aurait bientôt en tête le catalogue de ses blessures !

— C'est toi qui fais des mystères, marmonna-t-il. A mon avis, ce n'est donc pas aussi « minime » que tu le prétends.

Il recula légèrement pour s'appuyer contre le plan de travail. Malgré cette posture en apparence détendue, il avait crispé les mâchoires et continuait de la fixer avec sévérité. Elle aurait mieux fait de garder son secret bien enfoui !

— Je te répète que mon état n'a aucune incidence sur mon travail. Oui, j'ai eu des problèmes, mais je les ai surmontés. Nous avons tous nos soucis, non ?

Le regard d'Enzo se réduisit à deux minces fentes.

— Dans ce cas, explique-moi pourquoi tu ne voulais pas que cela se sache.

— Devine ! C'est bizarre, mais j'ai pensé que tu allais utiliser cette information contre moi… Je me demande bien pourquoi j'ai eu cette idée, répondit-elle, sarcastique.

— Tu m'as vraiment pris pour un ogre.

C'était une affirmation, pas une question. Elle opina.

— Oui. Reconnais que j'avais de bonnes raisons de me méfier. Tu as la réputation d'être dur avec tes pairs. Et aujourd'hui, tu ne me vois peut-être pas comme une rivale, mais tu changeras d'avis. Je ne suis pas venue à New York pour échouer si près du but, crois-moi.

— D'accord. Je te crois.

— Pour en finir avec mon bilan de santé, je n'en parle presque jamais car je considère que c'est du domaine privé. Chez moi, on garde sa vie et ses malheurs pour soi. Je ne viens pas d'une famille où on se fait des câlins, où on se réunit une fois par semaine et où on partage tout avec tout le monde. Je n'ai pas été élevée comme toi. Je suis très discrète, encore plus avec les inconnus.

— D'accord.

— Quoi, « d'accord » ? Qu'est-ce que ça veut dire ?

Il s'avança et, avant qu'elle ait pu réagir, emprisonna sa main.

— Je ne vais pas chercher à te nuire, dit-il d'une voix profonde. Au contraire, j'aimerais t'aider.

Hypnotisée par son regard bleu, elle sentit un grand frisson la parcourir. Elle aurait voulu se dégager, mais en était incapable. Sa peau fourmillait délicieusement. Par la simple magie de quelques mots, et d'un contact qu'elle n'avait plus envie de rompre, elle évoluait dans une brume bienfaisante…

— Pourquoi ? chuchota-t-elle.

— Parce que je t'aime bien.

A sa voix résignée, un peu triste, elle sentit qu'il était sincère. Il éprouvait sans doute une certaine sympathie pour elle, bien malgré lui puisqu'il avait prévu de la combattre.

Et si, au lieu de lui faire la guerre, il faisait… autre chose ? Ce serait merveilleux qu'il se rapproche encore, la prenne dans ses bras et…

Allons, elle déraisonnait. C'était impossible !

— Je vais te dire quelque chose, reprit-il. Après quatre ans d'internat ici, je peux te faire partager mon expérience.

Le travail. Il voulait parler du travail. Elle devait l'écouter, au lieu de se focaliser sur ce pouce qui lui caressait le dos de la main avec une incroyable douceur…

— C'est… gentil.

— Tu vois la liste de consignes qu'Ootaka a affichée dans le vestiaire ?

— Je… Oui.

— Apprends-la par cœur.

Elle dégagea sa main, l'esprit confus. Elle ne pouvait pas discuter sérieusement s'il la touchait. Même si elle avait adoré ce contact, elle devait se montrer raisonnable.

— Pourquoi ? demanda-t-elle.

— Il faut les avoir en tête pour répondre aux exigences d'Ootaka. Quand il forme quelqu'un, il essaie de produire un clone de lui-même. Ceux qui n'observent pas ces fameuses directives à la lettre sont écartés de son entourage.

Elle comprenait mieux pourquoi elle avait agacé le « big boss », le premier jour. Mais elle n'avait pas eu l'occasion de lire ces fameuses consignes. Elle avait été propulsée au bloc dans le feu de l'action !

Finalement, elle se mettait aussi à la place d'Enzo. Elle n'aurait sans doute pas bien réagi non plus si les rôles avaient été inversés. Mais il se rattrapait, depuis quelques heures. Il se montrait sous un jour beaucoup plus sympathique…

Une accolade. Voilà ce qu'il méritait. Il venait d'une famille où les gens se prenaient beaucoup dans les bras. Elle allait faire la même chose pour lui témoigner sa gratitude.

Elle avança d'un pas, se dressa sur la pointe des pieds et lui noua les mains sur sa nuque. Alors, pendant une seconde, elle lut la surprise dans son regard. Elle crut qu'il allait rester immobile… avant de sentir deux grands bras musclés se refermer sur elle.

Après son accident, de nombreuses personnes lui avaient prodigué des marques de réconfort. Pourtant, c'était à peine si les gens avaient osé l'effleurer. On l'avait traitée comme si elle était en sucre. Comme une poupée fragile.

A l'inverse, l'étreinte d'Enzo lui paraissait ferme, chaleureuse, rassurante. Il la tenait comme s'il ne devait plus jamais la laisser partir, et son cœur manqua un battement. Sur quelle pente dérivait-elle ?

N'oublie pas Janie.

La promesse qu'elle s'était faite sur son lit d'hôpital revint la hanter : puisqu'elle avait survécu, elle devrait faire bon usage de sa vie. Elle se dévouerait aux autres et ne s'accorderait aucun plaisir. Elle le devait à sa meilleure amie, celle dont le cœur avait cessé de battre…

Lâche-le. Tout de suite. Ecarte-toi.

Mais son cerveau donnait des ordres que son corps refusait d'exécuter. Elle ne pouvait détacher le regard de ce visage au contour parfait, de cette mâchoire ferme ombrée d'un léger duvet, de cette bouche sensuelle…

Et si elle l'embrassait, juste une fois, pour voir ?

De nouveau, elle vit de l'étonnement dans ses grands yeux bleus. Puis il inclina la tête et, avec une extrême douceur, posa les lèvres sur les siennes.

Ce fut un baiser léger, tendre et chaleureux. Il ne prenait pas, n'exigeait rien, et elle se sentit fondre sous cette caresse aussi délicieuse qu'inattendue.

Cela faisait deux ans qu'elle avait mis sa vie en sommeil. Après son retour au travail, elle avait partagé son temps entre l'hôpital, les cours et les séances intensives de kinésithérapie. Elle avait tenu les gens à l'écart, s'était coupée du monde pour se consacrer exclusivement à ses études et à son métier.

Réussir. Sauver des vies. Remplir sa mission.

C'était sa dette envers Janie. Elle ne pouvait pas remettre cet objectif en cause.

Elle inspira profondément, tous les sens en alerte. Le parfum boisé d'Enzo, mêlé à l'odeur de fraise qui émanait de sa chemise, lui chatouillait délicieusement les narines. Le contact râpeux de sa joue contre la sienne l'enivrait. Il fallait qu'elle arrête, tout de suite…

Alors qu'elle luttait pour reprendre le contrôle d'elle-même, il lui encercla la taille. Puis il arrondit les paumes sur ses fesses et, d'un coup, elle se sentit soulevée de terre.

En une fraction de seconde, elle fut assise sur le plan de travail, Enzo entre ses jambes. Il la prit par la nuque, attira de nouveau sa tête à lui. Cette fois, elle eut à peine le temps de respirer avant que la tempête se déchaîne.

Les lèvres entrouvertes, elle le laissa explorer sa bouche, s'offrant sans réserve à la délicieuse torture de sa langue. Oubliés, les doutes, les angoisses et les bonnes résolutions. Elle ne voulait plus vivre que pour ce baiser parfait qui la transportait dans un autre monde.

Un univers lumineux où elle n'était plus blessée, triste et malheureuse. Un paradis où elle se sentait bien.

Quel mal y avait-il à s'embrasser, d'ailleurs ? Ce n'était pas comme si elle allait coucher avec lui, même si son corps réclamait déjà des caresses plus intimes…

Alors qu'elle s'abandonnait, subjuguée, la magie prit fin brutalement. Enzo avait gardé une main sur son cou, mais il s'était redressé en fronçant les sourcils.

— Ton rythme cardiaque est irrégulier, dit-il.

Génial. Il avait senti son pouls carotidien et ses réflexes de médecin prenaient le dessus. Pouvait-elle imaginer pire scénario ?

— Ce n'est rien, répondit-elle d'une voix un peu essoufflée. Je fais… un peu d'arythmie de temps à autre, mais c'est très léger. Je ne suis même pas sous traitement. Ça n'arrive que…

« Quand je suis perturbée », avait-elle failli dire. Mais ç'aurait été reconnaître que leur baiser l'avait émue et elle ne voulait pas lui faire ce plaisir.

A son sourire moqueur, elle sut néanmoins que c'était raté. Il avait tout compris.

— Quand ton cœur s'emballe ? demanda-t-il.

— Oui !

— C'est une séquelle de ton « problème » ?

— Non !

Elle le repoussa, glissa les jambes sur le côté et descendit du plan de travail. Cet endroit n'était pas fait pour s'asseoir et encore moins pour…

— Mon cœur va très bien, dit-elle d'un ton ferme, bannissant les visions incongrues qui lui traversaient l'esprit. C'est juste un petit bug électrique. Je fais du sport et je cours régulièrement sans problème. Mais là… j'étais excitée. Voilà, tu es content ? Tu n'as pas intérêt à raconter ça, monsieur-le-Tueur-Qui-Embrasse-Comme-Un-Dieu !

Le sourire reparut sur les lèvres d'Enzo. Il la prit par les hanches et l'attira contre lui.

— Je peux t'embrasser encore, si tu veux. On verra bien si ça recommence.

— Non, je n'y crois pas ! Voilà qu'il veut étudier mon rythme cardiaque…

— Pour être honnête, je pensais étudier la zone de ton anatomie la plus proche du cœur. Elle m'intéresse beaucoup.

Elle secoua la tête.

— Arrête, beau parleur ! On a failli se disputer à propos du travail, et ensuite…

— Ensuite, je t'ai embrassée. C'était une ruse pour essayer de te soutirer des infos. J'ai mon plan avec toi.

— Ah oui ? Raconte un peu…

Elle savait qu'elle n'aurait pas dû l'encourager. Une amourette — car cela ne pourrait jamais être autre chose — ne faisait pas partie de ses priorités. Elle se marierait peut-être un jour. Peut-être aurait-elle des enfants. Mais cette vie-là, elle devrait d'abord la mériter…

— Je te ferai craquer sur l'oreiller, dit-il. Tu auras tellement de plaisir que tu me feras des confidences.

Malgré ses bonnes résolutions, elle éclata de rire. Il était joueur, malicieux. Qu'il était difficile de résister à son charme !

— Hm. Tu es bien sûr de toi. Rien ne dit que tu y arriveras.

Il resserra son étreinte.

— Tu plaisantes, j'espère ? N'oublie pas que je suis un expert en anatomie. Et à la maison, j'ai pu observer les femmes dans leur habitat naturel pendant des années…

Elle se sentit rougir jusqu'à la racine des cheveux. Rien qu'à imaginer les « compétences » d'Enzo, une chaleur traîtresse s'insinuait en elle.

Tout ce qui arrivait était sa faute. C'était elle qui avait

commencé. Elle qui s'était rapprochée de lui, qui avait laissé les choses dégénérer…

Mais c'était impossible. Faire l'amour avec lui aurait impliqué qu'elle se montre nue, qu'elle révèle ses horribles cicatrices. Elle devrait s'exposer physiquement et, par ricochet, émotionnellement.

Aucun risque !

Mobilisant un reste de volonté, elle le repoussa. Leur baiser lui avait fait un bien fou, mais cet épisode ne se reproduirait pas.

Elle y veillerait.

Elle n'avait pas le choix.

6

Ce midi-là, Enzo était en train de se changer lorsque Kimberlyn fit irruption dans le vestiaire commun du bloc, sa tenue bleue maculée de sang.

L'air consterné, elle pinçait le devant de sa tunique, sans doute dans l'espoir de protéger le T-shirt à manches longues qu'elle portait toujours en dessous. Effort inutile, hélas. Quand elle enleva sa tunique, son T-shirt blanc était taché, lui aussi.

Enzo la regarda un moment sans rien dire. Depuis leur fameux baiser, une semaine plus tôt, ils s'étaient très peu vus. Il avait été appelé deux fois la nuit pour opérer avec Ootaka et son planning s'en était trouvé chamboulé.

Au fond, c'était mieux ainsi. Car son envie de flirter avec Kimberlyn n'avait pas disparu. Et il éprouvait toujours ce besoin idiot, irrésistible, de la protéger contre vents et marées…

Elle avait jeté sa tunique dans le bac de recyclage et se tenait maintenant près du lavabo. Elle regardait le distributeur de serviettes en papier, l'air hésitant, et il comprit les raisons de sa gêne.

Au bloc, les excès de pudeur n'étaient pas de mise entre chirurgiens. Si elle ne voulait pas retirer son haut pour le nettoyer, c'était à cause de ses fameuses cicatrices.

N'importe quel homme bien élevé aurait pris ses affaires pour aller se rhabiller ailleurs. Mais ce jour-là, Enzo ne se sentait pas l'âme d'un gentleman.

— Tu as fait un truc intéressant ? demanda-t-il.

— Blessure par balles… Regarde-moi ça. Je ne peux pas garder ce T-shirt ! fit-elle en soupirant.

— Tu devrais te doucher. Je peux aller te chercher une tenue propre, si tu veux.

S'il avait suivi son instinct, il l'aurait même accompagnée dans la cabine. En huit jours, son esprit de compétition s'était considérablement affaibli. Quand il pensait à elle, d'autres envies, beaucoup plus agréables, le titillaient.

Qu'elle ait pu le croire indigne de connaître son secret le rendait fou. Elle l'avait mal jugé. Il n'était pas un monstre froid et sans cœur. Encore moins avec elle, qui avait le pouvoir de le faire fondre d'un regard…

— Mais je n'ai aucun T-shirt de rechange, dit-elle à voix basse. Ma lessive n'était pas sèche.

— Tant pis. Au moins, tu auras des vêtements propres. Taille 36/38 ?

— Euh… Oui, fit-elle, l'air surpris.

Elle était si mince, si frêle. Ce n'était pas difficile à deviner !

Le temps qu'il se change lui-même, qu'il gagne la réserve puis qu'il revienne, Kimberlyn était sortie de la douche. Elle s'était enroulée dans trois draps de bain, style momie, et il sentit son cœur se serrer.

Combien de stigmates portait-elle au juste ? Etait-elle marquée des épaules aux chevilles ?

Il déposa les vêtements propres sur un banc et lui lança un dernier regard. Puis, sur le point de sortir, il se retourna.

— Je te l'ai déjà dit, et je te le répète : je ne vais pas me servir de ça contre toi, souris des champs.

Il aimait bien lui donner ce surnom. Mais peut-être aurait-il dû s'en abstenir ? Plus il pensait à elle, plus il la considérait comme « sa » petite souris…

— Je comprends que tu aies envie de cacher tes cicatrices, dit-il. Mais arrête d'avoir honte de toi-même. Ce n'est pas une vie, de se cacher de la tête aux pieds, tous les jours. Je suis sûr que tu t'empêches de faire des choses. Par exemple, tu ne dois plus aller à la piscine ?

— Non. Mais… je pense y retourner. Peut-être l'année prochaine, quand elles seront moins visibles.

— Quand as-tu été opérée ?

— La dernière intervention remonte à dix-huit mois. Mes cicatrices mettent un temps fou à s'estomper. Je ne sais pas pourquoi. Mon collagène doit être extra-coloré.

Elle avait donc subi sa dernière opération un semestre avant de reprendre le travail. Néanmoins, sachant cela, il n'était guère plus avancé. Impossible de deviner ce qu'elle avait eu au juste. Toutes les blessures ou presque avaient le temps de guérir en six mois.

Même s'il brûlait d'en savoir plus, il s'abstiendrait de la questionner. Il fallait avancer lentement, par paliers. Gagner sa confiance.

— Tu retournes au bloc ? demanda-t-il.

— Non, j'ai fini. Je suis intervenue quand ils ont amené le gars en trauma. Le Dr Langley est en train de l'opérer.

— O.K. Moi, il faut que je retourne aux urgences. J'étais venu me changer, un gosse m'a vomi dessus tout à l'heure.

Son air dégoûté arracha un sourire à Kimberlyn. Il quitta le vestiaire, sachant qu'elle ne se rhabillerait pas devant lui. Elle ne le faisait jamais. Quand il y avait du monde, elle s'enfermait aux toilettes…

Mais pourquoi fallait-il qu'il s'éternise dans ce couloir ? Il avait du travail, et voilà qu'il restait là, à attendre ! Il ne pouvait tout simplement pas s'en empêcher…

Il dut reculer pour ne pas recevoir la porte en pleine figure quand elle émergea du vestiaire. Pâle, l'air consterné, elle agrippait des deux mains sa tunique à col V.

— Ce truc ne cache rien du tout, dit-elle, balbutiant. Je me suis souvenue que mon T-shirt d'hier était resté dans mon casier. Je l'aurais bien remis, mais mon verrou est bloqué. Impossible de l'ouvrir !

Enzo réfléchit fébrilement. Ce n'était pas l'omoplate qu'elle dissimulait, mais quelque chose qui devait se trouver plus bas.

Elle protégeait l'échancrure de son décolleté, et sûrement pas pour cacher ses jolies courbes…

Il referma les doigts autour de son poignet gauche. Puis, résolument, il écarta sa main, révélant une longue cicatrice à l'échancrure de son décolleté.

— Tu as été opérée à cœur ouvert !

L'idée qu'elle ait subi des blessures aussi graves le rendait malade. Sans réfléchir, il rouvrit la porte du vestiaire, l'attira à l'intérieur et la prit dans ses bras. Puis il la tint serrée contre sa poitrine, la joue posée sur ses cheveux.

Contrairement au reste de sa famille, il n'était pas du genre tactile, encore moins avec ses collègues. Mais là, il n'avait pas pu s'en empêcher. Il avait trop mal pour Kimberlyn.

Il aurait voulu lui enlever ses souffrances passées. Lui faire remonter le temps pour qu'elle n'ait pas à subir toutes ces misères. Pour que son cœur et son corps soient intacts.

Jusqu'alors, il ne s'était jamais interrogé sur la condition physique de Kimberlyn. Lors du sauvetage de John Elliott, elle lui avait semblé fragile mais elle avait tenu le coup. De même qu'elle assurait toutes ses opérations sans le moindre problème.

A cette minute précise, pourtant, il la trouvait aussi frêle que Maya. Elle était comme une fleur délicate, un objet précieux…

— Je ne veux pas savoir ce qui s'est passé, chuchota-t-il d'une voix rauque tant il était ému.

— Ah bon ? Je… Tant mieux.

— Tu me le diras quand tu seras prête. Je ne veux pas t'embêter avec ça.

Il l'écarta légèrement, chercha son regard. Ses grands yeux noisette brillaient de larmes contenues. Voyant cela, il eut encore plus mal.

— Ce n'est pas parce que je me désintéresse de ton histoire. Au contraire. Mais je sais que c'est dur pour toi d'en parler.

Il aurait voulu l'aider, mais il se sentait impuissant. Il ne pouvait rien faire…

Ou peut-être que si ! Il relâcha son étreinte et lui sourit.

— Reste là, je reviens, dit-il d'un ton sans appel. Je vais chercher des pinces coupantes à l'atelier. Si on te bipe, dis que tu arrives dans cinq minutes.

— Mais…

— A tout de suite. Tu as peut-être du mal à le croire, mais je veux vraiment te sortir de ce mauvais pas.

Il se rua hors du vestiaire sous le regard incrédule de Kimberlyn.

Elle n'en revenait pas ! Il ne lui avait posé aucune question. Elle aurait d'ailleurs dû s'en féliciter, sauf qu'elle se sentait inexplicablement déçue. Mais elle réagissait comme une idiote ! Il allait l'aider, c'était l'essentiel !

Sans lâcher son décolleté, elle alla s'asseoir sur un banc. La journée allait peut-être se terminer mieux qu'elle avait commencé. Si les soins intensifs pouvaient lui dire que John Elliott avait enfin repris connaissance, ce serait même parfait.

Ce matin-là, l'équipe avait débranché le respirateur pour transférer le patient vers une chambre particulière du service. On avait estimé que le bulbe rachidien — la partie la plus basse du tronc cérébral — pouvait fonctionner de manière assez autonome pour lui permettre de respirer. Mais en l'absence de progrès, cette embellie ne durerait pas.

Sans vouloir sombrer dans le pessimisme, il fallait se montrer réaliste…

Elle se leva d'un bond. La porte venait de s'ouvrir. Voyant un interne entrer, elle le salua brièvement puis alla s'enfermer dans les toilettes.

Elle en ressortit au bout de ce qui lui parut une éternité, quand il n'y eut plus aucun bruit.

La porte s'ouvrit de nouveau, mais, cette fois, pas besoin de se cacher. C'était Enzo qui rapportait des pinces.

En moins de deux minutes, il cisailla le verrou récalcitrant. Elle se précipita vers son casier, qui contenait effectivement un des fameux T-shirts en élasthanne dont elle ne se départait jamais.

Cette fois, elle n'attendit pas qu'Enzo s'en aille pour retirer sa tunique. De son côté, il ne manifesta aucune velléité de partir ni même de détourner les yeux. Il la dévisageait avec une intensité incroyable et, dès qu'elle eut enlevé sa tunique, il commença à tourner autour d'elle, scrutant chaque centimètre carré de peau.

Par chance, elle portait une brassière de sport toute simple, pas un soutien-gorge en dentelle sexy comme cela lui arrivait parfois. Ç'aurait été le bouquet !

— Coiffe des rotateurs, poitrine… Et là, qu'est-ce que c'est ? demanda-t-il en effleurant la cicatrice, plutôt petite celle-là, qui lui barrait l'abdomen.

Tant qu'il ne posait pas de question sur son cœur, elle voulait bien répondre. Elle ne voyait aucun inconvénient à parler de ses intestins.

— Un éclat de métal a perforé le jéjunum, dit-elle. Tout est rentré dans l'ordre après l'opération.

Elle l'entendit jurer à voix basse. Il continua de l'examiner en fronçant les sourcils.

— Y a-t-il des choses que je ne peux pas voir ?

— Oui. J'ai eu le fémur droit brisé. On m'a mis trois vis.

— Que s'est-il passé pour que tu sois dans un pareil état ?

A peine avait-il posé sa question qu'il leva les deux mains.

— Pardon, j'avais promis de ne pas t'embêter. Ne me dis rien… Enfin, fais comme tu veux…

Jamais elle ne lui avait vu l'air aussi tendu. Il se mit à arpenter la pièce puis, au bout d'un moment, déverrouilla son propre casier.

— Tu n'auras qu'à ranger tes affaires avec les miennes pour aujourd'hui, dit-il. Je vais te donner le code.

Joignant le geste à la parole, il sortit un petit carnet et un stylo de sa poche. Elle transféra ses effets personnels dans son placard sans se faire prier, car elle avait ses papiers, sa carte de crédit ainsi qu'un portable et une tablette tactile dans son sac.

Quand il lui tendit le feuillet avec la combinaison du verrou, elle le remercia poliment. Consciente qu'il attendait autre chose, elle soupira, résignée.

— C'était… un accident de voiture. J'ai… fait plusieurs tonneaux.

— Tu as heurté d'autres véhicules ?

— Je suivais un engin agricole sur la nationale. Un de ses pneus a éclaté. Plusieurs débris ont rebondi sur la chaussée, et j'ai heurté le plus gros. J'ai… perdu le contrôle. Ma voiture est passée par-dessus un petit pont qui enjambait un ruisseau à cet endroit-là. J'ai fini ma course une quinzaine de mètres plus bas, sur la rive.

Elle prit le tissu de son pantalon entre son pouce et son index gauche, et se mit à jouer nerveusement avec le tissu. Un geste qu'elle faisait souvent lorsqu'elle était sur le point de craquer. C'est-à-dire chaque fois que des images insoutenables lui revenaient inopinément à l'esprit.

Parfois, elle avait besoin de se pincer pour chasser ces visions d'horreur. Si cela ne suffisait pas, elle s'enfonçait les ongles dans la chair…

Soudain, elle remarqua qu'Enzo était calme. Trop calme. D'ailleurs, un silence pesant était tombé.

— S'il te plaît, ne me reprends pas dans tes bras, dit-elle d'une voix tremblante.

Elle risquait de fondre en larmes s'il essayait de la réconforter. Ce qui, vu la situation, n'arrangerait rien.

Heureusement, son portable sonna au moment où il allait répondre. Il s'excusa, prit la communication. C'était le moment de saisir sa chance.

Bénissant l'interlocuteur mystérieux à qui elle devait son salut, elle gagna la porte. Puis elle sortit, avec un « ouf » de soulagement.

Enzo allait peut-être revenir à la charge, mais dans l'immédiat, elle était sauvée.

A chaque jour suffisait sa peine.

7

La sonnerie stridente de son portable tira Kimberlyn d'un sommeil agité.

Après une brève conversation, elle sauta au bas du lit et se prépara rapidement. Un quart d'heure plus tard, elle était douchée, habillée, prête à partir.

Il était 2 heures du matin. Elle avait dormi trois heures alors qu'il lui en aurait fallu au moins douze pour récupérer. Mais c'était la loi du genre. Quand on battait le rappel d'une équipe chirurgicale au complet, de nuit, il fallait s'attendre à du lourd.

Ootaka serait là. Ce serait l'occasion pour elle de se faire remarquer et d'inverser la tendance, puisque sa première — et seule — prestation au bloc avec lui ne l'avait apparemment pas convaincu.

Frissonnant sous la brise matinale, elle sortit de chez elle. Enzo lui avait envoyé un SMS disant qu'il passait la prendre, et elle n'avait pas protesté. Au contraire, vu l'heure, cela l'arrangeait.

Elle patientait depuis à peine deux minutes lorsqu'un coupé sport noir tourna au coin de la rue. C'était lui.

— Bonjour, dit-il d'un ton gai lorsqu'elle monta en voiture.

— « Bon », je ne sais pas, maugréa-t-elle. Ça commence très fort…

Elle faillit se regarder dans le miroir du pare-soleil, mais se retint. De même qu'elle s'abstint de prendre son mascara dans son sac pour se maquiller. Elle n'avait pas envie qu'il se fasse des idées. Qu'il s'imagine qu'elle voulait se pomponner pour ses beaux yeux.

Depuis un mois qu'elle était à New York, elle pensait beaucoup trop à lui, surtout depuis leur fameux baiser. Mais si elle se trouvait à côté de lui dans cette voiture, en pleine nuit, c'était à cause du travail. Elle ne devait pas l'oublier !

— Qu'est-ce qui se passe ? demanda-t-elle. La standardiste était tellement pressée qu'elle ne m'a rien dit.

— Un prélèvement d'organes.

Elle comprit pourquoi il roulait un peu au-dessus des limites autorisées. Le temps pressait.

— C'est un patient qui est arrivé cette nuit ?

Il haussa les épaules.

— Je n'en sais rien. Je n'ai pas posé la question.

Elle se rejeta en arrière sur son siège et ferma les paupières. Ce type d'intervention très délicate serait une première pour elle. Elle devrait se concentrer au maximum, oublier les implications émotionnelles. Ou du moins, essayer…

Quand ils arrivèrent à l'hôpital, dix minutes plus tard, Ootaka était déjà en train de briefer un groupe de six ou sept personnes.

Comme d'habitude, le vieux chirurgien avait tout planifié dans les moindres détails. Les internes en traumatologie seraient mis à contribution les premiers puisque c'était lui qui dirigeait l'opération. Ainsi, apprirent-ils, Enzo devrait l'assister dans l'extraction du foie. Kimberlyn se vit confier le prélèvement des reins, et Phil celui des poumons. Le cœur serait retiré en dernier, après quoi l'équipe prélèverait des tissus qui pourraient servir pour soigner d'autres malades.

Tout le monde gagna la salle 1, où Enzo et Ootaka placèrent le donneur sous respirateur. Pendant ce temps-là, Kimberlyn resta dans l'antichambre du bloc pour se préparer. Elle devait se tenir prête à assister le grand patron le moment venu. Quand elle aurait rejoint la table, Phil se savonnerait à son tour, et ainsi de suite jusqu'à la fin de l'intervention.

Elle se brossa méticuleusement les mains et les avant-bras, les yeux rivés sur la fenêtre de séparation avec le bloc. Jusqu'alors, elle n'avait pas eu l'opportunité de voir Enzo à l'œuvre. D'où elle se trouvait, elle n'apercevait que son visage. Néanmoins, même à cette distance, elle devina, à sa manière de froncer les sourcils par-dessus son masque, qu'il était très concentré.

Le temps de brossage réglementaire devait être respecté à la lettre, mais, dès qu'elle aurait fini, elle irait les rejoindre. Ainsi, elle verrait mieux comment ces deux-là travaillaient ensemble. Surtout, elle comprendrait ce qu'Enzo avait de plus qu'elle, puisque Ootaka ne l'avait jamais réinvitée à opérer sous ses ordres.

Sitôt le savonnage terminé, elle se dirigea vers une infirmière qui l'équipa de gants, d'un masque et d'un tablier. Puis Kimberlyn se glissa discrètement dans la salle, se postant à un endroit d'où elle pourrait observer sans déranger.

Elle eut un choc terrible en découvrant le visage du donneur. Son cœur s'emballa, comme chaque fois qu'elle recevait une violente décharge d'adrénaline.

— C'est… John Elliott !

Les mots avaient jailli, étouffés mais néanmoins audibles. Enzo pivota brièvement vers elle et lui lança un regard éloquent. « Tais-toi », semblait-il lui dire.

Elle venait déjà de transgresser une consigne : ne jamais montrer ses émotions en présence d'Ootaka.

Les poings serrés, elle tenta de se concentrer sur les détails techniques de l'opération pour chasser son malaise. Mais que c'était dur ! Quel cauchemar…

Jamais, pas une minute, elle n'aurait imaginé qu'un tel scénario puisse se produire sans qu'elle soit au courant. Sa dernière visite aux soins intensifs remontait à quarante-huit heures et, à ce moment-là, personne ne lui avait rien dit.

Sans doute l'état de John Elliott s'était-il dégradé rapidement ces deux derniers jours. Pourquoi l'aurait-on appelée pour la prévenir puisqu'elle n'était pas son médecin ? Elle était juste la chirurgienne qui passait le voir souvent, incapable qu'elle était de garder ses distances.

Bien sûr, elle savait depuis le début que les fonctions cérébrales du blessé posaient problème. Le cerveau arrivait tout juste à maintenir le corps en vie, mais le jeune homme n'avait jamais repris connaissance.

Ses parents, conseillés et entourés par l'équipe médicale, avaient sans doute fini par prendre une décision. Un dénouement auquel elle n'avait pas voulu penser, dont elle n'avait même pas parlé à ses collègues tant elle craignait cette issue…

L'homme qu'elle avait sauvé était en train de mourir. Elle ne pouvait plus rien faire, sinon se concentrer sur l'intervention en cours. Faute de quoi elle risquait de mettre sa carrière en danger par manque de professionnalisme.

Regarde Enzo. Observe-le bien. Il anticipe tous les gestes d'Ootaka. Il agit en amont. C'est remarquable. Voilà ce que tu dois faire.

Sitôt le prélèvement du foie terminé, elle avança vers la droite de la table d'opération.

Inspire lentement par le nez. Contrôle-toi. Voilà. Comme ça. Ton cœur ralentit…

— Bonjour, Davis. C'est une bonne chose que vous ayez pu vous joindre à nous, dit Ootaka. Grâce à ce jeune homme, plusieurs malades vont survivre. Nous opérons pour la bonne cause.

— Oui, docteur, répondit-elle, ravalant un sanglot. C'est… ce que nous pouvons faire de mieux.

John Elliott allait désormais vivre à travers les autres. Pour honorer sa mémoire, elle donnerait le meilleur d'elle-même. Cette intervention devait être une réussite.

Voyant Ootaka prêt à inciser, elle lui tendit un scalpel. Dès qu'il l'eut en main, elle attrapa des clamps, prête à recevoir les ordres.

Anticiper. Donner les instructions adéquates aux infirmières. Prévoir l'enchaînement des actes chirurgicaux.

C'était pour faire son travail qu'on l'avait appelée, et elle y parviendrait.

Elle aurait le reste de la nuit pour pleurer.

Enzo, qui avait terminé son intervention, gagna directement la salle de repos des médecins. Il avait besoin d'un café, et même de deux. Il était non seulement fatigué mais inquiet pour Kimberlyn.

Jamais il n'oublierait l'expression de son visage quand elle avait reconnu John Elliott. Il espérait sincèrement que son chagrin ne l'empêcherait pas de bien travailler. Il y avait deux reins à prélever, elle passerait donc plus de temps que lui au bloc, mais il ne mettait pas son endurance en doute.

Il se demandait tout simplement si elle aurait les nerfs assez solides pour surmonter le choc.

Les vibrations de son téléphone dans sa poche l'arrachèrent à ses pensées. Il venait de recevoir un SMS.

Transplantation rénale à 7 heures. Tu m'assisteras.

Enzo crut pendant un moment que le message émanait du Dr Langley, mais le numéro n'était pas listé dans son répertoire. Quel chirurgien pouvait le contacter ? Forcément quelqu'un qui le connaissait assez bien. A moins que…

Si c'était Lyons, il pouvait toujours courir. Jamais Enzo n'entrerait au bloc avec lui.

Pris d'un mauvais pressentiment, il attrapa l'annuaire des médecins posé sur une table. Après une recherche rapide, ses soupçons se confirmèrent : son père était bien l'auteur du message.

Son père, ou plutôt son géniteur. L'homme qui n'avait jamais été là pour lui. Celui qui avait loupé la traditionnelle remise des diplômes au lycée, alors qu'il avait promis par téléphone de venir…

Depuis ce jour-là, Enzo ne lui avait plus adressé directement la parole. Il n'y avait aucune raison pour que ça change. Un texto suffirait.

Ça ne m'intéresse pas.

Voilà. Il avait réussi à répondre sans l'injurier. Grâce à la bonne éducation reçue de sa mère, il était resté correct.

Qu'imaginait donc cet imbécile de Lyons ? Qu'il allait accourir comme un toutou ? Il avait bâti sa carrière sans son aide et entendait bien continuer, car il ne voulait surtout rien lui devoir !

Très énervé, il but deux tasses de café coup sur coup. Puis il tapa un nouveau SMS, à l'intention de Kimberlyn cette fois.

Rejoins-moi en salle de repos quand tu auras fini.

Même s'il détestait son père, il devait cependant admettre que Lyons était un chirurgien exceptionnel. N'importe quel autre interne aurait rêvé de le voir à l'œuvre, alors pourquoi ne pas en faire profiter Kimberlyn ? Elle serait probablement contente de pouvoir assister à la transplantation.

Maintenant qu'il connaissait son histoire personnelle et les épreuves qu'elle avait traversées, il ne réagissait plus de la même manière. Bien sûr, il voulait toujours devenir l'assistant d'Ootaka. Mais à quoi bon se montrer féroce et désagréable ?

Son amitié avec Kimberlyn comptait aussi beaucoup. A chaque jour qui passait, elle comptait même un peu plus. Ce n'était pas de la pitié. Pas de l'attirance non plus. Quoique…

Il n'aurait pas su expliquer ce qui le touchait tant chez elle, mais elle avait le don de faire vibrer sa corde sensible !

Sans aller jusque-là, elle méritait de toute façon ce qu'il y avait de mieux sur le plan professionnel. Voilà pourquoi il allait lui proposer de suivre cette transplantation rénale.

Mieux encore, il allait envoyer un SMS à Ootaka pour qu'il la recommande à Lyons en tant qu'assistante.

Enzo ne voulait pas travailler avec son père. Elle était donc la mieux placée pour jouer ce rôle.

8

— Je m'en suis toujours sorti sans ton aide et sans ton argent, et je vais continuer comme ça. Je n'ai pas besoin d'un traitement de faveur ! Je n'ai pas besoin de toi !

En entendant Enzo crier, Kimberlyn s'arrêta net. Elle se trouvait dans l'un des immenses couloirs reliant les salles de pré-anesthésie aux blocs opératoires. A cet endroit-là, on ne croisait en général que le personnel soignant, et des malades sur des civières.

Après qui Enzo en avait-il ? Même s'il se montrait parfois brusque, jamais elle ne l'avait entendu parler de cette façon, avec une telle colère et une telle amertume. Il lui avait demandé de venir le rejoindre, mais il criait si fort qu'il ne l'avait sans doute pas entendue approcher…

Elle reconnut soudain la voix du Dr Ootaka. Le Japonais, lui, s'exprimait toujours calmement, si bien qu'elle ne comprit pas ce qu'il disait. Il y avait néanmoins fort à parier qu'il appréciait peu les esclandres.

En s'énervant, Enzo avait transgressé l'une des fameuses consignes du maître…

Parvenue au bout du couloir, elle tourna prudemment à gauche. Ils étaient trois, plantés devant la porte de la salle de repos : Ootaka, Enzo, et un homme blond de haute taille qu'elle ne connaissait pas.

Percevant un mouvement, Enzo pivota vers elle et lui fit signe d'approcher.

— Voilà le Dr Davis, justement ! dit-il. C'est elle qui a sauvé le patient dans la rue. Sans son intervention sur place, il n'y aurait pas eu de prélèvement de reins cette nuit. Elle y a d'ailleurs participé. C'est à elle de t'assister, pas à moi.

Kimberlyn eut l'impression que ses pieds refusaient de lui obéir. Elle avança à deux à l'heure, immensément gênée. Que faire ? Elle détestait les situations conflictuelles !

Arrivée à deux mètres du petit groupe, elle eut un coup au cœur. Ces grands yeux bleus illuminés de paillettes d'or… Cette haute stature… Ce nez droit…

S'il avait été brun, l'inconnu aurait presque pu être le sosie d'Enzo ! Oh ! Seigneur. C'était probablement son père.

— Je suis sûr que le Dr Davis est un excellent chirurgien. Mais c'est *à toi* que l'invitation s'adresse, répondit l'homme.

Elle s'arrêta net. Devait-elle avancer ou reculer ? Après ce qu'elle venait de vivre, elle se serait bien passée d'être le témoin d'une querelle. Heureusement, à cette heure-ci, il n'y avait pas grand monde !

— Comme c'est gentil de ta part…

Enzo, une main sur le cœur, avait répliqué d'un ton sarcastique.

— Ne m'envoie plus d'invitations spéciales, martela-t-il. J'ai toujours fait sans toi et je m'en porte très bien. Tu nous as rayés de ta vie, je t'ai rayé de la mienne. Fin de l'histoire.

Nous. C'était donc une histoire qui touchait toute la famille et pas seulement Enzo. Il aurait peut-être pu pardonner à son père s'il n'y avait pas eu d'autres personnes concernées. Sa mère, et probablement une de ses sœurs ou les deux…

Soudain, il s'avança vers elle et la prit par la main. Puis il l'entraîna dans la direction opposée avec une telle énergie qu'elle fut obligée de le suivre.

Derrière eux, elle entendit Ootaka demander à Lyons de la choisir comme assistante. Mais elle n'entendit pas la réponse : ils étaient déjà trop loin.

Elle aurait pu s'arracher à l'étreinte d'Enzo, mais elle n'en avait pas envie. Elle avait besoin d'être avec lui après cette intervention éprouvante. Tant mieux s'il ressentait la même chose. Elle n'allait pas s'en plaindre.

Parvenu au bout du couloir, il ouvrit une porte latérale. Ils se retrouvèrent dans la cage d'escalier qui débouchait sur le local de maintenance.

— C'est… ton père ?

— Non, mon géniteur ! répondit-il d'un ton hargneux. Je t'ai dit que mon père, Ernst Marino, était mort l'an dernier. Et ne t'inquiète pas pour Lyons. Il n'a aucunement besoin qu'on le plaigne.

Elle se sentit poussée vers l'arrière, éprouva le contact froid d'un mur en brique. Puis Enzo se plaqua contre elle et elle eut, tout à coup, très chaud.

De sa main libre, il lui captura le visage et, sans autre forme de préambule, écrasa la bouche contre la sienne.

Cette fois, il n'avait pas flirté avec elle. Elle n'avait rien vu venir. Ce baiser vengeur, c'était sa façon à lui d'exprimer sa colère. Elle ne devait pas se bercer d'illusions…

Pour la faire mentir, il devint tout à coup tendre et délicat. La main qui écrasait la sienne desserra légèrement son emprise et il entremêla les doigts aux siens. Paume contre paume, hanches contre hanches, ils demeurèrent soudés l'un à l'autre. Soudain, elle comprit qu'il attendait bien autre chose d'elle qu'une simple connexion physique.

Comment aurait-elle pu le lui reprocher, puisqu'elle ressentait la même chose ?

Elle était vivante, contrairement à Janie. Mais culpabiliser jusqu'à la fin de ses jours ne changerait rien. Et depuis un mois — encore plus depuis qu'Enzo l'avait embrassée — elle commençait à voir les choses sous un autre angle.

Elle culpabilisait encore, mais plus autant. Céder à la tentation d'un flirt avec Enzo ne dérangerait personne. Et plus encore, se barricader dans une tour d'ivoire ne ferait pas revenir Janie.

Instinctivement, elle leva un bras pour l'enrouler autour des épaules d'Enzo. Elle avait besoin de sentir son corps pressé contre le sien, sa force rassurante. Ce baiser ravageur n'avait rien à voir avec leur première étreinte, mais le même feu courait dans ses veines.

Depuis son accident, elle n'avait accepté qu'une seule invitation à sortir. Ce soir-là, avant d'aller au restaurant, le jeune homme en question — un infirmier — était passé boire un verre chez elle. Elle s'était penchée, il avait aperçu la cicatrice sur sa poitrine par une échancrure de son chemisier… et avait pris la poudre d'escampette.

Une femme opérée à cœur ouvert n'était visiblement pas un bon plan.

Echaudée, elle n'avait jamais renouvelé l'expérience. Cela viendrait plus tard, s'était-elle dit. Quand elle aurait obtenu un poste. Quand elle aurait réglé sa dette envers Janie.

Puis elle avait rencontré Enzo et ses bonnes résolutions avaient volé en éclats.

Tant qu'ils se faisaient du bien mutuellement, où était le mal ? A condition qu'ils soient d'accord sur les termes d'une éventuelle relation : cette histoire ne pourrait être qu'éphémère. Elle durerait quelques semaines, quelques mois tout au plus.

A la fin de leur internat, il obtiendrait probablement le poste d'assistant. Elle devrait repartir, trouver un autre hôpital. Leur aventure s'arrêterait par la force des choses. Ils ne se reverraient jamais.

Dévastée par cette idée, elle l'étreignit plus fort. Elle ne voulait pas penser à cela. Pas maintenant.

Pour une fois, elle allait essayer de vivre l'instant présent. Elle réfléchirait plus tard.

Kimberlyn n'avait finalement pas été conviée à rejoindre Lyons au bloc opératoire.

Après leur étreinte passionnée, Enzo lui avait suggéré de regarder son portable. Comme elle n'avait reçu aucun message, il lui avait alors chuchoté à l'oreille de monter dans la galerie d'observation.

— File vite, avait-il murmuré. Va assister au spectacle.

Puis il avait dévalé l'escalier, la laissant seule. Elle se trouvait maintenant dans la fameuse galerie, avec deux étudiants et trois autres internes. Dont Enzo ne faisait évidemment pas partie.

Sa fierté l'avait empêché de venir voir son père à l'œuvre. Kimberlyn en était malheureuse pour lui car, d'un strict point de vue professionnel, il aurait pu apprendre beaucoup.

Elle tapota nerveusement son portable. L'histoire ne pouvait pas en rester là. C'était trop bête. Elle allait risquer un texto :

Viens me rejoindre. On fera des commentaires sur sa technique. Du genre « ma mère sait mieux coudre que lui… »

La réponse arriva moins d'une minute plus tard :

Haha. Ne me dis pas qu'il est déjà en train de recoudre. Il a tué son patient, ou quoi ?

Pas encore. Pour être honnête, il se débrouille plutôt bien.

Elle était sincère. Elle assistait à une transplantation pour la première fois, et la dextérité et le professionnalisme du Dr Lyons l'impressionnaient.

Quel dommage qu'Enzo soit en train de rater cela ! Elle voulait qu'il vienne et, en même temps, elle ne voulait pas se montrer trop insistante…

Après un temps, elle fit une nouvelle tentative :

Tu dors ?

Non. Je suis juste de mauvaise humeur.

Tu devrais venir. Les gens partent les uns après les autres, ils ont tous des opérations ou des cours ce matin. Je vais me sentir seule ! Et je suis sûre que tu n'as rien de mieux à faire.

Si. Je me repose. Je suis allongé sur le canapé.

Seul ?

Oui.

Dommage que, moi, j'aie mieux à faire ! !

A peine avait-elle appuyé sur le bouton d'envoi qu'elle le regretta. Elle n'était pas du genre à provoquer les hommes. Et si Enzo voulait juste s'amuser un peu ? Ils s'étaient embrassés deux fois, mais, au fond, ils se connaissaient mal…

Une petite voix intérieure lui souffla le contraire. Même s'ils étaient différents en apparence, ils se ressemblaient. Ils étaient deux écorchés vifs, pour des raisons différentes.

C'était néanmoins la première fois qu'elle osait faire le premier pas. Peut-être parce qu'elle n'avait jamais rencontré quelqu'un qui lui plaisait autant ?

Leur conversation coquine, le soir de leur premier baiser, lui revint tout à coup à la mémoire. Elle s'enhardit :

Dommage qu'il n'y ait pas d'oreiller. Sinon j'aurais pu essayer de te faire craquer.

Tu veux jouer de tes charmes pour me convaincre, souris des champs ? Là, tu m'intéresses…

Elle se sentit devenir pivoine. Jetant un coup d'œil autour d'elle, elle remarqua que le dernier interne avait quitté la galerie. Personne ne pourrait lire ces échanges compromettants par-dessus son épaule…

Tu m'as prise au sérieux ? Finalement, c'est peut-être moi qui vais avoir besoin d'être convaincue.

Tu m'as déjà vu à moitié déshabillé dans le vestiaire. Imagine le reste…

J'admets que c'était agréable.

Agréable ?

D'accord, je t'ai trouvé très beau. Ça te fait plaisir ?

Il y a surtout autre chose qui me ferait plaisir. Je vais t'expliquer. J'arrive.

9

Enzo pénétra dans la galerie d'observation au moment où Lyons finissait de mettre le rein en place.

Le sourire de Kimberlyn lui alla droit au cœur. Comme elle le lui avait dit par texto, elle était maintenant seule dans la pièce. Il alla s'asseoir près d'elle et lui entoura les épaules d'un bras.

— Je suis contente que tu sois là, dit-elle en se serrant contre lui.

Percevant le tremblement de sa voix, il regretta de n'être pas venu plus tôt. Elle était toujours triste et malheureuse suite au décès de John Elliott. Simplement, elle s'était débrouillée pour masquer son chagrin. Elle avait même flirté avec lui par SMS dans le but de le faire venir.

Mais maintenant qu'il la voyait, il n'était pas dupe.

Quel courage ! Elle avait failli mourir dans un accident. Après s'être rétablie, elle aurait pu opter pour la chirurgie générale ou une spécialité moins prenante. Mais non. Elle avait suivi le chemin le plus difficile, et elle maintenait le cap contre vents et marées, quoi qu'il puisse lui en coûter sur le plan émotionnel.

— Tu as choisi la traumatologie à cause de ton accident ?

Il n'avait toujours pas le courage de lui demander quel problème cardio-thoracique elle avait eu. Une vague intuition lui soufflait que cela avait un rapport avec la tamponnade. Le traumatisme qu'elle avait diagnostiqué chez John Elliott, qui ne s'en était jamais remis…

— Oui, murmura-t-elle. Le chirurgien qui m'a opérée à Nashville était un ancien assistant du Dr Ootaka.

— Alors on peut dire que, dans ton malheur, tu as eu de la chance.

— Absolument.

Pendant une minute, elle se concentra sur la transplantation. Puis elle se tourna vers lui et le regarda droit dans les yeux.

— J'aimerais te poser une question. Mais j'ai peur que tu te fâches.

— Pourquoi ? Il n'y a pas de raison.

— Ça le concerne, dit-elle en désignant Lyons du geste.

— Dis toujours…

— Tu ne crois pas qu'il t'a invité au bloc pour essayer de renouer avec toi ?

Il y avait pensé sans arrêt depuis son altercation avec Lyons. Prétendre le contraire aurait été mentir.

— Je me le demande, répondit-il, sincère.

La colère qu'il avait ressentie contre son père remontait d'un coup à la surface. Il avait envie de crier sa haine, de donner des coups de poing dans la vitre. Mais, par égard pour Kimberlyn, il devait garder son calme.

La pauvre était assez perturbée comme cela sans qu'il en rajoute.

— Au fond, je m'en moque, dit-il. Pendant des années, mes sœurs et moi avons essayé de maintenir le contact avec lui, en vain. Il n'est même pas allé voir Sophia quand je l'ai fait transférer en réa néonatale après son accouchement. Pourtant, il savait qu'elle était ici. Je m'étais arrangé pour qu'on lui transmette l'information.

Heureusement que la galerie était déserte car le volume sonore avait monté. C'était plus fort que lui : dès qu'il était question de Lyons, il s'emballait.

— Que s'est-il passé ? Pourquoi tes parents se sont-ils séparés ?

— Lyons nous a abandonnés, maman, Sophia, Beth et moi, quand j'avais quatre ans. Il en avait assez de moisir dans les bas-fonds de Brooklyn.

— Les « bas-fonds » ?

Il eut un rire amer.

— Monsieur est de la haute, tu comprends. Il vient de Manhattan. On n'était pas assez bien pour lui.

Elle fronça les sourcils, l'air contrarié. Elle n'aimait visiblement pas ce qu'elle venait d'entendre.

— Tu ne portes même pas son nom, murmura-t-elle, songeuse. Et ta mère s'appelle Marino. Pourquoi t'appelles-tu DellaTorro ?

— C'est le nom de jeune fille de ma mère. Le jour de mes dix-huit ans, j'ai fait les démarches pour changer d'état civil. A l'époque, maman avait déjà épousé Ernst. C'était un homme adorable, grâce à lui nous avons eu une vie de famille géniale. Il m'a montré l'exemple à suivre avec ma mère et mes sœurs.

— Pourtant, tu n'as pas choisi de t'appeler Marino.

— Non, je n'ai pas pu. Cela faisait plaisir à Sophia et à Beth, mais moi je voulais porter un nom lié à mes origines. En débarquant d'Italie, mon arrière-arrière-grand-père s'appelait DellaTorre, ce qui signifie « de la tour ». Les agents de l'immigration d'Ellis Island ont fait une faute de frappe. Comme tu l'imagines, j'ai des ancêtres pauvres, mais j'en suis fier. Ils se sont faits tout seuls.

D'où son ambition de gravir les échelons à la force du poignet. Il ne voulait rien devoir à son prétentieux de père.

— Je comprends, dit-elle d'un ton doux. Je suis désolée… d'avoir été un peu dure avec toi, au début. C'était avant de te connaître…

— Ne t'inquiète pas. Ça n'a aucune importance.

Il desserra son étreinte autour d'elle puis, déposant un baiser léger sur sa tempe, il glissa délicatement une main dans son col. Il se mit alors à tracer le parcours de la cicatrice qui lui barrait la poitrine, comme un aveugle aurait lu un texte en braille.

En toute logique, elle n'aurait rien dû sentir, puisque les nerfs de cette zone avaient été sectionnés pendant qu'on l'opérait. Pourtant, à chaque émotion violente, elle avait l'impression que son sternum s'enflammait.

C'était le cas à cette minute précise.

A part les médecins, personne ne l'avait plus jamais touchée à cet endroit-là. La caresse d'Enzo était si douce, si intime… Comment ne pas imaginer ce qui pourrait se produire s'ils se retrouvaient seuls tous les deux ?

Puis ses doigts se firent un peu plus insistants, et elle reconnut la « patte » du médecin. Il allait probablement la questionner.

— Enzo…

— Je ne veux toujours pas savoir, dit-il.

Il retira sa main, et la prit par la taille pour l'attirer contre lui. Elle ferma les paupières et s'abandonna, la tête sur son épaule.

Elle ne voulait plus chercher à comprendre pourquoi il ne lui demandait rien. Etait-ce de la peur, de la délicatesse ? Les deux ?

Au fond, cela n'avait aucune importance. L'essentiel était qu'ils soient ensemble. Et qu'elle ait pu percevoir la noblesse de son caractère.

Car Enzo était un homme bon, elle en était convaincue. S'il voulait réussir, ce n'était pas seulement pour lui mais aussi pour sa famille. Il valait bien mieux que l'image d'interne carriériste qu'il projetait à l'hôpital.

Au fil des semaines, elle avait appris à le connaître. Elle s'était mise à le trouver sympathique… et bien plus encore. S'il devait se passer quelque chose entre eux, elle ne résisterait pas.

Il lui faisait du bien. Ils se faisaient du bien mutuellement. Rien d'autre ne comptait.

Pour l'instant, elle ne voulait pas songer à l'avenir ni à leurs carrières qui allaient prendre des chemins séparés.

Le gros avantage de suivre une intervention en qualité d'observateur était de ne pas avoir à gérer l'« après ».

Pas de douche à prendre. Aucune surveillance du patient en soins intensifs. Pas de sieste ou de nuit sur un matelas d'appoint.

Pendant les deux heures passées avec Enzo dans la galerie d'observation, Kimberlyn avait plusieurs fois pensé à ces lits, pour une raison beaucoup moins avouable. Néanmoins, elle avait résisté. Elle avait lutté contre l'envie de lui faire des propositions indécentes.

Mais maintenant qu'ils se trouvaient dans le parking — il avait proposé de la raccompagner — elle ne savait plus du tout quoi faire.

Elle hésita, la main sur la poignée de la portière. Peut-être vaudrait-il mieux qu'elle prenne le métro, histoire de se remettre les idées en place ? Ensuite, après quelques heures de sommeil, elle ne penserait plus à faire l'amour avec Enzo.

Tout rentrerait dans l'ordre. Du moins l'espérait-elle car cela tournait à l'obsession. Elle ne se reconnaissait plus !

Il s'était déjà installé au volant. Comme elle ne montait pas, il fit descendre la vitre côté passager et se pencha vers elle.

— Tu as oublié quelque chose ? demanda-t-il. Tu veux y retourner ?

Elle secoua la tête.

— Je… me demandais juste si c'est bien raisonnable… que je rentre avec toi.

Il resta un moment immobile. Puis il retira sa clé du contact, descendit de la voiture et en fit le tour. Il vint s'adosser à la portière tout près de Kimberlyn qui ne put réprimer un frisson.

— Non, ce n'est pas raisonnable, chuchota-t-il, son regard bleu lançant des flammes. Ça tombe bien parce que je n'en ai aucune envie…

Il la mettait au défi de lui résister, sans savoir qu'elle avait déjà atteint le point de non-retour. Où qu'il aille, elle le suivrait. Quoi qu'il lui dise, elle le ferait.

Avec douceur, il la prit par la main pour l'attirer contre son torse. Elle sentit son cœur battre à l'unisson du sien, et son pouls s'affola.

S'ils couchaient ensemble, leur relation en serait transformée.

Réussirait-elle à passer outre ? A faire comme si de rien n'était ? A se persuader que cela n'avait aucune importance ?

Probablement pas.

— Sur une échelle de un à dix, comment évaluerais-tu cette mauvaise idée ? demanda-t-elle.

Il avait fallu qu'elle le provoque, en faisant référence à la question posée aux patients pour graduer leur douleur. Elle ne pouvait décidément pas s'en empêcher. Ce badinage lui était devenu indispensable !

Le sourire carnassier d'Enzo déclencha un long frisson chez elle.

— Laisse-moi réfléchir, dit-il d'une voix susurrante.

Sans crier gare, il la prit par la taille, et deux grandes mains s'arrondirent sur ses fesses. Alors, plaquée contre lui, hanches contre hanches, elle s'abandonna complètement.

La chaleur de ses paumes la brûlait à travers le tissu léger de son pantalon. Une faiblesse insidieuse la gagnait. Quel genre d'amant serait-il ? Doux et tendre, ou bien exigeant et passionné ?

— Voyons voir…, reprit-il. Je dirais… cinq.

— Quel courage ! Tu ne te mouilles pas.

— Je préfère agir plutôt que réfléchir.

Joignant le geste à la parole, il tira sur l'élastique de sa ceinture. Puis il glissa les mains sous son pantalon, et sous sa culotte, pour lui effleurer les fesses.

Elle eut l'impression que le souffle se bloquait dans sa gorge. Elle n'avait pas fait l'amour depuis une éternité. Avant l'accident, elle ne fréquentait personne. La dernière fois remontait à…

Sous les caresses d'Enzo, elle cessa de fouiller ses souvenirs. Il ne faisait pas dans la demi-mesure, pétrissant, explorant, éprouvant la texture de sa peau. Toute pensée cohérente était abolie. Elle ne pouvait plus réfléchir.

— Il n'y a pas de cicatrice là, en bas, fit-il tout contre ses lèvres.

Son rire mourut sous le baiser brûlant qui s'ensuivit. A présent, elle détenait la réponse à sa question : Enzo serait un amant joueur. Il lui donnerait du plaisir en toute légèreté, sans se prendre au sérieux. C'était précisément ce qu'il lui fallait.

Elle ne voulait pas de grands élans tourmentés, pas de fausses promesses. Plus les choses seraient simples et mieux elle se porterait.

Après une série de baisers plus ensorcelants les uns que les autres, il se redressa.

— Tu veux vraiment que j'évalue les risques ?

Elle secoua la tête. Qu'aurait-elle pu répondre ? Sa réaction parlait d'elle-même !

Les longs doigts d'Enzo descendirent jusqu'à la base de ses cuisses. Il lui agrippa les fesses plus fermement pour coller son bassin au sien tandis que, de la langue, il lui butinait le cou.

Sur l'échelle du danger, elle était en alerte rouge. Ils étaient seuls, dans le renfoncement d'un parking souterrain. En début d'après-midi, il y avait peu de passage. Si elle lui arrachait ses vêtements, là, tout de suite, personne ne les verrait…

Avant qu'elle ait pu passer à l'acte, il retira les mains de son pantalon.

— Pas ici, dit-il d'une voix rauque. Je te veux pour moi tout seul, et pas dans un lieu public. Allons quelque part où je pourrai prendre le temps de te dévorer…

Dans un brouillard, elle vit qu'il lui ouvrait sa portière et s'assit sur le siège passager tandis qu'il regagnait sa place derrière le volant.

— Ne perds pas notre objectif de vue, dit-il en démarrant.

— Je ne risque pas… de l'oublier.

L'excitation la faisait trembler légèrement. Il avait dû s'en rendre compte. L'incendie couvait en elle et il n'y avait qu'une seule façon de l'éteindre !

Allons, encore un peu de patience. Brooklyn n'est pas si loin…

— J'aimerais te demander quelque chose, dit-elle, comme il s'engageait dans le flot de voitures.

— Hm. Ta question a-t-elle un rapport avec…

Il n'acheva pas, mais haussa les sourcils de manière si éloquente qu'elle rougit jusqu'à la racine des cheveux.

— Pas vraiment. J'étais en train de me dire que, pour un garçon franc et direct, tu as une certaine tendance à éviter les sujets qui fâchent.

— Pas du tout ! Sauf si j'ai une raison précise de le faire.

Il se concentrait sur la conduite, mais à son léger froncement de sourcils, elle sut qu'elle avait toute son attention.

— Donc, tu évites de parler de nous, et des problèmes qui vont se poser si on continue de se voir en dehors du travail… pour une *raison précise* ?

— Tu aimerais savoir où je vais avec toi, souris des champs ?

— Oui !

— D'accord ! Je vais quelque part où nous serons seuls. Un endroit où je pourrai te déshabiller, te goûter, te croquer. Chez toi, chez moi ou même dans un hôtel kitsch avec un lit en forme de cœur. Cela n'a aucune importance.

— Chez moi ! répondit-elle sans réfléchir. Surtout pas à l'hôtel.

— Excellent choix, jeune fille.

Il s'en était sorti par une pirouette, ce qui ne l'étonnait guère. Au fond, c'était logique. Ils venaient de vivre une matinée éprouvante, ils étaient fatigués. Ils méritaient de prendre un peu de bon temps sans se poser mille questions sur l'avenir.

Carpe diem. Vis l'instant présent. Pour une fois…

Quand il se gara finalement devant chez elle, elle descendit, le nez plongé dans son sac à la recherche de son trousseau. Elle entendit le « clic » de serrures qui se fermaient, et soudain, Enzo l'attirait en arrière par sa queue-de-cheval.

En deux secondes, elle était plaquée contre la voiture. Alors, l'incendie qui couvait au creux de son ventre se ralluma d'un coup.

Cela faisait exactement vingt-sept minutes qu'elle avait envie de l'embrasser. Elle n'attendrait pas trente secondes de plus.

Il se pencha vers elle et, de la langue, lui entrouvrit les lèvres. Ils échangèrent un baiser furieux comme pour effacer les stigmates de cette terrible journée. Il avait de nouveau glissé la main dans son pantalon et elle sentait ses jambes se dérober.

Un sifflement moqueur lui rendit un semblant de lucidité. Ils étaient dans la rue !

— Ren… trons, dit-elle, le souffle court, en agitant ses clés.

Sans la lâcher, Enzo la fit pivoter vers le perron. Il la porta presque pour gravir les marches, puis, d'une main, guida la sienne, qui tremblait, vers la serrure.

Oh ! non. Il parvenait à rendre sexy le simple fait d'ouvrir une porte. Elle était tellement excitée qu'elle arrivait à peine à garder l'équilibre.

Après l'avoir poussée à l'intérieur, il claqua le battant derrière eux. Elle eut tout juste le temps de laisser tomber son sac sur le carrelage. Déjà, il l'entraînait vers l'escalier.

— Il y a quelqu'un ? cria-t-il.

Personne ne répondit. Il se débarrassa prestement de sa chemise, qui atterrit sur la première marche. Alors, elle eut l'impression que son cœur explosait.

Enzo était vraiment magnifique.

Elle se mordit la lèvre et fit courir un doigt sur la peau mate de ses pectoraux, jusqu'à l'abdomen qu'ombrait une légère toison brune.

Si seulement elle avait pu être aussi séduisante… Mais elle avait le corps barré de cicatrices. Jusqu'alors, il avait posé sur elle le regard objectif du médecin. Comment réagirait-il en tant qu'homme ? Ne risquait-il pas d'être déçu ?

Déjà, elle oscillait, au bord du vertige. Enzo couvrait son cou de baisers humides, brûlants. Elle devait absolument dire quelque chose avant de se retrouver nue devant lui.

— Ecoute… Tu es très beau, et moi… je ne suis plus très jolie.

Il la fit taire d'un baiser encore plus incendiaire que les précédents.

— Chut, ma petite souris. Tu es plus intelligente que ça…

A peine avait-il fini sa phrase qu'elle sentit la dureté de son érection contre son bas-ventre. Il tangua entre ses jambes et, malgré la barrière des vêtements, elle eut l'impression que son clitoris prenait feu.

— Pas… ici, dit-elle dans un gémissement. Là-haut…

Le baiser suivant l'amena au bord du vertige. A ce rythme-là, elle allait avoir un orgasme dans l'escalier, sans avoir fait l'amour.

Elle poussa un petit cri, agrippa la chevelure d'Enzo.

— Montons…, dit-elle d'une voix implorante.

Kimberlyn méritait mieux que de faire l'amour à la va-vite dans un escalier.

L'idée que Sam puisse entrer et les surprendre rendit un soupçon de bon sens à Enzo. Quelle catastrophe ce serait !

Cette femme était précieuse, délicate. Il voulait la mettre à l'aise et lui donner tout le bonheur auquel elle avait droit. Elle devait comprendre que, pour lui, ses cicatrices ne changeaient rien. Elle le rendait fou !

Fermement, il lui enlaça la taille. Comprenant que ses jambes ne la portaient plus, il la fit basculer sur son épaule.

— Enzo ?

— Je nous fais gagner du temps…

Au premier étage, il dut la reposer pour qu'elle déverrouille la porte de sa chambre. Mais elle avait les mains qui tremblaient et lui tendit finalement la clé sans un mot.

Il garda Kimberlyn serrée contre lui le temps d'ouvrir la porte. Le contact de ses petites fesses rondes contre son bassin l'échauffait tellement qu'il dut s'y reprendre à trois fois.

Quand il y parvint, un nouveau gémissement monta de la gorge de Kimberlyn. Il la poussa à l'intérieur, refermant le battant d'un coup d'épaule. Les rideaux étaient tirés, le lit défait. Comme lui, elle s'était levée en pleine nuit…

La clarté du soleil filtrant à travers les voilages lui permit de découvrir un intérieur coquet, un gros édredon rose à volant, des cadres un peu kitsch.

— Caren a toujours eu des goûts spéciaux, dit Kimberlyn en chuchotant.

— Tant que le lit est confortable..., répondit-il, joueur.

D'un geste, il la débarrassa de son T-shirt. La vision de sa cicatrice lui serra le cœur.

— Tu as le droit de faire l'amour ? demanda-t-il, inquiet tout à coup.

— Bien sûr. C'est... très bon pour la santé.

Prestement, elle dégrafa son soutien-gorge. La vision de ses seins fermes, aux pointes érigées, lui arracha un petit cri. Elle était si belle ! Cicatrices ou pas, il devait lui montrer à quel point il la trouvait adorable...

Il la couvrit de caresses tout en la poussant vers le lit. Dès qu'elle fut allongée, il se coucha entre ses cuisses, enivré par le contact de sa peau satinée contre son torse. Il voulait prendre son temps, mais elle noua aussitôt les jambes autour de sa taille.

Alors qu'ils échangeaient un baiser ardent, le contact d'une basket dans son dos le surprit.

— Aïe !

— Désolée..., fit-elle.

— Ne t'excuse pas. Je manque à tous mes devoirs...

Il lui retira ses chaussures, finit de la déshabiller puis se dévêtit rapidement. Alors, pendant quelques secondes, il s'attarda à la contempler.

Son évidente fragilité le bouleversait. Il espérait que tout allait bien, qu'elle était en bonne santé. Il aurait voulu...

Stop ! Arrête de te tourmenter.

L'heure n'était pas aux questions ni aux confidences. Il risquait de tout gâcher.

Il s'allongea de nouveau sur elle, captura le mamelon durci d'un sein entre ses lèvres.

— Nous... n'avons pas de préservatif, dit-il dans un gémissement.

— Regarde... dans ma mallette d'urgence. Dans le tiroir de la table de nuit...

Il s'exécuta, se protégea rapidement et revint se glisser entre les jambes de Kimberlyn. Son sexe durci était douloureux, à présent. Dans l'idéal, il aurait dû prolonger les préliminaires. Elle n'avait pas dû faire l'amour depuis très longtemps. Il voulait lui donner du plaisir, lui faire perdre la tête…

Mais elle était aussi impatiente que lui. Arc-boutée contre son bassin, elle l'embrassa furieusement et il vint en elle d'un coup de reins puissant.

Le plaisir qu'il en éprouva faillit lui faire perdre tout contrôle.

Doucement… Respire…

Il se mit à bouger en elle, de plus en plus vite, galvanisé par ses gémissements. Chaque seconde était une bataille pour garder le contrôle de lui-même, et lorsque Kimberlyn ferma les paupières, au bord de la jouissance, il s'immobilisa au-dessus d'elle.

— Ouvre les yeux, ordonna-t-il. Regarde-moi.

Il voulait tout, et pas seulement le plaisir physique. Il avait besoin de nouer un lien intime, unique, spirituel.

Elle obéit, se mordit la lèvre. Puis elle poussa un long cri rauque, le corps parcouru de spasmes.

Enzo crut que son cœur explosait dans sa poitrine. Il jouit à son tour, balayé par un plaisir intense tel qu'il n'en avait jamais connu. C'était comme s'il s'était soudé à Kimberlyn pour toujours. La vague qui déferlait sur eux les emportait toujours plus haut, toujours plus loin, balayant tout sur son passage…

Après la tempête, il se laissa retomber sur le dos, hors d'haleine. Kimberlyn s'allongea sur lui, le visage niché dans son cou.

— Serre-moi fort, dit-elle tout bas. Comme tout à l'heure…

La bouche sèche, il referma les bras autour d'elle et l'étreignit longuement. Leurs respirations se calmèrent, puis il attrapa l'édredon et l'en couvrit pour éviter qu'elle n'ait froid.

Alors il ferma les yeux, harassé. Il réfléchirait plus tard.

Tout avait changé, mais il ne voulait pas y penser pour l'instant.

Kimberlyn se réveilla avec une douce sensation de chaleur.

Enzo dormait, un bras enroulé autour de sa taille. Ils s'étaient écroulés, épuisés, après avoir fait l'amour. Le moment le plus magique de toute son existence…

Elle se redressa discrètement. Le radioréveil indiquait 22 heures. Que faire ? Devait-elle le réveiller ? Le laisser dormir ? Elle n'avait pas l'habitude de ce genre de situation !

Après réflexion, elle décida de descendre préparer des sandwichs. Elle avait eu très peu de relations amoureuses et jamais avant Enzo elle n'avait éprouvé le besoin de « chouchouter » ses petits amis. Mais avec lui, c'était différent.

A tous les niveaux…

Elle se leva avec précaution pour ne pas le déranger, prit à tâtons son peignoir sur son fauteuil, et se glissa hors de la chambre.

En bas de l'escalier, la chemise d'Enzo était soigneusement posée sur la rambarde. Voilà, ils étaient découverts. Sam était au courant !

Mais elle n'allait pas s'inquiéter de cela tout de suite. Elle penserait aux conséquences plus tard. Quand elle en aurait discuté avec Enzo…

Elle gagna la cuisine, prépara deux sandwichs. Puis elle remonta discrètement avec son plateau.

La lumière filtrant sous la porte de sa chambre lui indiqua qu'Enzo s'était réveillé. Elle le trouva debout, déjà habillé. Il était en train de remettre ses chaussures…

— Tu… t'en vas ? demanda-t-elle. Tu… n'as pas faim ?

— Si, un peu. Mais je pensais… rentrer dormir chez moi. Je suis de garde à 8 heures.

S'avançant, il prit la chemise qu'elle avait drapée sur son épaule pour remonter. Il l'enfila, et elle eut l'impression qu'il évitait son regard.

Avait-il des remords ? Elle s'était dit qu'il risquait d'être gêné par rapport à Sam, éventuellement pour les conséquences au travail. Elle n'aurait jamais imaginé… qu'il serait déçu au point de filer en pleine nuit.

Son expression devait être révélatrice car il désigna les sandwichs du geste.

— Je peux quand même grignoter quelque chose avant de partir, fit-il, l'air incertain.

Là, on touchait le fond. Elle s'assit au bord du lit, déposa son plateau. Il s'installa de l'autre côté, se servit un verre d'eau et commença à manger.

— Si je n'étais pas remontée, tu serais parti sans me dire au revoir ? demanda-t-elle.

— Bien sûr que non.

Il lui lança un regard en coin, puis ajouta :

— Ça ne me regarde pas, mais… à quand remonte ta dernière relation sentimentale ?

Soudain, elle eut l'appétit coupé. Elle avait vu juste ! Il regrettait d'avoir fait l'amour avec elle !

Mieux valait en finir au plus vite.

— Avant mon accident, répondit-elle. Ecoute, je sais que c'était plutôt rapide. Je suis désolée… si tu n'as pas trouvé ça génial.

Baissant les yeux, elle ne put retenir un soupir. Elle devait à tout prix éviter de se ridiculiser.

Qu'on en finisse, et qu'il parte. Avant que je fonde en larmes…

— Nous étions perturbés, voilà pourquoi… nous avons couché ensemble, dit-elle. Nous ne l'aurions pas fait si nous avions été dans notre état normal. Ça ne se reproduira plus et c'est très bien comme ça.

Elle se leva, resserra la ceinture de son peignoir. Elle avait conscience qu'il ne la quittait pas des yeux.

— Pour info, tu ne m'as pas déçu du tout, répondit-il d'une voix grave. Je pensais juste aux conséquences… par rapport au travail. Nous avons des projets, l'un comme l'autre. Il ne faut pas l'oublier.

Elle s'obligea à le regarder en face.

— Tu as raison, répondit-elle. Mais cet… épisode ne changera rien. Ma priorité reste le travail. Comme pour toi.

Il avait vu clair en elle, elle en était convaincue. Par-delà les blessures du corps, il avait deviné celles de l'âme. Et maintenant, il se sentait gêné d'avoir été aussi loin. Mais qu'il se rassure : cela ne se reproduirait pas.

La fatigue prit le dessus, elle se mit à trembler.

— J'ai besoin de dormir, dit-elle. La porte d'en bas se referme automatiquement. Pense juste à la claquer assez fort.

Il opina, prit son sandwich et se leva. Comme il s'attardait près du lit, elle crut qu'il hésitait. Qu'il allait se recoucher, lui demander de venir près de lui.

Mais non. Il recula vers la porte et sortit sans se retourner.

Jamais, de toute sa vie, elle ne s'était sentie aussi seule.

10

Quand Enzo entra dans le vestiaire, ce lundi matin, Kimberlyn était plantée devant le panneau d'affichage.

Cela faisait maintenant six jours qu'il s'était sauvé de chez elle comme un voleur. Six jours qu'ils ne s'étaient pas regardés dans les yeux. Six jours qu'ils n'avaient pas échangé un mot, sauf nécessité absolue dans le cadre du service.

Six jours, ce n'était pas grand-chose. Pourtant, il avait l'impression pénible qu'ils étaient fâchés depuis six mois. Au point que, maintenant, il hésitait même à la saluer.

Il savait très bien ce qu'elle était en train de lire. Ootaka venait d'afficher une note disant qu'il avançait la date de recrutement au poste d'assistant. Initialement prévue pour janvier, la décision tomberait le 31 octobre. Dans trois petites semaines.

Mobilisant tout son courage, il alla vers Kimberlyn.

— Salut. Ça va ? demanda-t-il, tout en se traitant d'idiot.

C'était la question à ne pas poser !

Elle pivota vers lui et haussa les épaules, les yeux obstinément fixés sur le mur.

— Tu veux savoir ? demanda-t-elle.

— Oui.

Mais elle répondit à sa question par une autre :

— Sais-tu pourquoi Ootaka avance la date ?

— Oui. Il doit repartir au Japon, son frère est malade. Il tient à l'opérer lui-même.

— Ah, d'accord. J'imagine qu'il sera absent un bon bout de temps…

— C'est probable.

Elle se détourna et se laissa tomber sur le banc le plus proche du panneau. Après un moment d'hésitation, il s'assit à côté d'elle. Constatant que leurs genoux se frôlaient, il s'écarta un peu.

Mieux valait ne pas la toucher. C'était plus prudent.

— Ootaka aime les situations claires, dit-il. Il veut embaucher son assistant avant de partir.

Elle hocha la tête, les lèvres pincées, et il se maudit pour la centième fois en six jours d'avoir été aussi stupide.

Contrairement à son mentor, il n'avait pas bien fait les choses. Il n'avait pas été clair avec Kimberlyn. Non par peur, mais parce qu'il se sentait perdu.

Il avait fait l'autruche pour une raison simple : il n'arrivait plus à se projeter dans l'avenir. Tout ce qu'il savait, c'était que cette histoire allait mal se terminer.

Ootaka offrait une seule et unique place. Objectivement, il pensait avoir une longueur d'avance sur Kimberlyn. Mais il n'arrivait pas à s'en réjouir.

Comment formuler les choses sans la vexer ? D'habitude, il ne prenait pas de gants avec ses collègues. Mais elle n'était pas n'importe qui…

— Tu n'as plus beaucoup de temps… pour te mettre au diapason, dit-il prudemment.

— J'ai quand même toutes mes chances, répondit-elle d'un ton froid. De toute manière, je travaille mieux sous pression.

— C'est vrai ? Pas moi. J'ai tendance à devenir…

— Un abruti ingérable ?

Il voulut sourire, mais n'y parvint pas.

— En quelque sorte.

— Alors tu es venu me mettre en garde ? A moins que tu ne me prennes toujours pas pour une concurrente sérieuse ?

— Bien sûr que si. J'ai changé d'avis depuis longtemps. Tu es la concurrente la plus sérieuse sur mon chemin.

S'il n'avait pas été là, elle aurait obtenu le poste. Il en était sûr.

— C'est déjà quelque chose, fit-elle avec un rire sans joie.

— Parle-moi de ton cœur.

Les mots avaient jailli avant qu'il ait pu réfléchir aux conséquences. Il avait dit cela spontanément, parce que c'était important pour lui. Que ne l'avait-il compris plus tôt !

— Tu veux que je te parle… de mon opération ?

— Oui. Quel était le problème, au juste ?

— J'ai eu une déchirure de l'aorte.

Comme John Elliott. Ainsi, il avait vu juste…

— Avec une tamponnade ? S'en sont-ils rendu compte pendant qu'ils t'opéraient de l'intestin ?

— Non. Je n'ai pas fait de tamponnade. La déchirure était minuscule et je n'avais pas beaucoup de sang dans la poitrine.

— Comment ont-ils su, alors ?

— J'ai fait un arrêt cardiaque en soins intensifs. Le Dr Anderson m'a ramenée au bloc à temps.

Il sentit son estomac se soulever de terreur rétrospective. Kimberlyn avait frôlé la mort. Il avait failli ne jamais la connaître. Cette simple pensée le rendait malade.

— Tu reviens de loin, dit-il doucement.

— J'essaie de revenir, en tout cas.

Il la fixa, bouleversé. Elle lui parlait. Elle répondait à ses questions alors qu'il s'était conduit comme un goujat avec elle. Il n'en méritait pas tant.

— Tu… t'en sors très bien, murmura-t-il, ne sachant plus quoi dire.

— Pas aussi bien que je le voudrais !

Soudain, elle se leva et arpenta la pièce. Elle risquait de partir d'une seconde à l'autre. Mais il avait encore une question à lui poser :

— Comptes-tu faire d'autres demandes ?

Il sortit sa tablette de sa veste, ouvrit une application et se leva à son tour.

— Tiens, regarde. J'ai recensé quelques postes libres. Je les ai classés en fonction de leur intérêt.

Elle se rapprocha, jeta un coup d'œil sur l'écran. Puis elle croisa les bras sur la poitrine, l'air soupçonneux.

— Depuis quand t'intéresses-tu à d'autres hôpitaux ? Tu as fait cette recherche il y a longtemps ?

— Je… Non. Je m'y suis mis il y a deux ou trois jours.

C'était la seule chose qu'il avait été capable de faire, sachant que la situation allait se gâter. Seulement, il n'avait pas imaginé que le problème arriverait si tôt…

— Tu as cherché pour moi ! fit-elle d'un ton accusateur.

— Oui, parce que je m'inquiète ! Je sais que tu n'as pas de plan B, j'avais l'intention d'en discuter avec toi d'ici quelques semaines. Mais comme Ootaka a accéléré la manœuvre, je suis bien obligé de t'en parler maintenant.

Elle décroisa les bras et s'inclina ironiquement devant lui.

— Merci beaucoup, Monseigneur ! Vous êtes trop bon… C'est incroyable d'être aussi prétentieux, dit-elle, ses yeux noisette lançant des éclairs. Pour moi, cela ne change rien. La compétition n'est pas finie. J'ai encore du temps.

— Tu as le temps d'essayer, c'est vrai…

Elle ne regarderait pas la liste de postes devant lui, aussi pianota-t-il de nouveau sur son écran pour la lui envoyer par e-mail. Elle pourrait toujours la consulter à tête reposée. Du moins l'espérait-il.

— Que les choses soient claires : je ne vais pas me reposer sur mes lauriers, reprit-il. Autrement dit, tu as tout intérêt à postuler ailleurs. Juste au cas où…

— Tu l'as fait, toi ?

— Pas encore. Mais j'y réfléchis.

Et à compter de maintenant, il garderait ses distances avec elle. Il l'éviterait comme la peste. C'était la seule solution s'il ne voulait pas vivre l'enfer au quotidien.

— Puisque ma carrière te passionne, laisse-moi te dire une chose : je ne t'ai pas attendu pour prévoir un « plan B », martela-t-elle. Je postulerai dans deux ou trois hôpitaux que j'ai choisis depuis longtemps, avant même d'arriver ici.

Crois-tu que je manque à ce point de bon sens ? Mais je veux être claire aussi. New York restera ma priorité jusqu'au bout !

Pivotant, elle se dirigea vers la porte.

— Où vas-tu ?

— Je retourne au plan A. Je n'ai plus rien à faire ici.

Il s'avança et la prit par le coude.

— Attends ! J'ai encore quelque chose à te dire.

— On est déjà au fond du trou, Enzo. Arrête de creuser !

— Je voulais te mettre en garde. Je t'ai dit que je travaillais mal sous pression, et c'est vrai. Quand… on bouscule mes projets, je deviens un peu… agressif.

Comme pour adoucir ses paroles, il lui caressa le coude en un geste protecteur. C'était plus fort que lui. Malgré leur rivalité, il avait envie de prendre soin d'elle.

Elle se dégagea et le toisa, l'air furibond.

— Message reçu : tu vas devenir un crétin hyperactif, comme le premier jour, quand tu as couru voir Ootaka sur le parking. Eh bien, vas-y, ne te gêne pas !

De nouveau, elle croisa les bras sur la poitrine. Il ne l'avait jamais vue si déterminée.

— Tu sais quoi ? demanda-t-elle. Je préfère que tu sois désagréable ou que tu m'ignores tout le temps. Cette valse-hésitation entre « je t'aime bien » et « je suis méchant » me rend malade. Choisis une personnalité — celle du salaud de service t'ira très bien — et garde-la jusqu'au bout.

Waouh. Elle s'était vraiment endurcie. Ou alors, il n'avait pas pris la pleine mesure de son caractère…

— Une dernière chose, *docteur DellaTorro*. Que tu aies le poste ou non, ne reviens pas me chercher. Je ne coucherai plus avec toi. Jamais !

Ayant dit cela, elle tourna les talons et sortit.

Heureusement, les portes battantes ne pouvaient pas claquer. Sinon, il en aurait pris plein les oreilles.

Sortant du vestiaire, Kimberlyn se dirigea tout droit vers le bureau du Dr Ootaka.

Elle frappa un coup bref à la porte et entra quand elle y fut invitée. Son patron était assis à sa table, en train d'écrire. Il leva les yeux et lui fit signe d'approcher.

— Bonjour, docteur, dit-elle. Je sais que vous avez mille choses en tête en ce moment, mais j'avais besoin de vous parler. Tout d'abord, je suis navrée pour votre famille. J'espère que les choses iront mieux quand vous serez arrivé au Japon. Nous comprenons très bien, ici, que vous ayez avancé la date du recrutement.

Il opina, et lui fit signe de s'asseoir face à lui. Puis il recommença à remplir ce qui semblait être un formulaire d'admission.

— Vous voulez savoir si vous avez une chance, docteur Davis ?

— Non.

Elle prit place au bord du siège, les mains sur les genoux, le dos droit. Des situations comme celle-ci exigeaient un certain maintien.

— Je voudrais vous assister au bloc, dit-elle, passant outre les politesses d'usage. Vous aimez savoir à qui vous avez affaire, c'est normal. Mais j'ai déjà fait mes preuves avec d'autres chirurgiens et il reste peu de temps.

Elle hésita. Devait-elle lui parler de l'accident ? Il risquait de croire qu'elle cherchait sa pitié, or sa motivation était tout autre.

— Je suppose que vous avez reçu mon dossier de Vanderbilt ? demanda-t-elle.

— Oui, avec une lettre de recommandation du Dr Anderson. Il vous apprécie. Il parle de vous en termes très élogieux.

La mention du nom de son ancien chef dopa le moral de Kimberlyn. Elle sourit.

— Le Dr Anderson a suivi mon cas personnellement, expliqua-t-elle. C'est une histoire particulière.

— Ah bon ? Dans quel sens ?

— J'ai eu un grave accident de voiture six semaines avant

le début de ma quatrième année d'internat. Le Dr Anderson m'a sauvé la vie.

Sa voix n'avait pas tremblé. Elle avait réussi à contenir son émotion. Parfait.

Ootaka se redressa sur son siège. A présent, il était tout ouïe.

— Je n'en savais rien, docteur Davis.

Evite de sombrer dans le pathos. Liste les faits comme si tu parlais d'une patiente, pas de toi.

Elle détailla rapidement les opérations qu'elle avait subies. Même si raconter ces épreuves la bouleversait toujours, elle parvint à maîtriser le tremblement de sa voix. Une grande victoire sur elle-même.

— Combien d'années de retard avez-vous ? demanda Ootaka.

— Une seule. Etre soignée à Vanderbilt, l'hôpital où je suivais mon cursus, a facilité les choses.

Elle prit une profonde inspiration, puis reprit :

— Je ne vous ai pas raconté mon histoire pour obtenir un traitement de faveur. Je souhaitais juste vous prouver que je suis une personne volontaire et accrocheuse. Cela dit, réussir pour réussir ne m'intéresse pas. J'ai eu beaucoup de chance de tomber sur le Dr Anderson. Non seulement il m'a remise sur pied, mais, en discutant avec lui, j'ai réalisé que survivre à une telle épreuve vous changeait profondément. Aujourd'hui, je veux donner aux autres ce que j'ai reçu. Sauver des gens, les aider. Voilà pourquoi je voudrais opérer avec vous. Je tiens à vous montrer de quoi je suis capable.

Sentant son genou tressauter, elle arrêta les tremblements d'une pression ferme de la main. Elle avait fait le plus dur. Elle ne devait pas tout gâcher.

Et Ootaka qui arborait un masque aussi indéchiffrable qu'un joueur de poker… Bien malin qui aurait pu deviner ses pensées !

— La prochaine opération est pour vous, docteur Davis, dit-il enfin.

Elle faillit écarquiller les yeux de surprise. Elle s'était attendue à une réponse vague, du style « je vais y réfléchir ».

Pourtant, elle aurait dû savoir que son patron n'était pas homme à tergiverser. Comme l'avait dit Enzo, Ootaka aimait les situations claires. Il ne laissait rien en suspens.

— Je… Merci, murmura-t-elle.

— J'avais déjà prévu d'inviter les meilleurs internes de traumatologie au bloc ces prochaines semaines, dit-il. Cela étant, j'apprécie votre franchise, docteur Davis. J'aime les personnes qui vont droit au but. Tâchez d'avoir la même énergie en salle d'opération.

— Oui. Bien sûr.

Elle se leva et lui tendit la main. Il la serra.

— Merci encore, dit-elle.

Elle referma doucement la porte derrière elle. Que de chemin parcouru depuis son arrivée ! Elle avait enfin compris comment Ootaka fonctionnait !

Cet entretien s'était parfaitement déroulé. Son patron n'avait fait aucune remarque sur son accident ou sa santé. Tant mieux car, dans le cas contraire, elle n'aurait peut-être pas réussi à se contrôler jusqu'au bout.

Elle avait vraiment fait d'énormes progrès. Son cœur ne s'était même pas emballé. La « nouvelle Kimberlyn », celle qui n'avait plus peur de prendre des risques, était là.

Enzo n'avait qu'à bien se tenir !

Ootaka ne tarda pas à donner de nouvelles consignes en prévision de son départ.

Pour mettre Enzo et Kimberlyn à l'épreuve, il avait choisi de les faire opérer ensemble, sous sa supervision. Une fois, Enzo conduirait l'intervention. La suivante, Kimberlyn prendrait les rênes. Quoi de plus simple pour comparer leurs qualités et leurs défauts respectifs ?

Ce vendredi soir, ils avaient donc été inscrits tous les deux au planning par le grand patron, qui savait que les gardes du week-end étaient les pires. C'était là qu'on voyait arriver les urgences les plus graves. Les traumatismes les plus sérieux.

Enzo, qui rongeait son frein depuis dix jours, avait hâte de se retrouver face à Kimberlyn.

Après leur dispute dans le vestiaire, elle avait dû aller trouver Ootaka. Dès le lendemain, le Japonais l'avait choisie comme assistante sur une intervention. Et, depuis, il ne pouvait apparemment plus se passer d'elle. Dès qu'il descendait au bloc, il la faisait appeler !

Mais Enzo n'avait posé aucune question. Il n'avait rien demandé à Kimberlyn, même s'il en mourait d'envie. Il prenait les jours comme ils venaient en essayant de réfléchir le moins possible.

La sonnerie de son téléphone l'arracha à ses pensées. C'était un SMS d'Ootaka. Il quitta la salle de repos et descendit l'escalier au pas de course pour rejoindre le bloc 1. Les choses sérieuses commençaient !

Comme il était plus ancien que Kimberlyn dans le service, il avait été convenu qu'il mènerait la première opération. Néanmoins, cette marque de confiance d'Ootaka ne le rassurait pas vraiment.

La situation était tendue, confuse. Il détestait cela.

Lorsqu'il arriva dans l'antichambre du bloc, Kimberlyn était en train de se savonner. Il prit le lavabo voisin du sien.

— Qu'est-ce qu'on a ? demanda-t-il.

— Un gamin de quatorze ans blessé dans une bagarre à Central Park.

Il eut tout à coup l'impression que son dîner allait lui rester sur l'estomac. Ayant grandi dans un quartier populaire, il connaissait par cœur les bagarres de rues. A une époque, il y avait même participé plus souvent qu'à son tour.

C'était avant de connaître les dégâts, parfois irréversibles, qu'un « simple » coup pouvait occasionner.

Depuis, il avait la violence en horreur. Il essayait toujours de se contrôler. Même avec son père. Il ne lui avait jamais collé son poing dans la figure alors que…

— Enzo ? Ça va ?

C'était la première question personnelle qu'elle lui posait depuis qu'il s'était sauvé de chez elle, son sandwich à la main.

— Je déteste la violence, répondit-il. J'ai arrêté la boxe en fac de médecine. Les gens croient toujours que les blessures sont bénignes quand il n'y a pas d'arme à feu.

Elle soupira.

— Dans notre cas, l'arme est une branche d'arbre, dit-elle. La bagarre se serait produite près des chevaux de bois. Je ne sais pas où ça se trouve, mais…

— Tu n'es jamais allée à Central Park ?

— Non. Mais j'ai visité l'Empire State Building et la statue de la Liberté.

— Je pensais que tu irais chercher un peu de verdure, souris des champs…

Il se mordit la lèvre. Avait-il oublié qu'ils étaient en froid ? Il n'aurait pas dû l'appeler par son surnom !

Mais elle n'avait pas l'air fâché. Au contraire, elle le gratifia d'un sourire timide qui le fit fondre. Comme elle lui avait manqué ! Sans elle, il n'était plus le même…

L'heure n'étant pas aux considérations personnelles, ils rejoignirent les infirmières qui les attendaient pour les équiper de gants et de masques. Ootaka se trouvait déjà près du patient. Cette fois, il n'interviendrait pas, sauf nécessité absolue. Il se contenterait de les observer, Kimberlyn et lui.

Enzo n'eut pas besoin de palper l'abdomen du garçon pour identifier le problème. Un gonflement, sur la droite, indiquait une probable lésion au foie. Il n'y avait qu'un seul moyen de savoir si l'organe saignait ou s'il était simplement contusionné : ouvrir.

— Scalpel. Numéro vingt-deux, ordonna-t-il.

L'objet en main, il incisa en diagonale à partir du bas de la dernière côte. Dès qu'il eut fini, Kimberlyn intervint avec des écarteurs pour dégager l'espace et leur permettre d'avoir une bonne visibilité.

— Commentez, docteur, ordonna Ootaka.

— Hémorragie importante, annonça-t-il.

Kimberlyn tamponnait le site avec de grosses compresses. Il se pencha en avant.

— Cela vient du foie, dit-il. L'organe présente deux fissures.

— Qu'est-ce qu'on fait ? demanda son patron.

— On découpe les parties lésées et on lui perfuse du sang.

Depuis qu'il se trouvait dans la même pièce que Kimberlyn, Enzo se sentait mieux. Pour autant, cela ne suffirait pas. Il venait enfin de comprendre ce qu'il voulait : l'avoir dans sa vie. Mais pour cela, il devrait réparer les fissures de leur relation. Or dans ce domaine, il était beaucoup moins compétent qu'au bloc…

En tout cas, ils formaient une bonne équipe. Elle épongeait sans relâche le sang tandis qu'il maniait le scalpel. Elle agissait de manière habile, sans le gêner. C'était vraiment un excellent chirurgien. Il n'en avait d'ailleurs jamais douté.

Kimberlyn avait senti plusieurs fois le regard d'Enzo peser sur elle. Le reste de l'équipe s'activait autour d'eux, mais elle avait l'impression qu'ils étaient seuls au monde.

Ce jour-là, c'était lui le « boss ». Elle avait néanmoins la ferme intention de prendre des initiatives. Elle n'allait pas se cantonner à un rôle de « souris des champs ». Pour l'offensive de charme, il repasserait !

Après avoir tamponné la cavité abdominale, elle vérifia les constantes du patient et pria une infirmière de repositionner la lampe au-dessus d'eux.

— J'aimerais le perfuser maintenant, docteur DellaTorro, dit-elle.

Elle avait retenu la leçon d'Ootaka. Se montrer ferme. Expliquer ses actes.

— Il a besoin de sang pour coaguler, précisa-t-elle.

— Tout à fait d'accord, répondit Enzo.

Après qu'une assistante eut réglé la perfusion, Kimberlyn jeta un coup d'œil sur les écrans. La tension chutait. C'était mauvais signe, d'autant qu'Enzo avait fini d'enlever les parties du foie atteintes et qu'ils avaient appliqué des coagulants.

— Docteur… Regardez les compresses, dit-elle. On est en train de passer à côté de quelque chose.

— C'est de la bile ?

— Je crois que ça vient de l'estomac…

Enzo trouva Kimberlyn moins sûre d'elle, mais qui aurait pu le lui reprocher ? Devant ce nouveau problème, ils devaient chercher la réponse ensemble. L'exercice était difficile.

Pour l'instant, Ootaka restait muet. Enzo passa mentalement en revue les organes susceptibles d'être touchés. Ce n'était pas l'estomac. Ni les reins. Ni les intestins.

— Le pancréas !

Il fit basculer l'estomac sur le côté pour visualiser l'organe suspect. Réactive comme d'habitude, Kimberlyn commença l'aspiration.

— S'il y a un épanchement…, dit-elle.

— On ne peut pas suturer et attendre.

Dans ce type de cas, il arrivait qu'on referme l'abdomen pour donner au blessé le temps de se stabiliser. L'intervention suivante avait lieu quelques heures plus tard, quand la situation était moins critique.

Mais là, c'était impossible. Le liquide digestif libéré par le pancréas allait ronger d'autres organes. Il y avait, au contraire, urgence à intervenir !

Ils ne tardèrent pas à localiser la partie endommagée.

— Bien joué, Kimberlyn, dit-il.

Il retira le morceau d'organe abîmé, comme il l'avait fait pour le foie. Agissant en parfaite symbiose avec Kimberlyn, il inséra une mèche dans le pancréas, après quoi ils purent recoudre sans trop serrer les points.

L'adolescent aurait besoin d'être réopéré. Mais pour l'heure, ils avaient géré l'urgence. C'était l'essentiel.

Enzo aurait cru qu'Ootaka se fendrait d'un petit commentaire en fin d'opération. Ce ne fut pourtant pas le cas. Preuve qu'ils avaient bien travaillé !

Comme le premier jour, pour la tamponnade, Kimberlyn s'était une nouvelle fois distinguée en repérant une anomalie. Elle avait réagi plus vite que lui. Le pire, c'est qu'il n'en était même pas fâché.

Au contraire, il s'en réjouissait sincèrement pour elle.

Même s'il avait du mal à comprendre pourquoi.

11

Des coups insistants frappés à la porte arrachèrent Kimberlyn à son sommeil.

Dans un brouillard, elle entendit une voix masculine, insistante. C'était… Sam. Il criait: « Debout, là-dedans ! » N'avait-il aucun respect pour le sommeil des autres ? En tant que médecin, il aurait dû savoir…

Elle se redressa péniblement, et se leva. Ce matin-là, elle s'était couchée tout habillée, aux aurores, après une intervention harassante dont elle avait pris le leadership.

Pendant près de cinq heures, Enzo et elle avaient opéré un jeune homme grièvement blessé par balles. A un moment, ils avaient eu besoin de quelques directives d'Ootaka, mais aucun d'eux n'en avait profité pour tirer la couverture à soi. Tout s'était bien passé. Elle aurait donc pu dormir du sommeil du juste si…

— C'est bon, j'arrive, dit-elle en se levant.

Tout, pourvu que Sam arrête de tambouriner. Sa tête allait exploser !

Elle trébucha deux fois avant d'arriver à la porte, chercha la poignée à tâtons. Son mascara de la veille avait coulé et elle voyait flou du côté gauche, mais, lorsqu'elle ouvrit, elle eut néanmoins l'impression que Sam tenait un bébé dans les bras…

Non, elle n'hallucinait pas ! Et elle connaissait le bébé en question. C'était Maya !

Bien réveillée tout à coup, elle sourit et captura la minuscule main de la fillette.

— Coucou, ma puce, dit-elle.

Mais Maya enfouit timidement le visage dans le cou de Sam.

— Elle ne se souvient pas de moi, fit-elle, déçue.

— Normal, tu ne l'as vue qu'une fois. Et ça fait un bail ! dit Sam avec un clin d'œil.

— Toi, en revanche, elle te connaît bien…

— J'essaie d'aller la voir au moins une fois par semaine. Allez, coquine, dis bonjour, chuchota-t-il à l'oreille de Maya.

De l'adorable babil qui suivit, Kimberlyn perçut un « maman », et un « Jo ». Pour le reste, il fallait le décodeur !

— Tiens…, dit tout doucement Sam en plaçant une élégante enveloppe crème dans la main de Maya. Donne à Kimberlyn.

— Ti… ens… Lyn…, dit Maya.

— Oh ! merci, ma chérie ! C'est bien… Je suis fière de toi ! Tu es la plus jolie factrice de New York ! Qu'est-ce que c'est ? demanda-t-elle en lançant un coup d'œil étonné à Sam.

— Une tentative pour t'amadouer, je crois… Bon, il faut qu'on se sauve, nous. Sophia attend en bas. Il est presque midi et cette demoiselle va bientôt avoir faim.

Kimberlyn embrassa la menotte de Maya. Puis, après que Sam eut tourné les talons, son précieux fardeau dans les bras, elle referma la porte de sa chambre et ouvrit l'étrange missive qui lui était destinée.

L'enveloppe contenait un bristol dentelé couvert d'une écriture droite et soignée. Tout le contraire de celle d'Enzo !

En revanche, il ne faisait aucun doute qu'il était à l'origine de l'invitation : « on » la priait de se rendre à Central Park ce soir-là, à 18 heures. « On » indiquait l'entrée où elle était attendue. Il était précisé qu'elle devrait se vêtir chaudement. Et la bordure du bristol était décorée de minuscules fers à cheval dorés…

Effectivement, cela empestait la tentative de séduction à dix kilomètres ! C'était trop facile, elle n'irait pas.

Mais sa rébellion fut de courte durée : elle était toujours incapable de résister à Enzo.

Malgré le fossé qui les séparait, les choses n'avaient pas changé.

Dédaignant le métro, Kimberlyn avait commandé un taxi pour se rendre à Central Park.

Quand le chauffeur la déposa devant l'entrée indiquée, à l'heure dite, Enzo était déjà là. Remarquant son jean et sa superbe veste en velours côtelé, elle songea qu'elle l'avait rarement vu dans autre chose que sa tenue de chirurgien.

Il vint vers elle, la main tendue.

— Coucou ! fit-il en souriant. Ah, tu as mis une doudoune ! Super ! J'avais peur que tu n'aies rien de chaud dans ta garde-robe.

Elle ne lui prit pas la main. C'était au-dessus de ses forces.

— J'ai grandi dans les Smoky Mountains, répondit-elle. Là-bas, il neige tous les ans. Et puis, je sais bien que l'automne peut être frisquet à New York.

Comme s'il n'avait pas remarqué qu'elle lui battait froid, il lui entoura la taille. A quoi songeait-il ? Depuis qu'ils avaient fait l'amour, on aurait plutôt cru qu'elle était couverte d'épines tellement il la fuyait. Et maintenant…

Céder à la tentation de s'abandonner contre lui aurait été facile. Mais elle avait été échaudée. Elle ne l'oubliait pas.

— Pourquoi m'as-tu invitée ? demanda-t-elle.

— Parce que tu n'es jamais venue ici.

C'était vrai. L'hôpital était assez proche du parc, mais elle n'avait jamais pris le temps d'y faire un saut après le travail. Elle avait trop de choses en tête. Le tourisme ne faisait pas partie de ses priorités.

— Ce n'était pas le sens de ma question, répondit-elle. Tu le sais très bien. Arrête de toujours donner les réponses qui t'arrangent. Je veux la *vraie* raison. Pourquoi aujourd'hui ?

— Et pourquoi pas ?

— Je vais repartir, si tu continues à… C'est pour nous ? demanda-t-elle brusquement, voyant qu'il faisait signe au conducteur d'une calèche tirée par un magnifique cheval blanc.

L'homme dirigea la calèche vers eux et les salua aimablement.

— Oui, je l'ai louée, répondit Enzo. Je ne suis jamais monté là-dedans, mais il paraît que c'est très agréable.

D'une main glissée dans son dos, il l'invita à monter. Ce n'était pas un geste directif, protecteur plutôt. Le geste d'un homme galant qui lui donnait l'impression d'être unique, précieuse.

— Ce n'est pas du jeu, dit-elle en s'installant sur le siège de velours rouge. Tu triches.

— Pas toujours…

Pourquoi se montrait-il si agréable, tout à coup ? Elle ne comprenait pas…

La révélation jaillit brutalement. Mais bien sûr ! Ootaka devait annoncer son choix pour le poste d'assistant dans moins de vingt-quatre heures. Il avait dû retenir Enzo, et l'en informer avant tout le monde. Du coup, celui-ci avait décidé de se montrer agréable avec elle pour adoucir sa déception…

— Eh ! ça va ? demanda-t-il d'un ton inquiet. Tu es toute pâle.

— Oui, je… suis juste un peu fatiguée. A cause de la nuit dernière.

— Je comprends. Relaxe-toi.

Il se rapprocha d'elle sur la banquette, lui entoura les épaules. Alors, en dépit des griefs qu'elle avait contre lui, elle songea qu'il était, au fond, quelqu'un de bien. Une fois sa déception surmontée, elle serait ravie pour lui.

Tandis que le conducteur s'engageait sur un magnifique sentier arboré, elle prit son courage à deux mains. Tourner autour du pot n'avait jamais été son style.

— Demain, nous aurons le verdict, dit-elle.

Il opina, l'air grave.

— Eh oui… Si tu veux tout savoir, c'est pour ça que je t'ai invitée aujourd'hui. A partir de demain, on risque de se fuir comme la peste. On s'évitera encore plus que ces dernières semaines.

— Peut-être. Mais, pour info, moi, je ne t'évitais pas. J'en conclus donc que *tu* ne voulais pas me voir.

Il prit le grand plaid posé sur le dossier du siège, et en couvrit leurs genoux.

— Je ne savais pas quoi faire, répondit-il avec une franchise inhabituelle.

— Et maintenant, tu sais ?

— Maintenant, ça n'a plus d'importance. Ootaka va prendre sa décision demain. On ne peut rien y faire. L'un de nous…

— … restera sur le carreau.

Se penchant, il l'attira à lui et l'embrassa légèrement sur la tempe.

— Si Ootaka me choisit, je ferai tout pour t'aider, dit-il. Nous te chercherons un nouveau poste ensemble. Et s'il te choisit… j'espère que tu me dorloteras comme un bébé. Ou plutôt, comme un homme…

Il plaisantait dans un moment pareil. C'était tout lui !

— Pas de problème, répondit-elle, entrant dans son jeu. Je t'achèterai des gâteaux. Si je les fais moi-même, tu risques d'être encore plus contrarié.

La compétition était finie. Elle avait toujours été lucide quant à son « retard » sur Enzo, même si elle affirmait avoir ses chances. Alors, maintenant que les jeux étaient faits, elle n'avait pas le choix. Elle devait accepter, rebondir. Dès le lendemain, elle enverrait des C.V. partout où elle avait vu des postes intéressants.

Elle revenait de trop loin pour se laisser abattre. Elle le dit à Enzo, qui parut la croire.

— Je sais que tu as du ressort, Kimberlyn. Quelle spécialisation envisageais-tu avant l'accident ?

— J'hésitais entre la neurologie et la chirurgie cardiaque.

— Celles qui font le plus monter l'adrénaline. Tu avais un penchant pour l'action !

— Oui, je suppose…

Elle appuya la tête sur son épaule en soupirant.

— Mes perspectives ont changé pendant ma rééducation et je ne le regrette pas, dit-elle. Je pense maintenant que ma mission est d'aider les autres.

Le rougeoiement du soleil couchant sur les gratte-ciel avait un charme particulier, presque irréel. Même si Kimberlyn venait d'un endroit différent, elle appréciait le spectacle. Tout comme elle adorait se trouver là, avec Enzo.

Quoi qu'il advienne, elle se rappellerait toujours ce moment.

— Tu y as réfléchi en discutant avec ton chirurgien ? demanda-t-il.

— Le Dr Anderson m'a aidée à prendre ma décision. Mais... j'y pensais déjà.

Son hésitation n'échappa pas à Enzo. Il scruta son petit visage, mais elle ne le regardait pas. Elle s'était absorbée dans la contemplation du paysage.

Au bout d'un moment, elle se tourna vers lui. La tristesse à peine voilée qu'il lut dans ses yeux lui serra le cœur.

— On a beaucoup parlé de mon accident, dit-elle. Mais... tu n'as jamais posé la question qu'on me pose en général.

Elle disait vrai. Il s'était abstenu de chercher à connaître les détails, par crainte des réponses.

Cette fois, pourtant, impossible de reculer.

— Quelle question ?

— Tu ne m'as jamais demandé si j'étais seule en voiture.

Il avait évité le sujet, pensant que, moins il en saurait, moins il se rendrait malade. Il s'était focalisé sur la partie médicale pour ne pas parler du contexte. Demander si Kimberlyn avait attendu longtemps les secours ou si elle avait beaucoup souffert ? Quelle horreur !

— Je suppose que ce n'était pas le cas, répondit-il doucement. Qui était avec toi ?

— Janie McIntyre, ma meilleure amie.

— Qui conduisait ?

— Moi.

La douleur nettement perceptible dans sa voix l'emplit

d'un profond malaise. Il ne supportait pas de voir son regard hanté. Il ne voulait pas qu'elle souffre. Il aurait voulu qu'il ne lui soit jamais rien arrivé. Qu'elle n'ait jamais eu peur, jamais eu mal…

Mais elle avait besoin de parler. Il devait prendre sur lui pour l'écouter, même si cela le rendait fou. Il ne pouvait plus garder ses distances émotionnelles.

— Où est Janie ? demanda-t-il.

Les mots lui parvinrent, à peine audibles :

— Elle est morte.

Evidemment. Au fond, il le savait déjà.

Il resserra son étreinte autour des épaules de Kimberlyn.

— Sur place ? T'es-tu rendu compte…

— A l'arrivée des secours, j'étais inconsciente, avec un éclat de métal dans l'abdomen, mais j'étais stable. Les médecins m'ont raconté par la suite que Janie, elle, était consciente. Elle avait pu leur parler, répondre à leurs questions. Elle leur a demandé… de me soigner la première. En apparence, j'étais la plus grièvement touchée, c'est donc ce qu'ils ont fait. Elle est décédée… pendant que la deuxième équipe s'occupait d'elle.

Glissant son bras libre sous la couverture, il prit sa main et la serra. Que dire ? Il n'y avait pas de mots…

— Je suis vraiment, terriblement désolé, dit-il dans un murmure.

Il la serra fort contre lui, manière de lui prouver qu'il partageait son chagrin. Puis il risqua une nouvelle question, et une autre encore. Si elle avait besoin de partager son cauchemar, il serait là. Il *voulait* être là pour elle…

Après qu'ils eurent longuement discuté, elle parut se sentir mieux. Il pivota vers l'arrière de la calèche, où se trouvait un espace de rangement, et en sortit un panier en osier.

— Qu'est-ce que tu fais ? demanda-t-elle avec un sourire intrigué.

— J'ai demandé à ma mère de nous préparer un petit en-cas. Elle m'a donné une Thermos de soupe et des tartines de pain maison. Il y a des vendeurs de hot dogs dans le parc, mais ce n'est pas la même chose.

— Non, en effet. Je préfère mille fois la cuisine de ta mère !

— Tu as faim ? demanda-t-il, inquiet à l'idée que leur conversation ait pu lui couper l'appétit.

Son sourire détendu le rassura.

— J'ai toujours faim, répondit-elle.

Evidemment. Elle courait dans tous les sens, au point qu'elle en oubliait souvent de manger. Mais ce soir-là, il allait la dorloter, la chouchouter.

D'ailleurs, dans un autre contexte, il se serait bien vu prendre soin d'elle toute sa vie. Mais à quoi bon rêver ? Leur histoire n'avait pas d'issue, il devait se faire une raison.

Il y avait toujours une odeur un peu rance à l'arrière des taxis. Comme si tous les microbes de la Terre s'y donnaient rendez-vous pour une bataille géante. Mais Enzo, lui, sentait très bon. Kimberlyn s'abandonna contre son épaule tout en regardant défiler les lumières de la Grosse Pomme.

Une soirée magique avec l'homme de ses rêves. C'était le rêve de toute femme, et il le lui avait offert, ce soir. De quoi adoucir sa déception quand elle avait deviné que le poste d'assistant lui échappait.

Elle avait eu un pincement au cœur. Elle s'était sentie très malheureuse sur le coup. Mais cela n'avait pas duré, parce qu'elle était avec Enzo.

Bien sûr, il n'avait pas dit les choses clairement. Sans doute Ootaka lui avait-il demandé de garder le secret jusqu'à l'annonce officielle. Néanmoins, tout, dans son attitude, lui avait laissé penser qu'il était déjà au courant.

Loin de s'en offusquer, elle avait éprouvé une joie sincère pour lui. Et même si son internat était loin d'être fini — il lui resterait plusieurs mois à faire avant de quitter New York —, le plus dur était maintenant passé.

La décision était prise. Elle ne subirait plus de stress. Elle allait se consacrer uniquement à son travail et oublier cette détestable compétition.

Elle n'en revenait toujours pas d'être aussi contente pour Enzo. Elle aurait d'ailleurs aimé le lui dire, mais depuis qu'ils avaient dîné en tête à tête dans la calèche, après qu'elle lui eut fait ses confidences, il régnait une atmosphère magique entre eux. Elle craignait de tout gâcher en parlant travail. Demain serait un autre jour. Elle aurait bien le temps de le féliciter…

Pendant qu'elle réfléchissait, le taxi s'était arrêté devant chez elle. Ils avaient fait tout le trajet en silence. Si elle ne disait rien, Enzo allait rentrer chez lui.

Elle lui tapota la main.

— Veux-tu entrer ? demanda-t-elle.

— Oui, répondit-il simplement.

Après avoir réglé la course, il contourna le taxi pour lui ouvrir la portière. Ils gravirent les marches du perron en cinq secondes, l'escalier intérieur tout aussi vite.

Sitôt dans sa chambre, Kimberlyn retira son manteau et ses bottes. Enzo fit de même, puis ils s'embrassèrent avec une frénésie qui en disait long sur leur besoin l'un de l'autre.

Le désir qui couvait en elle depuis leur retour en taxi l'embrasa d'un coup. Elle tâtonna pour trouver les boutons du jean d'Enzo, tandis qu'il commençait à lui arracher ses vêtements.

Elle se sentit poussée vers le lit, et bascula en arrière sur l'édredon. Enzo acheva de se dévêtir puis se laissa tomber près d'elle et l'embrassa furieusement.

Mais soudain, il ralentit la cadence. Il déposa d'abord une série de petits baisers sur ses joues, son cou et son épaule. Il caressa ensuite sa cicatrice, qu'il embrassa tendrement.

Le souffle se bloqua dans la gorge de Kimberlyn. Pourquoi faisait-il cela ? La fois précédente, elle avait eu l'impression qu'il évitait de toucher ces endroits sensibles, et maintenant…

Bouleversée, elle sentit qu'il effleurait le creux entre ses seins. Il embrassa son autre cicatrice avec une douceur si poignante que les larmes lui montèrent aux yeux.

Il dut percevoir son émotion car il lui prit la main pour la serrer contre son cœur.

— Je suis désolé, pour ton amie, chuchota-t-il. Mais je suis heureux que les urgentistes t'aient secourue en premier.

Lorsqu'elle rouvrit les paupières, les yeux d'Enzo étaient à quelques centimètres des siens. Elle y lut de la sincérité, et aussi autre chose qu'elle ne voulut — ou n'osa pas — nommer.

Alors, elle comprit qu'elle l'aimait.

Quand était-elle tombée amoureuse de lui ? Au fond, cela n'avait pas d'importance. Pour la première fois, elle aimait vraiment un homme. Avec lui, elle avait recommencé à vivre. Elle n'avait pas réglé tous ses problèmes, mais elle était en bonne voie.

Elle l'aimait si fort qu'elle aurait tout donné pour lui. Au lieu d'être déçue, elle se réjouissait qu'il ait le poste. Tout s'expliquait, maintenant. Ne voulait-on pas le meilleur pour les êtres chers ?

Ivre d'amour, elle le fit basculer sur le dos, s'allongea sur lui. Puis, à son tour, elle fit pleuvoir mille baisers sur son torse, son ventre. Elle s'attarda longuement sur son érection, jusqu'à ce qu'elle l'entende gémir de plaisir. Alors, elle se redressa pour prendre un préservatif dans la table de chevet.

Elle aurait préféré qu'il n'en mette pas. Mais ç'aurait été prendre trop de risques. Ils seraient séparés d'ici à quelques mois et elle ne pouvait pas courir le risque de tomber enceinte.

Avec une lenteur délibérée, elle protégea son sexe durci. Puis elle s'approcha de lui pour le chevaucher, et il vint en elle d'un coup de reins puissant.

Ce soir, elle voulait l'ensorceler, lui faire perdre la tête.

Demain serait un autre jour.

12

La première fois, Enzo s'était endormi après avoir fait l'amour avec Kimberlyn. Mais ce soir, il était incapable de trouver le sommeil.

La femme de ses rêves dormait, blottie contre lui. A la lumière de la lampe de chevet, ses sourcils clairs offraient un contraste saisissant avec sa peau bronzée. Ses traits délicats étaient détendus, un léger sourire flottait sur ses lèvres. Elle était adorable.

Maintenant qu'il connaissait toute son histoire, qu'il savait par quoi elle était passée, il ne l'en aimait que davantage.

Il l'aimait ! Il était fou d'elle, depuis le début…

Sachant cela, il ne serait jamais capable de la laisser partir. Car il était certain qu'elle l'aimait, elle aussi. Tout, dans leur étreinte, lui avait montré qu'elle partageait ses sentiments.

Comment faire ? Il devait bien exister un moyen…

Trois semaines plus tôt, il aurait parié que le poste d'assistant allait lui revenir. Maintenant, il n'en savait rien. Ootaka avait beaucoup fait appel à Kimberlyn, on ne pouvait pas savoir de quel côté la balance allait pencher.

En revanche, il était sûr d'une chose : il *voulait* que Kimberlyn soit choisie. Mais, altruiste comme elle l'était, elle était capable de refuser le poste par égard pour lui !

La poitrine d'Enzo se contracta douloureusement.

En partant tout de suite, il pouvait encore arranger les choses. Bien sûr, elle allait le détester. Mais c'était la seule solution…

Doucement, il se détacha d'elle, se leva et commença à se rhabiller.

— Tu t'en vas ?

La vision de Kimberlyn assise dans le lit, l'air perdu, faillit lui faire oublier ses bonnes résolutions.

Abrège. Ne fais pas traîner les choses...

— Je n'avais pas l'intention de coucher avec toi, répondit-il.

Il se détourna pour enfiler son pantalon. S'il la regardait une seconde de plus, il allait craquer.

— Je voulais juste... qu'on finisse sur une note sympa, dit-il. Demain, rien ne sera plus pareil.

Du coin de l'œil, il vit son expression changer. Son petit menton s'était mis à trembler et il dut se faire violence pour ne pas retourner vers elle et la prendre dans ses bras.

Il s'assit dans le fauteuil, enfila ses chaussures.

— Donc... tu me quittes ? demanda-t-elle d'une toute petite voix.

— On n'était pas vraiment ensemble. Je ne considère pas ça comme une rupture.

Si, on était ensemble. Je t'aime.

— Je ne vais pas te mentir : faire l'amour avec toi était très agréable, dit-il. Mais c'est tout, Kim. On a couché ensemble et l'histoire s'arrête là.

Personne ne l'appelait Kim. Ses amis n'en avaient pas l'habitude, et lui encore moins. C'était tout ce qu'il avait trouvé pour mettre de la distance entre eux !

— Les choses auraient changé demain, de toute façon, dit-il. Ça n'aurait pas pu coller entre nous.

— Mais... je ne comprends pas. Tu disais... que tu m'aiderais à trouver un autre poste...

Il haussa les épaules avec une désinvolture calculée.

— Oh ! tu sais ce que c'est. On dit des choses comme ça, par politesse. Je ne croyais pas que tu me prendrais au sérieux.

Il se leva, gagna la porte. Il fallait qu'il parte, maintenant, avant de craquer.

Elle s'était levée aussi. Enveloppée dans l'édredon, elle s'avança vers lui.

— N'oublie pas de claquer la porte d'entrée en sortant, dit-elle, glaciale. Moi, je vais prendre une douche. Histoire d'enlever ton odeur répugnante de ma peau !

Ayant dit cela, elle lui tourna le dos et gagna la salle de bains. Il entendit le verrou se fermer et se prit la tête à deux mains.

Cette fois, tout était terminé.

Le lendemain marquerait le début de sa nouvelle vie. Mais avant, il allait tout faire pour que Kimberlyn obtienne le poste.

En règle générale, le Dr Ootaka avait un certain penchant pour le formalisme. Mais, ce matin-là, il choisit d'annoncer la nomination de son assistant d'une manière on ne peut plus simple : il avait convoqué tous les postulants dans son bureau.

En entrant, Kimberlyn repéra tout de suite Enzo debout près d'une fenêtre. Elle s'obligea néanmoins à ne pas le regarder. Leur rupture horrible la rendait malade. Le simple fait de le voir lui donnait la nausée.

Elle devait vraiment avoir une tête à faire peur.

Incapable de dormir dans son lit après son départ, elle s'était couchée sur le divan, mais avait plus somnolé qu'autre chose. Et elle avait eu beau se maquiller, les cernes étaient là, bien visibles…

Heureusement, Sam l'avait accompagnée. Tessa, avec qui elle avait beaucoup sympathisé ces dernières semaines, était également venue lui apporter son soutien. Elle avait de la chance de les avoir près d'elle. Ainsi, elle aurait moins de mal à faire contre mauvaise fortune, bon cœur.

Elle allait rester dans son coin, écouter le verdict, applaudir Enzo comme tout le monde. Puis elle s'éclipserait discrètement et le tour serait joué.

Comme elle l'avait prévu, il ne l'avait pas regardée une seule fois. Il focalisait toute son attention sur Ootaka, qui venait d'ailleurs de commencer son discours.

En des termes un peu emphatiques, le grand patron comparait la chirurgie à un art. Elle entendit vaguement qu'il était question de patience, de talent, de maîtrise de soi. Mais elle avait beau faire, elle n'arrivait pas à se concentrer sur ses paroles. Emotionnellement, elle était au bout du rouleau.

Au moins, cette fois, elle n'aurait pas besoin de voir un psychologue. Un chagrin d'amour guérissait plus vite que le traumatisme lié à son accident. Elle écouterait des chansons tristes. Elle irait boire quelques verres avec Sam, faire du shopping avec Tessa, et le tour serait joué.

Cette rupture désastreuse n'était rien comparée à ce qu'elle avait vécu. Enzo ne valait pas la peine qu'elle se lamente sur lui…

Elle sursauta lorsque, soudain, Tessa lui agrippa le bras. Puis elle vit une dizaine de paires d'yeux braqués sur elle. Les gens la regardaient… et applaudissaient. Y compris Ootaka. Y compris Enzo.

— Souris, dit tout bas Tessa. Remercie-le !

— Quoi ? chuchota-t-elle, abasourdie. Est-ce qu'il… a dit mon nom ?

— Mais oui ! Allez, ma belle, réagis !

Tessa la poussa en avant d'une main ferme. Se rappelant ses conseils, Kimberlyn marcha vers Ootaka, un sourire plaqué aux lèvres. Puis, comme si une autre agissait à sa place, elle alla serrer la main de son chef.

Elle eut à peine le temps de dire « ouf » qu'un cercle se forma autour d'elle. Les autres internes s'étaient rapprochés pour la féliciter, et elle s'entendit parler, remercier, et remercier encore…

Enzo attendit que tous leurs collègues se soient écartés pour venir vers elle. Il avait une tête à faire peur !

Dès qu'elle croisa son regard, elle sentit des larmes brûlantes rouler sur ses joues.

— Je… suis désolée, dit-elle, des sanglots dans la voix.

Etait-ce pour cela qu'il avait rompu avec elle ? Elle avait eu beau se triturer les méninges, elle n'avait toujours pas compris pourquoi il l'avait quittée en plein milieu de la nuit sans espoir de retour.

— Il n'y a pas de quoi, répondit-il. Félicitations.

Elle serra machinalement la main qu'il lui tendait. La veille, ils avaient fait l'amour. Ce matin, il la traitait comme une simple collègue, mais il n'avait pas l'air de s'en porter si bien que ça…

L'idée qu'il allait devoir quitter sa ville et s'éloigner de ses proches lui fut soudain insupportable. Il avait travaillé dur, sans rien devoir à son père ni à quiconque. Il s'était battu pour prouver à sa mère, à sa famille et à lui-même qu'il valait quelque chose.

Même s'il s'était mal conduit avec elle, il ne méritait pas d'échouer. C'était lui qui aurait dû être choisi.

A présent, tout le monde ou presque était parti. Ne restaient plus dans le bureau que Sam, Tessa et Ootaka. Elle pivota vers son patron.

— Docteur Ootaka…, dit-elle. Je suis navrée, mais je ne peux pas accepter ce poste. Je vous présente mes excuses.

— Petite souris, non !

Enzo avait crié, lui agrippant le bras pour la faire pivoter vers lui.

— Tu ne peux pas dire non ! Tu mérites cette place.

— Je n'en veux pas.

— Mais si ! Tu refuses parce que… tu te fais du souci pour moi. Il ne faut pas ! Je vais très bien m'en sortir.

Elle le dévisagea. A voir les cernes sombres sous ses yeux et son teint blême, il avait passé une aussi mauvaise nuit qu'elle.

— Tais-toi ! répondit-elle. Tu n'as pas à me dire ce que je dois faire, penser ou ressentir. Tu me quittes, c'est ton problème. Moi, je quitte l'hôpital West Manhattan Saints. A la fin de mon internat, j'irai voir ailleurs si l'herbe est plus verte. La campagne me manque !

Elle se dégagea de son emprise et pivota de nouveau vers Ootaka.

— Je suis vraiment désolée, docteur, dit-elle d'une voix

radoucie. Je vous tiens en très haute estime et mon vœu le plus cher était de pouvoir travailler avec vous. Mais… quelqu'un s'est sacrifié pour moi par le passé. Une amie très chère est morte pour que je puisse vivre. Elle l'a fait parce qu'elle m'aimait. Aujourd'hui, c'est mon tour de me sacrifier pour quelqu'un…

Elle n'allait sûrement pas avouer qu'elle agissait ainsi par amour pour Enzo. Néanmoins, c'était une évidence.

— Inutile de vous sacrifier pour DellaTorro, dit enfin Ootaka en fronçant les sourcils. Ça ne servira à rien.

Le Japonais semblait contrarié. On l'aurait été à moins. Lui qui n'appréciait ni l'indécision ni les gens à problèmes était servi !

— Dites-lui, DellaTorro, ordonna-t-il.

Enzo se passa une main dans les cheveux. Il recula, fit quelques pas dans la pièce, puis revint se planter devant elle.

— Je savais… que tu n'accepterais pas le poste si on continuait de sortir ensemble.

Son visage pâle et son regard torturé prouvaient qu'il ne mentait pas. Il s'était sacrifié pour elle !

— Tu… pensais que le Dr Ootaka allait me choisir. Alors tu as rompu pour me libérer d'un cas de conscience. Mais tu ne savais même pas qui allait être nommé. C'est idiot !

Ootaka eut un grognement approbateur. Enzo lui lança un regard d'excuse, puis se tourna vers elle.

— Dans ma tête, c'était la seule solution. J'aurais tout donné pour que tu gagnes. J'ai donc dit au Dr Ootaka que je ne postulais plus. Comme cela, j'étais sûr qu'il te choisirait, toi. Tu étais censée me prendre pour un salaud et m'oublier.

— C'est bien ce que je disais. Complètement stupide !

— Vous refusez toujours le poste, Kimberlyn ? demanda Ootaka.

C'était la première fois qu'il l'appelait par son prénom.

— Oui, docteur. A mon grand regret.

— Petite souris, réfléchis…

— Tu m'as entendue, Enzo ? Crois-tu vraiment que je

te laisserais tout sacrifier pour moi, sachant ce que tu sais à propos de Janie ?

— Je l'ai fait *parce que je t'aime* ! hurla-t-il.

— Et moi, *je t'aime aussi*, imbécile ! répondit-elle avec la même force.

Enzo se mit à rire, mais le son se bloqua dans sa gorge. Il avait compris que Kimberlyn l'aimait, mais l'entendre prononcer les mots le bouleversait. Même si elle avait crié, même si elle l'avait traité d'imbécile, elle l'avait dit. Elle l'aimait !

Il inspira profondément, laissa son souffle s'apaiser, et plongea le regard dans le sien.

— Qu'est-ce qu'on fait, maintenant ?

Elle lui fit un clin d'œil.

— On va devoir chercher deux hôpitaux dans la même ville. Ou un hôpital qui offre deux postes d'assistant. Si on ne leur dit pas que l'un de nous est un imbécile, on a peut-être une chance…

Un soupir exaspéré se fit entendre dans leur dos. Ootaka avait d'autres chats à fouetter que d'assister à la grande scène du II et le leur faisait comprendre…

— Docteur Ootaka, dit Enzo. Serait-ce abuser que de vous demander deux lettres de recommandation ?

— Vous les aurez si vous quittez mon bureau sur-le-champ ! répondit le vieux chirurgien qui, pour une fois, s'était départi de son flegme. Je vais devoir réétudier toutes les candidatures et me décider très vite puisque je pars demain. Je vous enverrai vos lettres par mail. Allez, ouste. Filez, tous les deux ! Maintenant, tout de suite.

— Merci… pour tout.

Enzo ne se risqua pas à lui serrer la main. Mieux valait en effet débarrasser le plancher !

Il prit Kimberlyn par le bras et ils sortirent dans le couloir, suivis par Sam et Tessa. Ils tombèrent alors nez à nez avec les internes qui avaient assisté à la réunion, flanqués de quelques infirmières curieuses.

Les gens avaient entendu des éclats de voix. Ils étaient revenus voir ce qui se passait.

Sans lâcher Kimberlyn, Enzo se tourna vers Sam et Tessa.

— Expliquez-leur, O.K. ? Nous, on s'en va.

Il avait trop besoin d'être dehors, en tête à tête avec la femme de ses rêves. Et pour cela, il connaissait un endroit merveilleux.

Courant presque, il l'entraîna vers la sortie, puis dans la rue en direction de Central Park. Il en connaissait tous les recoins. Une fois sur place, il choisit une allée discrète où il pourrait enfin avoir cette femme tout à lui.

Avec douceur, il la poussa contre un tronc d'arbre. A cette minute précise, il aurait été incapable de définir l'expression de son regard. Il y avait de l'amour, bien sûr, mais aussi autre chose. Peut-être de l'appréhension ?

— Dis-le encore, petite souris… Es-tu sûre… de tes sentiments ?

— Je t'aime, chuchota-t-elle. J'en suis absolument sûre.

Elle avait les paupières gonflées, des cernes ombraient son magnifique regard. A la pensée qu'il l'avait fait pleurer, il se serait donné des gifles. Il n'aurait pas trop d'une vie pour se rattraper…

— Je t'aime et je veux qu'on reste ensemble. Tu devras juste répondre à quelques questions, dit-elle en souriant.

— Tout ce que tu voudras, mon amour.

De ses paumes, elle lui entoura le visage et le regarda droit dans les yeux.

— Pourrais-tu m'expliquer quand, au juste, tu as eu cette idée de génie ?

— La nuit dernière, pendant que tu dormais. J'ai… paniqué. Je ne savais plus quoi faire.

— Tu aurais dû me parler ! Si tu veux que ça marche entre nous, il faudra t'habituer au mot « dialogue », sans tabou ni restriction. D'accord ?

— Oui, murmura-t-il. C'est promis. Tu sais… j'ai compris une chose importante la nuit dernière.

— Ah bon ? Quoi donc ?

— J'ai réalisé… que je ne t'avais pas posé les bonnes questions à propos de ton accident, parce que j'avais peur. Peur de ce que j'allais entendre. Peur que cela me détourne de mon objectif. Peur… de trop m'attacher à toi. Au fond, j'ai reproduit ce que Lyons a fait quand j'étais petit.

— C'est-à-dire ?

— Après nous avoir quittés, il a coupé les ponts avec nous. Je croyais qu'il se désintéressait de sa famille, mais en réalité… dans son esprit cela devait être tout ou rien. Et le « rien » était sûrement devenu pour lui la seule façon de poursuivre sa carrière. Cela étant, la comparaison s'arrête là. Je serais incapable de faire la même chose. Il est plus primitif que moi, dit-il en secouant la tête.

Le sourire de Kimberlyn fut un baume sur ses plaies.

— Peut-être qu'il est en train de changer, répondit-elle. Et si son invitation au bloc était une manière de te tendre la main ?

— J'y ai beaucoup réfléchi. Je lui ai envoyé un SMS ce matin, juste avant d'aller voir Ootaka.

Elle allait de surprise en émerveillement depuis le début de la matinée, mais là, elle venait carrément de recevoir un choc. Enzo avait contacté Lyons. C'était Noël avant l'heure !

— Que lui as-tu dit ? demanda-t-elle. A-t-il répondu ?

— En gros : « Si tu as changé et que tu veux te rapprocher de nous, commence par aller voir ta petite-fille. » Il n'y a pas de passif avec elle. Ce sera plus simple. S'il se conduit correctement, on verra pour la suite. Je lui ai envoyé une photo de Maya, avec l'accord de Sophia.

— Tu as eu une matinée chargée…, dit-elle dans un souffle, entremêlant ses doigts aux siens. Comment a-t-il réagi ?

— « Elle a les yeux de sa mère. » Voilà ce qu'il a répondu…

Les mêmes yeux bleus qu'Enzo, et que Lyons lui-même… Cet homme ne pouvait pas être insensible. Il avait bien dû éprouver quelque chose en découvrant la bouille adorable de sa petite-fille…

— A-t-il… demandé à la voir ?

— Oui. Sophia m'autorise à emmener Maya chez lui dans les prochains jours. Elle-même ne veut pas y aller pour l'instant. Mais j'ai pensé… que tu pourrais peut-être m'accompagner ?

— Bien sûr. Avec plaisir.

Il sourit et appuya doucement le front contre le sien.

— Si on rentrait chez toi, mon cœur ? Nous avons encore beaucoup de choses à nous dire, mais… j'aimerais le faire au calme. Je ne tiens plus debout.

Elle l'embrassa avec toute la tendresse dont elle était capable.

Ils s'étaient sacrifiés l'un pour l'autre. Et même si l'avenir proche s'annonçait incertain, elle était convaincue qu'ils trouveraient une solution. Quoi qu'ils fassent, ils seraient ensemble.

— Hm… Il faut que je réfléchisse, répondit-elle d'un ton taquin. Après tes exploits de la nuit dernière, j'hésite.

Elle se serra contre lui et se dressa sur la pointe des pieds.

— Il va falloir que je te fasse payer, lui chuchota-t-elle à l'oreille.

— En orgasmes ?

Enzo le charmeur était de retour. Il n'avait pas mis longtemps à retrouver son aplomb.

— Entre autres, docteur DellaTorro !

— Sache que je suis prêt à m'acquitter de ma dette, avec intérêts s'il le faut ! Aujourd'hui et tous les jours de notre vie.

— J'ai hâte que cette vie commence, mon amour…

Épilogue

Le jour du déménagement, tous les poiriers de Chine étaient en fleur à Brooklyn.

Kimberlyn, qui venait de déposer une malle à l'arrière du camion, fit une pause pour admirer la belle haie de fleurs blanches qui bordait la rue.

— Va-t-il pleuvoir ? demanda Enzo.

Elle éclata de rire.

— Aucune idée ! On ne voit pas de feuilles vertes au sommet.

Posté derrière elle, il l'enlaça. Elle s'abandonna contre lui, heureuse de sentir la caresse de ses lèvres sur son épaule nue.

Maintenant que ses cicatrices s'estompaient, elle avait ressorti des T-shirts à col bateau et même quelques débardeurs. Plus tard dans l'été, elle oserait peut-être porter des shorts.

Une étape après l'autre. Chaque jour lui apportait une petite victoire sur elle-même. Elle culpabilisait moins d'être vivante et en bonne santé. Grâce à l'amour d'Enzo, elle se réconciliait avec elle-même, et avec son corps…

Pivotant, elle lui prit les deux mains pour entremêler ses doigts aux siens. Comme d'habitude, le magnifique solitaire qu'elle portait à l'annulaire gauche tourna sur lui-même. Mais elle n'avait pas voulu le faire rétrécir : d'ici peu, une alliance viendrait rejoindre cette bague de fiançailles et l'empêcherait de bouger !

— Il va falloir que je te donne quelques leçons de météo

lorsqu'on arrivera dans le Tennessee, dit-elle en riant. Mais d'ici là, on a encore du pain sur la planche.

Caren, ayant décidé de prolonger son séjour au Cameroun, les avait chargés de déménager ses affaires. Elle ne savait pas combien de temps elle allait rester en Afrique, ni même si elle reviendrait à New York.

Kimberlyn comprenait parfaitement le point de vue de sa cousine : avec cette mission, Caren avait trouvé sa raison d'être à l'autre bout du monde.

Tout comme elle avait trouvé la sienne en choisissant la traumatologie.

Elle changeait peut-être de ville et d'hôpital, mais cela n'enlevait rien à son ambition d'excellence. Une ambition qu'Enzo partageait à cent pour cent, et qu'ils allaient pouvoir développer ensemble puisqu'ils avaient eu la chance de décrocher, chacun, un poste à l'hôpital universitaire Vanderbilt.

Celui où elle avait suivi sa formation. Où elle avait été soignée, aussi. La perspective de retrouver le Dr Anderson dans des circonstances beaucoup plus heureuses la réjouissait…

— Allez, courage, dit Enzo. Encore quelques cartons et on pourra partir. Ma mère tient à ce qu'on s'arrête chez elle. Elle nous a préparé un pique-nique. Je crois qu'elle voulait surtout nous dire au revoir pour la cinquantième fois !

— Elle est un peu triste, c'est normal. Mais nous reviendrons à New York pour les vacances. Et surtout, j'espère qu'elle viendra nous voir.

— Oui, moi aussi. On le lui a tellement répété qu'elle va enfin vaincre sa peur de l'avion, je pense !

Kimberlyn sourit. Elle adorait sa future belle-mère et avait tissé des liens chaleureux avec les sœurs d'Enzo. Quant à Marcus Lyons, il commençait à reparaître en douceur dans la vie de ses enfants.

Lui aussi avait été convié à leur mariage, mais il restait beaucoup de chemin à parcourir avant qu'Enzo se sente à l'aise avec lui.

Néanmoins, les retrouvailles étaient engagées. C'était l'essentiel. Pour le reste, il fallait laisser du temps au temps.

Ces deux prochaines années, Kimberlyn et Enzo allaient vivre dans le Tennessee. Mais peut-être reviendraient-ils, ensuite, s'installer à New York ?

Quoi qu'ils fassent, ils seraient ensemble désormais. Ils allaient fonder leur propre foyer, une famille. Kimberlyn avait tellement hâte de donner un cousin ou une cousine à Maya !

Avec Enzo, elle se sentait prête à tout. La petite souris avait vaincu ses peurs. Elle voulait croquer la vie à pleines dents.

C'était ça, le grand miracle de l'amour !

LUCY RYDER

Le docteur parfait

INTÉGRALE
MANHATTAN HOSPITAL

Traduction française de
CAROLINE JUNG

SAGAS
HARLEQUIN

Titre original :
FALLING AT THE SURGEON'S FEET

Ce roman a déjà été publié en 2015

1

— Hé, faites attention !

Le Dr Holly Buchanan, essoufflée, adressa un « désolée ! » par-dessus son épaule au jeune homme qu'elle venait de bousculer en entrant au pas de course dans le grand hall en marbre de l'hôpital West Manhattan Saints.

Elle était en retard. Très en retard. Pour la deuxième fois ce mois-ci. Elle aurait dû se douter que tout irait de travers : elle n'avait pas entendu le réveil sonner et avait cassé le talon de l'un de ses escarpins préférés en sautillant sur un pied pour trouver le second.

Mais ce n'était rien comparé à ce qui l'attendait derrière sa porte d'entrée. Quand elle avait voulu sortir de sa maison, une montagne de cartons et de meubles entassés encombrant les marches et le trottoir l'en avait empêchée.

Il lui avait fallu quelques instants pour comprendre que cette avalanche d'objets aurait dû être déposée devant l'entrée de la maison voisine. Malheureusement, il avait fallu beaucoup plus de temps pour convaincre le déménageur — un type patibulaire couvert de tatouages qui mesurait au moins quarante centimètres de plus qu'elle — qu'il s'était trompé d'adresse.

Il avait croisé ses gros bras tatoués sur son torse, tout aussi imposant, et l'avait regardée, l'air de dire « n'essayez pas de me gruger, mademoiselle ». Elle avait tressailli de la tête aux pieds et, sous le coup de l'émotion, avait lâché la première chose qui lui était venue à l'esprit :

— Saviez-vous que les détenus des prisons russes mélangeaient des semelles de bottes fondues à du sang et de l'urine pour faire de l'encre de tatouage ?

Après quelques instants interminables, il avait fini par lever un sourcil et répondre, en tordant sa bouche :

— J'étais dans la Marine. Je me suis fait faire un tatouage chaque fois que j'ai survécu à une escarmouche.

Sa voix traînante semblait remonter des profondeurs de ses boots.

Elle l'avait regardé, bouche bée.

— Je suis… Je suis vraiment désolée, avait-elle bredouillé, morte de honte. Merci d'avoir servi notre pays…

— Je vous en prie, avait-il rétorqué sèchement. Bon, maintenant, qu'est-ce que je fais de tout ça ?

Elle avait dû prendre le temps — qu'elle n'avait pas — pour le convaincre d'appeler l'entreprise de déménagement, ce qu'il avait fait, campé devant sa porte tel un videur de boîte de nuit. Au bout de plusieurs longues minutes, pendant lesquelles elle était passée d'un pied sur l'autre avec la plus grande impatience, il avait fini par lui présenter ses excuses : il y avait bien une erreur. Puis il s'était penché pour la soulever aussi facilement que s'il avait pris un enfant dans ses bras et la transporter jusqu'au bas des marches jonchées d'objets en tout genre pour la déposer sur le trottoir.

— Je n'ai pas envie que vous vous fouliez la cheville avec des talons pareils, avait-il ajouté en souriant.

— Merci, avait-elle murmuré avant de courir en direction de la station de métro, risquant davantage qu'une cheville foulée.

Elle traversa l'immense hall en esquivant tant bien que mal la foule et se persuada de prendre l'ascenseur. Ce serait plus rapide que d'emprunter l'escalier et, à n'en pas douter, l'hôpital assurait leur maintenance régulière. Elle ne risquait rien…

Elle contourna en pestant un groupe d'infirmières attroupées devant le grand panneau sur lequel étaient annoncés les événements à venir, les conférences et les actualités de l'hôpital. En général, elle lisait les annonces, guettant le moment où son nom apparaîtrait sur la liste des lauréats des bourses de perfectionnement en chirurgie plastique et reconstructive.

Mais, ce matin, elle jeta un coup d'œil distrait sans s'arrêter. Elle avait horreur d'arriver en retard aux réunions, surtout quand elles étaient organisées par le chef de clinique. Ce n'était pas vraiment le genre d'homme que l'on avait envie de contrarier — à plus forte raison quand on espérait obtenir une bourse.

Les portes de l'un des ascenseurs s'entrouvrirent. Marmonnant une prière, elle se précipita dans la cabine juste au moment où un groupe d'adolescents bruyants en sortait. L'un d'entre eux lui donna un coup de pied à la cheville qui la déséquilibra. Elle tenta vaillamment de se raccrocher à l'encadrement en aluminium, mais se retrouva à genoux, tandis que son sac à main et sa mallette volaient dans l'autre direction.

Les portes se refermèrent sur un silence si assourdissant qu'elle se demanda si elle était en train de rêver.

Elle soupira et émit quelques jurons qui auraient fait se dresser les cheveux de sa mère. Cet épisode réveillait des souvenirs qu'elle aurait préféré oublier. Des souvenirs d'une cabine d'ascenseur de verre qui plonge et s'écrase sur le sol, explosant sous l'impact, déclenchant des hurlements de terreur.

Tandis qu'elle s'efforçait de ne pas se laisser submerger par l'angoisse, il lui sembla percevoir une présence près d'elle et pria pour que ce soit une hallucination auditive. Il ne manquerait plus que quelqu'un ait assisté à son magnifique vol plané.

Pourvu qu'il n'y ait personne. Je veux être seule !

Elle dégagea quelques mèches de cheveux de son visage et se figea. A quelques centimètres d'elle, se trouvait une paire de tennis usées, surplombées par un jean délavé. Elle déglutit tandis que ses yeux glissaient sur des jambes immenses et musclées. Mais avant qu'elle prenne vraiment conscience de la situation, l'homme s'agenouilla, et elle se retrouva face à deux yeux bleu-vert surmontés d'une frange décolorée par le soleil. Elle eut l'impression de plonger dans la mer des Caraïbes.

— Ça va ? demanda-t-il d'une voix grave et profonde, la sortant de sa torpeur.

Elle sentit une vague de chaleur la gagner sans en comprendre tout à fait la raison. Elle eut l'impression que quelque chose de peu commun venait de se produire. L'idée la fit pouffer. Effectivement, le niveau de ridicule qu'elle avait atteint était peu banal…

Les yeux clairs, toujours braqués sur elle, formaient un contraste saisissant avec la peau hâlée du visage. Il ressemblait à ces mannequins des publicités pour les vêtements de sports extrêmes. Le genre d'homme qui bronze non pas dans des cabines UV, mais en affrontant les éléments — à la proue d'un navire de pirates, par exemple.

— Super ! dit-elle en ravalant sa honte d'être tombée de tout son long aux pieds de l'homme le plus sexy de Manhattan.

Peut-être même de toute l'Amérique.

— Vous êtes sûre ?

— Oui, ça va, dit-elle.

Ses yeux glissèrent vers la bouche de l'inconnu dont les lèvres magnifiquement dessinées s'écartèrent en un sourire des plus charmeurs.

Elle sentit son visage s'empourprer, prenant conscience qu'elle le regardait telle une adolescente bavant devant un maître nageur super sexy.

— Je ne me suis jamais sentie aussi honteuse de ma vie, mais ça va, murmura-t-elle en se frottant les mains. Je vous en prie, faites comme si je n'étais pas là et laissez-moi me draper dans le peu de dignité qu'il me reste.

De petites rides se formèrent au coin de ses yeux éblouissants et les extrémités de sa bouche se relevèrent plus franchement, révélant — comble de l'horreur ! — une fossette à droite.

Elle déglutit. Il avait une fossette, en plus du reste !

— Je vais avoir du mal à faire comme si vous n'étiez pas là, dit-il en se retenant manifestement de rire.

Elle ferma les yeux et soupira.

— Parfait. Maintenant, je suis…

Elle agita la main comme pour annuler ce qu'elle avait commencé à dire.

— Peu importe. Bref...

Elle tourna la tête et aperçut ce qui était désormais exposé à la vue de tous et qui n'aurait jamais dû l'être. Son sac et sa mallette gisaient, grands ouverts, et leur contenu s'était répandu sur le sol. Elle s'empara d'un tampon qu'elle fourra dans le fond de son sac, priant pour que l'inconnu n'ait rien vu, mais un coup d'œil dans sa direction lui confirma qu'il n'avait pas pu faire autrement que de *tout* voir.

Elle soupira et replaça promptement une mèche de ses cheveux derrière son oreille. Etait-il possible qu'une journée commence aussi mal ?

L'homme lui tendit la main et, l'espace d'un instant, les picotements qu'elle sentit courir le long de son avant-bras à son contact lui firent oublier son terrible début de journée.

Il eut l'air, lui aussi, d'avoir ressenti quelque chose. Les sourcils froncés, il lui retourna la main et la scruta avec attention.

— Vous vous êtes fait mal, dit-il.

Elle regarda sa petite main nichée dans la sienne, grande et bronzée, avec des doigts élégants. Lorsqu'il passa doucement le pouce sur la peau éraflée de sa paume, les picotements se muèrent en un tourbillon de sensations qui l'emporta tout entière.

Elle écarquilla les yeux en se demandant ce qui lui arrivait.

— Ce... Ce n'est rien, marmonna-t-elle en se libérant.

Elle recula d'un pas, cherchant à se ressaisir et priant pour qu'il n'ait pas perçu son agitation intérieure.

La dernière fois qu'elle s'était sentie aussi honteuse, c'était quand Jimmy Richards l'avait surprise en train de dessiner des cœurs et des fleurs autour de son nom. Elle avait treize ans.

Elle frotta machinalement sa main sur sa cuisse et baissa les yeux. Le reste de ses affaires jonchait toujours le sol. La vue d'une barre chocolatée entamée la sortit de son état second. Se penchant, elle rassembla tout ce qu'elle pouvait pour le fourrer dans son sac à main.

Comment pouvait-on mettre autant de bazar dans un seul

sac ? Elle ne se souvenait même pas de la moitié des objets éparpillés dans cette cabine d'ascenseur. Pas ce stylo doré ni ces pastilles à la menthe, en tout cas. Et, franchement, avait-elle vraiment besoin de deux brosses à cheveux ?

Elle laissa l'inconnu ramasser ses livres, ses notes et son stéthoscope. Une chance que sa mallette ne contienne rien de particulièrement embarrassant. Quoique… Il y avait bien ces vieilles photos d'elle, prises avant/après, et qu'elle gardait pour ne pas oublier pourquoi elle étudiait la chirurgie reconstructive. Elle balaya rapidement la cabine du regard : pas de photos en vue. Elle se redressait, soulagée, quand elle constata que l'homme tenait entre le pouce et l'index un petit carré argenté.

Si ce préservatif lui appartenait, il devait être au fond de sa mallette depuis des années !

Elle afficha un air le plus dégagé possible, mais il la fixait, une lueur amusée au fond de ses yeux bleu-vert.

— Médium ?

Etait-elle en train de rêver ? Allait-il se mettre à commenter la taille d'un préservatif avec une inconnue dans un ascenseur ?

— Vous pouvez le garder, dit-elle. Ces choses-là se conservent quatre ans, en général, si on les entrepose dans un endroit frais et sec.

Quoi de plus frais et sec que le fond de sa mallette, a fortiori depuis qu'elle se concentrait sur son travail ?

Il fit une moue qui accentua sa fossette.

— Beaucoup trop petit, commenta-t-il avec autant de naturel que s'ils étaient en train de parler de chaussures.

Puis il scruta l'envers du préservatif.

— De toute façon, les quatre ans sont déjà dépassés depuis au moins un an et demi.

Elle leva mentalement les yeux au ciel, mais sentit ses joues s'empourprer.

Maintenant, cet apollon savait que sa vie sexuelle était réduite à peau de chagrin. Tendant le bras, elle subtilisa le préservatif qu'elle jeta dans le cendrier. Il le fixa quelques instants avant de se tourner de nouveau vers elle.

— Si quelqu'un le trouve, il va peut-être vouloir s'en servir. L'idée d'être responsable d'une grossesse non désirée ne vous dérange pas ?

Toute sa journée allait-elle être pénible à ce point ?

Elle souleva le petit couvercle pour fouiller le contenu du cendrier, et quand elle parvint à récupérer le sachet, elle leva la tête vers l'homme d'un air de défi. Elle le regarda en silence, l'air de dire : « Ça y est, vous êtes content, maintenant ? », et vit ses yeux se plisser légèrement. Il lui tendit la main, mais elle l'ignora et fourra le préservatif avec le reste de ses affaires, au fond de son sac. Puis elle prit la mallette qu'il lui tendait et murmura un merci étranglé, prenant soin que leurs mains n'entrent pas en contact. Elle avait reçu suffisamment de décharges pour la matinée.

Et dire qu'elle n'avait pas encore pris son café !

Une clochette retentit, signe qu'ils étaient arrivés à l'étage. Quand les portes s'entrouvrirent, elle sortit, priant pour ne plus jamais croiser cet homme de sa vie. Juste avant que les portes ne se referment, elle l'entendit l'interpeller.

— N'oubliez pas de jeter ce vieux préservatif !

Elle sentit quelques regards étonnés se tourner vers elle mais elle les ignora, avançant au pas de charge tout en se demandant ce qu'elle avait fait au bon Dieu pour tomber sur un type pareil.

Ce n'est que lorsqu'elle croisa une infirmière poussant un berceau qu'elle comprit qu'elle s'était trompée de deux étages.

Tournant les talons, elle se dirigea vers la cage d'escalier pour monter jusqu'au vingt-deuxième. Au point où elle en était ! Elle avait déjà presque un quart d'heure de retard.

Quand, enfin, elle entra dans la salle de réunion, tous les regards convergèrent vers elle, y compris celui du chef de clinique, le Pr Gareth Langley. Rougissante, et murmurant de brèves excuses, elle se glissa sur la seule chaise libre autour de l'immense table ovale.

Heureusement qu'elle n'avait aucune intervention chirurgicale programmée dans une journée comme celle-là. Qui sait si elle ne se trancherait pas un doigt d'un coup de scalpel ?

Sans lever la tête, elle prit une chemise posée devant elle sur la table et l'ouvrit, sachant qu'elle y trouverait le nouveau planning. Elle tourna quelques pages et parcourut la liste des yeux. Elle soupira de soulagement en voyant qu'elle était programmée pour plusieurs interventions avec le Dr Lin Syu et deux autres avec le chef du service de chirurgie, le Dr Geoff Hunt.

A cet instant, elle croisa le regard de Lin Syu qui lui adressa un bref sourire avant de se tourner vers le directeur du service de chirurgie plastique et reconstructrice qui, précisément, la regardait.

— Bien, maintenant que le Dr Buchanan nous a rejoints, dit-il après lui avoir adressé un petit signe de tête, je vais vous expliquer les raisons pour lesquelles le Pr Langley se trouve ici ce matin.

Sentant que ses joues reprenaient peu à peu leur couleur normale, Holly se détendit sur sa chaise, tandis que le Pr Langley se levait pour parler de l'agrandissement du service et du prochain bal de charité organisé par la fondation Chrysalis.

Holly connaissait bien cette fondation que sa mère dirigeait. Elle œuvrait en faveur des enfants et des jeunes qui avaient besoin d'une intervention plastique ou reconstructive, mais n'avaient pas les moyens de la financer.

N'écoutant le chef de clinique que d'une oreille, Holly jeta distraitement un coup d'œil autour de la table. Elle se figea lorsqu'elle croisa une paire d'yeux bleu-vert qui la regardaient avec amusement. Pour la deuxième fois de la matinée — et il n'était pas encore 9 heures —, elle sentit son cœur s'arrêter de battre.

L'homme assis à côté du Pr Langley n'était autre que le bel inconnu de l'ascenseur.

La gorge sèche, elle eut envie d'attraper la bouteille d'eau, de plonger dedans et de se noyer. Ni vu ni connu.

Qui diable était-il et que faisait-il là ?

Prenant conscience qu'elle le dévisageait, bouche bée, les yeux écarquillés, elle détourna le regard pour fixer les colonnes de chiffres affichés sur l'écran. Un kaléidoscope d'images de la demi-heure qui venait de s'écouler défilait dans son esprit.

Elle revint à la réalité et, se rendant compte qu'elle frottait frénétiquement ses mains sur ses genoux, elle posa ses avant-bras sur la table en essayant de reprendre une respiration normale.

Peut-être avait-elle fait un rêve ? Peut-être était-elle encore en train de dormir ?

Dans ce cas, ce ne serait pas un rêve, mais plutôt un cauchemar.

Elle releva la tête. L'homme au regard troublant était toujours là et la regardait avec le même mélange d'amusement et de perplexité, comme s'il ne savait pas vraiment que penser d'elle.

Il n'était pas le seul.

Elle revint vers Langley qui évoquait une généreuse donation que l'hôpital venait de recevoir et qui permettrait l'agrandissement du service et le développement de nouvelles technologies. Et ce, sous la direction d'un éminent chirurgien plastique tout droit venu de Beverly Hills.

Elle tendit l'oreille et jeta de nouveau un coup d'œil à l'inconnu de l'ascenseur tandis qu'un mauvais pressentiment s'insinuait en elle.

J'espère me tromper...

— Je suis sûr que vous avez tous lu l'annonce dans le hall ce matin, dit Langley.

Comment aurait-elle pu imaginer — même si elle avait eu le temps de voir l'annonce dans le hall — que ce type ébouriffé en jean-baskets était un grand chirurgien plastique de Beverly Hills ?

Ce n'est pas possible ! Ça ne peut pas être lui.

Où étaient le costume à deux mille dollars, les mocassins cousus main à huit cents dollars et la coupe de cheveux à cent dollars ?

Elle jeta un autre coup d'œil dans sa direction. Avec son visage bronzé, ses cheveux décolorés par le soleil et son allure décontractée, il avait une tête à faire la une des magazines de surf plutôt qu'à opérer des stars à Beverly Hills.

— J'aimerais donc vous présenter le Dr Gabriel Alexander, à qui je souhaite la bienvenue dans la grande famille du West Manhattan Saints, poursuivit Langley avec enthousiasme.

Elle comprit alors que l'homme super sexy qui lui avait déjà coupé le souffle à deux reprises et lui donnait l'impression d'avoir des jambes en coton était le même qui avait passé des années à modifier la plastique des gens riches et célèbres d'Hollywood. Au rang desquels figurait probablement sa sœur.

Qu'était-il venu faire à Manhattan ?

Et pourquoi avait-il une fossette ?

2

Le Dr Gabriel Alexander s'enfonça dans le fauteuil en soupirant, posa sa tête contre le dossier et ferma enfin les yeux. Il avait l'impression que l'étonnant voyage en ascenseur avec cette interne avait eu lieu des mois auparavant et non quelques jours plus tôt. Il était épuisé.

Il posa les jambes sur l'accoudoir d'un autre fauteuil. Il devait avoir l'air d'une araignée coincée dans une boîte d'allumettes, avec ses longues jambes repliées tant bien que mal. Mais qu'importe ! Il avait vraiment besoin de faire une pause dans son emploi du temps effréné et, de toute façon, depuis son internat, il pouvait dormir partout. Mais son endroit préféré restait les salles d'observation car elles étaient calmes, en général, surtout après 8 heures du soir.

Il enfonça ses écouteurs dans ses oreilles et prit une profonde inspiration en songeant à cette drôle de scène dans l'ascenseur, quatre jours auparavant, avec cette jeune femme qui était littéralement tombée à ses pieds.

Il était content de revenir dans une grande structure hospitalière. Il avait bien fait de vendre ses parts de la clinique à ce jeune médecin ambitieux que la vie hollywoodienne faisait rêver.

Pendant six ans, il avait travaillé dans une clinique privée, tellement select que très peu de gens connaissaient son existence — seulement des gens très célèbres ou très riches, ou les deux. A présent, en repensant à ce qu'il avait laissé derrière lui, il éprouvait un étrange mélange de fierté et de dégoût.

Il avait possédé un manoir à Beverly Hills, une maison à Santa Monica, un yacht et plusieurs voitures de luxe alignées dans son immense garage. Il était le chirurgien esthétique le plus en vue de la côte Ouest. Une consécration, pour un homme qui avait passé son enfance à douter de ses capacités. Et une belle revanche sur Caspar Alexander, son grand-père.

Celui-ci, un homme riche et puissant, avait fait appel à ses relations pour annuler le mariage de son fils Mark avec sa petite amie, Rachel, qu'il jugeait indigne de porter le nom d'Alexander.

Mais il s'y était pris trop tard. L'étudiante en troisième année d'école de journalisme était enceinte. Quand le vieil homme l'avait appris, il était allé lui rendre visite et lui avait ordonné, proférant des menaces à peines voilées, de s'éloigner de sa famille.

Rachel, qui avait eu peur pour son bébé, avait déménagé à l'autre bout du pays afin d'être sûre de ne plus jamais le croiser. De son côté, Caspar Alexander avait fait en sorte que son fils soit suffisamment occupé — par sa nouvelle femme et sa nouvelle famille, entre autres — pour ne plus chercher à recontacter son ancienne flamme.

Cela n'avait pas empêché Rachel de parler à Gabriel de son père, Mark Alexander, ni à Gabriel de rêver qu'un jour ce dernier viendrait le chercher. Ce jour n'était jamais venu. Le père et le grand-père étaient retournés à leur vie de riches et puissants comme si rien ne s'était passé.

Or, deux ans auparavant, le vieil homme avait compris qu'il fallait que quelqu'un reprenne la tête des affaires familiale. Ne jugeant pas son fils et son petit-fils légitime à la hauteur et n'ayant pas l'intention de leur laisser dilapider la fortune qu'il avait mis une vie à bâtir, il était venu voir Gabriel et l'avait flatté pour arriver à ses fins. Il était tellement fier de sa réussite ! D'ailleurs, il avait de qui tenir…, avait-il ajouté sans la moindre vergogne.

Gabriel lui avait répondu sans ambages qu'il n'avait que faire de sa proposition !

Il avait passé tellement de temps à en vouloir à son père, à sa mère, mais surtout à ce vieux requin de Caspar Alexander ! Aussi, quand on lui avait proposé d'entrer comme associé dans la clinique de Beverly Hills, il avait savouré sa joie et sa revanche.

Regarde, vieux requin, je n'ai pas eu besoin de toi ni de ton argent pour devenir quelqu'un. J'y suis parvenu tout seul.

Puis on avait diagnostiqué une forme agressive de leucémie à sa mère. Ni son argent, sa célébrité, ses contacts ou son habileté à manier le scalpel n'avaient rien pu faire. Sa mère était morte et c'est alors qu'il avait compris qu'elle avait raison : il était devenu exactement tout ce qu'il détestait dans la vie. A l'image de son grand-père. Impitoyable et froid dans ses rapports avec les gens, avec pour seuls centres d'intérêt l'argent et le succès.

Le réveil avait été dur. Mais il lui avait permis d'entreprendre des changements importants dans sa vie.

Un coup dans les sièges devant lui le fit brusquement sortir de ses souvenirs. Il entrouvrit un œil et vit que quelques personnes s'étaient attroupées près de la vitre qui surplombait le bloc opératoire numéro trois. Un rapide coup d'œil à l'écran révéla un torse ouvert, que des instruments maniés par des mains gantées anonymes étaient en train de refermer. Etant donné que le West Manhattan Saints comptait les chirurgiens traumatologues les plus réputés de la côte Est, la personne à qui l'on était en train de recoudre le torse était entre de bonnes mains.

Il retira un écouteur et apprit, du murmure qui se diffusait autour de lui, que la patiente était une jeune femme qui avait fini sous les roues d'un autobus et que la chirurgienne à l'œuvre était le Dr Chang.

Remettant son écouteur en place, il admira, sur l'écran, la dextérité de la chirurgienne avant de laisser glisser son regard sur les observateurs.

Comme ils étaient jeunes ! Même sans leur blouse bleu pâle, il aurait deviné qu'il s'agissait d'internes. Il leur ressemblait au même âge. A l'expression animée de leurs visages, ils devaient être en train de parler de choses qui n'avaient rien à voir avec l'opération qui se déroulait sous leurs yeux. Sûrement des formes d'une infirmière sexy ou du sale caractère du chef de clinique.

Les hôpitaux étaient des villages dans lesquels tout le monde se connaissait et où la vie privée des gens ne restait pas privée très longtemps. On se retrouvait dans la salle de repos pour discuter des patients. Les infirmières aimaient bien se plaindre des médecins. Les médecins se plaignaient de tout et de tout le monde, en particulier de l'administration.

Et l'administration ? L'administration était l'ennemi commun car c'était elle qui gérait les fonds, réduisait les dépenses et négociait sur toutes les requêtes, du produit d'entretien pour les sols à la maintenance des scanners.

Il sourit. Il n'avait jamais pris conscience que l'hôpital lui manquait à ce point. Pas tant les ragots en salle de repos que la solidarité qui régnait dans les grandes structures, où les contraintes faisaient de chaque journée une lutte pour la survie. L'hôpital n'était pas un endroit où les riches blasés venaient s'offrir le nez ou les fesses à la mode et, par la même occasion, une petite aventure torride avec leur chirurgien. L'hôpital, c'était la vraie vie.

Reposant sa tête sur le dossier, Gabriel referma les yeux. Vu le nombre de cartons à ouvrir qui l'attendaient, il ferait bien de rentrer chez lui. Mais il avait tellement besoin de…

Il rouvrit brusquement les paupières. Sur le côté, se tenait une silhouette désormais familière.

Le Dr Holly Buchanan.

Elle regardait l'écran au-dessus d'elle avec attention, ses dents blanches parfaitement alignées mordillant ses lèvres roses. Une petite ride de concentration creusait son front. De temps en temps, ses mains aux doigts fins mimaient la scène qui se déroulait sur la table d'opération, comme si elle répétait et voulait apprendre les gestes par cœur.

Il avait passé suffisamment de temps chez les gens fortunés pour deviner que le Dr Buchanan n'était pas issue de la classe moyenne. Elle possédait l'élégance froide qui semblait être l'apanage des gens très riches. Une élégance qui dissimulait des complexes de supériorité et le droit, que certains s'octroyaient sans scrupules, d'exploiter les gens moins fortunés qu'eux.

Les exemples ne manquaient pas. Sa famille, pour commencer. Ou l'une de ses ex-petites amies, Lauren. Une fille dont il pensait qu'elle l'aimait suffisamment pour supporter le fait qu'il soit issu d'un milieu moins aisé qu'elle et ne mange pas tout à fait à sa faim pendant ses études de médecine. Mais elle avait éclaté de rire quand il lui avait fait une déclaration d'amour puis l'avait accusé de vouloir se servir d'elle pour accéder à la fortune de son père. Ils avaient fait l'amour une dernière fois avant qu'elle aille se marier avec un homme convenant beaucoup mieux à son rang.

A l'époque, il était jeune, un peu fou, et faisait tout pour prouver qu'il valait quelque chose. L'histoire avec cette fille s'était terminée, et il en avait retenu que les gens nés dans l'opulence ne pouvaient partager qu'une aventure torride avec quelqu'un venu des quartiers moins favorisés de la ville. Surtout si ce quelqu'un était illégitime…

Néanmoins, même si Holly Buchanan venait d'un monde dont il s'était senti exclu dans sa jeunesse — mais dont il avait ensuite exploité la vanité —, il ne pouvait s'empêcher de la regarder. Elle était toujours aussi nonchalamment élégante que la dernière fois qu'il l'avait vue, lorsqu'elle lui avait jeté des coups d'œil incendiaires par-dessus la table de réunion comme s'il était personnellement responsable de la dette du pays.

Cela dit, la nonchalance s'arrêtait là car ses grands yeux bleus étaient perçants. Et, quand elle s'était retrouvée à quatre pattes dans l'ascenseur, il l'avait entendue murmurer des jurons comme si elle hésitait entre exprimer ce qu'elle pensait et ne pas sortir des limites dans lesquelles son éducation l'avait enfermée.

Par ailleurs, il y avait ces cicatrices, qu'elle tentait de dissimuler sous un habile maquillage. C'était soit un travail de boucher de la part d'un chirurgien esthétique, soit le chef-d'œuvre d'un maître de la chirurgie reconstructive après un accident qui l'avait défigurée. Ce qui, dans un cas comme dans l'autre, expliquait son intérêt pour la chirurgie plastique.

Mais ce qui avait attiré l'attention de Gabriel, c'étaient ses yeux, ou du moins l'expression de vulnérabilité qu'il avait lue dans son regard. En dépit de sa sophistication, le Dr Holly Buchanan n'était pas aussi calme et posée qu'elle voulait en avoir l'air.

Il passa une main sur sa cuisse à l'endroit où la mallette l'avait heurté. Heureusement qu'elle n'avait pas atterri plus haut, sans quoi il se serait sans doute retrouvé pilé en deux de douleur.

Il sourit en repensant à la façon dont elle avait ramassé ses affaires comme si c'étaient des objets de contrebande et qu'elle craignait d'être surprise par un agent des douanes. Quand il avait trouvé le préservatif, elle avait rougi, mais avait sorti les griffes.

Il la vit ronger l'ongle de son pouce en scrutant l'écran, ignorant totalement le jeune crétin qui essayait de se faire remarquer par elle.

Gabriel referma les yeux.

Il avait l'impression de la connaître, même s'il ne lui semblait pas l'avoir déjà rencontrée auparavant.

Lorsqu'il rouvrit les paupières, quelques instants plus tard, elle s'apprêtait à sortir de la salle d'observation, cherchant à l'éviter comme s'il était un tigre somnolent qu'elle ne voulait surtout pas réveiller. Il remarqua qu'elle portait des escarpins très sexy. Soudain, alors que plusieurs pagers sonnaient en même temps, elle se figea, sur la pointe des pieds, et tourna la tête vers lui, manifestement surprise de croiser son regard.

L'un des internes qui descendaient les marches en se bousculant et râlant après les médecins seniors qui les traitaient comme des esclaves heurta le Dr Buchanan. Elle remua les bras pour tenter de recouvrer son équilibre, en vain, et tomba à la renverse sur Gabriel.

L'homme qu'il était — et qui n'avait pas eu de contact rapproché avec une femme depuis un certain temps — sentit son corps réagir au quart de tour à la présence de cette jeune femme magnifique pratiquement assise sur lui. C'est alors qu'elle pivota pour le regarder avec colère.

Comme si c'était sa faute !

Il n'avait rien demandé. Il était simplement venu faire une pause dans un endroit tranquille.

Remettant ses deux pieds sur le sol, Gabriel tenta de se lever. Surprise par le changement de position, elle s'accrocha à lui de peur de se retrouver, une fois de plus, par terre. Aussi la prit-il par la taille pour la faire glisser le long de son corps et la remettre debout.

Elle s'écarta aussitôt de lui en reprenant sa respiration. La voyant tituber sur les marches, il la rattrapa par le bras pour l'empêcher de tomber une fois encore.

Leurs corps se heurtèrent avec suffisamment de force pour lui couper le souffle.

— Faites attention, dit-il. Je ne voudrais pas que vous ayez d'autres hématomes sur le corps.

Elle recula d'un pas et leva la tête.

— Qui vous a dit que j'avais des hématomes ? demanda-t-elle dans un halètement qui fit venir à l'esprit de Gabriel des images pour le moins inopportunes.

Des images d'elle, haletant dans le feu de l'action. De lui, lui caressant le corps, se penchant pour embrasser délicatement sa peau meurtrie.

Des images qu'il n'était pas censé avoir en tête au sujet d'une collègue plus jeune travaillant dans son service pour obtenir une bourse.

Quand elle prit conscience qu'ils étaient toujours plaqués l'un contre l'autre, elle se dégagea de ses bras en veillant, cette fois, à ne pas faire d'écart qui le mettrait en position de devoir intervenir pour la sauver une fois de plus.

Elle s'éclaircit la gorge.

— Je veux dire, comment savez-vous que j'ai des hématomes ?

Il la toisa en croisant les bras et laissa son regard vagabonder sur son visage et son cou.

— Vous avez grimacé en vous asseyant à la réunion de lundi, et j'imagine que votre peau blanche et délicate marque facilement.

— Oh…, murmura-t-elle, apparemment soulagée, comme si elle l'avait imaginé la suivant jusque dans les vestiaires pour l'épier.

Jamais il n'avait vu quelqu'un dont les pensées se lisaient aussi facilement sur le visage. D'une manière générale, celles-ci ne semblaient pas très positives à son égard. Mais cela le changeait de toutes ces femmes qui lui couraient après en exigeant toujours quelque chose de lui.

— Désolée de vous avoir réveillé, dit-elle d'une voix rauque. Et d'avoir failli vous écraser.

— Vous êtes loin de m'avoir écrasé, ne vous en faites pas. Et si j'avais les yeux fermés, je ne dormais pas. C'est fou ce qu'on entend quand les gens vous pensent ailleurs. Tenez, ce type qui essayait d'attirer à tout prix votre attention.

De toute évidence, elle savait exactement de qui il parlait.

— Il a passé son temps à se vanter. Je me suis demandé s'il parlait de ses compétences au bloc opératoire ou en privé. C'est à cause de ce genre de type que les chirurgiens ont mauvaise réputation.

La froideur soudaine de son regard le surprit.

— Les seuls chirurgiens qui nuisent à notre réputation sont ceux qui sont suffisamment arrogants pour croire qu'ils savent, mieux que Dieu lui-même, décider de ce à quoi doit ressembler le corps humain.

De toute évidence, elle parlait de lui. Il ouvrit la bouche pour se défendre, mais la colère et la lueur accusatrice qu'il décela dans ses grands yeux bleus l'en dissuadèrent.

Que se passait-il ?

Pour autant qu'il sache, il n'était pas responsable de ses cicatrices. Si elle avait été l'une de ses patientes, il s'en souviendrait, de même que s'ils avaient eu une histoire ensemble, même brève. Primo, elle n'était pas son genre. Deuzio… Deuzio, quel homme serait capable d'oublier ces yeux bleus magnifiques et cette bouche charnue ? Aucun.

Il repensa à l'accusation qu'elle avait proférée et se détendit. Elle avait raison, après tout. Pendant des années, il avait très activement participé à la quête de perfection hollywoodienne et s'était réjoui de relever le défi d'améliorer ce que Mère Nature avait créé. Un petit coup de scalpel par ici, une prothèse par là, et même un corps entièrement remodelé pour ceux qui en avaient les moyens.

La honte et le dégoût d'avoir été le complice de ses patients dans cette quête futile et illusoire de perfection refirent surface. Cela dit, il ne pouvait pas laisser passer de telles accusations de la part de cette femme dont l'attitude, à bien y repenser, avait radicalement changé envers lui depuis que le Pr Langley l'avait présenté en salle de réunion.

Il fourra les mains dans ses poches et se balança nonchalamment sur ses talons.

— Voulez-vous savoir ce que j'ai appris sur vous ? demanda-t-il.

— Non, dit-elle en avançant pour s'en aller.

Mais il ne s'écarta pas d'un centimètre. Pour une raison qui lui échappait, il n'avait pas envie qu'elle parte.

Elle consulta sa montre d'un air affairé.

— Je suis sûre que vos révélations sont fascinantes, poursuivit-elle, mais elles ne m'intéressent pas le moins du monde.

Il sourit. Depuis qu'il l'avait rencontrée, Holly Buchanan semblait, au contraire, lui porter un intérêt certain. Il passa une main sur sa joue.

— Vous êtes sérieuse, réservée, et vous rongez l'ongle de votre pouce quand vous vous concentrez. Vous mimez une opération sans vous en rendre compte, et je crois que vous détestez être au centre de l'attention. En fait, vous ne montrez qu'une partie de vous-mêmes aux gens à qui vous vous adressez.

Elle détourna les yeux en se mordillant la lèvre. Il eut envie de se pencher et de mordiller cette lèvre, lui aussi. Mais elle tenait toujours sa mallette à la main et il préféra ne pas l'inciter à s'en servir comme d'une arme. Cette fois, elle pourrait viser plus haut.

— Qu'en dites-vous ?

Elle leva les yeux au ciel, les lèvres pincées comme si elle espérait que son silence suffirait à le décourager. Il avait passé suffisamment de temps sur les plages californiennes au cours de son adolescence pour savoir quand une femme n'était pas intéressée. Il pourrait parier sa collection entière de planches de surf qu'Holly Buchanan avait été aussi troublée que lui lors de leur première rencontre agitée. Ses pupilles dilatées, ses joues rosies et sa façon de reprendre son souffle étaient parlantes.

De toute évidence, elle était attirée, mais s'en défendait. La question était : pourquoi ? Qu'avait-il fait qui aurait pu l'offenser ?

— Soit, dit-il sans la quitter des yeux. J'imagine que vous avez fait tout ce qu'une jeune fille de bonne famille se doit de faire : cours de danse classique, de piano et de maintien... Vous vous sentez obligée d'exceller dans tout ce que vous faites... Peut-être pour faire plaisir à quelqu'un. Votre mère ? Votre père ? Votre petit ami ?

Comme elle le regardait, bouche bée, il ajouta :

— C'est ça, c'est pour votre petit ami ?

— Cela ne risque pas ! marmonna-t-elle.

Puis, apparemment gênée de s'être emportée, elle soupira d'un air ennuyé.

Il sourit, étrangement satisfait de cette première réaction, très spontanée, puis son regard glissa sur les minuscules cicatrices du visage.

— Je dirais que l'origine de votre intérêt pour la chirurgie plastique est à rechercher dans votre expérience personnelle...

Peut-être s'agit-il d'un désir profond de réparer les erreurs des autres.

Elle leva la main qui s'immobilisa en l'air comme si elle luttait contre la tentation de cacher son visage, et ce fut au tour de Gabriel de se sentir embarrassé d'avoir touché un point sensible avec si peu de tact.

L'envie de la prendre dans ses bras le tenaillait tandis qu'il l'observait, s'attardant une seconde de plus sur ses seins mis en valeur par la coupe parfaite de sa veste.

Soudain, une idée lui traversa l'esprit. Il avait envie de faire de nouveau briller cette lueur rebelle dans ses yeux et la voir redresser fièrement le menton.

— Mais peut-être que je me trompe complètement, ajouta-t-il d'une voix douce. Peut-être êtes-vous, vous aussi, adepte de la chirurgie esthétique ?

Elle le regarda comme s'il venait de proférer une insanité. Puis elle croisa les bras sur sa poitrine en soupirant. Cherchait-elle à se protéger de son regard ou se retenait-elle de lui donner un coup de poing dans la figure ?

Il sourit de nouveau à l'idée qu'elle puisse lutter contre son attirance envers lui. Il ne serait pas contre l'éventualité d'en venir aux mains avec elle, si elle se décidait à lui asséner un coup de poing…

Il attendit la réponse, qu'il imaginait cinglante. Mais, une fois encore, elle le surprit.

— Savez-vous que les femmes ayant des implants mammaires ont trois fois plus de chances statistiques de se suicider et de devenir alcooliques ou de se droguer que les autres ?

— Pardon ? dit-il.

Avait-il bien entendu ?

Elle rougit et prit une grande inspiration avant de poursuivre.

— Les deux tiers d'entre elles ont recours à la chirurgie plus d'une fois.

— Je vois, dit-il, sans pour autant comprendre le lien entre ces faits et la situation actuelle.

— En réalité, reprit-elle sur un ton irrité comme si elle le tenait responsable du mauvais rapport des femmes avec leur corps, plus de cinq millions d'Américains sont dépendants de la chirurgie esthétique, et dépensent environ treize milliards de dollars dans toutes sortes d'interventions. C'est le montant de la dette d'un petit pays.

Puis elle le fixa comme si elle attendait une réponse, mais laquelle fournir ?

Il la scruta quelques instants en silence.

— Très bien… C'est très intéressant, mais cela ne répond pas à ma question.

Elle leva les yeux au ciel en murmurant quelque chose qui ressemblait à « Super ! » puis fit un pas en avant, probablement dans l'espoir qu'il s'écarterait poliment pour lui laisser le passage.

— J'ai du gaz lacrymogène, dit-elle en le voyant demeurer immobile.

— J'en doute, répliqua-t-il en voyant la main de la jeune femme se resserrer sur la poignée de sa mallette. N'oubliez pas que je sais exactement ce que contient cette mallette.

Enfin, il s'écarta suffisamment pour qu'elle puisse passer, mais pas trop, de sorte que leurs corps se frôlèrent.

Juste avant de sortir de la pièce, elle s'arrêta et lui décocha ce regard que toutes les femmes semblent posséder de naissance et qui vise à vous faire comprendre à quel point vous venez de vous conduire comme un abruti.

Mais, franchement, quel homme ne l'aurait pas fait à sa place ?

Il regarda s'éloigner sa silhouette droite et mince, animée par le balancement de ses hanches. Ses escarpins à lanières — sans doute en partie responsables de ses multiples chutes — claquaient sur le carrelage. Pour une raison qui lui échappait, il trouva ce bruit sexy.

— Au fait, lança-t-il avant qu'elle disparaisse, savez-vous que le préservatif le plus grand du monde mesure quatre-vingts mètres de long et cent dix mètres de circonférence à la base ?

Elle ralentit le pas et lui adressa un regard dépité par-dessus son épaule.

— Je disais ça comme ça…, ajouta-t-il. La taille médium, c'est pour les bombes à eau.

3

Holly leva les yeux au ciel en repensant au dialogue qu'elle avait eu avec le Dr Latex, la veille. Les hommes ne grandissaient donc jamais ? Elle avait trouvé le moyen de tomber sur les genoux de celui qu'elle cherchait précisément à éviter. Loin de se montrer embarrassé, il avait même eu l'air d'apprécier la situation, comme si elle avait été une stripteaseuse de cabaret se trémoussant en attendant le pourboire. Si au moins elle en avait récolté un !

Quelle humiliation ! Ses joues étaient en feu.

C'était plus fort qu'elle : en sa présence, elle sentait des picotements et de la chaleur, et son cœur s'emballait. Peut-être pensait-elle trop à son travail et pas assez à se détendre. Un peu de sport — une bonne séance de cardio qui la fasse souffler et transpirer — lui ferait le plus grand bien et lui permettrait de mieux se concentrer ensuite sur son objectif.

Elle était si près du but que ce n'était pas le moment de flancher. Elle ne pouvait pas se permettre de s'amuser pour l'instant. Encore moins avec un homme qui passait sa vie à retoucher le corps des femmes au bistouri ou à les faire rougir pour un oui ou pour un non.

Elle accéléra le pas, comme si cela pouvait l'aider à effacer le souvenir de ces muscles si fermes sous sa main et qui lui donnait l'impression de pétiller comme une coupe de champagne.

Mais non, ce n'était pas possible. Elle devait rester concentrée et ne surtout pas penser à ses yeux bleu-vert envoûtants. Ni au fait que le médium était trop petit. Non, pas trop petit. *Beaucoup* trop petit !

Ça suffit, Holly ! N'oublie pas que c'est lui qui a transformé le respectable bonnet B de Paige en obus.

Tout cela pour quoi ? Pour gagner quelques centaines de dollars ? Pour que sa sœur puisse exhiber un décolleté à mettre tous ses fans en transe lorsqu'elle apparaîtrait sur les couvertures des magazines ? Ou qu'elle se fasse bronzer topless sur les plages de Bimini ?

Tout cela alors que des milliers de personnes défigurées par des événements tragiques n'avaient même pas de quoi se payer des soins médicaux de base…

Il y avait suffisamment de bouchers tailladant les chairs au nom de la vanité pour que le West Manhattan Saints se concentre sur la chirurgie plastique et réparatrice et construise le plus beau service du monde.

Elle était tellement occupée à se convaincre que le Dr Sexy de Beverly Hills n'avait aucune qualité qu'elle faillit ne pas le voir arriver.

Prenant une grande inspiration, elle carra les épaules, bien décidée à l'ignorer. Il fallait qu'elle se concentre et qu'elle cesse de trébucher, sans quoi elle allait finir par se casser quelque chose.

Elle grimaça. Elle l'avait vu trois fois et, chaque fois, elle avait réussi à se ridiculiser devant lui.

Les mâchoires serrées, elle lui jeta subrepticement un coup d'œil. Il ne semblait pas du tout conscient de sa présence et passa près d'elle avec sa démarche nonchalante, comme s'il était seul au monde et s'en portait très bien ainsi.

Elle haussa une épaule, s'efforçant d'ignorer un petit pincement au cœur.

Les choses ne changeaient pas. Les beaux garçons l'avaient toujours ignorée — en particulier quand ils découvraient qu'elle n'était pas aussi parfaite que le reste de la famille. Qu'elle n'était pas aussi extravertie que sa sœur ni aussi belle et aussi sociable que sa mère.

Non pas qu'elle veuille qu'il la remarque. Elle n'avait pas très envie de lui faire la conversation.

— Vous me suivez ? demanda-t-elle sur un ton qu'elle voulut dégagé.

Pour quelqu'un qui prétendait ne pas avoir envie de faire la conversation…

Il se retourna et la dévisagea.

— Je rentre chez moi, répondit-il. A moins que… quelqu'un me propose d'aller dîner dans un endroit sombre et enfumé.

Il lui adressa un sourire empli d'espoir et un regard brillant d'un mélange de défi et d'amusement qui ne la rassura pas.

Gabriel Alexander était aussi inoffensif qu'un tigre dans un supermarché et semblait avoir appris l'art de la séduction avant de savoir marcher. L'incandescence de son regard lui coupait à la fois le souffle et les jambes.

— Non ? Un café, alors ? suggéra-t-il de cette voix profonde et envoûtante qui incitait les femmes à faire n'importe quoi.

Des choses qu'elle, Holly, n'avait pas l'habitude de faire, mais qui tout à coup la tentaient.

— De plus, je suis affamé. Je pourrais donc joindre l'utile à l'agréable.

Utile ? Agréable ? Elle passa sa langue sur ses lèvres sèches. Tout à fait indépendamment de sa volonté, son esprit s'emballa, essayant d'imaginer de quelle façon il pourrait se rendre utile et agréable. Lorsqu'un sourire se forma sur ses lèvres, elle se demanda si ses pensées n'étaient pas aussi visibles sur son visage qu'un néon clignotant dans le désert. L'idée la troubla.

— Savez-vous que le silicone est un meilleur choix que le caoutchouc en médecine parce qu'il résiste mieux à la chaleur et aux UV ? s'entendit-elle dire.

Puis elle ferma les yeux en priant pour disparaître dans un trou de souris.

— Il résiste également mieux aux agressions chimiques et fongiques, ce qui le rend plus durable, ajouta-t-elle dans un filet de voix.

Il émit un son qui lui fit ouvrir les paupières. Contre toute attente, il la regardait avec un intérêt poli, comme si dire tout ce qui vous passait par la tête dans un couloir d'hôpital était une chose parfaitement normale.

— Durant toute mon année de quatrième, j'ai envoyé des bombes à eau dans les toilettes des filles, dit-il. Le fait que le latex soit si élastique signifie qu'il est aussi plus susceptible de se rompre si on l'étire au-delà de certaines limites. Mais ne vous inquiétez pas, vous ne risquez rien. J'ai passé l'âge de faire crier les filles à la simple vue du latex.

Ben voyons ! Et les risques existaient bel et bien… Il n'avait certainement pas passé l'âge de faire crier les femmes — ni de leur briser le cœur dans la foulée.

L'idée lui donna la nausée. Elle hésita entre lui rendre son sourire renversant et le gifler. Pourquoi la déconcentrait-il sans cesse de son travail ?

Les portes automatiques s'ouvrirent sur un portier en uniforme à qui elle eut envie de sauter au cou pour le remercier de sa présence.

— Bonsoir, docteur, lui dit-il avec un grand sourire. Toujours pas de rendez-vous, ce soir ?

Elle secoua la tête comme elle le faisait toujours quand il lui posait la question en faisant claquer sa langue. Le regard qu'elle lui adressa ne le dissuada pas de poursuivre.

— C'est malheureux de voir une belle fille comme vous rentrer chez elle alors qu'elle devrait être invitée au restaurant tous les soirs ! Dans quel monde vivons-nous ?

Le Dr Alexander lui adressa un regard entendu, comme pour dire : « Ce n'est pas faute de vous l'avoir proposé. »

Elle fut tentée de mentir et de s'inventer un rendez-vous. De toute façon, elle risquait d'aller manger une part de pizza avec quelques autres internes au coin de la rue. C'était bien un rendez-vous, non ?

Consciente du regard bleu-vert fixé sur elle, elle rougit.

— Je ne sors pas, répondit-elle à l'adresse du vieil homme. Du moins, pas en ce moment, ajouta-t-elle en hâte en entendant un petit rire réprimé.

Maintenant, Dr Sexy savait lui aussi qu'elle ne sortait pas. Et cela l'amusait. Quel crétin !

— C'est la vie, commenta le portier. Voulez-vous que je vous appelle un taxi ?

— Non, merci.

Elle résista à la tentation d'ajouter qu'elle n'avait pas envie de sortir, de toute façon. Il avait suffi que le dernier garçon avec qui elle avait eu une histoire sérieuse pose un œil sur sa sœur Paige pour qu'il opte pour la perfection faite femme, bien meilleure pour son image qu'une intellectuelle pleine de cicatrices.

Un soir, elle avait voulu faire une surprise à Terrence. Quand elle était arrivée chez lui, sa sœur se trouvait là.

Dans son lit.

Ils l'avaient regardée comme si elle était folle et s'étaient moqués de sa naïveté. Comment pouvait-elle imaginer qu'un beau garçon comme lui soit attiré par une fille comme elle ? Elle avait eu encore plus mal quand elle avait compris que Terrence n'était sorti avec elle que pour s'attirer les bonnes grâces de son père et obtenir un stage dans son cabinet d'avocats. Il ignorait qu'Harry Buchanan n'avait d'yeux que pour son propre fils et se fichait pas mal des types avec qui elle sortait !

Quand — ou plutôt *si* elle trouvait un homme soit aveugle, soit capable de ne pas s'arrêter à la seule beauté physique des femmes et de s'intéresser aussi à leur personnalité, elle pourrait éventuellement prendre le risque de sortir avec lui. Mais, auparavant, elle voulait se prouver qu'elle n'avait besoin d'être ni parfaite ni belle pour réussir.

Elle soupira et se tourna vers le Dr Je-fais-crier-les-femmes qui l'observait en silence.

— Quoi ? marmonna-t-elle.

— On partage un taxi ?

Elle secoua la tête. Il fallait s'éloigner de lui avant de se rendre encore plus ridicule à ses yeux — si c'était possible.

— Non, merci.

Ils marchèrent jusqu'à ce que les lumières de la ville les

éclairent comme s'ils se trouvaient sur Broadway. Il tendit le bras avec le naturel d'un New-Yorkais et, comme par magie, un taxi s'arrêta devant eux. Elle serra les dents. Pourquoi devait-elle quasiment se jeter sous les roues des voitures et risquer sa vie pendant de longues minutes avant qu'un taxi daigne s'arrêter ? Sans parler des insultes lancées au visage de « cette folle qui a des envies de suicide ».

— Vous êtes sûre ?

Une sensation proche de la déception l'envahit, mais elle hocha la tête avant de changer d'avis.

— Tout à fait sûre, merci.

— Comme vous voulez, dit-il avec un haussement d'épaule avant d'ouvrir la portière. Alors à demain, docteur !

Puis il s'engouffra dans le taxi qui redémarra sous les yeux ahuris d'Holly.

La galanterie, même à la sauce californienne, était bel et bien passée de mode.

La semaine suivante, Holly eut plusieurs interventions à effectuer, et pas une minute pour ressasser. Elle avait pleinement renoué avec ses projets, et son objectif était en vue. Elle n'avait pas le temps — ni l'envie — de penser à de diaboliques yeux bleu-vert, et encore moins à l'idée de crier dans les bras d'un homme.

Ce fut néanmoins plus facile à dire qu'à faire, surtout lorsque, au cours d'une réduction mammaire, elle leva les yeux et reconnut la silhouette familière du plus bel homme de Manhattan dans la salle d'observation.

Cette fois, il n'était pas allongé tant bien que mal entre deux sièges, les yeux fermés, ses écouteurs vissés dans les oreilles. Il était campé sur ses deux jambes, les bras croisés tirant sur les coutures de son T-shirt et la regardait, tel un pirate des temps modernes sur le pont de son navire en mer. Bien que son visage se trouve dans l'ombre, elle savait qu'il était en train de l'observer.

Le poids de ce regard scrutateur la glaça. Elle sentit son pouls s'emballer et ses jambes vaciller.

— Docteur Buchanan ?

La voix calme de Lin Syu la ramena au moment présent. Prenant une profonde inspiration, elle resserra les doigts sur le minuscule scalpel, prête à procéder à l'incision en T inversé grâce à laquelle le volume et donc le poids du sein se trouverait réduit une fois que les tissus auraient été retirés.

Elle suivit précautionneusement les marques tracées sur la peau. Le « 90 bonnet E » de la patiente l'empêchait d'accompagner son fiancé, fanatique de sports de plein air, et lui provoquait des douleurs dans le dos, la nuque et les épaules. Kerry Gilmore avait avoué avoir passé toutes ses années d'études à cacher son corps et à regarder les autres faire des activités qu'elle aurait elle-même rêvé de pratiquer, comme l'équitation, la natation ou même faire partie de l'équipe de *pom-pom girls*. Mais c'étaient les douleurs chroniques qui l'avaient finalement décidée à franchir le pas.

Elle voulait mener une vie normale.

Echangeant le scalpel pour les ciseaux, Holly entreprit de séparer le derme sectionné du tissu mammaire tout en maintenant l'alimentation en sang dans les aréoles afin d'éviter la nécrose. De nombreux vaisseaux sanguins alimentaient les tissus et Holly avait besoin qu'une infirmière de bloc cautérise et éponge le sang.

Après avoir détaché le derme du tissu mammaire, elle le déposa dans les mains d'une infirmière. Puis elle excisa le tissu glandulaire ainsi que cinq cents grammes de tissu adipeux, suivant les instructions murmurées par Lin Syu. Enfin, on redressa la table d'opération afin que la patiente soit en position assise pour qu'Holly puisse repositionner la peau, les mamelons et les aréoles.

Puis elle se recula pour laisser l'infirmière passer de l'iode sur la plaie avant le placement des bandes visant à protéger la plaie des infections et à maintenir le sein pendant la cicatrisation.

Cinq heures plus tard, la patiente descendait en salle de

réveil. Pendant qu'Holly enlevait son masque, son calot et ses gants, Lin Syu supervisa l'insertion de doubles drains.

— Excellent travail, docteur Buchanan, dit-elle en levant ses yeux noirs vers elle. Nous allons pouvoir vous confier toutes nos opérations de chirurgie esthétique, désormais.

Réprimant une grimace, Holly s'éloigna de la table d'opération et jeta machinalement un coup d'œil vers la salle d'observation qui, sans surprise, était vide. Les réductions mammaires ne présentaient qu'un intérêt modéré, sauf si l'on voulait se spécialiser en chirurgie plastique. Le Dr Célébrité avait refait des centaines, voire des milliers de seins au cours de sa carrière. Il ne s'était posté en salle d'observation que pour l'énerver. Et il y était parvenu.

— Tant que la patiente est contente, répliqua-t-elle en s'étirant avant de sortir.

Elle n'aimait pas la chirurgie esthétique.

Par chance, dans des cas comme celui-ci, elle était consciente de contribuer aussi au bien-être et à la confiance en soi des patientes et pas seulement à un désir de perfection physique illusoire.

— Vous l'avez aidée à se débarrasser de ses douleurs et de l'inconfort qu'elle éprouvait, Holly, dit Lin Syu en la suivant. Mais vous savez, le fait que, de surcroît, elle ait envie de porter un maillot deux pièces pendant son voyage de noces n'ôte rien à la valeur du travail que vous avez effectué. Je ne vous demande pas d'aimer cela, mais n'oubliez pas que les interventions en chirurgie esthétique — en particulier les opérations coûteuses — aident aussi à financer la chirurgie reconstructive.

Holly soupira. Le Dr Syu avait raison. De plus, elle savait pourquoi elle avait choisi cette spécialité. Elle avait passé sa vie à lutter contre le stéréotype selon lequel être belle et avoir un cerveau étaient incompatibles, et elle en avait assez qu'on la juge sur son apparence ou sur les faits et gestes de sa famille.

Petite, elle s'était souvent demandé si elle n'avait pas été adoptée, échangée à la naissance ou trouvée sur le seuil de la maison. Des années plus tard, elle avait fini par reconnaître qu'elle avait des points communs avec son père et son frère. Pourtant, elle avait encore l'impression d'être une extraterrestre — un vilain petit canard maigrichon que son père n'aimerait jamais.

Elle était gauche, empotée et — elle était la première à l'admettre — d'une timidité paralysante, renfermée et prétentieuse à souhait. Elle détestait être comparée à sa mère incroyablement belle, blonde, à l'aise en toute circonstance, et à sa sœur devenue un célèbre mannequin. Comme elle ne pouvait pas rivaliser avec sa sœur et son frère pour attirer l'attention de son père, elle s'était efforcée d'être aussi intelligente que possible afin qu'il ait une raison d'être fier d'elle aussi. Elle était presque adolescente lorsqu'elle avait eu cet accident d'ascenseur dont le câble avait lâché.

Elle avait dû subir plusieurs opérations pour réparer les dégâts causés par le verre brisé, redevenant l'objet de moquerie et de pitié qu'elle avait été petite. Les garçons qui n'étaient pas au courant de l'accident l'appelaient « La Cicatrice », comme si elle était un vilain personnage de bande dessinée.

— Au fait, que pensez-vous du nouveau ? reprit Lin Syu, la sortant de ses souvenirs.

Holly s'immobilisa.

— Le nouveau ?

— Oui, le beau chirurgien des stars…, dit Lin Syu en jetant sa blouse dans le panier. Il paraît que toutes les infirmières se battent pour travailler avec lui.

Une bouffée de chaleur monta au visage d'Holly.

— Ah ? Je ne sais pas, je n'ai pas vraiment remarqué.

Lin Syu tourna la tête vers elle et la regarda d'un air entendu.

— Quoi ? marmonna Holly en s'efforçant d'afficher un air détaché.

— Ces regards, le jour de la réunion, seraient donc le fruit de mon imagination ?

— Quels regards ?

— Les regards que vous avez échangés. Je me suis demandé

si vous vous connaissiez déjà ou s'il s'agissait d'un coup de foudre en bonne et due forme.

Holly leva la tête, les yeux écarquillés.

— Quoi ? Non, je… Enfin…

Elle chercha désespérément quelque chose d'intelligent à dire, mais tout ce qui sortit de sa bouche fut un son étranglé que le Dr Syu sembla trouver très drôle.

Cherchant à recouvrer ses esprits, Holly se mit à plier soigneusement sa blouse avant de la déposer dans la corbeille.

— Ce n'est pas ce que vous croyez, murmura-t-elle enfin, presque haletante comme si elle était en train d'accoucher. En fait, nous nous sommes rencontrés avant la réunion, dans l'ascenseur.

— Je vois… Apparemment, vous lui avez fait une forte impression.

— Je… Je ne pense pas qu'un homme comme lui puisse s'intéresser cinq minutes à une fille comme moi.

— Ah bon ? Vous êtes pourtant magnifique, Holly. Jolie, élégante, et excellente chirurgienne de surcroît… Pourquoi ne pourrait-il pas s'intéresser à vous ?

— Je n'ai pas toujours été élégante, dit-elle sèchement en pensant notamment à l'image qu'elle avait dû donner à quatre pattes dans un ascenseur. Ma mère a dû faire beaucoup d'efforts. Même, maintenant, quand je suis troublée, je suis une vraie…

Elle s'interrompit en pensant à qui elle s'adressait.

— Une vraie quoi ?

Elle soupira.

— Une vraie empotée… J'ai l'impression d'avoir quinze ans et de ne plus avoir le moindre contrôle sur mes paroles et mes gestes.

— Et cet homme vous trouble ? demanda Lin Syu avec un sourire en coin.

Son pager se mettant à sonner, elle ajouta :

— Je ne vais pas pouvoir savoir la suite. Zut ! Juste au moment où je pensais pouvoir rentrer. Mes enfants doivent penser que je suis la femme qui dort dans le lit de leur père la nuit et disparaît le matin.

Elle soupira.

— En tout cas, vous avez bien travaillé, aujourd'hui. Bravo ! lança-t-elle par-dessus son épaule avant de disparaître.

Non sans savourer le compliment, Holly se dirigea vers les vestiaires. Elle avait encore des choses à faire dans son bureau, mais elle avait promis à ses colocataires d'être rentrée pour le dîner.

Il s'était passé des tas de changements à la maison : Caren était partie et avait été remplacée par sa cousine Kimberlyn. Tessa n'était plus là non plus, si bien qu'Holly vivait désormais avec des personnes qu'elle ne connaissait pas vraiment. Certes, Sam Napier n'était pas tout à fait un étranger, mais cet Ecossais ténébreux et sexy n'était pas non plus d'un abord très facile.

Il restait seul, le plus souvent. Comment lui en vouloir ? C'était le seul homme de la maisonnée. Holly avait eu un petit coup de foudre pour lui quand il avait emménagé, mais il était assez intimidant et ne s'ouvrait pas facilement aux autres. Quant à elle, elle était timide et gauche dès qu'elle se trouvait près de lui.

Tessa, qui avait emménagé avec son fiancé après avoir annoncé sa grossesse quelques mois plus tôt, leur avait promis de venir dîner. Après la semaine qu'elle avait passée, Holly était prête à parler nausées et vergetures pour oublier les médecins de stars aptes à faire crier les femmes.

4

Gabriel se glissa sur le siège arrière d'un taxi et donna au chauffeur son adresse à Brooklyn. Ses collègues lui avaient proposé de les rejoindre dans un bar, non loin de l'hôpital, mais il avait décliné l'invitation. Après deux semaines de service ininterrompu, il était épuisé. De plus, il n'avait toujours pas fini de vider ses cartons et en avait assez de sortir ses vêtements de sa valise pour se vêtir et de manger des sandwichs.

Il avait envie d'un vrai repas cuisiné par ses soins. Quand il n'avait pas la possibilité d'aller nager ou surfer, il aimait bien cuisiner, une activité qui le détendait. Peut-être le fait d'avoir grandi en Californie, où tout le monde était obsédé par sa santé et où les gourous en mode de vie alternative pullulaient, y était-il pour quelque chose. Toujours est-il qu'il aimait se préparer des repas sains et frais.

En revanche, il détestait manger seul, et ce soir encore moins que les autres jours après le coup de téléphone de son grand-père. Cet échange avec lui — si tant est que l'on puisse appeler échange la conversation guindée de quelques minutes qu'ils avaient eue — l'avait laissé dans un état d'agitation et de frustration.

Comment le vieil homme avait-il su qu'il se trouvait à New York ? Peu importait. Moins il en savait sur les affaires de Caspar Alexander, mieux il se portait. A part son nom et quelques mauvais gènes, il n'avait rien en commun avec lui. Par chance, il tenait beaucoup de sa mère.

Un nouveau chapitre de sa vie était en train de commencer et il n'avait pas l'intention de le gâcher en pensant à son patrimoine génétique. C'était aussi improductif que de se poster dans la salle d'observation du bloc opératoire pour regarder une chirurgienne pratiquer une réduction mammaire alors qu'une tonne de paperasses vous attendait sur votre bureau.

Le chauffeur de taxi s'arrêta devant une maison de grès brun restaurée et exigea un montant exagéré pour sa course.

— J'ai une femme et trois filles, dit-il d'un air contrit en guise de justification.

— Mes condoléances…, marmonna Gabriel en lui tendant les billets.

Il eut l'impression d'entendre le chauffeur rire et le traiter d'abruti tandis que le véhicule démarrait.

Soupirant, il se dirigea vers l'entrée de la maison en se demandant s'il n'avait pas commis la plus grosse erreur de sa vie en vendant sa villa de Santa Monica avec vue sur la mer.

Cela dit, avant même de recevoir la proposition de travail à New York du West Manhattan Saints, il se posait déjà des questions sur la direction qu'avait prise sa vie. L'image de sa mère surgit et son cœur se serra.

Apparemment, tu as élevé un abruti, maman, murmura-t-il en passant sa main sur son torse, à l'endroit du pincement au cœur. Puis il sourit en se demandant comment elle aurait réagi. Sans doute aurait-elle levé ses beaux yeux verts vers lui et elle lui aurait affirmé qu'il valait mieux être un abruti qu'un baron du capitalisme, comme elle avait coutume d'appeler son grand-père. Son père avait, pour sa part, l'honneur d'être le sous-fifre du baron.

Comme elle lui manquait ! Gabriel regrettait son sens de l'humour bien à elle et la joie qu'elle exprimait à faire des choses simples, comme de surveiller la pousse de ses plantes, préparer sa liqueur de pissenlit et ses tisanes, cueillir des herbes sauvages pour concocter des salades multicolores. Petit, il avait un peu honte de ce qu'elle lui faisait manger. Les autres enfants se moquaient de lui, lui reprochant d'être trop pauvre pour acheter de la vraie nourriture. Mais ils n'étaient pas pauvres.

En revanche, sa mère ne tolérait aucune inconvenance. De son regard perçant, elle l'avait incité à remettre en question certains de ses choix. Comme lorsqu'il avait été repéré sur les caméras de surveillance en train de forcer la voiture du proviseur ou obligé de nettoyer les toilettes des filles après y avoir jeté des bombes à eau remplies de peinture.

Qu'aurait-elle pensé d'Holly Buchanan qui se mettait brusquement à parler de tout et de n'importe quoi, s'affalait à ses pieds ou sur ses genoux avant de disparaître par la première porte et qui l'évitait le reste du temps ?

Elle l'aurait probablement amusée. Elle lui aurait conseillé de cultiver cette relation parce que, de toute évidence, c'était une fille intelligente et qu'il avait besoin de quelqu'un qui ne se pâme pas d'emblée devant son sourire en coin.

Mais il n'avait pas besoin de cultiver une relation, encore moins avec Holly Buchanan. Il était déjà tombé amoureux d'une fille comme elle et avait fini par comprendre qu'elle ne voyait en lui qu'un moyen de passer du bon temps. L'histoire n'avait pas été désagréable, mais la relation était restée superficielle et avait tourné court assez rapidement.

Par respect pour sa mère, il n'avait jamais parlé de son père à personne. Aujourd'hui, elle n'était plus là, mais il ne tenait pas particulièrement à ce que les gens sachent que le propriétaire et P-DG de la société ayant signé le plus gros contrat avec la défense américaine était son grand-père, un homme qui avait dit à sa mère enceinte de se débarrasser de « ça », parce que « ça » n'était pas digne de porter son nom.

Holly Buchanan avait beau le regarder comme une fille au régime contemple un fondant au chocolat, elle ne faisait pas partie de ses projets. De toute façon, elle aussi devait bien avoir un fiancé *acceptable* quelque part, avec qui elle finirait par se marier. De plus, il était hors de question de sortir avec une collègue travaillant dans le même service que lui, surtout si elle était plus jeune et comptait aussi sur lui pour donner un coup de pouce à sa carrière.

Il sortait ses clés devant la porte d'entrée de la maison quand le bruit d'un moteur lui fit tourner la tête. Le taxi n'était pas tout à fait arrêté qu'une sandale à brides émergeait par la portière ouverte. Il tendit le cou par curiosité et s'immobilisa en voyant l'image la plus érotique du monde.

Que lui arrivait-il ? Il ne faisait pas partie de ces fétichistes qu'un pied dans un escarpin excite. Le manque de sommeil devait être en train de lui taper sur le système.

Il contempla la jambe qui sortit du taxi puis le reste d'un corps aux courbes avenantes. La jeune femme défroissa de la main sa petite veste noire et claqua la portière tout en fouillant dans son sac à main. Puis elle se pencha devant la vitre du passager, probablement pour régler la course, offrant une vue imprenable sur ses longues jambes et son joli postérieur.

Elle se retourna en pestant contre le chauffeur qui, de toute évidence, avait abusé sur le prix de la course et se figea en apercevant Gabriel.

Exhalant un soupir profond, elle s'approcha de lui.

— C'est vous, docteur Alexander ? Vous m'avez fait peur ! Vous êtes invité ici ? ajouta-t-elle en avançant vers la porte voisine.

Il la dévisagea à la lumière des vieux réverbères. Que faisait-elle là ? Vivait-elle, elle aussi, dans ce quartier ou était-elle invitée chez quelqu'un ?

Pour une raison qui lui échappait, l'idée qu'elle rejoigne un mari ou un fiancé l'agaça. Mais en quoi cela le regardait-il ? En rien. D'autant que c'était exactement le genre de femme avec qui il s'était juré de ne plus sortir. Riche, élégante, guidée. Parfaite dans le milieu de son grand-père.

— Etes-vous en train de m'inviter à dîner, docteur Buchanan ?

Elle écarquilla les yeux, visiblement mal à l'aise.

— Comment ? Non ! Enfin, je veux dire… Vous n'allez pas chez des amis ?

Il observa les émotions contradictoires défiler sur son visage. Puis il eut pitié d'elle et lui montra ses clés.

— Détendez-vous, docteur. Je vis ici.

— Ici ? répéta-t-elle en montant les quelques marches devant sa maison.

— Mmm… Vous ne pensiez tout de même pas que je vous suivais, une fois de plus ?

Elle cessa de ronger l'ongle de son pouce.

— Comment ? Non ! s'exclama-t-elle avec un petit rire nerveux. Qu'est-ce qui vous fait penser une chose pareille ?

— Vous employez vous-même des tactiques de dissimulation et d'évasion dignes d'un agent secret.

— C'est ridicule… Je… La semaine a été chargée…

— Je sais. Mais si cela peut vous rassurer, vous n'êtes pas du tout mon genre…

En fait, si, elle était tout à fait son genre. D'ailleurs, elle devait être le genre de tous les hommes. Ces yeux bleus immenses et cette bouche si appétissante qui donnait envie de l'embrasser sans fin…

Elle sembla agacée, peut-être même se sentit-elle insultée par sa remarque.

— Ah bon ? Et quel est votre genre ? demanda-t-elle spontanément, avant de se raviser. Non, ne me dites rien. Laissez-moi deviner… Blonde, corps de rêve, insipide. Avec des fesses retouchées au scalpel…

Elle le fixa un instant en silence avant d'ajouter :

— Savez-vous que, dans la Grèce antique, les cheveux blonds étaient la marque des prostituées ?

— Vraiment ? dit-il en souriant.

Il aimait bien, en fin de compte, sa façon de le fusiller du regard, tel un chaton prêt à souffler et à griffer au moindre mouvement du bâtard des voisins. Cela lui donnait envie de la prendre dans ses bras et de la caresser jusqu'à ce qu'elle ronronne.

— Il paraît que les blondes sont moins farouches, poursuivit-il.

Elle claqua sa langue et mit la clé dans la serrure.

— Incapable de voir plus loin qu'une perruque décolorée, des gros seins et des jambes bronzées ! lança-t-elle en ouvrant la porte.

Puis elle disparut et claqua le battant derrière elle.

Qu'il fixa, immobile, prenant peu à peu conscience que son humeur maussade avait fait place à une sensation plus légère. Quand il se rendit compte qu'il souriait tout seul, il se passa une main dans les cheveux. Depuis combien de temps n'avait-il pas eu envie de sourire ?

Sa voisine était ombrageuse et hautaine, mais il lui tardait de la revoir. Il aimait la provoquer et voir ses joues rosir. Il avait aussi envie de comprendre ce qui se cachait derrière ce visage fermé et ce regard vulnérable.

Il glissa la clé dans la serrure et poussa la porte en sifflotant.

Bonne nuit, jolis yeux. Faites de beaux rêves…

La journée avait été intéressante, en fin de compte.

Dans le couloir, Holly s'adossa au mur en soufflant. Elle se sentait à la fois épuisée et agitée.

Un raclement de gorge la fit sursauter, et, se tournant, elle aperçut son amie Tessa dans l'entrebâillement de la porte du salon qui la regardait d'un air interrogateur.

— Tu es en retard, dit-elle. Et tu ne réponds pas quand on t'appelle.

Le beau visage italien du Dr Enzo della Toro, le fiancé de Kimberlyn, apparut.

— Elle a failli appeler la police, dit-il en souriant.

— Avec qui parlais-tu ? demanda Tessa en croisant les bras. M. Steiner sort son chien plus tard, d'habitude.

Holly baissa la tête. Que répondre ? Elle ne pouvait pas lui parler de… lui. Tessa lui poserait des millions de questions et ferait tout pour l'encourager, mais Gabriel Alexander était trop beau pour elle. Elle savait depuis longtemps que les hommes qui arboraient cette décontraction confiante comme un jean usé parfaitement ajusté ne s'intéressaient pas à une fille comme elle. Elle était trop sérieuse, trop calme, trop… ennuyeuse.

Sans parler de ses cicatrices.

— Je suis désolée, répondit-elle avec une moue contrite. Sais-tu que le nombre de personnes effectivement disparues est moins élevé que le nombre de personnes *portées* disparues ?

Enzo et Tessa échangèrent un regard en silence.

Sachant ce qu'ils pensaient, et dans l'espoir d'éviter de répondre avant de succomber au besoin coupable de tout leur raconter, elle s'écarta de la porte et avança vers eux en tentant d'ignorer leurs regards interrogateurs. Dans le salon, les préparatifs du dîner allaient bon train.

— Qu'est-ce qui t'est arrivé ? demanda à son tour Kimberlyn.

Holly sentit ses joues rougir. Pourquoi tout le monde lui posait-il toutes ces questions, ce soir ?

— Rien, pourquoi ? demanda-t-elle d'un air dégagé.

— Tu as l'air bizarre, dit Tessa qui la connaissait depuis longtemps. Tu cites toujours des sondages quand tu es stressée.

— Non, rien de spécial. C'est juste que je suis tombée sur ce type, en bas, en rentrant…

— Il est toujours là ? demanda Sam en sortant de la cuisine.

— Tu n'as pas sorti ta bombe de gaz lacrymogène ?

Holly pouffa de rire.

— Non, c'est juste le nouveau voisin.

— Oh ! s'exclama Tessa, intriguée. Il est beau ?

— Le nouveau voisin ? répéta Sam. Ce n'est pas le nouveau chirurgien esthétique qui vient de Hollywood ?

Holly écarquilla les yeux. C'était la première fois qu'elle entendait Sam parler autant. Se sentant rougir de nouveau, elle alla poser son sac et sa veste pour se donner une contenance.

— Oui, c'est ça. Il… est… je crois… il vient de Beverly Hills… il me semble.

— Oh ! répéta Tessa. Donc, il est beau.

— Je n'ai pas dit ça ! rétorqua-t-elle en faisant valser ses sandales.

Sa mère aurait fait une attaque en voyant le sol du salon jonché de toutes sortes d'objets.

— De toute façon, soixante-cinq pour cent des hommes préfèrent les blondes refaites et bronzées, pas les brunes dont la peau ne voit le soleil qu'une fois par an pendant les vacances.

Comme Enzo et Sam la regardaient, perplexes, elle leva les yeux au ciel en soupirant. La situation était déjà suffisamment embarrassante pour qu'elle n'ait pas à affronter une nouvelle discussion sur les blondes et leur plus grande propension à s'amuser. Tessa, qui la connaissait bien, la regardait d'un air compatissant.

— Désolée…, reprit-elle. En fait, il n'est pas mal si on aime le genre plagiste. Ce qui n'est pas mon cas.

— Tu parles ! intervint Kimberlyn. Tout le monde aime les plagistes !

— On n'a qu'à l'inviter à dîner, suggéra Tessa.

— Non ! répondit-elle, hurlant presque.

Tessa éclata de rire et alla s'asseoir avec un verre.

— Alors ? dit-elle avant de boire une gorgée. A quoi ressemble-t-il ?

Holly se laissa tomber sur le canapé et ôta l'élastique qui retenait ses cheveux.

— Ne me dis pas que tu t'es servi un mojito ! s'exclama-t-elle en voyant Tessa boire ce qui ressemblait à la boisson préparée dans la cruche posée sur la table.

— Non, Sam m'en a préparé un sans alcool, répondit Tessa en posant une main protectrice sur son ventre. Mais ne change pas de sujet, Holly. Alors, il est grand, ténébreux, avec des yeux bleus et un sourire ravageur ?

— Tessa ! Je te rappelle que tu as déjà un fiancé ! s'exclama Kimberlyn.

— Et alors ? Ça n'empêche pas d'apprécier les belles choses, que je sache !

Enzo pouffa. Holly soupira, soulagée de ne plus être au centre de l'attention. Prenant un verre, elle le remplit du mélange interdit aux femmes enceintes. Puis elle eut conscience que tout le monde la regardait en silence.

— Quoi ? dit-elle en reposant la cruche. Qu'est-ce qu'il y a ?

— Tu es sûre que tout va bien ? demanda Tessa, l'air soucieux.

Elle baissa la tête pour vérifier qu'il ne lui manquait pas un bouton ou si elle n'avait pas mis un soutien-gorge noir sous son T-shirt blanc. Mais rien ne semblait anormal.

— Quoi ? répéta-t-elle, affolée par leurs regards inquiets.

— Depuis quand bois-tu du mojito ? demanda Tessa.

Au lieu d'admettre qu'elle était effectivement perturbée, elle haussa négligemment les épaules comme si boire des cocktails avait toujours fait partie de ses habitudes et se cala dans les coussins du canapé.

Car, oui, elle était perturbée. Non contente de tomber sur lui dans les couloirs de l'hôpital, elle allait désormais le croiser chaque fois qu'elle sortirait et entrerait chez elle.

— Ecoutez, je ne suis pas enceinte, et j'en ai assez d'être toujours parfaite. J'ai décidé de lâcher un peu la bride. J'ai eu une journée épuisante.

— Holly…, reprit Tessa. Pourquoi ne nous parles-tu pas ?

— Il n'y a rien, je vous assure, dit-elle sur un ton qui ne parvint pas à la convaincre elle-même.

Mais peut-être qu'une demi-vérité les calmerait et qu'ils passeraient enfin à autre chose.

— Bon, d'accord…, reprit-elle. Il y a eu une urgence, l'équipe au complet a été appelée au bloc numéro trois et je suis allée en salle d'observation pour regarder un moment.

Elle prit une grosse part de pizza et mordit dedans à pleines dents avant de leur expliquer l'intervention réalisée sur un ouvrier tombé d'un échafaudage.

Son stratagème sembla fonctionner, ce dont elle se félicita.

L'alcool aidant, les conversations reprirent avec une certaine légèreté. Même Tessa semblait plus détendue.

Holly n'avait pas l'habitude de boire autre chose qu'un verre de vin blanc ou une coupe de champagne dans les grandes occasions. Pourtant, elle avala son mojito presque d'une traite, comme s'il s'agissait d'un médicament. Très vite, une certaine légèreté l'envahit, puis elle eut l'impression d'avoir le cerveau anesthésié. Tant mieux ! Cela lui permettrait d'oublier à la fois les humiliations qu'elle avait subies et son nouveau voisin.

Surtout son nouveau voisin.

En particulier, ses allusions pénibles au sujet des blondes. De toute façon, si elle n'était pas son genre, lui n'était pas le sien non plus !

Son genre, à elle, c'étaient plutôt les hommes sérieux, responsables. Lui était trop décontracté pour être honnête.

Et cette assurance à la limite de l'arrogance !

A la limite, seulement, car, à y bien réfléchir, il n'était pas arrogant. Il avait simplement l'air d'être à sa place et de se moquer de ce que les autres pouvaient en penser. Cet air aimable et décontracté cachait, elle en était certaine, une vive intelligence. Son sens de l'humour un peu particulier en était la preuve, d'ailleurs. Sans parler de son physique. C'est vrai qu'il était séduisant. Très séduisant.

Elle rougit en se revoyant tomber sur lui pendant sa sieste. Manifestement, il n'était pas indifférent à elle non plus…

Non pas que le Dr Alexander l'intéresse en tant qu'homme. Cela dit, leurs quelques échanges lui avaient montré qu'elle était restée l'adolescente un peu gauche qui rougit et bafouille quand un homme séduisant lui adresse la parole.

Quelques heures plus tard, elle se glissa entre ses draps propres et frais et enfouit le visage dans son oreiller. La pièce tournait un peu autour d'elle, et l'image d'un beau surfeur californien apparut sur le mur de sa chambre. Pour la première fois de sa vie, elle sentit la chaleur non pas lui monter aux joues, mais envahir tout son corps. Elle avait bu trop de mojito, sans doute !

5

Quand elle était stressée, Holly faisait des cauchemars dans lesquels elle revivait l'accident qui avait fait voler sa vie en éclats. Elle n'y pensait plus que rarement, mais la semaine précédente elle avait assisté un chirurgien qui avait opéré le visage et le torse d'un homme victime d'une explosion au gaz.

Cela lui avait remis à la mémoire le silence surnaturel empli de poussière. L'impossibilité de bouger. La douleur fulgurante quand elle tentait de le faire.

Elle avait appris, plus tard, que son visage et son bras droit avaient été lacérés par les éclats de verre quand le câble de l'ascenseur avait lâché. La cabine avait fait un plongeon de six mètres avant de s'écraser au sol. Le pire avait été le moment où elle avait tourné la tête et croisé le regard sans vie d'un jeune de son âge. La vue de ces prunelles vides à la place de ses yeux bruns rieurs avait hanté ses nuits pendant des années. Une minute avant l'accident, il parlait et riait avec ses camarades, la minute plus tard, il n'était plus qu'un tas de chair ensanglantée et méconnaissable.

Outre les coupures, elle avait les deux bras et une vertèbre cervicale cassés, ainsi que son tibia brisé qui avait transpercé la chair de sa jambe.

Mais ce qu'elle n'oublierait jamais, c'étaient les gémissements et les hurlements.

Hantée par des souvenirs qui n'avaient pas refait surface

depuis longtemps, elle quitta l'hôpital et prit la direction du club de gym.

Beaucoup de gens avaient besoin de suer et de souffler, mais elle préférait la solitude de la piscine. Il était scientifiquement prouvé que l'immersion abaissait la tension et le stress. La natation était un sport complet. Après l'accident, la rééducation en piscine avait été l'une des activités auxquelles elle se réjouissait de participer. Elle avait fini par devenir bonne nageuse.

Après la journée qu'elle venait de passer, elle avait besoin d'isolement et de détente. Il en serait ainsi jusqu'à ce qu'elle obtienne cette bourse.

Elle sortit des vestiaires en maillot et se dirigea vers le bassin, priant pour qu'il n'y ait personne. Pas de gens barbotant ni d'autres nageurs lents à doubler dans sa ligne. Elle pourrait nager à son rythme, c'est-à-dire vite, et rentrer tout aussi rapidement chez elle, dîner et se coucher.

Personne non plus pour remarquer ses cicatrices. Certes, elles avaient presque disparu, mais *elle* savait qu'elles existaient et, pour elle, elles étaient toujours aussi affreuses.

Une seule personne se trouvait déjà dans le bassin, mais elle parut l'ignorer. Posant sa serviette sur une rambarde, Holly tenta tant bien que mal d'enfermer la grosse masse de ses cheveux sous son bonnet de bain. Puis elle s'approcha de l'eau et contempla quelques instants le nageur expérimenté qui faisait des longueurs avec une certaine grâce.

Qu'est-ce que tu fais, Holly ? Tu es venue ici pour faire du sport, pas pour admirer le corps des autres nageurs !

Alors qu'elle se penchait au-dessus de l'eau, prête à plonger, elle se rendit compte qu'elle avait oublié de mettre ses lunettes. Aussi fit-elle un plat monumental en laissant échapper un petit cri aigu et elle coula comme une pierre dans l'eau plus fraîche qu'elle ne s'y attendait.

Bizarrement, comme si elle ne savait plus nager, elle agita bras et jambes de façon désordonnée pour remonter à la surface. Puis elle sentit qu'on la saisissait par la taille et se débattit de plus belle, mais l'homme la plaqua contre lui avant d'émerger de l'eau.

— Qu'est-ce qui vous a pris ? demanda une voix grave qu'elle reconnut aussitôt. Vous aviez l'intention de vous noyer ?

Gabriel attendit que la jeune femme cesse de cracher et de tousser en se demandant si elle avait fait semblant de se noyer pour attirer son attention. Ce ne serait pas la première fois qu'une femme ferait n'importe quoi en espérant qu'il la remarque.

Mais quand elle leva la tête en clignant des paupières, il comprit qu'il tenait Holly Buchanan en personne dans ses bras. Elle le regardait comme s'il était le requin des *Dents de la mer.*

— C'est vous ? dit-elle, suffoquant.

— Tiens, tiens..., répondit-il sans la lâcher. Quelle surprise ! Est-ce que vous m'auriez suivi, par hasard ?

— Moi ? Je pourrais vous retourner la question.

— J'étais là le premier. A moins que vous m'ayez attendu, cachée derrière un pilier.

— Mais... C'était vous qui nagiez, tout à l'heure ?

— Vous semblez surprise.

Tandis qu'elle le dévisageait, une multitude d'expressions allant de l'agacement à la gêne en passant par l'admiration se succédait sur son visage. Il se demanda ce qui lui traversait l'esprit pour qu'elle fronce les sourcils et rougisse de la sorte.

— Pas du tout. C'est juste que... Je ne savais pas que vous nagiez... Ici, je veux dire.

L'idée qu'elle l'ait regardé nager lui procura une certaine satisfaction étant donné le nombre de fois où il avait pensé à elle et où il l'avait vue tourner les talons chaque fois qu'elle l'apercevait de loin à l'hôpital.

— Et c'est une chance sans quoi vous vous seriez sans doute noyée !

— Pas du tout. J'ai glissé, tout bêtement. Mais sachez que je suis une excellente nageuse.

— Ah bon ? Alors pourquoi cet étonnant plongeon ? Même les enfants de maternelle ont plus de style que ça !

Soupirant, elle leva les yeux au ciel.

— Que faites-vous ici, docteur Alexander ? demanda-t-elle.

Sa voix grave lui fit venir des images indécentes à l'esprit. Des pensées qu'il ne devrait pas avoir au sujet d'une collègue de travail. Des envies de la pousser dans l'eau et de lui faire du bouche-à-bouche.

— A part vous sauver la vie, vous voulez dire ?

— Je ne vous ai rien demandé. D'ailleurs, lâchez-moi !

— Ah, dommage.

Au grand regret de Gabriel, elle s'écarta de lui. Mais il ne perdit rien au change. Il avait désormais une vue d'ensemble sur son corps magnifique.

Elle suivit son regard et croisa brusquement les bras, comme pour se cacher. Les yeux de Gabriel glissèrent alors sur son cou, remontèrent jusqu'à son petit menton volontaire et se posèrent sur sa bouche, où ils s'attardèrent. Puis il la fixa dans les yeux, ces yeux incroyablement bleus aux cils incroyablement épais. Le cœur de Gabriel s'emballa dans sa poitrine.

Un frisson de panique le parcourut et il passa une main tremblante dans ses cheveux. Que lui arrivait-il ? Bientôt, il allait se mettre à déclamer des vers ou à faire quelque chose d'aussi inepte — et de terriblement embarrassant.

Voilà ce qui se produisait quand un homme restait reclus pendant plus de six mois. Il se laissait happer par les premiers beaux yeux bleus qui passaient.

— Cessez de me regarder comme ça, dit-elle en détournant la tête.

— Vous regarder comment ?

— J'ai l'impression d'être un insecte observé au microscope.

— Un très bel insecte…, commenta-t-il.

La voyant faire une moue sceptique, il ajouta :

— Vous en doutez ?

— Je suis sérieusement délabrée.

Il pouffa de rire avant de se ressaisir devant la dureté de son regard.

Délabrée ? Jamais de la vie ! Elle était très belle ! Et incroyablement sexy.

— Qu'est-ce que vous racontez ? dit-il avec l'impression désagréable qu'au moindre mot de travers elle risquait de couper court à la conversation.

Il n'avait pas envie qu'elle disparaisse une fois encore. Elle le regardait avec un air qui le mettait mal à l'aise, mais il ne comprenait pas pourquoi.

— Je suis délabrée, défectueuse, abîmée, dit-elle avec véhémence. Comme vous préférez. On m'a aussi dit que j'étais affreuse.

— Affreuse ? répéta-t-il, agacé. Qui vous a dit une bêtise pareille ?

— Je ne suis pas aveugle. Je sais à quoi je ressemble, répondit-elle en passant sa main sur ses cicatrices.

Lui saisissant doucement les doigts, il scruta les marques à peine visibles, affichant un intérêt professionnel et un détachement clinique, conscient que toute autre attitude risquait de la blesser.

Elle recula, mais il la retint et lui fit tourner la tête sur le côté. Il eut envie de se pencher et d'embrasser chacune de ces imperfections minimes.

— Je ne vais pas vous mentir et vous dire que je ne vois rien, Holly. Mais ces cicatrices sont à peine visibles pour un œil non expert. Vous les voyez parce que vous savez qu'elles sont là.

— Je ne le sais que trop. J'ai dû affronter les innombrables opérations et les regards des gens pendant toutes ces années.

Il s'empêcha de la prendre dans ses bras comme il en mourait d'envie.

— Que vous est-il arrivé ? demanda-t-il, conscient qu'il jouait le tout pour le tout et risquait de la voir s'éloigner de lui à jamais.

— Un accident…, murmura-t-elle.

— D'un point de vue esthétique, même moi, je n'aurais pas fait mieux.

— Toujours modeste, docteur Alexander.

— Non. Quand on travaille à Beverly Hills, on a intérêt à être excellent, sans quoi la rumeur se répand et vous vous retrouvez à Tijuana à refaire des seins et des fesses de touristes à la chaîne. Vous avez été opérée en Allemagne ou en Suisse ?

Elle s'écarta de nouveau de lui et resserra ses bras autour de son buste, comme pour se réchauffer ou se protéger.

— En Suisse. Comment le savez-vous ?

Pendant une seconde, il plongea dans ses grands yeux et se laissa flotter dans leur profondeur bleue.

Puis il se ressaisit.

— J'ai étudié leur technique à la fac, répondit-il.

La voyant passer sa langue sur ses lèvres, il sentit une vague de chaleur le submerger.

Elle dut s'apercevoir de son trouble car elle fit un pas en arrière en le regardant avec méfiance.

— Arrêtez !

— Arrêter quoi ?

— Arrêtez de me regarder et de parler de mes défauts.

— Tout le monde a des défauts, murmura-t-il en avançant vers elle.

Elle recula contre la paroi de la piscine. Il s'approcha et l'encadra de ses bras, frôlant la peau nue et mouillée de ses épaules.

— Moi, par exemple, j'ai des pieds de taille imposante et une oreille plus grande que l'autre. Et, si vous regardez de plus près, vous en trouverez beaucoup d'autres. Comme mon nez, que je me suis cassé en surfant.

Elle grimaça.

— En surfant ?

— J'avais seize ans et je me suis pris ma planche en pleine figure pour frimer devant une fille. A la vue du sang, elle s'est évanouie, et moi, j'ai passé le reste de l'été tout seul, avec le nez cassé.

Son regard s'illumina, comme il le souhaitait. Il avait envie de la voir sourire. Il avait même envie de la faire rire.

— C'est vraiment tragique !

Pas aussi tragique qu'un homme se comportant comme un adolescent de seize ans.

— En effet, cette expérience traumatisante m'a marqué à tout jamais.

Elle pouffa.

— En plus de mon nez cassé, la courbe de mes sourcils est plus accentuée d'un côté, et une ancienne petite amie m'a aussi dit que j'avais toujours un air moqueur.

— Elle n'avait pas tort, répliqua-t-elle en baissant les yeux sur ses lèvres.

La proximité de leurs deux corps la troublait manifestement autant que lui. Il eut envie de se rapprocher d'elle et de l'embrasser. Elle détourna pudiquement le regard.

— Bref, ce que je veux dire par là, c'est que personne n'est parfait, conclut-il.

Pourtant, quand il la regardait, avec ses yeux magnifiques, sa bouche pulpeuse, ses courbes harmonieuses, il ne pouvait s'empêcher de penser qu'elle n'était pas loin de la perfection. Mieux valait qu'il sorte de ce bassin et qu'il aille prendre une douche froide jusqu'à ce qu'il puisse respirer sans inspirer l'odeur de sa peau et bouger sans le souvenir de son corps effleurant le sien.

Mais au lieu de se détacher d'elle, il réduisit encore la distance entre eux et pressa sa jambe entre ses cuisses jusqu'à ce que ses seins se plaquent contre son torse. Elle émit un petit gémissement qui fit redoubler son désir. Il se pencha vers elle et leurs lèvres s'effleurèrent.

— Qu'est-ce que vous faites ?

— Je veux vous montrer à quel point vous êtes parfaite telle que vous êtes.

Elle était parfaite, en effet.

Il hésita un instant, mais, incapable de résister, posa ses lèvres sur les siennes.

Il avait trente-cinq ans et il aimait les femmes. Il aimait sentir leur corps contre le sien, le parfum et le goût de leur peau sous sa bouche. Il aimait prendre son temps pour les découvrir.

Or, dès qu'il sentit les lèvres d'Holly s'entrouvrir, il oublia tout ce qu'il savait des femmes. Il eut l'impression d'être emporté dans un tourbillon où tout n'était que sensation pure. La douceur de ses lèvres, la chaleur de son corps, il voulait tout et plus encore. Plus de sa bouche, plus de courbes pressées contre son torse. Plus d'elle.

Il resserra ses bras autour d'elle et approfondit son baiser auquel elle s'abandonna totalement. Il eut l'impression de sombrer dans un plaisir sans fin, ignorant les signaux d'alerte qui se manifestaient quelque part dans un coin de son cerveau, préférant goûter la douceur des lèvres collées aux siennes.

Holly sentit la grande main de Gabriel lui soutenir la tête tandis que leurs bouches se mêlaient avec fougue. Son corps ferme, pressé contre le sien, révélait la force de son désir.

Elle ferma les yeux et s'oublia dans ce baiser. Gémissant, il se remit à lui dévorer la bouche avec une passion qui lui coupa le souffle. Il semblait affamé et, de toute évidence, elle constituait son prochain repas.

Elle ignorait qu'un simple baiser pouvait être aussi excitant. Ou que la bouche d'un homme puisse lui faire tourner la tête et lui donner l'impression d'être une braise incandescente, prête à s'enflammer au moindre souffle d'air.

Il était impossible de résister à Gabriel Alexander. D'ailleurs, si elle devait être honnête, elle n'avait aucune envie de résister. Aucune envie de le repousser, de mettre fin à toutes les sensations qui parcouraient son corps brûlant de désir.

C'était excitant, aussi, de voir que quelqu'un comme lui pouvait avoir envie d'elle. Et si elle avait été capable de faire autre chose que de gémir, de faire glisser ses mains sur les bras et les épaules musclées et de se presser contre lui, elle aurait pu être inquiète de la facilité avec laquelle elle avait baissé la garde.

Mais plus la passion de son étreinte augmentait, plus elle y répondait avec un désir égal au sien, comme si elle avait en elle un vide que seule la bouche et le corps de Gabriel pouvaient combler.

Elle en oublia qu'ils se trouvaient dans un lieu public où n'importe qui pouvait les voir. Tout ce qui importait, en cet instant, c'était ce corps chaud et mouillé contre le sien, attisant le désir qui se manifestait en elle depuis quelques instants. Un désir d'une intensité inconnue d'elle, dont elle n'avait même jamais imaginé qu'il puisse exister — à plus forte raison dans un bassin ouvert au public, en plein Manhattan.

Il détacha ses lèvres des siennes et la regarda en haletant, comme s'il venait de faire trois longueurs en apnée. De toute évidence, ce baiser lui avait fait le même effet qu'à elle.

Il semblait hagard comme si elle lui avait asséné un coup de genoux entre les jambes et qu'il hésitait entre vomir et s'évanouir. Elle-même sentait sa tête tourner.

Qui aurait pu se douter qu'Holly Buchanan se retrouverait en train d'embrasser Gabriel Alexander dans une piscine publique telle une adolescente ? Qui aurait pu deviner que cela ne lui suffirait pas, qu'elle avait envie d'aller plus loin, beaucoup plus loin ?

Elle baissa les yeux. Son excitation à lui était plus visible que la sensation presque douloureuse qu'elle éprouvait entre ses cuisses. Elle détourna le regard et, prenant conscience qu'elle retenait son souffle, elle se força à expirer afin de ne pas perdre connaissance. Cela dit, elle ne serait pas contre un nouveau bouche-à-bouche.

Elle dut vaciller parce qu'il posa les mains sur ses hanches pour la retenir.

— Ça va ? demanda-t-il d'une voix rauque.

Elle le regarda dans les yeux. Elle n'avait jamais remarqué que son regard pouvait être aussi tourmenté. Comme les eaux des Caraïbes soulevées par les ouragans.

— Hum…

Il lui frotta doucement les bras pour la sortir de sa torpeur. Mais elle ne parvint pas à articuler un mot. Qui aurait pu parler après un tel baiser ?

— Tu ne vas pas t'évanouir ? demanda-t-il.

Puis il passa une main sur le visage.

— Il faut que j'y aille, ajouta-t-il brusquement sur un ton frustré. Ça va aller ?

Elle prit quelques inspirations profondes et, émergeant peu à peu des vapeurs dans lesquelles flottait son cerveau, elle reconnut le son d'un pager.

— Heu… Hum… Oui, oui. Vas-y !

6

Elle avait l'impression d'avoir reçu un grand coup sur la tête et chacun des muscles de son corps frémissait. Etait-ce de désir inassouvi ou à cause du choc de s'être comportée telle une adolescente transie ?

Elle le regarda sortir de l'eau. D'une main, elle s'agrippait au rebord de la piscine et elle avait l'impression de trembler jusqu'au plus profond d'elle-même. Comme si elle venait d'apprendre que les extraterrestres existaient et que le gouvernement avait accepté qu'ils fassent des expérimentations sur les humains en échange de leurs compétences technologiques.

Comment pouvait-on embrasser de la sorte ? Plus qu'embrassée, il l'avait dévorée.

Il se dirigea vers sa serviette. Elle avait enfin touché ce qu'elle n'avait fait que deviner sous les chemises et les jeans. Un corps bien bâti et musclé. Et excité…

Il se retourna, la prenant en flagrant délit de contemplation. L'un de ses sourcils se leva — celui qui lui donnait cet air moqueur — et sa fossette se creusa.

Elle déglutit, un peu honteuse.

— Tu es sûre que ça va aller ? répéta-t-il. Vu tes exploits en natation, j'ai un peu peur de te laisser seule dans le bassin.

Elle se sentit rougir en se remémorant son plongeon ridicule. Qu'est-ce qui était le pire ? Qu'il l'ait surprise en train de le reluquer ou qu'il ait assisté à la scène du plongeon raté ?

— Ça va aller, merci, docteur Alexander.

Il s'enveloppa dans son drap de bain en lui adressant un regard perplexe, probablement à cause de ce soudain retour au ton professionnel. Mais c'était ça ou se laisser couler au fond du bassin. Mon Dieu… Quand elle repensait à la façon dont elle s'était accrochée à lui en gémissant comme si on venait de poser sur la table une énorme glace au chocolat…

— Je peux très bien me débrouiller toute seule.

— Hmm…, répondit-il, incrédule, en essuyant ses cheveux.

— Je suis bonne nageuse.

— Si tu le dis.

Son pager se remettant à sonner, il pesta et le regarda comme s'il s'apprêtait à le jeter dans la piscine. Mais les chirurgiens de garde ne pouvaient pas se permettre ce luxe.

— Il faut vraiment que j'y aille…, soupira-t-il. Promets-moi que tout ira bien.

Elle leva les yeux au ciel, néanmoins flattée par sa réticence à s'en aller.

— Promis.

Il ramassa ses affaires puis se retourna.

— Et pour le reste… ce n'est que partie remise…

Elle frissonna et immergea son corps dans l'eau pour lui dissimuler sa réaction.

— Le reste… Le baiser ? dit-elle en déglutissant.

— Oui, le baiser, répéta-t-il avec un sourire en coin en se dirigeant vers la sortie. Il y en aura d'autres…

Il avait l'air tellement sûr de lui qu'elle ne put s'empêcher de répondre.

— Calmez vos ardeurs, docteur Alexander… C'était juste pour vous remercier de m'avoir sauvé la vie.

Elle entendit son rire se propager dans le bassin.

— Vous êtes libre de le penser, docteur Buchanan.

Elle fixa la porte pendant quelques instants avant de se ressaisir en prenant une profonde inspiration. Peut-être son maillot avait-il fondu et laissé des traces de brûlures sur sa peau ?

Elle fut surprise de constater que le vêtement était toujours en place et qu'elle n'avait pas cuit dans l'eau de la piscine comme un homard. Toutefois, elle souffla fort dans l'espoir que son soupir déloge toutes les bulles d'air nichées dans son cerveau. Comment expliquer autrement son subit dévergondage ?

Que lui avait-il pris ? Avec Gabriel Alexander, de surcroît ! Un homme dont la vie était une quête de perfection. Il n'était pourtant pas aveugle au point de ne pas voir tous ses défauts !

Quand son rythme cardiaque redevint proche de la normale, elle se laissa glisser dans l'eau, ignorant le tremblement des muscles de ses membres. Elle avait l'impression d'avoir fait trois tours de grand 8.

Il était temps de reprendre le cours de son existence, une existence sans chirurgien hollywoodien au regard renversant, sans corps musclé, sans mains chaudes.

Elle parcourut quelques longueurs puis s'arrêta quand un mouvement attira son attention.

Elle aperçut d'abord une paire de tennis usées, puis un jean délavé et un T-shirt noir, et enfin une mâchoire carrée couverte d'une barbe de trois jours. Elle frissonna en se remémorant ce contact râpeux sur son menton.

Elle lui adressa un regard interrogateur.

— Tu n'es pas parti ?

— J'ai besoin de toi, dit-il.

Elle le regarda, bouche bée, comme s'il venait de lui faire une proposition indécente, et sentit la chaleur gagner de nouveau son corps.

— Pa… Pardon ?

Il dut comprendre son trouble et sourit.

— L'hôpital n'arrive pas à joindre le Dr Frankel. On a besoin d'un autre chirurgien.

— Mais je ne suis pas spécialiste en chirurgie maxillo-faciale.

— Ça ne fait rien. Viens ! Je vais appeler un taxi pendant que tu vas te changer.

Elle sortit de l'eau puis gagna les vestiaires. Quelques instants plus tard, elle rejoignait Gabriel dans le hall du club de gym où il était en train de bavarder avec deux femmes très musclées et boudinées dans des vêtements de sport qui semblaient trop petits de trois tailles.

Dès qu'il l'aperçut, il s'écarta du mur contre lequel il était appuyé et la prit par le bras. Il lui adressa un sourire chaleureux avant de lancer un « bonsoir ! » aux deux femmes par-dessus son épaule.

— Merci, dit-il en sortant du club.

— Pour quoi ?

— Pour m'avoir sorti des griffes de ces barracudas.

Elle ressentit une pointe de déception. Ce sourire ne s'adressait pas vraiment à elle. Il était simplement l'expression de son soulagement d'être tiré d'une situation inconfortable.

— Tu avais l'air de t'amuser, pourtant.

— Tu plaisantes ? J'ai eu peur ! Je me voyais déjà plaqué au sol par la blonde. Quelle angoisse !

Holly réprima un sourire.

— En plus, je déteste les femmes qui sont obsédées par leur apparence au point d'en oublier de se détendre.

Le regard qu'il lui coula la troubla.

— J'aime les femmes plus douces. Pas celles avec des muscles partout qui vous donnent l'impression d'être plus fortes que vous. Pour un homme, c'est terrible !

Il ouvrit la portière du taxi et s'écarta pour la laisser monter. Elle n'imaginait pas qu'il puisse être intimidé par qui que ce soit, encore moins par deux fanatiques de musculation en justaucorps. Par ailleurs, il ne lui donnait pas non plus l'image d'un homme très soucieux de ce que les gens pouvaient penser de sa virilité.

Il monta à son tour dans le taxi et, quand il s'installa, elle sentit de nouveau des picotements à l'endroit où leurs cuisses se touchaient.

Elle se poussa un peu.

Il était vraiment grand, avec de larges épaules et sa grande taille lui donnait l'impression d'être une petite chose fragile à son côté.

Elle se demanda si elle avait bien fait de l'accompagner après le baiser qu'ils venaient d'échanger. Il lui faudrait au moins une semaine — voire un mois — pour recouvrer son équilibre et cesser d'avoir envie de courir se cacher ou, au contraire, de lui sauter dessus à la moindre occasion. Ce qui serait une erreur et contreproductif, pour ses projets comme pour son cœur.

— Va te changer et rejoins-moi au bloc numéro deux, dit-il sèchement quand le taxi les déposa sur le parvis de l'hôpital.

Manifestement, ce qui s'était passé dans la piscine ne lui inspirait pas autant d'états d'âme qu'à elle. Mais c'était un homme. Un homme pouvait embrasser des femmes et, dans la foulée, aller au bloc refaire des pommettes ou une liposuccion.

Elle, par contre… Elle avait plus de mal. Ce baiser était tellement…

Elle prit une lente inspiration.

— Ça va ?

Elle sursauta.

— Bien sûr ! dit-elle en se donnant un air détaché et professionnel. Mais je veux bien que tu me commandes une orange pressée. Je ne sais pas à quand remonte mon dernier repas.

— Je vais voir ce que je peux faire. Je ne voudrais pas que tu t'écroules à mes pieds, ajouta-t-il en lui décochant l'un de ses irrésistibles sourires.

Levant les yeux au ciel, elle se dirigea promptement vers les vestiaires. Tomber à ses pieds était une habitude dont elle était décidée à se défaire.

Elle prit une paire de gants bleu pâle en se demandant quand elle pourrait enfin revêtir la tenue bleu foncé. Ce serait le signe qu'elle aurait atteint l'objectif pour lequel elle travaillait depuis des années.

Mais ce n'était pas le moment d'y penser. Après s'être changée, elle rejoignit l'équipe au bloc opératoire numéro deux, en se demandant ce qui l'attendait. Elle se doutait qu'il ne s'agissait pas de chirurgie esthétique. On n'appelait pas les chirurgiens plastiques en urgence pour refaire des seins ou des fesses. Encore moins à 20 heures.

C'était peut-être l'occasion de leur montrer de quoi elle était capable.

Gabriel se tourna pour qu'une infirmière de bloc puisse lui nouer sa blouse dans le dos. Holly était en train de boire le jus d'orange qu'il lui avait commandé puis elle alla se nettoyer les mains.

Son regard glissa de la chevelure brune aux courbes du corps dissimulées sous la blouse, puis le long des jambes. Même en blouse et en sabot, Holly conservait une allure élégante.

Il scruta son visage. La vue des lèvres qu'il avait dévorées au bord de la piscine fit accélérer les battements de son cœur. Il l'avait embrassée, tel un adolescent affamé. Pas étonnant qu'elle soit restée sans voix. Il ne s'était pas montré très délicat.

— Tout va bien, docteur ?

— Hmm ?

C'était à lui que l'infirmière s'adressait. Il détourna son regard d'Holly qu'il venait de fixer sans discrétion devant toute une équipe.

— Tout va bien ? répéta l'infirmière.

Non, tout ne va pas bien. Je crois que je suis en train de perdre la tête.

— Oui, je me prépare psychologiquement, dit-il d'un ton un peu aigre en se dirigeant vers les portes battantes. Vous êtes prête, docteur Buchanan ?

Holly leva vers lui un visage serein, comme s'ils n'avaient jamais rien partagé d'autre qu'une relation strictement professionnelle. Mais, à sa façon de baisser ensuite les yeux, il comprit qu'elle cherchait à cacher sa gêne et peut-être même son appréhension, soit à cause de l'intervention imminente, soit à cause de ce qui s'était passé au bord de la piscine. Elle passa devant lui pour entrer dans le bloc.

— Que voulez-vous que je fasse ?

Trois heures plus tard, il leva les yeux de son patient et se remémora les derniers mots d'Holly qui avait exécuté ses instructions au cours de l'opération.

Que voulez-vous que je fasse ?

Des tas de réponses possibles lui avaient alors traversé l'esprit, mais il s'était retenu. Ce n'était ni le moment ni le lieu pour laisser libre cours à son imagination débridée. Ils n'étaient pas seuls et il ne tenait pas à alimenter des ragots. De son côté, Holly semblait tout faire pour ne pas attirer l'attention.

Il l'avait observée au cours de l'opération et ne pouvait s'empêcher d'être admiratif vis-à-vis de ses compétences chirurgicales dont il n'avait pas perçu toute l'étendue quand il l'avait observée depuis la salle d'observation.

De toute façon, il préférait voir les internes près d'une table d'opération. Cela lui donnait une meilleure idée de leurs connaissances, de leur habileté et de leur tempérament. Contrairement à ce que pensaient beaucoup de gens, Gabriel était persuadé que la différence entre un bon et un excellent chirurgien résidait dans sa capacité à rester calme et décidé sans se mettre en colère ni se montrer tyrannique. Il fut agréablement surpris de constater que le tempérament d'Holly s'accordait au sien.

De plus, elle apprenait vite, et, dans les moments délicats, elle demeurait d'humeur constante et suivait sans aucune hésitation les ordres qu'il lui murmurait. Elle semblait savoir exactement ce qu'elle devait faire, attendait ses instructions ou intervenait promptement pour l'assister quand elle sentait qu'il en avait besoin.

Le patient avait subi un traumatisme facial important. Gabriel avait employé une nouvelle technique afin de maintenir en place les os brisés tout en réduisant le gonflement en vue de la reconstruction des tissus.

En insérant une trame ultrafine sous les os et une poche saline spécialement conçue, il avait pu mouler l'os de la pommette d'après la joue qui n'avait pas été blessée. Il cherchait toujours à éviter ou, du moins, minimiser le recours à la reconstruction quand elle n'était pas absolument indispensable, en particulier chez les patients cardiaques.

C'était une procédure qu'il n'avait utilisée qu'une fois, chez un adolescent qui s'était écrasé le nez et les pommettes dans une chute de snowboard. Il s'était servi d'agrafes et de fils pour reconstruire la mâchoire inférieure, mais grâce à cette nouvelle procédure et aux injections de matériaux de consolidation de l'os, ses pommettes avaient pu être reconstruites.

Après avoir vérifié la position et la forme de la trame, Holly et lui s'étaient appliqués à rattacher et reformer les tendons dans la mâchoire. C'était une tâche méticuleuse et fastidieuse consistant à étirer et relier des bouts de tissus conjonctifs entre eux.

Quand il demanda à ce que la zone soit refermée par une trame acellulaire, il vit qu'Holly était fatiguée mais toujours concentrée. Elle venait de l'assister au cours d'une procédure révolutionnaire qui n'avait jamais été suivie au West Manhattan Saints et s'en était sortie de façon remarquable. Le patient devrait aussi subir une reconstruction de son oreille, de son nez et de ses lèvres, une fois qu'il se serait remis de ses autres blessures et qu'ils pourraient prélever de la peau et des cellules adipeuses.

Il remarqua que les mains d'Holly tremblaient. C'était sa troisième intervention de la journée, et le jus d'orange qu'elle avait bu presque d'une traite était déjà loin. Lui-même était affamé.

— Ça va, docteur ?

Elle le regarda en clignant des yeux, étonnée qu'on lui pose une question personnelle après des heures d'instructions impersonnelles, avant de hocher la tête. Puis elle se concentra de nouveau sur la suture qu'elle était en train d'effectuer.

— Autre chose ? demanda-t-elle d'une voix sereine qui le détendit.

— Tu t'en sors très bien, murmura-t-il. Je te laisse finir, je vais rédiger le compte rendu et envoyer des instructions au service des soins intensifs.

Il s'éloigna de la table en enlevant ses gants puis il remercia et félicita brièvement chaque membre de l'équipe avant de quitter le bloc.

La laisser superviser les étapes finales de l'intervention était une marque de confiance tacite que toutes les personnes présentes comprirent. Autant Holly semblait gauche dans sa vie privée, autant elle avait le geste sûr près d'une table d'opération. Elle manquait simplement d'assurance dans certaines situations. Au bloc, elle savait ce qu'elle faisait et elle le faisait bien. La pratique ainsi que quelques conseils et encouragements feraient d'elle une professionnelle hautement qualifiée.

Une demi-heure plus tard, il l'aperçut dans le hall de l'hôpital, se dirigeant vers la sortie. Il était près de 2 heures du matin. Il était exténué, mais savait d'expérience qu'il aurait du mal à trouver le sommeil. L'adrénaline coulait encore dans ses veines et, contrairement à ses habitudes après une longue intervention, il avait envie de compagnie.

Du moins avait-il envie de *sa* compagnie.

Or, jusqu'à présent, elle avait plutôt eu tendance à l'éviter. Il chassa ces idées négatives de son esprit. Après tout, il ne s'agissait que d'une conversation postopératoire entre collègues. Il marcha dans sa direction.

— On partage un taxi ? proposa-t-il en la rattrapant.

Elle se retourna, l'air surpris.

Qu'est-ce qui la faisait rougir ?

— Je ne sais pas. Est-ce que je vais encore me retrouver en rade sur le trottoir si je dis non ?

— Non, pas cette fois. Promis. Parole de scout…

— Je ne crois pas un instant que tu aies été scout.

— Ah bon ? Je suis très serviable, pourtant, dit-il en levant un bras pour arrêter un taxi. Et toujours prêt.

— A quoi ?

— A tout.

Il marqua une pause pour réfléchir et ajouta :

— Je veille aux dates d'expiration, par exemple.

Elle éclata de rire en repensant au préservatif dans sa mallette.

— J'espère, avec toutes les blondes refaites que tu fréquentes, dit-elle tandis qu'il ouvrait la portière arrière. Cela dit, ils ne doivent pas avoir le temps d'arriver à expiration.

— Tu te trompes.

Quand ils furent installés, il donna l'adresse au chauffeur.

L'ironie faisait qu'ils avaient presque la même adresse. Ils allaient donc faire le trajet ensemble. Ensuite ? Gabriel avait du mal à envisager de rentrer seul chez lui, la sachant à quelques mètres. Il n'en revenait pas d'avoir autant besoin de sa compagnie.

Il se demanda ce qu'elle dirait en apprenant que sa dernière boîte de préservatifs avait presque atteint la date limite ou qu'il n'avait pas pensé à en racheter d'autres. Ce qui était aussi pathétique que son envie de passer la nuit avec elle.

Quand on avait annoncé à sa mère qu'elle avait une leucémie, il sortait avec une femme. Mais la relation avait sombré plus vite que le *Titanic* dès l'instant où elle avait appris qu'il avait l'intention de quitter son travail à Beverly Hills pour déménager à New York.

Elle avait alors jeté son dévolu sur l'un de ses associés, mais il n'avait rien vu. Quand elle le lui avait envoyé à la figure avec l'intention manifeste de le blesser, il s'était simplement dit qu'il n'était pas fait pour avoir une relation suivie avec une femme. Le soulagement éprouvé à ce moment-là lui avait fait comprendre qu'il était temps de passer à autre chose. De toute façon, sa mère n'étant plus là, plus rien ne le retenait en Californie.

— Tu aimes vivre dangereusement !

— Non, je n'ai pas l'intention de me retrouver pris au piège.

— Pris au piège ? répéta-t-elle.

— Tu n'imagines pas ce que certaines femmes sont prêtes à faire pour mettre le grappin sur un médecin !

— Si, justement, j'imagine très bien. C'est un problème assez banal dans les facultés de médecine, même si la plupart des étudiants ont un prêt à rembourser et ne gagneront pas d'argent avant des années.

— C'est vrai, commenta-t-il avec un haussement d'épaule. J'ai connu un bref moment de terreur en quatrième année, qui s'est révélé être une fausse alerte, mais je connais des types qui ont eu moins de chance que moi. L'un d'entre eux a déjà divorcé et l'autre est sur le point de le faire.

Il admira la pureté de son profil dans les lumières de Broadway et se demanda comment on avait pu la trouver *affreuse*. De toute façon, tout le monde était imparfait. C'était ce qui faisait le charme des gens.

— Et toi ?

— Quoi, moi ? demanda-t-elle en tournant la tête.

Sous cet angle, ses cicatrices se trouvaient dans l'ombre. Il connaissait des tas de femmes qui seraient prêtes à tuer pour ressembler à Holly Buchanan, même avec ces cicatrices. Elles lui donnaient quelque chose de spécial et de très séduisant, surtout quand l'émotion emplissait son regard.

— Toi aussi tu as eu à repousser les avances de fêtards cherchant une belle et riche chirurgienne qui leur finance une vie d'oisiveté ?

Elle le regarda, l'air choqué.

— Tu te moques de moi ?

— Pas du tout. J'imagine que tu as des hordes de prétendants qui n'attendent qu'un signe de ta part.

Elle pouffa avec une spontanéité qui lui fit chaud au cœur. Comme il aimait l'entendre rire ! Elle était d'autant plus éblouissante avec cette chaleur et cette lumière dans le regard. Elle semblait soudain vivante. Comme si elle avait mis ses problèmes entre parenthèses pour vivre l'instant présent. Avait-elle toujours été aussi sérieuse ? L'était-elle de nature ou parce qu'on avait étouffé sa joie de vivre ?

Mais depuis quand avait-il envie de rendre une femme heureuse ? Sans doute parce qu'il était affamé et fatigué. Une bonne douche et un bon repas, suivis de douze heures de sommeil lui feraient du bien.

— Tu ne manques pas d'humour, dit-elle, les yeux brillant comme des saphirs.

Comme il l'observait, perplexe, elle ajouta :

— Les gens regardent les cicatrices, docteur Alexander. Tu es mieux placé que quiconque pour le savoir. C'est d'ailleurs ce qui fait vivre les chirurgiens esthétiques.

Pourquoi, dès qu'elle parlait, ne voyait-il rien d'autre que sa bouche et ses yeux ? Le reste disparaissait quelque part dans un coin de son cerveau. Certes, il n'oubliait pas son corps et ses courbes harmonieuses, mais en tout cas il ne voyait pas ses cicatrices.

— Tu devrais être plus observateur.

— Qu'est-ce que tu veux dire par là ? Je suis observateur.

— Hmm…

Le taxi tourna en direction de Brooklyn. Gabriel sentit l'excitation monter en lui et changea de position. Mais c'était peine perdue. Chaque fois qu'il inspirait, l'odeur de la peau d'Holly submergeait ses sens et lui donnait l'impression de s'enivrer.

Ce devait être l'épuisement.

Le taxi s'arrêta devant sa maison. Il soupira, soulagé de pouvoir s'enfuir avant de commettre un acte regrettable. Comme de l'attirer à lui et d'embrasser cette bouche appétissante. Ou de glisser les mains sous sa veste pour caresser sa peau soyeuse.

Elle fouilla dans son sac.

— Laisse, dit-il en ouvrant la portière. C'est pour me faire pardonner de t'avoir laissée en plan l'autre jour.

7

Holly sortit du taxi et referma la portière d'un coup de hanche. Après avoir réglé la course, Gabriel s'étira, et elle le revit au bloc opératoire, grand, calme et terriblement sexy. Elle avait ensuite évité de l'observer par-dessus la table d'opération. Etant donné la décontraction charmante avec laquelle il traitait chacune des personnes de son équipe, elle comprenait pourquoi toutes les infirmières se battaient pour travailler à ses côtés. Outre le fait qu'il était très séduisant, il était patient et savait apaiser les tensions d'un compliment encourageant ou d'une boutade. Il maîtrisait parfaitement les procédures et comprenait si bien les personnes dont il s'entourait que tout le monde se pliait en quatre pour lui être agréable.

Elle comprise, il fallait le reconnaître. Elle n'en revenait pas qu'ils aient opéré ensemble de façon aussi harmonieuse que s'ils faisaient équipe depuis des années.

Elle était presque agacée de constater que l'homme qu'elle était prête à détester par principe était loin de ressembler à la star californienne imbuvable à laquelle elle s'attendait.

Il lui faisait même du bien. Il lui changeait les idées et c'était par ailleurs un excellent praticien. Elle lui en voulait presque de tout faire avec une facilité déconcertante alors qu'elle avait l'impression de devoir multiplier les efforts ! Sans parler de ses baisers divins qui lui coupaient le souffle.

Elle soupira en regardant le taxi s'éloigner au coin de la rue. Un vent frais souleva quelques feuilles sèches, et elle frissonna en tirant sur sa petite veste, les yeux levés vers le ciel. La lune était énorme, avec un halo qui promettait un hiver froid.

Elle n'aimait pas l'hiver, en général, mais pour une raison qui lui échappait elle se mit à imaginer une bouteille de vin entamée devant un feu de cheminée, des corps nus et des soupirs de béatitude.

Elle secoua la tête, songeant qu'elle filait un mauvais coton.

Effrayée par cette idée et par les visions érotiques qui défilaient dans son esprit, elle se retourna.

Gabriel était posté à moitié dans l'ombre, immense et presque effrayant. La lune éclairait une partie de son visage. Il avait l'air d'un ange banni du paradis pour avoir inspiré des pensées et des désirs indécents aux femmes mortelles.

Ce n'était plus le flirt nonchalant ni le chirurgien brillant capable de tirer le meilleur de chacun. L'homme qui se tenait sous ses yeux, nimbé de mystère, lui parut terriblement seul.

L'image lui serra la poitrine et elle réprima un désir intense de le rejoindre et de se blottir contre son corps chaud jusqu'à ce que les ombres hantant son regard s'évanouissent.

Mais Gabriel Alexander était grand, fort, beau, et il n'avait besoin de personne, encore moins d'une jeune femme pleine de cicatrices dont les objectifs professionnels étaient la priorité.

Il la fixait, immobile, avec une intensité qui la mit mal à l'aise.

— Tu sais que Neil Armstrong était scout ? s'entendit-elle dire. En fait, on pense que soixante et onze pour cent des astronautes ont été scouts.

Son sourire effaça l'image d'ange déchu et, pour la première fois de sa vie, Holly ne s'inquiéta pas de passer pour une folle. Elle préférait le voir sourire qu'être enveloppé par le nuage épais et impénétrable de sa solitude.

Elle frissonna de nouveau sans que le vent frais de l'automne y soit pour quelque chose. Elle ignorait ce que ce frisson annonçait, mais elle sentit son cœur se remettre à battre fort dans sa poitrine, sa peau picoter et ses genoux flageoler comme si elle avait bu un mojito l'estomac vide.

— Comment sommes-nous passés de « t'avoir laissé en

plan sur un trottoir new-yorkais » à « Neil Armstrong était scout » ? demanda-t-il.

— La lune, les scouts…, répondit-elle, le souffle court. Cela me semblait… je ne sais pas… logique.

La chaleur montait en elle à mesure que la tension entre eux s'intensifiait, et ce fut le moment précis où son estomac se mit à gargouiller. Elle posa la main dessus en priant pour qu'il n'ait rien entendu. Son état un peu comateux — et peut-être aussi ses visions angéliques — n'étaient probablement dus qu'à de l'hypoglycémie. Quel soulagement ! Tout ce qu'il lui fallait, à présent, c'était manger. Après un repas chaud et dix heures de sommeil, tout reviendrait à la normale.

Laissant échapper un petit rire qui lui parut hystérique, elle se dirigea vers les marches de sa maison. Elle ouvrait la bouche pour lui souhaiter bonne nuit quand elle sentit une main sur son bras. Gabriel l'avait rejointe et, la prenant par le coude, la poussa vers l'entrée de sa maison à lui.

— Qu'est-ce que tu fais ? J'habite dans la maison d'à côté, pas ici, docteur Alexander.

— Je sais. Tu ne crois pas qu'on peut cesser de s'appeler docteur ?

L'appeler par son titre lui rappelait qu'ils étaient collègues de travail. Elle résista un peu, mais il semblait si déterminé qu'elle se laissa entraîner devant chez lui puis dans le hall.

La lumière du hall éclaira son visage rieur et ses yeux pétillants.

— Pourquoi me traînes-tu ici ? demanda-t-elle tandis qu'il sortait ses clés de sa poche.

— J'ai envie de cuisiner, répondit-il en ouvrant la porte.

— Mais il est 1 heure du matin ! s'exclama-t-elle.

— Un bon petit plat t'attend chez toi ?

— Heu… Non, mais…, dit-elle, hésitant sur le seuil de la porte.

Comme elle hésitait, il la tira à l'intérieur et referma la porte derrière elle d'un geste proche de l'exaspération.

— Ta vie ne vaudra rien tant que tu n'auras pas goûté à…

ma fameuse omelette, dit-il en riant. Ne t'inquiète pas. Je te prépare à manger et je te laisse rentrer chez toi. Parole de scout !

Elle se mordilla nerveusement la lèvre inférieure et regarda autour d'elle. Des cartons jonchaient le sol.

— Je vais peut-être…

— Viens manger, la coupa-t-il en lui posant l'index sur la bouche.

Réprimant l'envie de lui lécher le doigt, elle déglutit tandis que lui venaient à l'esprit toutes sortes d'images torrides. Jamais elle n'avait eu ce genre d'impulsion auparavant. Soit l'hypoglycémie lui donnait vraiment des hallucinations, soit… elle se dirigeait à grands pas vers une catastrophe. Elle commençait à deviner laquelle des deux hypothèses était la bonne, mais elle préféra continuer à croire que la fatigue la faisait halluciner.

— C'est le moins que je puisse faire, après t'avoir kidnappée au club de sport.

A cette évocation, une bouffée de chaleur la submergea. Une petite voix lui intima alors de partir en courant et de ne s'arrêter que quand le souvenir de cet instant se serait évanoui.

Mais Gabriel décrocha son sac et sa mallette de son épaule. Pour cacher son trouble, elle parcourut la pièce du regard. On aurait dit qu'un ex-marine tatoué venait de déposer le contenu de son camion de déménagement dans le salon.

— Jolie déco…, dit-elle en constatant qu'il n'avait toujours pas de rideaux aux fenêtres.

Depuis combien de temps était-il à New York ? Trois semaines ? Mais, étant donné son emploi du temps à l'hôpital, il ne devait rentrer chez lui que pour se doucher et dormir.

Après avoir posé ses affaires sur un carton, il ôta son sweat-shirt, révélant un ventre plat et bronzé sous son T-shirt blanc dont les coutures étaient malmenées par la largeur de ses épaules.

Etonnamment, la vue de son nombril donna à Holly une impression d'intimité presque plus grande que leur baiser au bord de la piscine.

— Je n'ai pas eu le temps de déballer mes affaires, dit-il. Ni de chercher personne pour m'aider.

— Je peux demander à ma mère, elle pourra t'envoyer quelqu'un.

Elle marqua une pause en réfléchissant à ce qu'elle venait de dire. C'était censé, non ?

— Ah oui ? Volontiers, répondit-il en se passant une main dans les cheveux.

Elle se retint de tendre le bras pour caresser les boucles blondies par le soleil.

— Je déteste défaire les cartons, en fait. Je ne sais pas pourquoi j'ai gardé tout ça. Finalement, j'ai juste besoin d'un canapé et d'une télévision pour regarder les matchs.

Typiquement masculin ! Elle sourit en l'imaginant affalé sur son immense canapé en cuir.

Il émanait de son corps une force éminemment virile. Elle se rappela la chaleur de ses mains et eut envie de les sentir sur son corps, comme dans la piscine.

Que lui arrivait-il ? *Ressaisis-toi*, s'intima-t-elle en secouant la tête dans l'espoir que cela chasserait ses pensées lascives.

— Je l'appellerai demain matin, dit-elle, priant pour qu'il prépare rapidement à manger avant d'assouvir sa faim en se jetant sur lui.

Dans sa cuisine étincelante, il se dirigea vers le réfrigérateur dont il sortit quelques ingrédients. Maniait-il le tire-bouchon et la spatule avec autant d'habileté que le scalpel ?

Comme s'il avait lu dans ses pensées, il prit une bouteille de vin blanc et l'ouvrit tout en lui indiquant le placard où se trouvaient les verres.

— Avec un bon repas, il faut du bon vin.

— Tu aimes bien faire la cuisine ? demanda-t-elle en lui tendant les verres.

— Tu as l'air étonnée.

— Je suis moins étonnée qu'admirative ! Personnellement, je suis une vraie empotée en cuisine.

Il la regarda d'un air amusé.

— Tu es une très belle empotée, en tout cas, dit-il en lui caressant la joue du revers de la main.

Bouche bée, elle le regarda boire une gorgée de vin blanc avant de se saisir d'un saladier et d'une boîte d'œufs.

Après avoir recouvré son souffle, elle proposa son aide qu'il déclina poliment. Devait-elle en être soulagée ou offensée ? Peut-être pensait-il avoir vu suffisamment de sang pour la journée…

Elle s'assit donc et sirota son verre de vin blanc en le regardant travailler, ce qui était plutôt agréable. C'était sexy, un homme en cuisine !

Quand elle était stressée, elle aimait bien faire des gâteaux, mais le résultat n'était jamais à la hauteur de ses espérances. Ce qui était dommage, vu son goût pour les brownies chocolat-caramel et les cookies au chocolat. Elle réussissait bien des salades, cela dit, mais pour le reste elle se contentait de réchauffer des petits plats que sa mère entreposait dans son congélateur. C'était plus simple que de passer des heures à causer des catastrophes et des heures à en faire disparaître les traces.

Il déposa sur la table une omelette aux herbes accompagnée de bruschettas odorantes et ils purent bientôt remplir leurs estomacs affamés tout en discutant. Il lui raconta ses exploits de jeunesse et elle se surprit à rire comme elle n'avait pas ri depuis des années, se sentant un peu étourdie, comme si elle avait bu trop de champagne ou inspiré un peu trop d'hélium. Elle n'en revenait pas de se trouver à la table du chirurgien vénéré par tout Hollywood et de s'amuser autant.

— Et toi ?

Elle cessa brusquement de rire. Une tension palpable, qui n'avait rien à voir avec sa carrière de chirurgienne, chassa l'humeur joyeuse et détendue.

Etait-ce le vin blanc qui lui donnait l'impression d'avoir la langue trop épaisse pour articuler un mot ?

Gabriel la fixait, attendant sa réponse. Hypnotisée, elle

demeura immobile et muette jusqu'à ce qu'elle se rappelle qu'elle ferait mieux de respirer si elle ne voulait pas s'évanouir.

— Heu…

De la même manière que sa bouche ne pouvait articuler des mots, son cerveau était incapable d'élaborer la moindre pensée.

Elle passa sa langue sur ses lèvres sèches et vit les yeux de Gabriel suivre le mouvement.

— Holly…, dit-il d'une voix grave qui vint exciter ses nerfs épuisés.

Elle pressentait qu'elle était en mauvaise posture, mais pour une raison étrange elle n'avait même pas l'énergie de s'en inquiéter.

— Si tu veux partir, je te suggère de le faire maintenant, dit-il.

— Maintenant ? répéta-t-elle en se demandant comment elle allait se lever et quitter les lieux.

L'intensité et la sensualité de son regard semblaient l'avoir épinglée sur place.

— Je te donne dix secondes.

Le fait de lui imposer un ultimatum ne lui facilitait pas la tâche. En l'entendant commencer le compte à rebours, elle sentit une vague de chaleur et de désir la submerger.

Une petite voix lui intimait de partir, mais son corps refusait de bouger.

— Sinon ?

Comme il avançait vers elle, la main tendue, elle recula contre le plan de travail, mais il continua à s'approcher jusqu'à ce que leurs visages se touchent presque. D'où lui venait ce goût soudain pour le danger ? se demanda-t-elle, ses yeux glissant sur la bouche toute proche.

— Sinon, tu vas te retrouver sur le plan de travail et tu ne pourras plus t'échapper jusqu'à ce que…

Elle se figea.

— Jusqu'à ce que ?

Elle sentit un sourire s'imprimer sur ses lèvres.

— Jusqu'à ce que tu t'évanouisses de plaisir et que tu oublies tout le reste.

Elle se demanda pourquoi il parlait, alors que tout ce dont elle avait envie en cet instant précis, c'était justement qu'il la plaque sur le plan de travail jusqu'à ce qu'elle s'évanouisse de plaisir et qu'elle oublie tout le reste.

Puis elle eut un sursaut.

Tout le reste ?

La réalité lui revint alors à la mémoire. Le reste : son travail, sa carrière, sa bourse.

Elle s'écarta brusquement du plan de travail, chancelante et paniquée.

— Je… Il faut que j'y aille, dit-elle avant de se détourner et de foncer droit dans le mur de la cuisine.

— Holly, fais attention, murmura-t-il.

Sans le voir, elle devina qu'il réprimait un sourire. Agacée, elle prit la direction de l'entrée. Elle devait partir avant de commettre un acte qu'elle regretterait pendant des semaines. Comme se retourner et lui sauter au cou, se pâmer sous ses caresses avides et oublier ses projets.

— Il faut que j'y aille, répéta-t-elle comme pour s'en convaincre.

— Je te raccompagne.

Elle se retourna pour le trouver juste derrière elle et paraissant amusé par la situation.

Elle espérait au moins que ses jambes flageolantes la porteraient saine et sauve jusque chez elle.

— Ce n'est pas la peine, bredouilla-t-elle. Je ne vais pas loin.

Il lui tendit son sac et sa mallette puis s'approcha d'elle pour ouvrir.

Elle aurait pu s'en sortir indemne si elle n'avait pas commis l'erreur de lever les yeux et de croiser son regard. Elle se figea. Ses pupilles immenses et noires la fixaient, et elle eut l'impression de se noyer dans leur profondeur. La sensualité qui se dégageait de lui était manifeste, même pour une empotée comme elle.

Ils se fixèrent pendant une éternité, puis il l'attira à lui. Avant qu'elle puisse protester, il la plaqua contre la porte d'entrée qu'il avait refermée et elle sentit son corps s'embraser quand il se mit à l'embrasser sans retenue. Des vagues de chaleur l'enveloppaient, menaçant de l'emporter dans un tourbillon brûlant. *Au secours ! Il faut que je parte*, pensa-t-elle un instant avant de sentir sa langue contre la sienne.

Mais loin de s'en aller, elle entrouvrit les lèvres et s'abandonna à la passion avec laquelle il l'embrassait.

Elle gémit de désespoir et de désir mêlés. Toute velléité de rentrer chez elle s'évanouit.

Dans ses veines coulait du désir pur, le désir d'être embrassée et caressée par ses mains chaudes.

Tandis qu'il lui déposait des baisers brûlants sur la joue, la mâchoire et dans le cou, et qu'elle tentait désespérément de reprendre son souffle, elle glissa les mains sous son T-shirt.

Elle avait envie de le toucher, de découvrir chaque centimètre carré de sa peau. Son sexe était dur contre son ventre.

— Gabriel, murmura-t-elle. Je… Il faut que… Je vais…

— Reste, dit-il au creux de son oreille. Arrête de réfléchir…

Il avait raison. Réfléchir demandait une énergie qu'elle n'avait pas, surtout quand il se remettait à l'embrasser. En un quart de seconde, le désir la submergea de nouveau au point de lui faire mal.

Sans prévenir, il la souleva de terre.

L'enlaçant par le cou, elle crocheta instinctivement les jambes autour de ses hanches. Elle s'aperçut à cet instant qu'il lui avait détaché les cheveux avec la même facilité qu'il avait démonté ses défenses.

— Tiens-toi bien, dit-il en s'éloignant tant bien que mal de la porte d'entrée.

— Hmm ?

Sans répondre, il se dirigea vers le salon et jura en se cognant le pied.

— Maudits cartons… Mais ne t'inquiète pas, je ne vais pas te laisser tomber, ajouta-t-il entre deux baisers.

8

De toute façon, il était trop tard. Trop tard pour empêcher son cœur d'être brisé par un homme aussi beau et aussi parfait que son homonyme céleste.

Quelques instants plus tard, Holly se sentit tomber à la renverse. Avant même de comprendre ce qui se passait, elle se retrouva allongée sur le lit, Gabriel étendu sur elle.

— Désolé, tu es plus lourde que je ne pensais, dit-il en souriant.

— C'est peut-être toi qui es moins fort et viril que tu l'imaginais, rétorqua-t-elle avant de lui mordre le lobe de l'oreille en guise de punition.

— Tu crois ça ? Je vais te montrer si je ne suis pas viril.

Il pressa son bassin contre elle, rallumant en elle le désir de sentir leurs peaux nues l'une contre l'autre.

— Tu ne sais pas à quel point j'ai envie de toi, murmura-t-il.

Si, elle le savait à la façon qu'il avait de passer les mains sur son corps, de dévorer ses lèvres et la presser contre lui comme s'il voulait ne faire qu'un avec elle.

Il se redressa pour retirer son T-shirt et elle le contempla, pantoise. Son torse était un modèle de perfection masculine et elle avait envie de l'explorer des mains et de la bouche.

Une fraction de seconde, elle se demanda ce qu'un homme aussi beau pouvait lui trouver. Comment réagirait-il quand il découvrirait ses autres cicatrices, surtout l'affreuse qui courait le long de sa cuisse ?

Mais elle sentit des mains fébriles tirer sur ses vêtements.

— Qu'est-ce que tu fais ? demanda-t-elle comme si elle ne le savait pas.

Il éclata de rire.

— Comme tu vois, j'enlève tes vêtements. C'est ce qui se produit avant qu'un homme ne mette…

Elle poussa un petit cri et plaqua ses mains sur ses oreilles. L'observant d'un air stupéfait, il se pencha pour l'attraper par les poignets.

— Avant qu'un homme ne mette un préservatif, docteur Buchanan, conclut-il avant de reprendre son déshabillage.

— Il n'y a pas de rideaux.

— Personne ne nous voit. Il fait nuit noire.

Après lui avoir enlevé sa veste, il retira son pantalon.

Pas si noire, se dit-elle. *Toi, tu vas me voir.*

— C'est bien l'intérêt, murmura-t-il de sa voix grave. Si je te déshabille, c'est justement pour te voir nue.

Soit il lisait dans ses pensées, soit elle avait pensé à voix haute. Quoi qu'il en soit, se montrer nue était la dernière chose dont elle avait envie.

— Mais… Nous sommes dans le salon.

— Je ne peux pas attendre. Je veux te voir tout entière, Holly, dit-il en lui caressant le ventre. Ensuite, nous irons dans la chambre et nous reprendrons tout depuis le début.

Il lui fit passer son pull par-dessus la tête et le lança dans la pièce. Aussitôt, elle s'agrippa à lui, mais il l'attrapa de nouveau par les poignets.

— Ne te cache pas, Holly, tu es magnifique. Encore plus belle que dans mon souvenir.

Il la regardait d'un air hébété et elle se demanda s'il n'était pas ivre ou en train d'avoir une hallucination.

— Tu m'as déjà vue nue ? Où ? Quand ?

Sa main remonta et il glissa ses doigts sous les bretelles de son soutien-gorge.

— Un maillot de bain ne cache pas grand-chose, dit-il en souriant.

Il fit glisser les bretelles de ses épaules. Puis ses doigts effleurèrent son décolleté. Il semblait hypnotisé.

— Il faut que j'y aille, dit-elle. J'ai du travail.

— Tu ne vas pas te mettre à travailler maintenant, que je sache. Reste avec moi. Une fois.

— Tu as raison… Une fois, alors.

Il approcha la bouche de son cou tandis que sa main se faufilait sous la dentelle du soutien-gorge. Elle hoqueta de surprise et de plaisir en sentant les doigts de Gabriel pincer le bout de ses seins. Se cambrant, elle guida sa bouche vers son sein et le contact de sa langue lui arracha un gémissement.

Puis il leva la tête, et Holly aurait pu hurler de frustration.

— Gabriel…, murmura-t-elle avec impatience.

— Dis-moi que tu as envie de moi.

— Quoi ? répéta-t-elle, surprise, cette fois.

— Dis-le-moi et je te ferai tout ce que tu veux.

Elle secoua la tête, embarrassée, mais quelques petits coups de langue sur le bout de son sein eurent raison de sa pudeur.

— J'ai envie de toi ! dit-elle dans un souffle, avant d'attirer son visage vers le sien.

Elle adorait sa façon de l'embrasser, affamé, comme si sa bouche lui avait manqué. Elle aussi était en manque dès que leurs lèvres se séparaient. Leur baiser se fit plus intense, leurs gestes plus fougueux, et, quand Gabriel vint en elle, elle se cambra, suppliante.

Holly était allongée, la tête posée sur son torse.

Elle l'avait supplié de lui donner plus de baisers, plus de caresses, plus de plaisir… Et il l'avait fait. Depuis combien de temps n'avait-il pas eu un tel besoin de combler une femme ? Peut-être même ne l'avait-il jamais vraiment éprouvé.

Que s'était-il passé ?

Ce qui avait commencé comme la simple satisfaction d'un besoin physique avait échappé à son contrôle au point qu'il n'avait plus pensé qu'à satisfaire cette femme. Mais il s'était lui aussi laissé emporter totalement jusqu'à des sommets jusque-là jamais atteints.

Cette nouveauté le mettait mal à l'aise.

Ils étaient tous deux trempés. Son pouls battait si fort qu'il couvrait presque le son de la respiration haletante d'Holly.

A moins que ce ne soit la sienne ?

Il se sentait complètement vidé, incapable de se déplacer jusqu'à un endroit plus confortable. Comme son lit, par exemple.

Quand ils eurent repris leur souffle, il se tourna et fit glisser le doigt de ses épaules jusqu'à ses fesses. Sa peau était si douce qu'il ne put s'empêcher de recommencer plusieurs fois de suite, jusqu'à ce qu'elle se retourne vers lui dans un mouvement lent et langoureux qui l'excita.

— Je n'ai plus de forces…, gémit-il.

— Tu es sûr ? J'ai l'impression qu'il t'en reste un peu, murmura-t-elle d'une voix lasse et rauque. Si j'avais un peu d'énergie moi-même, je te montrerais.

Elle soupira et, quand elle se blottit contre lui, il enfouit le visage dans ses cheveux épars. Son parfum à la fois chaud et frais avait quelque chose d'insaisissable. Comme elle.

Se voyant respirer l'odeur d'une femme comme s'il respirait de l'oxygène, il se figea. Il n'avait jamais été très câlin. En général, après avoir fait l'amour, il se dépêchait de remettre la main sur ses vêtements et préférait rentrer chez lui.

Mais il ne voulait pas se séparer d'Holly. Il voulait comprendre ce qui rendait ce parfum indéfinissable et était prêt à y passer la nuit s'il le fallait.

Juste après avoir fait l'amour avec elle, il n'avait qu'une hâte : recommencer.

— Je crois qu'il est temps que je rentre, murmura-t-elle d'une voix ensommeillée. Aide-moi à partir, Gabriel.

L'idée qu'elle s'en aille ne lui procura aucun plaisir.

— Pas maintenant.

Il s'assit avant de se lever et de lui tendre la main.

— Tu rentreras plus tard.

Bien plus tard.

Comment avait-elle atterri dans le lit de Gabriel ? Holly n'en avait aucune idée. Il l'avait portée jusqu'à la douche, l'avait savonnée et rincée, parcourant des mains et des lèvres la moindre parcelle de son corps. Puis il l'avait enveloppée dans un grand drap de bain et soulevée dans ses bras.

— Viens, on va se coucher.

Tout à l'heure, dans le salon, ils s'étaient jetés l'un sur l'autre comme deux affamés jusqu'à l'explosion de plaisir qui les avait submergés et laissés haletants et en nage.

Maintenant, l'idée de s'allonger à son côté et de prendre le temps d'explorer son corps musclé l'excitait. Elle avait envie de le regarder, de le caresser du bout des doigts et du bout de sa langue. Elle en avait l'eau à la bouche.

Quand il l'eut déposée sur le lit, il s'assit près d'elle et lui mordilla l'épaule, ce qui la fit frissonner. Mais au lieu de lui sauter dessus comme elle s'y attendait — comme elle l'espérait, plutôt —, il tendit un bras vers la table de chevet pour prendre une boîte de préservatifs.

— Je croyais que tu n'en avais pas, dit-elle en dénouant la serviette dont il s'était enveloppé les hanches.

— J'ai menti.

— Tu parles d'un scout !

— J'ai menti aussi à ce sujet, répliqua-t-il d'un air contrit, avant de s'agenouiller au-dessus d'elle et de repousser le drap de bain, l'air heureux comme s'il venait de trouver un cadeau sous son oreiller.

Tandis qu'elle se tortillait pour l'aider à se débarrasser de tout ce qui recouvrait leurs corps, la boîte de préservatifs se renversa, les petits carrés argentés s'éparpillant sur le lit. Gabriel en prit un et elle n'eut pas le temps de lui dire de se dépêcher qu'il l'avait enfilé et s'était glissé entre ses cuisses.

— Maintenant, docteur Buchanan, je vais mettre ta vie sens dessus dessous.

Son petit rire se métamorphosa en un long gémissement de plaisir à mesure qu'il s'enfonçait en elle.

Effectivement, il mettait sa vie sens dessus dessous.

Holly se réveilla en sursaut, n'ayant aucune notion ni de l'endroit où elle se trouvait ni de l'heure qu'il était. La seule chose dont elle était consciente était la sensation d'être clouée au matelas sur lequel elle était allongée, une masse lourde et chaude pesant sur elle.

Quand elle tenta de s'étirer, ses muscles lui firent délicieusement mal. Comme si elle avait passé la nuit à faire du sport…

Elle se figea tandis que des images et des sensations émergeaient, accompagnées d'une vague de chaleur.

Que s'était-il passé ? Qu'avait-elle fait ?

Elle demeura quelques instants immobile, le souffle coupé, jusqu'à ce qu'une petite voix lui intime l'ordre de s'activer.

Elle soupira, évaluant la situation et s'efforçant de ne pas se laisser aller à la panique. En dépit d'une envie urgente de quitter cette chambre, elle ne put s'empêcher de contempler le corps couché en travers du sien.

Comme si elle n'en avait pas suffisamment profité toute la nuit ! L'idée la fit frémir de gêne et de désir. Mieux valait qu'elle se lève avant d'avoir envie de renouveler l'expérience.

Prenant une profonde inspiration, elle se glissa vers le bord du lit. La caresse de l'air frais sur sa peau nue la fit frissonner. Elle hésita, se demandant si elle n'allait pas se recoucher auprès de ce grand corps chaud, mais sa raison lui conseilla de se rhabiller et de quitter les lieux au plus vite.

De toute façon, ils étaient d'accord pour *une fois*. Certes, cette fois s'était multipliée par deux — trois même —, mais cela ne faisait qu'*une nuit* au total, non ?

Elle commit l'erreur de jeter un coup d'œil par-dessus son épaule et fut frappée par la beauté de ce corps de nageur musclé et élancé, éclairé par la lumière provenant de la salle de bains. De dos, il était la perfection faite homme : des épaules larges et puissantes, une taille fine, des fesses fermes avec de petits creux de chaque côté et des jambes longues et musclées.

La tentation de se rallonger étant presque irrésistible, elle se dirigea vers la porte. Ses vêtements étaient restés en bas, éparpillés dans le salon.

Elle s'arrêta sur le seuil. Devait-elle le réveiller ?

Mais la perspective de lui dire bonjour après la nuit qu'ils venaient de passer l'embarrassait de la même façon que l'idée de se promener toute nue dans la rue. Ce qui risquait d'ailleurs d'arriver si elle ne retrouvait pas ses affaires.

Elle descendit les marches d'un pas hésitant tant ses membres étaient courbatus. Incapable de mettre la main sur ses sous-vêtements, elle enfila sa chemise et la boutonna avec l'impression désagréable que tout le monde allait s'apercevoir qu'elle ne portait pas de soutien-gorge. Mais tant pis, elle ne pouvait pas passer encore un quart d'heure à fouiller le salon. Plus elle traînait, plus le risque de voir Gabriel se réveiller augmentait. Elle préférait abandonner ses sous-vêtements que d'avoir à croiser son regard.

Il faudrait bien qu'elle lui parle à un moment ou à un autre, mais pas maintenant. De plus, passer outre ses défauts physiques dans le feu de l'action était une chose, mais le regarder dans le blanc des yeux le lendemain d'une nuit torride en était une autre.

Mieux valait disparaître.

Ses sandales à la main, elle se dirigea vers l'entrée où étaient restés son sac et sa mallette puis sortit.

Sa nuit de gémissements déchaînés était terminée.

Il était temps de se remettre sur le droit chemin.

Elle regagna sa maison en quelques minutes, jetant des coups d'œil furtifs autour d'elle telle une adolescente qui rentre longtemps après le couvre-feu.

Elle entra et s'adossa à la porte en poussant un profond soupir. Elle avait envie de pleurer. Que lui arrivait-il ?

— Bonne soirée ?

Elle sursauta.

Nonchalamment adossé au mur du salon et vêtu de son seul jean, Sam la regardait par-dessus sa tasse de café.

Il y a quelques semaines encore, la vue de ce torse musclé l'aurait fait presque défaillir. Mais, à présent, elle avait envie de fuir et d'aller se terrer quelque part.

Le corps de Gabriel Alexander était désormais gravé dans sa mémoire.

Sam la dévisagea un instant.

— Je vois…, ajouta-t-il sur un ton ironique avant de lever sa tasse comme s'il portait un toast à sa santé.

Holly n'eut pas besoin d'un dessin pour comprendre son air amusé.

— Quoi ? marmonna-t-elle.

— Tu plaisantes ? murmura-t-il en la regardant dans les yeux.

Il se moquait gentiment d'elle, mais semblait avoir tout compris de la situation.

— Je ne vois pas de quoi tu parles…

— Tu as découché, Buchanan.

La culpabilité se mit à clignoter dans son cerveau comme un néon.

— Je… Heu… Non, pas du tout.

— Tu as le droit, Holly, dit-il doucement. On le fait tous.

Puis il se détourna et disparut, la laissant seule avec sa perplexité, sa honte et son envie de mettre la tête sous les couvertures pour dormir et constater à son réveil que tout cela n'avait été qu'un affreux cauchemar.

Enfin, un cauchemar pas si affreux…, se dit-elle en revoyant le visage de Gabriel au-dessus du sien.

9

Gabriel sentit la lumière du jour à travers ses paupières et gémit. Mais comme il essayait de lever la tête, il eut l'impression qu'un rouleau compresseur lui était passé dessus.

Il prit alors conscience de ce qui l'avait réveillé. Tout d'abord, les sonneries de son pager et de son téléphone portable qui se déchaînaient simultanément sur la table de chevet. Ensuite, la sensation de vide quand il tendit le bras sur le drap froid.

Les sonneries étaient là pour lui rappeler qu'il était l'heure de se lever et d'aller travailler. Quant au reste, il ne savait qu'en penser. Mais il était contrarié qu'Holly ne l'ait pas réveillé en partant. Son parfum imprégnait encore les draps et son oreiller.

Et sa peau.

Il se retourna pour attraper son portable.

C'était peut-être mieux, en fin de compte. Il n'aurait pas à affronter les regards et les attentes du lendemain.

Cela dit, il ne s'était pas imaginé qu'Holly Buchanan soit du genre à filer après une nuit de sexe. C'est vrai qu'il ne savait pas grand-chose d'elle, à part qu'elle se cachait derrière son élégance un peu austère et qu'elle détestait qu'on la regarde fixement.

Après tout, c'était une femme comme une autre. Quant à lui, l'expérience lui avait prouvé qu'il n'était pas fait pour des aventures de plus d'une nuit. C'était inscrit dans ses gènes. D'ailleurs, n'avait-elle pas affirmé elle-même qu'ils ne partageraient qu'*une nuit* ?

Décrochant le téléphone, il écouta l'infirmière à l'autre bout de la ligne. Puis il se leva et se dirigea vers la salle de bains. La journée s'annonçait chargée, entre les interventions et les réunions, mais les informations qu'il venait de recevoir allaient le contraindre à modifier son emploi du temps.

Il arriva dans le service des urgences au moment même où Holly s'en allait. Son pas se fit hésitant quand elle l'aperçut, mais elle le salua de loin en croisant brièvement son regard. S'il n'avait pas perçu le rosissement imperceptible de ses joues, il aurait pu imaginer qu'elle ne l'avait pas reconnu ou qu'elle avait oublié son existence.

Il eut envie de défaire le chignon strict et de passer les mains dans ses cheveux. Cela ne lui avait pas déplu, la veille. Il se remémora la douceur de sa peau dont il avait goûté le moindre centimètre carré.

Il sentit l'excitation monter en lui, plus forte encore que la veille. Plus forte que jamais, d'ailleurs, maintenant qu'il savait que sous ce tailleur bien coupé et ce masque de professionnalisme se cachait une femme incroyablement douée pour l'amour qui lui avait donné autant qu'elle avait reçu.

— Holly…

— Désolée, docteur Alexander, mais je suis attendue au bloc, le coupa-t-elle avant de s'éloigner d'un pas hâtif et de disparaître, le laissant avec, pour seule compagnie, l'écho du claquement de ses talons sur le carrelage du couloir.

— Docteur Alexander ?

Il se retourna. La chef du service des urgences avait passé la tête par la porte.

— On a besoin de vous.

Il se passa une main dans les cheveux.

Avait-il perdu la tête ? Il était là, debout au milieu du hall des urgences, à désirer une femme dont il était évident qu'elle était passée à autre chose depuis qu'elle était partie de chez lui au petit matin.

Il poussa un soupir de frustration.

A quoi s'attendait-il donc ?

— Je suis à vous tout de suite ! lança-t-il à la chef de service, ignorant le « si seulement ! » qu'elle murmura avec une moue de pamoison avant de refermer la porte.

Si seulement… Si seulement cette nuit n'avait pas mis sa vie sens dessus dessous !

A trois reprises…

Il secoua la tête et poussa la porte en se demandant à quel moment il était devenu sentimental.

Holly sortit du service des urgences au pas de course comme si elle était poursuivie par des paparazzis. Elle tremblait d'émotion d'être tombée sur lui si vite après…

Elle aurait préféré que rien ne lui rappelle ce qui s'était passé la veille. Elle aurait préféré être frappée d'amnésie.

Les deux infirmières qu'elle croisa la regardèrent bizarrement, mais, après tout, elle avait l'habitude des regards en biais et elle n'en fit pas grand cas.

Après s'être assurée qu'elle était seule, elle se rendit dans les vestiaires et fit couler l'eau froide pour s'asperger le visage jusqu'à ce qu'elle ait l'impression que sa tête avait retrouvé sa place sur ses épaules.

Un coup d'œil dans le miroir lui apprit que ses yeux étaient cernés par une nuit sans sommeil et sa bouche gonflée par les baisers qu'ils avaient échangés. Il l'avait embrassée avec une telle passion, comme si sa vie en dépendait.

Comme sa respiration s'accélérait au souvenir de leurs étreintes, elle s'aspergea le visage de plus belle. Comment allait-elle parcourir les couloirs de l'hôpital sans que les gens comprennent immédiatement ce qu'elle avait fait de sa nuit ?

Elle prenait une serviette en papier quand elle entendit la porte s'ouvrir. Pourvu que ce ne soit pas quelqu'un qu'elle connaissait ! Elle tapota la serviette sur son visage.

— Holly ?

Elle s'immobilisa en reconnaissant la voix de Tessa. Cette

dernière, d'un simple coup d'œil, allait tout deviner, c'était certain.

— Ça va ?

Elle se redressa et tenta un sourire.

— Oui, pourquoi ?

Tessa se rapprocha.

— Kimberlyn m'a dit qu'elle t'avait vue sortir de la maison presque en courant ce matin. Il s'est passé quelque chose ?

S'était-il passé quelque chose ? se demanda Holly en s'efforçant de calmer sa respiration chaotique. Par où commencer ? Avait-elle vraiment envie d'en parler ?

— Non…

Tessa la prit par le bras pour qu'elle se retourne et la fixa d'un air inquiet.

— Qu'est-ce qui t'arrive, Holly ? C'est ton père ? Ta mère ?

Puis elle eut l'air épouvanté.

— C'est pas vrai ! Holly ! Tu as un suçon énorme !

— Mais non…, bredouilla-t-elle en plaquant sa main sur son cou.

Tessa la regarda, interloquée, avant d'éclater de rire.

— On n'est plus au lycée, Tessa ! marmonna-t-elle.

— Tu ferais mieux de tout me raconter. On ne trompe pas une femme enceinte ! Mais ne fais pas cette tête ! C'est censé te faire du bien, pas te stresser.

Comment lui dire ?

— En fait, tout s'est passé comme ça, je n'avais pas prévu…, dit-elle en tirant sur son col pour cacher la preuve de sa nuit de débauche.

Tessa la regarda, soudain soucieuse.

— Il t'a fait des réflexions sur tes cicatrices ? J'espère que tu lui as…

— Non ! Il n'a rien dit sur mes cicatrices. Rien du tout.

— Alors c'était vraiment nul, c'est ça ?

— Arrête, Tessa…, dit-elle en étouffant un rire gêné. Non, ce n'était pas nul. C'était… bien.

Elle eut envie de remplir le lavabo et de s'y noyer. Mais elle se contenta de rouvrir le robinet pour se rafraîchir le visage sous l'eau fraîche en priant pour que Tessa quitte les vestiaires et la laisse tranquille.

C'était plus que bien, même. Incroyablement bien. Extraordinaire…

Mais c'était terminé.

Elle tendit la main vers le distributeur de serviettes. Tessa lui mit un carré de papier dans la main.

— Donc c'était… bien, dit-elle en se retenant manifestement d'éclater de nouveau de rire. Alors pourquoi fais-tu cette tête-là ?

Elle la regardait avec un mélange d'incrédulité et d'amusement.

Holly prenait une profonde inspiration quand, par chance, son pager se mit à sonner.

— Il faut que j'y aille, dit-elle en scrutant le petit écran, soulagée parce qu'elle ne comprenait pas ce qui la faisait paniquer et qu'elle aurait été bien incapable de l'expliquer.

Elle jeta la serviette dans la corbeille puis elle ouvrit la porte avec une telle énergie qu'elle faillit la recevoir en plein visage.

— Je veux des détails, docteur Buchanan ! lança Tessa.

Jetant un coup d'œil par-dessus son épaule, elle vit le visage hilare de son amie avant que le battant ne se referme.

Holly parvint à éviter Gabriel pendant une semaine entière. Elle fit en sorte d'être occupée afin de ne pas avoir une minute pour penser et ne sortit pas de chez elle sans avoir vérifié au préalable que la voie était libre.

Et la nuit ? La nuit, c'était plus compliqué, maintenant qu'elle savait que sa chambre jouxtait celle de Gabriel. Seule l'épaisseur d'un mur les séparait. Elle en avait des cauchemars

— disons qu'elle ne trouvait pas le sommeil —, mais aussi des rêves torrides dont le souvenir, au petit matin, la faisait rougir.

C'était comme si son esprit avait une vie propre la nuit, alors qu'elle parvenait tant bien que mal à le museler dans la journée. Tant bien que mal…

Cela faisait six semaines qu'elle connaissait Gabriel et six semaines qu'elle avait passé la majeure partie de son temps à l'éviter comme s'il s'agissait d'un dangereux psychopathe.

« Je ne vais pas te laisser tomber », avait-il dit.

Mais il avait menti.

C'était maintenant qu'elle risquait de dévaler la pente, mais plus personne n'était là pour la retenir. Par chance, connaissant désormais l'origine du danger, elle pouvait se protéger. En le fuyant, tout simplement.

Tout simplement…

Il n'y avait donc pas de problème.

Aucun problème.

— Cela se présente bien ?

Elle leva la tête.

— Pardon ? demanda-t-elle au Dr Syu par-dessus la table d'opération alors qu'elles procédaient à une expansion tissulaire sur un patient mordu par un serpent.

— Vous avez dit : « Aucun problème » en vous attaquant à ce tissu cicatriciel comme si c'était un fléau à éliminer de la surface de la terre.

— Je réfléchis tout haut, répliqua-t-elle en se concentrant sur ses mains.

Après avoir achevé l'opération, elle s'éloigna de la table en retirant ses gants.

— Très bon travail, comme toujours, commenta Lin Syu. Maintenant, Holly, rentrez chez vous vous reposer. Vous en avez besoin.

Elle sortit du service épuisée, avec une envie d'aller se coucher et de rester au lit pendant les quelques jours de repos qui suivraient.

Sa mère l'avait invitée pour le week-end, officiellement

pour lui parler du bal de charité, mais Holly avait compris qu'elle la faisait venir pour un autre motif. Telle la présentation d'un célibataire justement disponible le jour du dîner d'anniversaire de son père.

Certes, elle assisterait au dîner, mais elle ne se rendrait pas complice des machinations de sa mère, même si celles-ci partaient d'une bonne intention.

Elle se dirigea vers sa voiture tout en parcourant des yeux les messages et les mails qu'elle n'avait pas eu le temps de lire au cours des derniers jours, et évita de justesse un mur.

Mais, à sa grande surprise, le mur se retourna et la dévisagea de ses yeux bleu-vert. Puis il la saisit par la taille comme pour la rattraper dans sa chute, ce qui était ridicule parce qu'elle était solidement campée sur ses deux pieds ! Pourquoi, dans ce cas, s'agrippait-elle à sa veste ?

Elle concentra le regard sur son cou pour ne pas avoir à le fixer dans les yeux. Mais comment rester indifférente à la chaleur de son torse et de ses cuisses fermes plaqués contre elle ?

Cette chaleur qu'elle avait passé la semaine à essayer d'oublier ?

Sans vraiment y parvenir, bien entendu.

Elle finit par considérer la mâchoire carrée ombrée d'une barbe de trois jours, le nez droit, les lèvres sculptées retroussées en un sourire amusé.

— Bonsoir, docteur Buchanan. Ravi que vous m'ayez percuté, dit-il d'une voix dont le timbre grave déclencha toutes sortes de manifestations dans des zones de son corps qui auraient dû reprendre leur hibernation après sa folle nuit avec lui.

Qui auraient dû, mais qui étaient loin de l'avoir fait.

Soudain, l'intensité de son regard lui coupa le souffle. Il était empli de chaleur, d'ironie, mais aussi… d'une émotion curieuse qui s'apparentait à un sentiment de solitude. Une lueur qui disparut aussi vite qu'elle était venue au point qu'Holly se demanda si elle n'était pas le fruit de son imagination.

Seul, le Dr Alexander ?

Impossible… Des centaines de femmes guettaient le

moment où il daignerait leur adresser un regard. Il n'avait que l'embarras du choix.

Desserrant ses doigts qui froissaient l'encolure de la veste, elle expira lentement après avoir pris conscience qu'elle était presque en apnée puis passa nerveusement sa main sur le tissu pour le défroisser.

Au bout de quelques instants, se rendant compte qu'elle était en train de lui caresser le torse, elle s'écarta de lui. Du moins essaya-t-elle, mais en vain car il la retenait contre lui.

Elle émit un gémissement désespéré qu'elle regretta aussitôt.

— Holly…, dit-il sur un ton qui la fit frissonner. Pourquoi m'évites-tu ?

La culpabilité la submergea.

— Quoi ? Mais non… Je… C'est juste que je…

Elle s'interrompit, priant pour trouver rapidement une excuse valable.

— Nous étions d'accord pour une nuit, Gabriel. Je pense que ce serait plus simple si nous…

— Viens dîner avec moi, la coupa-t-il d'une voix calme qui la surprit.

Elle se dégagea doucement de son étreinte et soupira. Elle n'était restée que quelques instants contre lui, mais l'odeur de sa peau l'imprégnait déjà, lui remémorant les moments qu'ils avaient passés nus l'un contre l'autre.

— Dîner ? répéta-t-elle.

— Oui, dîner. Tu sais, quand deux personnes vont ensemble au restaurant, s'attablent pour manger et boire et puis…

Il marqua une pause pendant laquelle le cerveau d'Holly imagina ce que faisaient les deux personnes après avoir mangé et bu. Elle rougit, ce qui ne sembla pas échapper à Gabriel dont le sourire s'élargit, accentuant sa maudite fossette.

— Et puis pour discuter, ajouta-t-il comme s'il avait lu dans ses pensées.

Un sentiment de panique la fit vaciller. Elle n'avait pas l'intention de se retrouver dans une telle situation avec lui. Elle devait se concentrer sur son travail, sa bourse, son avenir, dans lequel les chirurgiens au corps de rêve n'avaient pas leur place.

— Discuter ? répéta-t-elle encore comme si son cerveau avait soudain gelé.

— Oui, discuter des raisons pour lesquelles tu es partie, l'autre jour, sans me dire au revoir. Sans même me remercier ni même me laisser le temps de te remercier.

— Me remercier ?

— Oui, il faut que nous parlions, Holly.

— Ah bon ?

— Nous allons être amenés à travailler souvent ensemble. La tension qui existe entre nous risque de faire jaser.

Elle eut envie de répondre qu'elle n'était pas libre pour le dîner, mais s'abstint. Elle se retint aussi de lui dire qu'elle rêvait d'aller se coucher car il aurait proposé de l'accompagner, et elle n'était pas certaine d'être capable de refuser.

— D'accord, dit-elle alors que son portable lui glissait des mains.

Mais quand cesserait-elle d'être à ce point maladroite ?

Sans se départir de son calme, Gabriel se pencha pour ramasser l'appareil qu'elle rangea dans son sac.

— Quoi encore ? s'exclama-t-elle en sentant son regard posé sur elle.

Il secoua la tête, un demi-sourire aux lèvres et se contenta de lui replacer une mèche de ses cheveux derrière l'oreille.

L'intimité du geste la fit frissonner et son cœur s'emballa. C'était précisément ce qu'elle cherchait à éviter. Elle fuyait tout ce qui était susceptible de lui rappeler à quel point elle regrettait que leur relation ne soit qu'une aventure sans lendemain.

— Tu as une préférence ? demanda-t-il.

Elle le regarda, surprise, puis se rendit compte qu'il parlait de préférence culinaire et rougit à l'idée de toutes les images qui venaient de lui traverser l'esprit.

Elle s'empressa de secouer la tête pour dissimuler son trouble.

Il tendit le bras pour lui caresser la joue.

— Je parlais du dîner, Holly. Seulement du dîner. Ce soir, je t'invite en *ami*.

Après cette journée éprouvante, Gabriel n'imaginait pas autre chose qu'un dîner en la compagnie d'Holly. Mais c'était avant qu'elle ne s'attable en face de lui, un peu nerveuse, son visage mobile reflétant toutes sortes d'émotions. Au fil du dîner, elle finit néanmoins par se détendre suffisamment pour rire et se confier un peu sur son enfance.

— Comment cet accident t'est-il arrivé ? demanda-t-il, conscient qu'il devait lui tirer un peu les vers du nez.

Il avait le sentiment que sa façon d'éviter tout ce qui ne concernait pas directement son travail avait un lien direct avec ce qui lui était arrivé. Mais l'expression redevenue grave de son visage le fit culpabiliser.

Elle baissa les yeux sur la nappe et se mit à jouer avec le pied de son verre de vin. Il tendit le bras pour l'arrêter et, pendant un instant, elle fixa sa petite main blanche emprisonnée par les grands doigts bronzés.

Puis elle se libéra et but une gorgée de vin.

Elle s'éclaircit la gorge sans le regarder.

— J'étais dans un centre commercial avec des camarades. L'entreprise de maintenance des ascenseurs avait la réputation de rogner sur les dépenses et l'état des ascenseurs n'avait pas été vérifié depuis près d'un an. Un dysfonctionnement avait été signalé, pourtant, mais ils n'avaient pas donné suite.

Elle marqua une pause.

— Bref, j'ai laissé mes amis dans un magasin de disques pour monter à la librairie, et j'ai emprunté l'ascenseur de verre parce que les autres étaient hors-service. Quand j'ai voulu redescendre, une bande de garçons est entrée avec moi dans la cabine. Dès que la porte s'est fermée, ils se sont mis à sauter pour me faire peur.

Il la vit prendre une grande inspiration tandis qu'elle se

remémorait la terreur qu'elle avait éprouvée et qui devait resurgir dans ses cauchemars pendant les périodes de grand stress.

— Quels crétins…, murmura Gabriel, avec colère.

— C'étaient des gamins, et l'un d'entre eux a payé de sa vie leur bêtise parce que la cabine d'ascenseur s'est décrochée et a dégringolé de trois étages. Je me suis retrouvée écrasée dans un chaos de verre brisé et d'acier déformé.

Il la regarda en silence. De toute évidence, la douleur était encore vive.

— J'aurais dû les empêcher, ajouta-t-elle.

— Empêcher des ados en groupe de faire n'importe quoi ? Tu crois vraiment que c'est possible ?

Holly pouffa nerveusement tandis qu'il poursuivait :

— Je comprends, maintenant, pourquoi tu es si stressée dans les ascenseurs.

— Non, ce jour-là, c'était de la maladresse.

— En tout cas, tu as eu de la chance, malgré tout, dit-il.

Il avait raison. Elle aurait pu mourir, comme le garçon.

— Tu veux un dessert ? Un café ?

Elle exhala un grand soupir de soulagement. Elle savait gré à Gabriel de l'écouter sans la brusquer.

— Je veux bien un café, merci.

Gabriel n'avait bu que deux verres de vin au cours du repas, mais, une fois qu'il se retrouva devant chez elle, il eut l'impression d'avoir les jambes coupées.

Il regarda Holly et comprit qu'il ne pourrait pas tenir sa promesse.

Il ne pouvait pas se séparer d'elle après le dîner. Pas ce soir.

Il l'attira à lui et posa ses lèvres sur les siennes dans un mélange de désir et de désespoir.

Après un sursaut de surprise, elle passa les mains autour de son cou et accueillit son baiser avec fougue.

Jamais il n'avait connu ce genre de sensations. On aurait

dit qu'elle cherchait à se serrer contre lui jusqu'à ce que leurs deux corps ne fassent qu'un.

Il ignorait comment ils marchèrent jusque chez lui. Une fois la porte refermée, il la plaqua contre le mur sans cesser de l'embrasser. Leurs vêtements volèrent les uns après les autres, jusqu'à ce qu'ils se retrouvent allongés par terre, collés l'un à l'autre, haletant et gémissant.

Il sentit les ongles d'Holly dans son dos et ses cuisses lui enserrer les hanches. Lui attrapant les mains, il les lui immobilisa au-dessus de la tête.

— Regarde-moi, Holly. Je veux voir tes yeux quand tu jouis.

Il voulait profiter de ce moment, le faire durer, et il lui fallut déployer des efforts presque inhumains pour ne pas se laisser emporter par les gémissements excitants d'Holly. Elle tenta de libérer ses mains, mais il savait que, si elle le caressait, il ne pourrait pas se retenir.

Il ralentit le rythme et, fixant ses grands yeux bleus, il vint en elle plus doucement, cette fois.

Elle poussa un cri en se plaquant contre lui et il posa la bouche sur son cou, à l'endroit où le pouls battait fort sous la peau délicate.

— Gabriel…, dit-elle d'une voix suppliante qui fit monter en lui une vague d'émotions qu'il eut du mal à identifier.

Il sentit alors qu'il était en train de perdre le contrôle.

Au même moment, elle se cambra dans ses bras, son regard plongé dans le sien, tandis qu'il bougeait en elle en priant pour que cela ne s'arrête jamais. Puis ce fut comme une tempête qui s'abattit sur lui, le laissant désemparé.

10

Ils demeurèrent longtemps enlacés, en sueur, le cœur battant la chamade, dans un enchevêtrement de bras et de jambes.

Le corps d'Holly fut parcouru de spasmes jusqu'à ce qu'elle pousse un profond soupir et que sa respiration s'apaise.

— Qu'est-ce qui s'est passé ? demanda-t-elle, l'air hagard.

Incapable d'articuler un mot et n'ayant pas d'éléments de réponse pertinents à fournir, il émit un son sourd.

Il avait beau avoir trente-cinq ans et un certain nombre d'aventures à son actif, il ne comprenait pas plus qu'elle ce qui venait de se produire.

Quand sa respiration eut recouvré un rythme plus régulier, il se hissa sur un coude pour la délester du poids de son corps, mais s'immobilisa. Holly ne semblait pas être dans un état normal.

— Qu'est-ce qu'il y a ? demanda-t-elle.

— Tu te sens bien ?

— Tout dépend de ce que tu entends par « bien ».

— Je t'ai fait mal, c'est ça ? s'exclama-t-il, inquiet.

— Mal ? répéta-t-elle en écarquillant les yeux. Non ! Qu'est-ce qui te fait penser une chose pareille ?

— Je ne sais pas. Tu as l'air bizarre.

— Ah ? Tu es un peu lourd, c'est tout.

L'argument ne le convainquit pas. D'autant que son corps ne reposait presque plus sur elle bien qu'il ne se soit pas encore retiré.

— Holly…
— Je te sens encore en moi.
— Je sais. Je vais y remédier sur-le-champ.
— Sur-le-champ ?
— Enfin, dès que je pourrai bouger sans avoir l'impression que mon cœur va exploser.

Elle eut un petit rire et posa ses mains sur ses abdominaux puis les fit glisser jusqu'à l'endroit où leurs deux corps se rejoignaient.

Gabriel prit une profonde inspiration et se retira.

En l'entendant protester, il rassembla ses forces et se leva dans un mouvement décidé puis il se pencha pour l'aider à se redresser.

Elle s'accrocha à lui — du moins s'accrochèrent-ils l'un à l'autre. Pour être tout à fait honnête, lui aussi avait les jambes un peu flageolantes.

— J'arrive à peine à marcher, dit-elle.
— Ne t'inquiète pas, je suis là.

Je suis là pour toi.

Contrairement au matin précédent où elle s'était réveillée, plaquée sur le matelas par le poids d'un corps endormi sans comprendre ce qui lui était arrivé, Holly se rappela exactement où elle se trouvait et comment elle était arrivée là.

Mais, comme ce matin-là, elle accusa le vin blanc de l'avoir incitée à faire des folies de son corps.

Ou peut-être était-elle incapable de résister aux fossettes et aux yeux bleu-vert.

Peut-être était-elle faible.

Mais lui n'y était pas pour rien.

Pendant deux ans, elle était parvenue à se concentrer sur sa carrière de chirurgien sans perdre de vue, ne serait-ce qu'une journée, son objectif. Certes, elle n'avait rencontré personne qui aurait pu la tenter, mais pourquoi fallait-il que le Dr Corps de Rêve fasse irruption dans sa vie alors qu'elle était si près du but ?

Maudites fossettes !

Et maudit soit ce corps chaud plaqué contre son dos — un bras en travers de son buste, une main posée sur son sein — qui la poussait à commettre les mêmes erreurs.

Ce qu'elle ne faisait pas, en général. Or, il suffisait que le beau médecin lui serve à manger et à boire pour qu'elle oublie toutes ses résolutions.

Mais c'était terminé. Dorénavant, elle serait forte.

Lentement, elle lui souleva les doigts, un par un, puis la paume de son sein. Mais il bougea et l'attira de nouveau contre lui.

Jamais elle n'aurait imaginé qu'il soit de nature câline.

— Où vas-tu ? demanda-t-il d'une voix rauque et ensommeillée.

Elle retint son souffle, consciente de l'accélération soudaine des battements de son cœur dans sa poitrine. La percevait-il, lui aussi ? Elle avait l'impression que son pouls faisait bouger le lit telle une secousse sismique de degré cinq sur l'échelle de Richter.

Elle attendit que sa respiration redevienne régulière avant de tenter une nouvelle fois de se libérer de son étreinte. Elle avait presque réussi lorsque sa voix grave retentit dans le silence de la chambre.

— Faut-il que je t'attache au lit ?

Elle se retourna. Il la regardait, toujours allongé, nu et bronzé, avec une expression à la fois comblée et exaspérée. Le voyant promener son regard sur elle avec un intérêt non dissimulé, elle voulut saisir le drap pour s'en couvrir, mais il anticipa son geste et l'en empêcha.

Plaquant ses mains sur ses seins nus, elle considéra les possibilités qui s'offraient à elle. Soit elle restait assise là, telle une vierge effarouchée, soit elle se levait et quittait la pièce.

Nue, évidemment, puisque, une fois de plus, ses vêtements devaient joncher le sol quelque part au rez-de-chaussée.

Elle se décida pour partir, mais elle n'avait pas parcouru un mètre qu'il bondit pour la rattraper et la faire tomber à plat ventre sur le lit.

Le silence plana dans la chambre tandis qu'elle attendait, le cœur battant la chamade à la perspective de ce qui allait suivre.

Elle sentit soudain une main chaude tracer une ligne sur l'arrière de sa jambe. Puis une bouche la remplaça, remontant le long de sa cuisse.

— Qu'est-ce que tu fais ? demanda-t-elle, partagée entre l'envie de fuir et le désir que les caresses ne s'arrêtent jamais.

— Tu avais l'intention de partir encore une fois sans dire au revoir ?

— Non, j'allais simplement aux toilettes.

Il lui mordilla une fesse.

— Si tu n'es pas revenue dans trois minutes, je viens te chercher.

— Mais il va falloir que je parte, de toute façon.

— Tu es en congé, Holly. Nous avons, l'un comme l'autre, trois jours, et je voudrais que nous les passions ensemble.

Elle s'immobilisa.

— Tu… Tu es sérieux ?

— Oui. Tout à fait sérieux, répondit-il sans cesser de caresser le haut de ses cuisses.

Elle hésita, sous le choc.

— C'est l'anniversaire de mon père aujourd'hui, dit-elle. Je dois aller dîner chez mes parents et je n'ai pas encore trouvé de cadeau.

— On peut y aller ensemble.

Elle écarquilla les yeux.

— Acheter un cadeau ou dîner chez mes parents ?

— Les deux.

Elle se retourna d'un bond.

— A moins que tu n'aies pas envie de me présenter à ta famille, ajouta-t-il en s'asseyant sur le bord du lit. Tu as peut-être déjà quelqu'un dans ta vie.

— Non !

Mais comment allait-elle le présenter ? Sa mère serait aux anges de la voir avec quelqu'un, mais sa sœur, Paige ?

Toutefois, si la mémoire ne lui faisait pas défaut, sa sœur était aux îles Fidji en compagnie de son petit ami du moment. Avec un peu de chance, elle y serait encore.

En fait, emmener Gabriel chez ses parents était peut-être la solution à bien des problèmes. Sa mère continuait inlassablement à lui présenter des jeunes gens en espérant qu'elle en trouve un acceptable, l'épouse et lui donne des enfants.

— Non, répéta-t-elle plus calmement, tandis que l'idée de l'inviter faisait son chemin dans son esprit.

Non seulement sa mère cesserait de s'occuper de son cas, mais elle-même n'aurait plus l'impression d'être la cinquième roue du carrosse. Ni cette pauvre gamine que l'on traîne dans toutes les soirées contre son gré.

— C'est une bonne idée, dit-elle. Mais tu es sûr que tu as envie de t'ennuyer ? Je veux dire… C'est ma famille, rien de plus.

— Tu crois que je risque de faire tache ?

Elle éclata de rire.

— Tu feras de toute façon moins tache que moi. Je ne me suis jamais sentie tout à fait à l'aise dans ma famille. Surtout si ma sœur est là, avec ses amis, dit-elle en grimaçant. Crois-moi, l'ennui n'est rien comparé à ce que tu risques de supporter. Notamment le jargon incompréhensible de mon père et de ses amis avocats et juges qui vont parler boulot toute la soirée.

Elle haussa les épaules en ajoutant :

— Si ce n'était pas l'anniversaire de mon père, je trouverais une excuse pour m'en dispenser.

Il la regarda longuement puis sourit.

— Dans ce cas, allons-y, murmura-t-il en la prenant par la main.

Il la fit culbuter sur le dos et s'allongea au-dessus d'elle, les yeux emplis de désir.

— Mais d'ici ce soir, il nous reste du temps…

La maison dans laquelle Holly avait passé son enfance était exactement ce à quoi Gabriel s'attendait. Située dans la ville de Stony Brook, à Long Island, elle était la manifestation, dans ses moindres détails, d'une fortune familiale transmise de génération en génération. Avec ses immenses et impeccables pelouses et ses arbres centenaires au feuillage d'automne, elle était tout ce à quoi il aurait eu droit lui-même si Caspar Alexander n'avait pas jugé sa mère indigne de profiter de tant de richesse.

Tout en garant la voiture de location dans l'allée, il chassa ces funestes pensées de son esprit. Il se sentait nerveux, même s'il n'avait aucune raison de l'être. Il passait tout son temps avec Holly Buchanan, ce dont il se réjouissait car leur histoire ne risquait pas de se prolonger. Pas éternellement, en tout cas. Ils étaient d'accord sur ce point.

Elle prit une grande inspiration et se tourna vers lui.

— Prêt ?

Elle semblait stressée. Il sortit et fit le tour de la voiture pour lui ouvrir la portière.

— Et toi ?

— Moi ? C'est ma famille, dit-elle dans un haussement d'épaules. Ils sont parfois un peu étouffants à force de vouloir être protecteurs. Surtout ma mère. Je suis sûre qu'elle va te prendre dans ses bras et faire sa coquette avec toi.

— Ne t'en fais pas, la rassura-t-il en souriant. C'est le genre de choses que je sais gérer. Surtout si elle est aussi belle que toi.

— Oh ! je ne ressemble pas du tout à ma mère ! dit-elle en riant. Elle était mannequin. Elle est tellement belle, et à l'aise avec les gens ! Elle ne fait pas son âge, au point que les gens la prennent parfois pour la sœur de Paige, ce qui la flatte. Par contre, je ne sais pas comment ma sœur le prend.

Elle pouffa.

— Ma sœur est un roman à elle toute seule, ajouta-t-elle en prenant son sac et le cadeau prévu pour son père.

Il ressentit un pincement au cœur en pensant à sa propre mère. Holly avait-elle conscience de la chance qu'elle avait d'avoir encore sa mère, et que cette dernière soit affectueuse, de surcroît ?

— Ton père va être ravi ! s'exclama Delia Buchanan en les accueillant. Cela fait tellement longtemps que tu n'es pas venue !

Elle planta deux baisers sonores sur les joues d'Holly.

— Montre-toi un peu, dit-elle en dévisageant sa fille. Oh ! ma chérie, tu es resplendissante ! Rosa m'a dit que tu venais avec quelqu'un. Je suis sûre que c'est lui qui te rend si belle !

Elle se tourna vers Gabriel qui fut surpris tant l'ex-reine de beauté ressemblait à Holly. La même forme de visage, les mêmes yeux.

— Maman, je te présente Gabriel, dit Holly, un peu guindée. Nous avons passé la journée à Staten Island et le ferry… enfin, bref… Gabriel est… Il est chirurgien.

— Je lui suis déjà reconnaissante d'avoir réussi à te faire sortir de ton hôpital pour profiter de ce bel automne, dit Delia en lui adressant un sourire radieux, exactement comme le faisait Holly. Et en plus, il est beau. Où l'as-tu trouvé ?

Holly rougit.

— Maman ! On ne parle pas comme ça devant les gens !

Delia Buchanan lui déposa un baiser sur la joue.

— Je sais, dit-elle en riant. Ne faites pas attention. Je suis tellement contente qu'Holly soit là, et encore plus qu'elle soit venue avec vous.

— Je suis ravi de faire votre connaissance, madame. Merci de me recevoir à l'occasion de cette fête de famille.

— Je vous en prie. Et appelez-moi Delia, dit-elle en lui prenant le bras. C'est juste un dîner avec quelques intimes. Bryant et Richard sont là, vous ne serez pas le seul jeune homme au milieu de tous ces vieux !

— Cela fait longtemps qu'on ne m'avait pas appelé jeune homme, dit-il en souriant à Holly par-dessus son épaule. Je vois de qui Holly tient sa douceur.

Mère et fille demeurèrent silencieuses un instant avant d'éclater de rire.

— Ma chérie, pourquoi n'allez-vous pas dans le salon ?

reprit Delia. Je dois aller jeter un œil en cuisine. Ton père est dans son cabinet, tel un roi attendant la visite de ses sujets. S'il a allumé un cigare, rappelle-lui ce qu'a dit le médecin.

Une fois Delia disparue, Gabriel regarda Holly, l'air perplexe.

— Je t'avais prévenu, dit-elle.

— En fait, je ne comprends pas pourquoi vous avez éclaté de rire.

— C'est la première fois que quelqu'un dit que je suis douce. Enfant, j'étais pénible. J'étais maigre comme un coucou, je portais des lunettes et un appareil dentaire, je passais mon temps à trébucher et à me prendre les pieds dans les meubles. J'avais plutôt tendance à me cacher quand il y avait du monde.

— Tu es peut-être un peu maladroite, mais cela ne t'empêche pas d'être douce, murmura-t-il en se penchant vers elle.

— Holly ?

Il sentit Holly se raidir et jeta un coup d'œil par-dessus son épaule. Une femme se tenait en haut des marches de l'escalier menant à l'étage et il la reconnut aussitôt. Il fallait vivre en Mongolie Extérieure pour ne pas connaître le top model. De plus, il lui revint à la mémoire qu'il avait effectué plusieurs interventions de chirurgie esthétique sur elle, quelques années auparavant.

Conscient de la tension qui émanait d'Holly, il regarda Paige Buchanan descendre les marches dans un vêtement long et vaporeux, laissant nonchalamment sa main traîner sur la rambarde.

— Bonjour, mademoiselle, dit-il.

— Oh ! Gabriel ! s'exclama-t-elle en s'approchant d'eux. Pas de manières entre nous. D'autant que vous m'avez déjà vue nue des tas de fois et que vos mains connaissent les moindres parcelles de mon corps !

Elle battit des cils dans une mimique qui lui parut exagérée. Elle avait l'air de jouer face à un appareil photo invisible. Elle lui posa une main sur le bras.

— Et maintenant, vous êtes là, chez nous, avec… Holly ? C'est surprenant.

Elle daigna se retourner vers sa sœur et l'embrassa presque sans la toucher. Holly affichait un air distant et froid.

— Holly, dis-moi tout. Où vous êtes-vous rencontrés ? Ce doit être une histoire passionnante.

— Non, cela n'a rien de passionnant, rétorqua-t-elle en décochant un regard à Gabriel qu'il eut du mal à déchiffrer.

Ses mains agrippaient le paquet-cadeau comme s'il pesait une tonne.

— Gabriel a pris un poste dans le service de chirurgie plastique et reconstructive de l'hôpital.

— Vraiment ? Quelle coïncidence ! J'avais justement l'intention de me faire faire quelques retouches.

Du coin de l'œil, il vit Holly lever les yeux au ciel.

— Je ne pratique plus la chirurgie esthétique, dit-il. Mais le Dr Lin Syu est une excellente praticienne. De toute façon, je ne suis pas sûr que vous ayez besoin de quoi que ce soit. Je vous l'avais déjà dit.

— Je ne veux pas de Lin Syu. Je veux le meilleur, gémit-elle en jetant un coup d'œil furtif à Holly. C'est *vous* que je veux.

L'ambiguïté de ses paroles n'échappa pas à Gabriel.

— De toute façon, ce ne sont que quelques petites retouches, ajouta-t-elle avant de le prendre par le bras et de le conduire vers une grande porte de bois. Vous avez bu quelque chose ? Je n'en reviens pas qu'Holly ne vous ait rien servi à boire…

— Nous arrivons à l'instant, répondit-il froidement. En fait, nous nous apprêtions à aller saluer votre père.

Il se retourna vers Holly qui était blanche comme un linge.

— Ne vous inquiétez pas. Holly va aller lui dire bonjour. Vous pourrez y aller plus tard. Je suis assoiffée et je suis sûre que vous ne seriez pas contre un petit cocktail.

— Non, je…

— Vas-y, dit Holly. Je vais…

D'un geste de la main, elle indiqua la direction du cabinet de son père et s'éloigna.

Il retira la main de Paige de son bras.

— Qu'est-ce qui vous prend ?

— Quoi ? Je… Je ne sais pas de quoi vous parlez.

— A quoi rime tout ce cinéma devant Holly ?

Un sourire pincé apparut sur les lèvres refaites et Paige se rapprocha de lui, pressant ses seins tout aussi refaits contre son bras.

— Oh ! détendez-vous ! C'est juste un jeu entre nous. Quand l'une amène un garçon, l'autre essaie de le séduire. Holly fait ça tout le temps.

Il eut un doute sérieux sur la véracité de ses propos. Paige, qui dut percevoir son scepticisme, éclata de rire. Mais son regard avait quelque chose de dur et de cassant.

— Allez, venez, on va boire un verre ! J'ai envie de faire la fête. De toute façon, Holly va aller offrir son adorable cadeau à papa en espérant grappiller un peu de son attention.

Elle leva les yeux au ciel en poursuivant :

— Je vous déconseille d'assister à ça. C'est écœurant de désespoir. Or, j'ai pris la décision de ne jamais vomir avant le dîner.

11

Holly trouva son père dans son cabinet, tirant sur un cigare, en compagnie de ses plus proches amis. En l'apercevant, elle eut un petit pincement au cœur, comme quand elle était petite et se demandait comment un si bel homme pouvait être son père. Chaque fois qu'elle le revoyait, elle se demandait s'il se souviendrait de son prénom.

— Holly ! dit-il quand il l'aperçut dans l'embrasure de la porte.

— Joyeux anniversaire, papa, murmura-t-elle en lui tendant son cadeau.

— Bonjour, Holly, intervint le plus vieil ami de son père. Tu es splendide ! Qu'est-ce que tu ressembles à ta mère !

— C'est son portrait craché.

— Pourras-tu m'accorder un rendez-vous ? demanda l'associé de son père. Mon pied recommence à me faire souffrir, et j'aimerais bien avoir un deuxième avis.

— Si tu veux te faire refaire le visage, oncle Franklin, viens me voir, répondit-elle en riant. Mais si tu veux guérir ta fasciite, mieux vaut cesser de boire du vin et de fumer ces cigares. Et de manger trop de viande rouge, aussi…

— Tu es aussi terrible que le Dr Bergen, répliqua Franklin, dégoûté.

Mais la lueur espiègle dans son regard la fit rire.

— Elle a raison, Frank, dit un autre associé. Une reconstruction faciale te ferait du bien. Qui sait, peut-être que cela plairait à Sophie et lui donnerait envie de repartir pour une seconde lune de miel avec toi !

Tandis que le groupe éclatait de rire, Holly sortit et se dirigea vers le salon où Gabriel s'entretenait avec son frère Bryant. Il semblait tout à fait satisfait de la présence de Paige, accrochée à lui tel un greffon de peau. Cela dit, pourquoi ne le serait-il pas ? Paige attirait les hommes comme un cadavre les mouches. Elle était belle, drôle et excitante. Selon le plus grand magazine masculin, elle faisait partie des dix femmes les plus sexy du monde. Quel homme aurait envie d'être avec Holly Buchanan quand Paige se trouvait dans les parages ?

Gabriel leva les yeux et lui sourit, mais Paige lui tapota aussitôt le bras pour attirer son attention. Se rapprochant de lui, elle épousseta une poussière imaginaire sur le revers de sa veste avant de laisser sa main glisser sur son torse.

Paige jouait à ce petit jeu depuis leur adolescence. La vue de sa main sur le ventre de Gabriel donna un haut-le-cœur à Holly.

— Va t'occuper de ton homme, murmura Delia en s'approchant d'elle.

— Ce n'est pas mon homme, maman, rétorqua-t-elle sèchement. C'est juste un collègue de travail.

— Ah bon ? Pourtant, à en juger par la façon dont il te regarde…

— Tu parles ! Il est en train de se demander comment il va pouvoir se débarrasser de moi pour sortir avec Paige !

— Ma chérie… Tous les hommes ne savent pas parler de la douceur d'une femme. On plaisante sur le sujet, mais il a raison, tu as en toi une grande douceur. Même quand tu te comportes bêtement.

Holly lui adressa un sourire timide.

— C'est normal que tu dises ça, maman, tu es ma mère. Mais je ne peux pas rivaliser avec Paige. Je n'ai jamais pu et tu le sais. Soyons réalistes : n'importe qui ne peut pas rivaliser avec quelqu'un qui figure sur la liste des dix femmes les plus sexy du monde.

— Tu n'es pas n'importe qui, Holly. De toute façon, la séduction ne consiste pas à exhiber son corps et faire la moue devant les objectifs.

— C'est ce qui l'a rendue célèbre.

— C'est aussi ce qui a fait d'elle une gamine capricieuse et gâtée, répliqua Delia. Ce dont je me sens un peu responsable.

— Ce n'est pas ta faute, maman. Paige a toujours voulu être au centre de l'attention. Elle y est arrivée.

— Et toi, tu as toujours cherché le contraire.

— Je préférais les livres, répondit-elle avec un haussement d'épaule. Bref… Au fait, qu'est-il arrivé à Darian ? Je croyais qu'elle l'adorait et qu'elle avait l'intention de se marier avec lui. Apparemment, elle a changé d'avis.

Puisqu'elle est là, à tourner autour de Gabriel.

— C'était Andreas, corrigea Delia. Darian, c'était celui d'avant.

Une lueur d'inquiétude traversa le regard de Delia.

— Mais, comme Darian, Andreas avait omis de lui dire qu'il était déjà marié.

La gorge d'Holly se noua. C'était un fait : Paige aimait séduire les hommes déjà pris. Cela lui donnait un certain pouvoir et le sentiment d'être désirable. Son intérêt pour Gabriel était manifeste. Ce ne serait pas la première fois qu'elle s'intéresserait à l'homme de sa sœur.

C'était une façon de se prouver qu'elle était capable. Mais de quoi ?

Gabriel n'était pas vraiment son homme, cela dit. Même après ces deux nuits incroyables. Il était libre de faire ce que bon lui semblait. Quant à elle… Elle avait du travail et une bourse à décrocher. Pas de temps à perdre avec un homme qui, un jour, pouvait faire hurler une femme de plaisir et se lover contre une autre le lendemain.

Pour ne pas inquiéter sa mère, Holly fit mine de passer un bon moment, mais elle était impatiente de voir cette soirée se terminer. Sa sœur avait inversé les noms sur la table, afin de s'asseoir à côté de Gabriel à qui elle prodiguait toutes sortes d'attentions, de regards faussement pudiques et, Holly en aurait donné sa main à couper, de caresses sous la nappe. Non, ce ne serait pas la première fois…

Holly prit place entre Franklin et Richard Westchester que Delia avait invité avant de savoir que sa fille viendrait accompagnée. Au cours du repas, Holly lui sourit donc avec insistance et se pencha volontiers vers lui, non pas parce que Gabriel lui adressait des coups d'œil sombres ou qu'il était collé à sa sœur. Non, c'était simplement pour être une hôtesse agréable…

Dès que le repas fut terminé, elle présenta ses excuses à ses voisins de table et se leva. Les tempes douloureuses, elle monta dans la chambre de ses parents pour prendre un cachet et se passer de l'eau sur le visage. Puis elle sortit prendre l'air sur le balcon.

Elle frissonna dans la nuit sombre et calme. Appuyée contre un pilier, elle contemplait la pelouse qui descendait vers la baie quand un murmure monta du rez-de-chaussée.

Elle reconnut le ton de voix exagérément enjoué de sa sœur. Loin d'elle l'idée d'écouter une conversation qui ne lui était pas adressée mais, quand elle entendit son prénom, elle ne put s'empêcher de se pencher par-dessus la balustrade et de tendre l'oreille en retenant son souffle.

Paige avait pris une pose qui mettait merveilleusement en valeur son corps parfait et sirotait la flûte de champagne qu'elle avait gardée après le dîner. Holly se demanda combien de fois elle avait été remplie. Leur mère avait-elle remarqué que, à mesure que le dîner avançait, Paige s'animait et avait les joues de plus en plus rouges ?

Paige secouait la tête, faisant miroiter sa fantastique chevelure blonde qui tombait en cascade sur ses épaules.

— Je suis venu avec Holly, dit la voix de Gabriel. Qu'est-ce que vous voulez, Paige ?

— J'avais juste besoin d'air. Je ne me sens pas très bien et la compagnie d'un médecin me rassure.

— Vous avez moins besoin d'un médecin que de cesser de boire du champagne.

Paige exhala un soupir exagéré et se délesta de son verre.

— Vous avez raison, susurra-t-elle en posant une main sur le torse de Gabriel, l'autre derrière sa nuque. Je sais que vous êtes venu avec Holly. Mais je suis là, moi. Apparemment, elle a mieux à faire ailleurs, et je ne voulais pas que vous vous sentiez délaissé.

— Je vous ai vue changer les porte-nom, à table. Puis-je savoir pourquoi ?

— Oh ! Richard est d'un ennui mortel ! Je ne comprends pas pourquoi maman s'acharne à l'inviter… Probablement parce que Holly a toujours eu un faible pour lui. Et puis je voulais pouvoir vous parler sans qu'elle surveille toutes mes paroles. Je la trouve très possessive pour quelqu'un qui prétend que vous êtes de simples collègues de travail.

— C'est ce qu'elle a dit ?

Paige haussa les épaules.

— J'espérais aussi vous convaincre de me rendre ce petit service.

— Je vous ai déjà dit que je ne pratiquais plus la chirurgie esthétique, Paige. Et, de toute façon, mon carnet de rendez-vous est plein pour les six prochains mois. Au moins…

Paige soupira, agacée.

— J'espère que vous pourrez employer votre charme pour persuader Holly de faire quelques petites retouches.

— Des retouches ?

Paige émit un petit rire.

— Ne me dites pas que vous n'avez rien vu, Gabriel. Tout d'abord, ces affreuses cicatrices. Les gens ne se rendent pas compte de la cruauté de leurs regards. J'étais tellement peinée quand les garçons l'appelaient « La Cicatrice »… Vous pourriez peut-être commencer par arranger ça.

Peinée, Paige ? Quelle comédie ! Elle s'était plutôt jointe aux autres pour se moquer d'elle.

— Mmm…, répondit Gabriel, l'air pensif.

Holly eut l'impression qu'on lui assénait un coup de poignard dans le dos. Comment, après avoir embrassé ses cicatrices en lui répétant à quel point elle était belle, pouvait-il… ?

Elle se mordit la lèvre inférieure. De toute évidence, après avoir vu la beauté de Paige, il ne pouvait que réviser son jugement.

La douleur à ses tempes était lancinante. Il fallait qu'elle s'éloigne. Elle fit un pas en direction de la chambre puis s'immobilisa de nouveau au son de la voix de Gabriel.

— Et qu'est-ce que vous voudriez qu'elle change, aussi ?

Une sensation d'oppression gagna Holly. Elle n'était pas certaine d'avoir envie d'entendre la réponse de Paige. La confiance en elle qu'elle avait mis des années à gagner était en train de s'effriter. Elle avait beau savoir que les avis de Paige reflétaient sa jalousie et sa propre insécurité, elle avait l'impression de redevenir « l'affreuse sœur adoptée », comme Paige l'appelait quand elles étaient petites.

— Eh bien… Je pensais à ses seins. Il faudrait les remonter un peu. Et je trouve qu'elle a engraissé au niveau des hanches et des cuisses. Une petite liposuccion ne lui ferait pas de mal. Elle pourrait aussi se faire refaire le nez, non ? Qu'en pensez-vous ?

— Engraissé ? Vraiment ? dit Gabriel en riant.

Paige s'approcha de lui et glissa les doigts dans ses cheveux. Gabriel posa les mains sur ses épaules.

Pour Holly, c'en était trop. Elle ne pouvait plus entendre sa sœur énumérer les parties de son corps comme si elle faisait une liste de courses. Elle avait déjà survécu lorsque Paige avait couché avec son précédent petit ami, elle survivrait à cela aussi, mais n'en serait pas le témoin.

Après vingt-quatre heures très agréables, il était temps de revenir à la réalité et de reprendre le cours de sa vie.

Elle revint dans la chambre en se demandant comment elle allait pouvoir s'éclipser sans que quiconque pose des questions.

— Tu es là, ma chérie ! dit Delia en entrant alors qu'elle fermait la porte-fenêtre. Nous allons servir le café et ton père va souffler ses bougies.

Comme elle se retournait, Holly vit sa mère se figer.

— Je vais dire deux mots à Paige, marmonna-t-elle d'emblée. Il faudrait qu'elle comprenne qu'elle a passé l'âge.

— Maman, ne t'inquiète pas. De toute façon, je suis fatiguée. Je me demandais si tu pouvais m'excuser auprès de papa et des invités car que je vais rentrer.

Comme sa mère la regardait avec compassion, Holly eut envie de se jeter dans ses bras en pleurant. Mais cela ne ferait qu'augmenter son inquiétude.

— Comme tu veux, mon cœur. Je ne veux pas me mêler de tes affaires, mais je pense que tu commets une erreur monumentale. Veux-tu que j'aille demander à Gabriel qu'il te ramène ?

— Non ! s'écria-t-elle avant de reprendre d'une voix plus calme. Non, maman, ce n'est pas la peine. Je… Je vais appeler un taxi. Tu pourras lui dire que l'hôpital m'a appelée.

Delia la dévisagea longuement en silence, la mettant presque mal à l'aise. Puis elle se rapprocha d'elle et la prit tendrement dans ses bras.

— Comme tu voudras. Mais n'appelle pas de taxi. Je vais demander à Richard s'il veut bien te raccompagner.

— Merci, maman, répondit-elle, les yeux remplis de larmes mais soulagée.

Gabriel était furieux. Holly était partie sans un mot et sa sœur n'avait cessé de se coller à lui. Mais il était surtout en colère contre lui-même d'avoir pensé qu'Holly pouvait être différente. Il avait de la peine pour Delia Buchanan qui parut sincèrement désolée quand elle vint lui transmettre le message d'Holly.

— Je suis navrée, dit-elle en prenant ses mains dans les siennes.

— Vous n'avez pas à l'être. Vous n'y êtes pour rien.

— Je sais, mais il s'agit de mes filles et je suis désolée que vous vous soyez retrouvé au milieu de leurs histoires. Paige… a toujours été jalouse d'Holly qui a pris l'habitude de se mettre en retrait et de laisser toute latitude à sa sœur.

— Elle ne devrait pas.

— Paige est une belle femme mais, derrière la façade, elle est fragile. Holly a toujours été forte, même quand elle était cette adorable petite crevette maladroite. Elle était intelligente et drôle, mais ne savait pas quoi faire de ses bras et de ses jambes. J'ai essayé de lui faire prendre des cours de danse classique, de maintien et de théâtre, mais je crains d'avoir fait empirer la situation.

— Vous avez fait ce qu'aurait fait n'importe quelle mère, dit Gabriel en repensant aux sacrifices de la sienne pour lui. Cela dit, j'ai compris le message d'Holly.

— Je n'en suis pas si sûre.

— Vu la façon dont elle s'est comportée avec Richard Westchester pendant toute la soirée, avant de partir avec lui dès la fin du dîner, je n'ai pas tellement de doutes sur ce qu'elle ressent pour lui.

Il avait l'impression de se retrouver une fois encore dans le rôle de l'étudiant fauché invité chez les riches et humilié, comme cela avait été le cas dans la famille de Lauren.

— Paige vous a accaparé toute la soirée et la situation a dû avoir des relents amers pour Holly. Alors elle a fait ce qu'elle fait toujours face à Paige : elle s'est retirée. Mais je sais qu'elle tient à vous, Gabriel. Sans quoi elle ne vous aurait ni invité ni laissé en plan comme elle vient de le faire.

Il se passa une main dans les cheveux en soupirant.

— Ne renoncez pas, Gabriel, reprit Delia. Essayez de lui parler. Et ne vous laissez pas embobiner par Paige. Elle a l'habitude de vouloir tout ce qui appartient à Holly et de détruire tout ce qu'il y a de bon dans sa propre vie.

Peut-être, mais lui n'appartenait pas à Holly. Elle avait montré sans ambiguïté qu'elle préférait quelqu'un de son milieu, un homme issu d'une vieille famille fortunée. Les sœurs Buchanan rejouaient probablement la même histoire depuis leur enfance, mais lui-même n'avait pas l'intention de commettre la même erreur qu'avec Lauren.

Avant de s'élancer sur l'autoroute, il raccrocha d'un geste furieux son téléphone. Holly était encore sur messagerie.

C'en était terminé des femmes, et en particulier d'Holly Buchanan.

Pourquoi, dans ce cas, lorsqu'il arriva chez lui et plongea la tête dans l'oreiller empli de son odeur, éprouva-t-il cette sensation de vide immense dans la poitrine, très proche de la tristesse ?

Non, il n'était pas triste, se dit-il en se relevant pour enlever les draps et les taies. Il se sentait humilié et s'en voulait de ne pas avoir retenu la leçon. Pourquoi était-il toujours attiré par des femmes issues du monde dont son grand-père lui avait interdit l'accès ?

Bref, l'aventure avec Holly était derrière lui.

Il s'allongea sur le lit refait. Le lit qu'il avait partagé avec elle. Deux nuits. Et qui semblait affreusement vide et affreusement froid, désormais.

Pourquoi ne parvenait-il à chasser l'image d'elle avec un autre homme ? Pourquoi ne pouvait-il penser à autre chose qu'à ses grands yeux, sa bouche, son corps ?

Il tendit le bras pour prendre son portable.

En fait, elle lui avait rendu service. Elle lui avait rappelé qu'il ne pouvait se fier à personne d'autre qu'à lui-même et à la réputation qu'il avait acquise grâce à ses compétences et à son travail acharné.

Ce qui lui avait permis d'obtenir le poste de ses rêves, et il n'avait aucune intention de laisser une femme aux immenses yeux bleus gâcher son plaisir. Une femme adorable et douce, quoi qu'elle en pense. Une femme qui avait l'habitude de tomber à ses pieds et de débiter des chiffres et des sondages quand elle était troublée. Une femme dont il était…

Il cessa de respirer tandis que la vérité se faisait jour dans son esprit.

12

Au lieu de rentrer à Brooklyn, Holly demanda à Richard de la déposer dans la résidence d'été de sa grand-mère, à Bay Shore. Il lui proposa de rester, mais elle refusa. Elle avait besoin d'être seule et de réfléchir à la façon dont elle réagirait en voyant Gabriel lundi à l'hôpital.

Lorsque le lundi arriva, Holly se présenta au West Manhattan Saints avec de gros cernes sous les yeux et la certitude qu'elle n'allait pas accepter une bourse dans le même hôpital que Gabriel — encore moins dans le même service. Quoi qu'il lui en coûte, il fallait qu'elle songe à une autre orientation. Et vite.

Elle passa la semaine à étudier les programmes de chirurgie plastique et reconstructrice des autres villes et à éviter tout le monde, y compris sa mère. Elle parvint également à ne pas croiser Gabriel. Elle n'avait pas répondu à ses appels, pas même à la dizaine de « rappelle-moi » qu'il avait laissée sur sa messagerie.

Et si elle passait une bonne partie de ses nuits à les écouter, ce n'était pas parce qu'elle voulait entendre le son de sa voix grave et chaude ou que le contact de son corps contre le sien lui manquait. Pas du tout.

D'ailleurs, il finit par cesser de l'appeler. Mais dès que son portable sonnait ou qu'elle tombait sur une photo de Paige dans les magazines, Holly se surprenait à espérer qu'il… Elle ne savait pas exactement ce qu'elle attendait de lui, à part qu'il ne disparaisse pas tout à fait de sa vie.

Mais c'était ce qu'il avait fait.

La semaine se révéla éreintante. Elle dut remplacer un autre chirurgien dont la femme était en train d'accoucher prématurément. Par chance, elle était tellement épuisée, le soir, qu'elle s'écroulait sans avoir le temps de ressasser.

En revanche, elle n'eut pas autant de chance la semaine du bal de charité de la fondation Chrysalis. On l'appela en urgence au bloc pour deux longues interventions car l'assistant de Gabriel était cloué au lit par une gastroentérite.

Il eut à peine le temps de la dévisager de son regard bleu-vert perçant qui fit s'accélérer les battements de son cœur avant de distribuer calmement ses instructions aux membres de l'équipe.

Lors de la seconde intervention — une gynécomastie — ce fut elle qui fut chargée de terminer l'opération, Gabriel ayant été appelé ailleurs.

Elle ne le revit pas avant la fin de son service, le vendredi soir. Elle était en train de passer en revue les nombreux messages laissés par sa mère au sujet de la robe et des chaussures qu'elle mettrait pour le bal lorsqu'elle le percuta. Poussant un cri, elle prit appui sur un chariot dont les roues n'avaient pas été bloquées, perdit l'équilibre et fit tomber une pile de bassins hygiéniques qui s'éparpillèrent sur le sol dans un vacarme apocalyptique.

Gabriel s'agenouilla près d'elle et, au milieu du bruit assourdissant, il lui sembla qu'il lui adressait la parole.

A cet instant, les portes s'entrouvrirent et trois infirmières accoururent en l'apercevant, assise par terre au milieu des bassins et de ses papiers épars, Gabriel accroupi à son côté, une main sur son épaule.

— Docteur Buchanan ?

— Docteur Alexander ?

— Tout va bien ?

Elle repoussa la main de Gabriel et se remit tant bien que mal sur ses pieds tout en sentant ses joues s'empourprer.

— Que s'est-il passé ? demanda l'une des infirmières.

— Le chariot n'était pas bloqué, dit Gabriel d'un ton glacial.

— Non, c'est ma faute, intervint Holly en hâte. Je marchais sans regarder où j'allais, mais, heureusement, le Dr Alexander m'a…

— Pas du tout, la coupa-t-il. Le Dr Buchanan aurait pu se blesser gravement parce que les procédures de sécurité n'ont pas été suivies.

Les infirmières se baissèrent pour ramasser les bassins.

— Laissez les papiers. Je m'en occupe, dit-il sèchement.

Les infirmières finirent de ramasser les bassins, bloquèrent le frein du chariot et repartirent aussi vite qu'elles étaient venues.

Holly s'accroupit pour ramasser ses notes puis elle se releva lentement. La gorge nouée, elle croisa son regard bleu-vert.

— Holly…

Le ton de sa voix était monocorde et l'expression de son visage indéchiffrable, mais une multitude d'émotions animait son regard — la colère, la frustration, l'accusation, un peu d'inquiétude, même. Se sentant rougir, elle se détourna pour dissimuler son trouble. Elle avait envie de rentrer chez elle et de s'allonger.

Mais il la retint par le bras, lui provoquant un élancement dans l'épaule qui la fit gémir.

— Tu t'es fait mal ? demanda-t-il en la relâchant.

Des larmes — qui avaient bien peu de rapport avec la douleur — jaillirent.

— Ce n'est rien. Je me suis juste cogné l'épaule.

— Montre-moi.

— Non, rétorqua-t-elle sèchement. Non, vraiment, ce n'est rien.

— D'accord. Mais, de toute façon, il faut qu'on parle, Holly.

Elle déglutit en priant pour qu'il la laisse partir et qu'elle puisse se réfugier quelque part. N'importe où pourvu que Gabriel, avec ses yeux bleu-vert et ses fossettes, ne s'y trouve pas.

— Je ne vois pas ce qu'il y a à dire de plus, docteur Alexander.

Il la regarda avec étonnement.

— De plus que quoi ?

— Je pense que tu as déjà dit tout ce que j'avais besoin d'entendre.

— Holly, qu'est-ce que tu racontes ?

Il avait l'air sincèrement surpris, mais le souvenir de la scène sur la terrasse renforça sa détermination.

Elle croisa les bras et releva le menton d'un air de défi.

— A Paige, l'autre soir.

Il se passa une main sur le front et elle eut envie de tendre le bras pour le faire à sa place.

— Paige ? Qu'est-ce que Paige vient faire dans cette histoire ?

Elle le regarda, incrédule.

— Tu plaisantes, j'espère ? demanda-t-elle, les poings serrés, se retenant de le gifler pour lui rafraîchir la mémoire.

— Franchement, Holly, je…

Puis son visage s'illumina.

— Ah, je vois…, dit-il. Dans ce cas, parlons aussi de Westchester.

— Richard ? reprit-elle en s'efforçant d'avoir l'air étonné et innocent.

— C'est un peu gros de m'accuser alors que tu t'es littéralement enfuie avec lui. Je me suis retrouvé seul avec ta mère. Te rends-tu compte de l'humiliation que nous avons subie, l'un et l'autre ?

— Ne crois-tu pas que c'était humiliant de t'entendre discuter de mes cicatrices avec ma sœur ? De mes cicatrices, mais aussi de mes seins qui pendent et de mes fesses trop grosses ?

Elle baissa la voix en voyant arriver deux infirmières qui les regardèrent avec curiosité.

— Avec ma sœur !

Il eut la décence de grimacer.

— Tu nous as entendus ?

Elle sentit la fatigue l'accabler. L'adrénaline l'avait fait tenir depuis ce soir-là, mais, soudain, elle avait envie de se pelotonner et de dormir.

— Bien sûr que je vous ai entendus. Paige a tout fait pour

que je vous entende, que je la voie te tripoter toute la soirée. Et toi, tu n'as rien fait pour l'arrêter !

— Attends, Holly. Tu veux dire que tu as entendu la conversation que nous avons eue sur la terrasse ?

— J'en ai entendu suffisamment pour comprendre que vous étiez sur la même longueur d'ondes, tous les deux.

— Es-tu certaine d'avoir tout entendu, Holly ?

Son téléphone sonna. Elle jeta un coup d'œil sur le nom affiché sur l'écran.

— Il faut que j'y aille, dit-elle. Ma mère m'a envoyé une voiture. Je la rejoins à l'hôtel pour l'aider aux préparatifs du bal de charité de ce soir.

— Holly, il faudra poursuivre cette conversation. Réserve-moi deux danses.

— Je ne sais pas si j'aurai le t…

— A ce soir, dit-il en s'approchant d'elle pour la plaquer contre lui.

Se penchant, il posa ses lèvres sur les siennes avec une violence qui la surprit. Puis il tourna les talons et disparut, la laissant l'air hagard et le souffle court.

— Vous ne répondez pas, docteur ? demanda un étudiant en passant près d'elle.

Son téléphone sonnait toujours et elle le regardait comme si c'était la première fois de sa vie qu'elle voyait un tel objet.

Gabriel régla la course du taxi et se retourna pour admirer la somptueuse façade du plus bel hôtel cinq étoiles de Manhattan.

Tout ce que la ville comptait de personnalités fortunées et souvent célèbres convergeait en robes de bal et smokings pour assister à la soirée dansante donnée au profit de l'association gérée par Delia Buchanan.

Il salua quelques membres du conseil d'administration de l'hôpital et s'arrêta sur le seuil de la gigantesque salle de bal néo-classique. Grâce à une restauration récente, elle avait retrouvé sa splendeur originelle.

Il eut une petite pensée pour Lacey Carmichael, sa dernière petite patiente. Si elle avait eu l'occasion de se trouver là, elle aurait sans doute eu l'impression d'entrer dans un conte de fées plein de princes et de princesses. Comme beaucoup d'autres enfants, elle avait grand besoin de l'argent que le bal de charité allait rapporter.

En se revoyant porter au bloc la petite fille de quatre ans vive et adorable qui avait passé les bras autour de son cou avant de déposer un gros baiser sur sa joue, il sourit. Elle racontait à qui voulait l'entendre que, grâce au docteur, elle allait redevenir belle. Par chance, elle était tellement jeune que le traumatisme laissé par la morsure du gros chien sur son visage aurait le temps de s'estomper en même temps que les cicatrices.

En fait, c'était pour Lacey qu'il avait accepté l'invitation de Delia Buchanan, une semaine plus tôt. C'était du moins ce dont il s'était persuadé. Or, ce soir, il était conscient de s'être un peu menti. S'il était là, c'était aussi pour avoir une chance de parler à Holly.

Il ne savait pas exactement ce qu'il avait envie de lui dire. Mais lorsqu'il l'avait revue, dans l'après-midi, et avait plongé son regard dans ses grands yeux bleus emplis de douleur et d'orgueil, il avait dû se rendre à l'évidence : il était tombé amoureux d'elle.

Oui, il aimait Holly Buchanan comme il n'aurait jamais imaginé aimer quelqu'un.

Ce constat l'avait totalement déstabilisé. Et, ce soir, il était encore sous le choc. Comme si la terre était soudain sortie de son axe. A moins qu'il ait vécu jusque-là en déséquilibre et qu'Holly l'ait remis d'aplomb ? Quand il était près d'elle, il avait l'impression que tout était plus beau, plus joyeux, plus doux.

Comment était-il devenu aussi sentimental ?

Le sentiment qui avait progressivement empli son cœur oscillait entre l'euphorie et la terreur. Il en avait presque la nausée. Et lorsqu'il avait su, par le Dr Hunt, qu'Holly avait demandé une bourse dans une autre ville, la nausée s'était transformée en panique.

Elle avait décidé de quitter New York. Probablement à cause du comportement de sa sœur vis-à-vis de lui. Comme si un top model superficiel et capricieux pouvait lui faire l'effet que lui faisait Holly.

L'idée qu'Holly parte l'avait décidé. Aurait-elle changé ses plans si elle n'avait pas éprouvé le moindre sentiment pour lui ?

Ce soir, il lui parlerait. Puis il la ramènerait chez lui et l'attacherait à son lit.

Il chercha sa place sur le plan de table affiché à l'entrée et traversa la piste de danse.

Un groupe de musiciens, tous étudiants au conservatoire de musique de Manhattan, jouait déjà quelques airs. Non seulement Delia Buchanan levait des fonds pour les enfants défigurés, mais elle soutenait aussi les jeunes talents.

C'était une femme extraordinaire, comme sa fille.

Il contournait un groupe de personnes buvant du champagne et débattant de la sécurité dans les avions lorsqu'une voix familière l'interpella.

— Vous êtes seul, ce soir, Gabriel ?

Il sut aussitôt que Paige Buchanan était en quête d'une proie.

— Non, répondit-il en se tournant vers elle.

Elle était au bras de l'homme dont elle avait déclaré, moins de deux semaines auparavant, qu'il était d'un ennui mortel : Richard Westchester.

Ils se saluèrent poliment mais sans chaleur, et Gabriel s'apprêtait à passer son chemin lorsque Richard Westchester l'arrêta.

— J'ai eu l'impression de vous connaître, l'autre soir. Maintenant que je vous ai de nouveau en face de moi, je sais à qui vous me faites penser. Ne seriez-vous pas parent des Alexander de Long Island, par hasard ? Vous ressemblez beaucoup à Steven, le fils de Mark Alexander, qui doit avoir à peu près votre âge.

Gabriel savait que ce moment viendrait. Toutefois, il avait beau s'y attendre, la question l'ébranla.

— Non, répondit-il avec détachement. Je viens de Californie.

— Ah, oui, c'est vrai. Cela dit, il paraît que nous avons tous un jumeau quelque part dans le monde.

Paige, qui s'impatientait de ne plus être au centre du monde, tira Richard par le bras.

— Viens, Richard, je vais te montrer les robes que j'ai données pour les enchères de ma mère.

— Je suis sûr que la fondation appréciera votre geste, dit poliment Gabriel.

— Vous aussi, Gabriel, vous devez apprécier, étant donné que les fonds vont servir à payer votre salaire.

— Paige ! s'exclama Richard, sincèrement choqué. Tu sais bien que cela n'a aucun rapport. L'argent récolté ce soir servira à payer les coûts médicaux des miracles qu'il accomplit avec son scalpel.

— Je disais juste que…, se reprit-elle, paraissant furieuse d'être contredite en présence de Gabriel.

— Oui, oui, la coupa Richard. On a compris. La grande Paige Buchanan a donné quelques vieilles fripes à la fondation et tout le monde doit se prosterner à ses pieds. Tu as trente et un ans, Paige ! Il serait temps que tu arrêtes de te comporter comme une gamine gâtée !

— Si j'avais su, je serais venue avec quelqu'un d'autre que toi, Richard !

— Personne n'a envie de t'accompagner, rétorqua-t-il.

Il se passa une main dans les cheveux tandis que Paige lui décochait un regard assassin avant de tourner les talons et de s'éloigner d'un pas furieux.

— Désolé, dit-il à l'adresse de Gabriel. Le fait est que je suis amoureux de Paige depuis que j'ai six ans. Vous voyez où cela m'a mené !

Gabriel le dévisagea, intrigué.

— Amoureux de Paige ? Mais, l'autre soir, avec Holly, je croyais que…

— C'était une tentative désespérée de rendre Paige jalouse, dit Richard en laissant échapper un petit rire nerveux.

— Je suis désolé…

— Merci. Je crois que je vais aller noyer mon chagrin dans l'alcool. Vous me suivez ?

— Il faut que je parle à Holly.

— J'espère que vous aurez plus de chance que moi avec sa sœur, murmura Richard en souriant avant de gagner le bar.

Quand Gabriel aperçut Holly, son cœur s'arrêta de battre. Elle portait une robe fourreau bleu pâle qui mettait en valeur ses cheveux bruns et faisait ressortir le bleu profond de ses yeux. La robe couvrait un seul bras et soulignait ses courbes gracieuses avant de tomber sur le sol en un savant plissé. Une tenue à la fois sobre et incroyablement sexy qui cachait les cicatrices de son bras blessé.

Un homme qui le bouscula pour passer le sortit de son état extatique.

Depuis combien de temps contemplait-il Holly, tel un petit garçon transi ? Il bredouilla des excuses et se dirigea vers elle.

Elle dut sentir son regard sur elle car elle tourna la tête vers lui. Autour de lui, tout sembla disparaître — les invités, la musique, la richesse du décor.

Au bout de quelques instants, un sourire timide qui emplit Gabriel de bonheur se dessina sur ses lèvres roses.

Il pria pour qu'elle écoute ce qu'il avait à lui dire.

— Oh ! Gabriel ! s'exclama une voix féminine derrière lui. Je suis tellement contente que vous ayez pu venir !

13

Gabriel se retourna et ne fut pas surpris le moins du monde quand Delia Buchanan, lui prenant le visage entre ses mains, lui appliqua un baiser sur chaque joue.

— Bonsoir, madame, dit-il. Vous êtes très en beauté, ce soir.

Elle pouffa de rire.

— J'espérais que le plus bel homme de la soirée m'appellerait par mon prénom, ne serait-ce que pour faire pâlir de jalousie toutes les autres femmes.

Il sourit et l'embrassa.

— Vous êtes la plus belle femme de la soirée, Delia, murmura-t-il. A égalité avec votre fille, cependant, ajouta-t-il en se tournant vers Holly qui les regardait avec une drôle d'expression.

— Vous êtes amoureux d'elle, n'est-ce pas ?

— Cela saute aux yeux à ce point ?

— En tout cas aux yeux d'une mère qui attend ce moment depuis très longtemps, répondit-elle avec émotion. Vous l'aimez en dépit de ses cicatrices.

— Elle est tellement belle…

Delia le regarda, les yeux pleins de larmes.

— Oh non, ce n'est pas le moment de me mettre à pleurer.

Gabriel sentit sa gorge se serrer. Peut-être aurait-il dû accepter l'offre de Westchester et aller boire un verre avec lui au lieu de dire des bêtises qui émouvaient Delia aux larmes. Elle avait raison, ce n'était vraiment pas le moment.

— Je suis désolé… Je ne voulais pas… Puis-je aller vous chercher quelque chose à boire ? Un verre d'eau ? Une coupe de champagne ? Autre chose ?

Delia se mit à rire.

— Ne vous inquiétez pas, ce n'est que du mascara, après tout. Mais venez, avant que vous alliez voir Holly, je voudrais vous présenter quelqu'un. C'est un donateur important à la fois pour l'hôpital et pour la fondation. C'est grâce à lui que l'agrandissement du service de chirurgie plastique et reconstructrice sera possible. Et, si je ne m'abuse, il a également œuvré pour que vous obteniez ce poste au West Manhattan Saints.

— Moi ?

— Oui. Nous avons cherché les meilleurs spécialistes. Sa donation reposait entièrement sur votre venue.

Gabriel sentit la nausée l'envahir.

— Mais je suis sûr que d'autres chirurgiens auraient pu prendre le poste.

— Il voulait le meilleur et, apparemment, c'est vous, dit-elle avec fierté.

Elle tendit le bras et posa une main sur l'épaule d'un vieil homme qui leur tournait le dos.

Quand il se retourna, Gabriel se figea.

— Monsieur Alexander, je vous présente notre dernière recrue dont la présence s'est d'ores et déjà révélée plus que positive pour l'hôpital. Le Dr Alex… an… der…

Sa voix mourut à mesure que ses yeux s'arrondissaient.

Caspar Alexander lui baisa la main.

— Vous êtes plus ravissante que jamais, ma chère.

Puis il se raidit et posa ses yeux bleus et froids sur Gabriel. Qui ne fit pas un geste, et réprimant l'envie de mordre tout ce qui passerait à sa portée.

— Gabriel…, dit-il. Tu as l'air en forme.

— Monsieur…, salua-t-il froidement, avant de se tourner vers Mark Alexander qui semblait aussi médusé que Delia. Bonjour, papa, ajouta-t-il avec un sourire narquois. Cela fait longtemps !

Il éprouva une certaine satisfaction à voir son père blêmir. Mais il ne lui en voulait pas. Il était aussi interloqué que le reste du clan Alexander.

Caspar, en revanche, arborait un air satisfait. De toute évidence, il n'avait jamais cessé de contrôler et de manipuler son entourage. Mais Gabriel ne faisait pas partie de cette famille et il n'avait aucune intention de se laisser manœuvrer par qui que ce soit, encore moins par un tel salaud.

Holly pria ses interlocuteurs de l'excuser. Quelque chose ne tournait pas rond. Sa mère, qui semblait bouleversée, tenait Gabriel par le bras, et celui-ci semblait bouillir de rage.

Elle s'approcha de leur groupe en se demandant ce que Caspar Alexander avait dit ou fait pour mettre Gabriel dans cet état. Quand elle les rejoignit, le vieil homme s'adressait à son fils.

— Mark, voici ton fils, dit-il. Steven, Jade et Courtney, je vous présente votre frère, le Dr Gabriel Alexander.

Il se tourna vers Gabriel.

— Voici ta famille, fiston, ajouta-t-il avec un geste de dégoût.

Holly s'immobilisa. La tension dans le groupe était palpable.

— Ne t'avise pas de m'appeler fiston, rétorqua Gabriel sur un ton glacial. D'ailleurs, ne m'appelle pas. Tu n'en as plus le droit depuis le jour où tu as exigé de ma mère qu'elle se fasse avorter.

Loin de se montrer choqué comme toutes les personnes présentes, Caspar émit un petit rire dédaigneux.

— Je t'ai rendu service, Gabriel. Regarde ce que tu es devenu. Tu es un self-made-man. Si je n'étais pas intervenu, tu aurais fini comme eux, dit-il en désignant son fils et ses petits-enfants d'un geste de mépris.

— Papa ? C'est vrai ? demanda Mark, pâle et tremblant. Tu as demandé à Rachel d'avorter ? Tu m'avais dit qu'elle avait perdu le bébé et qu'elle était partie dans l'ouest des Etats-Unis pour se rétablir. Comment as-tu pu faire une chose pareille ? A moi qui ai toujours fait tout ce que tu m'as demandé ?

— Justement, répliqua Caspar en portant son verre de whisky à ses lèvres. J'aurais peut-être eu davantage de respect pour toi si tu m'avais tenu tête. Et peut-être que tes enfants auraient davantage ressemblé à Gabriel et à moi.

— Je n'ai rien à voir avec toi, le coupa Gabriel.

— Oh si, justement. Tu ne serais pas devenu ce que tu es si tu n'étais pas de la même trempe que moi.

— Tout ce que j'ai fait, je l'ai fait grâce à ma mère et pour ma mère, pas pour toi.

A cet instant, Holly regarda Mark et comprit qu'il avait un problème.

— Gabriel, ton père ! s'écria-t-elle. Maman, appelle les secours !

Comme Mark vacillait, une main sur la poitrine, Gabriel le rattrapa avant qu'il ne tombe. Puis il le fit s'allonger et lui demanda de tousser fort. Au bout de quelques minutes, son visage recouvra ses couleurs.

Gabriel aurait eu toutes les raisons de tourner le dos à sa famille et, pourtant, il était resté pour sauver l'homme qui avait abandonné sa mère, songea Holly. Et qui l'avait abandonné, lui.

Le mélange de colère et d'espoir désespéré qu'elle percevait au fond de ses yeux lui serra le cœur. A ce moment-là, la vérité lui apparut comme une évidence.

Elle était amoureuse de lui et elle ferait tout pour le soutenir dans cette épreuve.

— Je vais chercher du cognac, dit-elle.

14

Holly s'arrêta sur le seuil de la salle de consultation pour observer Gabriel qui se tenait face à la fenêtre, les cheveux encore plus ébouriffés que d'habitude. Son père se remettait peu à peu dans une chambre voisine.

Il avait l'air tellement seul. On aurait dit que le poids du monde reposait sur ses seules épaules. Elle eut envie de le rejoindre et de poser la tête sur son dos large et musclé.

— Tu voulais que nous parlions, dit-elle en entrant.

Il eut l'air surpris.

— Maintenant, tu veux parler ?

— Nous sommes seuls, enfin. C'est le moment ou jamais.

Il poussa un profond soupir.

— Je suis désolé de ce qui s'est passé tout à l'heure.

— C'est ton grand-père qui devrait avoir honte. Je suis contente que ta mère ait refusé son argent. C'est une femme courageuse. Je vois maintenant de qui tu tiens.

— Elle l'était, en effet, répliqua-t-il d'une voix sombre. Elle est morte d'une leucémie il y a quelques mois.

Elle s'approcha de lui.

— Oh ! Gabriel, je suis désolée ! C'est pour cette raison que tu es venu t'installer sur la côte Est ?

Il se rembrunit.

— J'ai reçu une proposition du West Manhattan Saints pour créer ma propre équipe de chirurgiens avec, à ma disposition, des fonds importants et les technologies les plus avancées. J'étais flatté, ajouta-t-il avec un rire sarcastique. Je n'en revenais pas qu'ils m'aient choisi pour…

Il s'interrompit. La tension se lisait sur son visage.

— Tu n'imagines pas à quel point c'est humiliant de comprendre qu'il s'agissait d'une manipulation de ce vieux requin.

— Delia est vraiment désolée ! Elle ignorait tout de la situation.

— Delia n'y est pour rien. C'est une femme adorable. Aussi adorable et aussi belle que sa fille.

A l'évocation de Paige, Holly sentit son cœur faire un bond dans sa poitrine.

— C'est vrai que ma sœur est belle…, dit-elle, la gorge serrée, tandis que l'espoir qui avait commencé à s'épanouir dans son cœur s'évanouissait d'un coup.

— Qu'est-ce que tu racontes, Holly ? Je parlais de *toi*, pas de Paige. Ta sœur ne t'arrive pas à la cheville, il est temps que tu en prennes conscience.

Elle écarquilla les yeux, incrédule.

— De moi ?

— Mais ne t'inquiète pas, je ne vais pas semer davantage de zizanie dans votre famille. J'ai décidé de repartir en Californie. Ce sera mieux.

Son cœur fit un autre bond dans sa poitrine.

— Mieux pour qui ? demanda-t-elle d'une voix étranglée.

— Pour tout le monde. Pour toi, pour ta maman. Je vous ai déjà créé suffisamment de problèmes, ce soir.

— Ne dis pas n'importe quoi, Gabriel ! s'exclama-t-elle sur un ton plus vif qu'elle ne l'aurait souhaité. Je t'ai vu à l'œuvre, j'ai entendu ce que les gens disent de ton travail, des techniques que tu utilises. J'ai entendu cette petite fille ravie que tu lui redonnes un visage et une vie normale. C'est pour cela que tu es venu à New York, pas pour l'argent de Caspar Alexander. Ne vois-tu pas à quel point tout le monde a besoin de toi, ici ?

Comme elle marquait une pause, Gabriel scruta son visage.

— Et toi, Holly, de quoi as-tu besoin ?

Elle sentit la panique l'envahir, mais elle devait lui dire la vérité, au risque de le voir lui rire au nez.

Elle s'éclaircit la gorge.

— J'ai besoin de toi…

Ce fut lui qui eut l'air sous le choc, à la fois étonné, affolé et soulagé.

Elle n'aurait pas dû être aussi franche. Une fois de plus, elle s'était ridiculisée.

Elle s'écarta de lui pour s'enfuir, mais il la retint par le bras.

— Holly, moi aussi, j'ai besoin de toi. Je pensais que je n'étais pas assez bien pour toi. C'est aussi pour ça que j'ai pris la décision de repartir. Mais, en fait, je suis tombé amoureux de toi dès l'instant où je t'ai vue. Tu es la plus belle femme que j'aie jamais connue. Et la plus courageuse, aussi. Certes, tu es parfois maladroite, mais je sais maintenant que c'est quand tu es troublée et je suis assez flatté d'imaginer que c'est parfois moi qui te trouble. Je t'aime, Holly.

Elle sentit ses yeux s'embuer.

— Oh…, murmura-t-elle. Tu es sûr ?

— Comment pourrais-je en douter ? dit-il en se penchant pour déposer un baiser tendre sur ses lèvres. Tu te jettes à mes pieds dès que tu me vois. En fait, chaque fois que tu tombes, je suis un peu plus amoureux de toi. Je ne veux pas que tu quittes Manhattan, Holly. Reste avec moi et construisons notre avenir ensemble.

Elle grimaça à l'idée d'avoir postulé dans une autre ville.

— Tu es au courant ?

— Oui, et cela m'a fait paniquer. Reste, je t'en prie.

Elle le dévisagea un long moment. L'homme le plus beau de Manhattan était amoureux d'elle en dépit de tous ses défauts. Il avait raison, c'était grâce à sa maladresse qu'ils s'étaient rencontrés, après tout. Et, toute maladroite qu'elle était, elle savait qu'il serait toujours là pour la rattraper dans ses chutes.

Elle posa une main sur sa joue.

— Je t'aime, Gabriel, murmura-t-elle avant d'approcher ses lèvres des siennes. Et je t'aimerai toujours.

AMY RUTTAN

Un chef bien trop sexy

INTÉGRALE
MANHATTAN HOSPITAL

Traduction française de
ADELINE MAGNE

SAGAS

HARLEQUIN

Titre original :
ONE NIGHT IN NEW YORK

Ce roman a déjà été publié en 2015

1

Manhattan, l'hiver

Le bar était à moitié vide, ce qui n'avait rien d'étonnant pour un soir de milieu de semaine. Sam Napier s'adossa au comptoir pour mieux observer les autres clients : une poignée de personnages qui, un verre à la main, bavardaient dans la chaleur feutrée du night-club. Dans cet établissement cossu de l'Upper East Side, personne ne le connaissait. Et cela ne le dérangeait pas, bien au contraire.

Il en avait gros sur le cœur et avait besoin de solitude. Depuis le début de son internat de pédiatrie, il avait été soutenu par le Dr Powers. Or son mentor venait de prendre sa retraite et son remplaçant, un éminent spécialiste en chirurgie fœtale, était apparemment un tyran qui menait ses équipes à la baguette.

Un spécialiste en chirurgie fœtale… Quel était l'intérêt d'un tel recrutement au West Manhattan Saints ? Le Dr Chang, responsable de l'unité pédiatrique, était amplement qualifiée pour assurer la plupart des opérations *in utero* ; en cas de complication, il suffisait de transférer le patient vers un hôpital plus important. Depuis des années que Sam travaillait au West Manhattan Saints, il n'avait presque jamais vu le Dr Powers au bloc. Pourquoi lui fallait-il un remplaçant ? L'unité d'obstétrique était relativement modeste. Le West Manhattan Saints était surtout réputé pour son service de traumatologie, dirigé par le Dr Ootaka, et pour la qualité de ses intervenants en pédiatrie.

Plus Sam y réfléchissait, plus il était convaincu de l'inutilité de ce recrutement. Bah, à tous les coups la nouvelle recrue avait été pistonnée par le Pr Langley. Génial ! Il ne manquait plus que cela : un autre chef de service à l'ego aussi enflé que Langley, voire pire que sa propre mère. Entre confrères, on se serrait les coudes, on se donnait des coups de pouce professionnels…

Pour l'amour, en revanche, c'était une autre histoire. D'aussi loin que Sam se souvienne, sa mère collectionnait les échecs sentimentaux. Il en avait donc déduit que les chirurgiens ne pouvaient pas concilier carrière et vie de famille.

« Tu devrais te trouver quelqu'un, Sam. Tu tournes en rond. Si tu veux, je peux te présenter des amies très gentilles », lui avait dit Kimberlyn, son ancienne colocataire. Et puis quoi, encore… Il ne voulait pas d'une relation. D'abord, il n'avait pas de temps pour la bagatelle. Bien sûr, parfois, il aurait aimé avoir quelqu'un dans sa vie, mais…

Une secousse le tira de sa rêverie, et une écharpe humide et glacée lui cingla le visage. Surpris, il renversa son verre sur son pull.

— Brrr, quel froid de canard, dit une sorte de Bibendum emmitouflé dans une immense parka en se hissant sur le tabouret à côté du sien.

— Bon sang…

— Oh ! désolée !

Débarrassé de sa grosse veste, le Bibendum se révéla être une splendide rousse qui attrapa aussitôt une serviette en papier pour éponger le pull imbibé de whisky.

— Je vous jure que je ne l'ai pas fait exprès. Je ne vous avais pas vu !

— On dirait.

Il se passa la main sur le visage pour en chasser les gouttes d'eau glacée.

— Comment auriez-vous pu voir quoi que ce soit sous tous ces vêtements ? Vous vous croyez au pôle Nord ?

La jolie rousse ouvrit de grands yeux.

— Vous êtes écossais ?

— A moitié, oui, répondit-il, bougon, en lui prenant la serviette des mains pour tenter de réparer les dégâts.

Ça ne ratait jamais : son accent ressortait dès qu'il s'énervait. Sa mère était américaine mais il avait passé l'essentiel de son enfance avec son père, dans les Highlands. Lui qui était né à Manhattan, dans l'hôpital même où il effectuait actuellement son internat, il se sentait plus écossais que yankee.

— J'espère que ce n'est pas un vêtement de marque, dit-elle avec une moue.

Il ne put s'empêcher de rire.

— Non, pas du tout. Mais il a une valeur sentimentale.

Et pour cause : sa grand-mère le lui avait tricoté. Le pull gris-bleu avait connu des jours meilleurs, mais il lui rappelait l'Ecosse et sa famille.

L'inconnue sourit, d'un sourire chaleureux qui l'atteignit au cœur. Il avait toujours eu un faible pour les rousses. Il avait tendance à se sentir spontanément proche d'un autre rouquin, même si ses cheveux à lui tiraient vers le blond, alors qu'elle était plutôt châtaine avec des reflets acajou.

Qu'est-ce qui te prend ? Tu compares les nuances de cheveux, maintenant ? Le whisky te monte à la tête, ma parole.

— Je suis vraiment confuse. Si vous voulez, je vous offre un autre verre, en remplacement.

— Pourquoi pas ?

— Ah, vous me décevez.

— Comment cela ?

— Je m'attendais à ce que vous me répondiez *Aye*, en bon Ecossais.

Il éclata de rire.

— Cela m'arrive, en effet, lorsque je suis énervé. Au fait, je m'appelle Sam.

— Moi, c'est Mindy.

Il prit la main qu'elle lui tendait et la porta à ses lèvres pour l'effleurer d'un baiser.

— Ravi de vous rencontrer, Mindy, dit-il sans lui lâcher la main.

Quelques secondes, elle le regarda fixement, la bouche et les yeux écarquillés. Puis, rougissante, elle se libéra.

— Moi de même.

S'éclaircissant la gorge, elle se tourna vers le barman.

— Un verre de merlot et… ?

— Un whisky.

Le barman hocha la tête et s'éloigna tandis que Sam s'asseyait à côté de Mindy.

— J'imagine que vous n'êtes pas originaire de New York ?

— Qu'est-ce qui vous fait dire ça ?

— Vous êtes habillée comme pour une expédition au pôle.

— Je n'ai pas l'habitude du froid, je l'avoue, dit-elle en riant.

— Je m'en étais aperçu.

Le barman ne tarda pas à revenir avec leurs verres et Mindy régla les consommations. Sam aurait pu la remercier et en rester là. Cela aurait même été la décision la plus sage. D'un autre côté, il avait besoin de se changer les idées. Ces derniers temps, son travail l'accaparait tant qu'il ne s'accordait plus aucun plaisir, aucune détente. Il avait un tel besoin de se changer les idées qu'il n'aurait pas dit non à une petite aventure, lui qui, d'ordinaire, se refusait ce genre d'incartade.

— D'où venez-vous ?

— De Californie. Je suis née là-bas et j'y ai toujours vécu, jusqu'à présent. Et vous, d'où venez-vous ?

— Moi ? De New York, répliqua-t-il avec un clin d'œil amusé.

— Vous ? Ben voyons !

— Bon, pour être plus précis, je suis né ici mais j'ai grandi en Ecosse, avec mon père.

— Non, vraiment ? Et votre père est un vrai seigneur écossais ?

— *Aye*. Vous ne croyez pas si bien dire.

Surprise, elle avala une gorgée de travers.

— Vous êtes sérieux ?

— Tout à fait, mais n'allez pas vous faire des idées romantiques. La réalité est beaucoup plus prosaïque. Mon père ne rend pas la justice à ses vassaux. D'ailleurs, il n'a aucun titre nobiliaire.

— Mais vous en êtes un, vous aussi ?

— Un quoi ?

— Eh bien, un seigneur écossais.

— Je suis l'aîné de la famille, mais cela ne me donne aucune prérogative.

— Dommage, répondit-elle avec un soupir. Moi qui pensais avoir affaire à un héritier au sang bleu.

— Navré de vous décevoir. Mais, dites-moi, pourquoi avez-vous quitté le soleil de Californie pour vous jeter dans le froid de New York ?

Avec un soupir, elle ramena derrière son oreille une longue mèche châtaine.

— Ce qui m'a amenée ici ? Disons, un nouveau travail et la volonté de prendre un nouveau départ.

— A vous entendre, vous voulez tirer un trait sur votre passé.

— Qu'est-ce qui vous fait penser cela ?

— La façon dont vous en parlez. Comme si vous aviez du chagrin.

Mindy regarda Sam sans répondre. Face à ce beau mâle, une onde de chaleur la parcourut. Sans doute l'effet du vin ? Non, ce n'était pas ça. Depuis son divorce, elle n'avait pas eu l'occasion de flirter avec un homme. Celui-ci avait tout l'air d'un mauvais garçon, un de ceux, du moins, dont sa mère lui avait dit de se méfier. Elle le devinait à l'éclat malicieux qui brillait dans ses yeux bleus, si bleus. Mais pouvait-elle se fier aux conseils de sa mère ? D'après ses critères, Dean était un gentleman tout à fait respectable, et il avait quand même trahi sa confiance.

De toute façon, elle ne faisait que flirter avec ce bel Ecossais dans un bar huppé de Manhattan. Cela n'irait pas plus loin.

Quoique, pourquoi pas ?

Pourquoi, en effet, ne pas marquer le coup et célébrer son nouveau départ par une petite folie ? Ce soir, elle n'était plus le Dr Walker, sommité de la chirurgie fœtale. Ce soir, elle était seulement Mindy. Où était le risque ? Elle ne reverrait plus ce type de sa vie. Il ne pouvait ni l'utiliser ni lui nuire.

Au fait, que venait-il de dire ? Ah, oui : elle avait l'air d'avoir de la peine. Super… Elle eut un petit rire nerveux.

Il comprit sans doute qu'elle ne désirait pas s'étendre sur le sujet, car il changea de conversation :

— Et en quoi suis-je si drôle ? Est-ce mon accent qui vous amuse autant ? Ou mon charme exotique ? demanda-t-il avec un haussement suggestif des sourcils qui la fit sourire.

— Votre charme exotique, bien sûr.

Voilà qu'elle flirtait avec lui ! Avait-elle jamais badiné de la sorte avec Dean ? Sûrement pas. Il l'avait toujours traitée en quantité négligeable. *Sois belle et tais-toi.* Elle avait perdu l'habitude de plaire, et ce petit jeu l'amusait de plus en plus.

Elle trempa ses lèvres dans son verre et grimaça.

— Votre vin n'est pas bon ? dit-il.

— Si, si. Simplement, d'ordinaire, je ne bois pas. A vrai dire, je sors assez rarement.

— Ah bon ? Alors, qu'est-ce qui vous a poussée à braver le froid glacial pour venir dans ce bar ?

Elle haussa les épaules.

— Comme je vous l'ai dit, je viens d'arriver à New York et j'ai envie de me faire des amis.

Il se pencha vers elle.

— Et vous êtes tombée sur moi. C'est un bon début.

— Vous êtes toujours aussi charmeur ?

— Désolé, je vous taquine.

Il s'éclaircit la gorge et termina son whisky d'un trait.

— Voilà, j'ai retrouvé mon suave accent américain. Qu'en dites-vous ?

— Je préférais votre accent écossais.

Encore ce rire nerveux… Il allait finir par la prendre pour une parfaite idiote. A sa décharge, sa vie sentimentale était au point mort depuis longtemps. Son métier l'accaparait beaucoup. Trop, peut-être. Elle avait besoin de sortir du monde médical.

Même son ex-mari avait été médecin. Ils s'étaient connus pendant leur internat, puis s'étaient tous les deux spécialisés en médecine fœtale. En somme, ils avaient suivi la même trajectoire. Enfin, plus ou moins.

« Dean, tu ne penses pas qu'il serait temps d'avoir un enfant ? Moi, je suis prête. »

« Mais non, Mindy. Tu penses que tu es prête, c'est normal, à force de travailler toute la journée auprès de jeunes mamans et de bébés. Concentrons-nous sur notre travail, c'est plus raisonnable pour le moment. Une fois nos carrières lancées, nous pourrons réfléchir à fonder une famille. Avant, c'est prématuré. »

Mais cela n'était pas arrivé, et cela n'arriverait jamais. D'une part parce qu'ils avaient divorcé, et d'autre part parce que Dean était homosexuel. Dire qu'elle avait eu la naïveté de croire ce qu'il lui disait. Naïve… Le mot était faible. Ses anciens collègues ne s'étaient pas privés de ricaner de la façon dont elle avait découvert le pot aux roses.

Ce n'était pas tant l'orientation sexuelle de Dean qui lui posait problème. Non, ce qu'elle n'arrivait pas à digérer, c'était qu'il l'ait trompée pendant plus d'un an, et avec Owen. Ce même Owen à qui elle avait confié ses problèmes de couple sans se douter qu'il répétait tout à Dean. Trahie par son meilleur ami et par son mari : elle avait fait coup double !

La voix de Sam interrompit ses pensées.

— Vous avez l'air contrariée. Quelque chose ne va pas ?

— Non, non, ça va.

Mais ce n'était pas vrai. Le souvenir de Dean continuait de l'affecter, un an après le divorce. Lui, pendant ce temps, avait tourné la page. Il parlait même d'adopter un enfant avec

Owen. *Un enfant…* Alors qu'elle en avait voulu un pendant cinq ans ! Mais Dean ne s'était jamais senti prêt, et Owen lui avait conseillé de ne pas trop insister. Elle avait perdu tant d'années. Il était grand temps de tourner la page.

— Ça va, répéta-t-elle en vidant son verre. Ça va même très bien.

— Vraiment ? Vous n'en avez pas l'air. Voulez-vous que je vous raccompagne ?

Déjà, il se levait.

— Vous pouvez même faire plus que cela, dit-elle.

Sans autre préambule, elle agrippa le col de son pull pour l'attirer vers elle et l'embrasser à pleine bouche.

Arrête, arrête, arrête !

Impossible. Il avait refermé les bras autour d'elle et, ses mains puissantes dans son dos, la serrait contre lui. Bientôt, leur baiser s'intensifia. Seigneur, le contact de ses lèvres était électrique. Elle avait oublié comme c'était bon, de se sentir désirée… De savoir qu'un homme s'intéressait à elle pour elle-même, pas pour son meilleur ami.

Il interrompit leur baiser.

— Si vous continuez, je ne vais pas pouvoir en rester là.

— Qui vous parle d'en rester là ?

Le regard de Sam s'alluma.

— Voilà qui est différent.

— J'habite juste à côté.

— Tiens donc ?

Attrapant sa parka et son écharpe, elle lui saisit la main pour l'inviter à la suivre. Au diable, la prudence ! Pour une fois, elle allait s'autoriser à vivre un peu, elle allait s'amuser avec son bel Ecossais.

— Attendez, le temps que j'aille chercher ma veste, dit-il. Même en étant moins frileux que vous, je ne peux pas sortir comme ça.

— C'est vrai. Désolée, je n'y ai pas pensé.

— Ce n'est pas grave, fit-il avec un clin d'œil.

Il effleura sa joue d'une caresse qui la fit trembler, puis

se pencha vers elle pour l'embrasser. Les yeux fermés, elle reçut son baiser avec un frémissement de plaisir et soupira lorsqu'il la quitta pour récupérer son manteau à la consigne.

Elle n'arrivait pas à croire ce qu'elle s'apprêtait à faire. Elle venait d'inviter un parfait inconnu à passer la nuit chez elle. Un homme plus jeune qu'elle, par-dessus le marché ! Les écarts qu'elle ne se serait pas permis à vingt ans, voilà qu'elle les commettait à trente-sept.

Elle n'avait jamais vécu dangereusement. Les risques, très peu pour elle. En salle d'opération, c'était différent. Lorsque la vie d'un bébé ou de sa mère était en jeu, elle agissait à l'instinct, guidée par l'adrénaline ; c'était ce même instinct qui l'aiguillonnait à présent. Ce même instinct qui l'avait poussée à déménager de Californie, loin des gens et des lieux qu'elle avait toujours connus. Elle avait beaucoup à gagner à écouter son intuition dans la vie de tous les jours.

— Je vous suis, dit-il en la rejoignant.

Elle sentit ses joues s'empourprer, mais accepta sa main et lui fit remonter la rue jusqu'à chez elle. Quand ils furent arrivés devant son immeuble, le portier leur ouvrit sans se formaliser de la voir revenir au bout d'une heure à peine avec un homme. Ils s'engouffrèrent dans l'ascenseur et elle appuya sur le dernier bouton.

— Vous vivez dans un appartement en attique ?

Elle hocha la tête.

— J'adore la vue.

L'ascenseur s'arrêta et elle le guida jusqu'à la porte.

— Eh bien, voilà. Nous y sommes, dit-elle d'une voix qu'elle s'efforça de contrôler.

Pour l'amour du ciel, ressaisis-toi ! Tu n'es tout de même plus une gamine…

— Vous êtes nerveuse, Mindy ?

— Un peu, oui.

— Ecoutez, nous pouvons en rester là. Je vous assure que je comprendrais.

En parfait gentleman, il ne voulait pas s'imposer. Il lui offrait une échappatoire, mais elle n'en voulait pas. Elle désirait cette nuit. Son nouveau travail commençait le lendemain ; par la suite, elle n'aurait plus de temps pour des moments comme celui-ci. C'était maintenant ou jamais.

— Non, au contraire, j'en ai très envie. C'est juste que je… C'est la première fois que je ramène un inconnu chez moi.

Il lui caressa le visage en souriant avec tendresse.

— J'ai un aveu à vous faire.

— Ah bon ?

— Je n'ai été avec personne depuis un bon bout de temps. Si vous voulez tout arrêter, pas de problème. Je ne vous mets aucune pression.

Elle sourit et l'embrassa avec la même passion qu'au bar. L'enlaçant, il la pressa contre lui.

— Je ne veux pas m'arrêter là, dit-elle.

Elle ouvrit la porte et l'entraîna à l'intérieur.

Désormais, il n'y avait plus de reculade possible.

2

Sam pressa le pas en arrivant dans le grand hall du West Manhattan Saints. Il était en retard, qui plus était le jour même où la nouvelle chef allait arriver dans le service. Cela lui apprendrait à jouer les don Juan d'un soir. Heureusement, la jolie rousse de la veille habitait près de l'hôpital. Il s'était arrangé pour partir tôt, avant qu'elle ne se réveille, et avait juste eu le temps de passer chez lui prendre une douche et se changer. Malgré tout, il était en retard, ce qui ne passerait pas inaperçu.

Sans ralentir l'allure, il tira sur le col de sa blouse et passa son stéthoscope autour de son cou. Rebecca, l'une de ses nouvelles colocataires, le rejoignit au détour d'un couloir.

— Holly m'a dit que tu n'étais pas rentré cette nuit.

— Tu m'espionnes, maintenant ?

— Ouh là là, quelle susceptibilité ! Qu'est-ce qui t'arrive ?

— Rien, rien. Tu n'es pas en traumatologie, aujourd'hui ?

— Si, d'ailleurs, j'y vais. Je voulais juste te souhaiter bonne chance avec ta nouvelle chef. Il paraît qu'elle mène les internes à la baguette. Salut !

Il grommela un remerciement rapide, soulagé de se débarrasser d'elle. Alors qu'il arrivait au service pédiatrique, il jeta un bref coup d'œil dans un miroir et rectifia vivement sa coiffure avant de pousser les doubles portes peintes aux couleurs de l'arc-en-ciel.

Le bureau d'accueil du service était déjà plein. Non loin,

Amelia Chang bavardait avec un groupe d'internes, candidats comme lui au programme de spécialisation en pédiatrie. Il croisa le regard du Dr Chang, et y lut une expression de reproche. Il pouvait s'estimer heureux. Sa mère, elle, l'aurait sermonné publiquement : c'était sa manière de faire filer droit les internes. Amelia, elle, lui confierait des corvées administratives. C'était un moindre mal.

Celle-ci s'éclaircit la gorge et frappa dans ses mains pour réclamer le silence.

— Bien. Maintenant que nous sommes au complet, passons aux choses sérieuses. Comme vous le savez, la spécialisation en pédiatrie du West Manhattan Saints fait partie des cinq plus réputées sur la côte Est, et seules deux places sont disponibles. Leur attribution fera l'objet d'une décision collégiale entre moi-même, le Dr Finn, le Dr Hall, qui succède au Dr Powers, ainsi que le Dr Walker, que nous accueillons aujourd'hui dans notre service et qui dirigera l'unité de médecine prénatale.

Le Dr Chang s'appuya contre l'accueil et scruta l'assemblée d'un long regard imperturbable et déstabilisant.

— Certains internes doutent de l'utilité d'une spécialisation en chirurgie prénatale pour leur future carrière. Cette activité est encore peu développée dans notre service, mais la situation est appelée à changer très vite. Nous avons l'ambition de devenir des acteurs de premier plan dans la prise en charge des grossesses à risque.

C'était une surprise pour Sam. Le remplacement du Dr Powers donc pas aussi inutile qu'il l'avait cru de prime abord. Ils avaient tout intérêt à compléter leur unité par une spécialisation en périnatalité. Mais combien de patientes pourraient-ils suivre ?

— Comme vous le savez, le Dr Powers vient de partir à la retraite. Fort heureusement, le Pr Langley lui a trouvé un remplaçant pour le poste de médecine prénatale. La sélection pour le programme de spécialisation ne sera donc pas retardée davantage. Nous avons la chance d'accueillir dans notre service l'un des meilleurs spécialistes en médecine prénatale de Californie. Sans plus tarder, je vous prie d'applaudir le Dr Mindy Walker.

Mindy ? Sam tourna la tête dans la direction indiquée par le Dr Chang, et son cœur s'arrêta. Non, ce n'était pas vrai… Impossible de se tromper, pourtant : c'était bel et bien la jolie rousse de la veille qui s'avançait avec le Dr Finn. Comme elle avait changé ! Ses longs cheveux acajou, libres la veille, étaient à présent retenus en queue-de-cheval, et des lunettes noires et carrées lui donnaient un air sévère qu'égayait à peine la timide touche de gloss sur ses lèvres. La séductrice s'était métamorphosée en une femme professionnelle à l'allure sérieuse et réservée, mais il savait, lui, ce que cette façade dissimulait. A cette pensée, il sentit son sang bouillir.

Ainsi, il avait couché avec son chef : c'était justement l'erreur qu'il s'était promis de ne jamais commettre. Certes, il ne savait pas sur le moment qui elle était, mais, sans mauvais jeu de mots, il s'était mis dans de beaux draps. Si cette aventure venait à s'ébruiter, elle risquait de compromettre sa candidature à la spécialisation du West Manhattan Saints. Pire, un parallèle serait peut-être fait entre sa carrière et celle de sa mère. Or il s'était juré de réussir par son seul mérite, pas par ses relations, sentimentales ou autres.

Il tenta de reculer au fond de la pièce : trop tard. Mindy, qui promenait les yeux sur l'assemblée, l'aperçut. Aussitôt, son lumineux sourire vacilla. Se reprenant, elle serra la main du Dr Chang sous les applaudissements polis de la salle. La gorge serrée, Sam affectait de ne pas la reconnaître. Même si personne n'avait suivi leur jeu de regards, il se sentait pointé du doigt.

Pourquoi elle ? Pourquoi, après trois années d'abstinence, fallait-il qu'il ait une aventure avec une personne qui allait décider du cours de sa carrière ?

Mais Mindy avait commencé à parler, et il s'efforça de se concentrer sur ce qu'elle avait à dire.

— Bonjour à tous, et merci de votre présence. Comme le Dr Chang vient de vous le préciser, je suis l'un des meilleurs spécialistes en chirurgie prénatale, un domaine qui me passionne. Je suis perfectionniste et ne tolère aucun écart dans ma pratique. Gardez bien à l'esprit que des vies fragiles dépendent de nous. Comme je ne vous connais pas encore, je souhaiterais que chacun d'entre vous, à tour de rôle, passe au moins une semaine dans mon unité. Puis je déciderai qui est susceptible de suivre le programme de spécialisation.

Elle s'interrompit et riva son regard à celui de Sam. Il se racla la gorge. Pas de doute, de gros problèmes l'attendaient. De très gros problèmes.

— Merci et à bientôt.

Il y eut de nouveaux applaudissements, puis l'assistance se dispersa. Sam profitait du mouvement pour s'éclipser lorsque la voix du Dr Chang l'arrêta.

— Docteur Napier, pourriez-vous venir un instant ?

Et lui qui espérait pouvoir s'en aller discrètement… Réprimant un soupir, il se dirigea vers le Dr Chang. A côté d'elle, Mindy le fixait d'un air inexpressif.

— Oui, docteur ?

Il avait parlé lentement, pour brider son accent et dissimuler sa nervosité.

— Vous êtes arrivé en retard, ce matin. Tout va bien ?

— Je… euh…

Confus, il évita le regard de Mindy, dont les joues s'étaient colorées.

— J'ai eu une panne d'oreiller. Cela n'arrivera plus, promis.

Le Dr Chang hocha la tête et lui jeta un long regard interrogateur.

— Faites en sorte que cela soit la dernière, dit-elle enfin.

Il hocha la tête avec fermeté.

— Bien sûr.

— Le Dr Walker souhaiterait que vous passiez en premier dans son service.

Ouille…

— Pas de problème.

— J'espère que vous appréciez à sa juste valeur la chance

qui vous est offerte. Le Dr Walker est un spécialiste réputé. L'expérience qu'elle vous apportera est inestimable.

Sur ces paroles, le Dr Chang tourna les talons et s'éloigna, le laissant seul avec Mindy.

Non, pas Mindy : le Dr Walker !

Les bras croisés sur la poitrine, celle-ci le fusillait d'un regard noir.

— Docteur Napier ? fit-elle, les lèvres pincées.

Il hocha la tête, hésitant à lui demander pourquoi, la veille, elle ne lui avait pas dit son métier. D'un autre côté, ni lui ni elle n'avaient été d'humeur à faire la causette.

— J'espère que vous avez potassé vos cours de génétique et de gynéco-obstétrique. Je croule sous la demande. De nombreuses patientes me sont adressées par des hôpitaux extérieurs, j'en ai même qui viennent de Californie me consulter. S'il y a une chose dont je n'ai vraiment pas besoin, c'est d'un interne incompétent, dit-elle, cinglante.

— Je ne vous décevrai pas.

Elle haussa les épaules avec impatience.

— Ne parlez pas trop vite.

— Pourquoi dites-vous cela ?

— Vous le savez très bien. N'allez pas vous imaginer que ce qui s'est passé entre nous vous donne un quelconque avantage sur vos camarades. Je dirais même que c'est l'inverse. Je n'ai pas l'habitude d'avoir des favoris.

C'en était trop. Furieux, il la saisit par le bras et l'entraîna à l'écart sans se soucier qu'on les voie. Il détestait se faire remarquer, mais comment tolérer de telles accusations ? Les ragots circulaient vite, et il tenait à sa réputation, à sa carrière.

Il la poussa sans ménagement dans une salle d'examen vide, alluma la lumière et referma la porte avant de se poster devant pour lui bloquer le passage.

— Vous pensez que j'ai couché avec vous pour faire avancer ma carrière ? Si c'est le cas, permettez-moi de vous détromper tout de suite.

Sous l'effet de la colère, il avait parlé avec un accent à couper au couteau, mais il s'en fichait. Il était hors de lui.

Mindy s'efforça de maîtriser son souffle. Chaque fibre de son corps vibrait de rage, une fureur mêlée d'amertume.

C'était à peine croyable ! Il suffisait qu'elle s'autorise, exceptionnellement, une aventure d'un soir avec un inconnu pour qu'il s'agisse d'un interne. Et un interne avec lequel elle allait être amenée à travailler régulièrement, par-dessus le marché !

La veille, en consultant les dossiers des internes, elle avait justement remarqué celui du Dr Napier. La plupart des intervenants, sinon tous, soulignaient notamment son bon contact avec les patients et son habileté en salle d'opération. Au vu des comptes rendus élogieux dont il faisait l'objet, il semblait être un candidat à suivre de près. A présent, elle n'en était plus si sûre. Elle aurait même été prête à parier qu'il devait ses bonnes appréciations à son physique de play-boy. Comment s'en étonner, quand les membres du service étaient en grande majorité des femmes ?

Elle avait eu tort de baisser la garde. Il l'avait utilisée, comme Dean, comme les autres. On ne pouvait faire confiance à personne.

Et voilà qu'il l'enfermait dans cette salle d'examen pour l'admonester ? Et puis quoi, encore ? Elle ne se laisserait pas de nouveau marcher sur les pieds !

— Pourquoi devrais-je vous faire confiance ? Vous ne m'avez même pas dit que vous étiez interne dans cet hôpital.

Il la fixa, le regard rétréci.

— Vous non plus, vous ne m'avez pas dit que vous étiez chirurgienne.

— Quoi ? Mais bien sûr que si.

— Désolé, mais non, répondit-il avec un sourire narquois.

Elle ouvrit la bouche pour protester, mais la scène de la veille, dans le bar, lui revint : elle lui avait dit qu'elle était à

New York pour changer de métier, mais sans préciser lequel exactement.

Devant son silence, il s'adossa à la porte avec un petit sourire content de lui.

— Vous voyez bien que j'ai raison.

— Il n'empêche. En apprenant que je devais remplacer le Dr Powers, vous avez très bien pu vous renseigner à mon sujet, chercher mon CV sur internet, que sais-je. Rien ne me dit que cette rencontre n'était pas fabriquée.

Le visage de Sam se rembrunit aussitôt.

— Je n'ai pas couché avec vous pour obtenir des faveurs. Je suis compétent dans mon travail et tout disposé à vous le prouver, même si je n'en vois pas bien l'intérêt.

Elle haussa les épaules.

— Autrement dit, vous estimez que je n'ai rien d'intéressant à vous apprendre. Pour vous, la médecine prénatale est une perte de temps.

— Tout à fait. J'ai l'ambition de me spécialiser en chirurgie pédiatrique et d'intégrer le service du Dr Chang. Je ne me vois pas travailler en néonatalogie. Pour moi, vous n'êtes qu'une obstétricienne qui se croit au-dessus du lot.

Elle écarquilla les yeux et secoua la tête.

— Mon Dieu, comme vous êtes arrogant.

— Et alors ? Dans un métier comme le nôtre, il faut se forger une carapace contre les patients, les parents, et pour survivre dans ce panier de crabes.

— Vous pensez que l'hôpital est un panier de crabes ?

— Exactement. Pas vous ?

Comment lui donner tort ? C'était la triste vérité. Elle avait appris à ses dépens qu'on ne pouvait pas faire confiance aux autres chirurgiens. Pourtant, à ses débuts dans le métier, elle n'avait rien d'un requin, contrairement à Dean et à Owen. Elle n'avait eu que son talent pour arme. D'ailleurs, elle n'oublierait jamais comme Dean avait été furieux en apprenant qu'elle avait été choisie pour une spécialisation en néonatalogie. A l'époque, cela aurait dû lui mettre la puce à l'oreille.

Quoi qu'il en soit, elle n'était pas une perdrix de l'année, et ce blanc-bec arrogant ne l'impressionnerait pas. Elle devait s'imposer dès maintenant, faute de quoi il lui serait impossible de remettre les pendules à l'heure.

— Vous êtes libre de croire ce que vous voulez, et notamment que je vais vous faire perdre votre temps. Néanmoins, sachez que la plupart des problèmes rencontrés en pédiatrie ont leurs prémices *in utero*. Avec les progrès de la génétique et de la chirurgie prénatale, votre spécialité va en prendre un sacré coup. Pourquoi faire appel à vous si le bébé a été soigné avant la naissance, dans le ventre de sa mère ? Le Dr Chang est une excellente professionnelle, mais elle ne sait pas opérer *in utero*. Dans peu de temps, les chirurgiens pédiatriques feront figure de dinosaures.

Il ne répondit rien. A vrai dire, il avait même l'air d'accuser le coup. Elle en profita pour enfoncer le clou.

— Vous voyez une semaine dans mon unité comme une perte de temps ? Soit ! Vous êtes assez grand pour savoir ce qui peut vous être utile ou pas. En revanche, en tant que chef d'unité, j'émettrai de sérieuses réserves à l'égard d'un interne qui néglige d'apprendre des techniques de soins lorsque l'occasion lui en est gracieusement offerte.

Toujours tremblante, elle tendit la main vers la porte.

— Attendez, dit-il en lui prenant le bras.

Il se tenait tout près d'elle, à quelques centimètres seulement. Elle frémit. Deux ou trois heures plus tôt, il avait été dans son lit. Certes, elle avait été dépitée de se réveiller seule, mais, en arrivant au travail, elle s'était surtout sentie détendue, presque euphorique…

Jusqu'au moment où elle l'avait aperçu parmi les internes. Quelle gifle ! C'était bien la preuve qu'il ne fallait pas faire confiance à un homme.

— Veuillez m'excuser, docteur Walker.

Elle ouvrit des yeux étonnés.

— De rien, docteur Napier.

— Je serai ravi d'apprendre à vos côtés et de vous prouver

mes compétences. Mais ne croyez surtout pas que j'ai couché avec vous pour obtenir quoi que ce soit. Si j'avais su que vous étiez ma chef, je vous aurais soigneusement évitée. Rien ne doit compromettre ma carrière dans cet hôpital, et mon projet de me spécialiser auprès du Dr Chang.

Elle le regarda d'un air songeur. Elle aurait tellement aimé le croire…

— Bon, dit-elle en soupirant. Je veux bien vous accorder le bénéfice du doute, mais je vous préviens : à la moindre incartade…

— Cela n'arrivera pas, dit-il en relâchant son bras. Et j'entends bien parfaire ma formation grâce à vous.

Elle salua ses propos d'un hochement de tête. Tout en se félicitant d'avoir mis les points sur les i, elle n'arrivait pas à se départir d'un vague sentiment de regret. Elle aurait voulu le connaître, percer sa personnalité à jour. Dans d'autres circonstances, peut-être aurait-elle réussi à savoir qui se cachait derrière le Dr Napier. Autant ne pas y songer. Il était interne, elle était sa chef.

— Je vous retrouve dans une demi-heure, lors de votre tournée des patients.

Sans le regarder, elle ouvrit la porte et s'en alla. Il ne chercha pas à la retenir.

3

— Dégagez le passage !

Sam recula pour ne pas gêner le brancard. Un carambolage s'était produit sur l'autoroute et les victimes commençaient à arriver aux urgences. Sam rongeait son frein. Il aurait dû être dans le feu de l'action, avec les équipes de secours, mais Mindy lui avait formellement interdit de toucher ne fût-ce qu'un cheveu d'un patient. Assistée du Dr Hall, une autre néonatalogiste, elle auscultait une victime, une femme enceinte dans sa vingt-sixième semaine. Sam avait pour consigne de les observer.

Il ne supportait pas cette passivité imposée, surtout à un moment comme celui-ci. Près de lui, Rebecca, accompagnée d'un autre interne, faisait ce pour quoi ils étaient payés : soigner des patients. Constatant son inaction, elle lui jeta un coup d'œil interrogatif. Il haussa les épaules. On lui avait donné des ordres stricts : regarder, ne pas agir. Sa mère utilisait la même méthode d'apprentissage.

Ce n'est pas le moment de penser à elle.

La voix aiguë du Dr Chang se détacha du brouhaha.

— Dégagez, dégagez !

Elle courait à côté d'une civière qui transportait un enfant enveloppé d'une couverture de survie. Il dut se retenir pour ne pas la rejoindre. Sa place était là-bas, aux côtés de ce gosse !

— Docteur Napier ?

Il marmonna un juron et se retourna.

— Vous avez la tête ailleurs ? demanda Mindy.

— Non, non.

— Très bien. Je vous confie Mme Bayberry. Montez-la en salle d'échographie et surveillez ses contractions. Elle attend des jumeaux et a été blessée lors de la collision. Nous craignons un accouchement prématuré. Prenez contact avec son médecin traitant pour qu'il nous renseigne sur son dossier.

— Mais c'est le travail d'un externe, dit-il avec humeur.

Elle croisa les bras.

— C'est un travail que je vous demande de faire. Cela vous pose un problème ?

— Non, bien sûr que non, répondit-il, interloqué.

Il s'approcha du lit de Mme Bayberry. Sans se soucier de lui, le Dr Hall s'entretenait avec Mindy du traitement le plus indiqué pour la patiente en cas d'accouchement. Celle-ci tourna un regard angoissé vers Sam.

— Et mes bébés ? Ils vont s'en sortir ?

— Vous êtes entre de bonnes mains, madame Bayberry, dit-il en souriant. Nous allons simplement faire une petite échographie pour nous assurer que tout va bien.

La jeune femme se détendit légèrement. Il vérifia ses signes vitaux et s'assura du bon fonctionnement du moniteur qui surveillait ses contractions. Quand il releva la tête, Mindy le dévisageait fixement. Elle écoutait le Dr Hall, mais c'était lui qu'elle regardait.

Il détourna les yeux afin de se concentrer sur son travail. Avait-il commis un impair ? Pourvu que non… Il ne devait pas donner prise à des reproches. Il n'était déjà pas en odeur de sainteté auprès d'elle, même après lui avoir exprimé ses regrets sur ce qui s'était passé entre eux.

Tout de même, quel dommage. Si seulement elle n'avait pas été son chef… Si seulement…

Si seulement quoi ? En toute sincérité, cela aurait-il changé quelque chose ? Enfin si, peut-être : il n'aurait pas considéré cette nuit de passion comme une erreur. Mais, de toute façon, il n'avait pas de temps pour une relation.

Perdu dans ses pensées, il transféra Mme Bayberry vers la salle d'échographie. Soudain, il s'aperçut que le pansement qu'elle avait sur le front était trempé. Alors qu'ils attendaient l'ascenseur, il se pencha pour lui toucher délicatement le front.

— On s'est occupé de ça ?

— Ce n'est rien, juste une égratignure, dit-elle en grimaçant.

— Laissez-moi voir de plus près.

La gaze recouvrait une large entaille qui risquait de lui laisser une vilaine cicatrice.

— Mmh… Ce n'est pas joli joli.

— Peut-être, mais, en ce moment, ce sont surtout mes bébés qui me donnent du souci, dit-elle en haussant le ton.

— Ne vous inquiétez pas, je vais vous examiner, mais nous pouvons aussi vous faire arranger cela par un vrai pro.

— Vous ? demanda-t-elle en souriant.

— Non, pas moi, je suis pédiatre. En revanche, nous avons la chance de compter dans notre équipe un chirurgien esthétique digne de travailler pour les stars.

Mme Bayberry éclata de rire. Alors que l'ascenseur s'ouvrait, Sam fit signe à un interne qui en sortait.

— Tu peux biper le Dr Alexander, en chirurgie plastique, et lui dire de monter au quatrième, en salle d'échographie ?

L'interne, étonné, hocha la tête sans faire de commentaire.

— Oh ! ça n'en vaut pas la peine, docteur. Je suis sûre que vous feriez aussi bien.

— Certainement, mais autant vous faire une beauté pour vos premières photos avec les petits, non ? Histoire de ne pas garder de trace de cette mauvaise journée.

Mme Bayberry acquiesça en souriant et se détendit. Cette vilaine cicatrice ne poserait pas de problème à Sam. Dommage que toutes les blessures ne soient pas aussi simples à guérir.

— Docteur Napier, pouvez-vous me dire ce qui se passe ici ?

Postée sur le seuil de la salle d'échographie, Mindy découvrait la scène avec incrédulité : penché sur sa patiente, un adonis blond était occupé à lui recoudre le front. Elle reconnut le Dr Alexander.

— S'il vous plaît, j'essaie de me concentrer, répondit celui-ci par-dessus son épaule.

Sam leva les yeux au ciel. Alexander et lui n'étaient manifestement pas les meilleurs amis du monde. Décidément, ce Dr Napier avait le chic pour se mettre les gens à dos. D'ailleurs, elle avait entendu des rumeurs à son sujet. Il aimait apparemment un peu trop faire cavalier seul.

Après avoir pris congé du Dr Hall, elle avait été appelée pour un cas bénin et, Sam ne l'ayant pas bipée, elle avait eu la naïveté de penser que tout allait bien. Or voilà que l'un des meilleurs chirurgiens esthétiques de l'hôpital s'occupait de sa patiente en salle d'échographie.

— Que se passe-t-il, au juste ? demanda-t-elle de nouveau à voix basse tandis que Sam fermait la porte. Vous étiez censé me tenir au courant des résultats de l'échographie de Mme Bayberry.

— Non, vous m'avez dit de rester à son chevet et de surveiller ses contractions.

Elle croisa les bras sur sa poitrine.

— Expliquez-moi ce que le Dr Alexander fabrique ici. Je croyais que la plaie avait été suturée avec de la colle cutanée.

— C'est vrai, mais elle risquait de garder une cicatrice.

— Et vous, vous trouvez pertinent de lui faire subir une intervention chirurgicale superflue, alors qu'elle risque un accouchement prématuré.

— Non. Les bébés vont bien et elle n'a pas eu de contractions ni de saignements. J'ai vérifié moi-même.

— Vous-même ? fit-elle en arquant un sourcil dubitatif.

— Eh bien, oui. J'ai déjà effectué ce type de procédure.

— Vous estimez vraiment que cette plaie au front était une priorité ?

— Oui. Les bébés sont dans un état stable. En revanche, j'aurais voulu votre avis concernant une anomalie. Je vous ai bipée il y a dix minutes, vous deviez être occupée par un patient.

— Mais non, je n'ai pas été bipée..., dit-elle en sortant son appareil.

Et pourtant, si : un quart d'heure plus tôt, Sam l'avait bel et bien appelée, mais cette fichue machine était en mode silencieux. Zut et zut... En Californie, elle n'avait pas ce genre de problème. Elle était propriétaire de son cabinet et n'avait affaire qu'à ses propres patients. Lorsqu'elle travaillait en hôpital, c'était à des horaires choisis. Elle n'avait plus l'habitude du rythme trépidant des établissements de soins. Décidément, cela commençait mal.

— Je suis désolée, docteur Napier.

— Il n'y a pas de quoi. Puisque vous êtes ici, je souhaiterais vous montrer les clichés de l'échographie de Mme Bayberry.

— Oui, bien sûr.

Ils s'installèrent devant l'ordinateur pour analyser les documents.

— Comme vous pouvez le constater, il n'y a nulle part d'épanchements liquidiens ou sanguins. Le placenta est adhérent et ne présente aucune déchirure manifeste.

— Elle a eu beaucoup de chance. Sa voiture a été percutée par l'arrière avant de heurter celle de devant. Lors de la collision, la victime a reçu le volant dans le ventre.

— C'est justement le problème, dit-il en cliquant sur un cliché. J'ai détecté un saignement interne au niveau de la rate qui pourrait laisser craindre une rupture splénique.

Mindy se pencha pour mieux observer l'image.

— En effet.

Cela n'augurait rien de bon. Il était toujours très délicat d'opérer une femme enceinte dont le terme était encore éloigné. Il fallait à tout prix limiter les risques d'accouchement prématuré et garder les bébés le plus longtemps possible dans le ventre de leur mère.

— Il va nous falloir un spécialiste en chirurgie traumatique. Bipez le Dr Ootaka.

Sam opina et quitta la salle de consultation. Restée seule, Mindy se renversa un bref instant en arrière sur sa chaise, puis retourna dans la salle d'examen. Le Dr Alexander apportait la dernière touche à son œuvre.

— Voilà, c'est fini. Lorsque les bébés seront là, vous n'aurez pas la moindre cicatrice.

— Merci, docteur Alexander, dit Mindy.

Celui-ci haussa les épaules.

— C'est bien la moindre des choses. Sam est le coloc de ma petite amie. Entre potes, on se renvoie l'ascenseur.

Tandis qu'il rassemblait ses affaires, Mindy se tourna vers sa patiente.

— Vos bébés vont bien, madame Bayberry. Nous n'avons décelé aucune lésion au niveau de l'utérus ou du placenta, et vos constantes sont stables. En revanche, votre rate a été endommagée lors de l'accident.

— Hein ? Qu'est-ce que cela signifie ?

Sa voix avait d'un seul coup grimpé d'une octave et un pic de tension apparut sur les moniteurs de surveillance.

— Nous allons devoir nous occuper de votre rate. Je peux ?

Mme Bayberry acquiesça d'un hochement de tête et Mindy souleva la couverture pour palper légèrement le côté gauche de l'abdomen, ce qui fit grimacer sa patiente.

— Mmh, pas de doute, il faut intervenir.

— Mais comment allez-vous procéder ?

— Par laparoscopie, répondit le Dr Ootaka, qui venait d'entrer dans la pièce avec deux internes. Bonjour, madame, je suis le docteur Takeo Ootaka. Ne vous inquiétez pas, j'ai réalisé cette opération de nombreuses fois. Vous êtes en de bonnes mains.

— Et mes bébés ?

Mme Bayberry se tourna vers Sam, qui se tenait près de la porte. Comme de nombreux patients dans des situations de stress, elle avait noué une relation de confiance avec un membre de l'équipe auquel elle se raccrochait comme à une bouée de sauvetage.

— Le Dr Napier et moi allons rester dans la salle d'opération pendant toute la durée de l'intervention. Nous allons surveiller les constantes de vos bébés pour nous assurer qu'ils vont bien.

Le Dr Ootaka émit une vague interjection en guise d'approbation et se tourna vers l'un des internes.

— Prépare cette dame pour un TDM en vue d'une chirurgie. Vous permettez ?

Sans attendre de réponse, il se pencha vers le flanc gauche de la patiente.

— Mmh, je vois. Nous allons nous occuper de ça, madame Bayberry, dit-il.

Mindy serra l'épaule de la jeune femme puis, escortée de Sam, sortit dans le couloir avec le Dr Ootaka.

— Je vais faire en sorte de l'opérer dans une heure au maximum. Il va sans dire qu'une hémorragie interne ferait courir un gros risque aux bébés.

Mindy hocha la tête.

— Pas de problème. Mon interne et moi serons en tenue, prêts à intervenir.

— Bien.

— Allons-y, docteur Napier.

— Vous ne vouliez pas que je reste aux côtés de Mme Bayberry ?

— Les internes du Dr Ootaka vont très bien s'occuper d'elle. En revanche, nous devons mettre en place une prise en charge néonatale en cas d'accouchement prématuré.

— Vous pensez qu'elle va accoucher ?

— J'espère que non, répondit-elle d'une voix brève.

Elle s'arrêta soudain de marcher et s'étira en grimaçant.

— Quelque chose ne va pas ? demanda-t-il.

— Non, rien, juste une petite crampe. Je n'ai plus l'habitude des longs tours de garde.

Il fronça les sourcils avec étonnement.

— Ah bon ? Vous n'aviez pas de tour de garde en Californie ?

— Où étiez-vous quand le Dr Chang m'a présentée au

service ? Elle a précisé que j'exerçais en cabinet privé, il me semble.

— Peut-être, mais vous m'avez clairement fait savoir que votre vie ne me concernait pas. Je suis seulement votre interne, non ? dit-il avec un air malicieux.

Voilà qu'il se fichait d'elle, à présent ! Décidément, ce type allait lui compliquer la vie.

— C'est vrai, vous avez raison. Ecoutez, retournez auprès de Mme Bayberry et surveillez-la jusqu'à son entrée en salle d'opération. Oh ! j'oubliais : assurez-vous que ses proches soient régulièrement tenus au courant de la situation.

— Pas de problème, docteur Walker.

Sur un léger hochement de tête, il tourna les talons et retourna en salle d'examen. Elle soupira. Aussi pénible soit-il, le Dr Napier était un bon médecin. Elle appréciait son comportement avec Mme Bayberry, la manière dont il l'avait rassurée, dont il s'était occupé d'elle. Il enviait manifestement l'aisance du Dr Chang avec les patients, différant en cela des jeunes ambitieux aux dents longues qu'elle avait connus en Californie… Dean et Owen, pour ne citer qu'eux. Lors de son internat en obstétrique, Dean et elle avaient fait des pieds et des mains pour obtenir une place auprès du Dr Guild, l'un des plus éminents spécialistes en médecine prénatale. Au début, c'était d'ailleurs l'aiguillon de la rivalité qui les avait rassemblés et avait suscité l'attirance… Du moins l'avait-elle longtemps cru. A présent, elle n'en était plus du tout sûre.

Avec Sam, il n'était pas question de concurrence ou de rivalité. Certes, il avait à cœur de prouver ses compétences, mais c'était dans l'intérêt des patients. Et s'il paraissait dur, c'était pour montrer qu'il ne se laissait pas déborder.

Malgré elle, le souvenir de la nuit qu'ils avaient passée ensemble lui traversa l'esprit. Elle frissonna en songeant au corps de Sam, à ses bras autour d'elle, à ses caresses dans ses cheveux…

Elle prit une profonde inspiration. Il ne fallait pas qu'elle nourrisse de telles pensées. Elle n'avait ni besoin ni envie de personne dans sa vie. Et, de toute façon, Sam n'était qu'un interne. Il était là pour apprendre à ses côtés, voilà tout.

Au terme de cette semaine, il retournerait en pédiatrie. Et, à supposer qu'il reste en gynéco/obstétrique, elle n'avait pas le temps d'encadrer un interne à temps plein. C'était le travail du Dr Finn. Elle avait été recrutée comme spécialiste de médecine prénatale et des problèmes de stérilité, pour faire venir des patients et accroître la notoriété de l'hôpital. Ce poste, c'était la chance de repartir sur de bonnes bases, de refaire sa vie.

Et, dans cette nouvelle vie, il n'y avait pas de place pour Sam Napier, ni pour un autre.

4

Sam terminait de se préparer pour entrer en salle d'opération lorsque l'infirmière du bloc lui montra son portable. Il recevait un appel.

— Pas grave, fit-il en secouant la tête.

Les mains sous le jet d'eau, il marmonna un juron. A coup sûr, c'était sa mère. Allait-elle se décider un jour à lui ficher la paix ?

Comme si cela ne suffisait pas, Rebecca s'installa à côté de lui pour se laver les mains.

— Encore un SMS ? C'est la fille d'hier ?

— Quoi ? demanda-t-il sèchement.

— Oh ! arrête, on ne me la fait pas. Holly m'a tout raconté. Alors, qui est-ce ?

— J'ignore ce qu'Holly t'a dit au juste, mais c'est faux. La fille en question n'existe que dans sa tête.

— Ouh, quel menteur !

Il leva les yeux au ciel et se frotta les bras avec énergie.

— Si tu veux tout savoir, c'est ma mère. Elle a appris que je passais la semaine en obstétrique avec le Dr Walker. Elle considère cela comme une forme de punition.

Rebecca fronça les sourcils.

— Travailler avec le Dr Walker, une punition ? Tu as lu ses publications ? Elle est très réputée.

Il hocha la tête sans répondre, puis secoua ses mains au-dessus du lavabo, s'essuya, et entra en salle d'opération pour enfiler une blouse et des gants. Le Dr Walker avait requis sa présence lors de la splénectomie de Mme Bayberry, elle voulait avoir un interne sous la main en cas d'accouchement intempestif. Malgré l'intérêt de l'opération, il espérait de tout cœur qu'il n'aurait pas à intervenir. Une naissance gémellaire aussi prématurée avait un très mauvais pronostic.

A son entrée, l'équipe de néonatalogie était déjà là, prête à agir en cas de besoin. Non loin, Mindy préparait les moniteurs de surveillance. Après quelques manipulations, les tracés cardiaques apparurent sur l'écran.

Une voix faible l'appela. Mme Bayberry, tremblante, attendait l'anesthésie et semblait soulagée de le voir. Il s'approcha de son chevet.

— Je suis contente que vous soyez là, dit-elle.

— Je vous avais promis. On ne se débarrasse pas de moi aussi facilement.

Le visage de Mme Bayberry s'éclaira d'un faible sourire.

— Comment vont les bébés ?

Il jeta un coup d'œil vers Mindy et les moniteurs.

— Tout va bien, madame Bayberry.

— S'il vous plaît, appelez-moi Linda. Je ne suis pas si vieille que ça !

— Comme vous voudrez, dit-il en riant. Mais alors, appelez-moi Sam.

— Sam ? C'est bizarre, je ne vous aurais pas donné ce prénom. Je pensais que vous étiez écossais.

— Je suis les deux : écossais et américain.

Linda sourit.

— Mon mari est-il arrivé ?

— Il est en salle d'attente. Je ferai en sorte de le tenir informé, je vous le promets.

Le Dr Ootaka entra en salle d'opération, suivi de Rebecca, son interne.

— Nous allons bientôt vous opérer, dit encore Sam. Ne vous inquiétez pas, je vais surveiller vos bébés comme le lait sur le feu.

Linda hocha la tête en soupirant et dirigea son regard vers le plafond.

Sam s'écarta pour laisser place à l'anesthésiste. Jetant un coup d'œil vers la cabine d'observation qui jouxtait la salle opératoire, il aperçut Holly au milieu des internes. Le Dr Ootaka était un praticien réputé, ses interventions étaient suivies avec beaucoup d'attention. Sa mère aurait dû être flattée qu'il côtoie des professionnels d'aussi haute volée. Au lieu de cela, elle lui reprochait de gâcher sa carrière en pédiatrie. Seule la neurologie trouvait grâce à ses yeux.

Réprimant un soupir, il s'approcha des moniteurs pour surveiller l'état des bébés. L'anesthésie ne tarda pas à faire effet.

— Elle ne doit pas rester endormie trop longtemps, docteur Ootaka, dit Mindy tandis que le personnel médical intubait Linda.

— J'en suis tout à fait conscient. Scalpel…

Une fois les incisions laparoscopiques effectuées, le Dr Ootaka introduisit un appareil à fibre optique dans l'une d'elles afin de visualiser la rate. Sam, lui, restait concentré sur le moniteur.

— Vous devriez vous approcher, dit Mindy dans un murmure. Vous pourriez apprendre beaucoup du Dr Ootaka.

— Non, non. Je suis très bien ici.

— Vous êtes sûr ?

Il hocha la tête. Au même instant, le tracé cardiaque du bébé 1 accéléra légèrement.

— J'ai promis à Linda de ne pas quitter ses bébés des yeux.

— Bon, très bien.

Il crut déceler une nuance d'admiration dans sa voix et en fut flatté malgré lui.

— Au fait, savez-vous quel produit j'ai injecté à la patiente avant son entrée au bloc ?

Il la regarda, pris de court.

— C'est un test ?

— Plus ou moins. Je vous le demande surtout pour passer le temps. Alors ?

— Eh bien, étant donné le risque élevé d'accouchement prématuré, j'espère qu'il s'agissait de corticoïdes, dans le but de stimuler la maturation pulmonaire des bébés.

— Correct.

— J'ai déjà eu à m'occuper de prématurés, docteur Walker. Après tout, je travaille en pédiatrie.

— Oui, mais de micro-prématurés ? Avez-vous déjà assuré la naissance ou la prise en charge d'un micro-prématuré ?

Il sourit derrière son masque. Oui, il avait déjà connu cette situation. Comment oublier Maya, la nièce d'Enzo ? Il avait assisté à sa venue au monde et l'avait prise sous son aile. Si la petite avait survécu, c'était en grande partie grâce à lui.

— Oui. Lors de ma première année d'internat.

— Vous avez déjà beaucoup d'expérience, à ce que je vois.

— Merci. J'espère en acquérir encore davantage auprès du Dr Chang.

— Vraiment ? N'y voyez aucune critique, mais elle n'est pas spécialisée en néonatalogie. Si vous voulez travailler auprès de prématurés, vous devriez rejoindre l'équipe du Dr Hall.

— Le Dr Hall est un grand chirurgien, mais je tiens à parfaire ma formation en pédiatrie avant d'aborder la néonatalogie. Comme vous, je veux avoir différentes cordes à mon arc.

— Vous avez des idées bien arrêtées.

Il ne répondit pas. Ils avaient déjà eu cette conversation et l'opinion de Mindy lui importait peu. Une bonne confiance en soi était un atout pour réussir en chirurgie.

Mindy sursauta soudain, une alarme venait de se déclencher. Le Dr Ootaka lui lança un regard ennuyé.

— Qu'est-ce qui se passe, bon sang ? Cette opération est très délicate.

— J'en suis tout à fait consciente, répondit-elle d'un ton sec. L'un des jumeaux présente des signes de détresse.

— Elle accouche ?

Mindy secoua la tête.

— Non. Un des bébés est tonique, il gigote.

Par mesure de précaution, l'équipe interrompit l'opération

mais la tension de Linda se mit aussitôt à chuter. Mindy lâcha un juron en sourdine.

— Il faudrait qu'il cesse de bouger, ou nous allons devoir déclencher l'accouchement. S'ils ne réparent pas sa rate, la mère risque une hémorragie.

Sam hocha la tête.

— Attendez, laissez-moi essayer quelque chose.

Se dirigeant vers la table d'opération, il appliqua les mains sur le ventre de Linda. Puis, se penchant en avant, il récita une vieille chanson en gaélique, comme son père l'avait fait avec sa belle-mère, lorsque celle-ci était enceinte de ses demi-frères. Ces derniers étaient des bébés très actifs. Pour les calmer, son père avait coutume de leur parler d'une voix profonde et douce.

Peu à peu, le bébé s'apaisa et les alarmes se turent.

— Continuez comme ça, docteur Napier, dit le Dr Ootaka. Votre méthode n'est pas très orthodoxe, mais elle marche et c'est l'essentiel.

De la part d'une pointure comme le Dr Ootaka, ce compliment valait son pesant d'or. Tout à coup, Sam perçut un léger coup au creux de sa main, comme en réponse à sa chanson. Mais il lui rappelait également ses priorités : le patient avant tout.

Quelques heures plus tard, Linda se remettait tout doucement de l'anesthésie dans sa chambre. A côté d'elle, une main sur son ventre, son mari se pencha pour l'embrasser sur le front.

— Bref, l'opération s'est bien déroulée, résuma Mindy en souriant. Nous allons la garder quelque temps en observation, pour surveiller son état et celui des bébés, mais son pronostic est bon.

M. Bayberry hocha la tête, rassuré. Après un bref compte rendu de l'opération, Mindy prit congé et les laissa seuls.

Seigneur, quelle journée ! Elle ne sentait plus ses jambes. Soudain, toute la tension des dernières heures lui tombait dessus. L'intervention s'était bien passée, mais ils avaient eu de la chance. Une splénectomie par laparoscopie était une opération délicate, surtout sur une femme enceinte de jumeaux. Heureusement, Sam était parvenu à calmer ce bébé !

Lorsqu'elle l'avait vu chanter, penché sur la patiente, elle avait senti son cœur fondre. Dean aurait-il été capable d'une telle initiative ? Elle en doutait fortement. Sam était sans doute une personne très secrète, mais il adorait les enfants, et elle ne l'en trouvait que plus attirant.

Elle secoua la tête avec un soupir. Au lieu de fantasmer comme une midinette, elle devait aller manger. Il était tard, mais elle n'avait pas l'intention de rentrer chez elle. Le cas de Mme Bayberry la préoccupait malgré tout, elle tenait à surveiller son évolution pendant la nuit, au cas où.

Lorsqu'elle pénétra dans la cafétéria, le libre-service était fermé et la salle vide. Enfin, pas tout à fait : au fond de la pièce, une table était occupée par un homme qui dînait d'un sandwich peu appétissant accompagné d'une canette de boisson gazeuse. *Sam !* Il ne l'avait pas entendue arriver. Tentée de tourner les talons, elle se ravisa et le rejoignit.

— Vous avez fait du beau travail, aujourd'hui.

Il redressa la tête et la regarda avec surprise.

— Docteur Walker ? Je pensais que votre journée était terminée ?

— Je pourrais en dire autant pour vous.

Il haussa les épaules.

— J'ai promis à Mme Bayberry de veiller sur elle et ses bébés.

— C'est justement ce que j'ai l'intention de faire.

— Vous, une titulaire ? fit-il en arquant les sourcils. Normalement, c'est le boulot d'un interne, voire d'un externe.

Elle rit.

— Je peux me joindre à vous ?

— Bien sûr.

Fourbue, elle se laissa tomber sur une chaise en Formica. Elle ne s'était pas rendu compte qu'elle était restée debout aussi longtemps.

— Le mari de Mme Bayberry est-il arrivé ? demanda-t-il.

— Oui. Elle est encore un peu groggy, mais son état est stable.

— Bien. Comptez-vous la garder en observation ?

— Oui, le temps qu'elle se remette. Elle a subi une opération lourde, surtout pour une femme dans son état. Je vais faire en sorte qu'elle reste ici jusqu'à ce que les petits soient prêts pour l'accouchement.

— Mais ce ne sera sûrement pas le cas avant plusieurs semaines…

— Je sais, dit-elle en haussant les épaules. Mais son taux de protéines sanguines est un peu trop élevé. De plus, je lui ai administré des corticostéroïdes, ce qui augmente légèrement les risques de prééclampsie. Je préfère la garder ici, de manière à la surveiller.

— Ça, je ne le savais pas.

— Quoi donc ? fit-elle en acceptant la moitié de sandwich qu'il lui tendait.

— Eh bien, le lien entre corticoïdes et prééclampsie.

— On n'administre jamais un médicament à la légère à une femme enceinte, surtout en cas de grossesse gémellaire. Quoi qu'il en soit, je préfère la garder sous surveillance.

— Je m'en charge. Vous devriez rentrer chez vous prendre un peu de repos. On dirait que vous n'avez pas beaucoup dormi la nuit dernière, fit-il avec un clin d'œil malicieux.

Elle se sentit rougir.

— Merci pour cette allusion toute en finesse.

— Désolé. J'ai souvent l'esprit mal placé quand je suis fatigué. En plus, vous mangez mon sandwich.

— Oui, et il est très mauvais, dit-elle en riant.

— Il faut bien se nourrir. Quand j'étais jeune, je ne m'alimentais qu'avec ce genre de choses.

— Vraiment ? Mon pauvre.

Il haussa les épaules.

— J'ai survécu.

— Vous allez rentrer chez vous, Sam. C'est un ordre.

— Vous m'appelez par mon prénom, maintenant ?

Non, bien sûr. La nuit qu'ils avaient passée ensemble serait la première et la dernière. Elle lui avait dit sans ambages qu'elle ne lui faisait pas confiance, que ce moment de passion avait été une regrettable erreur à oublier au plus vite. Rien ne s'était passé entre eux.

Et pourtant, attablée dans cette cafétéria au terme d'une journée éprouvante, soucieuse de l'éventuelle naissance de prématurés qui auraient sans doute du mal à survivre, elle n'avait pu s'empêcher de baisser la garde.

— Que chantiez-vous, pendant l'opération ?

Il se passa les doigts dans les cheveux en riant.

— Oh ! *Huis, Huis air an Each*, un vieil air que mon père récitait à mes frères pour les calmer. Je ne pensais pas me souvenir des paroles.

— C'était très beau. Tout le monde était sous le charme.

Il sourit et ses yeux brillèrent dans la pénombre de la pièce mal éclairée. Mais son visage se rembrunit très vite.

— Ça a marché, c'est l'essentiel, dit-il en se détournant.

Un silence tomba. Soudain triste, Mindy termina son sandwich, la gorge serrée.

— Bon, je devrais monter voir comment se porte Mme Bayberry.

— Mais non, fit-il en secouant la tête. Rentrez chez vous. Je m'occupe d'elle.

— Pourquoi ? Vous n'avez pas de chez vous ?

— Si, je partage un appartement avec d'autres internes, toutes des filles. A l'heure qu'il est, elles doivent être rentrées. De toute façon, ce soir, je n'ai pas envie de prendre le métro pour regagner Brooklyn.

Elle hocha la tête en se levant.

— Quoi qu'il en soit, essayez de dormir un peu. Demain mes tours de garde commencent à 6 h 30.

— Très bien, j'y serai. Bonne nuit, docteur Walker.

— Bonne nuit, docteur Napier.

Elle partit précipitamment sans se retourner. Elle devinait pourtant qu'il la suivait des yeux.

Cet homme allait lui compliquer la vie. Sa compassion à l'égard des patients, son talent, l'aura de mystère qui l'entourait, tout en lui l'attirait irrésistiblement. Or ils n'avaient rien à faire ensemble. Il était étudiant, elle était médecin chef. Bien sûr, aucune règle n'interdisait aux titulaires et aux internes de se fréquenter, mais, dans l'intérêt même de Sam, mieux valait qu'ils en restent là. Sa carrière pâtirait si des rumeurs attribuaient sa réussite professionnelle à ses succès féminins.

Elle était bien placée pour savoir à quelle vitesse les racontars se propageaient. Lorsque Dean et Owen avaient officialisé leur relation, elle avait eu toutes les peines du monde à maintenir sa crédibilité. Comment un patient lui aurait-il fait confiance, à elle qui s'était laissé duper pendant des années ?

Une réputation était difficile à bâtir et si facile à détruire… Pour avoir vu Sam à l'œuvre dans la journée, il avait une brillante carrière devant lui. Une carrière qui ne devait pas être compromise par de stupides ragots. Elle devait par conséquent faire très attention à la manière dont elle se comportait avec lui. Autrement dit, pas de familiarité. Elle allait se montrer distante, froide même, et résister à cette attirance. Elle en était capable, que diable !

Elle s'arrêta pour jeter un coup d'œil à la cafétéria, mais Sam avait déjà disparu. Sans doute était-il allé voir comment se portait Mme Bayberry.

Rentre chez toi avant de dire ou de faire quelque chose que tu regretteras.

Avec un soupir, elle gagna les vestiaires pour se remettre en tenue de ville. Malgré sa fatigue, elle n'avait pas envie de retrouver ce grand appartement vide et solitaire où tout lui rappellerait Sam. Bon sang, arriverait-elle à garder ses distances avec lui ? Quelque chose lui disait que la bataille était perdue d'avance, mais comme elle adorerait perdre !

5

Cela faisait déjà deux semaines que Sam avait terminé son stage clinique dans le service de Mindy. De retour en pédiatrie, il regrettait de ne plus travailler auprès d'elle. C'était au tour du Dr Snow de suivre la formation, et elle n'arrêtait pas de se plaindre. Elle n'avait jamais le temps de souffler, les patients étaient désagréables, et patati, et patata… Comme si, en pédiatrie, les enfants ne leur donnaient pas parfois du fil à retordre !

Pour Sam, pareille attitude était incompréhensible. Lui, au contraire, avait eu le sentiment que cette semaine de stage était passée trop vite. Il avait tellement appris aux côtés de Mindy ! Comme responsable d'interne, il l'avait trouvée excellente : rigoureuse, professionnelle. Mise à part une fois où elle l'avait appelé par son prénom, elle avait gardé ses distances avec lui, ce qu'il comprenait sans peine. Il ne fallait pas donner prise aux ragots.

Il avait suffisamment souffert d'avoir une mère célèbre, qui devait sa carrière à sa liaison avec l'actuel chirurgien en chef du West Manhattan Saints. Heureusement, cette histoire remontait à vingt ans et personne n'en savait rien, hormis Amelia Chang qui connaissait sa mère depuis la fac de médecine. Or le Dr Chang ne pouvait pas être accusée de favoriser le fils d'une amie, puisque toutes deux se détestaient. D'ailleurs, lorsqu'il avait postulé au West Manhattan Saints, Sam avait craint que sa candidature ne soit rejetée pour le simple motif qu'il était le fils de sa mère.

Pourtant, il avait été retenu.

Le Dr Chang avait tout de suite cerné sa personnalité. Le premier jour, alors qu'il mettait à jour des dossiers de patients, elle avait surgi à ses côtés.

— Vous avez les yeux de votre mère.

— Pardon ?

Pendant un long moment, elle l'avait dévisagé de ses yeux d'obsidienne qui semblaient fouiller au fond de son âme.

— Mais, pour le caractère, vous tenez de votre père. Espérons que vous avez hérité du talent de votre mère. Si tel est le cas, vous êtes promis à un bel avenir.

Elle n'avait rien dit d'autre. Depuis, elle s'était contentée de l'observer et, parfois, de le solliciter pour des cas délicats.

C'était d'ailleurs elle qui lui avait demandé d'intervenir au sujet de Maya, la nièce d'Enzo. Née grande prématurée, la petite n'arrivait pas à s'alimenter et sa mère n'avait pas été en mesure de la prendre avec elle, en peau à peau. Maya avait survécu notamment parce que Sam l'avait portée toute une nuit sous sa blouse, contre sa peau, selon la méthode dite « Kangourou ».

Enzo l'avait surpris ainsi alors qu'il passait rendre visite à sa nièce. Figé sur le seuil de l'unité de soins intensifs, il l'avait contemplé sans un mot, mais avec un regard suffisamment éloquent. Depuis, de rivaux ils étaient devenus amis, et Sam avait toujours eu sa place à la table de la famille d'Enzo. Bon sang, comme il lui manquait… Pourquoi avait-il fallu que Kimberlyn et lui déménagent si loin ?

New York était la ville de naissance de Sam, mais il s'y était toujours senti seul. Enfant, lorsqu'il venait pour les vacances, sa mère n'avait jamais de temps pour lui. Elle le laissait à lui-même dans les couloirs de l'hôpital pendant qu'elle opérait ou recevait des patients. Même à présent, il n'avait pas d'amis sur place et sa famille paternelle était restée en Ecosse.

Levant les yeux de son dossier, il aperçut Mindy dans

l'unité de soins intensifs. Penchée au-dessus d'une couveuse, elle faisait le point avec le néonatalogiste. Le bébé venait apparemment tout juste de naître.

Elle aussi était seule.

Elle lui avait dit qu'elle avait grandi sur la côte Ouest, en Californie, et qu'elle était venue à New York dans le but d'y recommencer sa vie. Pour quelle raison exactement, mystère. Quelque chose de suffisamment grave, en tout cas, pour l'obliger à partir, à s'isoler.

Lui, en revanche, n'avait jamais recherché la solitude. Il la subissait comme une punition. Enzo et Kimberlyn étaient partis vivre à des centaines de kilomètres et même Holly avait emménagé avec le Dr Alexander. Il restait bien Rebecca, mais Sam ne la connaissait pas vraiment et n'avait pas outre mesure envie de lier amitié avec elle : elle était trop bavarde.

Donc, oui, il était seul, tout autant que Mindy. Et il était triste pour elle. Elle méritait tellement mieux ! Mû par une soudaine impulsion, il referma son dossier et gagna l'unité de soins intensifs.

Immobile près de la couveuse, Mindy fixait le bébé d'un regard vague. Sam s'approcha d'elle et se pencha vers le petit être, branché à toute une batterie de tubes et de capteurs, mais vivant.

— C'est un garçon ou une fille ? demanda-t-il.

— Un garçon.

D'un air absent, elle posa le dossier qu'elle tenait à la main.

— J'ai supervisé son accouchement, une heure après avoir réparé sa CPAM.

— Une malformation congénitale pulmonaire des voies aériennes ?

— Oui. Normalement, j'essaie de retarder la naissance le plus possible, mais sa mère présentait des signes de pré-éclampsie. Nous n'avions pas le choix.

— J'aurais bien voulu être là.

Elle le dévisagea avec surprise.

— Ah bon ? Je croyais que vous ne vouliez pas vous

spécialiser en médecine prénatale… Que votre passion, c'était la pédiatrie.

— Oui, c'est vrai, mais toutes les procédures complexes m'intéressent, surtout lorsqu'il s'agit d'enfants. J'ai sans doute jugé un peu trop rapidement votre spécialité.

— Non, vraiment ? fit-elle avec un petit sourire amusé.

Il se pencha pour observer le petit garçon.

— Pauvre mioche.

— Oui, il n'est pas né dans les meilleures conditions, mais il a quand même une chance de grandir normalement. Il y a vingt ou trente ans, il n'aurait pas survécu.

— Vous allez encore me raconter que votre discipline va rendre la mienne obsolète ? Qu'il n'y aura bientôt plus besoin de pédiatres ou de spécialistes de la petite enfance ?

Elle éclata de rire.

— Désolée, docteur Napier. Comme je vous l'ai déjà expliqué, j'étais furieuse d'apprendre que vous étiez interne, qui plus est dans cet hôpital.

— Je sais, je sais. Croyez-moi, c'était réciproque.

— Vous étiez contrarié de savoir que j'étais titulaire au West Manhattan Saints ?

— Bien sûr, dit-il en hochant la tête. La belle rousse avec qui je venais de passer une nuit merveilleuse me devenait soudain interdite.

Elle leva les yeux au ciel avec dédain.

— Comme s'il avait jamais été question de garder contact avec moi.

Tournant les talons, elle se dirigea vers la sortie et il lui emboîta le pas.

— Qu'est-ce que vous en savez ?

Pourtant, c'était la vérité. Au lendemain de cette brève rencontre, il n'avait pas l'intention de la rappeler, mais ce n'était plus le cas. Pendant sa semaine de stage, il avait eu l'occasion de la connaître sous un autre jour. Dans d'autres circonstances, il aurait jeté son dévolu sur une femme comme Mindy Walker.

— Nous n'avons même pas échangé nos numéros de téléphone, dit-elle.

— Ah, mais je sais où vous vivez. J'aurais pu trouver le vôtre.

Elle secoua la tête avec un petit rire.

— Vous ne seriez quand même pas si indiscret ?

— Moi ? Bien sûr que non !

Il s'appuya contre le comptoir de l'accueil et se pencha vers elle tandis qu'elle sortait un dossier.

— Au fait, ça marche, avec votre nouvelle stagiaire ?

— En quoi cela vous regarde-t-il ? répondit-elle sans le regarder.

— Simple curiosité.

— Non, vraiment ? Je vous vois venir de loin, espèce de requin.

Il ne se formalisa pas de la boutade. A l'étincelle qui pétillait dans ses yeux, il était clair qu'elle plaisantait.

— Je suis simplement curieux. D'un autre côté, j'ai entendu courir des bruits…

Bouche bée, elle leva brusquement la tête.

— Comment ça ? Quel type de bruits ?

— Je préfère ne rien dire, je risquerais de me faire attaquer par un banc de requins.

Elle fronça les sourcils et lui flanqua une bourrade amicale.

— Idiot !

— Non mais dites donc !

— Allez, de quels bruits parlez-vous ? Je suis votre supérieure, j'exige d'être mise au courant.

— Ce qu'il ne faut pas entendre !

Il se détourna pour partir, mais elle lui attrapa le bras.

— S'il vous plaît, dites-moi. C'est la première fois que j'encadre des internes, j'aimerais être sûre que je m'y prends bien.

— Rassurez-vous, vous vous y prenez très bien. En fait, ils se plaignent de ce que vous les faites travailler trop dur.

Elle sourit et s'éclaircit la gorge.

— Ah bon. C'est tout ?

— Cela vous fait plaisir d'avoir une réputation de dure à cuire ?

— Tout à fait. Je tiens à ce qu'ils aient peur de moi et de mon service. Ceux qui s'en sortent avec moi sauront se montrer à la hauteur le cas échéant.

— Oui, mais les internes que vous prenez en stage se destinent surtout à la pédiatrie et ne voient pas l'intérêt d'une spécialisation en gynéco/obstétrique. Ils n'ont que faire de votre exigence.

— C'est sans doute vrai, mais je m'occupe de bébés avant la naissance : d'êtres particulièrement fragiles, donc. Je dois me montrer doublement dure à l'égard d'étudiants qui ambitionnent de soigner des enfants.

Il acquiesça d'un hochement de tête.

— Pardonnez-moi d'insister, mais j'aimerais savoir comment le Dr Snow s'en est tirée en salle d'op' ?

— Je ne peux pas me prononcer, pour la bonne et simple raison qu'elle n'ira pas au bloc.

Il ouvrit des yeux interloqués.

— Ah bon ? C'est bizarre, je ne la voyais pas passer à côté d'une telle opportunité. Elle serait prête à tout pour me passer devant. De tous les requins du service, elle est la plus redoutable.

— Vous avez une haute opinion d'elle, à ce que je vois.

Elle s'interrompit et soupira.

— Si vous voulez tout savoir, j'ai refusé qu'elle prenne part aux opérations.

— Et vous n'avez pas l'intention de m'expliquer pourquoi, insista-t-il, son intérêt piqué au vif.

— Ce ne serait pas prudent. Après tout, vous êtes concurrents, tous les deux.

Ne trouvant rien à répondre, il la laissa remplir ses fiches. Pour être ainsi écartée du bloc, le Dr Snow avait dû déplaire à son encadrant, mais comment ? A sa connaissance, c'était une chirurgienne tout à fait compétente, quoiqu'un peu prétentieuse.

Qu'avait-on à lui reprocher ? Bah, Mindy avait raison, après tout : ce n'était pas ses affaires, et il avait tort de chercher à devancer sa collègue par des moyens illégitimes.

Ne fais pas l'imbécile, Samuel. Saisis toutes les chances qui se présentent. Dans la même situation, un autre chirurgien te planterait un couteau dans le dos.

Sa mère ne s'était jamais embarrassée de scrupules, mais en était-elle plus avancée pour autant ? Pas sûr… Ses décisions impulsives lui avaient valu pas mal de déboires. Son père, tout en gentillesse et en douceur, s'en sortait beaucoup mieux.

— Bon, ma garde s'arrête dans quelques heures, dit Mindy. Je vais prendre un café. A plus tard.

Contournant la réception, elle se dirigea vers le couloir.

— Docteur Walker… Mindy… Arrêtez.

Elle pivota sur ses talons, visiblement étonnée. Pourtant, elle ne lui reprocha pas de l'avoir appelée par son prénom.

— Voulez-vous prendre un verre avec moi ? Je suis d'astreinte ce soir, mais j'ai l'impression que vous avez besoin de compagnie.

Bon sang, mais qu'est-ce que tu fais ?

Il n'en avait aucune idée. Jamais il n'avait agi aussi impulsivement. Tout ce qu'il savait, c'était qu'il s'engageait dans une voie à laquelle il n'était sans doute pas préparé.

Pendant un moment qui parut durer une éternité, elle resta plantée au milieu de la pièce, stupéfaite.

Dis-lui non. Tu ne peux pas lui faire confiance. Il cherche seulement à t'utiliser.

— Euh… oui, bien sûr.

Qu'est-ce qui lui prenait ? Elle était folle ? Folle, ou du moins très seule. Elle ne connaissait pour ainsi dire personne à New York. Que risquait-elle à prendre un café avec un collègue ?

Comme pour balayer ses dernières hésitations, il sourit, de ce sourire qui la faisait immanquablement fondre. *Qu'il aille au diable !*

— Parfait, dit-il. Je dois porter mon rapport postopératoire au Dr Chang. On se retrouve dans une demi-heure à la cafétéria ?

— Non, pas là-bas.

S'ils devaient passer un moment ensemble, autant que ce soit à l'extérieur de l'hôpital.

— Où donc, alors ? Je ne peux pas m'éloigner beaucoup.

— Il y a un café juste à côté de l'hôpital. Si l'on vous bipe, vous n'aurez qu'à revenir en vitesse.

— OK, répondit-il en ramassant ses notes. A tout de suite.

Elle hocha la tête avec un sourire nerveux et s'éloigna à la hâte. Que venait-elle d'accepter ? Elle allait à l'encontre de la ligne de conduite qu'elle s'était fixée ! Elle s'était pourtant juré d'éviter Sam.

Oui, mais elle se sentait si seule… Certes, il lui arrivait de bavarder avec les autres médecins, les infirmières, les patients, mais ce n'était pas la même chose. Son emploi du temps surchargé ne lui laissait pas le loisir de sortir et se faire des amis. Et puis elle avait du mal à faire confiance, surtout après ce qui s'était passé en Californie.

Encore maintenant, son estomac se nouait chaque fois qu'elle y pensait. Combien de temps ce manège avait-il duré avant qu'elle ne s'en aperçoive ? Pendant des mois, des années, elle avait vécu dans une bulle, à croire que son couple allait bien, que son meilleur ami ne pouvait pas la trahir. Quelle idiote elle avait été !

Mais le pire était venu ensuite : tous ces insupportables regards de pitié, de commisération. Elle détestait être traitée en victime, comme lors de sa première année d'internat. Timide et pleine de doutes, elle s'était laissé piétiner par les autres internes. Il avait fallu que le Dr Guild la prenne sous son aile pour qu'enfin elle s'épanouisse.

Même à présent, elle ne pouvait penser à ces années sans un profond sentiment d'amertume. Elle avait du mal à se faire des amis, à accorder sa confiance. Pourtant, avec Sam, le contact était facile. Il la mettait à l'aise, à tel point qu'elle oubliait souvent de rester sur ses gardes.

Plongée dans ses réflexions, elle poussa la porte du café, commanda un *latte* aux épices, et alla s'installer dans un coin.

Nerveuse, elle attendit l'arrivée de Sam avec un mélange d'impatience et d'appréhension. Confusément, elle espérait qu'il lui pose un lapin, tout aurait été beaucoup plus facile.

Enfin, la clochette de la porte tinta et Sam entra. Il ne l'aperçut pas tout de suite, et elle remarqua les regards appréciateurs que lui lançaient toutes les femmes présentes. Comment leur donner tort ? Grand, large d'épaules, les traits réguliers, on aurait pu le prendre pour un mannequin. Avec ses cheveux roux de guerrier écossais, elle l'imaginait très bien en kilt, une épée géante à la taille.

Qu'est-ce qui te prend, de penser à des épées géantes à un moment pareil ?

Elle secoua la tête et se frotta les yeux. Un peu de repos lui aurait fait du bien. Lorsqu'il s'assit en face d'elle, elle sourit bêtement.

— Qu'est-ce qu'il y a ? fit-il en fronçant les sourcils.

— Pardon ?

— Vous me regardez comme si j'avais des cornes.

— Désolée. J'observais vos admiratrices. Si elles avaient des revolvers à la place des yeux, je serais morte.

Il jeta un coup d'œil derrière lui et les autres clientes se détournèrent rapidement. Il haussa les épaules avec un petit rire satisfait.

— Oh ! ça… J'y suis habitué.

— Pff, je vous crois, tiens. Qu'avez-vous commandé ?

— Un espresso. Le Dr Chang m'a bipé alors que je m'en allais. Je dois me préparer pour le bloc dans une demi-heure.

— Oh ?

Il hocha la tête.

— Je n'y vais pas de gaieté de cœur, mais il faut bien le faire. L'enfant s'en portera mieux.

Elle s'apprêtait à lui demander en quoi consistait l'opération lorsque son bip sonna à son tour. Elle fronça les sourcils : c'était le service de gynéco/obstétrique, au sujet de Mme Bayberry. Certes, elle avait dépassé le stade critique des vingt-cinq semaines, mais les bébés étaient encore très prématurés.

Elle se leva et il l'imita.

— Quelque chose ne va pas ?

— C'est Mme Bayberry, répondit-elle en glissant son bip dans sa poche.

— Elle a des contractions ?

Son inquiétude était sincère, Mindy savait qu'il prenait régulièrement des nouvelles de Linda. Cette preuve de professionnalisme, sa sollicitude avaient quelque chose de touchant. De toute évidence, il se souciait moins d'être un as de la chirurgie que d'être un bon soignant, tout simplement, même s'il ne l'admettrait jamais. Elle ne lui en voulait pourtant pas. Dans un milieu aussi compétitif que celui des internes, la moindre marque de sensibilité pouvait être interprétée comme un signe de vulnérabilité, elle était bien placée pour le savoir. A ses débuts, elle avait souffert de cet état d'esprit. A présent, elle s'en moquait. Il lui importait bien davantage d'être à la hauteur des exigences professionnelles qu'elle s'était fixées. Sam n'en était encore qu'au début de sa carrière, il apprendrait bien assez tôt à ne pas baisser la garde devant ses confrères. Et s'il avait déjà fait les frais de certains internes à l'esprit de compétition surdéveloppé, il était d'autant plus louable de continuer à se préoccuper ainsi de ses patients.

En ce qui la concernait, elle était soulagée que ces années soient derrière elle.

Elle termina son *latte*, écrasa le gobelet et le lança dans la poubelle.

— Non, non. C'est la néonatalogiste qui m'a bipée. Elle veut avoir mon avis sur une échographie.

Il fronça les sourcils.

— Je peux venir ?

— Vous n'avez pas déjà une opération prévue avec le Dr Chang ?

— Si, mais dans une demi-heure seulement. Si elle a besoin de moi avant, elle peut toujours me biper. J'aimerais vraiment vous voir interpréter une échographie.

— Vous avez changé d'avis sur la médecine prénatale, on dirait, dit-elle avec un grand sourire.

— Non, répondit-il en vidant sa tasse. Mon ambition est toujours de devenir pédiatre. Seulement, après ma formation auprès du Dr Chang, j'envisage de me familiariser avec votre domaine pour compléter mes compétences.

Elle lui adressa un regard étonné.

— Je vous trouve bien sûr de vous. Qui vous dit que vous serez sélectionné pour cette spécialisation ?

Avec un haussement d'épaules, il lui emboîta le pas pour sortir du café.

— Parce que je la veux et que je la mérite. D'ailleurs, vous dites vous-même que je suis un bon chirurgien.

— Mmh, cela reste à prouver. Je ne vous ai encore jamais vu sur une intervention délicate. Mais je vais sans doute vous voir à l'œuvre tout à l'heure, avec le Dr Chang.

— Vous pouvez aussi faire appel à moi si les jumeaux de Mme Bayberry nécessitent une intervention chirurgicale.

— Vous ne lâchez pas le morceau, vous, dit-elle en riant.

— C'est normal. J'ai été le premier médecin à m'occuper d'elle et elle m'aime bien.

— Vous avez raison. Je vais y réfléchir.

— C'est la décision la plus logique, à présent que vous avez blackboulé le Dr Snow.

Elle secoua la tête sans répondre.

Tout en parlant, ils étaient revenus à l'hôpital et pénétrèrent dans la salle d'examen où le Dr Hall examinait un cliché échographique d'un air soucieux. Elle leur jeta à peine un coup d'œil.

— Quel est le problème ? demanda Mindy en s'asseyant à côté d'elle.

Posté derrière elle, Sam se pencha pour observer lui aussi l'écran, et Mindy s'avança sur son siège, intensément consciente de sa proximité.

— Tenez, regardez. Le gynécologue qui la suit ne s'en est pas aperçu, mais maintenant qu'elle en est à trente semaines, c'est bien visible, d'autant que les jumeaux ont changé de position.

— Oh !

Le cœur de Mindy s'emballa aussitôt.

— Je ne vois qu'un sac amniotique, dit Sam.

Au contact de son haleine dans son cou, Mindy frissonna et se pencha en avant, moins pour mieux observer que pour s'écarter de lui.

— Vous avez raison, il s'agit bien d'une grossesse mono-amniotique.

— Pourquoi ne l'a-t-on pas détectée plus tôt ?

— Ces grossesses sont parfois difficiles à déceler du fait de la position des bébés.

Mindy cliqua sur un fichier pour afficher un cliché plus ancien, sur lequel elle zooma.

— Tenez, là, regardez cette ligne. On dirait une membrane qui sépare les deux fœtus, alors que ça n'est pas le cas. A présent qu'ils ont grandi et bougé, on voit clairement qu'ils partagent le même sac amniotique.

— Comme vous pouvez le constater, les cordons commencent à s'emmêler, dit le Dr Hall.

Mindy se pinça l'arête du nez.

— Mmh… voilà qui est embêtant.

— Oui, ils risquent de s'étouffer, dit Sam. Faut-il provoquer l'accouchement ?

— Non, pas encore. Pour l'instant, nous allons simplement la surveiller. Essayons de l'amener à trente semaines, ensuite nous déclencherons la naissance.

Le Dr Hall hocha la tête.

— Je vais briefer mon équipe.

— Pouvez-vous en informer le Dr Chang ? demanda Mindy en se tournant vers Sam. J'aimerais qu'elle assiste à l'opération.

— Bien sûr, docteur. J'y vais tout de suite, dit-il en quittant la pièce.

Le Dr Hall sortit à son tour, laissant Mindy seule. Pauvre Mme Bayberry… Comment lui annoncer la nouvelle ? Comme si tout le stress de ces derniers temps ne suffisait pas, voilà que ses bébés étaient en danger. Heureusement, avant sa splénectomie, elle avait reçu des corticoïdes pour renforcer leurs poumons. D'ailleurs, il faudrait lui en administrer de nouveau ce soir : autant mettre toutes les chances de leur côté.

Par bonheur, elle était presque à trente semaines de grossesse. Si les cordons s'étaient emmêlés à vingt semaines, il aurait été impossible de sauver les bébés. A présent, ils avaient une chance. Mindy se redressait sur son siège. Elle mettrait tout en œuvre pour qu'ils s'en sortent.

6

— Ce n'est pas vrai ! Vous ne pouvez pas me faire ça.

Sam était furieux. On opérait Mme Bayberry et, aux dernières nouvelles, il ne faisait pas partie de l'équipe chirurgicale.

Impassible, le Dr Chang se rinçait les mains comme si de rien n'était.

— Il s'agit d'une opération délicate, qui va mobiliser des obstétriciens, des néonatalogistes et des pédiatres. Nous serons suffisamment nombreux comme cela. Vous pourrez nous observer derrière la vitre, avec les autres internes.

Il haussa les épaules. A coup sûr, l'ordre était venu du Pr Langley. Et dire qu'il n'avait même pas le cran de le lui annoncer en face ! D'ailleurs, en règle générale, Langley évitait d'avoir affaire à lui, sans doute par culpabilité. Tant mieux ! Sam espérait bien qu'il éprouvait des remords. C'était à cause de ce type que ses parents avaient divorcé, son père avait mis des années à s'en remettre. Autant que possible, Sam préférait ne pas le voir, lui et sa sale tête.

— Vous n'avez pas l'air content du tout, dit le Dr Chang en se frottant les mains et les avant-bras.

— Je n'ai rien à faire dans la galerie. C'est en salle d'op' que je devrais être. Après tout, je suis cette patiente depuis le début, non ?

— Le Pr Langley n'a pas tort, nous serons déjà très nombreux.

— J'ai aidé cette dame à se calmer, la dernière fois.

— Oui, lorsque son mari n'était pas là. D'ailleurs, elle sera sous anesthésie générale. Je vous le répète, cette opération est très délicate. Nous ne pouvons pas laisser les cordons s'emmêler, cela entraînerait un risque vital pour les bébés.

Il grommela vaguement en guise de réponse. Il savait tout cela, mais il voulait quand même être présent. Les naissances de jumeaux monoamniotiques étaient très rares, il ne rencontrerait pas un autre cas avant longtemps. Mais, outre l'intérêt médical de l'opération, il se souciait vraiment de cette patiente. Il l'avait suivie depuis le début et en avait fait une affaire personnelle. Linda Bayberry et son mari étaient des personnes formidables, il avait à cœur de s'assurer que leurs bébés allaient bien.

— Au fait, j'ai eu votre mère au téléphone aujourd'hui, dit le Dr Chang avec une pointe d'ironie.

Oh! bon sang. Qu'est-ce qu'elle lui voulait, encore ?

— A quel sujet ?

Le Dr Chang sourit.

— Oh ! elle me reprochait de gâcher le talent de son fils en lui accordant une place en pédiatrie. Selon ses termes, elle n'a pas financé vos études ni pistonné pour que vous échouiez en salle d'accouchement, à faire naître des bébés comme une sage-femme surdiplômée.

Il jura en sourdine.

— Qu'est-ce qu'elle en sait ? Ecoutez, je suis désolé de l'ennui qu'elle a pu vous causer. Vous êtes consciente, j'espère, que je ne pense pas du tout comme elle.

— Je le sais bien, et je connais votre mère, dit-elle en secouant ses mains mouillées.

— Que lui avez-vous répondu ?

— Rien. Je lui ai raccroché au nez, répondit-elle avec un sourire narquois.

Elle se dirigea vers la salle d'opération, et il rit à part lui. Le Dr Chang faisait bien de ne pas rentrer dans le jeu ridicule de sa mère. Celle-ci, en neurologue réputée, ne jurait que par sa spécialité et voulait lui prouver qu'il perdait son temps en pédiatrie. Pourtant, c'était cette voie qu'il avait choisie, pas une autre ! En fait elle n'avait jamais compris grand-chose aux enfants, il était bien placé pour le savoir.

Toujours très remonté, il gagna la cabine d'observation et se fraya un chemin jusqu'au premier rang pour regarder Mindy à l'œuvre. Aucune de ses colocataires ne se trouvait autour de lui. Elles devaient être en train d'opérer, alors que lui était coincé ici, à un poste d'observation, comme un externe.

— Tu sais quoi ? Il paraît que Monica Hanley va venir au West Manhattan Saints.

— Sans blague ? Le Dr Hanley en personne ? Quand ?

En entendant le nom de sa mère, il leva la tête : deux jeunes internes, à l'autre bout de la cabine, parlaient de sa mère.

— Dans deux semaines. Apparemment, elle vient tester un protocole opératoire inédit sur un gosse atteint d'une tumeur incurable. Elle va l'opérer ici.

— C'est fantastique !

Il réprima un mouvement d'humeur. Une fois de plus, sa mère allait débarquer au West Manhattan Saints pour faire parade de ses talents. Pourquoi venait-elle opérer ici ? Et pourquoi le Dr Chang ne lui en avait-elle pas parlé ? D'ailleurs, était-elle au courant ? Après tout, elle lui avait raccroché au nez. Mais sa mère ne lui aurait peut-être rien dit, de toute façon. Elle s'était probablement adressée directement au Pr Langley, sans daigner en référer aux autres titulaires. Quand même, pourquoi venait-elle ici ?

— J'ai entendu dire que son fils travaille ici, au West Manhattan Saints. Elle aurait choisi notre hôpital pour cette raison.

— Ah bon ? Elle a un fils ici ? Qui est-ce ?

— Aucune idée, mais tu paries combien qu'on va le choisir pour l'assister ? Tu parles ! Le fils du Dr Hanley… Je suis sûre qu'elle l'a pistonné. Ce doit être un fils à maman qui hérite des cas les plus intéressants sans avoir à lever le petit doigt.

— Je le déteste, même sans le connaître.

Le ventre de Sam se noua. Ses pires craintes venaient d'être formulées à voix haute. Il était jugé et condamné sans procès, tout simplement parce qu'il était le fils de sa mère. Dieu merci, ils avaient des noms de famille différents.

Il aurait voulu partir, ou aller dire leur fait à ces deux idiotes. Si seulement elles voulaient bien se taire… Par un effort de volonté, il se contraignit à ne plus faire attention à elles. Il était là pour apprendre. Il allait assister à une opération exceptionnelle. Et il était un bon chirurgien, qui cherchait à parfaire encore ses compétences.

Une chose était sûre : lorsque sa mère viendrait, il s'arrangerait pour ne pas être dans les parages. Il était absolument hors de question qu'il lui serve de faire-valoir ou qu'il prête le flanc à des ragots préjudiciables à sa carrière. Si elle venait faire son show, ce serait sans lui, merci.

Mindy sortit de la salle d'opération avec l'impression de flotter sur un petit nuage. Depuis le début de sa carrière, elle n'avait rencontré que trois grossesses monoamniotiques et, Dieu merci, l'accouchement s'était bien déroulé. Elle s'en félicitait, car c'était une opération risquée. Toute jeune interne, elle avait secondé le Dr Guild sur un cas semblable. Malgré toute l'expertise du Dr Guild, l'un des jumeaux n'avait malheureusement pas survécu. Mindy en avait été bouleversée, et cet échec l'avait renforcée dans sa détermination à parfaire ses compétences. Ce n'était pas un hasard si elle affichait l'un des taux de mortalité les plus bas pour une chirurgienne aussi jeune.

Tandis que les bébés étaient emmenés en unité de soins intensifs, leur mère, en salle de réveil, émergeait doucement de l'anesthésie. Mindy rejoignit le Dr Chang au vestiaire.

— Tout à l'heure, j'ai aperçu le Dr Napier dans la cabine, dit-elle. Il faisait une de ces têtes ! D'ailleurs, pourquoi n'était-il pas avec nous en salle d'opération ?

— Décision du Pr Langley. Pour faire avaler la pilule à Sam, je lui ai dit que nous serions trop nombreux.

Mindy la regarda, interloquée.

— Pourquoi le Pr Langley a-t-il exigé cela ?

Le Dr Chang haussa les épaules avec dédain.

— Sans doute parce que la mère du Dr Napier s'est plainte de ce que son fils passe trop de temps en pédiatrie. Elle voudrait qu'il emploie son talent à des disciplines plus nobles, la neurologie, par exemple.

— Qui est sa mère ?

— Oh ! une chirurgienne, elle aussi. Le Dr Napier n'aime pas parler d'elle, je ne suis pas autorisée à vous révéler son nom. Il tient beaucoup à sa vie privée.

— Je comprends. On a tous des secrets.

— En effet, dit le Dr Chang en lui jetant un bref coup d'œil.

— Ils n'ont pas le même nom ?

— Non, il porte celui de son père. Ses parents n'ont pas vécu longtemps ensemble. J'ai connu la mère du Dr Napier à l'époque où elle était encore mariée avec son père, un type charmant. Elle, en revanche…

— Je veux bien vous croire, d'après le portrait que vous m'en faites. Mais il est tout de même étonnant que Sam ne parle jamais d'elle.

— Vous pouvez toujours lui poser des questions, mais je doute qu'il réponde. C'est quelqu'un de très secret. Trop, peut-être, mais je respecte son choix, fit-elle en s'essuyant les mains.

Prenant congé, elle jeta sa charlotte en papier à la poubelle, et sortit. Songeuse, Mindy termina de se laver les mains et sortit à son tour.

Quel homme intrigant, ce Samuel Napier… Durant sa carrière, elle avait croisé des confrères dont les parents étaient des sommités médicales, mais ceux-ci étaient généralement fiers de leurs ascendants et les mettaient en avant. Sam, lui, évitait de parler de sa mère. Il évoquait avec affection son père et sa famille écossaise, mais sa mère, jamais.

Ne te mêle pas de ce qui ne te regarde pas.

Après tout, elle ne supporterait pas qu'on cherche à savoir pourquoi elle avait déménagé à New York. Et Sam n'était rien, pour elle. Un ami, tout au plus, et encore…

Se massant le visage, elle se dirigea vers son bureau. Elle voulait rédiger le compte rendu opératoire tant que le déroulement de l'accouchement était encore précis dans son esprit. En passant devant la salle de manipulation, elle discerna une silhouette courbée sur une paillasse. Une alarme retentit et l'homme lâcha un juron écossais.

Ne t'occupe pas de lui.

Mais elle n'en avait pas le droit. En tant que titulaire, elle devait encadrer sa formation.

— Ah, bon sang !

— Quelque chose ne va pas ? demanda-t-elle en refermant la porte derrière elle.

Sam leva la tête vers elle.

— Désolé, docteur Walker. Vous avez besoin du laboratoire ?

— Non, non. Je sors tout juste de l'opération de Mme Bayberry, je vous ai aperçu en passant. Ça va ? Vous n'êtes pas resté jusqu'au bout de l'intervention.

— Oui, ça va. Je suis parti dès que j'ai été rassuré sur les jumeaux. De toute façon, ma garde était terminée.

— Pourquoi n'êtes-vous pas rentré chez vous, dans ce cas ?

Il haussa les épaules.

— Je m'ennuyais, alors j'ai eu l'idée de venir m'entraîner ici.

Elle hocha la tête et s'approcha de lui.

— Cette simulation vous énerve ?

— Non. C'est juste que je n'arrive pas à attraper le tour de main.

— Attendez, je vais vous aider.

Elle posa sa main sur la sienne mais, après une hésitation, la retira.

— Et si je vous montrais, plutôt ?

— Pourquoi pas ?

Il lui tendit le cathéter et l'aiguille, puis se leva pour lui laisser le siège.

— Cette technique nécessite un peu d'entraînement. L'utérus est solide, mais fragile, comme la vie qu'il renferme. Vous regardez ?

— Oui, dit-il en se penchant encore plus près.

— Bien.

Elle s'éclaircit la gorge avant de poursuivre.

— Surtout, ne tremblez pas. Un seul faux mouvement, et…

— Je sais. Pouvez-vous me montrer une deuxième fois ?

— Bien sûr.

Elle retira l'aiguille et remit la simulation à zéro. Alors qu'elle s'apprêtait à répéter son geste, il posa la main sur la sienne. Elle sursauta et se tourna vers lui.

— Que faites-vous ?

— Je me rendrai mieux compte ainsi. Ça vous dérange ?

— Non, non, fit-elle d'une petite voix cassée. Pas du tout.

Sa main tremblait légèrement sous la sienne, mais elle parvint à se maîtriser. Pour rien au monde elle n'aurait voulu rater sa démonstration ou révéler à Sam l'effet qu'il lui faisait.

— Incroyable, dit-il dans un murmure.

Son haleine effleura son cou d'une caresse qui fit courir des frissons sur tout son corps.

— Vous voulez réessayer ?

— Oui.

Il s'écarta pour la laisser se lever, puis s'installa de nouveau à la paillasse et elle remit la machine à zéro. Le dos tourné, elle suivit sur l'écran la manipulation qu'il effectua d'une main de maître.

— Parfait, dit-elle. Vous voyez que vous pouvez y arriver.

Il hocha la tête.

— Merci pour votre aide, Mindy.

Elle fronça les sourcils.

— Je ne crois pas que…

— Oui, je sais, vous ne voulez pas que je vous appelle par votre prénom. D'un autre côté, vous êtes la personne avec laquelle j'ai le plus discuté ce mois-ci, et je ne pense pas que vous ayez d'autres amis à New York.

— Parce que nous sommes amis ?

Il eut un sourire qui fit pétiller ses yeux bleus.

— J'aimerais le penser. On peut être collègues et aussi

amis, non ? Du moment que vous continuez à me traiter à égalité avec les autres, que peut-on nous reprocher ?

Elle opina en souriant.

— Oui, pourquoi pas, en effet ?

— Je vous demanderai seulement de continuer à m'appeler Dr Napier pendant les heures de travail. Vous comprenez, pour que vous ne soyez pas accusée de favoritisme.

— C'est quelque chose qui vous perturbe, on dirait.

— Quoi donc ?

— Vous craignez sans cesse qu'on vous soupçonne d'être avantagé par rapport aux autres.

— C'est vrai.

— C'est bien ce qu'il me semblait. D'ailleurs, votre accent écossais ressort.

— Vous commencez à me connaître, dit-il avec un large sourire.

Bien malgré moi, songea-t-elle.

— C'est normal, entre amis. D'ailleurs, je m'étonne que vous soyez aussi peu lié avec les autres internes.

— J'en fréquente quelques-uns, mais pas dans ma spécialité.

— Oh ? On ne les voit pas souvent.

— Ils ont leur vie. Et puis je partage mon appartement avec d'autres internes.

— Ah bon ! Moi qui croyais que vous passiez votre vie dans cet hôpital…

— Je pourrais en dire autant de vous. Sauf que moi, j'ai vu votre appartement.

La voyant rougir, il s'interrompit et fronça les sourcils.

— Excusez-moi, Mindy. Je ne voulais pas dire…

Elle haussa les épaules.

— Moi aussi, j'ai beaucoup à faire ici, avec les consultations et les opérations. Et puis je suis moins libre de mes horaires que lorsque j'exerçais en pratique privée.

Il hocha la tête.

— Quel est votre prochain jour de congé ?

— Demain.

— Ça tombe bien, moi aussi. Pour vous remercier de m'avoir aidé sur cette manip, j'aimerais vous inviter à une promenade dans New York.

— Une promenade ?

— Eh bien, oui. Ça n'a pas l'air de vous enchanter.

— Je ne suis pas fan de la marche à pied, surtout par un froid pareil.

— Allons, vous habitez dans la plus belle ville du monde. Avez-vous visité les sites touristiques ?

— Non, je n'ai pas eu le temps.

— Alors, c'est l'occasion. Allez, dites oui.

Elle secoua la tête en riant.

— Puisque vous insistez… C'est d'accord.

— Parfait ! C'est dit : demain, je vous emmène découvrir New York. Rendez-vous en bas de chez vous à 9 heures ?

— OK. J'espère seulement que je ne vais pas finir en glaçon.

— Habillez-vous chaudement, comme tout New-Yorkais qui se respecte. D'ailleurs, il est temps que vous vous acclimatiez au froid si vous envisagez de vivre ici.

— Et si je ne descends pas demain matin ?

— Je ferai le planton dans la rue en hurlant votre nom.

Elle le regarda, bouche bée.

— Vous ne feriez pas ça…

— Qu'est-ce que vous pariez ?

— Rien du tout. Du haut de mon immeuble, je ne vous entendrais pas.

— Je m'en fiche.

Elle céda.

— D'accord, d'accord. Mais vous avez intérêt à me faire visiter les endroits vraiment célèbres, pas les coins que les New-Yorkais portent au pinacle, comme, je ne sais pas… une maison bizarre qui apparaît dans un film obscur des années 80.

— Pas de problème, répondit-il en riant. A demain, alors.

Le cœur battant, elle le regarda quitter la pièce en sifflotant. Elle était folle, ou quoi ? Au lieu de garder ses distances, elle faisait exactement l'inverse ! Mais pourquoi s'emballer ? Cette petite sortie ne les engageait à rien, puisqu'ils n'étaient qu'amis… *N'est-ce pas ?*

7

Mindy était en retard. De cinq petites minutes, certes, mais en retard quand même. Terrifiée à l'idée que Sam ne rameute tout le quartier en mettant sa promesse de la veille à exécution, elle sortit de l'ascenseur en coup de vent et se précipita dehors sans même saluer le portier.

Sam était bien là, posté devant le bâtiment, le nez en l'air et les mains enfouies dans les poches de son caban noir. Baissant la tête, il l'aperçut et sourit, de ce sourire malicieux auquel elle ne résistait pas.

— J'avais peur de vous trouver hurlant mon nom à tue-tête, dit-elle en venant vers lui.

— Je me suis souvenu que vous habitiez au dernier étage.

— Oui, j'adore la vue, répondit-elle avec un rire léger.

— Mmmh… Personnellement, je préfère les vieilles bicoques en brique. Elles ont davantage de cachet. D'ailleurs, j'en habite une.

— Ah bon ? Je croyais que vous viviez en appartement.

— C'est vrai, mais dans un immeuble ancien. Je suis en colocation.

— Ah, oui, je me souviens : avec des colocs filles. Comme c'est étonnant.

— Elles sont toutes casées.

— Bien sûr, bien sûr.

— Mais si, vous pouvez me croire, je vous assure. Qu'est-ce que j'ai à cacher ?

— Je ne sais pas, moi… Un harem ?

— Ben voyons, un harem d'internes !

Elle leva les yeux au ciel en riant.

— Alors, qu'avez-vous prévu pour aujourd'hui, puisque vous tenez à me faire visiter New York par un froid polaire ?

— Froid polaire… N'exagérons rien.

— Facile à dire, pour vous. Je viens de Californie, pas d'Ecosse. Comment faites-vous pour ne pas mourir de froid, là-bas ? Surtout en kilt…

— N'importe quoi. Que viennent faire les kilts dans cette histoire ?

— Je vous taquine, de la même manière que vous vous moquez de moi et de ma frilosité.

— Vous ne regretterez pas cette journée, je vous le promets. Pour commencer, direction le ferry. Allons rendre visite à ma dame préférée.

— Ah bon ? Je croyais que vous m'emmeniez faire un tour des hauts lieux touristiques. Je n'ai pas envie d'aller voir une de vos amies sur une île perdue.

Il la dévisagea comme si elle était devenue folle.

— Je parlais de la Statue de la Liberté, petite sotte. Pourquoi ce regard noir ?

— Je n'aime pas qu'on me traite de sotte.

— Pardon. Je suis désolé.

— Bon, ça ira pour cette fois.

Il éclata de rire.

— Vous étiez jalouse, avouez-le. Vous pensiez que je vous emmenais vraiment voir une petite amie.

— Moi ? Pas du tout.

— Mais si !

Elle se sentit rougir, penaude d'être ainsi percée à jour. Pourtant, inutile de le nier, elle détestait l'imaginer avec une autre femme, ce qui était ridicule, puisqu'ils n'étaient rien l'un pour l'autre.

— Donc, pour commencer, vous m'emmenez voir la Statue de la Liberté ? dit-elle, désireuse de changer de sujet.

— Oui. Autant y aller en métro. La ligne 1 s'arrête près de l'embarcadère.

Elle se figea.

— On y va en métro ?

— Eh bien, oui. Quel est le problème ?

— Je n'utilise jamais les transports publics.

— Jamais ?

Elle secoua la tête.

— A Los Angeles, c'était trop risqué.

— Avec cette circulation, cela nous prendrait des heures, sans compter le temps et l'argent gaspillés pour le stationnement. D'ailleurs, je n'ai pas de voiture. Et vous ?

— Non, moi non plus. J'envisage d'en chercher…

— Tss, tss… Croyez-moi, si vous devez sortir de la ville pour une raison ou pour une autre, louez un véhicule. En attendant, vous n'allez pas mourir d'un trajet en métro. Vous me faites confiance ? demanda-t-il en lui prenant la main.

— Ai-je vraiment le choix ?

Il éclata de rire.

— Pas vraiment. Allez, venez. Ce n'est pas si terrible que ça, vous verrez.

La première chose que Mindy remarqua en descendant dans la station de métro fut une odeur d'air humide et rance qui lui fit plisser le nez. Elle prit néanmoins le ticket que Sam lui tendait et franchit les tourniquets derrière lui. Sur le quai, elle se cramponna à son bras.

— Vous avez peur que je vous pousse sur les rails ? demanda-t-il, taquin.

— Si jamais vous le faites, je vous entraîne avec moi.

Il rit de nouveau.

— Bon, je ne vous bouscule pas, promis. Ce serait trop dommage de perdre une belle femme comme vous.

Rougissante, elle fut tentée de le réprimander, mais ils n'étaient pas au travail. Aujourd'hui, il n'était pas un collègue mais un ami qui l'avait invitée à sortir. Inutile de monter sur ses grands chevaux.

Bientôt, elle entendit un grondement sourd et la lueur de deux phares apparut dans le tunnel.

— Venez, dit-il. Installons-nous à l'avant de la rame.

— Pourquoi ?

— Seuls les cinq premiers wagons permettent de descendre à South Ferry. Ne me demandez pas pourquoi, je l'ignore.

Tandis que la rame s'arrêtait, Mindy recula et repoussa ses cheveux qu'une bouffée d'air chaud avait jetés sur son visage. Dans le wagon, Sam l'invita à prendre l'une des rares places libres et s'accrocha à la poignée au-dessus de sa tête.

— Vous me donnez mauvaise conscience, à rester debout devant moi, dit-elle.

— Il n'y a pas de quoi. C'est la première fois que vous prenez le métro, restez donc assise.

Gênés par le bruit et les allées et venues des autres voyageurs, ils bavardèrent par intermittence pendant le reste du trajet. Enfin, Sam lui tendit la main pour l'aider à se lever.

— On y va.

— Ah bon ? Pourquoi ?

— Nous descendons au prochain arrêt, il vaut mieux s'approcher de la sortie pour ne pas rester bloqués par les personnes qui montent.

La rame ne tarda pas à s'arrêter. Posté devant les portes, Sam empoigna la main de Mindy et leur fraya un chemin à travers la foule sur le quai. La sortie du métro était toute proche de l'embarcadère des ferries. De retour à l'air libre, Mindy frissonna dans le vent froid.

— Les bateaux partent quand même par un temps pareil ?

— Ils ne font relâche que le jour de Noël. Et il ne fait pas mauvais, chochotte.

Elle le gratifia d'une chiquenaude affectueuse, mais ne lâcha pas sa main. En arrivant à l'embarcadère, des panneaux indiquaient les modalités d'accès au monument.

— Il faut réserver à l'avance pour visiter le piédestal et la couronne de la Statue, dit Mindy.

— Ne vous inquiétez pas, je me suis chargé de tout. J'ai trouvé les deux derniers tickets hier soir.

Tandis qu'ils prenaient place dans la file d'attente, il lui jeta un regard de biais.

— Avouez-le, vous essayez de trouver un prétexte pour vous défiler. Pourquoi ?

— Pourquoi ? Parce que je meurs de froid. Et si le bateau chavire ?

Il ouvrit des yeux étonnés.

— Vous avez peur de l'eau ?

— Non, mais j'ai peur de me noyer ou de me faire dévorer par des requins. Ou de mourir d'hypothermie.

— Vous êtes une drôle de femme ! dit-il en riant.

— Je le prends comme un compliment.

— A juste titre.

Sur le bateau, Mindy fut émue à la vue de la Statue de la Liberté, rutilante sous le franc soleil hivernal. Depuis son arrivée à New York, un mois plus tôt, elle n'avait jamais pris la peine de venir la visiter. A présent qu'elle la voyait de près, elle comprenait son attrait. Ravie, elle s'appuya contre la balustrade pour mieux la contempler.

— Quand vous souriez ainsi, vous êtes à croquer, dit-il.

— Vous ne devriez pas me flatter comme cela.

— Pourquoi ?

— Parce que je risque de me prendre au jeu et de faire des bêtises.

Elle rougit aussitôt de ce qu'elle venait de dire. Non, non, non, elle ne devait pas flirter avec lui ! Il ne pouvait rien se passer entre eux. Seulement, c'était plus fort qu'elle. Sam était d'un abord si facile qu'elle ne pouvait pas s'empêcher de se laisser aller en sa présence. Heureusement, il eut le tact de ne pas relever. Ses yeux pétillèrent, mais il s'accouda à la balustrade sans répondre. C'était pour le mieux, bien sûr. Même si elle espérait vaguement qu'il réagisse, elle lui sut gré de ne pas le faire. Ces paroles lui avaient échappé. Cela faisait si longtemps qu'elle n'avait pas éprouvé une telle complicité avec un homme. Avant maintenant, elle ne s'était pas rendu compte à quel point cela lui avait manqué.

Je risque de me prendre au jeu et de faire des bêtises.

Sam fut complètement pris de court par cette affirmation. Surpris, il regarda Mindy comme s'il la voyait pour la première fois. Son bonnet de laine, assorti à la couleur de ses yeux, mettait ses cheveux roux sombre en valeur. Elle était tellement adorable, ainsi emmitouflée dans sa grosse écharpe… Il dut se retenir de la prendre dans ses bras pour l'embrasser. Il brûlait littéralement de sentir de nouveau ses lèvres si douces, sa gorge d'ivoire, de plonger les mains dans ses épais cheveux soyeux.

Bon sang, ressaisis-toi !

Plutôt que de lui répondre, il s'appuya contre le garde-fou et offrit son visage aux bourrasques d'air glacé.

Cela faisait longtemps qu'il n'avait pas autant désiré une femme. Certes, il y avait eu la nuit qu'ils avaient passée ensemble, mais, ce soir-là, tout était parti de Mindy. Si elle ne l'avait pas embrassé, si elle ne lui avait pas proposé de venir chez elle, jamais il n'aurait tenté quoi que ce fût. Même maintenant, si elle lui avait demandé de la prendre dans ses bras, il l'aurait fait sans hésitation. Il était incapable de lui résister.

Arrête ! Ce n'est pas une femme pour toi.

Ils étaient amis, rien de plus. Jamais il ne suivrait l'exemple de sa mère. Il était hors de question pour lui d'avoir une relation extraprofessionnelle avec une titulaire. Du moins, pas avant d'être lui-même titularisé. Lorsqu'il aurait terminé sa spécialisation, si Mindy était encore disponible, il donnerait peut-être une suite à cette aventure d'un soir.

Oui, bien sûr… Dans deux petites années. Tu rêves, mon pauvre.

D'ici là, elle l'aurait oublié. Une femme comme elle, belle, intelligente, chirurgienne reconnue, n'aurait aucun mal à rencontrer quelqu'un, si tant est qu'elle le veuille. Mais pour cela, encore fallait-il qu'elle se débarrasse des murailles qu'elle avait érigées autour d'elle. Il devinait qu'elle avait peu d'amis. Pourquoi se retranchait-elle ainsi dans la solitude ? Chaque fois que leurs conversations avaient pris un tour privé, elle s'était refermée comme une huître.

Il était pourtant mal placé pour lui reprocher sa discrétion. Lui-même était très secret, peu de personnes pouvaient se targuer de le connaître vraiment. Il se méfiait trop des ragots.

Lorsqu'il était enfant et qu'il attendait sa mère pendant ses longues heures de garde, le personnel soignant ne se gênait pas pour discuter en sa présence. Il avait surpris plus d'une conversation, ce qui l'avait mis très mal à l'aise.

« Au fait, tu es au courant au sujet du Dr Hanley ? Il paraît qu'elle a obtenu son poste parce qu'elle a couché avec son tuteur, le Pr Langley. »

— Oui, je sais. D'ailleurs, son mari l'a quittée à cause de cela. Tu te rends compte ? Elle a un petit garçon. Comme je le plains, le pauvre gosse… »

Le problème, c'était qu'il était le « pauvre gosse » en question. A présent encore il souffrait à la simple évocation de ces souvenirs.

— Ah, enfin la terre ferme. Ouf !

La voix de Mindy le tira de ses pensées moroses, et il se tourna vers elle en souriant.

— Oui, ici, les requins ne peuvent rien contre vous, sauf si je vous pousse à la mer.

— Essayez, et je vous entraîne avec moi, comme dans le métro. Vous êtes le plus gros, ils vous mangeront en premier.

Il prit en riant le bras qu'elle lui tendait et ils se dirigèrent vers le pont inférieur pour gagner la sortie. Pourquoi nourrissait-il ces idées noires alors qu'il se promenait avec une femme merveilleuse, par un temps superbe ? Seul bémol, elle voulut visiter le musée de la Statue de la Liberté qu'il connaissait déjà.

— Vous vous ennuyez comme un rat mort, n'est-ce pas ? dit-elle finalement, penchée sur une vitrine.

— Moi ? Mais non.

— Allons, vous vous balancez d'un pied sur l'autre en sifflotant et vous bâillez à vous en décrocher la mâchoire.

— Disons que j'aurais expédié cette visite un peu plus vite. Il faut dire que je suis déjà venu.

— Je m'en doutais. En tout cas, moi, je trouve cet endroit passionnant et je vous remercie de me l'avoir fait connaître.

— Je vous en prie.

— On fait la course jusqu'au sommet ?

— Vous êtes sérieuse ? L'escalier a deux cents marches.

— Trois cent cinquante-quatre exactement. Vous le sauriez, si vous vous étiez donné la peine de lire, fit-elle avec une mine satisfaite.

— Dites donc, espèce de petite…

Sans lui laisser le temps de finir sa phrase, elle se précipita en riant vers la première volée de marches. Il s'élança derrière elle et tous deux grimpèrent les marches quatre à quatre, ne s'arrêtant que pour reprendre haleine ou laisser descendre les autres visiteurs. Peu leur importait d'être pris pour des fous, à s'amuser comme des gamins dans un monument national.

Arrivé au sommet, Sam s'adossa au mur pour reprendre son souffle.

— Non, mais quel petit vieux, dit-elle, taquine.

— Eh, je suis plus jeune que vous.

— Joli coup bas, papy Napier.

Un sourire épanoui sur le visage, il alla se poster à côté d'elle pour contempler l'océan, qui miroitait de mille reflets sous un soleil éclatant.

— C'est magnifique, dit-elle. Encore une fois, merci de m'avoir fait venir ici, malgré le froid.

— Je vous en prie.

Il lui jeta un long regard, heureux qu'elle prenne un tel plaisir à cette sortie.

— Nous devrions peut-être redescendre, pour ne pas être en retard à notre prochaine destination.

Elle se tourna vers lui avec une moue adorable.

— Je n'ai pas envie de repartir.

— Allons, pas de caprice. Je vous emmène à l'Empire State Building.

— Vous êtes obsédé par les bâtiments en hauteur ?

— Je vous fais visiter les principaux sites touristiques de New York, comme je vous l'ai promis. Et de nombreux monuments de cette ville sont, en effet, très hauts. C'est comme ça, je n'y peux rien. De toute façon, aujourd'hui, Mindy, vous êtes à ma disposition, fit-il avec un clin d'œil.

Elle leva les yeux au ciel.

— Ce qu'il ne faut pas entendre…

Avec un éclat de rire, il la convia à redescendre et s'engagea derrière elle dans l'escalier. Sans doute aurait-il mieux fait de passer devant. Il aurait été moins tenté de tendre les bras pour l'attirer contre lui. Cela lui plaisait, de l'imaginer à sa disposition, rien qu'à lui.

Arrête de fantasmer, imbécile !

Comme pour se rappeler à l'ordre, il fourra les mains dans ses poches. Il aurait aimé pouvoir se contrôler, mais elle lui plaisait tellement… Malgré les défenses qu'elle construisait autour d'elle, c'était une femme rayonnante, drôle et passionnée, animée d'un véritable feu sacré. Il la connaissait encore peu, mais il la savait incapable de demi-mesures. Elle s'impliquait à fond dans tout ce qu'elle entreprenait. Elle avait, par exemple, à cœur que ses patients reçoivent les meilleurs soins, et son intransigeance l'avait souvent mise en porte-à-faux avec ses confrères, ou avec des infirmières. Certains n'hésitaient d'ailleurs pas à la traiter de casse-pieds, mais pour lui une telle exigence était surtout un mécanisme de défense, une barrière parmi tant d'autres.

Il s'était renseigné sur elle, il avait lu certaines de ses

publications. En venant à New York, elle avait abandonné un cabinet lucratif. Pourquoi ? Qu'est-ce qui l'avait poussée à le vendre pour venir dans une ville dont elle détestait le climat ?

Dehors, alors qu'ils se dirigeaient vers l'embarcadère, une bourrasque fit plisser le nez à Mindy.

— Oh là là.

— Oui, oui, je sais. Le froid vous défigure.

— Dites donc, gros malin…, fit-elle en lui donnant un coup affectueux sur le bras.

Dans le ferry du retour, ils restèrent à l'intérieur et prirent place sur une banquette. Sam se renversa contre le dossier, les bras étendus, et Mindy se laissa aller sur le siège, près de lui.

— Pourquoi êtes-vous venue vivre ici ? demanda-t-il soudain.

Elle s'éclaircit la gorge.

— Je vous l'ai déjà dit. Je ne pouvais décemment pas refuser l'offre du Pr Langley.

Il eut un mouvement de dédain.

— Je vois.

— Vous ne l'aimez pas beaucoup, on dirait.

— Qui donc ?

— Eh bien, le Pr Langley.

— Comment cela ? fit-il en se redressant.

— Ah-ah… Vous aussi, vous avez des secrets.

Il haussa les épaules.

— Je ne suis pas en bons termes avec lui, voilà tout.

— Tiens donc ? C'est drôle. Il m'a pourtant fait beaucoup d'éloges sur vous. Il vous considère comme l'un des meilleurs internes du service.

Ce compliment ne lui fit ni chaud, ni froid. Ce que Langley pouvait penser de lui, il s'en fichait du tiers comme du quart. Il n'en allait pas de même du Dr Chang ou des autres titulaires du West Manhattan Saints, parce qu'il les respectait. S'agissant de Langley, c'était impossible, parce qu'il avait détruit le mariage de ses parents.

« Franchement, Monica, est-ce que cela en valait la peine ?

Cette promotion avait-elle une telle importance pour toi qu'elle méritait de briser notre couple ? »

« Tu n'y comprends rien, Frasier. Tu ne sais pas ce que ce métier représente pour moi. Tu veux seulement que je sois une mère au foyer et que je gâche ma vie dans ton trou perdu en Ecosse. Eh bien, désolée, mais je n'ai jamais eu l'instinct maternel ! Je mérite mieux, et Langley le sait, lui. »

Sam n'avait jamais oublié cette dernière dispute. Son père aimait profondément sa mère, sans que cela soit payé de retour. D'ailleurs, en dehors de sa carrière, rien n'avait jamais compté pour elle. Même pas lui, son propre fils. Lorsqu'elle était revenue à New York pour se consacrer à son métier, elle n'avait pas voulu assumer ses responsabilités parentales, elle avait abandonné son droit de garde à son ex-mari. Déjà éprouvé par le divorce, Sam s'était senti profondément trahi.

Par la suite, chaque fois qu'il lui rendait visite à New York, pour les vacances, sa mère ne se libérait jamais pour lui. Pour la voir un peu, il passait ses journées à l'hôpital. Encore maintenant, il avait du mal à pardonner à celle qu'il appelait maman.

La voix de Mindy interrompit ses pensées.

— Qu'est-ce qui ne va pas ? Vous avez l'air complètement absent.

Il sursauta et se tourna vers elle avec un demi-sourire.

— Rien, rien. J'avais la tête ailleurs. On arrive, fit-il en se levant. Vous êtes prête pour notre prochaine aventure ?

— Et si je dis non ?

— Vous n'avez pas le choix. Aujourd'hui, c'est moi qui commande.

Il lui tendit la main et, bras dessus, bras dessous, ils descendirent du ferry. Alors qu'ils regagnaient le métro, Sam s'efforça de ne plus penser à sa mère. Elle n'allait pas lui gâcher son plaisir. Pas aujourd'hui.

8

— Ouah, c'est magnifique !

Le nez collé aux jumelles, Mindy n'en finissait pas de s'extasier sur le panorama. Jamais elle n'aurait imaginé que New York soit aussi belle vue du sommet de l'Empire State Building. Le soir, au crépuscule, le spectacle devait être magique. Magique, l'Empire State Building l'était aussi lorsqu'elle le contemplait de son appartement, la nuit, tout illuminé. Peu à peu, elle s'attachait à cette ville. Certes, elle n'était pas encore habituée au froid, mais elle comprenait le charme qu'il y avait à vivre ici. A réussir sa vie à New York.

Debout à côté d'elle, les mains dans les poches, Sam frissonna.

— Eh bien ? Vous avez froid, maintenant ? fit-elle, moqueuse.

— Je dois admettre que le vent souffle un peu fort à ces hauteurs. Tout à l'heure, au sommet de la Statue, nous étions à l'abri.

— OK, dans ce cas, redescendons. De toute façon, j'ai un peu faim. Ça vous dirait, une part de pizza ? C'est une spécialité typiquement new-yorkaise, non ?

— Non, pas de pizza.

— Ah bon ? fit-elle, déçue.

— Non. J'ai prévu mieux.

— Mais vous n'allez pas me dire quoi.

Alors qu'ils s'arrêtaient devant l'ascenseur, il secoua la tête avec son éternel sourire si sexy et si énervant à la fois.

— On vous a déjà dit que vous étiez enquiquinant, docteur Napier ?

— Oh oui, très souvent. Surtout mes colocataires. Souvenez-vous que je partage mon appartement avec des femmes.

— C'est vrai. Au fait, l'une de vos anciennes colocataires a pris rendez-vous en obstétrique… Le Dr Camara.

Il fronça les sourcils avec inquiétude.

— En effet, elle est enceinte, mais vous la suivez en consultation ? Elle a un problème ?

— Non, pas du tout. C'est un examen de routine. Vous êtes mignon, dit-elle en souriant.

— Pourquoi ?

— Vous vous souciez beaucoup de vos amis, même si vous n'en montrez rien.

— Bien sûr, que je me fais du souci, fit-il avec un haussement d'épaules. Elle est enceinte et j'aimerais que tout se passe bien pour elle et pour le bébé.

— Pourquoi prenez-vous tout à coup votre accent écossais ? Vous n'êtes pas énervé, pourtant. A moins que vous ne le fassiez exprès…

Il éclata de rire.

— Cela vous agace ? demanda-t-il.

— Moi ? Non, pas du tout.

Quelle menteuse ! La dernière fois qu'il avait joué de son accent, elle lui avait sauté au cou sans même le connaître et l'avait supplié de la raccompagner chez elle. Rien qu'à ce souvenir, elle sentit une brusque chaleur lui gagner les joues. Sans doute remarqua-t-il son trouble, car il lança, comme pour la taquiner :

— Dans ce cas, pourquoi évoquez-vous le sujet ?

— Oh là là ! Si vous insistez, je vais vous…

Comme elle laissait sa phrase en suspens, il murmura à son oreille :

— Oui ? Qu'allez-vous me faire, au juste, docteur Walker ?

Elle allait lui répondre lorsque la porte de l'ascenseur s'ouvrit. Dans la cabine, la présence d'autres personnes la contraignit au silence, mais le petit sourire satisfait de Sam la faisait littéralement bouillir. Quel idiot !

Heureusement, ils atteignirent rapidement le rez-de-chaussée et elle se tourna vers lui.

— Quelle est la suite du programme ?

— Je vous emmène déjeuner.

— Où ?

— Dans un endroit qui devrait vous plaire. Vous verrez bien.

— Comment savez-vous qu'il va me plaire ?

— Mon petit doigt me le dit. Mais vous avez raison, j'aurais dû vous demander vos préférences avant de réserver.

— J'aime beaucoup la pizza.

— Désolé, il n'y a pas de pizza là où nous allons.

— J'espère que je suis habillée convenablement. Vous êtes au moins sûr que les jeans sont acceptés ?

Tout en finissant sa phrase, elle pivota sur elle-même pour exhiber sa tenue. Il se frotta le menton.

— A vrai dire, je n'en sais rien. Je pense.

Elle lui donna une bourrade affectueuse.

— Je vais vous mettre de corvée de dossiers pendant un mois !

— Vous n'en avez même pas le droit, docteur Walker. Vous n'êtes pas ma chef.

— Je peux toujours m'arranger avec le Dr Chang.

— Du chantage, voyez-vous ça…

Ils rirent. Attrapant la main gantée de Mindy, il la guida vers l'endroit qu'il avait choisi pour déjeuner.

— C'est encore loin ?

— Non, juste de l'autre côté de la rue.

Elle ouvrit des yeux ronds à la vue de l'auvent rouge du Russian Tea Room.

— Oh !

— Mon choix de restaurant vous convient ?

— Et comment !

— Alors venez, nous allons être en retard pour notre réservation.

Ils traversèrent la rue en slalomant entre les voitures et les taxis, puis un portier se découvrit devant eux et leur ouvrit.

— Ouah, fit-elle tout bas en ôtant son bonnet de laine.

Elle promena un regard émerveillé sur les tableaux de maître, les banquettes de cuir rouge, les dorures et les murs tendus d'une tapisserie verte décorée de l'aigle impérial. Elle avait bien sûr entendu parler de ce restaurant mythique, elle savait qu'il avait servi de décor à de nombreux films, mais y être, en chair et en os, c'était tout autre chose.

Le chef de rang les conduisit vers une table à l'écart.

— Je m'attendais à ce qu'il y ait plus de monde, dit Mindy en ôtant sa veste.

— Le service du déjeuner est terminé, c'est l'heure du thé.

— Comment ça, l'heure du thé ?

— C'est une collation de l'après-midi, dit-il en ouvrant un menu. Vous aimez les expériences culinaires ?

— Plutôt… Mais j'ai horreur du boudin noir.

— Que diriez-vous d'un peu de caviar ? Je n'en ai pas mangé depuis longtemps.

— Du caviar ? Maintenant ?

— Eh bien, oui. Pourquoi pas ?

Elle sourit. Pourquoi pas, en effet ? Un serveur arriva et Sam passa une commande digne d'un ogre. Devant la profusion, elle fut tentée de lui dire de se modérer. Certes, elle avait faim, mais de là à faire honneur à un assortiment de blinis, de sandwichs et de caviar…

Sam plaisantait avec le serveur, et elle en fut attendrie. Son ex-mari, lui, les traitait toujours avec un dédain qui la gênait terriblement. D'ailleurs, quand elle y repensait, les sorties avec Dean lui faisaient souvent l'effet d'une corvée. Les derniers temps, ils se parlaient à peine, sauf, parfois, pour évoquer certains cas médicaux.

Quelle différence avec Sam ! Depuis le début de la matinée, elle n'avait pas songé une seule fois au moment de lui dire au revoir. Il était d'une compagnie facile, et il la mettait à l'aise. Trop, sans doute. Elle ne pouvait pas tout avoir. En venant à New York, elle s'était juré de ne vivre que pour elle, de se chercher pour mieux se trouver.

Elle et Sam ne pouvaient donc être qu'amis, rien de plus.

Si agréable que cela soit, il fallait se contenter du rêve.

Sam ne s'était pas senti aussi détendu depuis… à vrai dire, il avait oublié. Lorsqu'elle n'était plus le Dr Walker, Mindy était une femme attachante et drôle qu'il aurait eu envie de connaître davantage.

Tu vis trop seul. Il te faudrait quelqu'un.

Les paroles de Kimberlyn lui revinrent à l'esprit avec une résonance nouvelle. Elle avait peut-être raison, après tout. Jusqu'à présent, il n'avait jamais envisagé de se mettre en couple, du moins, pas avant la fin de son internat. Et encore, comment aurait-il mené de front une vie de famille et une carrière ? L'exemple de sa mère était assez dissuasif.

Pourtant, il savait que ce n'était pas toujours le cas. Plusieurs de ses collègues réussissaient à concilier les deux, à commencer par ses anciens colocataires, en particulier Kimberlyn et Enzo. Pour preuve, ils avaient l'un et l'autre décliné une spécialisation auprès du Dr Ootaka dans l'espoir que l'autre pourrait en bénéficier. Si ce n'était pas de l'amour… Et pourtant, avant de devenir inséparables, ces deux-là avaient été rivaux, comme tant d'internes.

Alors, pourquoi pas moi ?

Mais non, il ne pouvait pas avoir le beurre et l'argent du beurre. Du moins, pas lorsqu'il s'agissait de Mindy. Ce n'était pas une femme pour lui. A cause de sa mère, il devait déjà se méfier des soupçons de népotisme. Si, en plus, on apprenait qu'il avait une relation avec une chef de service, appelée, en outre, à se prononcer sur sa candidature à une spécialisation en pédiatrie, sa carrière risquait d'en être durablement pénalisée.

Ses pensées furent interrompues par le serveur qui apportait leur thé, servi dans une délicate vaisselle en porcelaine.

— Oh ! comme c'est joli ! dit Mindy, extatique, tendant sa tasse au serveur sous le regard ému de Sam.

Bon sang, pourquoi elle ?

Pourquoi avait-il fallu qu'elle entre dans ce bar ce soir-là ? Pourquoi avait-il passé la nuit avec elle ? Pourquoi désirait-il justement la seule femme qu'il ne pouvait pas avoir ?

Tu ne choisis jamais la facilité, Sam. Tu prends toujours la voie la plus ardue.

Il avala une gorgée de thé en réfléchissant aux paroles de son père. C'était vrai, il avait toujours bataillé dur pour arriver là où il était. Bien sûr, il aurait pu effectuer son internat dans l'hôpital où exerçait sa mère, accepter d'être pistonné. Il connaissait d'ailleurs de nombreux fils et filles de chirurgiens qui agissaient ainsi sans l'ombre d'un scrupule.

Mais, justement, lui ne voulait pas travailler avec sa mère, ni sous ses ordres.

— Ah, ça fait du bien, dit Mindy avec un soupir de contentement. Pour un peu, je regretterais d'avoir à reprendre le travail.

— Vraiment ? J'ignorais qu'une tasse de thé pouvait avoir autant d'effet sur vous.

Elle sourit, hochant la tête.

— Demain est une grosse journée. On accueille notamment une femme enceinte de quintuplés.

Il haussa les sourcils, surpris.

— Des quintuplés ? Vous avez besoin d'un interne ?

— Demain, vous n'êtes plus en congé ? demanda-t-elle en souriant.

— Je peux toujours m'arranger avec le Dr Chang. Des quintuplés, ça arrive souvent ?

— Oui, assez, répondit-elle en s'adossant contre la banquette de cuir. En revanche, les cas de jumeaux monoamniotiques sont assez rares.

— J'aimerais vraiment vous aider, si c'est possible.

— Peut-être, lorsque le moment viendra. Pour l'instant, j'essaye de prolonger la grossesse. Je veux réduire le plus possible la prématurité.

— A part ces quintuplés, qu'avez-vous de prévu ?

— J'ai plusieurs consultations. On fait beaucoup appel à moi en tant que spécialiste en procréation assistée.

— Vous avez de nombreuses cordes à votre arc, à ce que je vois.

— Il faut bien que les sacrifices auxquels mes études m'ont obligée soient récompensés.

— Ils en valaient la peine.

— C'est vrai. Je ne regrette absolument pas ces années.

— Vous avez étudié à Stanford ?

Elle opina du chef.

— Je suis une Californienne pure souche. Avant de venir ici, je n'ai pas beaucoup voyagé. J'aime trop la côte Ouest.

— Pardonnez-moi d'insister, mais pourquoi êtes-vous partie ?

Aussitôt, le regard de Mindy s'assombrit et elle se crispa. Les yeux baissés, elle caressa du bout du doigt le bord de sa tasse.

— Comme je vous l'ai déjà dit, je ne pouvais décemment pas décliner l'offre de Langley.

Il n'insista pas. Il ne voulait pour rien au monde la gêner par une curiosité déplacée, ni terminer cette belle journée sur une note amère. Puisque rien ne pouvait se passer entre eux, autant rester amis. Mindy était une chirurgienne de talent et il tenait à parfaire ses compétences auprès d'elle.

Il hocha donc la tête.

— C'est vrai. J'oubliais. Excusez-moi.

Comme le serveur arrivait avec un plateau chargé de sandwichs et de blinis, Sam le remercia et se confectionna un toast de caviar.

— Vous disiez que vous aimiez les expériences, n'est-ce pas ?

Le visage de Mindy s'éclaircit.

— Je n'ai pas d'échappatoire ?

— Non, pas vraiment.

Elle lui tendit son assiette en riant. Tout le reste du repas, la conversation tourna autour de l'hôpital, des patients, de New York, mais ils évitèrent l'un comme l'autre les questions indiscrètes. Lorsqu'ils sortirent du restaurant, Sam la raccompagna en taxi, puis l'escorta jusqu'à la porte de l'immeuble et s'attarda un instant. Le moment était venu de prendre congé, mais il ne s'y résolvait pas.

— Merci pour cette journée, Sam.

— De rien. J'avais de toute façon l'intention de revisiter ces monuments un jour ou l'autre. Je n'étais pas allé voir la Statue de la Liberté depuis que j'étais petit.

— J'ai passé une excellente journée.

— Tout le plaisir était pour moi.

Un silence gêné tomba. Immobiles, ils se dévisageaient, empruntés, ne sachant que dire. Il aurait voulu la prendre dans ses bras et l'embrasser… Après tout, c'était une conclusion logique pour un rendez-vous, non ?

— A demain, Sam.

Tournant les talons, elle disparut dans l'immeuble. Avec un soupir, il enfonça les mains dans ses poches et se dirigea vers le métro le plus proche. Ce soir, les filles n'étaient pas de garde, il ne passerait donc pas la soirée seul, mais sans Mindy c'était tout comme. Et ce monde vide, triste, était celui dans lequel il se réveillait chaque matin.

Une journée en compagnie de Mindy avait suffi pour lui faire prendre conscience de la solitude de son existence.

9

Mindy s'efforça de ne pas suivre Sam du regard lorsqu'il entra dans la salle de réunion. Une semaine s'était écoulée depuis leur visite de New York, et encore à présent elle ne savait pas pourquoi elle s'était attardée avec lui en bas de chez elle. Enfin, si : elle avait espéré qu'il l'embrasserait de nouveau. Heureusement, il n'en avait rien fait. Il était resté là, le regard sombre et impénétrable. Qu'attendait-il, au juste ? Une nouvelle invitation ? Si tel était le cas, elle avait bien fait de le planter là. La dernière fois qu'il était venu chez elle, ils avaient couché ensemble. Mieux valait ne pas rééditer l'aventure.

Ce n'était pourtant pas faute d'en avoir envie ! Elle appréciait sa compagnie. Trop, peut-être. Elle l'admirait pour ses qualités professionnelles, pour son humour, pour son charme tellement sexy…

Arrête de penser à son charme ! Concentre-toi sur le moment présent.

Or, à présent justement, elle était face à un groupe de pédiatres, de néonatalogistes, d'infirmières et d'anesthésistes qu'elle avait réunis à propos du cas de Mme Jameson. Enceinte de quintuplés, celle-ci avait été admise à l'hôpital une semaine plus tôt, elle allait avoir besoin d'une équipe triée sur le volet. Ils devaient absolument se tenir prêts pour un accouchement qui pouvait survenir à n'importe quel moment.

Mindy jeta un bref coup d'œil dans la direction de Sam. Renversé sur son siège à côté du Dr Chang, il la fixait avec intensité. Lorsque leurs regards se croisèrent, il lui lança un sourire fugitif qui la transperça comme une lame.

Après une profonde inspiration, elle s'apprêtait à prendre la parole quand le Pr Langley fit son apparition dans la pièce.

— Toutes mes excuses pour ce retard, docteur Walker.

— Non, non. Je vous en prie, asseyez-vous.

Il hocha la tête, puis adressa un signe à une personne restée dans le couloir.

— J'espère que vous ne m'en voudrez pas, mais, en parcourant le dossier de la patiente, j'ai découvert que l'un des quintuplés présente un hématome cérébral qui requiert une intervention urgente.

— C'est juste, j'allais en parler lors de la présentation des cas.

— Je n'en doute pas, mais j'ai pensé qu'il serait intéressant de faire appel à un neurochirurgien de renom. Voilà pourquoi j'ai demandé au Dr Hanley de venir nous assister.

Comme il s'écartait pour laisser entrer celle-ci, un murmure parcourut la salle. Incroyable ! C'était vraiment le Dr Hanley. Tout le monde connaissait la nouvelle venue, au moins de réputation. C'était un grand nom de la neurochirurgie.

— Merci de m'accepter dans votre équipe, dit-elle.

Son regard tomba sur le Dr Chang, qu'elle salua d'un bref signe de tête. A côté de celle-ci, Sam pinçait les lèvres, l'air furieux. Quelle mouche le piquait ? Mindy savait qu'il n'était pas dans les meilleurs termes avec le Pr Langley, mais il avait tort de manifester aussi ouvertement son hostilité. Sa carrière pouvait en pâtir.

— Nous vous écoutons, docteur Walker, dit Langley en s'asseyant à côté du Dr Hanley.

— Merci.

Mindy se tourna vers l'ordinateur et ouvrit le dossier médical de Mme Jameson.

— La patiente est une femme de trente-quatre ans dont les dernières règles remontent à trente semaines. Elle est déjà mère d'un garçon arrivé à terme à quarante semaines d'aménorrhée, et pesant environ 3,8 kilos à la naissance. Aucune complication n'a été relevée lors de cette première grossesse.

Elle poursuivit son exposé en donnant des informations sur chacun des quintuplés, puis assigna les responsabilités aux différents membres de l'équipe.

— Nous avons constaté un hématome cérébral chez le bébé 3. C'est lui qui nous donne le plus de soucis.

Tout en parlant, elle cliqua sur un cliché pour l'agrandir. Le Dr Hanley se leva et s'approcha de l'écran.

— Mmmh… Bien sûr, je ne peux pas me prononcer sans un examen plus approfondi, mais, à première vue, il me semble que le problème peut être réglé simplement par la pose d'un drain. Cet épanchement doit être surveillé de près, docteur Walker. S'il s'aggrave, l'accouchement doit être provoqué sans tarder.

— C'est bien mon avis, répondit Mindy. Je vous tiens au courant du plan d'opération.

— Oui, faites cela.

Le Dr Hanley retourna s'asseoir sans la gratifier d'un regard. Elle n'avait manifestement pas usurpé sa réputation de diva. Loin de se formaliser, Mindy poursuivit le descriptif des responsabilités. Alors qu'elle assignait Sam à l'équipe du Dr Chang, le Dr Hanley se leva de nouveau.

— Si vous me permettez, j'aurais besoin du Dr Napier pour mettre le drain en place.

Sam secoua la tête d'un air excédé.

— Le Dr Chang peut difficilement se passer du Dr Napier, répondit Mindy.

Le Dr Hanley l'écrasa d'un regard noir.

— Allons donc ! C'est un interne et il me le faut avec moi.

Le Pr Langley se leva à son tour.

— Je ne vois pas d'obstacle à la demande du Dr Hanley, fin du débat. Tenez-nous informés sur la patiente, docteur Walker.

Sur ces paroles, il prit congé, escorté du Dr Hanley. Interloquée, Mindy mit un terme à la réunion. Elle ne comprenait rien à ce qui venait de se passer. Certes, le Dr Hanley était une chirurgienne de renom, mais pourquoi céder ainsi à ses moindres caprices ?

Tandis que la salle se vidait, le Dr Chang se pencha vers Sam pour lui parler à voix basse, mais il haussa les épaules et quitta la pièce d'un air furieux. Le Dr Chang jeta un regard furtif vers Mindy, puis s'en alla discrètement. Que signifiait donc tout cela ? Que se passait-il au juste entre Langley, le Dr Hanley et Sam ? Chaque fois qu'il était question du Pr Langley, Sam montait sur ses grands chevaux. Pourquoi ? Qu'avait-il contre lui ?

Mêle-toi de ce qui te regarde.

Elle ne devait pas fourrer son nez dans les affaires de Sam. C'était à lui de s'expliquer, s'il en ressentait le besoin. Il devait avoir une très bonne raison pour garder le secret, à elle de la respecter. Par ailleurs, elle non plus n'avait pas été prolixe sur sa vie privée. Malgré l'affection qu'elle portait à Sam, elle refusait d'évoquer certains sujets avec lui.

Avec un soupir, elle éteignit l'ordinateur et mit de l'ordre à la table de réunion. Après tout, de quoi se souciait-elle ? Les équipes avaient été constituées, tout était en place pour la prise en charge de Mme Jameson et des bébés, c'était bien l'essentiel. Pourquoi se préoccuper d'autre chose ? Sa carrière, ses patients, voilà ce qui comptait.

Si Sam avait des problèmes, elle n'y pouvait rien. A lui de les régler.

Sam était dans une fureur noire. Lorsqu'il s'agissait de lui pourrir la vie, sa mère était décidément d'une inventivité sans limite ! De quel droit l'assignait-elle à son équipe ? Bien sûr, assister à la pose d'un drain sur un prématuré serait très intéressant, mais il aurait préféré apprendre ce geste chirurgical auprès d'une autre personne que sa mère. De toute façon, il avait peu de chance de prendre part à l'intervention. Le Dr Hanley refusait systématiquement d'accorder la moindre responsabilité à ses internes de peur de se faire voler la vedette.

Il aperçut sa mère au bout du couloir, en grande discussion avec Langley. Elle lui touchait le bras et riait comme avec un intime… Ce qu'il était, d'ailleurs. A les voir aussi proches, Sam se sentit bouillir. Cet homme avait fait tant de mal à sa famille. Devant cette complicité étalée en public, Sam revoyait comme si c'était la veille son père bouleversé par la trahison de la femme qu'il aimait.

Enfin, Langley s'en alla. Sa mère se tourna alors vers Sam avec un bref sourire. Un sourire sans joie ni plaisir particulier. Tout juste poli.

— On dirait que vous n'êtes pas très heureux de me voir, docteur Napier.

Au moins passait-elle sous silence leur lien de parenté.

— Pouvons-nous en discuter en privé ?

— Bien sûr. Mon bureau temporaire est au bout du couloir.

Il hocha la tête et la suivit jusque dans la pièce. A la vue des cartons qui encombraient le sol, il sentit son ventre se nouer. Que voulait-elle dire par « temporaire » ?

La porte refermée, il croisa les bras, le regard noir.

— Ouh, je connais cet air, dit sa mère. Tu n'es pas content que je sois là, hein ?

— Non, en effet.

Elle éclata de rire.

— C'est ton père tout craché !

La colère de Sam monta d'un cran. De quel droit se permettait-elle d'évoquer son père ?

— Que viens-tu faire ici, maman ?

— Laisse-moi deviner… Sauver une vie, par exemple ?

Il promena un regard sur les cartons.

— C'est le Dr Walker qui t'a contactée ? Je croyais qu'elle avait découvert le problème du bébé 3 seulement ces derniers jours.

— Non, je ne suis pas là pour le Dr Walker. C'est Gareth qui m'a consultée à propos d'un autre cas.

Gareth, Gareth… Sam ne supportait pas cette intimité

entre sa mère et ce type. Aurait-elle voulu lui rappeler qu'elle l'avait préféré à son père, elle ne s'y serait pas prise autrement.

— Evidemment, soupira-t-il. Et pour lequel, cette fois ?

— L'un de vos patients en pédiatrie est atteint d'une tumeur cérébrale inopérable.

— Tu parles de Janie ?

Sa mère opina du chef.

— Ses parents m'ont donné l'autorisation d'essayer une nouvelle technique pour réséquer la tumeur. Attends-toi à me voir quelque temps dans les parages. Si l'opération réussit, je vais publier un article qui fera la part belle à Gareth et au West Manhattan Saints.

— C'est trop généreux de ta part.

Sam connaissait bien Janie et sa famille. Pour sa mère, bien sûr, ce n'était qu'un cas parmi tant d'autres. Ou, en l'occurrence, un cobaye qui lui permettait de tester un protocole chirurgical. Dire qu'elle se servait du malheur d'une gamine pour asseoir sa notoriété…

— Tu m'en veux d'avoir exigé ta présence dans mon équipe, dit-elle encore.

— Personne ne doit savoir que tu es ma mère. Je te l'ai déjà dit et tu m'avais assuré que tu garderais le secret si jamais tu venais ici.

Elle leva les yeux au ciel.

— Vraiment, je ne comprends pas pourquoi tu me demandes une chose pareille.

— Je veux gagner mes galons par mon seul mérite.

— Tss tss…, fit-elle en s'asseyant à son bureau. Quel gâchis.

— Ah bon ? Qu'est-ce que je gâche, dis-moi ? Ma carrière, en choisissant la pédiatrie ?

— Non.

— Mon talent, alors ?

Sa mère haussa les épaules.

— Que veux-tu que j'en sache ? Après tout, je ne t'ai jamais vu au bloc. Mais tu as de qui tenir.

— Merci pour le compliment, fit-il avec dédain.

— Je t'en prie, ne sois pas si puéril !

— Encore une fois, pourquoi m'as-tu intégré dans ton équipe ?

— Pour te mettre à l'épreuve. Langley me chante sans cesse tes louanges, je veux savoir si tu les mérites.

— Je me fiche bien de son avis, ou du tien. C'est celui du Dr Chang qui m'importe.

Elle eut un mouvement d'impatience.

— Vraiment, je ne te comprendrai jamais. La chirurgie cérébrale est un domaine de pointe. Si Gareth estime ton talent à sa juste mesure, tu perds ton temps en pédiatrie. Pourquoi vises-tu si bas ?

— C'est la voie que j'ai choisie, un point c'est tout.

Sa mère secoua la tête et s'empara d'un dossier qu'elle se mit à lire comme si Sam n'était pas là.

— Tu es dans mon équipe, que tu le veuilles ou non. Inutile d'en discuter davantage.

— Ça, c'est ce qu'on va voir.

— Si tu fais un scandale, on ne risque pas de se poser des questions ?

Il la fixa en silence. Elle n'avait pas tort.

— Très bien, répondit-il à contrecœur.

Elle sourit d'un air satisfait.

— Parfait. Maintenant, si nous avons fait le tour de la question, tu m'excuseras mais j'ai du travail.

— Bien sûr, *maman*.

Pivotant sur ses talons, il quitta la pièce et claqua la porte derrière lui, pour se retrouver nez à nez avec Mindy. Devant son air stupéfait, il sourit avec gêne.

— Docteur Walker… Que faites-vous ici ?

— J'apporte des informations au sujet du bébé 3 au Dr Hanley. Si elle est occupée, je peux repasser, bien sûr.

— Non, non, votre dossier l'intéressera certainement.

Elle le dévisageait, les sourcils froncés.

— Tout va bien, Sam ?

— Mais oui, voyons, dit-il avec impatience.

Il aurait voulu lui répondre par la négative et lui raconter ses problèmes, son mal-être, mais comment le faire sans lui révéler que le Dr Hanley était sa mère ? Au West Manhattan Saints, personne n'était au courant, à part Langley et le Dr Chang. De cette dernière, il n'avait aucune indiscrétion à redouter. Quant à Langley, il fallait espérer qu'il aurait suffisamment de savoir-vivre pour tenir sa langue… D'autant que sa mère avait fini par le cocufier, lui aussi.

Quoi qu'il en soit, Mindy n'avait rien à voir là-dedans. Inutile de s'en prendre à elle. Il devait aller se calmer quelque part. Pourquoi ne pas réviser des dossiers dans un endroit tranquille ?

— Vous êtes sûr que ça va ?

— Oui, oui, fit-il avec un bref hochement de tête. Au revoir, docteur Walker.

Il s'éloigna, la frôlant au passage. Il détestait la quitter ainsi, mais c'était sans doute pour le mieux.

10

Concentrée sur l'incision qu'elle pratiquait dans l'utérus de sa patiente, Mindy sentait les regards de ses confrères peser sur elle. Deux semaines après la réunion concernant Mme Jameson et ses quintuplés, le sac amniotique du bébé 2 s'était rompu et la césarienne avait dû être mise en place sans tarder.

Quinze jours, c'était toujours cela de gagné. Bien sûr, il aurait été préférable de prolonger encore la grossesse, mais ils pouvaient se féliciter d'avoir amené la parturiente à trente-deux semaines d'aménorrhée, d'autant que l'état du bébé 3 était resté stable tout du long.

Malgré l'urgence, tout avait été prévu pour que la naissance des quintuplés s'effectue dans les meilleures conditions possibles. Une équipe de spécialistes avait donc été assignée à chacun des quintuplés, et tous attendaient d'entrer en action selon un protocole mûrement réfléchi. C'était l'avantage de travailler en hôpital : Mindy avait à sa disposition d'excellents professionnels qu'elle pouvait recruter elle-même. Du temps où elle exerçait en libéral, elle devait déléguer cette décision à l'équipe de néonatalogie, ce qui lui causait du souci.

Elle prit une profonde inspiration et annonça d'une voix forte :

— Extraction du bébé 1.

Puis elle coupa le cordon et tendit délicatement le nouveau-né à l'infirmière, qui le déposa sur une table de soins. Un petit cri jaillit dans la salle, et Mindy sourit derrière son masque chirurgical. Rien de tel que des poumons en bonne santé !

— Extraction du bébé 2…

Aussitôt, l'interne du Dr Chang se présenta avec une couverture. Mindy passa ensuite au bébé qui lui posait problème.

— Extraction du bébé 3.

Sam s'avança, prêt à intervenir, et lui adressa un petit clin d'œil d'encouragement. Sitôt le bébé né, il l'installa dans un incubateur ouvert, de manière à l'examiner. Mindy s'interrompit une seconde, l'oreille tendue : pas de cri. *Allez, mon petit gars, allez…*

Enfin, un vagissement ténu se fit entendre.

— Comment va-t-il, docteur Napier ? demanda-t-elle en cautérisant un saignement.

— Mal. Ses signes vitaux sont faibles et il présente une hydrocéphalie apparente. Je l'emporte en réanimation.

Elle jeta un bref coup d'œil vers l'équipe qui s'affairait autour du petit corps inerte pour l'intuber et le brancher aux moniteurs de surveillance. Pauvre gosse… Quel départ dans la vie ! Pourtant, malgré l'inquiétude qu'il lui causait, elle ne pouvait s'attarder sur un des bébés.

— Extraction du bébé 4.

Ce dernier présentait, lui aussi, des difficultés respiratoires, mais Mindy devait avant tout s'occuper du dernier des quintuplés.

— Extraction du bébé 5.

Elle confia l'enfant — une petite fille — à l'équipe dédiée et tourna alors son attention vers la mère. Les quintuplés étaient nés, mais l'accouchement n'était pas terminé. Il restait encore à retirer les placentas.

— Injectez de l'ocytocine dans la perfusion.

— Oui, docteur Walker.

— Bon travail, docteur Walker.

Relevant la tête, Mindy vit le Dr Chang devant elle.

— Tout va bien pour votre équipe ?

— Oui, le bébé 2 ne pose pas de problème, il va partir en

soins intensifs. J'aimerais vous regarder travailler, si cela ne vous ennuie pas.

— Non, bien sûr.

Sous l'effet de l'ocytocine, les placentas s'étaient déjà décollés. Avec des gestes précis et méthodiques, Mindy examina la paroi utérine pour vérifier qu'il ne restait pas de débris placentaires et éviter ainsi de graves risques hémorragique et infectieux. Cette vérification effectuée, elle put enfin refermer l'utérus.

— Docteur Chang, on vous demande en salle 2.

Celle-ci se tourna vers l'infirmière qui venait de s'adresser à elle.

— Pourquoi ? Le Dr Napier est capable de poser un drain.

— Le bébé 3 souffre de complications et le Dr Hall est déjà prise avec le bébé 5.

— Très bien, j'arrive. Ne vous inquiétez pas, dit-elle à l'adresse de Mindy. Le Dr Napier s'occupe de lui, nous maîtrisons la situation.

— Je sais qu'il est dans de bonnes mains.

Tandis que le Dr Chang s'éloignait, Mindy jeta un regard à sa patiente. A son réveil, il faudrait bien lui annoncer que l'un des petits avait besoin d'une assistance médicale poussée. Seigneur, comme elle détestait jouer les oiseaux de mauvais augure ! Avec un soupir, elle se remit à recoudre l'utérus. Ensuite, elle irait voir comment se portaient les bébés.

La nuit s'annonçait longue, mais c'était le moindre de ses soucis.

Seul en salle de réanimation, Sam surveillait le bébé 3, un petit gars prénommé Michael dont l'état restait désespérément critique. La pose du drain s'était bien déroulée, mais le nouveau-né souffrait d'hypertension pulmonaire et avait été placé sous respiration artificielle. De plus, il avait fallu l'opérer d'une perforation intestinale, complication fréquente chez les prématurés.

Sam ne parvenait pas à s'éloigner de la couveuse. Il se

sentait responsable de ce petit être si fragile. Le Dr Chang, le Dr Hall, sa mère, tous étaient accaparés par d'autres patients, et Michael était si vulnérable… Même Maya n'avait pas été aussi mal en point. Sur le moniteur, les signes vitaux du bébé ne présentaient aucune amélioration.

— Allez, mon petit gars, accroche-toi…

— Que fabriques-tu encore ici ?

Sam se retourna brusquement en entendant la voix de sa mère.

— Devine ? Je surveille mon patient.

— Il y a dans ce service des infirmières largement assez compétentes pour ce travail.

— Je sais.

Il lui glissa un regard exaspéré, mais s'écarta pour lui permettre d'ouvrir l'incubateur et d'examiner le bébé.

— Les incisions ont l'air saines, fit-elle avec un hochement de tête satisfait.

— Oui, la pose du drain s'est bien passée.

— Bien sûr qu'elle s'est bien déroulée. C'est moi qui l'ai dirigée.

Sam leva les yeux au ciel, excédé.

— Tu as fait du bon boulot, dit-elle, imperturbable. J'aimerais que tu participes à l'opération de Janie.

— Moi ? Pourquoi donc ?

— A ton avis ? Je t'offre la possibilité de prendre part à un projet qui fera date dans les annales de la médecine. Tu préfères rester ici, scotché devant un écran d'ordinateur ?

— Je surveille mon patient, dit-il de nouveau.

Mais sa mère secoua la tête.

— Comme tu voudras. De toute façon, si tu veux mon avis, tu ne devrais pas être retenu longtemps ici.

— Pourquoi ?

— Franchement, Samuel, regarde ses signes vitaux. Le bébé 3 n'a aucune chance de survivre à cette nuit.

— Qu'en sais-tu ? Tu n'es pas pédiatre.

— Arrête de nier la réalité, Sam.

— Le « bébé 3 » s'appelle Michael, et il s'en sortira.

Sa mère agita la tête en soupirant.

— Quand je pense à tout ce talent que tu gâches…

— En neurochirurgie aussi, le taux de mortalité est élevé, répondit-il avec impatience.

— Et alors ? Quel rapport ?

— Rien, rien. Tu as l'air de penser que je perds mon temps avec des enfants qui vont mourir de toute façon.

— Non, tu déformes mes propos. Sérieusement, Samuel, crois-tu pouvoir le sauver en restant planté devant un moniteur ? Tu pourrais exercer tes talents de chirurgien au lieu de rester ici.

— Je sais, tu me l'as déjà dit.

— Alors ?

— Alors quoi ?

— Tu restes ?

— Oui ! dit-il d'une voix tranchante.

Le Dr Hanley secoua de nouveau la tête d'un air fataliste et quitta la salle. Sam lâcha un juron. Au diable, sa mère ! Elle était impossible ! Un véritable oiseau de malheur.

D'un autre côté, malgré son pessimisme, comment lui donner tort, vu les données de l'écran ? Les poings serrés, il aurait voulu crier, frapper quelque chose.

— Docteur Napier ? Que faites-vous encore là ?

Il soupira et se tourna vers le Dr Chang qui venait d'entrer.

— A vrai dire, je ne sais pas, fit-il en se passant la main dans les cheveux. Quel est son pronostic ?

— Mauvais, malheureusement. Il part avec de sérieux handicaps.

Sam contempla fixement le petit être qui se débattait entre la vie et la mort.

— Tout de même, il ne faut pas baisser les bras. J'ai vu des cas plus graves.

— Je sais. Vous avez peut-être raison, mais cela reste peu probable. Vous en avez déjà fait beaucoup. Ses parents vont bientôt arriver, de toute façon. Je vais leur exposer les différents cas de figure.

— Si vous me le permettez, j'aimerais être présent lorsque vous le ferez.

— Non. Rentrez chez vous, Sam. Vous avez fait tout ce que vous pouviez.

Il acquiesça, à contrecœur. Pour une raison qu'il ignorait, il se sentait responsable de cet enfant. Il aurait voulu être doté de pouvoirs extraordinaires et lui sauver la vie, mais sa mère venait de dégonfler ce rêve.

Alors qu'il sortait dans le couloir, le cœur lourd, il croisa la mère de Michael en chaise roulante. A l'expression de son visage, elle savait déjà pourquoi le Dr Chang la faisait venir dans la chambre de Michael. Sam s'attarda un instant. Par une fenêtre, il vit le Dr Chang s'accroupir devant elle et lui prendre la main. Mme Jameson se pencha en avant, le visage dans les mains et les épaules tremblantes. Le cœur serré, Sam sentit les larmes lui brûler les paupières. Où les parents trouvaient-ils la force de faire face à la réalité ? Il se l'était toujours demandé, et il les admirait pour leur courage, pour les heures qu'ils passaient au chevet de leurs enfants.

Cette force de caractère, il ne l'avait plus. Aujourd'hui, il avait atteint ses limites et il commençait à se poser des questions. Avait-il les épaules assez larges pour ce métier ? Jusqu'à présent, il n'avait pas eu de problème. Que s'était-il passé ?

La réponse tenait en un nom : Mindy. Avant de la connaître, il avait toujours pu brider ses émotions. Bien sûr, il détestait voir des enfants souffrir, mourir, mais jamais il ne s'était senti autant atteint qu'aujourd'hui, et la faute en revenait à Mindy. Sans qu'il sache comment ni pourquoi, elle l'avait amené à baisser la garde, à révéler une vulnérabilité qu'il détestait.

Soudain, il ne supportait plus cet endroit et les souffrances qu'il abritait. Il fallait qu'il s'en aille, vite.

Il quitta l'hôpital à la hâte, mais, au lieu de se diriger vers le métro pour rentrer chez lui, ses pas le menèrent vers l'immeuble de Mindy. A cette heure tardive, le concierge n'était plus là, et Sam put entrer en tenant la porte à un vieil homme. Dans un état de demi-conscience, il monta jusqu'à l'étage de Mindy et sonna chez elle.

Elle ouvrit et le fixa avec stupeur.

— Sam ? Mais qu'est-ce que vous faites là ?

— Ne dis rien.

— Quoi ?

Il la contraignit au silence en la prenant dans ses bras pour l'embrasser. Stupéfaite, elle n'opposa aucune résistance.

Lorsque le baiser prit fin, Mindy, chancelante, dut s'appuyer un instant contre le torse de Sam. Elle ne comprenait pas ce qui se passait et la tête lui tournait un peu.

— Est-ce que je peux entrer ?

Oui... Non... Dis-lui de partir.

Mais devant ses yeux bleus noyés de désir, de tendresse et de chagrin, elle se sentit céder. Au diable, sa faiblesse ! La voix de la raison lui criait de faire attention, mais elle voulait tant faire confiance à Sam. Elle voulait qu'il l'aide à guérir la plaie à vif qu'elle avait au cœur.

Surtout, elle voulait aimer, et être aimée de lui, au moins une nuit.

— Oui, murmura-t-elle.

Il sourit avec soulagement.

— Merci.

Elle s'écarta pour lui laisser le passage, mais il la souleva dans ses bras et referma la porte d'un coup de talon.

— Sam !

— Désolé, c'est plus fort que moi.

Frémissante, elle enroula les bras autour de son cou et le laissa la porter jusqu'à sa chambre.

— Sam...

— Tu veux que j'arrête ?

— Non.

Il l'allongea sur le lit. Quand il s'étendit sur elle, un long frisson de désir la traversa.

C'était fou, complètement fou, mais elle s'en fichait. En ce moment, plus rien n'existait qu'elle et lui. Tout le reste avait disparu. Ici, ils étaient seulement Sam et Mindy, un homme et une femme réunis par le désir.

Il lui effleura la joue du revers de la main. Ses yeux brillaient comme deux saphirs à la faible lumière qui filtrait au travers des stores.

— Tu es si belle…

Il se pencha pour déposer sur ses lèvres un baiser d'abord léger, puis de plus en plus pressant, comme s'il ne parvenait pas à se rassasier d'elle. Elle ouvrit les jambes pour l'accueillir et s'arqua contre lui, frustrée par la barrière de leurs vêtements. Il fallait qu'elle le touche, maintenant.

— Mindy, j'ai tellement besoin de toi…

De nouveau, il l'embrassa, glissant la langue entre ses lèvres et caressant la sienne en une danse sensuelle qui la fit chavirer de plaisir. S'écartant de lui, elle s'assit sur le lit et se débarrassa de son grand T-shirt.

— Je veux te voir nu.

Joignant le geste à la parole, elle défit sa ceinture, qu'elle fit lentement glisser dans les passants de son jean. Puis elle le déboutonna et fit descendre la fermeture Eclair. Sa main se faufila sous son pantalon pour une caresse qui le fit gémir. Ils se dévêtirent alors avec fièvre et furent enfin nus, peau contre peau.

— Je suis incapable de te résister, murmura-t-il dans son cou. J'ai tellement besoin de toi.

— Moi aussi, Sam. Si tu savais…

Avec lui, qu'il semblait facile d'effacer le passé ! Dans ses bras, elle n'était plus le Dr Walker, pas plus qu'elle n'était la petite Mindy, cette mauviette que Dean avait si souvent tenue pour quantité négligeable. Elle était seulement une femme sexy, désirable et désirée comme jamais elle ne l'avait été. Elle l'attira contre elle et leurs corps s'enlacèrent.

— Tu es si belle…

Ces paroles, murmurées d'une voix sourde, achevèrent de lui faire perdre la tête. Elle soupira lorsqu'il lui prit un sein en coupe dans sa paume et, du pouce, en taquina le mamelon tendu.

— Si belle. Tu me rends fou.

Elle plongea les mains dans les cheveux de Sam tandis qu'il traçait un sillon de légers baisers le long de son cou. S'attardant sur sa poitrine, il prit entre ses lèvres la pointe d'un sein, puis l'autre, jusqu'à ce qu'elle se cambre de plaisir.

— J'adore t'entendre gémir comme ça.

— Vraiment ? répondit-elle d'un ton vague.

Il reprit un mamelon dans sa bouche et le suça doucement.

— Dis-moi…

— Oui ?

— A quel point tu me désires.

— Je te désire tant, murmura-t-elle dans un souffle.

Il glissa la main entre ses jambes et la caressa. Au comble de l'extase, elle laissa échapper un cri et se sentit vaciller lorsqu'il aspira entre ses lèvres le bourgeon palpitant de son intimité. Seigneur, jamais elle n'avait savouré un tel plaisir !

Alors qu'elle émergeait doucement d'un océan de plénitude, il se leva.

— Où vas-tu ? demanda-t-elle d'une voix tremblante.

— Attends.

Il fouilla dans la poche de son jean et en sortit un préservatif.

— Je ne pense pas que tu veuilles aller plus loin sans protection, dit-il.

— Très juste.

Elle se redressa sur l'oreiller en souriant et lui prit l'étui des mains.

— Qu'est-ce que tu fais ?

Elle l'attira sur le lit et l'enfourcha.

— Laisse-moi t'aider.

— Crois-tu que…

Il laissa sa phrase en suspens tandis qu'elle lui enfilait le préservatif et ne put retenir une bordée de jurons écossais lorsqu'elle le caressa.

— Allonge-toi, dit-elle en se penchant pour lui mordiller l'oreille. J'aimerais t'avoir sous moi.

— Je préfère qu'on échange, si ça ne t'ennuie pas.

Avant qu'elle ne comprenne ce qui se passait, il la renversa, la pressant contre le matelas, l'écrasant sous son corps. Puis il lui écarta les cuisses et s'immisça en elle. Elle se mordit la lèvre pour se retenir de crier et s'agrippa à lui. En une poussée puissante, il la pénétra plus profondément encore, puis se figea. Elle ondula du bassin contre lui pour l'inciter à bouger, mais, plein de tendresse, il rit doucement.

— On dirait que tu prends un malin plaisir à me tourmenter, dit-elle.

— Je veux que tu m'implores de te faire l'amour, dit-il en lui mordillant le cou.

— S'il te plaît…

— S'il te plaît, quoi ?

— J'ai envie de toi, Sam. Je t'en prie, fais-moi l'amour.

— Vos désirs sont des ordres, dit-il dans un souffle.

Alors il se mit à bouger en elle, si lentement d'abord qu'elle le supplia d'accélérer le mouvement. Bientôt, il perdit pied et, porté par la passion, accentua ses estocs. Une onde de chaleur monta alors en elle et la submergea. Les jambes nouées autour de sa taille, elle l'encourageait, l'aiguillonnait, jusqu'à ce que, foudroyé, il s'effondre sur elle avec un cri sourd. Elle lui caressa le cou, et sentit sous ses doigts la pulsation frénétique d'une veine.

Seigneur, qu'est-ce que j'ai fait ?

A vrai dire, elle le savait très bien et elle se fichait éperdument des conséquences. Elle désirait Sam comme jamais elle n'avait désiré un homme. Elle voulait oublier avec lui la souffrance, l'humiliation qu'elle avait endurées en Californie. En un mot, revivre.

Leur première fois avait été une expérience merveilleuse, mais elle n'en avait pas tiré une telle sensation d'espoir, de renouveau. Ce soir, il y avait eu entre eux quelque chose de spécial, une intimité difficile à expliquer, voire à admettre pour elle. Quoi qu'il en soit, lorsqu'il était venu à elle, si vulnérable et bouleversé, elle s'était sentie renaître. Ce soir, elle n'était plus tenue pour quantité négligeable, elle comptait pour quelqu'un. Elle était aimée, désirée, comme jamais elle ne l'avait été avec Dean, ni même avec aucun autre homme.

Elle aurait tellement voulu pouvoir indéfiniment prolonger ce moment, mais c'était impossible. Sentant les larmes lui monter aux yeux, elle ferma très fort les paupières. Il ne fallait pas qu'il la voie pleurer. Elle n'était pas encore prête à lui montrer ses faiblesses, ses fêlures. Elle voulait savourer cet instant sans que rien ne l'entache.

Quel plaisir d'être avec lui, l'un contre l'autre, leurs souffles mêlés, cœurs battant à l'unisson ! Oui, mais c'était un plaisir coupable. Elle ne pouvait pas se permettre une relation avec un interne. Pourtant, elle avait été à plusieurs reprises incapable de résister à Sam. Ce n'était pourtant pas faute d'avoir essayé.

Il l'embrassa doucement sur la bouche et lui caressa le visage tandis qu'elle promenait les mains sur son dos. Puis il roula sur le côté et, se redressant sur son coude, l'enveloppa d'un regard tendre.

— Ne pars pas tout de suite, dit-elle.

Un sourire fin dansa sur les lèvres de Sam.

— Qu'est-ce qui te fait dire que je vais m'en aller ?

— La dernière fois, tu n'étais plus là à mon réveil. Je veux que tu restes.

— La dernière fois, c'était une aventure d'une nuit entre deux personnes qui ne se connaissaient pas.

Il se pencha pour l'embrasser de nouveau.

— Reste, dit-elle. S'il te plaît.

— Ne t'inquiète pas. Je ne pars pas.

Elle leva la main pour lui effleurer la joue. Non, elle ne voulait pas qu'il l'abandonne à sa solitude. Elle avait envie de se blottir à jamais dans ce douillet cocon de bonheur, à l'écart du monde, des ragots, des malades.

— J'ai encore envie de toi, Sam.

— Laisse-moi reprendre haleine, fit-il avec un lent sourire.

Elle leva un sourcil amusé.

— Ah, oui ?

— Oui, parce que je n'en ai pas fini avec toi. Loin de là.

Ces paroles suscitèrent un long frisson en elle.

Oh ! oui, elle avait tort de le désirer ainsi, mais ça lui était bien égal.

11

Mindy ne put s'empêcher de rougir lorsque Sam lui caressa la joue. La dernière fois qu'ils avaient couché ensemble, elle s'était sentie beaucoup moins gênée en sa compagnie, pour la bonne et simple raison qu'il n'était pour elle qu'un inconnu rencontré dans un bar, elle ne pensait pas être amenée à le revoir. A présent, il en allait tout différemment. Elle le connaissait. C'était devenu un ami… et bien plus encore.

Elle était en train de tomber amoureuse, et cet amour la terrifiait autant qu'il lui donnait des ailes.

— J'aime te voir sourire comme ça, dit-il.

Un bras sous l'oreiller, elle se pelotonna sous la couverture.

— Donc, qu'est-ce qui t'a conduit jusqu'à ma porte ce soir ?

Il rejeta la tête en arrière pour rire.

— Tu as besoin d'une raison ?

— Je croyais que nous étions seulement amis.

Le regard de Sam se perdit dans le vague.

— J'avais besoin de te voir. Je ne savais même pas à quel point avant que tu ne m'ouvres.

Elle sourit.

— En tout cas, je suis contente que tu sois venu.

— C'est vrai ?

Elle hocha la tête en souriant. Il s'assit dans le lit et se passa la main dans les cheveux avec un long soupir.

— Tu parles d'une semaine de dingue…

— Sam, qu'est-ce qui t'arrive ? Quelque chose te chagrine, et j'ai l'impression qu'il ne s'agit pas d'un patient.

— J'ai du mal à en parler, dit-il avec un autre soupir. Peu de personnes sont au courant.

Elle se crispa, mal à l'aise. Il lui dissimulait quelque chose, même après ce qui s'était passé entre eux ?

Du calme ! Ce n'est pas Dean, tu le sais bien.

Par ailleurs, comme elle, il avait le droit d'avoir des secrets.

— Je comprends, dit-elle.

— Quoi donc ?

— Eh bien, que tu hésites à te confier.

— C'est vrai ?

Elle hocha la tête en souriant.

— Et toi, tu as des secrets ? dit-il.

Elle eut un bref haussement d'épaules.

— Oh ! rien de bien intéressant. Je suis partie de Californie après un divorce.

— Tu es divorcée ?

Elle opina en rougissant.

— Mon mari me trompait. Je ne pouvais plus lui faire confiance.

Seigneur, comme ces mots lui étaient pénibles ! Et encore, elle ne lui racontait pas tout. D'un autre côté, quel soulagement de pouvoir enfin confier à quelqu'un la souffrance qu'elle avait enfouie au fond d'elle-même depuis plus d'un an !

Comme il détournait les yeux, l'air songeur, elle fut prise d'une brusque appréhension. En avait-elle trop dit ?

Mais il poussa un long soupir de lassitude.

— Je suis le fils du Dr Hanley.

Elle ne put retenir un mouvement de surprise. Le Dr Hanley, sa mère ? Il n'y avait aucune ressemblance physique entre eux, et, à la manière dont ils se comportaient l'un avec l'autre, il était impossible de les deviner unis par un quelconque lien. Non, vraiment, elle tombait des nues. D'autant que, pour le peu qu'elle en savait, le Dr Hanley ne lui avait jamais donné l'impression d'avoir une fibre maternelle très poussée.

Sam ne put s'empêcher de sourire.

— Tu ne t'y attendais pas, n'est-ce pas ?

— Non, en effet. Pourquoi ne veux-tu pas que cela se sache ?

— Parce que je veux me faire un nom tout seul, sans l'aide de quiconque. Je suis le Dr Napier, pas le fils du Dr Hanley. Enfin, si… Mais non.

— Tu tiens à faire tes preuves toi-même. C'est éminemment respectable.

— Oui, mais est-ce que tu me comprends ? Toi aussi, tu es une chirurgienne renommée.

Elle hocha la tête.

— C'est même pour cela que j'ai quitté la Californie.

— Ah bon ?

— Oui. Tu comprends, mon mari était également mon associé. Lorsque j'ai appris qu'il me trompait, je n'ai plus été capable de lui faire confiance en rien, même dans le travail. Son avis sur les patients, la coopération en salle d'opération, tout était devenu sujet à caution. Alors j'ai préféré partir.

— Ta carrière compte beaucoup pour toi…

— C'est vrai. Pourtant, je ne suis pas aussi dure que peut l'être ta mère. Au contraire, j'ai tendance à être trop gentille.

— Ce n'est pas nécessairement un défaut. Et puis, tu sais te faire respecter. Tu es même très exigeante.

— Tant mieux. Je suis venue ici pour travailler dur.

— Et moi ? Crois-tu que je sois au niveau ?

Elle éclata de rire.

— Mais bien sûr que oui, voyons.

— Et notre histoire ? C'est une bêtise, pour toi ? demanda-t-il en lui caressant la joue.

— Il est encore trop tôt pour le dire.

Il éclata d'un rire bref.

— En tout cas, sois certaine que je n'ai sûrement pas couché avec toi pour faire avancer ma carrière, dit-il.

Elle se crispa.

— Que veux-tu dire ?

— Je faisais allusion à ma mère. Elle doit sa place à ses

relations sentimentales, elle a sacrifié mon père à sa carrière. Sa vie professionnelle comptait plus que son mariage… Plus que moi, en tout cas.

Mindy lui caressa la joue avec douceur.

— Je sais bien que tu n'es pas quelqu'un d'intéressé, mais à quoi cela nous mènera-t-il ?

— Je n'en sais rien, dit-il en soupirant.

— Je ne pense pas qu'une relation entre nous soit envisageable.

Il secoua la tête.

— Non, en effet. Je ne peux rien te promettre.

Elle accusa le coup. Pourtant, il ne disait que la vérité. Elle non plus ne pouvait s'engager à rien. Elle en était encore à tenter de reconstruire sa vie. Pour l'instant, elle avait envie de vivre pour elle. Rien que pour elle.

— Ne t'inquiète pas, va. Je ne m'attendais à rien, même si je suis contente que tu sois passé ici ce soir, dit-elle en l'embrassant sur les lèvres.

— Moi aussi. Mais…

— Mais quoi ?

— Rien. Après tout, ma mère a sans doute raison. Peut-être que si j'étais un chirurgien de sa trempe, j'aurais été capable de faire quelque chose pour Michael. Je n'arrive pas à me faire à l'idée qu'il va si mal alors que ses frères et sœurs ne présentent pas de problèmes particuliers.

— Arrête, Sam. Tu te fais trop de souci. Tu as du cœur : c'est une qualité énorme, chez un soignant.

— Peut-être, mais cela ne suffit pas.

Puis il se leva et commença à se rhabiller.

— Où vas-tu ? lui demanda-t-elle, surprise.

— Je retourne à l'hôpital.

— Sam, honnêtement, tu as fait ce que tu pouvais. Tu n'aideras pas Michael en restant planté à côté de sa couveuse. Reste ici. Repose-toi.

Il lui sourit.

— Non, il vaut mieux que je parte. Et puis, si je me recouche, je ne vais pas me reposer beaucoup.

Les joues de Mindy s'empourprèrent. Il avait raison. Il ne pouvait pas passer la nuit là. Ce qui s'était passé entre eux devait rester secret, ou leurs réputations en pâtiraient.

— D'accord, mais promets-moi de ne pas retourner à l'hôpital.

Alors même qu'elle formulait cette demande, elle la savait futile. Sam était connu pour se donner à fond dans son travail. C'était d'ailleurs aussi pour cela qu'elle l'aimait.

Elle l'aimait ?

Non, c'était impossible. Elle n'était pas prête pour une relation, et surtout pas avec un interne. Pourtant, elle éprouvait tant de plaisir à être avec lui…

— Qu'est-ce qui ne va pas ? demanda-t-il en terminant de boutonner sa chemise.

— De quoi parles-tu ?

— Je ne sais pas… C'est ta façon d'être, quelque chose a changé.

— Mais pas du tout.

— Si. Qu'est-ce qui se passe ?

— Mais rien, je te jure.

C'était faux. Leur histoire venait de prendre un tour nouveau, passionnant et redoutable à la fois. Malgré elle, Mindy avait peur.

— Bon, je m'en vais, dit-il.

Elle opina de la tête, le regard absent.

— A demain. Normalement, tu es dans mon équipe.

— Sauf si je suis contraint de travailler pour ma mère.

Elle redressa brusquement la tête.

— Quoi ?

Avec un soupir, il s'assit sur le rebord du lit.

— Elle insiste pour que je l'assiste sur l'opération expérimentale qu'elle veut tenter sur un des patients du Dr Chang.

— Ah, oui : l'ablation de la tumeur cérébrale.

— Oui, c'est ça.

— Eh bien ? Tu connais le patient en question ?

— Oui. Très bien, même.

— Alors je ne vois pas quel est le problème.

Il fronça les sourcils, contrarié.

— Tu te ranges de son côté, maintenant ?

— Pas du tout. Simplement, je comprends qu'elle te sollicite si tu connais le patient mieux qu'elle.

Il eut un mouvement agacé.

— Ma mère ne s'arrête pas à ce genre de considérations. D'ailleurs, je suis à peu près sûr que je ne ferai que me tourner les pouces durant l'opération. Elle n'accorde aucune marge de manœuvre à ses internes.

— Tu voudrais que je trouve un prétexte pour que tu ne sois pas disponible pour ta mère ?

— Ce n'est pas cela qui l'arrêterait, dit-il en haussant les épaules.

— Ah bon ? Pourquoi ? Moi aussi, je suis titulaire.

— Elle irait aussitôt se plaindre auprès de Langley.

Qui, comme d'habitude, lui céderait, pour la bonne et simple raison qu'il lui avait toujours passé tous ses caprices.

— Ah, oui, fit-elle avec un hochement de tête. En effet, il risque de céder à une chirurgienne plus connue que moi.

Ou plutôt une de ses ex-conquêtes.

Il soupira avec lassitude. Certaines choses gagnaient à être tues. Le passé de sa mère lui causait suffisamment d'embarras. Et il avait beau chercher à se convaincre du contraire, il agissait de même avec Mindy. A une différence près, toutefois : il adorait Mindy, alors que sa mère n'avait jamais aimé qu'elle-même.

— Bon, cette fois-ci, il faut vraiment que j'y aille.

— Très bien, fit-elle. Je te revois demain, dans ce cas.

Il s'attarda encore une seconde, dans l'espoir qu'elle le retienne, l'embrasse. Elle n'en fit rien, cependant. Partagé entre la déception et le soulagement, il quitta l'appartement. La logique aurait voulu qu'il rentre à Brooklyn, comme il en avait eu l'intention quelques heures plus tôt. Au lieu de cela, il retourna à l'hôpital.

Comme il entrait dans le vestiaire, son portable sonna. C'était Kimberlyn.

— Tu sais quelle heure il est ? demanda-t-il.

— Pourquoi décroches-tu, alors ?

— Pourquoi pas ?

— Où es-tu ?

— A l'hôpital. J'arrive tout juste de chez moi. J'étais rentré dormir un peu.

— C'est vrai, ce mensonge ?

— Quel mensonge ? Je n'habite pas à l'autre bout de New York.

— Non, mais je ne vois pas comment, en juste deux ou trois heures de temps, tu as pu prendre le métro, dormir et revenir à l'hôpital.

— OK, Miss Marple… Effectivement, je ne suis pas rentré chez moi.

Il mit le haut-parleur et posa son portable pour se mettre en tenue.

— Où es-tu ? demanda Kimberlyn. Il y a de l'écho.

— Mêle-toi de ce qui te regarde, maman.

— Je vois. Tu dois être dans le vestiaire, en train de te déshabiller. Tu ne m'avais pas dit que tu avais relâché, aujourd'hui ? Tu devrais rentrer chez toi et te reposer un peu.

— Non, j'ai beaucoup de travail. Alors tu m'appelles pour me tarabuster ? Tu sais que ça m'a manqué ?

— A moi aussi, répondit-elle en riant. Je t'appelais pour te dire qu'Enzo et moi serons à New York dans quelques jours, pour rendre visite à ses parents.

— Ah, excellente nouvelle ! Ecoute, pourrais-tu me rappeler à un autre moment ? J'ai du travail.

— OK. A plus tard.

Il finit d'enfiler sa blouse et se rendit à l'unité de soins intensifs. Le service était plongé dans la pénombre, les allées et venues des rares infirmières et médecins de garde troublaient à peine le calme. D'ordinaire, Sam appréciait cette paix, mais ce soir elle ne lui disait rien de bon.

Avec un pincement d'angoisse, il entra dans la chambre de Michael et se pencha au-dessus de la couveuse : il vivait encore ! Sam se redressa avec un soupir de soulagement et s'assit pour consulter son dossier.

— Je vais te tenir un peu compagnie, si ça ne te dérange pas, mon petit gars.

Il parcourut les dernières statistiques médicales de Michael et sourit : elles étaient en amélioration. Contre toute attente, Michael remontait la pente.

— Docteur Napier ? Je vous croyais parti.

Sursautant, il redressa la tête. Le Dr Chang se tenait sur le seuil de la pièce.

— Je me faisais du souci pour lui, dit-il, mais ses constantes sont très encourageantes.

— C'est vrai, répondit-elle en souriant. Il n'est pas encore tiré d'affaire, mais il y a du mieux.

— Qu'avez-vous dit à ses parents ?

— Je leur ai présenté toutes les éventualités auxquelles ils pourraient devoir faire face. Ils m'ont demandé un temps de réflexion. Bien sûr, si l'état de Michael s'améliore, prendre une décision douloureuse leur sera épargné.

Elle se pencha au-dessus de la couveuse et sourit.

— Le Dr Walker est une chirurgienne hors pair.

Il sentit son ventre se serrer. Pourquoi disait-elle cela ? Avait-elle deviné quelque chose ?

— C'est vrai. J'ai beaucoup appris à ses côtés, répondit-il.

Le Dr Chang lui lança un bref regard.

— Je n'en doute pas.

— Pourquoi ?

Etonnée par la brusquerie de sa réaction, elle leva les sourcils.

— Comment cela, pourquoi ? Vous avez dû apprendre beaucoup auprès d'une chirurgienne aussi talentueuse, je ne disais rien d'autre. Fallait-il comprendre autre chose ?

— Non, non. C'est juste que… Avec ma mère ici, vous comprenez…

— Je vous en prie…, fit-elle en haussant les épaules.

Gêné, il préféra changer de sujet.

— A propos, quel est votre sentiment concernant l'opération qu'elle va mener sur Janie ?

Les sourcils froncés, le Dr Chang hésita un instant.

— Les parents de Janie sont d'accord. Personne ne leur a forcé la main. Janie est en phase terminale. Si le protocole fonctionne, elle aura gagné un sursis.

Il acquiesça. De la part du Dr Chang, il ne fallait pas s'attendre à une autre réponse. Elle était connue pour son tact. C'était d'ailleurs une qualité qu'il lui enviait beaucoup.

— Vous restez ici ?

Il hocha la tête.

— Oui, je crois.

— Dans ce cas, vous avez des dossiers en retard. Je vais demander à un externe de vous les apporter. Essayez de vous appliquer, votre écriture est abominable.

Il reposa le dossier de Michael en riant et se laissa aller en arrière sur son siège. Pourvu que sa mère ne l'oblige pas à rejoindre son équipe… Elle se doutait forcément qu'elle allait faire jaser en le recrutant pour cette opération.

S'il ne tenait qu'à lui, bien sûr, il travaillerait pour Mindy.

Mindy…

Il la revit nue dans son lit, et son sang s'échauffa. Au moins, cette fois, il n'était pas parti comme un voleur. Ils avaient pris le temps de discuter et de rire avant qu'elle ne se retranche de nouveau derrière ses défenses. Il était évidemment mal placé pour lui en faire le reproche. Lui aussi avait ses secrets.

Et c'était sans doute mieux ainsi.

12

Le lendemain matin, après avoir rendu visite à ses patientes à la maternité, Mindy confia divers tests et quelques analyses aux deux externes qu'elle supervisait. Puis elle se rendit à l'unité de soins intensifs pour voir comment se portaient les quintuplés. Bizarrement, elle n'avait pas rencontré Sam depuis sa prise de service. Il n'avait d'ailleurs pas effectué sa tournée, ce qui ne lui ressemblait pas. Lui était-il arrivé quelque chose ?

Peut-être qu'il m'évite...

Seigneur, surtout pas ça ! Mais non, elle se montait la tête. Il n'avait rien à voir avec Dean. Le Dr Hanley avait sans doute réussi à le recruter pour son opération.

Manifestement, sa relation avec sa mère n'était pas au beau fixe. Pourquoi ? Elle n'en savait rien, mais il ne lui appartenait pas de poser des questions. Après tout, elle-même n'avait pas été très diserte sur sa vie privée. Elle était restée très évasive sur ses raisons de ne pas s'engager dans une relation.

Mieux valait qu'ils en restent là, tous les deux. Bientôt, les autres titulaires donneraient leur avis pour l'attribution des places en spécialisation. La plupart de ses confrères allaient voter pour Sam, et telle avait été son intention. Du moins, avant ce qui s'était passé la nuit précédente. A présent, elle préférait ne pas se prononcer, autant dans l'intérêt de Sam que dans le sien. Le problème, c'était qu'il lui serait difficile de justifier sa décision. Le talent de Sam, ses compétences étaient unanimement saluées. En faisant bande à part et en ne votant pas pour lui, elle risquait de susciter des questions, voire des rumeurs, ce qu'elle tenait absolument à éviter. Elle se mordit la lèvre.

Les ragots, elle en avait soupé. Pour rien au monde elle ne voulait devoir de nouveau déménager. La veille de son départ pour New York, Dean l'avait traitée de lâche, l'accusant de fuir ses problèmes. Il n'avait peut-être pas tort. Elle était, effectivement, trop sensible aux critiques et à l'opinion des autres : héritage, sans doute, d'une adolescence malmenée.

Quoi qu'il en soit, lorsqu'il s'agirait de voter l'attribution des places, elle s'abstiendrait. Sam était un médecin talentueux, promis à une carrière brillante. Elle ne voulait pas compromettre cet avenir.

Elle en était là de ses pensées lorsqu'elle arriva devant l'unité de soins intensifs. La couveuse de Michael se trouvait dans la première chambre en entrant. Après s'être brièvement renseignée sur l'état des quintuplés auprès des infirmières, elle badgea pour pénétrer dans l'unité. A travers la fenêtre, elle aperçut Sam, endormi dans le siège à côté de la couveuse. Voilà donc pourquoi il n'avait pas répondu à ses messages et ni fait sa tournée de visite, ce matin…

Elle le considéra en souriant. Il était tellement dévoué à ses patients, aux enfants ! Si seulement ils avaient pu se rencontrer dans d'autres circonstances… Pourquoi ne l'avait-elle pas connu d'abord, à la place de Dean ? Pourquoi fallait-il qu'il soit interne, et sous ses ordres ? Au diable, le destin. La vie était injuste.

Elle allait s'en aller, mais se ravisa et entra dans la chambre pour réveiller Sam. Elle ne pouvait pas le laisser faire la grasse matinée et s'attirer des remarques.

— Debout les morts ! fit-elle en refermant la porte derrière elle.

Il se réveilla en sursaut.

— Bon sang ! Quelle heure est-il ?

— 9 heures du matin.

Il se frotta les yeux en marmonnant un juron.

— Je suis désolé. D'habitude, je suis toujours à l'heure pour ma tournée.

— En effet. Tes externes se sont demandé ce que tu fabriquais.

— Génial, ils vont me prendre pour un flemmard.

Il se leva et s'étira longuement.

— Pardon pour cet oubli.

— Mais pas du tout, Sam. Il n'y a pas de problème.

— Si. L'attribution des places en spécialisation va bientôt être décidée. Ce n'est pas le moment de tirer au flanc.

— Allons, ce n'est pas comme si tu faisais la grasse matinée. Tu étais au chevet d'un patient.

— Tu es trop indulgente avec moi. Ne me fais pas de faveur à cause de ce qui…

— Chut ! Il ne s'agit pas de cela, de toute façon. Ce qui s'est passé entre nous était une erreur.

Il fronça les sourcils.

— Oui. Tout de même, je suis désolé.

— Il n'y a vraiment pas de quoi. Par ailleurs, je ne vais pas me prononcer sur l'attribution des places.

— Ah bon ? Pourquoi ?

— Parce que si jamais ce qui s'est passé entre nous venait à s'ébruiter, on pourrait penser que je t'ai pistonné. Ta crédibilité en prendrait un coup.

— Je comprends, oui.

Elle sourit.

— Je ne regrette pas notre aventure, mais je ne veux pas que nos vies professionnelles en fassent les frais. Pas question de déménager encore une fois.

Il hocha la tête.

— J'ignore ce qui t'a poussée à quitter la Californie, mais, en tout cas, ce n'est pas toi qui étais en tort : ton mari t'avait trompée.

— Je suis partie parce que c'était la solution la plus simple, répondit-elle dans un souffle. Prépare-toi. Tes externes vont vraiment se demander ce que tu fabriques.

— D'accord. Merci, Mindy.

Elle prit congé avec un dernier sourire et se rendit vers le bureau du Dr Chang.

— Puis-je vous parler un instant ? demanda-t-elle après s'être annoncée par de légers coups à la porte.

— Bien sûr. Entrez donc.

Mindy referma derrière elle et s'assit devant le bureau.

— Je viens vous parler de mon vote concernant les programmes de spécialisation.

— Ah, oui. En effet, j'attendais votre réponse. J'espère présenter la candidature retenue la semaine prochaine au conseil exécutif.

— Justement, je souhaiterais retirer ma voix.

Le Dr Chang la considéra avec surprise.

— Comment cela ?

— Eh bien, je ne pense pas avoir l'ancienneté nécessaire pour déterminer qui des candidats est le plus méritant.

Le Dr Chang se renfonça dans son siège et joignit le bout de ses doigts sous son menton.

— Je comprends. Merci de me faire part de vos scrupules. Dans la profession, vous détonnez. Bon nombre de chirurgiens auraient donné leur avis, même mal informés. La plupart des obstétriciens spécialisés en chirurgie fœtale s'estiment au-dessus du panier.

— Je suis sans doute moins arrogante.

— Je n'en doute pas, dit le Dr Chang en souriant. C'est d'ailleurs l'une de vos qualités. Cela dit, ne me faites pas dire ce que je n'ai pas dit. Votre discipline est innovante et susceptible de sauver de nombreuses vies. Vos confrères ont des raisons d'être fiers.

— Sans doute, mais ce n'est pas dans mon caractère. Je suis avant tout au service du patient, pas l'inverse.

— Nous sommes sur la même longueur d'onde, dit le Dr Chang en souriant. C'est d'ailleurs pour cela que vous m'êtes sympathique.

— Merci, le sentiment est réciproque.

— Alors, depuis quand dure cette histoire entre vous et le Dr Napier ?

Prise de court, Mindy ouvrit des yeux ronds.

— Comment êtes-vous au courant ?

— Je suis très perspicace. Lorsqu'on me raconte des mensonges, je m'en rends compte tout de suite. C'est aussi le cas lorsqu'on cherche à me dissimuler quelque chose.

— Je vous assure qu'il n'y a rien entre nous.

— Mais… ?

Mindy soupira.

— La veille de mon arrivée au West Manhattan Saints, j'ai rencontré quelqu'un dans un bar et nous avons passé la nuit ensemble. Il s'est avéré que cet homme était Sam. J'ignorais complètement qui il était.

— D'accord. Je comprends mieux.

— C'est vraiment tout. Rien n'arrivera entre nous. Je ne veux pas compromettre sa carrière. Il a un bel avenir devant lui.

— C'est vrai. Merci pour votre franchise. Ne vous inquiétez pas, je resterai discrète. J'aime beaucoup Sam et je souhaite qu'il intègre mon équipe. Il a un potentiel énorme.

— Sa mère n'a pourtant pas l'air de cet avis.

— Ah. Il vous a parlé d'elle. Vraiment, je me demande s'il va pouvoir garder ce secret encore longtemps. Cette femme est sans doute un ponte dans son domaine, mais pour les qualités humaines elle laisse à désirer.

— Vous n'avez pas l'air de l'apprécier beaucoup.

Le Dr Chang haussa les épaules en souriant.

— Nous étions ensemble en fac de médecine, et déjà, à l'époque, elle me tapait sur les nerfs. Et puis, la façon dont elle a traité son mari et Sam… Il n'y a pas d'excuse à cela. Bien entendu, ce que je viens de dire reste entre vous et moi.

— Bien sûr.

— Sam évite de parler de sa vie privée. Il tient beaucoup à faire ses preuves tout seul, sans l'aide de quiconque, et surtout pas de sa mère. Du coup, il a parfois l'air d'un loup solitaire. Mais tout ce qu'il a obtenu jusqu'à présent, il ne le doit qu'à lui-même.

— C'est ce qu'il m'a dit.

Pourtant, fallait-il le croire lorsqu'il racontait cela ? S'était-il dégagé de l'ombre de sa mère ? Elle en doutait. Même si peu de gens étaient au courant de son histoire, il semblait sans cesse sur la défensive. Mais elle n'avait pas de leçons à lui donner. Elle aussi était prisonnière de son passé. Elle aussi préférait cacher certaines parties de sa vie. Or, pour vivre en couple, il ne fallait pas avoir de secrets l'un pour l'autre.

— Merci pour votre compréhension et pour votre discrétion, docteur Chang.

— Et merci pour votre franchise. Une dernière chose : les relations sentimentales entre collègues sont parfaitement admises dans cet hôpital.

— Peut-être, mais je préfère ne pas m'aventurer dans cette voie-là.

Le Dr Chang sourit.

— C'est un choix respectable.

Les deux femmes échangèrent une poignée de main ferme et Mindy quitta le bureau, soulagée. Voilà ! Elle n'aurait pas à se prononcer sur les places en spécialisation et elle était ravie d'avoir dit la vérité à une collègue qu'elle admirait, et qui respectait Sam. Le problème était réglé et elle se sentait débarrassée d'un poids énorme. Pourtant, un sentiment de frustration la taraudait toujours. Rien ne pouvait se passer entre Sam et elle, et elle en était tellement malheureuse !

La vérité, c'était qu'elle était tombée amoureuse. Elle l'aimait, et elle avait le cœur brisé à l'idée de devoir en rester là avec lui.

A peine arrivé en unité de chirurgie, Sam sentit son biper vibrer : c'était sa mère, elle le demandait en salle opératoire 3. Comme d'habitude, elle le mettait devant le fait accompli. Furieux, il claqua la porte du vestiaire. Par la vitre de séparation, il aperçut justement sa mère. Déjà au bloc, elle discutait avec quelques journalistes en blouses. Au moins, cette pauvre Janie n'était-elle pas encore descendue de sa chambre. Ce cirque indécent lui serait épargné. Apparemment, seule l'équipe chirurgicale était présente pour préparer la salle tandis que sa mère et Langley s'entretenaient avec la presse.

Génial, Langley… Il ne manquait plus que lui ! Elle avait le culot de lui imposer son beau-père en salle d'opération ? Parfait ! Puisqu'elle l'avait recruté comme assistant, il allait assister à l'opération : faire acte de présence, lui préparer une ou deux seringues tout au plus, mais rien d'autre.

Dûment lavé et préparé, il entra dans la salle d'opération, mais resta près de la porte et attendit que sa mère daigne s'apercevoir de sa présence. Au lieu de cela, Langley vint à sa rencontre.

— Ah, vous voilà enfin. Mais venez donc, ne restez pas planté là.

— Ça va, ça va. Je ne compte pas rester, de toute façon.

— Le Dr Hanley exige votre présence.

— Sans blague ?

— Dites donc, jeune homme, pas d'insolence, je vous prie.

Sam leva les yeux au ciel. En prime, il se faisait sermonner comme un gamin ! Il prit une profonde inspiration dans l'espoir de se calmer, tout en sachant que c'était peine perdue.

— Je n'ai rien à faire ici. Je devrais être dans le service du Dr Walker.

— Je suis sûr que le Dr Walker ne verra aucun inconvénient à ce que vous participiez à cette opération.

— Peut-être pas, mais moi, j'en vois beaucoup.

Sam se détourna pour partir, mais Langley s'interposa entre lui et la porte.

— Eh là ! Où croyez-vous aller ?

Saisi de fureur, Sam lui fit face. Il lui donnait des ordres comme à un gosse ? Pour qui se prenait-il ? Il n'était pas son père ! Comme Langley tendait la main pour le retenir, Sam le repoussa brutalement.

— Mais fichez-moi la paix, à la fin ! Vous n'êtes pas mon père, pour me parler comme cela. Vous avez peut-être couché avec ma mère il y a des années, mais cela ne vous autorise pas à me donner des ordres. Je ne resterai pas cloîtré des heures en salle d'opération avec ma mère.

Devant l'énormité de ce qu'il venait de dire, Sam se tut. Autour de lui, le silence s'était fait. Dans la galerie d'observation, remplie à craquer, tous les regards étaient braqués sur lui. Dans la foule des internes et des médecins qui le dévisageaient, médusés, il aperçut Holly, sa colocataire, et, tout au fond, Mindy. La pitié qu'il lut sur son visage lui déchira le cœur.

— Excusez-moi. Je ne sais pas…

Ne sachant que dire, il laissa sa phrase en suspens. A quoi bon chercher à rattraper le coup ? Sa réputation était fichue.

— Qu'est-ce qui te prend ? Tu es devenu fou, ma parole !

— Oh ! ça va, maman…

— Tais-toi ! Comment oses-tu m'humilier publiquement et insulter un supérieur ? Dénigrer l'opportunité que je t'offre ? Quelle ingratitude… As-tu idée des relations que j'ai dû solliciter pour imposer ta présence dans ce protocole chirurgical, et même pour te faire accepter dans cet hôpital ? Au cas où tu l'ignorerais, tu n'as rien d'exceptionnel.

— Non, je te l'accorde. D'ailleurs, je ne t'ai jamais rien demandé. Je ne veux pas de ton aide. Je ne veux pas, comme toi, devoir ma carrière à des manigances.

— Ça suffit ! Disparais de ma vue !

— Avec plaisir.

Il retourna au vestiaire et enleva rageusement sa blouse, son masque et sa coiffe avant de sortir dans le couloir.

— Docteur Napier, attendez !

Il se retourna. Langley l'avait suivi.

— Vous allez devoir vous désinfecter de nouveau, dit Sam.

— Je sais. Qu'est-ce qui vous a pris ?

— A votre avis ? C'est plutôt clair, non ?

— Non, justement. Pourquoi avez-vous candidaté dans cet hôpital, alors que vous me détestez ?

— Je suis venu pour le Dr Chang. Je savais qu'elle était parmi les meilleurs en pédiatrie et je voulais me former auprès d'elle. Sans cela, pour rien au monde je n'aurais postulé ici.

— A cause de moi ? demanda Langley en croisant les bras.

— Oui. C'est à cause de vous que mes parents ont divorcé.

Langley secoua tristement la tête.

— Le mariage de tes parents battait de l'aile depuis longtemps.

— Et alors ? Rien ne vous obligeait à coucher avec elle.

— Et vous ? De quel droit fouinez-vous dans la vie privée de votre mère ?

— Répondez-moi. Pourquoi avez-vous couché avec elle, une femme mariée ? Pourquoi avez-vous brisé leur couple ?

— J'aimais votre mère.

Sam ne trouva d'abord rien à répondre. Langley avait manifestement autant souffert que son père, si ce n'était davantage. Malgré tout, Sam n'éprouvait pas la moindre compassion pour lui.

— Et alors ? Mon père aussi. Et beaucoup d'autres.

Blessé, Langley accusa le coup.

— Je sais, et je regrette sincèrement ce qui est arrivé.

— Ça me fait une belle jambe.

— Elle m'a brisé le cœur, à moi aussi.

— Je m'en fiche. Attendez-vous à recevoir ma démission.

Sur ce, Sam tourna les talons. Il n'avait plus rien à faire dans cet hôpital. A présent que son secret était éventé, comment rester ici ?

— Sam !

Jetant un coup d'œil derrière lui, il vit Mindy qui courait pour le rattraper. Bon sang, ce n'était pas le moment… Il ne voulait pas lui parler. Pas maintenant.

Il hâta le pas, mais elle le rejoignit et lui saisit le bras.

— Tu ne m'as pas entendu ?

— Si, répondit-il sèchement, sans même la regarder. Qu'est-ce que tu veux ? Briser ce qui me reste de réputation en criant mon prénom dans les couloirs ?

Elle lui lâcha le bras.

— Pourquoi es-tu fâché contre moi ?

— Ça va, je t'en prie. Laisse-moi tranquille.

— Tu as tenu tête à ta mère. C'est formidable !

Il haussa les épaules d'un air excédé.

— Oui, c'est génial. A présent, tout le monde va me voir comme un « fils de » qui doit sa place à l'entregent de sa maman.

— Mais non ! Ne l'écoute surtout pas. Tu es un excellent chirurgien et tu as tout à fait ta place ici.

— Non. Tu l'as entendue, non ? C'est elle qui a imposé ma candidature au Dr Chang.

— Si tu crois ça, tu es vraiment le dernier des imbéciles.

— Moi, un imbécile ? Ça va comme ça, je vais vider mon casier.

Elle le dépassa pour lui bloquer le passage.

— Quoi ?

— Je viens de démissionner.

— Hein ?

Elle fronça les sourcils, perplexe.

— Mais pourquoi ? C'est complètement stupide.

— Venant de toi, c'est l'hôpital qui se moque de la charité.

Elle se pencha vers lui, le regard rétréci.

— A quoi veux-tu en venir, au juste ?

— Tu m'as très bien compris.

— Non, justement. En revanche, toi, tu choisis la lâcheté en fuyant. Tout le monde sait désormais que le Dr Hanley est ta mère, et alors ? Ça n'enlève rien à tes qualités professionnelles. Reste.

— Tu me dis ça à moi, alors que tu as tout laissé tomber en apprenant que ton mari te trompait ? Alors, oui, je fuis, je suis un lâche, comme toi. A lâche, lâche et demi.

Elle ouvrit de grands yeux.

— Qu'est-ce que tu racontes ? Je n'ai pas fui mes problèmes.

— Si. Et maintenant, c'est mon tour. Je n'ai besoin de personne. Je ne réclame aucune faveur, aucune pitié.

— Très bien. Dans ce cas, je ne vais pas te décevoir.

Pivotant sur ses talons, elle fit demi-tour sans lui accorder un regard. Il la suivit des yeux, le cœur serré. Comme le pauvre imbécile qu'il était, il venait de la repousser, alors qu'il l'aimait. En l'espace d'une heure, il avait tout perdu : son travail, son avenir, et la femme qu'il aimait.

Va la retrouver, bougre d'idiot. Présente-lui tes excuses.

Mais non. Mieux valait en rester là. Il ne la méritait pas.

Il ne méritait rien de ce qui lui arrivait.

13

Trois jours plus tard

— Fichez-moi la paix ! J'ai déjà dit que je ne veux voir personne.

Sam soupira avec impatience. Cela n'arrêtait pas ! Depuis trois jours, on ne cessait de frapper à sa porte : ses colocataires, des collègues internes, tous insistaient pour qu'il revienne sur sa démission. Kimberlyn et Enzo étaient eux aussi passés pour tenter de le convaincre, mais rien à faire. Sa décision était prise, il repartait en Ecosse ouvrir un cabinet de médecine générale. Bien sûr, ce faisant, il renonçait à son rêve de devenir chirurgien pédiatre, mais il préférait encore mettre un océan entre lui et sa mère. Entre lui et Mindy.

Mindy… Il avait mal au cœur en pensant à elle. Au moins, ainsi séparée de lui, elle pourrait pratiquer la médecine dans des conditions plus sereines.

Ah, mais allaient-ils cesser de tambouriner à cette porte ? A coup sûr, c'était encore Kimberlyn ou Holly. Quand comprendraient-elles qu'il désirait un peu de tranquillité pour faire ses bagages ? Excédé, il posa la pile de livres qu'il était en train d'examiner et alla ouvrir.

— Quoi encore ? fit-il, furieux.

Puis il se figea, interdit.

— Docteur Chang ?

— Je me doute que vous êtes très occupé, mais puis-je entrer une minute ?

— Bien sûr.

Il s'écarta pour la laisser passer et referma la porte derrière elle.

— C'est gentil, chez vous, dit poliment le Dr Chang en posant son sac sur une table.

— Merci. Pourquoi êtes-vous venue ?

Elle prit place dans un ample fauteuil de cuir ancien et croisa les bras.

— Vous avez l'intention de repartir en Ecosse ?

— Qui vous a dit ça ?

— Votre père. Il m'a téléphoné.

— Mon père vous a téléphoné ? répéta-t-il, stupéfait.

— Oui. Il était ami avec mon mari, du temps où il vivait avec votre mère.

— Je l'ignorais, dit-il en s'asseyant à son tour.

— En revanche, vous devez savoir que votre mère et moi sommes camarades de promo, tout comme le Pr Langley.

— Je préférerais ne pas entendre parler de lui, si cela ne vous ennuie pas, dit-il avec une moue contrariée.

Le Dr Chang soupira.

— Ecoutez, vous avez de bonnes raisons de lui en vouloir. Il a séduit une femme mariée et brisé un ménage, mais, à sa décharge, il aimait vraiment votre mère et pensait en être aimé.

— Ma mère n'aime personne qu'elle-même.

— C'est vrai, et il n'a pas tardé à s'en rendre compte.

— Je sais qu'elle l'a trompé, lui aussi, et je m'en fiche. Après tout, il m'a recruté seulement pour lui faire plaisir.

— Seigneur, quelle tête de mule. Vous êtes bien le fils de votre mère.

— Je n'ai rien à voir avec elle !

— D'une certaine manière, si. Ecoutez, égocentrique comme elle l'est, elle s'est fourré dans la tête que vous êtes au West Manhattan Saints grâce à son entregent, mais elle se trompe. Ce n'est pas Langley qui supervise le recrutement des internes, c'est moi.

— Vous ?

Le Dr Chang hocha la tête.

— Oui, moi. Le Comité exécutif s'en remet à moi. En lisant votre dossier, ce n'est pas votre nom qui a retenu mon attention, mais l'excellence de vos notes et vos lettres de recommandation élogieuses. Malgré ce que prétend votre mère, vous n'êtes pas un médiocre. C'est elle qui refuse de reconnaître le brillant médecin que vous êtes.

Il la dévisagea, interdit. Toutes ces déclarations lui faisaient l'effet d'un coup de massue. Il s'était jeté à corps perdu dans ses études de médecine sans jamais recevoir de sa mère l'ombre d'une approbation. Sans doute craignait-elle qu'il échoue et que cet échec rejaillisse sur elle… Oui, mais alors, pourquoi insistait-elle autant pour qu'il se spécialise en neurochirurgie, comme elle ? Espérait-elle ainsi le contrôler plus facilement, l'utiliser comme faire-valoir ?

— Je me suis comporté comme un imbécile.

— On peut dire les choses comme ça.

— Et malgré tout, vous me demandez de revenir ?

Le Dr Chang fronça les sourcils avec sévérité.

— Vous n'avez pas le choix, Sam. Je n'accepte pas votre démission.

— Mais… mais c'est Langley qui décide en dernier ressort.

— Pas du tout. C'est moi qui vous ai choisi, sur la base de votre dossier. J'ai tout de suite vu en vous une jeune pousse prometteuse et je vous ai réservé pour mon service.

— Pardon ?

— Vous m'avez bien comprise. C'est vous qui avez été retenu pour le programme de spécialisation. En toute franchise, ce vote n'était qu'une pure formalité : vous étiez le meilleur candidat.

— Et Mindy ? Elle a voté pour moi ?

— Non, elle a préféré rester neutre, étant donné ce qui s'est passé entre vous.

Il sursauta, choqué.

— Elle vous en a parlé ?

— Oui. Elle a dit que vous vous êtes connus de manière totalement fortuite, et je la crois. Malgré tout, en dehors de vous, elle ne voyait personne pour ce programme. Ne pouvant voter pour vous, elle s'est donc abstenue.

Il hocha la tête, trop ému pour parler. Quel idiot… Mindy savait qu'il ne voulait rien obtenir par faveur et qu'il craignait les ragots. Par égard pour lui, pour qu'on ne puisse pas l'accuser de favoritisme, elle n'avait pas voté pour lui et avait dû s'en expliquer avec une collègue. Ce faisant, elle avait été contrainte de révéler sa liaison avec lui, un interne. Elle avait risqué sa réputation, sa carrière pour lui.

S'effondrant sur son fauteuil, il enfouit son visage dans ses mains. Il s'était vraiment conduit comme le dernier des minables.

— Il faut que je parle à Langley et à ma mère, dit-il enfin.

— Le Dr Walker mérite également une explication, mais vous le savez déjà, je suppose.

Il acquiesça d'un bref hochement de tête.

— Donc, reprit le Dr Chang, allez-vous revenir parmi nous ?

— Oui, oui.

— Parfait !

Elle se leva et reprit son sac pour s'en aller, puis se tourna vers lui.

— Une dernière chose : votre mère vous aime, à sa façon. Le problème, c'est qu'elle n'a jamais eu la fibre maternelle, alors que votre père tenait beaucoup à avoir un enfant. Leur mariage a achoppé sur ce point, entre autres. Mais n'allez surtout pas croire qu'il est impossible pour un chirurgien d'avoir une vie de famille. C'est tout à fait faisable, du moment que chacun y met du sien.

— Alors si je n'étais pas né, leur couple aurait tenu ?

— Non, pas du tout. Je disais simplement qu'ils n'étaient pas faits pour vivre ensemble. Croyez-moi, votre mère tient à vous. Simplement, elle ne sait pas s'excuser. Ni aimer, d'ailleurs.

Il hocha la tête.

— Oui, je comprends.

— Et j'en suis bien contente, dit-elle en refermant la porte derrière elle.

Il se leva et alla se poster devant la fenêtre pour suivre du regard le Dr Chang, qui sortit du bâtiment et se dirigea vers sa voiture.

Peut-être avait-il eu tort, après tout. Pour lui, tout le mal venait d'un seul homme : Langley. Mais il ne s'était jamais donné la peine de considérer le divorce de ses parents sous un autre angle. Jamais il n'avait pensé que sa mère pouvait avoir sa part de responsabilité, ou que son père lui avait imposé des choix de vie qu'elle avait été incapable d'assumer.

Or, le Dr Chang était la preuve vivante qu'un chirurgien pouvait avoir une vie de couple épanouie, des enfants. Il n'était pas condamné au célibat pour réussir dans son métier. Il n'était pas obligé de vivre comme sa mère.

Il fallait qu'il parle à Mindy, qu'il lui présente ses excuses. Il avait eu tort de l'accuser d'avoir fui ses problèmes. Le lâche, c'était lui. Mais allait-elle accepter de l'écouter ?

On frappa à la porte et Kimberlyn passa la tête par l'entrebâillement.

— Ça va ? Alors, tu restes ?

Il lui jeta un coup d'œil par-dessus son épaule.

— Oui.

— Super ! Si tu n'avais pas écouté le Dr Chang, je t'assure qu'avec Enzo on t'aurait enfermé dans ta chambre, pieds et poings liés.

— Inutile d'en arriver là, répondit-il en riant. Je reste, et je m'en vais même de ce pas à l'hôpital pour tenter d'arranger les choses.

Sam arriva à l'hôpital une heure plus tard, le cœur battant à tout rompre, sans même savoir si Mindy était de service.

De toute façon, il devait d'abord s'expliquer avec sa mère. Ensuite, il irait présenter ses excuses à Langley.

Il se dirigea vers le bureau du Dr Hanley et reconnut sa silhouette au travers des stores occultants. Il prit une profonde inspiration pour se donner du courage et frappa à la porte.

— Entrez.

Il s'exécuta et referma derrière lui.

— Tiens donc, c'est toi ? Je ne m'attendais pas à te revoir ici, dit sa mère d'un ton dégagé.

— Je m'en doute.

— Tu n'avais pas l'intention de repartir en Ecosse ?

— J'ai changé d'avis. D'ailleurs, comment se fait-il que tu sois au courant ?

— C'est ton père qui me l'a dit.

— Tu as parlé à papa ?

— Oui.

Elle se renversa dans son fauteuil pivotant en joignant le bout des doigts.

— Tu voulais me dire quelque chose ?

— Oui. Je suis désolé que tu te sois sentie obligée de me pistonner, de faire attention à moi. Ce n'était pas nécessaire, je me débrouille très bien tout seul. Tu peux me faire confiance, je saurai me montrer à ta hauteur.

Elle le dévisagea d'un air surpris. Encouragé par son silence, il poursuivit :

— Par ailleurs, ce n'est pas Langley qui m'a accepté au West Manhattan Saints, mais le Dr Chang, parce qu'elle a cru en mes qualités professionnelles. Je t'assure que je serai un excellent chirurgien pédiatrique.

— Qu'attends-tu de moi, au juste ? Des excuses ?

— Non, je risquerais d'attendre longtemps. Je t'en ai longtemps voulu du mal que tu as causé à papa, mais j'ai fini par comprendre que votre divorce était inévitable. J'ai fait la part des choses.

— Alors, que veux-tu ? Mon approbation ?

— Non. Je ne te demanderai pas ce que tu es incapable de m'offrir.

Elle hocha la tête et retourna à son travail.

— Parfait. Affaire classée, alors. Au fait, je crois que ma technique chirurgicale est une réussite : Janie a survécu à l'opération. Elle en est à son troisième jour postopératoire et se porte très bien. Bien entendu, elle reste sous étroite surveillance, mais, en l'absence de complications, son pronostic est certainement meilleur qu'il ne l'était auparavant.

Et voilà, c'était reparti… Exaspéré, il se força à l'écouter parler de l'intervention, des interviews qu'elle avait données et de la publication qu'elle préparait pour un éminent journal médical. Non, jamais il n'obtiendrait d'excuses, mais ce n'était pas grave. Il avait fini par se faire à cette idée. A quoi bon vouloir la changer ? C'était peine perdue.

— Au fait, as-tu obtenu la spécialisation que tu voulais ? demanda-t-elle soudain, interrompant ses pensées.

— Oui.

Elle hocha la tête.

— Bien, bien… Même si je persiste à dire que la neurochirurgie aurait été un meilleur choix.

— Pour toi, sans doute, mais pas pour moi. J'aime travailler avec les enfants.

— Moi non. Je ne sais pas m'y prendre avec eux.

A cet aveu, une légère rougeur colora ses joues. Sam ne put s'empêcher de sourire. A sa manière, et sans en avoir l'air, elle venait de s'excuser. Maladroitement, elle lui demandait pardon pour cette enfance ballottée entre l'Ecosse et New York. Pour ces étés passés à s'ennuyer dans des couloirs d'hôpital pendant qu'elle travaillait. Pour tous les sandwichs sous Cellophane dont elle l'avait nourri, trop occupée qu'elle était pour lui préparer de vrais repas.

Lorsqu'il était parti vivre avec son père en Ecosse, elle aurait pu l'oublier et refaire sa vie sans lui, mais cela n'avait pas été le cas. Il avait passé chaque été à New York avec elle. Certes, même à ces occasions, elle n'était jamais très présente, mais elle avait fait en sorte de ne pas rompre le lien avec lui. D'ailleurs, à la réflexion, c'était sans doute pour cela qu'elle avait tellement insisté pour qu'il se spécialise en neurochirurgie : espérait-elle ainsi créer un terrain de complicité avec lui, une manière de le retrouver par le métier ?

Bien sûr, son enfance n'avait pas été des plus gaies, mais il ne pouvait pas reprocher à sa mère de l'avoir tenu à l'écart. Elle ne l'avait jamais oublié. A sa manière, elle avait fait de son mieux.

— Ce n'est pas grave, répondit-il en souriant. Tout le monde ne peut pas être un excellent pédiatre.

14

Mindy ôta ses lunettes et les posa sur le bureau. Fatiguée, elle se massa les yeux et l'arête du nez, puis se redressa et roula des épaules. Elle était restée trop longtemps courbée sur ses dossiers, mais, lorsqu'elle ne travaillait pas, elle pensait à Sam. Son souvenir l'obsédait. Leur dernière conversation, surtout, lui revenait sans cesse à l'esprit. Les paroles de Sam l'avaient blessée, oui, mais parce qu'elles avaient un fond de vérité. Effectivement, elle avait été lâche. Elle n'avait pas eu le courage d'affronter les rumeurs, les moqueries, les regards de pitié. Elle aurait très bien pu rester à Los Angeles et faire un bras d'honneur à Dean. Après tout, c'était elle qui faisait tourner ce cabinet.

En tout cas, elle en avait assez de fuir. Même si tout le monde était au courant, pour Sam et elle, il était hors de question qu'elle fasse de nouveau ses bagages. New York était devenue sa ville d'adoption, elle comptait bien y faire son trou. De toute façon, elle avait entendu dire que Sam repartait en Ecosse. C'était pour le mieux.

Autant ne pas se leurrer, quel avenir avaient-ils ensemble ? Elle était plus âgée que lui, plus accomplie sur le plan professionnel. Il aurait risqué de se sentir inférieur à elle, de l'envier. C'était ce qui s'était passé avec Dean. Entre eux, il n'y avait plus ni confiance, ni respect.

Ce qui l'avait le plus blessée, ce n'était pas tant le fait qu'il soit homo, mais la brutalité avec laquelle il le lui avait annoncé. Quoique, en repensant à toutes les années de vie commune, elle n'aurait pas dû être si étonnée. Il n'avait jamais accepté ses succès. Déjà du temps de leur internat, il était exaspéré lorsqu'elle obtenait les cas les plus intéressants. A l'époque, elle n'y avait pas accordé d'importance. Pour elle, ces disputes, ces réconciliations faisaient partie intégrante d'une vie de couple, il n'y avait pas de quoi se formaliser. En quoi, avec le recul, elle avait eu tort. Si Dean l'avait vraiment aimée, il ne lui aurait pas reproché sa réussite. Au contraire, il en aurait été fier, heureux. C'était cela, l'amour, le vrai : deux personnes qui savaient pourquoi elles vivaient ensemble et qui s'épaulaient envers et contre tout parce qu'il leur était impossible de vivre séparées.

Or, avec Dean, cela n'avait jamais été le cas. Avec Sam, elle aurait pu tenter l'aventure, mais la question ne se posait pas, il repartait en Ecosse. A cette pensée, des larmes jaillirent de ses yeux, qu'elle essuya d'un geste bref. Non, elle n'allait pas pleurer sur lui. Elle allait tourner la page et l'oublier, même si cela risquait de prendre du temps.

Comme on frappait à la porte, elle se leva en s'étirant et alla ouvrir. Elle se figea à la vue du géant roux qui se tenait sur le seuil.

— Docteur Napier… Je ne m'attendais pas à vous voir.

Il sourit.

— Je peux entrer ?

Elle s'écarta pour le laisser passer et referma derrière lui, mais, comme pour se ménager une sortie, ne s'éloigna pas de la porte. Les bras croisés sur la poitrine, elle le considéra fixement.

— Je vous croyais reparti en Ecosse ?

— Non. Mon avion était censé partir ce soir.

— Comment ça, « était censé » ? Votre vol est repoussé ?

— Non. Je ne pars pas. Finalement, je reste au West Manhattan Saints.

— Ah bon ?

Ne sachant que dire, elle demeura un instant silencieuse avant de secouer la tête.

— Et alors, qu'est-ce que cela peut me faire, que vous restiez ou non ? Moi, j'ai ma carrière à faire ici et je ne pars pas. Je ne suis pas une lâche, contrairement à ce que vous pensez.

— Je le sais, et je regrette mes paroles.

Elle le dévisagea avec dureté. Ainsi donc, il était venu faire amende honorable ? Eh bien, non, elle n'allait pas se laisser prendre à ses belles paroles. C'était trop facile.

— Tu m'as blessée.

— Je sais.

— Et, malgré tout, tu me demandes de te pardonner ? De te faire confiance ?

— Laisse-moi une chance, je t'en prie. J'ai été complètement stupide. Stupide et borné.

Elle ne put s'empêcher de sourire.

— Je ne vais pas dire le contraire. Alors tu es venu t'excuser et me dire que tu ne t'en vas pas ?

— Plus ou moins, oui. Mais il y a autre chose.

— Ah bon ?

Comme il s'avançait vers elle, elle recula contre la porte, le cœur battant à tout rompre. Ce regard sombre, vibrant de tendresse… Il avait eu le même lorsqu'ils avaient fait l'amour et qu'il l'avait prise dans ses bras pour la faire sienne.

— Oui, fit-il d'une voix sourde. Je t'aime et je veux regagner ta confiance, quoi qu'il en coûte. C'est toi que je veux, Mindy. Seulement toi.

Elle le dévisagea, interdite, sans arriver à en croire ses oreilles.

— Pardon ?

— Je t'aime, Mindy. Je sais que je t'ai blessée, aucune excuse ne peut réparer ma conduite. Si tu m'en veux encore, je le comprendrai, mais je voulais te faire connaître ce que j'éprouve pour toi.

A ces mots qu'elle n'osait croire, elle sentit des larmes lui picoter les yeux.

— Mais… Enfin, tu ne voulais pas sortir avec moi de peur d'attirer les ragots.

— Tout cela n'a plus d'importance à présent. Je sais ce que je vaux, les autres peuvent bien raconter ce qu'ils veulent, je m'en fiche. Je refuse de me rendre malheureux pour ça. Je t'aime, Mindy.

Les genoux tremblants, elle s'adossa contre la porte et lui sourit avec ravissement.

— Moi aussi, je t'aime… Mais je te préviens : si jamais tu me rembarres comme l'autre jour, je te ferai passer un mauvais quart d'heure.

— Pour rien au monde je ne voudrais te faire du mal. Je ne peux pas te garantir que je ne commettrai jamais d'erreurs, mais je ferai de mon mieux pour y remédier.

— Chiche ! dit-elle en riant.

— Je meurs d'envie de t'embrasser. Je peux ?

Elle hocha la tête, les joues mouillées de larmes, et il l'attira dans ses bras pour un baiser interminable, aussi puissant et pur qu'un premier baiser. Tout à coup, c'était comme si les fantômes de leur passé avaient disparu et qu'il ne restait plus qu'eux : deux idiots qui s'aimaient. Nichée dans cette étreinte réconfortante, elle aurait voulu que cet instant ne s'arrête jamais.

Lorsque le baiser prit fin, elle leva les yeux en souriant.

— J'aurais juste une condition.

— Tu parles de conditions, maintenant ?

— J'en ai une seule : je refuse d'aller vivre à Brooklyn dans un appartement rempli d'étudiantes.

— Que suggères-tu, dans ce cas ?

— Tu pourrais déménager tous les cartons que tu viens de remplir dans un appartement pas loin d'ici, au bout de la rue.

Il éclata de rire.

— Mes colocataires ne se réjouiront certainement pas que je parte, mais d'accord pour ta condition, si tu acceptes la mienne.

— Parce que tu penses être en mesure de négocier ?

— Bien sûr.

— Et quelle est ta condition, dans ce cas ?

— Que tu m'embrasses encore.

— Condition acceptée.

Tout sourire, elle s'empressa d'honorer sa promesse.

Épilogue

Trois mois plus tard

Mindy se dirigeait d'un pas déterminé vers l'unité de soins intensifs. Aujourd'hui était un grand jour : les quintuplés allaient enfin quitter l'hôpital.

— Alors, nerveuse ? lui demanda Sam.

— Un peu, je l'avoue. J'espère vraiment que cette conférence de presse va bien se passer. Mais, auparavant, j'aimerais dire au revoir aux Jameson et à leurs petits.

— Ils nous attendent dans la chambre des quintuplés.

Il lui prit la main et la serra dans la sienne avec une tendresse qui la fit rougir. Oui, elle était heureuse. Sam vivait avec elle depuis bientôt trois mois, mais elle avait l'impression qu'ils étaient ensemble depuis beaucoup plus longtemps. Entre eux, tout était allé très vite, bien plus qu'avec Dean, en tout cas. Mais à quoi bon les comparer, tous les deux ? Dean avait été une regrettable erreur, alors que Sam était l'homme de sa vie.

A son grand étonnement, leur relation avait suscité peu de remous à l'hôpital. De cela, elle devait sans doute remercier Langley : celui-ci avait eu la délicatesse de certifier que Mindy n'avait, ni de près, ni de loin, aidé Sam à obtenir sa spécialisation en pédiatrie. Bien sûr, il en fallait plus pour arrêter les ragots, mais qu'y faire ? Elle avait décidé de ne pas s'en soucier.

Sam, de son côté, ne cherchait plus à cacher que sa mère

était le Dr Monica Hanley. Evidemment, certains s'obstinaient à voir en lui un « fils de », mais à quoi bon passer son temps à s'inquiéter de l'avis des autres ?

Mindy avait dépassé tout cela. Elle n'éprouvait même plus aucune colère contre Dean et Owen. A présent, il était temps de tourner la page et d'avancer sur des bases saines. Sam lui avait appris à faire confiance. Avec lui, elle envisageait l'avenir avec optimisme.

La voix de Sam la tira de sa rêverie.

— Je t'aime.

Joignant le geste à la parole, il l'embrassa sur les lèvres au beau milieu du couloir.

— Docteur Napier ! Un peu de tenue, je vous prie.

Il éclata de rire et l'entraîna à l'écart pour un autre baiser.

— Au fait, as-tu réfléchi à ma proposition ?

— Non, ce n'est pas le moment. Je préfère me concentrer sur cette conférence de presse. Je ne suis pas très rodée à ce genre d'exercice.

— Tout va bien se passer, tu verras.

— Nous aurions dû faire appel à ta mère. Après tout, c'est elle qui s'est occupée du drain de Michael.

— Tu es folle ? Il nous a fallu trois mois pour la renvoyer à Harvard. Tu ne crois pas que j'ai assez souffert ?

— Pauvre chou, dit-elle en l'embrassant sur la joue. De toute façon, je te rappelle que tu dois aussi participer à la présentation. Tu es le pédiatre qui a suivi Michael.

— Non, c'est le Dr Chang. Moi, je ne suis qu'un interne.

— Modeste, va ! De toute façon, le Dr Chang est en congé et c'est toi qui la remplaces. Allez, viens, dit-elle en badgeant la porte pour accéder à l'unité de soins intensifs.

Il la suivit jusqu'à la chambre où les attendaient les Jameson avec leurs cinq petits trésors.

— Docteur Napier, Docteur Walker ! s'écria Mme Jameson à leur entrée.

— Bonjour ! Le photographe est-il passé ?

— Oui. Autrement dit, nous pouvons partir ?

— Oui, répondit Sam. Vos bébés se portent comme des charmes. Ils ont tous passé les tests de sortie sans le moindre problème.

— Rassurez-nous : vous n'avez pas besoin d'eux pour la conférence de presse ? demanda M. Jameson.

Mindy secoua la tête en souriant.

— Non, ne vous inquiétez pas. Vous pouvez repartir à la maison avec vos chérubins. Je suis sûre que vous en avez hâte.

Les yeux de Mme Jameson se remplirent de larmes.

— Merci beaucoup, à tous les deux. Et remerciez aussi le Dr Hanley, le Dr Chang et tout le reste de l'équipe.

— Je vous en prie, c'était un plaisir pour nous, dit Mindy en la serrant dans ses bras.

— N'oubliez pas de nous envoyer des photos, dit Sam.

— Promis !

Radieux, les époux Jameson installèrent les bébés dans de grandes poussettes conçues spécialement pour eux et s'en allèrent avec un dernier adieu. Mindy et Sam quittèrent à leur tour l'unité de soins intensifs pour se rendre à la conférence. Alors qu'ils s'approchaient, la rumeur d'une salle comble leur parvint. Les journalistes attendaient impatiemment l'apparition des quintuplés, les premiers jamais nés au West Manhattan Saints. Eh bien, ils en seraient pour leurs frais.

Mindy allait ouvrir la porte lorsque Sam lui prit le bras et la poussa dans une pièce vide.

— Mais qu'est-ce que tu fabriques ? demanda-t-elle alors qu'il refermait la porte.

— Désolé, mais j'exige une réponse à ma proposition.

— Non, Sam ! Je ne veux pas précipiter les choses.

— De quoi parles-tu ? Nous vivons ensemble depuis trois mois, tu m'as appris hier que j'allais être père et tu me reproches d'aller trop vite ?

— J'ai déjà été mariée, dit-elle en soupirant. Ecoute, commençons par le bébé, nous parlerons du mariage ensuite.

— Non. J'aimerais procéder de manière traditionnelle.

— Ne dis pas de bêtises. Notre couple n'a rien de traditionnel.

— Peut-être, mais rien n'empêche de l'être, pour une fois. Je t'aime, dit-il en lui prenant le visage en coupe.

Comment lui résister ? Il avait toujours eu le don de la faire fondre.

— Moi aussi, je t'aime.

— Alors ?

Elle sentit ses yeux se mouiller de larmes. Au diable, ses hormones ! Elle n'arrivait plus à contrôler ses émotions. C'était sans doute un symptôme de sa grossesse.

— Oui, c'est d'accord. Je veux bien t'épouser.

L'attirant dans ses bras, il l'embrassa avec une fièvre qui la fit chanceler. Elle protesta lorsqu'il la libéra.

— Nous sommes attendus pour une conférence de presse, rappelle-toi, dit-il.

— Faut-il vraiment y aller ?

— C'est toi qui insistais pour qu'on se dépêche.

Il l'embrassa de nouveau.

— Allez, tu vas t'en sortir comme une reine. D'ailleurs, avec la réputation que tu es en train d'acquérir, j'ai comme l'impression que cette conférence va être la première d'une longue série.

Elle lui prit la main avec détermination.

— Je suis prête.

Et c'était vrai. Avec Sam, elle était prête à tout affronter.

Le meilleur comme le pire.

Retrouvez prochainement,
dans votre collection

SAGAS

›gie intégrale : INDOMPTABLES MILLIARDAIRES

ynne Graham - N°146

›use de Cristo Ravelli

›ser Cristo Ravelli ? Même dans ses pires cauchemars, Belle n'aurait imaginé pareil destin. ›, le richissime Italien s'est montré intraitable : si elle refuse, il fera en sorte que ses frères ›urs, qu'elle élève seule depuis la mort de sa mère, soient confiés à l'adoption. Et Belle fait aucune illusion : elle n'est pas de taille à lutter contre cet homme aussi odieux que ›ant...

› fragile serment

›nte ? Betsy vacille. Elle qui avait enfin trouvé la force d'en finir avec son mariage fait de ›onges et de déceptions, pourquoi a-t-il fallu qu'elle cède une dernière fois au désir que ›hristakis lui a toujours inspiré ? Maintenant, elle doit avouer la vérité à cet homme qui ›core son mari et qui, malgré les trahisons, semble avoir gardé le pouvoir de faire battre ›œur...

›fiancée pour le cheikh

›s Zarif n'a oublié le jour où Ella Gilchrist, la femme à laquelle il avait offert son cœur, a ›ment refusé sa demande en mariage. Alors, aujourd'hui qu'il la tient à sa merci, il compte ›e venger. Il effacera la dette qu'a contractée le frère d'Ella à son égard, si cette dernière ›te de devenir son épouse pour un an. Après tout, il a besoin d'une reine à ses côtés. Et, ›t, d'étancher son désir...

›gie intégrale : TROIS COUSINES À MARIER

›ophie Weston - N°147

›itière en fuite

›uite d'une brouille avec sa famille, Pepper, héritière de l'empire commercial Calhoun, ›e de partir à l'étranger pour tout recommencer de zéro. Pleine d'espoir, elle tente sa ›e à Londres, où elle pourra se consacrer à sa réussite professionnelle. Côté cœur en ›che... Ce n'est pas de sitôt que les choses vont changer, pense-t-elle. Et si son nouveau se chargeait de la contredire ?

›nt secret

point de s'élancer, Isabel regrette d'avoir accepté de sauter à l'élastique. Certes, c'est ›a bonne cause : le saut est sponsorisé par une grande entreprise qui reversera les fonds ›s à une œuvre caritative. Mais ce n'est pas du vide dont Isabel a peur... Non, le vrai ›me est qu'elle va sauter en compagnie de Dominic Templeton-Burke, un homme qu'elle a ›tré quelques jours plus tôt, et qui ne l'a pas laissée indifférente...

›c à marier

›ll Blackthorne, duc de Powrie, a quitté l'Angleterre, c'est pour échapper au destin tout ›que lui réserve sa famille. Ainsi, depuis quelque temps, il a posé ses valises dans un ›e des Caraïbes, où il s'est établi sous une fausse identité. Mais le jour où une jolie ›se débarque à son tour dans le luxueux hôtel, Niall craint pour sa tranquillité. Cette jeune ne risque-t-elle pas d'avertir les paparazzi ?

Retrouvez prochainement, dans votre collection

SAGAS

Série intégrale : ENCEINTES DE LEUR RIVAL

de Kat Cantrell - N°148

Conquise par son rival

Gage Branson est de retour... Si Cass est ravie à l'idée de revoir son amour de jeunesse ne peut s'empêcher de s'interroger. N'est-il pas étrange que Gage réapparaisse au mc où son entreprise est en péril ? Se pourrait-il qu'il soit cet adversaire professionnel dor ignore le nom ?

L'enfant du scandale

Alors qu'Alexandra vient de lui avouer sa grossesse, Philip lui impose un odieux acco s'occupera d'elle et de leur enfant à la condition qu'elle l'épouse et qu'elle le soutienne sa course à la Maison-Blanche. Étrangement, Alexandra accepte, par amour pour son à naître... Et pour Philip ?

Le choix idéal

Alors qu'elle vient de fêter ses trente ans et que toutes ses amies ont fondé une famille, H se demande si elle ne devrait pas faire de même. Pour ne dépendre d'aucun homme, trouvé le plan idéal : avoir un bébé toute seule. Ne reste plus qu'à trouver le père...

Une si douce torture

Pour sauver son entreprise de la faillite, Trinity est prête à se faire passer pour la fianc célèbre joueur de hockey Logan McLaughlin. Bien qu'il soit son pire ennemi, sa notori peut que lui faire de la publicité. Hélas, à l'instant où Logan lui vole un baiser, Trinity n' l'impression de faire semblant...

Trilogie intégrale : DÉSIRS INAVOUÉS

de Erin McCarthy - N°149

Pour être à toi

Quand Emma a accepté de poser nue pour un célèbre photographe, c'était avant de que son collègue, Kyle Hadley, serait lui aussi sur le shooting. Ensuite, tout s'est enchaîné qu'elle a du mal à reconstituer le fil des événements qui l'ont conduite jusqu'au lit de Ky homme est peut-être l'objet de tous ses fantasmes, Emma sait que les relations entre col sont interdites. Pour sa carrière, est-elle prête à renoncer à Kyle ?

Pour te revenir

Cette silhouette athlétique, ce regard bleu profond... Quand Sean Maddock, l'homr malgré dix ans de séparation est encore son époux, prononce son prénom, Kristine retie souffle. Bien sûr, elle s'était préparée à le revoir, mais elle ne se doutait pas qu'il aurait tc ce même pouvoir sur elle. Alors, quand Sean lui propose de passer un dernier week-en lui, Kristin ne trouve pas la force de refuser...

Pour t'oublier

Il y aurait une façon bien plus agréable de nous occuper... Cette voix rauque, terrib sexy... Comment résister ? Pourtant, Melanie sait qu'elle devrait refuser. Son fiancé vi la quitter, et il n'est pas question de commencer une relation avec un autre homme. M parle de relation ?

Et, surtout, qu'est-ce qui l'empêche de tout oublier dans les bras de l'irrésistible Hunter